P9-DUX-200

DECEPTION POINT

Avec *Deception Point*, écrit entre *Anges et Démons* et *Da Vinci code*, Dan Brown signe un thriller époustouflant. Il achève actuellement son cinquième roman.

DAN BROWN

Deception Point

ROMAN TRADUIT DE L'ANGLAIS (ÉTATS-UNIS) PAR DANIEL ROCHE

JC LATTÈS

Titre original :

DECEPTION POINT

Publié par Pocket Books, une division de Simon & Schuster Inc., New York

(1re édition : février 2006).
ISBN : 978-2-253-12316-3 – 1re publication LGF

NOTE DE L'AUTEUR

La Force Delta, le *National Reconnaissance Office* et la *Space Frontier Foundation* sont des organisations authentiques. Toutes les technologies décrites dans ce livre existent vraiment.

« Si cette découverte est confirmée, il s'agira sûrement d'un des plus formidables mystères de notre univers jamais dévoilés par la science. Ses implications sont aussi immenses et impressionnantes que ce que l'on pouvait envisager. Même si elle permet de répondre à certaines de nos questions les plus anciennes, cette découverte en pose d'autres, plus fondamentales encore. »

Président Bill Clinton, lors de la conférence de presse consacrée à la découverte de la météorite LH84001, le 7 août 1996.

Prologue

Dans cette contrée désolée, la mort pouvait survenir sous de multiples formes. Le géologue Charles Brophy endurait les rigueurs de cette splendeur sauvage depuis des années, pourtant, rien ne pouvait le préparer à y subir un sort aussi barbare et peu naturel que celui qui l'attendait.

Les quatre chiennes huskies qui tiraient sur la toundra le traîneau chargé de son matériel de sondage ralentirent soudain leur course et dressèrent la tête vers le ciel.

— Hé là ! Qu'est-ce qui vous prend ? s'écria Brophy en sautant à bas du traîneau.

Un hélicoptère de transport à deux rotors émergeait des gros nuages menaçants, frôlant les falaises glaciaires avec une précision toute militaire.

C'est curieux, se dit le géologue. Il n'avait jamais vu d'hélicoptère aussi près du pôle Nord. L'appareil se posa à une cinquantaine de mètres de lui, soulevant une pluie de neige glacée. Les huskies poussèrent de longs gémissements inquiets.

La porte à glissière s'ouvrit et deux hommes descendirent. Vêtus de combinaisons blanches isolantes, le fusil à l'épaule, ils s'avancèrent vers Brophy d'un pas décidé.

— Professeur Brophy ? fit l'un d'eux.

— Comment connaissez-vous mon nom ? s'enquit le géologue stupéfait. Qui êtes-vous ?

— Prenez votre radio.

— Pardon ?

— Faites ce que je vous demande.

Totalement abasourdi, Brophy sortit sa radio de la poche de sa parka.

— Vous allez transmettre un message urgent. Baissez la fréquence à cent kilohertz.

Cent kilohertz ? Il n'en croyait pas ses oreilles. On ne reçoit rien à si basse fréquence.

— Il y a eu un accident ?

Le deuxième homme leva son arme et la pointa sur lui.

— Pas le temps d'expliquer. Obéissez !

D'une main tremblante, Brophy régla la fréquence de transmission.

Le premier inconnu lui tendit une fiche de carton, portant quelques lignes manuscrites.

— Transmettez ce message. Immédiatement.

Brophy parcourut le texte des yeux.

— Je ne comprends pas. Cette information est fausse. Je n'ai pas…

L'homme appuya le canon de son fusil contre sa tempe.

Le géologue transmit le communiqué d'une voix fébrile.

— Bien, dit le premier homme. Maintenant, montez dans l'hélicoptère avec vos chiens et votre matériel.

Toujours maintenu en joue, Brophy força ses huskies à hisser le traîneau sur la rampe qui menait dans le fond de l'appareil. Dès qu'ils furent installés, l'hélicoptère s'arracha à la glace et se dirigea vers l'ouest.

— Mais qui êtes-vous ? répéta Brophy, en sueur sous sa parka.

Il n'obtint pas de réponse.

Ils prenaient de l'altitude et le vent s'engouffrait par la portière ouverte. Toujours attachés à leur traîneau chargé, les chiens poussaient des cris plaintifs.

— Fermez au moins la porte ! demanda le géologue. Vous ne voyez pas qu'ils sont terrifiés ?

Les inconnus ne réagirent pas.

Après un virage incliné à mille deux cents mètres d'altitude, l'appareil survola une enfilade de gouffres et de crevasses. Les deux hommes se levèrent brusquement. Sans un mot, ils tirèrent le traîneau vers la porte. Épouvanté, Brophy assista à la lutte de ses chiens contre l'énorme poids qui les entraînait. L'instant d'après, ils disparaissaient dans le vide en hurlant.

Il était déjà debout, criant son indignation, lorsque les deux hommes s'emparèrent de lui et le tirèrent vers la porte. Tétanisé, il joua des poings pour tenter d'écarter les mains puissantes qui le poussaient vers l'extérieur.

Le combat était inégal. Quelques secondes plus tard, il plongeait à la rencontre des précipices glacés.

1.

Le restaurant Toulos, à proximité de la colline du Capitole, propose un menu politiquement incorrect, où le veau de lait côtoie le carpaccio de cheval, et paradoxal pour un lieu où le tout-Washington se retrouve au petit déjeuner. Ce matin-là, le restaurant était bondé ; on entendait les assiettes et les couverts s'entrechoquer, les machines à espresso siffler, et les téléphones portables sonner sans arrêt.

Le maître d'hôtel sirotait furtivement une gorgée de son bloody mary matinal quand la femme entra ; il se tourna vers elle avec un sourire professionnel.

— Bonjour ! fit-il. Puis-je vous aider ?

Elle était séduisante, âgée d'environ trente-cinq ans, vêtue d'un pantalon de flanelle grise à pinces, d'une veste de tailleur stricte sur un chemisier Laura Ashley en soie ivoire. Elle se tenait très droite. Son menton légèrement relevé, mais sans arrogance, attestait de son assurance.

Sa chevelure châtain clair était coiffée dans le style le plus tendance de Washington, celui de la présentatrice télé : une multitude de boucles cascadait jusqu'à ses épaules. Une coiffure assez longue pour être sexy, mais assez courte pour vous rappeler que vous aviez affaire à une professionnelle intelligente.

— Je suis en retard, fit-elle d'un ton un peu gêné. J'ai rendez-vous avec le sénateur Sexton.

Le maître d'hôtel tressaillit involontairement. Le sénateur Sedgewick Sexton était un habitué du restaurant et l'un des plus célèbres hommes politiques du pays. La semaine précédente, il avait écrasé les douze candidats républicains lors du « Super Tuesday », le jour le plus important des primaires du Parti. Il était donc virtuellement le candidat républicain à la présidence. Nombreux étaient ceux qui pensaient que le sénateur avait de très grandes chances, à l'automne suivant, de ravir la Maison Blanche au Président en place, enlisé dans les difficultés. Ces dernières semaines, on avait vu le visage de Sexton s'étaler sur la plupart des couvertures des grands magazines nationaux, et son slogan de campagne clamait un peu partout dans le pays : « Arrêtons de dépenser sans compter, un sou est un sou ! »

— Le sénateur Sexton déjeune dans son box, fit le maître d'hôtel, et vous êtes… ?

— Rachel Sexton, sa fille.

Quel idiot je fais, pensa l'employé. La ressemblance crevait les yeux. Même regard pénétrant, même prestance aristocratique, même air policé réservé à l'élite de vieille souche. Le bon ton qui avait façonné l'allure et les manières du sénateur s'était clairement transmis à sa progéniture, et pourtant Rachel Sexton semblait porter ces dons avec une grâce et une modestie que son père aurait pu imiter.

— Bienvenue au Toulos, mademoiselle Sexton.

En précédant la fille du sénateur à travers la salle à manger, le maître d'hôtel était embarrassé par la multitude de regards masculins qui la suivaient, certains discrets, d'autres plus insistants. Rares étaient les femmes qui prenaient leur petit déjeuner au Toulos et plus rares encore celles qui ressemblaient à Rachel Sexton.

— Elle est bien fichue, chuchota l'un des convives, Sexton s'est déjà trouvé une nouvelle épouse ?

— C'est sa fille, espèce d'idiot ! répliqua son voisin.

L'autre ricana.

— Connaissant Sexton, il serait capable de la baiser quand même si l'envie lui en prenait.

Le mobile collé à l'oreille, le sénateur évoquait à haute voix l'un de ses récents succès. Il jeta un coup d'œil à Rachel avant de tapoter sa montre Cartier d'un petit coup sec pour lui signifier qu'elle était en retard.

Toi aussi tu m'as manqué, songea ironiquement Rachel.

Le vrai prénom de son père était Thomas mais cela faisait bien longtemps qu'il ne se faisait plus appeler que Sedgewick. Rachel le soupçonnait de n'avoir pas pu résister à l'allitération en s : sénateur Sedgewick Sexton, ça sonnait si bien… Sexton était le type même de l'animal politique grisonnant à la langue déliée, aussi persuasif qu'un médecin de famille de feuilleton télévisé, une comparaison appropriée, si l'on songeait à son incontestable talent d'acteur.

— Rachel !

Sexton raccrocha et se leva pour embrasser sa fille.

— Bonjour, papa.

Elle ne lui rendit pas son baiser.

— Tu sembles épuisée, ma fille.

Voilà que ça recommence…, se dit-elle.

— J'ai eu ton message, que se passe-t-il ?

— Et si je t'avais fait venir uniquement pour le plaisir de prendre mon petit déjeuner avec toi ? répondit-il.

Rachel avait appris depuis longtemps que son père ne l'appelait qu'en cas de nécessité.

Sexton sirota une gorgée de son café.

— Comment va ta vie, ma chérie ?

— Du travail par-dessus la tête… J'ai l'impression que ta campagne se passe on ne peut mieux, reprit-elle.

— Oh, ma chérie, laissons la politique pour le moment.

Sexton se pencha au-dessus de la table et poursuivit en baissant le ton :

— Comment va ce type du département d'État que je t'ai présenté ?

Rachel poussa un soupir, luttant déjà contre l'envie de regarder sa montre.

— Papa, je n'ai vraiment pas eu le temps de l'appeler, et je voudrais que tu arrêtes d'essayer de…

— Tu dois savoir prendre le temps quand il s'agit des choses importantes, Rachel. Sans amour rien n'a plus de sens.

Toute une série de répliques vint aux lèvres de Rachel mais elle préféra se taire. Ça n'était guère difficile pour elle de se montrer plus mature que son père.

— Papa, tu voulais me voir, tu m'as dit que c'était important, de quoi s'agit-il ?

— C'est important.

Les yeux de son père la scrutaient attentivement.

Rachel sentit que, sous ce regard, ses défenses commençaient à vaciller et elle maudit le pouvoir de cet homme. Les yeux du sénateur étaient son arme suprême, un don qui, soupçonnait sa fille, allait être responsable de son accession à la Maison Blanche.

Ses yeux pouvaient se remplir de larmes et l'instant d'après s'assécher, ouvrant une fenêtre sur une âme noble et pure qui inspirait confiance à tous. L'essentiel c'est la confiance, répétait toujours son père. Le sénateur avait perdu celle de Rachel longtemps auparavant, mais il était en train de gagner rapidement celle du pays.

— J'ai une proposition à te faire ! lança Sexton.

— Laisse-moi deviner, riposta Rachel, tâchant de reprendre la main. Quelque divorcé brillant cherchant une jeune épouse ?

— Ne te raconte pas d'histoire, ma chérie. Tu n'es plus si jeune que ça.

Rachel éprouva une sensation familière de rapetissement, comme souvent lorsqu'elle se trouvait face à son père.

— Je veux te lancer une bouée de sauvetage, dit-il.

— Je ne savais pas que j'étais en train de couler.

— Ce n'est pas de toi qu'il s'agit. C'est du Président. Tu devrais quitter le navire avant qu'il ne soit trop tard.

— Est-ce qu'on n'a pas déjà eu cette conversation ?

— Pense à ton avenir, Rachel. Tu n'as qu'à travailler avec moi.

— J'espère que ce n'est pas pour me dire ça que tu m'as invitée.

Le sénateur commençait à perdre patience.

— Rachel, tu ne comprends pas que le fait que tu travailles pour lui nuit à mon image ? Et à ma campagne ?

Rachel soupira, ce n'était pas la première fois qu'elle abordait ce sujet avec son père.

— Mais enfin papa, je ne travaille pas pour le Président, je ne l'ai d'ailleurs jamais rencontré. Je travaille pour le NRO[1] !

— En politique, tout est une question de perception, Rachel. Ce qu'on retient, c'est que tu travailles pour le Président.

Rachel soupira à nouveau et tâcha de se maîtriser.

— J'ai travaillé dur pour décrocher ce boulot, papa. Je ne vais pas le quitter.

Les yeux du sénateur s'étrécirent.

— Tu sais, parfois, ton attitude égoïste me porte vraiment…

— Sénateur Sexton ?

Un reporter venait de surgir à côté de lui.

L'attitude de Sexton changea instantanément. Rachel poussa un soupir et prit un croissant.

— Ralph Sneeden, *Washington Post*, fit le reporter. Puis-je vous poser quelques questions ?

Le sénateur sourit, tout en se tamponnant la bouche avec une serviette.

— Avec plaisir, Ralph. Mais faites vite. Je ne veux pas que mon café refroidisse.

Le journaliste partit d'un rire forcé.

— Bien sûr, monsieur.

Il sortit un dictaphone numérique de sa poche et le mit en marche.

— Sénateur, les spots de votre campagne réclament le vote d'une loi assurant la parité des salaires, ainsi

1. NRO : National Reconnaissance Office. *(N.d.T.)*

que des déductions fiscales pour les jeunes ménages. Comment conciliez-vous ces deux exigences apparemment contradictoires ?

— C'est très simple. Je suis un fan acharné des femmes fortes et des familles fortes.

Rachel faillit s'étrangler.

— Pour continuer sur le sujet de la famille, poursuivit le journaliste, vous parlez beaucoup d'éducation. Vous avez proposé des restrictions extrêmement controversées qui sont censées permettre d'augmenter le budget des écoles publiques.

— Je crois que les enfants représentent notre avenir.

Rachel n'arrivait pas à croire que son père puisse se contenter pour toute réponse de slogans de bas étage.

— Et enfin, reprit le journaliste, vous venez de faire un bond énorme dans les sondages ces dernières semaines. Le Président doit se faire du souci. Quelle réflexion vous inspire votre réussite récente ?

— Je crois que c'est une question de confiance. Les Américains commencent à s'apercevoir que le Président n'est pas fiable, qu'on ne peut pas lui faire confiance pour prendre les décisions difficiles qui attendent la nation. La surenchère sur les dépenses publiques aggrave chaque jour le déficit de ce pays et les Américains finissent par comprendre qu'il est temps de cesser de dépenser et qu'il faut se mettre à compter.

Sneeden lança un grand sourire au sénateur.

— Votre fille est certainement une femme occupée. C'est sympa de vous voir tous les deux déjeuner ensemble alors que vos emplois du temps sont surchargés.

— Comme je l'ai dit, la famille passe avant tout le reste, répondit le sénateur.

Sneeden acquiesça, mais son regard se durcit légèrement.

— Puis-je vous demander, monsieur, comment vous et votre fille arrivez à concilier des opinions diamétralement opposées ?

— Diamétralement opposées ?

Le sénateur Sexton inclina la tête, de l'air de quelqu'un qui ne comprend pas bien.

— À quoi faites-vous allusion ?

Rachel scruta alternativement les deux hommes avec une moue de dédain. Elle savait exactement ce que ce manège signifiait. Maudits journalistes, songea-t-elle. La moitié d'entre eux était à la solde des politiciens. La question du reporter était une perche tendue : censée mettre le sénateur dans l'embarras, elle lui donnait en fait, à point nommé, le moyen de se sortir d'une ornière. Le coup était facile à parer et Sexton, ayant botté en touche, n'entendrait plus cette question avant quelques semaines.

— Eh bien, monsieur…

Le journaliste toussa, simulant une hésitation à livrer le fond de sa pensée.

— L'antagonisme vient du fait que votre fille travaille pour votre adversaire.

Le sénateur Sexton éclata de rire, désamorçant immédiatement la bombe.

— D'abord, le Président et moi ne sommes pas des adversaires. Nous sommes simplement, cher Ralph, deux patriotes qui avons des idées différentes sur la gestion du pays que nous aimons.

Le journaliste sourit de toutes ses dents, une réponse impeccable.

— Donc… ? insista-t-il.

— Donc, ma fille n'est pas employée par le Président ; elle est employée par la grande communauté du renseignement. Elle compile les rapports qu'on lui envoie pour les adresser ensuite à la Maison Blanche, c'est une position tout à fait subalterne.

Le sénateur s'interrompit et jeta un coup d'œil à Rachel.

— En fait, ma chérie, je ne suis même pas sûr que tu aies jamais rencontré le Président, n'est-ce pas ?

Elle lui jeta un regard brillant de colère contenue.

Soudain, comme pour marquer son exaspération devant la rhétorique de Sexton, le pager de Rachel se mit à biper dans son sac. Ce bruit strident, qui lui était d'ordinaire très désagréable, lui sembla à ce moment précis presque mélodieux.

Furieux d'avoir été interrompu, le sénateur lui décocha un coup d'œil indigné.

Rachel plongea la main dans son sac et appuya sur une séquence préenregistrée de cinq touches pour confirmer qu'elle avait bien reçu le message et qu'elle était la propriétaire légitime du pager.

Le bip s'interrompit et l'écran LCD commença à clignoter. Dans quinze secondes, elle allait recevoir un message en mode sécurisé. Le biper se manifesta à nouveau, forçant Rachel à regarder de nouveau son pager.

Elle déchiffra instantanément les abréviations et fronça les sourcils. C'était inattendu et de mauvais augure. En revanche, il lui fournissait une bonne excuse pour s'éclipser.

— Messieurs, dit-elle, je suis vraiment désolée, mais je vais devoir vous quitter… Une urgence au travail.

— Mademoiselle Sexton, reprit aussitôt le journaliste, avant que vous ne partiez, je me demande si vous pourriez commenter les rumeurs selon lesquelles vous auriez invité votre père à déjeuner pour discuter de la possibilité de quitter votre poste actuel pour rejoindre son équipe de campagne ?

Rachel eut l'impression qu'on venait de lui jeter une tasse de café brûlant à la figure. La question la prenait totalement au dépourvu. Elle regarda son père et comprit à son sourire crispé qu'il l'avait suggérée au plumitif. Elle faillit lui sauter dessus pour l'étrangler.

— Mademoiselle Sexton ? insista Sneeden en dirigeant son magnétophone vers elle.

Rachel planta ses yeux, tels deux poignards, dans ceux du journaliste.

— Ralph Machinchose, écoutez-moi bien : je n'ai pas l'intention d'abandonner mon travail pour collaborer avec le sénateur Sexton et, si vous imprimez le contraire, attendez-vous à vous faire botter le cul ; ce dont vous vous souviendrez longtemps.

Le journaliste écarquilla les yeux. Il coupa son magnétophone en essayant de masquer un petit sourire ironique.

— Merci à tous les deux, lança-t-il, avant de disparaître.

Rachel regretta aussitôt cet éclat. Elle avait hérité du tempérament impulsif de son père, une ressemblance dont elle se serait volontiers passée.

Il lui jeta un regard scandalisé.

— Tu ferais bien d'apprendre à garder ton sang-froid, Rachel.

La jeune femme rassembla ses affaires.

— Ce rendez-vous est terminé, lâcha-t-elle d'un ton glacial.

De toute façon, le sénateur en avait fini avec elle. Il sortit son portable et composa un numéro.

— Au revoir, ma chérie, passe quand tu veux au bureau me dire un petit bonjour. Et marie-toi, pour l'amour de Dieu ! Tu as trente-trois ans…

— Trente-quatre, répliqua-t-elle sèchement. Ta secrétaire m'a envoyé une carte de vœux.

Il eut un petit rire forcé.

— Trente-quatre ans, presque une vieille fille. Tu sais qu'à trente-quatre ans, j'avais déjà…

— Tu avais déjà épousé maman et tu baisais avec la voisine ?

Rachel avait prononcé ces mots d'une voix plus forte qu'elle ne l'aurait voulu et ses paroles avaient résonné dans une salle soudain silencieuse. Les convives des tables voisines jetèrent des coups d'œil étonnés.

Les yeux du sénateur Sexton étaient devenus deux glaçons qui la pétrifièrent instantanément.

— Surveille tes propos, Rachel, tu oublies à qui tu t'adresses.

Rachel se dirigea vers la sortie.

C'est plutôt toi qui devrais faire attention, sénateur, se dit-elle.

2.

Les trois hommes étaient assis, silencieux, dans leur tente polaire. Dehors un vent glacial ballottait leur précaire abri, menaçant d'en arracher les pitons. Aucun des hommes ne semblait s'en soucier ; chacun d'eux avait vécu des situations beaucoup plus périlleuses que celle-ci.

Leur tente était d'un blanc immaculé et ils l'avaient installée dans une légère dépression, ce qui la rendait invisible. Leurs appareils de communication, leurs moyens de transport et leurs armes étaient les plus performants du marché. Le chef du groupe portait le nom de code Delta 1. Il était musclé et agile, avec des yeux aussi désolés que le paysage dans lequel ils se trouvaient actuellement.

Le chronographe militaire sur le poignet de Delta 1 émit un bip strident. Le son coïncida exactement avec les bips émis par les chronographes de ses deux compagnons.

Trente autres minutes passèrent.

C'était le moment.

Encore une fois.

Songeur, Delta 1 quitta ses deux acolytes et fit quelques pas dehors dans le noir et sous les rafales de vent. Il scruta avec des jumelles infrarouges l'horizon éclairé par la lune. Comme toujours, il se concentra sur la structure. Elle se dressait à mille mètres de là ; un édifice énorme et inattendu érigé dans ce désert blanc. Lui et son équipe la surveillaient depuis dix jours maintenant, depuis sa construction. Delta 1 ne doutait pas que l'information qui se trouvait à l'intérieur allait changer le monde. Des vies avaient déjà été sacrifiées pour la protéger.

Pour l'instant, tout avait l'air calme autour de la structure.

Mais le vrai test, c'était ce qui se passait à l'intérieur.

Delta 1 entra sous la tente et s'adressa à ses deux compagnons d'armes.

— C'est l'heure du petit mouchard !

Les deux hommes acquiescèrent. Le plus grand, Delta 2, ouvrit un ordinateur portable et l'alluma. Se plaçant lui-même devant l'écran, Delta 2 posa sa main sur une manette et lui imprima une légère secousse. À mille mètres de là, profondément enfoui sous le bâtiment, un robot de surveillance de la taille d'un moustique reçut le signal et se mit en marche.

3.

Rachel Sexton fulminait toujours en conduisant son Integra blanche sur l'autoroute de Leesburg. Les érables dénudés qui se dressaient au pied de la colline de Fallchurch se découpaient sur le ciel très pur de mars, mais ce paysage apaisant ne calmait nullement sa colère. La récente ascension de son père dans les sondages aurait dû procurer à celui-ci un tant soit peu de satisfaction, celle d'un homme comblé, mais elle n'avait eu pour effet, apparemment, que de bouffir davantage sa vanité naturelle.

La supercherie du sénateur était doublement douloureuse ; il était en effet le seul parent proche de Rachel. Sa mère était morte trois ans plus tôt – une perte terrible pour la jeune femme, qui ne s'en était pas encore remise. La seule consolation de Rachel – soulagement paradoxal –, c'était de savoir que cette mort avait libéré sa mère du désespoir dans lequel l'avait plongée l'échec de son mariage si malheureux avec le sénateur. Le pager de Rachel bipa encore, ramenant ses pensées au présent et à la route qui défilait devant elle. Le message qu'elle lut sur le petit écran était le même.

« CTC DIR NRO STAT »

« Contactez le directeur du NRO stat. » Mais, pour l'amour de Dieu, j'arrive ! soupira-t-elle.

Avec une perplexité croissante, Rachel prit la sortie habituelle, entra sur la route d'accès privée et roula jusqu'au stop, où l'attendait dans sa guérite une sentinelle armée jusqu'aux dents. Elle était parvenue au 14225 Leesburg Highway, l'une des adresses les plus secrètes du pays.

Tandis que le garde scannait sa voiture à la recherche de micros espions, Rachel balaya du regard la gigantesque structure qui se dressait au loin. Le complexe de trois cent mille mètres carrés s'étendait majestueusement sur soixante-huit hectares de forêt, juste à la limite du district de Columbia, sur la commune de Fairfax (Virginie). La façade du bâtiment était un immense mur de verre qui reflétait une multitude d'antennes satellites et de rayodomes qui truffaient les pelouses environnantes, la multipliant par deux.

Deux minutes plus tard, Rachel avait garé sa voiture et traversait les pelouses impeccablement tondues en direction de l'entrée principale où une enseigne annonçait *National Reconnaissance Office*.

Les deux marines armés qui encadraient la porte à tambour en verre blindé fixèrent imperturbablement l'horizon au moment où Rachel les croisa. Elle éprouvait toujours la même sensation en entrant dans l'édifice : celle de pénétrer dans le ventre d'un géant endormi.

Dans le grand hall voûté, la jeune femme perçut les échos feutrés de conversations, à voix basse, comme si les mots tombaient des bureaux situés au-dessus d'elle. Un immense sol pavé de mosaïques proclamait la devise du NRO : « Assurer la supériorité de l'information américaine, durant la paix et pendant la guerre. »

Les murs étaient ornés d'immenses photos de lancements de fusées, de baptêmes de sous-marins, d'installations de systèmes d'interception, autant de prouesses qui ne pouvaient être célébrées qu'à l'intérieur de ces murs.

Aujourd'hui, comme toujours, il semblait à Rachel que les vicissitudes du monde extérieur s'estompaient. Elle entrait dans le monde des ombres. Un monde où les problèmes faisaient irruption comme des trains de marchandises lancés à pleine vitesse, et où les solutions étaient mises en œuvre sans arracher aux employés d'autre réaction qu'un vague soupir.

En s'approchant du dernier poste de contrôle, Rachel se demanda ce qui avait bien pu faire sonner deux fois son pager au cours de la dernière demi-heure.

— Bonjour, mademoiselle Sexton.

Le garde sourit en la voyant approcher de la porte d'acier.

— Vous connaissez la manœuvre, ajouta-t-il.

Rachel saisit l'étui de plastique transparent hermétiquement scellé qu'il lui tendait et en extirpa le petit tampon de coton. Puis elle le plaça sous sa langue comme un thermomètre, et l'y laissa deux secondes avant de permettre au garde de le retirer lui-même en se penchant un peu. Le garde inséra le tampon dans un orifice de la machine qui se trouvait derrière lui. Il fallut quatre secondes pour confirmer la séquence ADN qu'elle avait identifiée dans la salive de Rachel. Puis un moniteur se mit à clignoter, affichant la photo de Rachel et la procédure de sécurité. Le garde lui adressa un clin d'œil.

— Apparemment, vous êtes toujours vous !

Il retira le tampon usagé de la machine et le jeta à travers une ouverture où il fut instantanément incinéré.

— Bonne journée !

Il pressa un bouton et les immenses portes d'acier s'ouvrirent devant Rachel.

La jeune femme suivit une série de couloirs bourdonnant d'activité, toujours aussi impressionnée par l'envergure colossale de l'agence, où elle travaillait pourtant depuis six ans. Le NRO comprenait six autres complexes aux États-Unis, employait près de dix mille agents et son budget de fonctionnement se chiffrait à dix milliards de dollars par an.

Dans le secret le plus absolu, le NRO construisait et entretenait un arsenal stupéfiant de technologies d'espionnage de pointe : interception électronique à l'échelle planétaire, satellites espions, puces silencieuses intégrées dans des appareils de télécommunication et même un dispositif de reconnaissance navale, Classic Wizard, une toile d'araignée de 1 456 hydrophones disposés sur les fonds marins tout autour de la terre et capable de détecter les mouvements de navires dans tous les océans.

Les technologies du NRO aidaient évidemment les États-Unis à remporter des victoires militaires, mais elles fournissaient aussi un flux de données gigantesque en temps de paix à des agences telles que la CIA, la NSA, et le département de la Défense. Elles les secondaient dans leur lutte contre le terrorisme et leur permettaient de localiser des crimes contre l'environnement. Bref, elles procuraient aux décideurs politiques les informations indispensables à la prise de décision sur quantité de sujets.

Rachel travaillait au NRO comme responsable de la veille stratégique. Elle avait su montrer des compétences hors du commun dans cette fonction. Toutes ces années passées à patauger dans les fadaises que racontent les politiciens comme mon père..., se disait-elle.

Rachel était chargée des liaisons avec la Maison Blanche. Chaque jour, elle compilait l'ensemble des rapports de renseignements du NRO et c'était à elle qu'il revenait de décider lesquels devaient être transmis au Président. Elle rédigeait donc des synthèses de ces rapports avant de transmettre ces notes au conseiller à la sécurité nationale de la Maison Blanche. Dans le jargon du NRO, Rachel Sexton fabriquait le produit fini et le livrait directement au client.

Un travail d'ailleurs difficile qui exigeait des heures de lecture attentive, mais la position qu'elle occupait valait reconnaissance de son talent et lui permettait d'affirmer son indépendance par rapport à son père. Le sénateur Sexton avait proposé à d'innombrables reprises de soutenir Rachel au cas où elle quitterait son poste, mais sa fille n'avait pas l'intention de devenir financièrement dépendante d'un homme comme

Sedgewick Sexton. Sa mère aurait pu témoigner de ce qui arrivait à une femme quand elle laissait toutes les cartes en main à un homme tel que lui.

Le pager de Rachel se mit à biper une fois de plus, résonnant dans le hall marbré.

Encore ? Elle ne se donna même pas la peine de lire le message.

Se demandant ce qui pouvait bien se passer, elle monta dans l'ascenseur et appuya sur le bouton du dernier étage.

4.

Le directeur du NRO était un homme banal. Et encore – banal était presque, le concernant, un terme excessif. William Pickering était un petit homme chauve et insignifiant, au visage blême et aux yeux noisette. Il avait beau connaître les secrets les mieux cachés du pays, il n'en paraissait pas moins totalement ordinaire. Et pourtant, pour tous ceux qui travaillaient sous ses ordres, Pickering en imposait. Sa personnalité morose et ses théories simples et carrées étaient légendaires au NRO. L'efficacité silencieuse de l'homme, rehaussée par ses costumes noirs, sans rayures, lui avait valu le surnom du « Quaker ». Stratège brillant, et modèle d'efficacité, le Quaker dirigeait son monde avec une lucidité inégalée. Sa devise : trouver la vérité et agir.

Quand Rachel arriva dans le bureau du directeur, il était au téléphone. Elle éprouvait toujours une certaine surprise à la vue du petit homme : William Pickering ne ressemblait absolument pas à un type qui possédait le pouvoir de réveiller le Président à n'importe quelle heure du jour ou de la nuit.

Pickering raccrocha et lui fit un petit signe.

— Agent Sexton, asseyez-vous.

Sa voix était à la fois sèche et claire.

— Merci, monsieur, répondit la jeune femme.

Malgré le malaise que Pickering inspirait à la plupart des gens avec ses manières un peu frustes, Rachel avait toujours apprécié cet homme. Il était l'exacte antithèse de son père… Physiquement quelconque, tout sauf charismatique, il accomplissait son devoir avec un patriotisme désintéressé, et évitait la publicité que son père, lui, recherchait avidement.

Pickering ôta ses lunettes et la regarda.

— Agent Sexton, le Président m'a appelé il y a une demi-heure et il a directement fait référence à vous.

Rachel changea de position sur son siège. Pickering était connu pour aller droit au but. Pour une entrée en matière…, se dit-elle.

— J'espère qu'il n'y a pas de problème avec l'un de mes rapports ?

— Au contraire. Le Président m'a assuré que la Maison Blanche est impressionnée par votre travail.

Rachel soupira en silence.

— Alors que voulait-il ?

— Vous rencontrer personnellement. Tout de suite.

Le malaise de Rachel s'accrut.

— Un entretien en tête à tête ? Mais pour parler de quoi ?

— Très bonne question… à laquelle je ne peux répondre.

Rachel était complètement perdue. Ne pas communiquer une information au directeur du NRO revenait à peu près à cacher au pape les intrigues du Vatican. La blague qui circulait dans le milieu des agents secrets racontait que, si William Pickering n'avait pas entendu parler de quelque chose, eh bien, c'est que ce quelque chose n'avait pas eu lieu.

Pickering se leva, et s'approcha de la fenêtre.

— Il m'a demandé de vous contacter et de vous envoyer sur-le-champ à Washington.

— Sur-le-champ ?

— Son chauffeur vous attend dehors.

Rachel fronça les sourcils. Si la demande du Président était stressante en elle-même, c'était l'expression soucieuse du visage de Pickering qui l'inquiétait le plus.

— Visiblement, vous avez quelques réserves.

— Pour avoir des réserves, ça j'en ai ! répondit Pickering avec une inhabituelle lueur d'émotion dans le regard. Le moment qu'a choisi le Président semble presque provocant tant il est évident. Vous êtes la fille de l'homme qui, à en croire les sondages, le met en difficulté et il demande un entretien en tête à tête avec vous ? Je trouve ça tout à fait inconvenant. Votre père, j'en suis sûr, serait d'accord avec moi.

Rachel savait que Pickering avait raison, même si elle se fichait pas mal de ce que son père pouvait penser de cette situation.

— Le Président ne vous inspire pas confiance ?

— Mademoiselle, j'ai fait le serment de fournir toutes les informations dont je dispose à l'administration actuelle de la Maison Blanche, mais pas de juger sa politique.

Du Pickering pur jus, songea Rachel. William Pickering ne cherchait même pas à dissimuler sa vision des politiciens, figurants éphémères, pions interchangeables sur un échiquier dont les véritables joueurs étaient des hommes comme lui, connaisseurs aguerris d'un jeu qu'ils pouvaient observer avec le recul nécessaire. Deux mandats à la Maison Blanche, répétait souvent Pickering, ne pouvaient pas suffire, loin de là, à embrasser toutes les complexités du paysage politique planétaire.

— Ma question va peut-être vous paraître candide, commença Rachel, en espérant que le Président n'allait pas s'abaisser à lui proposer quelque petit stratagème de second ordre. Peut-être va-t-il me demander un compte rendu des rapports sensibles ?

— Je ne veux pas avoir l'air de vous rabaisser, agent Sexton, reprit Pickering, mais la Maison Blanche dispose de tout le personnel qualifié pour ce genre de tâches. S'il s'agit d'un rapport interne à la Maison Blanche, le Président a forcément quelqu'un sous la main et n'a pas besoin de vous. Sinon, il a certainement mieux à faire que de vouloir rencontrer un élément du NRO tout en refusant de me dire ce qu'il a exactement en tête.

Pickering appelait toujours ses employés des « éléments », terminologie que beaucoup trouvaient terriblement froide.

— Votre père est en train de surfer sur la vague en ce moment. Le mouvement s'accélère. La Maison Blanche doit commencer à devenir nerveuse. (Il soupira.) La politique est un boulot d'équilibriste. Quand le Président convoque la fille de son adversaire pour un entretien, j'ai tendance à penser qu'il ne s'agit pas de veille stratégique mais qu'il a autre chose en tête.

Rachel frissonna. Les intuitions de Pickering avaient une mystérieuse tendance à toujours tomber juste.

— Et vous craignez que la Maison Blanche ne veuille en désespoir de cause me faire entrer dans l'arène politique ?

Pickering resta un instant silencieux.

— Vous ne faites pas mystère de vos sentiments envers votre père, et je suis sûr que l'équipe de campagne du Président est au courant de vos désaccords. Il me semble qu'il pourrait bien vouloir vous utiliser contre lui d'une manière ou d'une autre.

— Pas autant que moi…, fit Rachel en plaisantant à moitié.

Pickering demeura impassible mais son regard se durcit.

— Agent Sexton, un petit avertissement en passant. Si vous avez l'impression que vos problèmes personnels avec votre père sont susceptibles de fausser votre jugement dans vos rapports avec le Président, je vous conseille vivement de décliner l'invitation de celui-ci.

— Décliner ? (Rachel eut un petit rire nerveux.) Je ne peux évidemment pas refuser ce rendez-vous.

— Non, fit le boss du NRO. Mais moi je le peux.

Il avait répondu sur un ton légèrement grondeur qui rappela à Rachel l'autre raison pour laquelle on le surnommait le Quaker. Il avait beau être un petit homme, William Pickering pouvait provoquer des tremblements de terre politiques si l'on piétinait ses plates-bandes.

— Ma façon de voir est simple, poursuivit-il sur le même ton. J'ai une responsabilité envers mes collaborateurs, je dois les protéger, et je n'apprécie pas que l'on décide de manipuler l'un d'eux dans un combat politique, même si cela ne doit avoir que des conséquences limitées.

— Que me recommandez-vous donc ?

Pickering soupira.

— Ma suggestion, c'est que vous le rencontriez quand même. Ne vous engagez à rien. Une fois que le Président vous aura dit ce qu'il a en tête, appelez-moi. Si j'ai l'impression qu'il a l'intention de jouer un coup tordu en se servant de vous, croyez-moi, je vous escamoterai si vite qu'il ne comprendra même pas ce qui s'est passé.

— Merci, monsieur, fit Rachel, réconfortée par l'aura protectrice qui émanait du directeur et qu'elle avait longtemps cherchée en vain chez son propre père. Et vous dites que le Président a envoyé son chauffeur ?

— Oui, enfin pas exactement…

Pickering fronça les sourcils et, se tournant vers la fenêtre, pointa le doigt vers le parc. Perplexe, Rachel s'approcha et regarda dans la direction indiquée.

Au beau milieu de la pelouse attendait un hélicoptère PaveHawk MH 60 G. L'un des hélicos les plus rapides de la flotte américaine, ce PaveHawk s'ornait des armes de la Maison Blanche. Le pilote, debout à côté de son appareil, regardait sa montre. Rachel se tourna vers Pickering, stupéfaite.

— La Maison Blanche a envoyé un PaveHawk pour m'emmener à vingt-deux kilomètres d'ici ?

— Apparemment le Président espère vous impressionner. Ou peut-être vous intimider… (Pickering lui jeta un bref coup d'œil avant de poursuivre :) Ne vous laissez pas prendre à son bluff !

Rachel acquiesça mais elle était bel et bien bluffée.

Quatre minutes plus tard, Rachel Sexton quittait le NRO et embarquait dans l'hélicoptère, qui décolla avant même qu'elle ait pu boucler sa ceinture puis vira sec au-dessus des bosquets bordant le complexe. Rachel jeta un dernier regard sur les cimes qui s'estompaient au-dessous d'elle et sentit son pouls s'accélérer. Son cœur aurait battu bien plus vite si elle avait su que l'appareil n'atterrirait jamais à la Maison Blanche.

5.

Les rafales de vent glacé faisaient claquer la toile de la tente polaire, mais Delta 1 y prêtait à peine attention. Lui et Delta 3 gardaient les yeux fixés sur leur camarade qui actionnait avec une dextérité chirurgicale la manette de commande. L'écran de l'ordinateur retransmettait le film vidéo enregistré par la caméra minuscule embarquée par le microrobot.

L'outil de surveillance suprême, pensa Delta 1, aussi ébahi que la première fois qu'il l'avait vu en action. Les derniers progrès de la micromécanique enfonçaient les inventions les plus élaborées des auteurs de science-fiction.

Ce microrobot, système électromécanique miniaturisé, était le dernier engin de surveillance high-tech, la technologie de la « mouche au plafond », comme ils l'appelaient.

Et c'était exactement ça.

Les robots télécommandés de taille microscopique semblaient tout droit sortis de l'univers de science-fiction mais, en fait, on les avait vus apparaître dès les années 1990. Le magazine *Discovery* avait fait la une de son numéro de mai 1997 sur ces microrobots, et il y présentait des modèles aussi bien « volants » que « nageants ». Les robots nageurs étaient de minuscules appareils de la taille d'un grain de sel, qui pouvaient être injectés dans le système vasculaire d'un être humain, un peu comme dans le film *Le Voyage fantastique*.

On les utilisait aujourd'hui dans certains hôpitaux de pointe pour aider les médecins à sonder l'état des artères de leurs patients et, grâce au contrôle à distance sur écran vidéo, le cardiologue pouvait localiser les sections artérielles obstruées en laissant son scalpel rangé dans un tiroir.

Et, contrairement à ce qu'on pourrait imaginer, leur fabrication n'avait absolument rien de compliqué. La technologie de l'aérodynamique et de la fabrication d'engins volants étant parfaitement au point depuis des décennies, il restait seulement à résoudre le problème de la miniaturisation. Les microrobots volants, mis au point par la NASA comme outils d'exploration mécanisés pour les futures missions sur Mars, mesuraient au début une dizaine de centimètres. Depuis, les avancées des nanotechnologies, la mise au point de matériaux légers absorbeurs d'énergie et la micromécanique avaient fini par faire de ces microrobots volants une réalité.

Des libellules miniatures avaient fourni un prototype idéal à ces minuscules engins aussi agiles qu'efficaces. Le modèle PH2 que Delta 2 faisait actuellement voler ne mesurait qu'un centimètre de long – la taille d'un gros moustique – et avait été doté d'une double paire d'ailes de silicone transparentes et articulées, ce qui lui conférait, en vol, une mobilité et une efficacité hors pair.

Le système de ravitaillement de cette libellule mécanique avait constitué une autre percée spectaculaire. Le premier prototype ne pouvait recharger ses batteries qu'en se tenant à la verticale d'une source de lumière brillante, ce qui n'en faisait pas un appareil idéal pour des surveillances furtives ou en site obscur. Les prototypes les plus récents, en revanche, pouvaient recharger leurs batteries simplement en se posant à quelques centimètres d'un champ magnétique. Heureusement, aujourd'hui, on trouve des champs magnétiques à peu près partout : prises électriques, écrans d'ordinateurs, moteurs électriques, haut-parleurs, téléphones portables... Bref, il n'y a plus aucune difficulté à trouver une station de ravitaillement. Une fois que le microrobot a été introduit avec succès dans un lieu, il peut transmettre presque indéfiniment des signaux audio et vidéo. Le microrobot de la Force Delta transmettait depuis plus d'une semaine maintenant sans le moindre pépin.

Le PH2 était suspendu en l'air dans l'immense salle centrale de la station, tel un insecte survolant le tréfonds d'une sombre caverne. Il décrivait des cercles silencieux au-dessus des occupants, qui ne soupçonnaient pas sa présence, et dont il retransmettait une image panoramique : techniciens, scientifiques, experts de toutes sortes. Soudain, Delta 1 reconnut deux visages familiers qui discutaient ensemble. Leur échange ne devait pas manquer d'intérêt. Il demanda à Delta 2 de faire en sorte qu'il puisse écouter la conversation.

Actionnant sa manette, ce dernier réorienta les capteurs et l'amplificateur parabolique du microrobot qu'il fit descendre jusqu'à ce qu'il ne se trouve plus que trois mètres à l'aplomb des scientifiques. La qualité sonore de la transmission était médiocre, mais on pouvait entendre les voix.

— Je n'arrive toujours pas à y croire ! s'exclamait l'un des deux scientifiques.

L'excitation dans sa voix n'avait pas diminué depuis son arrivée, quarante-huit heures plus tôt.

De toute évidence, son interlocuteur partageait son enthousiasme.

— Tu aurais pu imaginer que tu serais un jour témoin d'un truc aussi incroyable ?

— Jamais ! répliqua l'autre en souriant, l'air radieux. J'ai l'impression de faire un rêve complètement dingue.

Delta 1 en avait assez entendu. Tout se passait exactement comme prévu, là-bas. Delta 2 manœuvra le microrobot afin de l'éloigner de la conversation et de le garer dans un recoin discret, contre le cylindre d'un générateur électrique. Les batteries du PH2 commencèrent aussitôt à se recharger pour la mission suivante.

6.

Tandis que son hélicoptère PaveHawk filait dans le ciel matinal, Rachel Sexton se repassait le film des curieux événements de la matinée. Ce n'est qu'en arrivant à Chesapeake Bay qu'elle comprit que l'engin se dirigeait dans une tout autre direction que celle de la Maison Blanche. Sa stupéfaction initiale fit place à une véhémente contrariété.

— Hé ! cria-t-elle au pilote. Qu'est-ce que vous faites ?

Sa voix, couverte par le vrombissement des rotors, était à peine audible.

— Vous êtes censé m'emmener à la Maison Blanche ! hurla-t-elle.

Le pilote secoua la tête.

— Désolé, madame, le Président ne se trouve pas à la Maison Blanche ce matin.

Rachel essaya de se souvenir si Pickering lui avait spécifiquement mentionné la Maison Blanche comme destination ou si elle l'avait simplement présumée.

— Mais alors, où se trouve le Président ?

— Votre entretien avec lui va se passer ailleurs.

— Où ça ailleurs ?

— On n'est plus très loin maintenant.

— Ça n'est pas ce que je vous ai demandé.

— C'est à une vingtaine de kilomètres.

Rachel lui lança un regard mauvais. Ce type devrait faire de la politique, songea-t-elle.

— Est-ce que vous évitez les balles aussi bien que les questions ?

Le pilote ne répondit pas.

Il leur fallut moins de sept minutes pour traverser la baie de Chesapeake. Une fois celle-ci dépassée, le pilote vira au nord et se dirigea vers une étroite péninsule où Rachel aperçut une série de pistes d'atterrissage et d'édifices apparemment militaires. Le pilote amorça sa descente et Rachel comprit où ils allaient atterrir : les six rampes de lancement et les tours noircies par les flammes des réacteurs de fusées lui fournissaient déjà un bon indice. Mais, en plus, sur le toit de l'un des hangars, elle put voir, peints en énormes lettres blanches, ces deux mots : Wallops Island.

Wallops Island était l'un des sites les plus anciens de la NASA. Encore utilisé aujourd'hui pour les lancements de satellites et les expérimentations de prototypes, Wallops était la base la plus secrète de l'Agence spatiale.

Le Président à Wallops Island ? Cela n'avait aucun sens.

Le pilote de l'hélicoptère aligna son appareil sur l'axe de trois pistes d'atterrissage parallèles qui traversaient la fine péninsule sur toute sa longueur. Elles semblaient se diriger vers l'extrémité la plus éloignée du complexe.

Le pilote commença à ralentir.

— Vous allez rencontrer le Président dans son bureau.

Rachel se tourna en se demandant si le type plaisantait.

— Le président des États-Unis a un bureau sur Wallops Island ?

Le pilote garda un sérieux imperturbable.

— Le président des États-Unis a un bureau partout où il le désire, madame.

Il pointa l'index vers l'extrémité de la piste d'atterrissage. Rachel aperçut l'énorme silhouette au loin et son cœur faillit s'arrêter de battre. Même à trois cents mètres, elle reconnut le 747 modifié à la coque bleu clair.

— Je vais le rencontrer à bord du…

— Oui, madame, c'est son bureau quand il est loin de chez lui.

Rachel continuait à fixer l'énorme appareil. La désignation codée du Boeing 747 présidentiel était VC-25-A, mais pour tout le monde il ne portait qu'un seul nom : *Air Force One*.

— On dirait que vous allez avoir droit au nouveau, ce matin, fit le pilote, en désignant du doigt les chiffres qui se détachaient sur l'aileron de queue.

Rachel acquiesça silencieusement. Peu d'Américains savent qu'il existe en réalité deux *Air Force One* en service, deux 747 identiques spécialement aménagés, l'un portant le numéro 28 000 et l'autre le 29 000. Tous deux peuvent atteindre mille kilomètres-heure en vitesse de croisière et ont été transformés pour pouvoir être ravitaillés en vol, ce qui leur confère un rayon d'action pratiquement illimité.

Tandis que le PaveHawk effectuait sa manœuvre et s'arrêtait à côté de l'avion présidentiel, Rachel comprit qu'on qualifiât l'*Air Force One* de « palais mobile ». Il en imposait vraiment.

Quand il se rendait à l'étranger, le Président demandait souvent, pour des raisons de sécurité, que l'entretien avec le chef d'État qu'il rencontrait ait lieu à bord de son avion, sur une piste d'aéroport. Si la sécurité était certainement l'un des motifs de cette façon de procéder, il y en avait un autre, indéniable, à savoir l'atout que lui offrait un tel décor pour ses négociations. Une visite à bord de l'*Air Force One* était beaucoup plus intimidante que n'importe quel voyage à la Maison Blanche. À commencer par les lettres de deux mètres de haut qui claironnaient tout le long du fuselage *United States of America*. Un ministre étranger, une femme, avait accusé le président Nixon de lui brandir sa virilité au visage un jour qu'elle avait été conviée à le rencontrer à bord de l'*Air Force One*.

Par la suite, l'équipage de l'appareil avait, sur le mode de la plaisanterie, surnommé l'avion « le braquemart ».

Un colosse du *Secret Service* présidentiel en blazer surgit devant le cockpit et ouvrit la portière de l'appareil côté passager.

— Mademoiselle Sexton ? Le Président vous attend.

Rachel descendit de l'hélicoptère et jeta un coup d'œil vers l'énorme 747. Un phallus volant, pensa-t-elle. Elle avait entendu dire que ce bureau mobile ne comptait pas moins de mille deux cents mètres carrés de superficie intérieure et comprenait quatre suites privées séparées, que ses compartiments couchettes pouvaient accueillir pas moins de vingt-six membres d'équipage, sans parler des deux cuisines capables de nourrir une centaine de personnes.

En grimpant l'escalier, Rachel sentit sur ses talons l'agent du *Secret Service* qui accélérait le mouvement. Tout en haut, la portière de la cabine ouverte ressemblait à un petit orifice sur le flanc d'une gigantesque baleine argentée. En approchant du seuil de l'avion, elle sentit son assurance s'évanouir.

Du calme, Rachel, ce n'est qu'un avion, se rassura-t-elle.

L'agent du *Secret Service* lui prit poliment le bras et la guida dans un corridor étonnamment étroit. Ils tournèrent à droite, franchirent une courte distance, et pénétrèrent dans une cabine aussi spacieuse que luxueuse. Rachel la reconnut immédiatement pour l'avoir vue en photo.

— Attendez ici, fit l'agent, avant de s'éclipser.

Rachel resta seule dans la célèbre suite présidentielle lambrissée de l'*Air Force One*. C'était la salle où l'on recevait dignitaires et personnalités et manifestement l'endroit où l'on introduisait les novices que l'on souhaitait intimider. La pièce prenait toute la largeur de l'appareil et elle était tapissée d'une épaisse moquette brun foncé. L'ameublement était impeccable : fauteuils recouverts de cuir disposés autour d'une immense table circulaire en érable, lampadaires en bronze patiné flanquant un immense sofa et un bar en acajou supportant des verres de cristal gravés à la main.

Les concepteurs du Boeing avaient soigneusement étudié l'aménagement de ce salon pour procurer aux passagers « un sentiment d'ordre et de tranquillité ». La tranquillité, pour l'instant, était bien la dernière chose que Rachel Sexton ressentait. Elle pensait à tous les responsables politiques qui s'étaient assis ici même pour y prendre des décisions qui avaient peut-être changé le destin du monde.

Tout, dans cette grande pièce, exprimait le pouvoir, depuis l'arôme discret du cigare jusqu'à l'emblème présidentiel que l'on retrouvait un peu partout : l'aigle aux serres refermées sur les flèches et les rameaux d'olivier était brodé sur les coussins, gravé dans le seau à glace et même imprimé sur les sous-verres en liège du bar. Rachel en prit un pour l'examiner.

— Envie de garder un petit souvenir ? lança une voix grave derrière elle.

Surprise, Rachel fit un demi-tour et laissa échapper le sous-verre qui tomba. Elle s'agenouilla pour le ramasser. Tout en le reposant, elle se tourna et rencontra le regard du président des États-Unis, qui la fixait ironiquement.

— Je ne suis pas un roi, mademoiselle Sexton, la génuflexion est donc inutile.

7.

Le sénateur Sedgewick Sexton appréciait l'intimité de sa limousine Lincoln qui se faufilait dans le trafic matinal de Washington, en direction de son bureau. En face de lui, Gabrielle Ashe, son assistante de vingt-quatre ans, lui lisait l'emploi du temps de sa journée. Sexton écoutait à peine.

J'adore Washington, pensait-il, en admirant les formes parfaites de son assistante sous son pull en cachemire. Le pouvoir est le plus grand aphrodisiaque qui soit… et il fait accourir en masse les jolies femmes dans la capitale.

Gabrielle, diplômée d'une des prestigieuses universités de la côte Est, ambitionnait de devenir un jour sénatrice. Elle y arrivera, songea Sexton. Elle avait une allure folle, et l'esprit vif. Et elle comprenait parfaitement les règles du jeu.

Gabrielle Ashe était noire, sa peau avait un ton cannelle ou acajou foncé, du genre bronzage permanent, que Sexton appréciait à l'instar de tant d'autres Blancs BCBG. Comme eux, il ne dédaignait pas de flirter avec ce genre de femmes, avec lesquelles il n'avait pas l'impression de trahir son « camp ». Sexton décrivait Gabrielle à ses amis comme un mélange de Halle Berry pour le physique et de Hillary Clinton pour l'intellect et l'ambition, mais il ne pouvait s'empêcher de se dire parfois qu'il était en dessous de la vérité.

Gabrielle avait été un atout formidable pour sa campagne depuis qu'il l'avait promue assistante personnelle, trois mois auparavant. Et, pour couronner le tout, elle était gratuite : elle estimait ses journées de travail de seize heures suffisamment payées par son apprentissage des ficelles du métier auprès d'un homme politique chevronné.

Bien sûr, se rengorgea silencieusement Sexton, je l'ai convaincue d'en faire un peu plus que ce pour quoi elle avait été engagée. Peu après, Gabrielle avait été invitée à une « session d'orientation », tard le soir, dans le bureau privé de son patron. Comme prévu, la jeune assistante s'était montrée impressionnée et désireuse de plaire avant tout. Avec une patience acquise au fil des décennies, une douceur insinuante, Sexton avait réussi à envoûter la jeune femme, gagnant sa confiance, faisant tomber une à une ses défenses, s'assurant une maîtrise complète de la situation, pour finalement séduire Gabrielle sur place, dans son bureau même.

Sexton ne doutait pas que cette expérience avait été sur le plan sexuel l'une des plus gratifiantes qu'ait pu faire la jeune femme. Pourtant, à la lumière du jour, Gabrielle avait regretté ce dérapage. Embarrassée, elle avait proposé de démissionner. Sexton avait refusé. La jeune femme continua donc de travailler pour le sénateur, mais elle lui fit clairement comprendre qu'elle avait bien l'intention d'en rester là. Depuis, leur relation demeurait strictement professionnelle.

Les lèvres pulpeuses de Gabrielle bougeaient toujours.

— … ne vous laissez pas entraîner à participer au débat de CNN cet après-midi. Nous ne savons toujours pas qui la Maison Blanche va envoyer pour dialoguer avec vous. Je crois que vous auriez intérêt à lire attentivement ces notes, ajouta-t-elle en lui tendant un dossier.

Sexton prit le dossier, tout en savourant la fragrance de son parfum mêlée à l'arôme du cuir des sièges.

— Vous n'écoutez pas, dit-elle.

— Bien sûr que si. (Il sourit de toutes ses dents.) Ne vous en faites pas pour ce débat. Dans le pire des cas, la Maison Blanche me snobe en envoyant un sous-fifre. Dans le meilleur des cas, ils enverront une pointure dont je ne ferai qu'une bouchée.

Gabrielle fronça les sourcils.

— Très bien, j'ai glissé dans vos notes une liste de questions désagréables envisageables.

— Les questions habituelles, je suppose ?

— Avec un nouveau sujet d'actualité. Je crois que vous pourriez essuyer un retour hostile de la part de la communauté gay après vos déclarations d'hier soir dans l'émission de Larry King.

Sexton haussa les épaules, écoutant d'une oreille distraite.

— Évidemment. Toujours ces histoires de mariages entre personnes de même sexe.

Gabrielle lui jeta un regard désapprobateur.

— Votre sortie d'hier soir était trop véhémente.

Mariages entre personnes du même sexe, rumina Sexton avec dégoût. Si ça ne tenait qu'à moi, les tantouzes n'auraient même pas le droit de vote.

— Très bien, Gabrielle, je vais y mettre une sourdine.

— Bien. Vous avez poussé le bouchon un peu loin sur quelques sujets chauds ces temps-ci, sénateur. N'en faites pas trop. Le public peut se retourner en un clin d'œil. Pour l'instant, vous surfez sur la vague et elle gagne de la vitesse. Contentez-vous d'y rester. Inutile de smasher sans arrêt, il suffit de renvoyer la balle.

— Des nouvelles de la Maison Blanche ?

Gabrielle eut l'air délicieusement embarrassée.

— Silence sur toute la ligne. C'est officiel, votre opposant est devenu « l'homme invisible ».

Sexton ne savait qui remercier d'un tel miracle. Depuis des mois, le Président avait travaillé dur à la préparation de cette campagne. Et, brusquement, une semaine plus tôt, il s'était enfermé dans le bureau Ovale, on ne l'avait plus revu, ni entendu. Comme si le Président ne pouvait tout simplement plus supporter le soutien grandissant qu'obtenait Sexton.

Gabrielle passa la main dans sa chevelure défrisée.

— J'ai entendu dire que l'équipe de campagne de la Maison Blanche était aussi désarçonnée que nous. Le Président n'a fourni aucune explication à propos de sa disparition, et là-bas tout le monde est furieux.

— Mais comment la présente-t-on ? questionna Sexton.

Gabrielle le scruta derrière ses lunettes d'étudiante.

— Il se trouve que ce matin j'ai obtenu des infos intéressantes d'un de mes contacts à la Maison Blanche.

Sexton reconnut la lueur dans ses yeux. Gabrielle Ashe avait réussi à transformer un membre de l'équipe Herney en informateur. Sexton se demanda si elle faisait des fellations à un proche du Président en échange de ses secrets de campagne… Le sénateur n'en avait cure, du moment qu'elle glanait quelques scoops.

— Selon la rumeur, poursuivit son assistante en baissant d'un ton, l'étrange comportement du Président a débuté la semaine dernière, après un entretien décidé en urgence avec le directeur de la NASA. Apparemment, le Président est sorti de cette réunion l'air stupéfait. Il a immédiatement annulé tous ses rendez-vous et, depuis, il est en contact étroit avec la NASA.

Sexton flairait la catastrophe avec un plaisir évident.

— Vous pensez que la NASA pourrait lui avoir appris de mauvaises nouvelles ?

— Cela semble une explication logique, fit-elle d'un ton optimiste. Mais il faudrait que l'information en question soit gravissime pour que le Président abandonne tout.

Sexton réfléchit quelques instants.

— De toute évidence, quelle que soit la nouvelle, il fallait qu'elle soit mauvaise. Autrement, le Président se serait empressé de s'en servir contre moi.

Ces derniers temps, Sexton avait sévèrement critiqué le financement de la NASA. La longue série des lancements ratés qui avaient accablé l'agence spatiale, en plus de ses dépassements budgétaires énormes, lui avait valu l'honneur douteux de devenir la cible privilégiée de Sexton dans ses discours dédiés à l'incompétence et aux déficits variés du gouvernement. Attaquer sans cesse l'un des plus prestigieux symboles de la fierté américaine pour récupérer des votes supplémentaires était certes une méthode risquée que la plupart des hommes politiques auraient rejetée. Mais Sexton avait une arme dont peu de ses pairs disposaient : Gabrielle Ashe et son instinct infaillible.

La séduisante jeune femme avait retenu l'attention de Sexton plusieurs mois auparavant, alors qu'elle travaillait comme coordinatrice dans son bureau de campagne à Washington. À la veille des primaires, les sondages n'étaient pas brillants, et le message du sénateur sur la gabegie gouvernementale ne retenait guère l'attention du public. C'est alors que Gabrielle Ashe lui avait rédigé une note pour lui inspirer un angle de campagne radicalement nouveau. Elle lui avait suggéré d'attaquer le gouvernement sur les énormes dépassements budgétaires de la NASA et sur les chèques en blanc que la Maison Blanche ne cessait de signer –

exemple par excellence de la gestion irresponsable du président Herney.

« *La NASA coûte une fortune aux Américains* », lui avait écrit Gabrielle en faisant suivre cette remarque d'une liste de chiffres, d'échecs et de renflouements successifs.

« *L'électorat n'est pas au courant de cette situation. Il serait horrifié d'apprendre ce qui se passe. Je crois que vous devriez faire de la NASA un problème politique.* »

Sexton avait sursauté à la lecture de cette note.

Et pourquoi ne pas protester contre le fait de chanter l'hymne national au début des matchs de base-ball, pendant qu'on y est ! s'était-il dit.

Durant les semaines qui avaient suivi, Gabrielle avait continué d'envoyer des informations sur la NASA au sénateur. Plus Sexton les lisait, plus il comprenait que la jeune Gabrielle Ashe avait mis dans le mille. Même selon les normes habituelles de gestion gouvernementale, la NASA était un véritable gouffre financier ; elle était aussi onéreuse qu'inefficace et les dernières années avaient révélé la grossière incompétence de ses responsables.

Un après-midi où Sexton était interviewé à la radio sur le thème de l'éducation, son interlocuteur lui avait demandé avec insistance où il pourrait bien trouver le financement de ses promesses de soutien aux écoles publiques. En réponse, Sexton avait décidé de tester la théorie de Gabrielle sur la NASA avec une réponse qui ne se voulait qu'à moitié sérieuse.

— De l'argent pour l'éducation ? avait-il dit. Eh bien, peut-être réduirai-je les dépenses du programme spatial de moitié. Après tout, si la NASA peut dépenser quinze milliards de dollars par an dans l'espace, il me semble que je devrais être capable d'en dépenser sept et demi pour les enfants, ici, sur terre.

Dans la régie de la station, les assistants de campagne de Sexton s'étaient étranglés d'effroi face à la désinvolture de cette réponse. Il était déjà arrivé que des campagnes entières s'écroulent suite à des remarques beaucoup moins agressives que celle-ci. Instantanément, le standard de la radio s'était mis à chauffer. Les responsables de la campagne de Sexton avaient senti leur cœur bondir : les patriotes de l'espace risquaient d'avoir la peau du sénateur.

Mais il s'était produit quelque chose d'inattendu.

— Quinze milliards de dollars par an ? répéta le premier intervenant comme s'il avait mal entendu. Vous êtes sûr de ce chiffre ? Êtes-vous en train de nous dire que la classe de mon fils est surpeuplée parce que des écoles ne peuvent se payer assez de professeurs, alors qu'au même moment la NASA dépense quinze milliards de dollars par an à rapporter des photos de cailloux qui flottent dans l'espace ?

— Hmmm… c'est exact, avait répondu Sexton d'un ton circonspect.

— Mais cela est absurde ! Le Président a-t-il le pouvoir de faire quelque chose à ce sujet ?

— Absolument, avait répliqué Sexton, gagnant en assurance. Un président peut opposer son veto aux demandes budgétaires des agences gouvernementales qu'il estime abusives.

— Alors je vous donne ma voix, sénateur Sexton. Quinze milliards de dollars pour la recherche spatiale alors que nos enfants manquent de professeurs, c'est tout à fait scandaleux ! Bonne chance, monsieur. J'espère que vous irez jusqu'au bout.

Puis ce fut le tour d'un autre auditeur.

— Sénateur, j'ai lu récemment que la station spatiale internationale de la NASA coûtait beaucoup plus que prévu et que le Président envisageait d'allouer des fonds d'urgence à la NASA pour permettre la poursuite du projet. Est-ce vrai ?

Sexton avait sauté sur l'occasion.

— Totalement vrai !

Il avait expliqué que la station spatiale avait au départ été conçue comme un projet conjoint avec douze pays qui auraient dû en partager les coûts. Mais, une fois la construction commencée, le budget n'avait cessé d'augmenter dans des proportions phénoménales et nombre de pays avaient fini par renoncer, dégoûtés. Plutôt que de réduire les coûts, le Président avait alors décidé de couvrir toutes les dépenses.

— Et c'est ainsi, avait annoncé Sexton, que le coût de la station spatiale internationale est passé de huit milliards de dollars, initialement prévus, à cent milliards !

— Mais pourquoi donc le Président n'arrête-t-il pas les frais tout de suite ? reprit l'auditeur avec véhémence.

Sexton l'aurait volontiers embrassé.

— Excellente question, monsieur. Malheureusement, un tiers des ressources nécessaires à la construction de la station est déjà en orbite dans l'espace, et le Président a dépensé vos dollars pour les y mettre, si bien qu'arrêter les frais maintenant reviendrait à reconnaître qu'il a de toute façon fait une bourde de plusieurs milliards de dollars.

Les auditeurs continuaient d'appeler sans relâche. On eût dit que les Américains réalisaient pour la première fois que la NASA relevait de leur propre responsabilité et non d'une exigence nationale.

Une fois l'émission terminée, à l'exception de quelques fanatiques de l'espace qui s'étaient lancés dans de poignants plaidoyers sur l'éternelle et nécessaire quête de la connaissance, le consensus était acquis : la campagne de Sexton venait de rebondir sur ce que toutes les campagnes recherchent comme leur Graal, elle avait levé son lièvre, elle avait su trouver un sujet de controverse encore inexploité qui caressait l'électorat dans le sens du poil.

Dans les semaines qui suivirent, Sexton distança ses adversaires au cours de cinq primaires décisives. Il annonça la nomination de Gabrielle Ashe comme nouvelle assistante personnelle de campagne, en la félicitant d'avoir contribué à informer l'électorat du délicat problème posé par la NASA. D'un simple claquement de doigts, Sexton avait fait d'une jeune Noire inconnue une star politique naissante, désarmant au passage ceux qui l'accusaient de racoler les voix racistes et sexistes.

Et maintenant, alors qu'ils étaient tous deux assis dans la limousine, Sexton réalisait que Gabrielle venait une fois de plus de prouver sa valeur. Sa nouvelle information sur le rendez-vous secret de la semaine précédente entre l'administrateur de la NASA et le Président laissait penser que les ennuis de l'Agence spatiale n'avaient fait que s'aggraver. Le sénateur se voyait approvisionné en nouvelles munitions qu'il comptait bien utiliser.

Comme la limousine passait devant la statue de Washington, Sedgewick Sexton ne put s'empêcher de penser qu'il venait d'être béni par le destin.

8.

Le président Zachary Herney, l'homme politique le plus puissant du monde, était de taille moyenne, ses épaules étaient étroites et sa constitution plutôt frêle. Son visage criblé de taches de rousseur était barré d'une paire de lunettes à verres épais et, sur son crâne, ses cheveux noirs se clairsemaient de plus en plus. Son physique peu imposant contrastait avec l'engouement singulier qu'il inspirait à ceux qui l'approchaient. On disait qu'il suffisait de rencontrer Zach Herney une seule fois pour être prêt à tout sacrifier pour lui.

— Je suis si content que vous soyez venue ! s'exclama le Président en tendant la main à Rachel.

Sa poignée de main était chaleureuse et sincère.

— Mais c'est… (Rachel s'éclaircit la voix) tout naturel, monsieur le Président. C'est un honneur de vous rencontrer.

Herney lui décocha un sourire bienveillant et Rachel sentit aussitôt opérer la légendaire séduction du Président. L'homme était d'un abord simple et direct que les caricaturistes adoraient – car, si maladroits que fussent leurs croquis, la chaleur et le sourire aimable du Président étaient immédiatement reconnaissables. Ses yeux reflétaient autant sa sincérité que sa dignité.

— Si vous m'accompagnez, fit-il d'une voix enjouée, vous aurez même droit à une tasse de café avec votre nom écrit dessus…

— Merci, monsieur.

Le Président appuya sur un bouton de l'interphone et demanda qu'on lui apporte du café. En le suivant dans un couloir de l'avion, Rachel ne put s'empêcher de remarquer que, pour un homme qui était au plus bas dans les sondages, il respirait la joie de vivre et la décontraction. Sa tenue aussi était très décontractée : jean, polo et grosses chaussures de marche d'une marque très tendance.

— Vous avez… prévu une randonnée, monsieur le Président ? questionna Rachel, histoire de dire quelque chose.

— Pas du tout, mes conseillers en communication ont décidé que tel devait être mon nouveau look. Qu'en pensez-vous ?

— C'est très… euh… viril, monsieur, balbutia Rachel.

Herney resta de marbre.

— Ah bon. Nous pensons que ça nous aidera à reprendre quelques voix féminines à votre père.

Après un instant de silence, le visage du Président s'éclaira d'un grand sourire.

— Mademoiselle Sexton, c'était une blague ! Nous savons tous les deux que j'aurai besoin de davantage qu'un polo et un jean pour remporter cette élection !

La cordialité et la bonne humeur du Président finirent par chasser toute la tension que Rachel ressentait depuis le début de la rencontre. Ce qui lui manquait en carrure physique, le Président le compensait largement par son sens des relations humaines. La diplomatie était un art que Zach Herney maniait en virtuose depuis toujours.

Rachel suivit son hôte jusqu'à l'arrière de l'avion. D'ailleurs, plus ils avançaient, moins la cabine ressemblait à un avion : couloir sinueux, cloisons recouvertes de papier peint, il y avait même une salle de gym complète avec Stair Master et banc de rameur. Bizarrement, l'avion semblait désert.

— Vous voyagez seul, monsieur le Président ?

Il secoua la tête.

— En fait, nous venons d'atterrir.

Atterrir, et où ? se demanda Rachel, surprise. Ses rapports de renseignements de la semaine ne mentionnaient pas de projets de voyage présidentiel. Apparemment, il utilisait Wallops Island pour gouverner en toute discrétion.

— Mon équipe a débarqué juste avant votre arrivée, précisa le Président. Je vais retrouver Washington sous peu, mais je préférais vous rencontrer ici.

— Vous cherchez à m'intimider ?

— Au contraire, à vous témoigner du respect, mademoiselle Sexton. La Maison Blanche est tout sauf un endroit discret et une rencontre avec moi vous aurait placée dans une situation embarrassante vis-à-vis de votre père.

— J'apprécie cette attention, monsieur.

— Il me semble que vous gérez une situation délicate avec beaucoup d'habileté et je ne vois aucune raison de perturber cet équilibre.

Songeant à son petit déjeuner avec son père, Rachel se dit que l'expression « situation délicate » était un euphémisme. Zach Herney se montrait particulièrement courtois alors que rien ne l'y obligeait.

— Puis-je vous appeler Rachel ?

— Bien sûr.

Puis-je vous appeler Zach ? pensa-t-elle.

— Mon bureau, annonça le Président, en poussant devant elle une porte en bois d'érable sculpté.

Le bureau présidentiel d'*Air Force One* était sans aucun doute plus intime que son double à la Maison Blanche, mais l'ameublement en était tout aussi austère. La table était submergée de papiers et, derrière le Président, était suspendue une imposante peinture à l'huile représentant une goélette classique à trois mâts, toutes voiles dehors, qui essayait de prendre de vitesse un ouragan furieux. Métaphore parfaite de la position actuelle de Zach Herney.

Le Président proposa à Rachel l'un des trois fauteuils directoriaux qui entouraient son bureau. Elle s'assit. Herney approcha un siège et s'installa à côté d'elle.

Sur un pied d'égalité…, nota-t-elle en son for intérieur. Quelle habileté !

— Eh bien, Rachel, fit Herney, en soupirant avec lassitude, j'imagine que vous vous demandez pourquoi diable vous vous trouvez ici en ce moment, n'est-ce pas ?

La sincérité du ton balaya les dernières réserves de Rachel.

— Pour être franche, monsieur, je suis abasourdie.

Herney éclata de rire.

— Bravo ! Il m'arrive rarement de faire cet effet à quelqu'un du NRO.

Sur un geste du Président, l'hôtesse posa le plateau sur le bureau et s'éclipsa.

— Lait et sucre ? proposa-t-il en se levant pour servir.

— Lait, s'il vous plaît.

Rachel savoura le riche arôme. Le président des États-Unis me sert personnellement une tasse de café ? s'interrogea-t-elle.

Zach Herney lui tendit la lourde cafetière en étain.

— Du Paul Revere authentique, fit-il, c'est un des petits luxes du métier.

Rachel en avala une gorgée. C'était le meilleur qu'elle ait jamais bu.

— En tout cas, reprit le Président en se versant à son tour du café avant de se rasseoir, je dois bientôt partir et il faut donc en venir au fait.

Herney fit basculer un morceau de sucre dans sa tasse et planta son regard dans les yeux de la jeune femme.

— J'imagine que Bill Pickering vous a prévenue que l'unique raison pour laquelle je pourrais vouloir vous rencontrer serait de vous utiliser comme un pion dans mon jeu ?

— En fait, monsieur, ce sont exactement les mots qu'il a employés.

Le Président eut un sourire.

— Toujours aussi cynique !

— Il a donc tort ?

— Vous plaisantez ! ironisa le Président. Bill Pickering ne se trompe jamais et, comme d'habitude, il a vu juste.

9.

Gabrielle Ashe regardait d'un air absent par la vitre de la limousine qui se dirigeait dans la circulation matinale vers son bureau. Elle se demandait comment elle avait pu en arriver là. Assistante personnelle du sénateur Sedgewick Sexton ! N'était-ce pas exactement ce qu'elle avait voulu ?

Je suis assise dans une limousine avec le prochain président des États-Unis, se dit-elle.

Gabrielle jeta un coup d'œil au sénateur qui semblait perdu dans ses pensées. Elle admira la noblesse d'expression de son visage et l'élégance de son costume. Il avait tout d'un présidentiable.

Gabrielle avait entendu pour la première fois un discours de Sexton alors qu'elle était en dernière année de Sciences-Po à l'université Cornell, trois ans plus tôt. Elle était sortie major de sa promotion. Elle n'avait jamais oublié son regard insistant comme s'il avait voulu lui transmettre un message : « Faites-moi confiance. » Après la conférence, Gabrielle avait fait la queue pour lui dire quelques mots.

— Gabrielle Ashe, avait annoncé le sénateur en lisant le nom de la jeune femme sur son badge. Un joli nom pour une charmante jeune femme.

Son regard se voulait rassurant.

— Merci, monsieur, avait répondu Gabrielle tout en serrant la main énergique de son interlocuteur. J'ai été très impressionnée par votre discours.

— Je suis heureux de l'entendre.

Sexton lui avait glissé une carte de visite dans la main.

— Je suis toujours à la recherche de jeunes esprits brillants qui partagent mon point de vue. Quand vous décrocherez votre diplôme, téléphonez-moi, nous aurons peut-être un travail pour vous.

Gabrielle avait ouvert la bouche pour le remercier mais le sénateur s'adressait déjà à une autre personne. Pourtant, dans les mois qui suivirent, Gabrielle ne put s'empêcher d'observer à la télévision la carrière de Sexton. Elle apprécia, admira même l'éloquence de ses attaques contre les dépenses du gouvernement, réclamant des coupes sombres à droite et à gauche, le dégraissage de l'administration fiscale pour une meilleure utilisation de l'impôt, ainsi que de quelques autres administrations pléthoriques. Le sénateur avait aussi suggéré que l'on supprime certains programmes sociaux qui faisaient double emploi. Puis, après le décès de son épouse dans un accident de voiture, Gabrielle avait redoublé d'admiration en le voyant retirer une énergie supplémentaire de cette situation. Il avait su surmonter sa souffrance personnelle pour déclarer au monde qu'il se lançait dans la campagne à la présidence et qu'il dédiait la suite de sa carrière politique à la mémoire de sa femme. C'est alors que Gabrielle avait décidé de rejoindre l'équipe de campagne du sénateur.

Son intimité avec le sénateur n'aurait pu être plus grande.

Gabrielle se rappela la soirée qu'elle avait passée avec Sexton dans son luxueux bureau, et elle serra les lèvres, essayant de tenir à distance les images embarrassantes qui lui revenaient. Elle savait bien qu'elle aurait dû résister, mais elle n'en avait pas trouvé la force. Sedgewick Sexton était son idole depuis trop longtemps... D'ailleurs, il lui avait déclaré sa flamme.

La limousine heurta un nid-de-poule, rappelant Gabrielle à la réalité.

— Ça va, Gabrielle ? demanda Sexton.

La jeune femme lui adressa un sourire un peu contraint.

— Très bien.

— Vous n'êtes pas encore en train de penser à cette histoire de diffamation ?

Elle haussa les épaules.

— Si, cela me préoccupe encore.

— Oubliez-la. Ce fut un faux pas de leur part et c'est finalement ce qui pouvait arriver de mieux à notre campagne.

Cette « diffamation », Gabrielle l'avait appris à ses dépens, était une tactique qui pouvait rapporter très gros. Certes, cela n'avait rien de très glorieux puisqu'il s'agissait d'obtenir des informations confidentielles sur un rival : savoir s'il utilisait un élongateur de pénis ou s'il était abonné à un site porno gay. Une tactique payante donc, sauf quand il y avait un retour de manivelle...

Et, en l'occurrence, c'était bien ce qui s'était passé. Pour la Maison Blanche. Environ un mois plus tôt, l'équipe de campagne du Président, déstabilisée par des sondages catastrophiques, avait décidé de se montrer plus agressive et avait fait circuler la rumeur – ils étaient d'ailleurs convaincus de sa véracité – que le sénateur Sexton avait une liaison avec Gabrielle Ashe. Malheureusement pour la Maison Blanche, ils ne disposaient pas du moindre commencement de preuve. Le sénateur, fervent adepte de l'axiome selon lequel la meilleure défense était l'attaque, avait sauté sur l'occasion. Il avait convoqué une conférence de presse pour proclamer son innocence et s'était déclaré scandalisé.

— Je ne peux pas croire, avait-il dit en fixant les caméras avec une lueur douloureuse dans le regard, que le Président oserait déshonorer la mémoire de ma femme avec ces mensonges malveillants.

La performance télévisuelle du sénateur Sexton avait été si convaincante que même Gabrielle s'était demandé pendant une seconde s'ils avaient vraiment couché ensemble. Et, en le voyant mentir avec une telle facilité, Gabrielle avait compris que le sénateur était un homme vraiment dangereux.

Ces derniers temps, bien qu'elle fût certaine d'avoir misé, dans la course présidentielle, sur le concurrent le plus efficace, Gabrielle avait commencé à douter. En travaillant étroitement avec Sexton, elle avait eu l'occasion de découvrir l'homme derrière la façade et, comme un enfant qui visite les coulisses d'un studio de cinéma, elle avait ressenti une sévère désillusion.

Bien que la foi de Gabrielle dans le message de Sexton demeurât intacte, elle commençait à se demander si le sénateur était vraiment le Président qu'elle souhaitait au pays.

10.

— Ce dont je vais vous parler, Rachel, est classifié UMBRA, fit le Président. Cette classification est bien supérieure à votre habilitation actuelle.

Rachel sentit les parois d'*Air Force One* se resserrer. Le Président l'avait fait venir à Wallops Island, l'avait invitée à bord de son avion, lui avait servi du café, lui avait révélé qu'il avait l'intention de se servir d'elle à des fins politiques contre son propre père, et maintenant il lui annonçait qu'il avait l'intention de lui communiquer illégalement des informations classifiées. Si affable que Zach Herney fût apparu en surface, Rachel Sexton venait de comprendre quelque chose d'important : quand le Président avait la main, il ne la lâchait plus.

— Il y a deux semaines, reprit Herney, les yeux rivés à ceux de son interlocutrice, la NASA a fait une découverte.

Ces paroles flottèrent un moment dans l'air avant que Rachel ne parvînt à les interpréter. Une découverte de la NASA ? Dans les récents rapports qu'elle avait vus passer, elle n'avait rien lu d'extraordinaire concernant l'activité de l'Agence spatiale. Ses seules découvertes relatives à la NASA concernaient les limites budgétaires que celle-ci venait une fois de plus de repousser en raison d'un nouveau projet.

— Avant de continuer, reprit le Président, j'aimerais savoir si vous partagez le cynisme de votre père au sujet de l'exploration spatiale.

Rachel se cabra.

— Monsieur le Président, j'ose espérer que vous ne m'avez pas fait venir jusqu'ici pour que je demande à mon père de cesser ses attaques contre la NASA.

Il rit.

— Mon Dieu, non ! J'ai suffisamment fréquenté le Sénat pour savoir que personne ne peut empêcher Sedgewick Sexton de faire quoi que ce soit.

— Mon père est un opportuniste, monsieur le Président. La plupart des hommes politiques qui réussissent le sont. Et, malheureusement, la NASA s'est transformée toute seule en opportunité.

La récente série d'échecs de la NASA était devenue si intolérable que l'on ne savait plus si l'on devait en rire ou en pleurer : les satellites se désintégraient les uns après les autres, les sondes n'envoyaient pas les signaux attendus, la station spatiale internationale voyait son budget décupler et les pays associés aux projets se défilaient les uns après les autres. Les milliards se volatilisaient et le sénateur Sexton surfait sur le désastre, comme sur une vague qui semblait destinée à l'amener jusqu'aux rives de la Maison Blanche.

— J'admets, poursuivit le Président, que la NASA a pris des airs de catastrophe, ces temps-ci. Chaque fois que je reprends mon souffle, ils me donnent un nouveau motif de réduire son financement.

Rachel vit une ouverture et se précipita sur l'occasion.

— Et pourtant, monsieur le Président, je viens juste de lire que vous leur avez accordé un dépassement de trois autres millions de dollars en urgence la semaine dernière. Pour empêcher la faillite, n'est-ce pas ?

Le Président partit d'un petit rire.

— Votre père a dû jubiler quand il a vu ça, non ?

— Vous lui avez tendu les verges pour vous battre.

— Est-ce que vous l'avez entendu au dernier débat télévisé ? « Zach Herney est un toxico de l'espace et les contribuables sont les sponsors de son vice. »

— Mais vous ne cessez de le pousser à continuer, monsieur le Président.

Herney acquiesça.

— Je n'ai jamais caché que je suis un supporter de la NASA. Je l'ai toujours été. Je suis un enfant de la conquête de l'espace et je n'ai jamais hésité à exprimer mon admiration et ma fierté pour notre programme spatial. Pour moi, les hommes et les femmes de la NASA sont les pionniers de l'histoire moderne. Ils tentent l'impossible, ils acceptent l'échec et reviennent inlassablement à leur planche à dessin alors que tout le monde les accable de critiques…

Rachel resta silencieuse, sentant que, malgré son calme apparent, le Président bouillait d'une rage indignée devant les attaques à répétition du sénateur contre la NASA. Rachel se demandait ce que l'Agence avait bien pu découvrir. Le Président prenait manifestement son temps avant d'en venir au fait.

— Aujourd'hui, fit Herney d'une voix plus tendue, j'ai l'intention de changer complètement votre opinion sur la NASA.

Rachel lui jeta un regard perplexe.

— Vous avez déjà ma voix, monsieur le Président, vous devriez peut-être vous concentrer sur le reste du pays.

— C'est bien ce que j'ai l'intention de faire. (Il avala une gorgée de café et sourit.) Et je vais vous demander de m'aider… (Il se pencha vers elle.) D'une façon tout à fait inhabituelle, ajouta-t-il.

Rachel sentit que Herney la fixait intensément, un peu comme un chasseur qui essaie de deviner si sa proie a l'intention de fuir ou de combattre. Malheureusement, Rachel savait qu'il n'y avait pas d'issue.

— Je suppose, poursuivit le Président, en versant de nouveau du café dans leurs deux tasses, que vous connaissez le projet EOS ?

Rachel hocha la tête.

— Earth Observation System, le système d'observation de la terre. Je crois que mon père m'en a parlé une ou deux fois.

Face à cette tentative de sarcasme, le Président fronça les sourcils. En vérité, le père de Rachel avait bien évoqué le système d'observation de la terre chaque fois qu'il avait pu. C'était l'un des projets les plus onéreux et les plus controversés de la NASA. Il s'agissait de mettre en place une série de cinq satellites conçus pour étudier et analyser les problèmes environnementaux de la planète : diminution de la couche d'ozone, fonte des glaces polaires, réchauffement de l'atmosphère, déforestation… EOS devait fournir des données macroscopiques aux environnementalistes afin qu'ils soient mieux armés pour prévoir l'avenir de la planète.

Malheureusement, le projet EOS avait connu une série d'échecs successifs et Zach Herney avait dû monter en première ligne pour le soutenir. Il s'était appuyé sur le lobby écologiste pour arracher 1,4 milliard de dollars au Congrès. Mais, loin de fournir les données promises, EOS s'était rapidement enlisé dans un cauchemar de lancements ratés, de dysfonctionnements informatiques et de conférences de presse consternées de la direction de la NASA. Le seul à sourire ces temps-ci était le sénateur Sexton, qui ne cessait de rappeler aux électeurs les montants engloutis par le Président dans le programme EOS – « l'argent des contribuables » –, et combien ses retombées avaient été médiocres.

Le Président plongea un sucre dans sa tasse.

— Si surprenant que cela puisse paraître, la découverte dont je vous parle a été faite par EOS.

Rachel ne comprenait plus. Si l'EOS venait de connaître une réussite aussi importante, la NASA l'aurait certainement annoncée. Alors que son père crucifiait EOS dans les médias, c'était l'occasion rêvée pour l'Agence spatiale de redorer son blason.

— Je n'ai rien entendu, concernant une quelconque découverte d'EOS, fit Rachel.

— Je sais. La NASA préfère garder la bonne nouvelle secrète quelque temps.

Rachel en doutait.

— Jusqu'ici, monsieur, j'avais plutôt l'impression que, dès que la NASA avait une information à communiquer, elle sautait sur l'occasion.

La discrétion n'était effectivement pas le fort des relations publiques de l'Agence. Et le contenu de leurs annonces, lors des conférences de presse, était souvent si maigre que les collègues de Rachel au NRO en faisaient des gorges chaudes.

Le Président fronça les sourcils.

— Ah oui, j'oubliais, je parle à un disciple de Pickering, le grand prêtre de la sécurité du NRO. Est-ce qu'il grogne toujours autant contre les langues trop bien pendues de la NASA ?

— La sécurité est son travail, monsieur. Il la prend très au sérieux.

— Il a sacrément intérêt. Je trouve seulement abscons de voir que deux agences qui ont tant de choses en commun trouvent toujours le moyen de se bagarrer pour un oui ou pour un non.

En collaborant avec William Pickering, Rachel avait appris depuis longtemps que, si la NASA et le NRO étaient deux agences spatiales américaines, elles avaient des philosophies diamétralement opposées. Le NRO était une agence militaire, dont toutes les activités étaient classées secret-défense, tandis que la NASA était, selon William Pickering, un repère d'universitaires et de savants qui ne résistaient jamais à la tentation de crier sur les toits toutes leurs découvertes en faisant courir des risques à la sécurité nationale. Certaines technologies parmi les plus sophistiquées de la NASA – lentilles à haute résolution pour télescopes satellitaires, systèmes de communication à très longue portée, systèmes d'imagerie radio – avaient ainsi la regrettable habitude de surgir dans l'arsenal de gadgets des services de renseignements ennemis et d'être utilisées pour espionner les

États-Unis. Bill Pickering maugréait souvent que, si les scientifiques de la NASA avaient une grosse cervelle, ils avaient surtout une grande gueule.

Un contentieux encore plus lourd entre les deux agences touchait aux lancements des satellites du NRO sur lesquels la NASA avait la haute main : nombre des récents échecs de l'Agence spatiale avaient directement affecté la Maison Pickering. Entre tous, l'échec le plus spectaculaire avait été celui du 12 août 1998, lorsqu'une fusée *Titan IV*, lancée conjointement par la NASA et l'armée de l'air américaine, avait explosé quarante secondes après sa mise à feu, détruisant instantanément un satellite du NRO baptisé Vortex 2 qui avait coûté la modique somme d'1,2 milliard de dollars. Pickering semblait peu disposé à oublier cet « incident ».

— Alors pourquoi la NASA n'a-t-elle pas fait connaître sa réussite récente ? insista Rachel sur un ton de défi. C'était pourtant le moment ou jamais d'annoncer une bonne nouvelle.

— La NASA est restée silencieuse, rétorqua le Président, parce que je le lui ai ordonné.

Rachel se demanda si elle avait bien entendu. S'il disait vrai, le Président s'infligeait une sorte de hara-kiri politique, complètement incompréhensible pour elle.

— Cette découverte, fit Herney, est… absolument stupéfiante dans ses implications.

Rachel se sentit parcourue d'un frisson. Dans le monde des services de renseignements, l'expression « implications stupéfiantes » était rarement synonyme de bonne nouvelle. Toutes ces cachotteries autour de l'EOS étaient-elles liées à la découverte d'un désastre environnemental ?…

— Y a-t-il un problème ?

— Pas le moindre problème. Ce que l'EOS a découvert est absolument extraordinaire.

Rachel garda le silence.

— Voyons, Rachel, supposons que je vous dise que la NASA vient de faire une découverte scientifique majeure... dont la signification est tellement bouleversante... qu'elle justifierait tous les dollars que les Américains ont dépensés dans la conquête de l'espace ?

Rachel ne parvenait pas à y croire.

Le Président se leva.

— Allons faire un tour, s'il vous plaît, mademoiselle.

11.

Rachel suivit le président Herney sur la passerelle scintillante d'*Air Force One*. En descendant les marches, elle sentit l'air vif clarifier son esprit. Malheureusement, cela ne faisait que rendre les déclarations du Président plus saugrenues encore.

La NASA aurait fait une découverte d'une telle importance scientifique qu'elle justifierait tout l'argent investi dans la recherche spatiale ?

La jeune femme ne pouvait imaginer, s'agissant d'une découverte de cette importance, qu'une seule possibilité – le Saint-Graal de la NASA : le contact avec une forme de vie extraterrestre. Rachel connaissait cependant assez bien le sujet pour savoir qu'une telle hypothèse restait extrêmement improbable.

En tant qu'analyste d'un service de renseignements, Rachel devait sans cesse répondre aux questions de ses proches qui voulaient en savoir plus sur de prétendus contacts avec des extraterrestres que le gouvernement aurait dissimulés. Elle était souvent consternée par les théories que ses amis, pourtant cultivés, lui débitaient tout à trac – des histoires d'accidents de soucoupes volantes que le gouvernement cacherait dans des bunkers secrets, de cadavres d'extraterrestres congelés dans la glace, ou encore d'enlèvements de citoyens sur lesquels on mènerait des expériences médicales.

Ces rumeurs étaient bien sûr absurdes, il n'y avait pas d'extraterrestres, ni de dissimulation du gouvernement à cet égard.

Tous ses collègues de la communauté du renseignement savaient comme elle que, dans leur immense majorité, les témoignages sur les ovnis ou les enlèvements d'extraterrestres étaient le simple produit d'imaginations exaltées ou émanaient de patrons de presse désireux de faire grimper leurs tirages. Et, quand on retrouvait des preuves photographiques de l'existence de ces ovnis, il s'avérait que ces photos, comme par hasard, étaient toujours réalisées à proximité de bases militaires aériennes américaines où l'on expérimentait des prototypes secrets. Quand Lockheed avait commencé ses essais autour d'un nouveau bombardier furtif sur la base aérienne Edwards, les témoignages relatifs aux ovnis, aux environs de la base, s'étaient brusquement multipliés.

— Vous paraissez sceptique, mademoiselle, observa le Président en lui jetant un coup d'œil désapprobateur.

Le ton de la remarque fit tressaillir Rachel. Elle lui rendit son regard et attendit avant de répondre.

— Eh bien…, commença-t-elle d'un ton hésitant. Je suppose que nous ne sommes pas en train de parler de soucoupes volantes ou de petits hommes verts ?

Le Président eut un air amusé.

— Rachel, je pense que vous allez trouver cette découverte beaucoup plus intrigante que de la science-fiction.

Rachel fut soulagée d'entendre que la NASA n'était pas tombée assez bas pour essayer de vendre au Président une histoire d'extraterrestres. Néanmoins, son commentaire ne faisait qu'approfondir l'énigme.

— Eh bien, reprit-elle, quelle que soit la découverte de la NASA, je dois dire qu'elle tombe absolument à pic.

Herney s'immobilisa un instant.

— À pic ? demanda-t-il.

Rachel s'arrêta aussi et le fixa droit dans les yeux.

— Monsieur le Président, la NASA s'acharne actuellement à justifier son existence et vous êtes sans cesse attaqué pour vos largesses à son égard. Un succès majeur de la NASA en ce moment constituerait un remède miracle, aussi bien pour la NASA que pour votre campagne. Vos détracteurs trouveront forcément cette coïncidence hautement suspecte.

— Vous êtes donc en train de dire que je mens, ou que je suis un imbécile ?

Rachel sentit sa gorge se nouer.

— Je ne voulais pas me montrer irrespectueuse, je voulais seulement…

— Ne vous en faites pas.

Un fin sourire aux lèvres, Herney reprit sa marche et poursuivit :

— Quand l'administrateur de la NASA m'a parlé pour la première fois de cette découverte, je l'ai purement et simplement rejetée en lui déclarant que c'était absurde. Je l'ai accusé d'avoir inventé l'escroquerie politique la plus transparente de l'histoire.

Rachel sentit le nœud dans sa gorge se desserrer quelque peu. Au bas de l'escalier, Herney se tourna vers elle.

— Une des raisons pour lesquelles j'ai demandé aux gens de la NASA de garder le secret sur cette affaire, c'est que je veux les protéger. L'importance de cette découverte est telle qu'elle éclipse toutes les autres annonces que la NASA a pu faire dans le passé. L'atterrissage d'hommes sur la Lune aura l'air d'un événement insignifiant à côté. Parce que tout le monde, y compris moi-même, a tant à gagner, ou à perdre, j'ai pensé qu'il serait prudent de vérifier les données communiquées par la NASA avant de faire une déclaration officielle.

Rachel était stupéfaite.

— Vous n'êtes pas en train de me dire que vous avez pensé à moi, monsieur ?

Le Président éclata de rire.

— Non, ce n'est pas votre domaine d'expertise. En outre, j'ai déjà procédé à cette vérification par des canaux extra-gouvernementaux.

Le soulagement de Rachel fit place à un nouvel étonnement.

— Extra-gouvernementaux ? Monsieur le Président, cela signifie que vous vous êtes servi d'agents privés pour expertiser des informations aussi secrètes ?

Le Président acquiesça avec conviction.

— J'ai constitué une équipe extérieure. Il s'agit de quatre scientifiques civils qui n'appartiennent pas à la NASA. Leur réputation est incontestable. Ils ont utilisé leur équipement pour effectuer des observations et arriver à leurs propres conclusions. Au cours des dernières quarante-huit heures, ces scientifiques civils ont confirmé la découverte de la NASA, sans laisser planer l'ombre d'un doute.

Maintenant, Rachel était impressionnée. Le Président s'était protégé avec l'aplomb qu'il affichait toujours dans ce genre de situation. En engageant une équipe de sceptiques patentés, extérieurs à la NASA et qui n'avaient rien à gagner à confirmer cette découverte, Herney s'était garanti par avance des soupçons de manigance désespérée – et par là même il pouvait mettre fin aux attaques du sénateur Sexton.

— Demain à 20 heures, reprit Herney, je convoquerai une conférence de presse à la Maison Blanche pour annoncer au monde cette découverte.

Rachel commençait à se sentir frustrée. Herney ne lui avait toujours rien dit.

— Et en quoi consiste-t-elle précisément ?

Le Président sourit.

— Vous l'apprendrez par vous-même, je vous demande encore un peu de patience. Il faut le voir pour le croire. J'ai besoin que vous compreniez bien la situation avant de continuer. L'administrateur de la NASA vous attend pour vous mettre au courant. Il vous dira tout ce que vous avez besoin de savoir. Après quoi, vous et moi discuterons de votre rôle.

Rachel sentit une menace diffuse dans le regard du Président et se rappela l'avertissement de Pickering : la Maison Blanche préparait un coup à sa façon. Pickering avait une fois de plus raison, songea-t-elle.

Herney lui indiqua un hangar tout proche.

— Suivez-moi, fit-il.

Rachel s'exécuta, perplexe. Cet édifice n'avait pas de fenêtre et ses grandes baies vitrées étaient toutes obstruées. Le seul accès semblait être une petite entrée donnant sur le côté. La porte était entrouverte. Le Président conduisit Rachel à quelques mètres de celle-ci et s'arrêta.

— Je ne vais pas plus loin, déclara-t-il en désignant la porte. Je vous laisse entrer toute seule.

Rachel hésita.

— Vous ne m'accompagnez pas ?

— Je dois rentrer à la Maison Blanche, nous nous reparlerons sous peu. Avez-vous un portable ?

— Bien sûr, monsieur.

— Donnez-le-moi.

Rachel sortit son téléphone et le lui tendit, supposant qu'il allait y enregistrer un numéro privé. Au lieu de ça, il glissa l'appareil dans sa poche. Rachel écarquilla légèrement les yeux. Zach Herney me pique mon portable ?

— Vous êtes maintenant un électron libre, fit le Président. J'ai veillé personnellement à ce que votre absence au travail ne vous pose aucun problème. Je vous ordonne de ne parler à personne aujourd'hui sans ma permission expresse ou celle de l'administrateur de la NASA. Me suis-je bien fait comprendre ? Une fois que l'administrateur vous aura expliqué en quoi consiste cette découverte, il vous mettra en contact avec moi à travers des canaux sécurisés. On se reparle bientôt. Bonne chance, Rachel !

La jeune femme regarda le hangar et sentit un malaise croissant la gagner. Le président Herney posa une main rassurante sur son épaule et indiqua la porte d'un petit mouvement du menton.

— Je vous assure, Rachel, que vous ne regretterez pas de m'avoir secondé dans cette affaire.

Sans ajouter un mot de plus, le Président s'éloigna à grands pas pour rejoindre le PaveHawk dans lequel Rachel était arrivée. Il embarqua rapidement et l'hélicoptère décolla aussitôt. Il n'avait pas jeté un regard en arrière.

12.

Rachel Sexton se tenait immobile, devant l'entrée du hangar isolé de Wallops Island, s'efforçant de scruter les profondeurs obscures. Avec l'impression de se trouver au seuil d'un autre monde. Un courant d'air froid et humide s'échappait de l'antre immense, comme si le bâtiment respirait.

— Bonjour... ? cria-t-elle d'une voix légèrement hésitante.

Silence.

Avec une inquiétude croissante, elle fit un pas à l'intérieur. Pendant plusieurs secondes elle ne vit rien, jusqu'à ce que ses yeux s'accoutument à l'obscurité.

— Mademoiselle Sexton, je présume ? fit une voix d'homme à quelques mètres seulement.

Rachel sursauta.

— Oui, monsieur, répliqua-t-elle à la silhouette imprécise qui s'approchait d'elle.

Rachel finit par distinguer un jeune homme à mâchoires carrées, en uniforme de la NASA. Athlétique et musclé, il avait le torse orné d'innombrables macarons.

— Commandant Wayne Loosigan, se présenta l'homme. Désolé de vous avoir fait peur. Il fait vraiment très sombre ici et je n'ai pas encore eu l'occasion d'ouvrir les portes-fenêtres. C'est moi qui aurai l'honneur de vous piloter ce matin, reprit-il avant que Rachel ait pu répondre.

— De me piloter ?

Rachel posa un regard stupéfait sur l'homme.

— Je suis ici pour voir l'administrateur, précisa-t-elle.

— Oui, madame, mes ordres sont bien de vous transporter jusqu'à lui tout de suite.

Il fallut un moment à Rachel pour saisir le sens de la phrase. Quand elle eut compris, elle se sentit prise au piège. Son périple ne semblait pas encore terminé.

— Où se trouve-t-il donc ? s'enquit-elle avec méfiance.

— Je n'ai pas l'information, rétorqua le pilote, je recevrai ses coordonnées une fois que nous serons en l'air.

Rachel sentit qu'il disait la vérité. Apparemment, elle et Pickering n'étaient pas les deux seules personnes à ne rien savoir. Le Président tenait beaucoup au secret, et

Rachel se sentit embarrassée par la rapidité et la facilité avec lesquelles il avait fait d'elle un « électron libre ».

Voilà à peine une demi-heure que je suis là et on m'a déjà fauché tout moyen de communication, sans compter que mon chef n'a pas la moindre idée de l'endroit où je me trouve..., songea-t-elle, soucieuse.

Debout devant le jeune pilote athlétique au garde-à-vous, Rachel comprit qu'elle n'avait de toute façon rien à objecter à propos de son programme de la matinée : il était tout tracé et il allait bien falloir qu'elle embarque, bon gré mal gré. La seule question était de savoir où cet avion allait l'emmener.

Le pilote se dirigea à grandes enjambées vers la paroi du hangar et appuya sur un bouton. L'autre extrémité commença à coulisser lourdement vers la gauche. La lumière grandissante qui venait du dehors dessina le contour d'un très grand objet.

Rachel en demeura bouche bée. Au centre du hangar se dressait un avion à réaction tout noir, l'air menaçant. C'était le plus aérodynamique de tous les jets que Rachel ait jamais vus.

— Vous plaisantez ! s'exclama-t-elle.

— Vous n'êtes pas la seule à réagir comme ça, madame, mais le F-14 Tomcat Split-tail est un appareil qui a fait ses preuves.

Il ressemble à un missile avec des ailes, se dit-elle.

Le pilote conduisit Rachel jusqu'à l'engin, lui montra le cockpit à deux places.

— Vous serez assise derrière.

— Vraiment ? Et moi qui pensais que vous vouliez que je pilote !

Après avoir enfilé une combinaison de vol sur sa tenue de ville, Rachel grimpa dans le cockpit. Elle se glissa maladroitement sur le siège étroit.

— Les pilotes de la NASA sont apparemment plus minces de hanches que moi, remarqua-t-elle.

Son compagnon lui adressa un grand sourire tout en l'aidant à boucler sa ceinture. Puis il mit un casque.

— Nous allons voler très haut, expliqua-t-il, vous aurez besoin d'oxygène.

Il tira un masque à oxygène du panneau latéral et le fit passer par-dessus son casque.

— Je peux me débrouiller toute seule, objecta Rachel en tendant la main vers son casque et en l'enfilant elle-même.

— Comme vous voudrez, madame.

Puis Rachel attrapa le masque en plastique moulé et l'adapta sur la partie inférieure de son visage. Ce masque était bizarrement inadapté et très inconfortable.

Le jeune officier la considéra longuement d'un air vaguement amusé.

— Quelque chose qui cloche ? demanda-t-elle.

— Pas du tout, madame.

Mais, sous sa politesse de façade, elle sentait poindre l'ironie.

— Vous trouverez des sachets sous votre siège au cas où vous seriez malade. La plupart des gens ont des nausées la première fois qu'ils montent dans un jet comme celui-ci.

— Ne vous en faites pas pour moi, reprit Rachel d'une voix assourdie par le masque qui lui comprimait douloureusement la bouche, je ne suis pas sujette au mal de l'air.

Le pilote haussa les épaules, peu convaincu.

— Les commandos de marine prétendent la même chose et j'ai passé beaucoup de temps à nettoyer mon cockpit souillé de vomi.

Elle baissa les yeux. Charmante perspective.

— Des questions avant que l'on démarre ?

Rachel hésita un moment avant de donner deux ou trois petits coups sur le masque qui lui sciait le menton.

— Ça me fait très mal. Comment faites-vous pour porter ce genre de truc sur de longs trajets ?

Le pilote eut un petit sourire amusé.

— Eh bien, madame, en général, on l'enfile à l'endroit.

À l'extrémité de la piste d'envol, les moteurs vrombissant derrière elle, Rachel se sentait un peu comme une balle dans le canon d'un fusil, attendant que quelqu'un appuie sur la détente. Quand le pilote mit les gaz, les deux moteurs Lockheed Tomcat de 345 chevaux poussèrent un rugissement assourdissant et Rachel eut l'impression que la terre se mettait à trembler. Le pilote desserra les freins, Rachel eut la sensation d'être écrasée contre le dossier de son siège, le jet avala toute la piste d'envol et s'élança dans le ciel en quelques secondes seulement. Au-dehors, la terre s'éloignait à toute vitesse.

Rachel ferma les yeux. Elle se demanda à quel moment elle avait commis une erreur ce matin-là. Elle aurait normalement dû être assise devant son bureau en train de rédiger la synthèse de ses rapports. Au lieu de cela, elle chevauchait une torpille carburant à la testostérone et elle respirait à l'aide d'un masque à oxygène.

Quand le Tomcat se remit à l'horizontale, à quinze mille mètres d'altitude, Rachel se sentait plutôt nauséeuse. Elle tâcha de se concentrer sur quelque chose. En regardant l'océan, à quinze kilomètres au-dessous d'elle, la jeune femme éprouva un brusque sentiment de solitude. À l'avant, le pilote dialoguait avec quelqu'un sur la radio de bord. À la fin de la conversation, il raccrocha et vira brutalement sur la gauche. Le jet se redressa presque à la verticale, et Rachel sentit son estomac se contracter violemment. Puis, l'avion revint à l'horizontale.

— Merci de m'avoir prévenue, le virtuose ! gémit Rachel.

— Désolé, madame, mais on vient de me donner les coordonnées secret-défense de votre rendez-vous avec l'administrateur de la NASA.

— Laissez-moi deviner, fit Rachel. Plein nord, c'est ça ?

Le pilote sembla interdit.

— Comment êtes-vous au courant ?

Rachel soupira. Tu vas adorer ces pilotes formés sur ordinateur, songea-t-elle.

— Il est 9 heures du matin, commandant, et le soleil est sur notre droite. On vole donc plein nord.

Il y eut un instant de silence à l'avant du cockpit.

— Oui, madame, nous allons effectivement vers le nord ce matin.

— Et puis-je savoir à quelle distance, s'il vous plaît ?

Le pilote vérifia les coordonnées de son vol.

— Approximativement à cinq mille kilomètres, madame.

Rachel sursauta. Elle essaya d'imaginer une carte mais ses notions de géographie arctique demeuraient assez floues.

— Mais c'est un vol de quatre heures !

— À notre vitesse actuelle, oui madame, acquiesça le pilote. Un instant s'il vous plaît.

Avant que Rachel ait pu répondre quoi que ce fût, le pilote rentra les ailes à géométrie variable du F-14 en position de faible traînée. Rachel se trouva une fois encore écrasée contre le dossier de son siège au moment où l'avion fusa en avant comme si, jusque-là, il était resté immobile. Une minute plus tard, il volait à près de deux mille deux cents kilomètres-heure.

Rachel commençait à se sentir vraiment patraque. Une nausée incontrôlable remontait depuis son estomac. Elle entendit faiblement la voix du Président : « Je vous assure, Rachel, que vous ne regretterez pas de m'avoir secondé dans cette affaire. »

En gémissant, Rachel tendit la main vers le sac en papier sous son siège.

Ne faites jamais confiance à un homme politique, se dit-elle.

13.

Il avait beau détester la saleté des taxis, le sénateur Sedgewick Sexton avait appris à supporter ces moments d'humiliation qui jalonnaient parfois sa route vers la gloire. Le taxi crasseux, qui venait de le déposer dans le parking souterrain de l'hôtel Purdue, apportait à Sexton quelque chose que sa limousine lui interdisait : l'anonymat.

Il fut heureux de découvrir un parking désert, hormis quelques voitures poussiéreuses. En traversant à pied le garage, Sexton jeta un coup d'œil à sa montre. 11 h 15. Parfait, se dit-il.

L'individu que Sexton devait rencontrer était très exigeant sur la ponctualité. Mais, après tout, si l'on songeait à celui que l'homme représentait, ce dernier avait bien le droit d'être pointilleux sur à peu près tous les sujets qui lui chantaient.

Sexton vit le minivan Ford Windstar blanc garé exactement au même endroit qu'à chacune de leurs rencontres – dans la partie est du garage derrière une rangée de poubelles. Sexton, qui aurait préféré rencontrer son interlocuteur dans une suite d'hôtel, comprenait néanmoins que certaines précautions étaient indispensables. Les amis de cet homme étaient parvenus à la position qu'ils occupaient en étant extrêmement attentifs à ce genre de détails.

En arrivant au niveau de la camionnette, Sexton sentit monter la nervosité qu'il éprouvait toujours durant ces rendez-vous. Il se força à se décontracter et grimpa dans le véhicule, côté passager, le visage barré d'un large sourire. Le gentleman à la chevelure sombre, sur l'autre siège, ne souriait pas. Il était âgé d'environ soixante-dix ans, mais son physique musculeux suggérait une rudesse parfaitement accordée à sa position de chef d'une armée de visionnaires audacieux et d'entrepreneurs sans scrupules.

— Fermez la portière, ordonna l'homme d'une voix sèche.

Sexton obéit, acceptant de bonne grâce la rudesse du ton. Son interlocuteur représentait des hommes qui contrôlaient d'énormes sommes d'argent, dont une grande part avait été récemment investie sur Sedgewick Sexton pour le faire accéder au sanctuaire du pouvoir politique et économique mondial. Ces rendez-vous réguliers, Sexton avait fini par le comprendre, étaient moins des discussions stratégiques que des rappels mensuels d'une dette que le sénateur avait contractée envers ses bienfaiteurs. Ceux-ci attendaient un substantiel retour sur investissement. Ce « retour », Sexton devait bien l'admettre, était en l'occurrence extrêmement audacieux. Et pourtant, une fois installé dans le bureau Ovale, Sexton aurait le pouvoir de le leur accorder.

— Je présume, fit le sénateur, sachant qu'il lui fallait aller droit au but, que vous avez effectué un autre virement ?

— En effet. Et, comme d'habitude, vous allez utiliser ces fonds pour votre campagne. Nous avons été heureux de voir que vous ne cessiez de progresser dans les sondages, et il semble que vos directeurs de campagne aient dépensé cet argent très efficacement. Comme je vous l'ai précisé au téléphone, poursuivit l'homme, j'ai persuadé six autres personnes de vous rencontrer ce soir.

— Parfait, répliqua Sexton qui, prévoyant cette réponse, avait déjà réservé sa soirée.

L'homme tendit un paquet de documents à Sexton.

— Voici le dossier qui les concerne. Étudiez-le. Ils veulent être sûrs que vous comprenez bien leurs préoccupations. Ils veulent être certains que vous sympathisez avec leur cause. Je suggère que vous les rencontriez à votre résidence.

— Chez moi ? Mais je rencontre en général…

— Sénateur, ces six hommes dirigent des entreprises dont les ressources sont incomparablement supérieures à celles des patrons que vous avez déjà rencontrés. Ce sont des gens importants et méfiants de nature. Ils ont beaucoup à gagner et parfois encore plus à perdre dans ce marché. J'ai travaillé dur pour les persuader de vous rencontrer. Vous devez leur réserver un traitement spécial. Une réception particulière.

Sexton acquiesça d'un hochement de tête rapide.

— Absolument. En fait, rien ne s'oppose à ce que je les rencontre chez moi.

— Bien sûr, il faut leur garantir une confidentialité absolue.

— Vous pouvez compter sur moi.

— Bonne chance, fit l'homme. Si tout se passe bien ce soir, ce sera peut-être votre dernier rendez-vous. Ces hommes à eux seuls pourront fournir les fonds nécessaires pour mener la campagne Sexton jusqu'à la victoire.

Sexton fut très sensible à cette dernière phrase. Il adressa à son interlocuteur un sourire confiant.

— Avec un peu de chance, cher ami, ajouta-t-il, le soir de l'élection, nous pourrons tous crier victoire.

— Quelle victoire ? grinça l'autre en se penchant vers Sexton avec un regard menaçant. En vous installant dans le fauteuil présidentiel, sénateur, nous n'en serons qu'à la première étape. J'espère que vous ne l'avez pas oublié !

14.

La Maison Blanche est l'un des palais présidentiels les plus petits du monde puisqu'elle ne mesure que soixante-cinq mètres de longueur sur trente-deux mètres de profondeur et qu'avec son parc elle n'occupe que neuf hectares. Le plan de la demeure en parallélépipède rectangle, œuvre de l'architecte James Hoban, avec son toit à arêtes, sa balustrade et son perron à colonnades, si banal qu'il soit, avait été choisi sur concours. Les juges avaient apprécié son aspect riant, digne et simple à aménager.

Le président Zach Herney, même après trois ans et demi passés là, ne se sentait pas chez lui dans ce théâtre truffé de statues, d'imposants candélabres et de Marines armés. En ce moment, pourtant, alors qu'il se dirigeait à grandes enjambées vers l'aile ouest, il se sentait réconforté et, bizarrement, à l'aise. Il volait presque sur l'épaisse moquette.

Plusieurs membres de l'équipe présidentielle levèrent les yeux vers lui en le voyant approcher. Herney leur adressa à chacun un petit signe de la main et les salua chacun par leur nom. Les réponses, très polies, restèrent assez neutres et étaient accompagnées de sourires contraints.

— Bonjour, monsieur le Président.

— Ravi de vous voir, monsieur le Président.

— Bonjour, monsieur.

En continuant de marcher vers son bureau, le Président perçut des murmures dans son dos. En fait, la quasi-totalité de la Maison Blanche était au bord de l'insurrection. Pendant ces deux dernières semaines, la désillusion au 1600 Pennsylvania Avenue n'avait cessé de croître, au point que Herney commençait à se considérer un peu comme le capitaine du *Bounty*.

Le Président ne leur en voulait pas. Les membres de son équipe travaillaient nuit et jour pour le conduire vers la réélection et ils avaient soudain l'impression qu'il ne leur faisait plus confiance.

Bientôt, ils comprendront, se dit Herney. Bientôt, je serai à nouveau leur héros.

Il regrettait d'avoir à garder le silence si longtemps, mais le secret demeurait indispensable. Et, pour ce qui était de garder les secrets, la Maison Blanche avait la réputation d'être une vraie passoire !

Herney arriva dans le salon d'attente qui jouxtait le bureau Ovale. Il adressa un petit signe joyeux à sa secrétaire.

— Vous êtes très en beauté ce matin, Dolores.

— Vous aussi, monsieur, répondit-elle en lançant un regard réprobateur à la tenue décontractée du Président.

Herney reprit un ton plus bas :

— J'aimerais que vous m'organisiez une réunion.

— Avec qui, monsieur ?

— Avec l'équipe de la Maison Blanche au grand complet.

Sa secrétaire ouvrit de grands yeux.

— Votre équipe au grand complet, monsieur ? Mais c'est qu'ils sont cent quarante-cinq…

— Je sais, je sais.

— Très bien, monsieur. Est-ce que je convoque la réunion dans la salle de conférences ? s'enquit-elle, soudain mal à l'aise.

Herney secoua la tête.

— Non, je veux réunir tout le monde dans mon bureau.

Elle lui jeta un regard stupéfait.

— Vous voulez réunir l'équipe au complet dans le bureau Ovale ?

— Exactement.

— Tous en même temps, monsieur ?

— Pourquoi pas ? Convoquez la réunion pour 16 heures.

La secrétaire acquiesça, un peu comme une infirmière qui craint de contrarier un fou.

— Très bien, monsieur. Et cette réunion concerne… ?

— J'ai une nouvelle importante à apprendre au peuple américain. Je compte la lui annoncer ce soir, mais je désire que mon équipe en soit informée la première.

La mine soudain défaite, comme si elle avait secrètement redouté ce moment, Dolores reprit à voix basse :

— Monsieur, avez-vous l'intention de vous retirer de la course ?

Herney éclata de rire.

— Sûrement pas, Dolores ! J'ai bien l'intention de me battre jusqu'au bout !

Elle parut sceptique. Tous les médias répétaient que le président Herney était en train de plonger et que sa défaite était certaine. Il lui adressa un clin d'œil rassurant.

— Dolores, vous avez fait un travail splendide pour moi ces dernières années, et vous ferez un travail splendide pour moi pendant les quatre prochaines. Nous allons garder la Maison Blanche, je vous le jure !

Sa secrétaire eut l'air de croire à ce miracle.

— Très bien, monsieur, je vais prévenir tout le monde. 16 heures.

En entrant dans le bureau Ovale, Zach Herney ne put s'empêcher de sourire à l'image de ses collaborateurs rassemblés tant bien que mal autour de lui.

Le célèbre bureau présidentiel est, de fait, plus grand qu'il n'en a l'air. Il avait porté toutes sortes de sobriquets au cours des années mais le préféré de Herney, après la « chambre de Clinton », était le « casier à homards ». C'était celui qui lui semblait le plus approprié. Chaque fois qu'un nouveau venu entrait dans le bureau, il se retrouvait en effet complètement désorienté. La symétrie de la pièce, les murs doucement incurvés, les portes habilement camouflées dans les boiseries, tout cela donnait l'impression inquiétante d'avoir été pris au piège. Souvent, à la fin de leur rendez-vous avec le Président, les visiteurs avaient le réflexe de se diriger droit vers le placard qui se trouvait derrière eux. Suivant la façon dont l'entretien s'était déroulé, Herney arrêtait son invité à temps ou choisissait, amusé, de le laisser se débrouiller tout seul.

Le président Herney avait toujours considéré que l'aspect le plus impressionnant du bureau Ovale était l'aigle américain bariolé représenté en médaillon sur le tapis. La serre gauche de l'aigle enserrait un rameau d'olivier et la droite un faisceau de flèches. Peu d'étrangers savaient qu'en temps de paix l'aigle avait la tête tournée à gauche, vers la branche d'olivier. Alors qu'en temps de guerre, ce même aigle regardait à droite, en direction du faisceau de flèches. Le mécanisme de ce petit tour de prestidigitation était une source d'interrogations chez les employés de la maison – en fait, seuls le Président et le préposé au mobilier présidentiel connaissaient la réponse. La vérité, derrière cet aigle énigmatique, Herney l'avait jugée plutôt décevante. En effet, une pièce où l'on stockait les meubles au sous-sol contenait un second tapis ovale et le préposé se contentait d'échanger les tapis le jour J…

En contemplant son aigle pacifique tourné vers la gauche, Herney sourit en songeant qu'il aurait peut-être dû changer de tapis ce jour-là, en l'honneur de la petite guerre qu'il allait déclarer au sénateur Sedgewick Sexton.

15.

La Force Delta est la seule unité de l'armée américaine dont les actions, très secrètes, sont couvertes par une immunité présidentielle complète ; elles sont inattaquables devant la justice.

La directive présidentielle 25, signée par le président Clinton en 1994, accorde aux commandos de la Force Delta de n'avoir rigoureusement aucun compte à rendre devant aucune instance et de ne voir invoquée contre eux aucune loi, notamment le Posse Comitatus Act de 1878. Ce dernier sanctionne sévèrement les militaires qui seraient tentés de faire usage de la force pour leur bénéfice personnel, pour des interventions dans les affaires intérieures des États-Unis ou pour des opérations secrètes qui n'auraient pas été autorisées par leur hiérarchie. Les membres de la Force Delta sont recrutés et triés sur le volet dans le CAG (Combat Applications Group), une organisation protégée par le secret-défense qui appartient au Commandement des opérations spéciales de Fort Bragg, en Caroline-du-Nord. Les soldats de la Force Delta sont entraînés à tuer, ils sont experts en opérations SWAT (« armes et tactiques spéciales »), dans la libération d'otages, en raids-surprises et dans l'élimination d'agents dormants ennemis.

En raison du caractère secret des missions de la Force Delta, la traditionnelle chaîne de commandement multiple est généralement court-circuitée en faveur d'une gestion solitaire : on en confie les rênes à un chef unique qui a l'autorité sur son unité et qui est le seul responsable. Ce chef est un militaire à l'influence suffisante pour diriger ce type de missions, mais un militaire disposant également de la confiance des politiques. À l'exception de l'identité de leur commandant, les missions de la Force Delta sont classifiées secret-défense et, une fois le travail achevé, les commandos ont interdiction de l'évoquer entre eux comme avec leurs officiers.

« Agir et oublier », telle est leur devise.

L'équipe Delta qui était alors stationnée sur le 82e parallèle n'était pas en action. Elle se contentait pour l'instant de surveiller.

Delta 1 devait reconnaître que cette mission avait été jusque-là particulièrement inhabituelle, mais il avait appris depuis longtemps à ne jamais s'étonner de ce qu'on lui demandait de faire. Au cours des cinq dernières années, il avait participé à des opérations de libération d'otages au Moyen-Orient, à la traque et à l'extermination de cellules terroristes travaillant sur le sol américain, et même à l'élimination discrète de plusieurs hommes et femmes dangereux pour la sécurité américaine, aux quatre coins du monde.

D'ailleurs, le mois précédent, son équipe avait utilisé un de ses microrobots volants pour déclencher une attaque cardiaque mortelle chez un parrain de la drogue sud-américain particulièrement malfaisant. En se servant d'un microrobot équipé d'une aiguille en titane de l'épaisseur d'un cheveu qui contenait un vasoconstricteur très puissant, Delta 2 avait téléguidé son engin à l'intérieur de la maison de l'homme par une fenêtre ouverte au deuxième étage. Il avait fait entrer le microrobot dans la chambre du gangster, puis l'avait fait atterrir sur son épaule. La piqûre mortelle avait été administrée pendant son sommeil. Le microrobot était ressorti par la fenêtre avant même que l'homme ne se fût réveillé, en proie à une violente douleur dans la poitrine. L'équipe Delta était déjà de retour dans ses pénates au moment où l'épouse de la victime appelait une équipe médicale d'urgence. Ni effraction ni violation de la propriété privée. Mort apparemment de cause naturelle. Bref, un chef-d'œuvre du genre.

Plus récemment, un autre microrobot stationné dans le bureau d'un éminent sénateur avait enregistré ses ébats sexuels torrides avec une séduisante partenaire. L'équipe Delta plaisantait en parlant de cette opération comme d'une mission de « pénétration au-delà des lignes ennemies ».

Maintenant, Delta 1, coincé en mission de surveillance dans sa tente depuis dix jours, attendait avec impatience qu'elle s'achève.

Restez planqués.

Surveillez la structure, intérieur et extérieur.

Rendez compte à votre chef en cas d'imprévu.

Delta 1 avait été entraîné à ne jamais éprouver d'émotion durant ses missions. Pourtant le rythme de son pouls s'était accéléré le jour où lui et ses coéquipiers avaient été briefés. Il s'agissait d'un briefing « sans visage » : chaque phase de l'expédition leur avait été expliquée par des canaux sécurisés. Delta 1 n'avait jamais rencontré le contrôleur qui en était responsable.

Delta 1 était en train de se préparer un repas à base de sachets protéinés quand sa montre bipa à l'unisson avec celle de ses compagnons.

Quelques secondes plus tard, le système de communication électronique crypté clignotait pour avertir qu'un correspondant cherchait à les joindre. Delta 1 laissa tomber son déjeuner et saisit le combiné. Les deux autres l'observèrent en silence.

— Delta 1, articula-t-il dans le transmetteur.

Ces deux mots furent instantanément identifiés par le logiciel de reconnaissance vocale intégré dans son appareil. Chaque mot se vit alors assigner un numéro de référence qui fut crypté et retransmis par satellite à celui qui les appelait. Sur le terminal de celui-ci, les nombres furent décryptés et retraduits en mots au moyen d'un dictionnaire prédéterminé, fonctionnant en mode aléatoire. Les mots étaient ensuite prononcés par une voix artificielle. Et le tout ne prenait que quatre-vingts millisecondes.

— Ici contrôleur, fit la personne qui supervisait l'opération.

La voix cybernétique du cryp-talk, le nom de l'appareil, était très étrange, désincarnée et androgyne.

— Comment se déroule l'opération ? poursuivit le contrôleur.

— Tout se passe comme prévu, répondit Delta 1.

— Excellent. J'ai du nouveau sur le planning : l'information va être rendue publique ce soir à 20 heures, heure de la côte Est.

Delta 1 jeta un coup d'œil à son chronographe. Plus que huit heures, se dit-il. Son travail serait bientôt terminé. Un point encourageant.

— Il y a un autre élément, reprit le contrôleur. Un nouveau joueur vient d'entrer en piste.

— Quel nouveau joueur ?

Delta 1 écouta attentivement. Une nouvelle donne intéressante, songea-t-il.

Quelqu'un, là-bas, jouait les éléments perturbateurs.

— Pensez-vous que nous pouvons lui faire confiance ?

— Il faudra la surveiller de très près.

— Et s'il y a un problème ?

Il n'y eut pas d'hésitation au bout du fil.

— Vous appliquez les ordres.

16.

Rachel volait plein nord depuis plus d'une heure maintenant. Elle avait bien entr'aperçu les côtes de Terre-Neuve mais, à cette nuance près, pendant tout le voyage elle n'avait vu que l'océan.

Pourquoi faut-il que nous volions au-dessus de l'eau ? songeait-elle en grimaçant. Rachel avait fait à l'âge de sept ans un mauvais plongeon dans un étang sur la surface duquel elle patinait. Prise au piège sous la croûte gelée, elle avait pensé mourir. Heureusement, la poigne vigoureuse de sa mère l'avait rapidement dégagée et la petite fille, trempée des pieds à la tête et grelottant de froid, avait retrouvé la terre ferme. Depuis cet abominable épisode, elle n'avait cessé de combattre une hydrophobie irrépressible. Les grandes étendues d'eau, et surtout d'eau froide, l'angoissaient violemment. Aujourd'hui, au-dessus de l'Atlantique Nord, devant cette masse liquide qui s'étendait à perte de vue, ses vieilles peurs la tenaillaient à nouveau.

Ce ne fut qu'au moment où le pilote fit un point avec la tour de contrôle de Thulé, au nord du Groenland, que Rachel réalisa la distance qu'ils avaient parcourue. Je vais donc au nord du cercle polaire ? Cette révélation ne fit qu'aggraver son malaise. Où m'emmène-t-on ?

Qu'a bien pu découvrir la NASA ? se demandait-elle. Peu après, la surface bleu-gris de la mer se couvrit de milliers de taches d'un blanc immaculé.

Rachel n'avait vu qu'une seule fois des icebergs dans sa vie. C'était six ans plus tôt, quand sa mère l'avait persuadée de l'accompagner dans une croisière en Alaska. Rachel avait proposé d'autres destinations à ce projet de vacances, mais sa mère avait insisté :

— Rachel, ma chérie, les deux tiers de cette planète sont recouverts d'eau et, tôt ou tard, il faudra que tu apprennes à faire avec.

Mme Sexton incarnait parfaitement l'état d'esprit des familles patriciennes de la côte Est, où la force de caractère des femmes est proverbiale.

Cette croisière avait été leur dernier voyage ensemble.

Katherine Wentworth Sexton. Rachel se sentit soudain plus seule. Les souvenirs revenaient en foule, déchirants, comme toujours. Leur ultime conversation s'était déroulée au téléphone, le matin de Thanksgiving.

— Je suis désolée, maman, avait dit Rachel en l'appelant de l'aéroport O'Hare, alors couvert de neige. Notre famille n'a jamais été séparée pour Thanksgiving, ce sera la première fois aujourd'hui.

— J'avais tant envie de te voir, ma chérie, avait répondu sa mère d'un ton triste.

— Moi aussi, maman. Pense à moi et à mon plateau-repas d'aéroport quand tu partageras la dinde avec papa.

Il y avait eu un silence à l'autre bout du fil.

— Rachel, je ne voulais pas te le dire avant que tu ne sois là, mais ton père m'a prévenue qu'il avait trop de travail pour pouvoir rentrer à la maison. Il va rester à Washington pour toute la durée du week-end.

— Quoi ?

La surprise de Rachel avait immédiatement fait place à de la colère.

— Mais c'est Thanksgiving, le Sénat ne se réunit pas ! Papa est à moins de deux heures de la maison. Il devrait être avec toi !

— Je sais. Il dit qu'il est épuisé, beaucoup trop fatigué pour conduire. Il a décidé de passer ce week-end à bosser sur ses dossiers.

— Ses dossiers ?

Rachel était sceptique. L'hypothèse la plus probable était que le sénateur Sexton avait prévu de passer le week-end avec une jolie femme. Ses infidélités, restées discrètes, s'étaient multipliées ces dernières années. Mme Sexton n'était pas dupe, même si les liaisons de son mari étaient toujours accompagnées d'alibis convaincants et d'expressions de vertu outragée à la simple suggestion qu'il eût pu être infidèle. Finalement, elle s'était résignée à faire comme si de rien n'était. Rachel avait eu beau presser sa mère d'entamer une procédure de divorce, Katherine Wentworth Sexton était une femme de parole.

— J'attendrai que la mort nous sépare, avait-elle répliqué à Rachel. Ton père m'a fait un don magnifique avec toi, ma chérie, et, de cela, je lui serai toujours reconnaissante. Quant à ses mauvaises actions, c'est à une instance supérieure qu'il aura à en répondre un jour.

Ce jour-là, dans l'aéroport, le sang de Rachel n'avait fait qu'un tour.

— Mais cela signifie que tu vas être seule pour Thanksgiving !

Elle en avait eu la nausée. Cette fois, le sénateur dépassait les bornes… Abandonner sa femme un jour pareil, même de sa part, était indigne.

— Ma chérie, reprit Mme Sexton d'une voix triste mais décidée, ce qui est sûr, c'est que je ne peux pas laisser toute cette nourriture se perdre. Je vais rejoindre tante Anne. Elle nous a toujours invités pour Thanksgiving et je vais l'appeler tout de suite.

Rachel se sentit légèrement soulagée.

— Très bien. Je te retrouverai à la maison dès que je le pourrai. Je t'aime, maman.

— Je te souhaite un bon vol, ma chérie.

Il était 22 h 30 ce soir-là quand le taxi de Rachel s'était arrêté devant le portail de la luxueuse résidence des Sexton. Rachel avait immédiatement compris qu'il était arrivé un malheur. Trois voitures de police étaient garées devant le perron. Des véhicules de chaînes de télé. Toutes les lumières de la maison étaient allumées. Rachel s'était précipitée, le cœur battant.

Un policier de l'État de Virginie l'avait accueillie sur le seuil de la porte, la mine sombre. Il n'avait pas eu besoin de dire un mot, Rachel avait compris. Un accident.

— La nationale 25 était glissante à cause d'une pluie verglaçante, expliqua l'officier de police. La voiture de votre mère a quitté la route et a basculé dans un ravin. Je suis désolé, mademoiselle. Elle est morte sur le coup.

Rachel fut tétanisée par la brutalité de cette annonce. Son père, rentré immédiatement en apprenant la nouvelle, se trouvait dans le salon où il donnait une conférence de presse, apprenant stoïquement au monde que sa femme venait de disparaître dans un accident de la route, au retour d'un dîner de Thanksgiving avec sa famille. Rachel, restée en retrait, avait sangloté pendant toute la conférence de presse.

— J'aurais tant voulu, déclarait le sénateur les yeux embués de larmes, avoir été à la maison ce week-end. Une telle chose ne serait jamais arrivée.

L'aversion de Rachel pour son père n'avait fait que se renforcer.

Ce jour-là, c'est Rachel qui avait décidé de quitter son père comme Mme Sexton n'avait jamais osé le faire. Soudain trop occupé à dépenser l'héritage de sa femme afin d'obtenir la nomination de son parti comme candidat à la présidence, le sénateur ne semblait même pas s'en être aperçu. Après tout, ce deuil, qui lui attirait la sympathie générale, ne pouvait lui nuire…

Ironie du sort, malgré la distance, Sexton continuait d'être, trois ans plus tard, responsable de la solitude de sa fille. La course à la Maison Blanche avait mis un terme au rêve de Rachel de rencontrer un homme et de fonder une famille. Pour la jeune femme, il était devenu plus facile de rompre avec toute vie sociale que de gérer le flot continu de jeunes loups assoiffés de pouvoir qui lui faisaient la cour, espérant ainsi conquérir la fille d'un présidentiable pendant qu'elle était encore accessible.

Derrière le cockpit du F-14, la lumière du jour avait commencé à décliner. Dans l'Arctique, on était au cœur de l'hiver, époque d'obscurité perpétuelle. Rachel comprit qu'elle entrait dans le pays de la nuit.

À mesure que passaient les minutes, le soleil disparut entièrement, plongeant derrière l'horizon. Le jet continuait vers le nord, et une lune presque pleine, brillante et blanche, apparut, suspendue dans l'air glacial et cristallin. Tout en bas, la houle de l'océan scintillait et les icebergs ressemblaient à des diamants cousus sur une immense résille noire.

Rachel finit par distinguer le contour encore flou d'une côte. Mais, contrairement à ce qu'elle attendait, une immense chaîne de montagnes aux cimes enneigées surgissait de l'océan, telle une muraille vers laquelle fonçait l'avion.

— Des montagnes ? demanda Rachel déconcertée. Il y a des montagnes au nord du Groenland ?

— Apparemment, fit le pilote qui paraissait tout aussi surpris.

Quand le nez du F-14 piqua vers le bas, Rachel se sentit soudain dans un étrange état d'apesanteur. À travers le bourdonnement qui brouillait son ouïe, elle entendit un bip électronique résonner dans le cockpit. Apparemment, le pilote avait calé sa radio sur une balise directionnelle et suivait précisément ses indications.

Au moment où ils passèrent sous les mille mètres d'altitude, Rachel regarda à nouveau le sol, largement éclairé par la lune. À la base des montagnes, s'étendait une immense plaine enneigée. Le plateau se poursuivait vers la mer sur une quinzaine de kilomètres avant de s'interrompre abruptement pour faire place à une falaise de glace qui plongeait à la verticale dans l'océan.

Le spectacle était inouï. Rachel n'avait jamais rien vu de tel. Elle pensa tout d'abord que le clair de lune lui jouait des tours. Elle cligna les yeux. Pourtant, plus l'avion descendait, plus la vision se précisait.

Mon Dieu, mais qu'est-ce que cela signifie ? s'interrogea-t-elle.

En bas, l'immense plaine de glace était striée de rayures, comme si l'on y avait peint trois grandes bandes parallèles argentées. Ces rayures scintillantes suivaient l'axe de la falaise. À cent cinquante mètres d'altitude, l'illusion d'optique cessa. Les trois grandes raies se révélèrent être des tranchées profondes, d'environ trente mètres de large chacune. Remplies d'eau glacée, celles-ci formaient des canaux parallèles, séparés par d'énormes bourrelets de neige.

À mesure qu'ils approchaient du sol, l'avion, pris dans de fortes turbulences, se mit à tanguer. Rachel entendit le bruit sourd et métallique qui annonçait la sortie du train d'atterrissage. Pour autant, elle ne distinguait toujours pas la piste. Tandis que le pilote luttait pour garder le contrôle de l'avion, Rachel jeta un coup d'œil et aperçut deux enfilades de points de lumière clignotants qui bordaient la tranchée la plus éloignée. Avec horreur, elle comprit ce que le pilote s'apprêtait à faire.

— On va atterrir sur la glace ? demanda-t-elle.

Concentré, le pilote ne répondit pas. Rachel sentit son estomac se nouer alors que l'engin décélérait et s'approchait de plus en plus du sol. Les hauts monticules de neige encadrèrent bientôt les deux ailes du jet, et Rachel retint sa respiration, bien consciente que la moindre erreur de manœuvre dans cet étroit canyon signifierait une mort certaine pour tous les deux. L'avion, toujours très instable, continua de plonger entre les deux montagnes de neige. Puis, soudain, les turbulences cessèrent. Mieux abrité du vent, l'appareil exécuta un atterrissage impeccable.

Dans un rugissement, les réacteurs du Tomcat inversèrent leur poussée, ralentissant puis stoppant l'avion. Rachel soupira. Le jet roula encore une centaine de mètres avant de s'immobiliser devant une large ligne rouge peinte en travers de la piste. À sa droite, elle ne voyait que le flanc d'une colline de glace. À gauche, la vue était identique. Devant, rien qu'une immense étendue gelée. Rachel eut l'impression d'avoir atterri sur une planète lointaine et morte. À l'exception de la ligne rouge, aucun signe de vie. Puis elle entendit quelque chose. Au loin, un autre appareil approchait. Le bruit du moteur se fit plus aigu. Ce n'était pas un avion mais une monstrueuse machine. Un énorme chasse-neige, qui avançait dans leur direction. Filiforme et haut sur pattes, il ressemblait à un insecte futuriste démesurément étiré, qui agitait furieusement ses mandibules vers eux. L'engin était surmonté d'une cabine en Plexiglas équipée d'une rangée de phares qui éclairaient le chemin.

L'énorme appareil s'arrêta en oscillant devant le F-14. La porte de la cabine s'ouvrit. Une silhouette descendit une échelle et prit pied sur la glace. L'homme était vêtu d'une combinaison blanche bouffante qui donnait l'impression d'avoir été gonflée.

Un mélange de Mad Max et du bonhomme Michelin, songea Rachel, soulagée de découvrir que cette étrange planète était habitée.

L'homme fit signe au pilote du F-14 d'ouvrir son cockpit. Le pilote obéit et une bouffée d'air glacial s'engouffra dans la cabine, pénétrant instantanément Rachel jusqu'aux os.

— Fermez ce foutu cockpit ! marmonna-t-elle.

— Madame Sexton ? cria l'homme en blanc. Au nom de la NASA, je vous souhaite la bienvenue !

Rachel tremblait de froid. Mille mercis, cher monsieur, pensa-t-elle.

— Veuillez déboucler votre harnais, laisser votre casque dans l'avion et débarquer en utilisant les marches qui se trouvent dans le fuselage. Des questions ?

— Oui ! hurla Rachel. Où suis-je ?

17.

Marjorie Tench, proche conseillère du Président, était une créature squelettique à la démarche sautillante. Son corps, qui s'étirait sur 1,80 mètre, ressemblait à une construction de type Meccano, tout en charnières et en poutrelles. Un visage jauni à la peau fine et parcheminée, ponctué de deux yeux sans émotion, surplombait cette frêle silhouette. À cinquante et un ans, elle en paraissait soixante-dix.

Tench était unanimement respectée à Washington, un peu comme une déesse du monde politique. Sa lucidité et ses dons d'analyse confinaient à la double vue. La décennie qu'elle avait passée au Bureau de recherche et de renseignement du département d'État avait encore affûté son esprit critique et son intelligence naturellement aiguisée. Malheureusement pour elle, rares étaient ceux qui pouvaient supporter longtemps la froideur qui accompagnait ce redoutable « laser politique ». Marjorie

Tench avait été dotée du cerveau d'un super-ordinateur – et de son absence totale d'humanité. Pourtant, le président Zach Herney se souciait peu des particularités de sa conseillère. Son intelligence brillante et sa force de travail étonnante avaient été les principaux ressorts qui avaient permis à Herney de s'imposer comme numéro un dès le début de sa carrière.

— Marjorie, fit le Président en se levant pour l'accueillir dans le bureau Ovale, que puis-je faire pour vous ?

Il ne lui proposa pas de siège. Les convenances habituelles ne s'appliquaient pas à des femmes comme Marjorie Tench. D'ailleurs, si elle avait voulu s'asseoir, elle n'aurait pas attendu qu'il l'y invite.

— J'ai vu que vous aviez convoqué la réunion de l'équipe à 16 heures cet après-midi, commença-t-elle d'une voix éraillée de fumeuse. C'est parfait...

Elle fit quelques pas dans le bureau et Herney sentit que les rouages compliqués de son esprit tournaient à plein régime. Il en éprouva une profonde gratitude. Marjorie Tench faisait partie de ceux qui étaient au courant de la découverte de la NASA et sa perspicacité politique avait été d'un grand secours pour planifier la stratégie présidentielle.

— Ce débat sur CNN aujourd'hui, à 13 heures..., reprit Tench en toussotant. Qui allons-nous envoyer pour croiser le fer avec Sexton ?

Herney sourit.

— Un des jeunes loups de l'équipe.

La tactique consistant à frustrer le challenger en ne lui envoyant que des deuxièmes couteaux était aussi vieille que le débat politique lui-même.

— J'ai une meilleure idée, objecta Tench, plantant son regard de poisson mort dans le sien. C'est moi qui vous représenterai.

Zach Herney se redressa brusquement.

— Vous ? Mais, Marjorie, ce n'est pas votre boulot de passer dans ces émissions. En plus, il s'agit d'un débat de la mi-journée sur une chaîne câblée. Si j'envoie ma plus proche conseillère, quel genre de signal est-ce que j'adresse aux téléspectateurs ? Ils auront l'impression que nous paniquons.

— Tout juste !

Herney l'observa plus attentivement. Quelle que fût la stratégie alambiquée que Tench avait mise au point, il était hors de question qu'Herney l'autorise à paraître sur les écrans. Quiconque avait jamais posé ses yeux sur Marjorie Tench savait qu'il y avait une raison pour laquelle elle ne sortirait jamais du rôle d'éminence grise… Tench était une femme effrayante à regarder – tout le contraire de ce qu'un Président souhaiterait avoir comme représentant.

— C'est moi qui ferai ce débat sur CNN, insista-t-elle.

Cette fois elle ne demandait plus, elle imposait.

— Marjorie, commença le Président d'un ton hésitant, la campagne de Sexton va évidemment se servir de votre présence sur CNN pour insinuer que la Maison Blanche est aux abois. Si j'envoie mes ténors maintenant, j'ai l'air désespéré.

Marjorie Tench acquiesça tranquillement et alluma une cigarette.

— Plus on aura l'air aux abois, mieux ça vaudra.

Pendant les soixante secondes qui suivirent, Marjorie Tench détailla les raisons pour lesquelles le Président devait l'envoyer elle sur CNN plutôt que n'importe quel autre matamore de son équipe. Quand elle eut fini, le Président écarquillait les yeux d'émerveillement.

Une fois de plus, la Tench venait de faire la démonstration de son génie politique.

18.

La plate-forme glaciaire Milne est la plus grande banquise flottante de l'hémisphère Nord. Située au-dessus du 82ᵉ parallèle, sur la côte nord d'Ellesmere Island dans l'extrême Arctique, elle mesure six kilomètres de large pour une épaisseur de plus de cent mètres.

En entrant dans la cabine de Plexiglas qui coiffait l'énorme tracteur polaire, Rachel fut heureuse de trouver une parka et des gants qui l'attendaient sur son siège. Elle apprécia également le souffle chaud qui maintenait l'habitacle à une température acceptable. Dehors, sur la piste d'atterrissage glacée, les réacteurs du F-14 vrombirent à nouveau et l'avion commença à s'éloigner.

— Il s'en va ? demanda Rachel avec inquiétude.

Son hôte, qui s'installait près d'elle, acquiesça.

— Seul le personnel scientifique et les techniciens de la NASA sont autorisés sur ce site, précisa-t-il.

En observant le F-14 s'élancer dans le ciel d'encre du pôle, Rachel se sentit une fois de plus abandonnée.

— À partir de maintenant, vous circulez en IceRover, annonça l'homme. L'administrateur vous attend.

Rachel regarda au-dehors la piste de neige immaculée qui s'ouvrait devant eux et essaya d'imaginer ce que l'administrateur de la NASA pouvait bien faire ici.

— Accrochez-vous, prévint l'homme de la NASA en actionnant divers leviers.

Dans un grondement hoquetant, la machine pivota sur place à quatre-vingt-dix degrés, telle la tourelle d'un tank. Elle faisait maintenant face à la haute congère qui séparait les pistes.

Rachel observa ce mur de glace et sentit une onde d'effroi la parcourir. Il n'a tout de même pas l'intention de…, se demanda-t-elle.

— *Rock and roll !*

Le conducteur embraya et l'engin se rua sur la falaise de glace. Rachel laissa échapper un cri étouffé et agrippa les accoudoirs. Au moment où ils atteignaient le mur de glace, les chenillettes hérissées de l'engin s'enfoncèrent dans la neige et le tracteur commença à grimper. Rachel était certaine qu'ils allaient basculer en arrière mais, tandis que les chenillettes escaladaient la pente, la cabine resta étonnamment horizontale. Quand ils parvinrent sur la crête, le conducteur stoppa le moteur et adressa un sourire ravi à sa passagère blême de peur.

— Essayez donc de faire la même chose avec un 4 × 4 ! Nous avons repris le design « *shock-system* » du Pathfinder qui est allé sur Mars, et nous l'avons adapté sur ce gros bébé ! Ça marche comme sur des roulettes.

Rachel acquiesça, livide :

— Vraiment génial !

La jeune femme put alors admirer le paysage extraordinaire qui l'entourait. Devant elle se dressait une autre congère, aussi énorme, mais, au-delà, les ondulations cessaient brusquement, faisant place à un immense plateau blanc, uniforme et légèrement incliné. Éclairée par le clair de lune, la plaine de glace courait jusqu'à l'horizon où elle se rétrécissait avant de serpenter jusqu'à la chaîne de montagnes finale.

— C'est le glacier Milne, expliqua l'homme en désignant les montagnes au loin. Il commence là-bas et ses eaux s'écoulent dans le large delta sur lequel nous nous trouvons maintenant.

Il accéléra à nouveau et, tandis que l'engin redescendait la paroi abrupte, Rachel se cramponna aux accoudoirs. Tout en bas, ils traversèrent une autre rivière gelée et escaladèrent la congère suivante. Après ce nouvel exercice de montagnes russes, ils retrouvèrent une étendue lisse sur laquelle ils avancèrent cahin-caha, dans des crissements de glace écrasée.

— On est loin ?

Rachel ne voyait autour d'elle qu'une plaine sans fin.

— À environ trois kilomètres.

Le trajet lui parut interminable. Au-dehors, les rafales de vent ne cessaient de faire tanguer le IceRover, fouettant le Plexiglas de la cabine comme si la nature hostile essayait de les rejeter à la mer.

— C'est le vent catabatique, hurla le conducteur, il faudra vous y habituer !

Il expliqua que cette zone était balayée par un vent soufflant en tempête perpétuelle, qu'on appelait catabatique, d'un mot grec qui signifie « souffler vers le bas en venant de la montagne ». Cette tourmente incessante était le produit d'un air froid et lourd qui coulait sur la paroi du glacier, un peu comme un torrent impétueux vers la vallée.

— C'est le seul endroit au monde, ajouta-t-il en riant, où l'enfer vous brûle de froid !

Quelques minutes plus tard, Rachel commença à distinguer une forme floue à plusieurs dizaines de mètres devant eux. C'était la silhouette d'un monumental dôme blanc dressé sur la glace.

Rachel se frotta les yeux.

— Bel igloo, hein ! railla l'homme.

Elle essaya de comprendre quelle pouvait être cette structure qui ressemblait à l'astrodôme de Houston à échelle réduite.

— La NASA l'a monté il y a une dizaine de jours, fit-il. Elle est en plexipolysorbate gonflable à plusieurs niveaux. On gonfle les différentes pièces, on les fixe les unes aux autres, on arrime tout le bidule à la glace avec des pitons et des câbles d'acier. On dirait une grande tente fermée à toit arrondi, mais c'est en fait le prototype que la NASA a mis au point pour un habitat transportable que nous espérons utiliser un jour sur Mars. On l'appelle l'hémisphère.

— L'hémisphère ?

— Tout simplement parce que ce n'est pas une sphère complète ; seulement une moitié.

Rachel sourit et examina l'étrange structure de plus près.

— Et parce que la NASA n'est pas encore arrivée sur Mars, vous avez décidé d'installer votre campement ici à la place ?

Son compagnon éclata de rire.

— En ce qui me concerne, j'aurais préféré qu'on m'envoie à Tahiti, mais le destin en a décidé autrement.

Rachel observa à nouveau l'édifice et essaya de délimiter les contours du toit, qui lui parurent quelque peu fantomatiques dans le ciel foncé. L'IceRover finit par s'arrêter à côté d'une petite porte qui s'ouvrit aussitôt. Une silhouette se détacha dans le rectangle de lumière qui illuminait le sol glacé. Un géant, vêtu d'un pull-over de laine noire qui accentuait sa carrure imposante, le faisant ressembler à un ours, s'avança vers l'IceRover.

Rachel reconnut tout de suite Lawrence Ekstrom, l'administrateur de la NASA.

— Ne vous faites pas avoir par sa taille, dit le conducteur avec un sourire rassurant. Ce type est doux comme un agneau.

Il me fait plutôt penser à un tigre, songea Rachel, qui connaissait parfaitement la réputation d'Ekstrom. Ce dernier passait pour ne faire qu'une bouchée de ceux qui osaient se dresser entre lui et ses rêves. Quand Rachel descendit de l'IceRover, une bourrasque faillit la renverser. Elle resserra les pans de sa parka, et se dirigea vers le dôme.

L'administrateur de la NASA lui tendit une énorme patte gantée.

— Mademoiselle Sexton ? Merci de nous faire l'honneur de votre visite.

Rachel acquiesça d'un air hésitant.

— Franchement, monsieur, cria-t-elle par-dessus le vent, je ne suis pas certaine d'avoir eu vraiment le choix.

À un kilomètre de là, sur le glacier, Delta 1 scrutait la zone à travers ses jumelles à infrarouges.

19.

Lawrence Ekstrom était un véritable géant, rubicond, bourru comme un dieu nordique en colère. Ses cheveux blonds étaient tondus ras, à la G.I., au-dessus de sourcils très fournis et d'un nez en patate parcouru d'un lacis de veinules rouges. Ce soir-là, ses yeux perçants affichaient une grande lassitude liée à de nombreuses nuits sans sommeil. Avant sa nomination à la tête de la NASA, Ekstrom avait été un stratège très influent de la conquête aérospatiale et un conseiller opérationnel du Pentagone. Il avait la réputation d'être un homme au caractère difficile, mais aussi celle de se dévouer sans compter pour les missions qu'on lui confiait.

En le suivant dans la station, Rachel Sexton avançait dans un labyrinthe irréel et translucide. Cet étrange dédale diaphane avait été réalisé à l'aide de feuilles de plastique opaques suspendues sur des câbles d'acier. Le sol était composé d'un bloc de glace, solide et plat, recouvert de bandes de caoutchouc antidérapant. Ils passèrent le long d'un dortoir rudimentaire où étaient alignés des lits de camp et des boxes avec W.-C. chimiques.

Grâce à Dieu, l'air sous le dôme était tiède quoique lourd du mélange d'effluves propre à un espace confiné. On entendait le bourdonnement d'un générateur qui fournissait la station en courant électrique.

— Mademoiselle Sexton, grommela Ekstrom en la conduisant rapidement vers une destination inconnue, je vais être franc avec vous. (Son ton traduisait tout sauf le plaisir de voir Rachel parachutée dans son univers.) Vous êtes ici parce que le Président le veut. Zach Herney est un ami personnel et un fidèle soutien de la NASA. Je le respecte et j'ai une dette envers lui. J'ai par ailleurs confiance en lui. Je ne discute pas ses ordres même quand je ne suis pas d'accord avec eux. Pour qu'il n'y ait aucune confusion, sachez que je ne partage pas l'enthousiasme du Président de vous impliquer dans cette affaire.

Rachel le fixait, les yeux écarquillés. J'ai fait cinq mille kilomètres pour être reçue comme un chien dans un jeu de quilles ? se dit-elle. Ce type n'avait rien de l'hôte idéal qui vous invite à partager chez lui l'intimité d'un bon dîner.

— Avec tout le respect que je vous dois, rétorqua-t-elle, j'ai reçu moi aussi des ordres du Président. On ne m'a même pas indiqué quel était le but de mon voyage. Je suis ici parce qu'on me l'a ordonné.

— Parfait ! répliqua Ekstrom. Alors je vais vous parler franchement.

— Dans ce registre, vous avez pris un sacré bon départ.

La réponse sèche de Rachel parut électriser l'administrateur. Il ralentit l'allure pour la scruter d'un regard intense. Puis, comme un serpent qui se déploie pour piquer, il poussa un long soupir et accéléra à nouveau.

— Comprenez-moi, reprit Ekstrom, vous êtes ici au cœur d'un projet top secret de la NASA, contre ma volonté expresse. Car non seulement vous appartenez au NRO, dont le directeur s'évertue à déshonorer la NASA en faisant passer son personnel pour une bande de gamins trop bavards, mais vous êtes en outre la fille d'un homme qui a fait de la destruction de l'Agence son objectif personnel. Ce moment est notre heure de gloire. Les hommes et les femmes qui travaillent pour moi ont dû supporter des critiques incessantes ces derniers mois, et ils méritent leur triomphe. Malheureusement, à cause du scepticisme ambiant, monté en épingle par votre père, la NASA se trouve aujourd'hui dans une situation telle que mes collaborateurs se voient forcés de partager leurs lauriers avec un quarteron de scientifiques civils choisis à l'aveuglette, et avec la fille de l'homme qui essaie de nous anéantir.

Je ne suis pas mon père ! aurait voulu crier Rachel. Mais ce n'était vraiment pas le moment de débattre politique avec le directeur de la NASA.

— Je ne suis pas venue ici pour les lauriers. Je ne cours pas après, fit-elle.

Ekstrom lui adressa un coup d'œil furieux.

— Vous découvrirez peut-être que vous n'avez pas le choix !

Ce commentaire la prit par surprise. Le président Herney ne lui avait rien dit de particulier sur l'éventuel soutien public qu'elle aurait à lui apporter, mais William Pickering ne s'était pas privé d'insinuer que Rachel serait certainement instrumentalisée pour les fins de la campagne présidentielle.

— Je voudrais bien savoir ce que je fais ici, demanda Rachel.

— Mais moi aussi, mademoiselle. Figurez-vous qu'on ne m'en a pas informé.

— Comment cela ?

— Le Président m'a prié de vous mettre au courant de notre découverte dans ses moindres détails dès votre arrivée. Quel que soit le rôle qu'il veut que vous jouiez dans ce cirque, c'est vous et lui que ça regarde.

— Il m'a seulement précisé que votre système d'observation de la terre avait découvert quelque chose.

Ekstrom lui lança un regard oblique.

— Que savez-vous exactement du projet EOS ?

— EOS est une constellation de cinq satellites de la NASA qui examinent la terre sur toutes ses coutures : ils cartographient l'océan, analysent les problèmes géologiques, surveillent la fonte des glaces polaires, tentent de localiser les réserves de pétrole fossile…

— Exact, jugea Ekstrom d'un ton neutre. Vous êtes donc au courant de la dernière addition à la constellation EOS dénommée PODS ?

Rachel acquiesça. Le sondeur de densité en orbite polaire PODS avait été conçu pour mesurer les effets du réchauffement global de l'atmosphère.

— Pour autant que je sache, PODS mesure l'épaisseur et la dureté de la calotte polaire ?

— Oui. Ce satellite utilise la technologie du sondage radar multispectral pour acquérir des profils verticaux de densité sous la surface, sur de larges régions, et déceler d'éventuelles anomalies : taches de glace fondue, fonte interne, larges fissures, autant d'indicateurs d'un réchauffement global.

Le fonctionnement d'un sondeur radar subsurface était familier à Rachel. Il fonctionnait un peu comme un sondage souterrain à ultrasons. Les satellites du NRO avaient utilisé une technologie similaire pour chercher des variations dans la densité du sous-sol dans certaines régions de l'est de l'Europe – par exemple pour localiser des charniers dans l'ex-Yougoslavie. Grâce à cette technique, le Président avait compris à l'époque que le « nettoyage ethnique » se poursuivait effectivement.

— Il y a deux semaines, fit Ekstrom, le satellite PODS est passé au-dessus de ce coin de banquise, et a détecté une anomalie dans la densité qui ne ressemblait à rien de ce que nous avions prévu. À soixante mètres sous la surface, parfaitement enchâssé dans une matrice de glace solide, PODS a repéré un globule amorphe d'environ trois mètres de diamètre.

— Une poche d'eau ? s'enquit Rachel.

— Non, ce n'était pas liquide. Étrangement, cette anomalie était plus dure que la glace qui l'entourait.

Rachel réfléchit un moment.

— Donc, il s'agirait d'une roche ? reprit-elle.

— En effet, répondit Ekstrom.

Rachel attendit une révélation qui ne vint pas.

Et on m'a fait venir ici parce que la NASA a découvert un gros rocher dans un bloc de glace ? songea-t-elle.

— Il a fallu, finit par dire Ekstrom, que PODS calcule la densité de cette roche. Et c'est à ce moment-là que nous avons été abasourdis. Nous avons immédiatement envoyé ici une équipe pour l'analyser. Il s'est avéré que la roche sous la glace était significativement plus dense que tous les autres cailloux que l'on peut trouver sur Ellesmere Island. Plus dense, en fait, que n'importe quelle roche dans un rayon de six cents kilomètres.

Rachel baissa les yeux vers la glace, sous ses pieds, en essayant de se représenter cet énorme rocher, quelque part au-dessous d'elle.

— Vous êtes en train de me dire que quelqu'un l'a apportée ici ?

Ekstrom eut l'air vaguement amusé.

— Ce rocher pèse plus de huit tonnes. Il est enchâssé sous soixante mètres de glace solide, ce qui signifie qu'il se trouve ici depuis plus de trois cents ans sans que personne l'ait jamais touché.

Rachel se sentit soudain très lasse. Elle jeta un coup d'œil vers Ekstrom.

— Je suppose qu'il y a une explication logique à la présence de cette roche ici… et à tous ces secrets ?

— Il y en a une, répondit froidement Ekstrom. La roche découverte par PODS est une météorite.

Rachel s'arrêta net et regarda l'administrateur.

— Une météorite ?

Elle fut submergée par une vague de déception. Une météorite après tous les mystères et les secrets du Président, voilà qui paraissait bien anodin. Cette découverte est-elle censée justifier toutes les dépenses et faire oublier les échecs récents de la NASA ? se demanda-t-elle. Mais que croyait donc Herney ? Les météorites étaient sans nul doute des roches rares, mais la NASA en découvrait tout le temps.

— Cette météorite est l'une des plus grandes que nous ayons jamais trouvée, déclara Ekstrom très raide. Nous pensons qu'il s'agit du fragment d'une météorite plus grande qui aurait atteint l'océan Arctique au XVIIIe siècle. Il est donc très probable que notre roche provienne de cette météorite qui a dû exploser en touchant l'océan, ce fragment ayant lui-même atterri sur le glacier Milne. Après quoi, il s'est lentement enfoui sous la neige au cours des trois derniers siècles.

Rachel se renfrogna. Cette découverte ne changeait rien. Elle sentit poindre un soupçon : elle était en train d'assister à une publicité démesurée donnée à un événement tout à fait mineur par une NASA aux abois et une Maison Blanche qui cherchait par tous les moyens à redorer son blason. Deux institutions qui, en l'occurrence, tentaient de transformer une trouvaille intéressante en événement susceptible de changer la face de la science moderne.

— Vous ne paraissez pas très impressionnée, fit remarquer Ekstrom.

— Je crois que je m'attendais à quelque chose… de plus.

Les yeux du géant s'étrécirent.

— Une météorite de cette taille est une découverte exceptionnelle, mademoiselle Sexton. Seules quelques-unes au monde sont plus grosses…

— Je comprends…

— Mais la taille de cette météorite n'est pas ce qui nous intéresse le plus.

Rachel le regarda, dans l'expectative.

— Si vous voulez me permettre de finir, fit Ekstrom, vous découvrirez que cette météorite possède quelques caractéristiques inconnues jusqu'à présent sur ses semblables, petites ou grandes.

Il indiqua le fond du couloir de son index.

— Maintenant, si vous voulez bien me suivre, je vais vous présenter quelqu'un qui est plus qualifié que moi pour vous exposer les détails de cette découverte.

Rachel se retourna vers lui, perplexe.

— Quelqu'un de plus qualifié que l'administrateur de la NASA ?

Ekstrom planta ses yeux dans ceux de la jeune femme.

— Plus qualifié, mademoiselle Sexton, dans la mesure où il s'agit d'un civil. Je supposais qu'en tant qu'analyste de renseignements, vous préféreriez obtenir ces données d'une source indépendante.

Bien vu, songea-t-elle, encaissant sans rien dire.

Au bout du couloir, ils se retrouvèrent face à une lourde draperie noire. Derrière ce rideau, Rachel entendait résonner l'écho d'innombrables voix, comme si elles provenaient d'un gigantesque espace ouvert.

Sans un mot, l'administrateur écarta le rideau. Rachel fut éblouie par une lueur très vive. Elle hésita et recula d'un pas en clignant des yeux. Après quelques instants, elle finit par voir ce qui se passait dans la pièce immense.

— Mon Dieu ! murmura-t-elle. Qu'est-ce que c'est que ça ?

20.

Le studio d'enregistrement de CNN dans la banlieue de Washington est l'un des deux cent douze studios de la chaîne répartis dans le monde entier, reliés par satellite au siège de Turner Broadcasting System à Atlanta.

Il était 13 h 45 quand la limousine du sénateur s'arrêta dans le parking de CNN. Sexton, en pleine forme, sortit de la voiture et marcha d'un bon pas vers l'entrée du studio. Gabrielle et lui furent accueillis à l'intérieur par un producteur rondouillard qui arborait un sourire radieux.

— Sénateur Sexton, commença le producteur, bienvenue à CNN ! Grande nouvelle, nous venons d'apprendre le nom de la personne chargée par Herney de défendre ses couleurs.

Le producteur eut un sourire de mauvais augure.

— J'espère que vous êtes en grande forme.

D'un geste, il désigna la vitre qui séparait le studio de la régie.

Sexton jeta un coup d'œil à travers la vitre et faillit en tomber à la renverse. Le visage qui le fixait à travers le nuage de fumée de sa cigarette était le plus hideux de Washington.

— Marjorie Tench ? s'étrangla Gabrielle. Mais qu'est-ce qu'elle fait là ?

Sexton n'en avait pas la moindre idée. Cependant, quelle qu'en fût la raison, sa présence était un signe clair : le Président était décidément aux abois. Sinon pourquoi diable aurait-il envoyé sa conseillère la plus proche en première ligne ? Zach Herney faisait donner ses armes ultimes, et Sexton se félicita de ce signal.

Plus rude est l'adversaire, plus dure sera sa chute, songea-t-il.

Le sénateur ne doutait pas que Tench serait un rude adversaire mais, en scrutant la femme, Sexton ne put s'empêcher de penser que le Président avait fait une fameuse erreur de jugement. Marjorie Tench était la créature la plus laide qu'il ait jamais vue. En ce moment, affalée dans son fauteuil, tirant nerveusement sur une cigarette, son bras droit remontant régulièrement à ses lèvres, elle avait tout d'une mante religieuse géante.

Quel dommage ! pensa Sexton. Dire qu'il y a des auditeurs qui ne verront pas ce visage…

Les rares fois où le sénateur Sexton avait aperçu dans un magazine la figure de momie de la conseillère en chef de la Maison Blanche, il n'avait pu croire que c'était l'un des personnages les plus puissants de Washington qu'il avait sous les yeux.

— Je n'aime pas ça…, chuchota Gabrielle.

Sexton lui prêta une oreille distraite. Plus il réfléchissait à la question, plus il trouvait l'occasion trop belle pour ne pas sauter dessus. La chance lui souriait décidément et, davantage que le visage si peu médiatique de

Tench, c'était la réputation de cette dernière qui allait lui porter bonheur : Marjorie Tench était l'un des plus solides soutiens de la NASA. Pour beaucoup d'observateurs, c'était son rôle d'éminence grise et ses pressions incessantes qui expliquaient l'aide inconditionnelle de la Maison Blanche à une agence spatiale en pleine déconfiture.

Sexton se demanda si le Président ne punissait pas Tench pour tous ses mauvais conseils au sujet de la NASA. N'est-il pas en train de jeter aux loups sa conseillère numéro un ?

Gabrielle Ashe observait Marjorie Tench à travers la vitre avec un malaise croissant. Le diable n'était pas plus intelligent que la Tench et on ne l'avait jamais vue participer à ce genre de débats. Deux éléments qui allumèrent un signal d'alarme chez Gabrielle. Vu les positions de cette femme sur la recherche spatiale, on aurait pu croire à une erreur tactique de la part du Président. Mais Herney était tout sauf un idiot. Gabrielle en eut alors la quasi-certitude, la présence de cet insecte desséché n'annonçait rien de bon.

Elle sentit que le sénateur savourait son succès par avance, ce qui n'apaisa en rien son inquiétude. Sexton avait tendance à baisser la garde quand il avait trop confiance en lui. Les problèmes de la NASA avaient formidablement boosté ses indices de popularité dans les sondages, mais Sexton avait poussé son avantage un peu trop loin ces derniers temps. Beaucoup de campagnes avaient été perdues par des candidats qui voulaient arracher le K.-O. alors qu'ils n'avaient besoin que de finir le round.

Le producteur semblait attendre avec impatience que le sang coule sur le ring.

— Il est temps de vous préparer, sénateur.

Tandis que Sexton se dirigeait vers le studio, Gabrielle le tira par la manche.

— Je sais ce que vous pensez, murmura-t-elle. Mais prenez garde, n'en faites pas trop…

— En faire trop ? Moi ? fit Sexton avec un large sourire.

— Rappelez-vous que cette femme est une grande professionnelle.

Sexton eut une petite moue vaniteuse.

— Mais moi aussi, ma chère !

21.

N'importe où sur terre, la salle principale de la station polaire de la NASA aurait constitué un spectacle étrange, mais, du fait qu'elle se trouvait perdue sur une banquise, au beau milieu de l'Arctique, Rachel Sexton avait encore plus de mal à en admettre l'existence.

En regardant au-dessus d'elle le dôme futuriste composé de triangles imbriqués de plastique blanc, Rachel eut l'impression qu'elle venait d'entrer dans un gigantesque sanatorium. Les parois s'ancraient dans un sol de glace très dur où une armée de lampes halogènes composaient autant de sentinelles autour du périmètre de la salle, projetant une lumière étrange et évanescente. Sur le sol, de minces bandes de moquette en épais caoutchouc noir dessinaient un labyrinthe qui serpentait entre une multitude de postes de travail mobiles.

Au milieu de cette forêt d'ordinateurs et d'écrans, une quarantaine d'employés de la NASA en tenue blanche semblaient très absorbés dans leurs tâches, ponctuant leurs discussions fébriles d'exclamations joyeuses.

Rachel identifia immédiatement le climat électrique qui régnait dans la pièce.

C'était celui qui accompagne toujours les grandes découvertes.

Alors que Rachel et l'administrateur faisaient le tour de la salle, elle remarqua l'air désagréablement surpris de ceux qui la reconnurent. Leurs murmures se répercutèrent assez distinctement dans l'espace.

— N'est-ce pas la fille du sénateur Sexton ?

— Mais qu'est-ce qu'elle peut bien faire ici ?

— Je n'arrive pas à croire que l'administrateur accepte de lui adresser la parole !

Rachel n'aurait pas été étonnée de voir çà et là des poupées vaudoues à l'image de son père, hérissées d'épingles. Outre cette animosité ambiante, Rachel percevait aussi très bien un sentiment général de satisfaction, comme si la NASA savait à présent qui rirait le dernier.

Ekstrom conduisit Rachel vers une série de tables regroupées où un homme seul était assis face à une console informatique. Il était vêtu d'un col roulé noir, d'un large pantalon en velours côtelé et de grosses chaussures de bateau, qu'il avait préférés à l'uniforme de travail des autres employés. Il leur tournait le dos.

L'administrateur pria Rachel d'attendre pendant qu'il s'approchait de l'étranger pour lui parler. Quelques instants plus tard, l'homme en col roulé acquiesça avec courtoisie et commença à éteindre son ordinateur. L'administrateur se tourna vers Rachel.

— M. Tolland va prendre la suite, dit-il. Comme il est lui aussi une recrue du Président, vous devriez bien vous entendre. Je vous retrouverai un peu plus tard.

— Merci.

— Je suppose que vous avez entendu parler de Michael Tolland ?

Rachel haussa les épaules machinalement, encore sous l'effet de cette vision surréaliste.

— Son nom ne me dit rien.

L'homme au col roulé noir se présenta, un large sourire aux lèvres. Sa voix était chaleureuse et sonore.

— Mon nom ne vous dit rien ? Eh bien, c'est la meilleure nouvelle de la journée. Je croyais que je n'aurais jamais plus l'occasion de faire une première impression à qui que ce soit…

En détaillant le nouveau venu, la jeune femme se figea sur place. Elle reconnut le séduisant visage de l'homme en une seconde. Tous les Américains le connaissaient.

— Oh, fit-elle en rougissant tandis que son interlocuteur lui serrait la main. Vous êtes *ce* Michael Tolland.

Quand le Président avait appris à Rachel qu'il avait recruté des scientifiques civils de très haut niveau pour authentifier la découverte de la NASA, Rachel avait imaginé un groupe d'experts chaussés de lunettes et armés de calculatrices portant leurs initiales. Michael Tolland était tout l'opposé. Figure réputée de la science dans l'Amérique d'aujourd'hui, Tolland animait une émission hebdomadaire intitulée « Le Monde merveilleux de la mer », durant laquelle il présentait aux téléspectateurs des phénomènes océaniques surprenants, des volcans sous-marins, des vers marins de trois mètres de long, ou encore des raz de marée terrifiants. Les médias tenaient Tolland pour une sorte de commandant Cousteau mâtiné de Carl Sagan. Ils se plaisaient à souligner l'étendue de son savoir, son enthousiasme sans prétention et son goût de l'aventure – toutes qualités auxquelles « Le Monde merveilleux de la mer » devait son formidable succès. C'était une des émissions les plus suivies de la télé. Bien sûr, la séduction un peu bourrue de Tolland, son charisme et sa discrétion ne devaient certainement pas nuire à sa popularité, notamment auprès des téléspectatrices.

— Monsieur Tolland, balbutia la jeune femme, je suis Rachel Sexton.

Il lui décocha un sourire malin et enjôleur.

— Bonjour, Rachel, appelez-moi Mike.

Pour une fois, Rachel ne sut quoi répondre. L'atmosphère si particulière du dôme, la météorite, les secrets, cette rencontre inopinée avec une star de la télévision… Elle saturait un peu.

— J'avoue que je ne m'attendais pas à vous trouver ici, expliqua-t-elle en essayant de reprendre ses esprits. Quand le Président m'a dit qu'il avait recruté des scientifiques civils pour authentifier une découverte de la NASA, je crois que je m'attendais…

— À rencontrer de vrais scientifiques ? fit Tolland avec un large sourire.

Rachel rougit, vexée qu'il ait compris.

— Ce n'est pas ce que je voulais dire.

— Ne vous en faites pas, répondit Tolland, depuis que je suis ici, je n'ai eu droit qu'à ça.

L'administrateur s'excusa, promettant de les retrouver un peu plus tard. Tolland se tourna vers Rachel, intrigué.

— L'administrateur m'a appris que votre père était le sénateur Sexton ?

Rachel acquiesça. Malheureusement, songea-t-elle.

— Alors vous seriez un espion de Sexton derrière les lignes ennemies ?

— Pour être sa fille, je ne suis pas pour autant son instrument, répliqua la jeune femme.

S'ensuivit un silence de quelques secondes.

— Expliquez-moi, reprit rapidement Rachel, ce qu'un océanographe mondialement connu fabrique sur un glacier avec une bande d'experts en engins spatiaux ?

Tolland étouffa un petit rire.

— En fait, un type qui ressemblait beaucoup au Président m'a demandé de lui faire une faveur. J'ai ouvert la bouche pour dire « Va te faire f... », mais, malgré moi, j'ai bafouillé « Oui, monsieur ».

Rachel éclata de rire, pour la première fois depuis le matin.

— Bienvenue au club !

Contrairement à la plupart des célébrités de la télévision qui, au naturel, semblaient plus petites qu'à l'écran, Michael Tolland lui apparut plus grand. Ses yeux bruns étaient aussi intenses et passionnés que dans son émission et sa voix exprimait le même enthousiasme plein de modestie. À quarante-cinq ans, Michael Tolland était à la fois athlétique et buriné ; il avait une épaisse tignasse noire dont les mèches folles retombaient sur son front. Il avait un menton volontaire et la gestuelle un peu brouillonne d'un homme plein d'assurance. Quand il avait serré la main de Rachel, le contact rugueux de sa paume avait rappelé à la jeune femme que Tolland n'était pas seulement un animateur confiné dans un studio douillet, mais aussi un marin accompli et un chercheur de terrain.

— Pour être honnête, admit Tolland, l'air un peu penaud, je crois que j'ai davantage été recruté pour mes capacités en matière de relations publiques que pour mes compétences scientifiques. Le Président m'a demandé de venir ici afin de tourner un documentaire pour lui.

— Un documentaire ? Sur une météorite ? Mais vous êtes océanographe !

— C'est exactement ce que je lui ai dit ! Mais il m'a répondu qu'il ne connaissait pas de documentariste spécialisé dans les météorites. Il m'a aussi précisé qu'en m'engageant dans ce projet j'aiderais à donner à cette découverte la crédibilité dont elle a besoin. Apparemment, il a l'intention de projeter ce documentaire au cours d'une grande conférence de presse qu'il va donner ce soir et durant laquelle il va annoncer sa découverte.

Un célèbre présentateur, se dit-elle. Rachel reconnut encore une fois l'étonnante habileté de Zach Herney. On avait souvent reproché à la NASA de tenir des discours élitistes réservés à quelques experts. Cette fois, elle avait mis la main sur le meilleur vulgarisateur scientifique, un visage que les Américains connaissaient et auquel les téléspectateurs faisaient une entière confiance.

Tolland désigna un recoin de l'autre côté de la salle où on installait un studio de retransmission. On apercevait un tapis bleu sur le sol glacé, des caméras de télévision, des projecteurs et une longue table sur laquelle étaient dressés des micros. Quelqu'un était en train d'accrocher un immense drapeau américain en arrière-plan.

— C'est pour ce soir, expliqua Tolland. L'administrateur de la NASA et quelques-uns de ses collaborateurs les plus éminents seront reliés par satellite à la Maison

Blanche afin de pouvoir participer en direct à l'émission de 20 heures où le Président fera une déclaration.

Tout à fait approprié, songea Rachel, heureuse d'apprendre que Zach Herney associait au moins les découvreurs de la NASA à son discours.

— Bon, fit Rachel avec un soupir, est-ce que quelqu'un va enfin m'expliquer ce que cette météorite a de si spécial ?

Tolland haussa les sourcils et lui adressa un sourire mystérieux.

— En fait, répondit-il, il vaut mieux le voir que l'expliquer.

Il fit signe à Rachel de l'accompagner vers un autre poste de travail tout proche.

— Le type qui travaille là, dit-il, a plein d'échantillons qu'il pourra vous montrer.

— Des échantillons ? Vous avez vraiment des échantillons de la météorite ?

— Mais oui, nous avons creusé la glace pour en extraire quelques-uns. Ce sont d'ailleurs ces premiers cailloux qui ont alerté la NASA sur l'importance de la découverte.

Rachel suivit Tolland avec curiosité. Il n'y avait personne. Une tasse de café fumant trônait sur un bureau encombré d'échantillons de roches, d'outils de calibrage et autres instruments géologiques.

— Marlinson ! cria Tolland en cherchant des yeux autour de lui.

Pas de réponse. Il poussa un soupir frustré et se tourna vers Rachel.

— Il s'est sans doute perdu en allant chercher du lait pour son café. J'ai passé mon doctorat à Princeton avec ce type-là et, je vous assure, il était capable de ne pas retrouver son chemin même dans sa chambre. Aujourd'hui, c'est le plus brillant astrophysicien que nous ayons. Allez comprendre…

Rachel eut l'air médusé.

— Marlinson ? fit-elle. Vous parlez du célèbre Corky Marlinson ?

Tolland éclata de rire.

— Lui-même, dans toute sa splendeur.

— Corky Marlinson est ici ? demanda Rachel, stupéfaite.

Les théories de Marlinson sur les champs gravitationnels étaient légendaires chez les ingénieurs du NRO chargés des programmes de satellites.

— Marlinson fait partie des scientifiques civils que le Président a recrutés ?

— Oui, c'est l'un des véritables scientifiques qui se trouvent ici.

Véritable, c'est le moins qu'on puisse dire, songea Rachel. Corky Marlinson était un savant brillant et unanimement considéré.

— L'incroyable paradoxe en ce qui concerne Corky, reprit Tolland, est qu'il peut évaluer au millimètre la distance entre la Terre et Alpha du Centaure mais qu'il est incapable de nouer sa cravate.

— C'est la raison pour laquelle je ne porte que des cravates à élastique ! entonna une voix enjouée derrière eux. L'efficacité avant le style, Mike. Vous autres, à Hollywood, vous n'avez jamais compris ça !

Rachel et Tolland se retournèrent vers l'homme dont la tête venait de surgir au-dessus d'une énorme pile de matériel électronique.

Trapu et rondouillard, Corky Marlinson ressemblait un peu à un carlin avec ses yeux globuleux et ses fins cheveux ramenés en avant sur le front. Quand il aperçut Rachel à côté de Tolland, il s'arrêta net.

— Mon Dieu, Mike ! Nous sommes tous enfermés dans un congélateur et tu te débrouilles encore pour rencontrer des filles ravissantes. Je savais que j'aurais dû faire carrière à la télé !

Michael Tolland était visiblement embarrassé.

— Mademoiselle Sexton, je vous prie d'excuser M. Marlinson. Il manque certes de tact mais il se rattrape avec des théories savantes sur notre univers, totalement aléatoires et inutilisables.

Corky s'approcha.

— Enchanté de vous connaître, mademoiselle. Je n'ai pas bien saisi votre nom ? Sexton ? (Corky mima l'effroi d'une manière enfantine.) Rien à voir avec le sénateur borné et débauché, j'espère !

Tolland fit une grimace condescendante.

— Tu aurais mieux fait de te taire, Corky, le sénateur Sexton est le père de Rachel.

Corky s'arrêta de rire et se tassa sur lui-même.

— Tu sais, Mike, ce n'est vraiment pas étonnant que je n'ai jamais eu de chance avec les dames…

22.

Corky Marlinson conduisit Rachel et Tolland vers sa station de travail, où il commença à fouiller dans son matériel et ses échantillons de roches. L'homme se déplaçait tel un ressort étroitement comprimé sur le point de se détendre brusquement.

— Très bien, fit-il en tremblant d'excitation, mademoiselle Sexton, vous allez avoir droit en avant-première au topo de Corky Marlinson sur la météorite. Il ne dure que trente secondes.

Tolland fit un petit signe à Rachel pour la faire patienter.

— Soyez indulgente, ce type a vraiment voulu être acteur.

— Ouais, fit Corky, et Mike voulait être un scientifique respecté.

Corky fourragea à nouveau dans sa boîte à chaussures d'où il sortit trois petits bouts de roches qu'il aligna sur son bureau.

— Voici les trois principales catégories de météorites au monde.

Rachel examina les échantillons. Tous étaient grossièrement sphériques et de la taille d'une balle de golf. Chacun d'eux avait été scié en deux au milieu pour qu'on puisse l'examiner en coupe.

— Toutes les météorites, poursuivit Corky, sont un mélange d'alliages fer-nickel, de silicates et de sulfures, en proportions variées. On les classe sur la base du rapport métal sur silicate.

Rachel eut la nette impression que le topo de Corky Marlinson sur la météorite allait durer plus de trente secondes.

— Le premier échantillon, dit Corky, en montrant une pierre d'un noir de jais brillant, est une météorite métallique. Très lourde, cette petite chérie a atterri dans l'Antarctique il y a quelques années.

Rachel observa la météorite. Elle paraissait venir d'un autre monde. On aurait dit une goutte de fer gris, très lourde, à la surface croûteuse et noircie.

— Cette surface calcinée, on l'appelle une croûte de fusion, dit Corky. Elle provient d'un réchauffement extrême au moment où la météorite est tombée dans notre atmosphère. Toutes les météorites ont ce type d'écorce calcinée.

Corky se déplaça rapidement pour prendre l'autre échantillon.

— Celui-ci est ce que nous appelons une météorite lithosidérite, mélange de pierre et de métal…

Rachel examina l'objet en remarquant que sa surface était aussi calcinée. Cet échantillon avait toutefois une teinte vert très clair et, en coupe, il ressemblait à un collage de fragments géométriques anguleux et colorés, tel un puzzle kaléidoscopique.

— Charmant, fit Rachel.

— Vous plaisantez, mademoiselle, elle est *sublime* !

Corky disserta un bon moment sur la haute teneur en olivine qui donnait à l'échantillon son lustre vert, puis il tendit la main en un geste théâtral vers le troisième et dernier échantillon qu'il tendit à Rachel.

Rachel tint la météorite dans sa paume. Celle-ci était de couleur brun-gris, une teinte proche du granit courant. Elle était beaucoup plus lourde qu'une pierre terrestre mais la seule indication suggérant qu'il pouvait s'agir d'autre chose que d'une roche ordinaire était sa surface complètement calcinée.

— Ceci, fit enfin Corky avec une certaine emphase, s'appelle une météorite pierreuse. C'est la classe de météorites la plus commune. Plus de quatre-vingt-dix pour cent des météorites découvertes sur terre appartiennent à cette catégorie.

Rachel était étonnée. Elle avait toujours imaginé que les météorites ressemblaient plutôt au premier échantillon, métallique, qui semblait venir de loin. La météorite dans sa main n'avait absolument rien d'extraterrestre. En dehors de son aspect calciné, elle avait l'air d'un caillou que l'on aurait pu trouver sur une plage.

Les yeux de Corky, sous l'effet de l'excitation, semblaient prêts à saillir de leurs orbites.

— La météorite enterrée sous cette couche de glace, ici, sur le glacier Milne, est une météorite pierreuse qui ressemble beaucoup à celle que vous tenez dans votre main. Ces météorites sont, à la superficie près, pratiquement identiques à nos roches terrestres ignées et c'est ce qui les rend difficiles à trouver. Il s'agit en général d'un mélange de silicates assez légers, feldspath, olivine et pyroxène. Rien de très palpitant.

En effet, songea Rachel en lui rendant l'échantillon.

— Celle-ci a tout d'une roche que le feu aurait brûlée peu à peu, dit-elle.

Corky éclata de rire.

— Mais là, vous parlez d'un feu d'enfer ! Le haut-fourneau le plus perfectionné jamais construit est bien loin de pouvoir fournir une chaleur semblable à celle que la météorite subit quand elle entre dans notre atmosphère. Elles sont vraiment cuites à cœur !

Tolland adressa un sourire de compassion à Rachel.

— Le pire est à venir.

— Imaginez ! reprit Corky, en prenant la roche des mains de Rachel. Imaginez un échantillon de la taille d'un immeuble.

Il le tendit à bout de bras, au-dessus de sa tête.

— … Bon, il vole dans l'espace, il traverse notre système solaire, glacé jusqu'à l'os, par une température de – 100 degrés centigrades.

Tolland rigola dans sa barbe ; il avait apparemment déjà assisté au numéro de l'arrivée de la météorite sur Ellesmere Island.

Corky abaissa lentement l'échantillon.

— La météorite s'approche de la terre… À mesure qu'elle se rapproche, la gravité l'aspire, sa descente s'accélère.

Corky mimait l'accélération de la chute sous l'œil attentif de Rachel.

— Maintenant, elle tombe vraiment vite ! s'exclama Corky. À plus de quinze km/seconde, cinquante-quatre mille km/heure ! À cent trente-cinq kilomètres au-dessus de la surface de la terre, la météorite entre dans l'atmosphère terrestre et elle est soumise à de formidables frottements.

Corky mima les violentes secousses que subissait l'échantillon en approchant de la banquise.

— … Au-dessous de cent kilomètres, elle se met à flamber. Maintenant la densité atmosphérique s'accroît et la friction est énorme ! La surface de la roche entre en fusion sous l'effet de la chaleur, l'air tout autour devient incandescent.

Corky se mit à produire des sons et à faire des gestes censés figurer l'embrasement de la roche.

— … Maintenant elle a franchi le cap des quatre-vingts kilomètres d'altitude et la température de sa surface dépasse les huit cents degrés centigrades !

Sidérée, Rachel regardait l'astrophysicien multiplier les bruitages approximatifs pour ajouter du réalisme à son récit.

— … Soixante kilomètres ! L'atmosphère oppose à la pénétration de la météorite une résistance comparable à celle d'un mur. Elle freine violemment à plus de trois cents fois la force d'attraction de la gravité !

Corky poussa un sifflement suraigu pour suggérer un violent coup de freins et ralentit spectaculairement la descente de son caillou.

— … En quelques secondes la météorite se refroidit et cesse de briller. Elle noircit, durcit et prend un aspect de croûte calcinée.

Rachel entendit Tolland gémir quand Corky s'agenouilla sur la glace pour donner le coup de grâce, l'impact terrestre.

— … L'énorme météorite arrive dans les couches inférieures de l'atmosphère…

Il mima la trajectoire légèrement incurvée.

— Elle approche de l'océan Arctique… l'angle de sa chute est oblique… Elle tombe, on pourrait presque croire qu'elle va rebondir sur la surface de l'Océan… elle tombe… et… BAM !

Rachel sursauta.

— … L'impact est cataclysmique ! La météorite explose en projetant des éclats qui tournoient et rebondissent à la surface de l'eau.

Corky ralentit ses gestes, à présent, mimant le tournoiement de l'échantillon sous l'eau, en direction des pieds de Rachel.

— … L'un des fragments continue de rebondir vers Ellesmere Island.

Il approcha la roche de l'orteil droit de Rachel.

— Elle rebondit encore sur la mer puis sur la terre ferme…

Il glissa la roche le long de la chaussure de Rachel et l'immobilisa dans le creux de la cheville.

— … Et elle s'arrête enfin sur le haut du glacier Milne, où elle est rapidement enfouie sous la neige et la glace qui vont la protéger de l'érosion terrestre.

Corky se releva, un grand sourire aux lèvres.

Rachel, jusque-là bouche bée, partit d'un éclat de rire admiratif.

— Eh bien, professeur Marlinson, vos explications étaient on ne peut plus…

— Lumineuses ? proposa Corky.

— C'est le mot…, reconnut Rachel.

Corky lui tendit l'échantillon.

— Regardez, lui dit-il, voici la section en coupe.

Rachel examina l'intérieur de la roche quelques instants, sans rien distinguer.

— Élevez-le à la lumière, enjoignit Tolland avec chaleur. Et regardez de plus près.

Rachel approcha le fragment de roche de ses yeux et l'inclina sous la lumière qui tombait de la coupole.

Maintenant elle les voyait – de minuscules sphères métalliques qui scintillaient dans la pierre. Des dizaines d'entre elles parsemaient la surface sectionnée, comme autant de minuscules gouttelettes de mercure d'environ un millimètre de diamètre.

— On appelle ces petites gouttelettes des « chondres », expliqua Corky. Et on ne les trouve que dans les météorites.

Rachel cligna des yeux pour tâcher de mieux voir.

— C'est clair, dit-elle, je n'ai jamais rien vu de semblable sur une roche terrestre.

— Et cela ne vous arrivera pas, renchérit Corky. Les chondres appartiennent à une structure géologique qui n'existe pas sur terre. Certains d'entre eux sont exceptionnellement âgés, peut-être constitués des matériaux les plus anciens de l'univers. D'autres chondres sont beaucoup plus récents comme celui que vous tenez dans votre main. Les chondres de cette météorite datent d'environ cent quatre-vingt-dix millions d'années.

— Et, pour vous, cent quatre-vingt-dix millions d'années, c'est tout récent ?

— Sacrément récent ! En termes d'histoire cosmique, c'est hier. Mais le truc important, ici, c'est que cet échantillon contient des chondres et que c'est la preuve formelle que nous avons bien affaire à une météorite.

— OK, fit Rachel, les chondres prouvent qu'il s'agit d'une météorite. J'ai pigé.

— Et finalement, ajouta Corky en soupirant, si la croûte de fusion et les chondres ne vous ont pas convaincue, nous autres astronomes avons une méthode infaillible pour confirmer qu'il s'agit de roches d'origine extraterrestre.

— Comment ça ?

Corky prit un air entendu.

— Nous utilisons tout simplement un microscope pétrographique polarisant, un spectromètre à fluorescence en rayons X, un analyseur par activation de neutrons ou un spectromètre de plasma couplé par induction pour mesurer les rapports ferromagnétiques.

Tolland gémit :

— Non mais, quel bluffeur ! Ce que Corky veut dire, c'est que, pour prouver qu'une roche est une météorite, il suffit d'analyser son contenu chimique.

— Hé, vieux bourlingueur ! se gaussa Corky. Tu ferais mieux de laisser la science aux scientifiques, tu ne crois pas ? (Il se retourna vers Rachel.) Dans les roches terrestres, on ne trouve de minerai de nickel qu'à des pourcentages extrêmement élevés ou bien, au contraire, extrêmement faibles. Entre les deux, néant. Pour les météorites, en revanche, le contenu en nickel se situe dans une fourchette intermédiaire. C'est pourquoi, si nous analysons un échantillon et que nous trouvons une teneur en nickel intermédiaire, nous pouvons certifier sans l'ombre d'un doute qu'il s'agit d'une météorite.

Rachel ne se sentait pas plus avancée.

— Très bien, messieurs. Croûtes de fusion, chondres, teneur en nickel médiane, tout cela prouve bien que ce caillou vient de l'espace. J'ai pigé le topo… Maintenant, pouvez-vous me dire ce que je fais ici ?

Elle reposa le « caillou » sur la table de Corky. Celui-ci poussa un deuxième soupir, solennel cette fois.

— Voulez-vous voir un échantillon de la météorite que la NASA a découverte dans la glace qui se trouve dans le sous-sol ?

Au point où j'en suis…, songea Rachel en hochant la tête, résignée.

Corky plongea la main dans la poche de sa chemise et en ressortit un petit fragment de pierre en forme de disque. Ce morceau de roche ressemblait à un CD audio d'environ un centimètre et demi d'épaisseur et sa composition semblait analogue à la météorite qu'elle venait de voir.

— Voici une tranche de la roche d'en bas, que nous avons forée et extraite hier.

Corky tendit le disque à Rachel. L'aspect de l'échantillon n'avait rien d'extraordinaire. Comme celui qu'elle avait examiné auparavant, il était d'un blanc orangé et pesait lourd dans sa main. Le pourtour du disque, correspondant apparemment à un fragment de la surface de la roche, était calciné et noirâtre.

— Il s'agit sans doute de la croûte de fusion, fit-elle.

— Oui, cet échantillon, extrait près de la surface de la météorite, a gardé un peu de sa croûte.

Rachel inclina le disque dans la lumière et repéra les petits globules métalliques.

— Ah, je vois les chondres…

— Très bien, fit Corky d'une voix vibrante d'excitation. Et je peux vous dire, pour avoir examiné cette chose au moyen d'un microscope pétrographique polarisant, que sa teneur en nickel est médiane. Il ne peut donc s'agir d'une roche terrestre. Vous venez de confirmer que la roche qui se trouve dans votre main vient de l'espace.

Rachel leva les yeux, désorientée.

— Professeur Marlinson, c'est une météorite. Elle est censée venir de l'espace. D'accord, mais après ?

Corky et Tolland échangèrent des regards entendus. Tolland posa la main sur l'épaule de Rachel.

— Retournez-la, murmura-t-il.

Rachel retourna le disque afin de pouvoir examiner l'autre face. Il ne lui fallut qu'un instant pour comprendre ce qu'elle venait de percevoir. La révélation la frappa comme un coup de tonnerre.

— Impossible ! souffla-t-elle en s'étranglant presque.

Et pourtant, en regardant la roche, elle saisit que le mot « impossible » n'aurait plus jamais le même sens pour elle. Enchâssée dans la pierre, on distinguait une forme qui, sur un spécimen terrestre, aurait été considérée comme tout à fait anodine mais qui, dans une météorite, était au plus haut point extraordinaire.

— C'est..., balbutia Rachel. C'est... un insecte ! Cette météorite contient un insecte fossile !

Tolland et Corky étaient aux anges.

— Bienvenue au club ! annonça Corky.

L'émotion qui submergea Rachel la laissa muette quelques instants. Pourtant, au milieu de sa stupéfaction, elle comprenait bien que ce fossile avait jadis été un organisme vivant, cela ne faisait pas l'ombre d'un doute. La marque dans la pierre devait mesurer huit centimètres de long et évoquait le ventre de quelque gros scarabée. Sept paires de pattes articulées s'échelonnaient sous une carapace protectrice, divisée comme celle d'un tatou.

Rachel se sentit prise de vertige.

— Un insecte venu de l'espace...

— C'est un isopode, précisa Corky, les insectes ont trois paires de pattes, pas sept.

La jeune femme ne l'entendit pas. En reprenant son examen du fossile, elle eut l'impression que la salle se mettait à tourner autour d'elle.

— On voit clairement, reprit Corky, que la carapace dorsale est segmentée en plaques qui se chevauchent comme sur un cloporte, et pourtant les deux appendices en forme de queue évoquent plutôt un pou.

Rachel n'écoutait plus Corky. La classification précise de l'espèce ne l'intéressait absolument pas. Les pièces du puzzle semblaient maintenant former un tableau cohérent : le secret du Président, l'excitation de la NASA…

Il y a un fossile dans cette météorite, et ce n'est pas seulement une tache de bactérie ou de microbe, mais une forme de vie évoluée ! La preuve qu'il y a de la vie quelque part, ailleurs, dans l'univers ! se disait-elle.

23.

Le débat était commencé depuis dix minutes et le sénateur Sexton se demandait comment il avait pu s'inquiéter. Marjorie Tench était un adversaire complètement surfait. Malgré sa réputation de sagacité et de cynisme, la conseillère du Président était davantage un agneau sacrificiel qu'un opposant digne de ce nom.

Certes, quelques instants auparavant, Tench était passée à l'attaque en suggérant que le programme anti-avortement du sénateur était « dirigé contre les femmes ». Mais alors, juste au moment où on avait l'impression qu'elle allait resserrer l'étreinte, elle avait commis une faute d'inattention. Alors qu'elle questionnait le sénateur sur les moyens qu'il comptait mettre en œuvre pour trouver des fonds supplémentaires en faveur de l'éducation sans augmenter les impôts, Tench avait fait une allusion indirecte aux polémiques constantes de Sexton contre la NASA, son bouc émissaire.

La NASA était un sujet que Sexton avait de toute façon l'intention d'aborder, mais plutôt vers la fin de la discussion, et voilà que Marjorie Tench lui avait tendu la perche. Pauvre idiote !

— Puisque nous parlons de la NASA, renchérit Sexton d'un ton dégagé, pouvez-vous commenter les rumeurs que je ne cesse d'entendre sur un nouvel échec de l'Agence ?

Marjorie Tench ne cilla pas.

— Cette rumeur n'est pas parvenue jusqu'à mes oreilles.

Sa voix éraillée grinçait légèrement.

— Donc, aucun commentaire ?

— Je crains que non.

Sexton exulta. Dans l'univers impitoyable des médias, quand la langue de bois lâchait un « sans commentaire », tous s'empressaient de traduire « l'accusé plaide coupable ».

— Je vois, fit Sexton. Et en ce qui concerne la rumeur d'une rencontre secrète récente entre le Président et l'administrateur de la NASA ?

Cette fois Tench adopta un air surpris.

— Je ne suis pas sûre de savoir à quel entretien vous faites allusion. Le Président a sans cesse des entretiens avec les responsables de ce pays.

— Bien sûr, c'est son boulot…

Sexton décida d'attaquer sans prendre de gants.

— Madame Tench, vous faites partie des plus ardents supporters de l'Agence spatiale, n'est-ce pas ?

Tench soupira, lasse de voir son interlocuteur enfourcher une fois de plus son cheval de bataille.

— Je crois en effet, monsieur le sénateur, qu'il est important de préserver l'avance technologique de l'Amérique, qu'elle s'exerce dans le domaine militaire et industriel, dans les renseignements ou les télécommunications. La NASA est un maillon essentiel de la suprématie américaine.

Sexton capta le regard inquiet de Gabrielle, en régie, qui lui intimait de faire machine arrière, mais trop tard, le sénateur avait flairé l'odeur du sang frais et rien ne pouvait plus l'arrêter.

— Une question qui m'intrigue, chère madame... Est-ce votre influence dans les coulisses du pouvoir qui explique le soutien jamais démenti du Président à une Agence qui bat sérieusement de l'aile ?

Tench secoua la tête.

— Non. Le Président est également un fervent partisan de la NASA. Il n'a nul besoin de moi pour prendre ses décisions.

Sexton n'en croyait pas ses oreilles. Il venait de donner une chance à Marjorie Tench d'exonérer partiellement le Président en acceptant d'assumer une part de responsabilité dans la complaisance coupable du gouvernement à l'égard de l'Agence spatiale. Et voilà que Tench se défaussait sur Herney... « Le Président n'a nul besoin de moi pour prendre ses décisions. » On aurait presque dit que Tench était déjà en train d'essayer de prendre ses distances envers une campagne qui sentait le roussi. Ce n'était pas une grande surprise, d'ailleurs. Après tout, une fois la campagne terminée et son champion défait, Marjorie Tench allait bien devoir se chercher un autre travail.

Durant les minutes qui suivirent, Sexton et Tench parèrent leurs attaques réciproques. Tench esquissa quelques faibles tentatives pour détourner celles de Sexton, mais celui-ci ne cessait de la relancer sur le budget de la NASA.

— Sénateur, reprit Tench, vous souhaitez faire des coupes sombres dans le budget de la NASA, mais avez-vous la moindre idée du nombre d'emplois high-tech qu'une telle politique supprimerait ?

Sexton faillit lui éclater de rire au nez. Et cette femme est considérée comme la bête politique numéro un de Washington ? se demanda-t-il. Tench avait manifestement beaucoup à apprendre sur le marché du travail de ce pays. Les emplois high-tech, quel que soit leur nombre, ça ne pesait pas lourd en comparaison de la quantité de cols bleus américains qui trimaient dur pour gagner leur vie et payaient trop d'impôts.

Sexton bondit.

— Marjorie, nous parlons ici de milliards de dollars d'économie. Si le résultat doit être que quelques scientifiques de la NASA s'inscrivent dans une agence pour l'emploi afin d'essayer de vendre leurs compétences ailleurs, je m'en lave les mains. Mon rôle à moi, c'est de réduire la dépense publique.

Marjorie Tench resta silencieuse, comme si elle accusait le coup. L'animateur de CNN en profita pour renchérir :

— Madame Tench, une réaction ?

La conseillère du Président finit par s'éclaircir la voix avant de parler.

— Je suis simplement surprise d'entendre que M. Sexton se pose en adversaire inconditionnel de la NASA.

Les yeux de Sexton s'étrécirent. Bien essayé, ma fille, se dit-il.

— Je ne suis pas anti-NASA et je rejette cette accusation. Je suis simplement en train de dire que les comptes de la NASA traduisent parfaitement les débordements budgétaires de notre Président. La NASA prétendait qu'elle allait construire la navette spatiale pour cinq milliards de dollars, elle a coûté douze milliards. On nous a aussi assuré qu'on allait fabriquer une station spatiale pour huit milliards, et la station a fini par coûter cent milliards.

— Les Américains sont leaders dans ce domaine, objecta Tench, parce qu'ils se fixent des objectifs ambitieux et qu'ils les atteignent coûte que coûte.

— Ma chère Marge, cet appel à l'orgueil national ne marche pas avec moi. Ces deux dernières années, la NASA a multiplié ses dépenses par trois, et il a bien fallu qu'elle garde la tête basse pour demander au Président de combler les déficits que ses gaffes avaient entraînés. Est-ce cela votre notion de la fierté nationale ? Si vous voulez parler de fierté nationale, parlons alors d'écoles performantes. Parlons d'une assurance maladie universelle. Parlons d'enfants intelligents et doués qui grandissent dans un pays capable de leur offrir des occasions d'exprimer leur potentiel. Voilà mon idée de la fierté nationale !

Marjorie Tench lui jeta un regard furibond.

— Puis-je vous poser une question directe, sénateur ?

Sexton ne répondit rien, et se contenta d'attendre.

Les mots de Marjorie Tench se firent incisifs, son ton devint plus ferme, plus agressif.

— Sénateur, si je vous disais que l'exploration spatiale n'est pas réalisable à un budget inférieur à celui qui est actuellement alloué à l'Agence, prendriez-vous l'initiative de la démanteler purement et simplement ?

La question ressemblait beaucoup à une pierre chutant violemment dans le jardin de Sexton. Peut-être que Tench n'était pas si stupide que ça, après tout. Elle avait réussi à attirer Sexton dans un piège avec sa question soigneusement formulée qui le forçait à prendre position par oui ou par non, bref à abattre ses cartes et à choisir une fois pour toutes une position claire.

Instinctivement, Sexton essaya de se dérober.

— Je ne doute pas qu'avec une gestion saine la NASA pourrait explorer l'espace pour beaucoup moins que ce que nous …

— Sénateur Sexton, répondez à la question. Explorer l'espace est une entreprise périlleuse et coûteuse. Un peu comme de construire un avion de transport pour passagers. Soit on le fait bien, soit il vaut mieux ne pas le faire du tout, les risques sont trop grands. Ma question est donc la suivante : si vous devenez Président et si vous êtes confronté à la décision de continuer à subventionner la NASA au même niveau qu'aujourd'hui ou de jeter tout le programme spatial américain aux oubliettes, laquelle de ces options choisissez-vous ?

Merde. Sexton jeta un coup d'œil vers Gabrielle à travers la vitre de la régie. Son expression conforta Sexton dans ce qu'il savait déjà. Assumez vos convictions. Soyez direct. Ce n'est pas le moment de tourner autour du pot, semblait-elle lui dire. Sexton releva le menton.

— Oui, si j'étais confronté à cette décision, je transférerais le budget actuel de la NASA à l'Éducation nationale. Je ferais passer nos enfants avant la recherche spatiale.

Marjorie Tench afficha une expression de totale surprise.

— Je suis abasourdie par ce que j'entends ! Vous ai-je bien compris, sénateur ? Si vous étiez Président, vous me dites que vous annuleriez le programme spatial américain ?

Sexton sentit la moutarde lui monter au nez. Elle avait réussi à lui faire dire ce qu'elle voulait. Il essaya de contrer, mais Tench avait déjà repris son laïus.

— Donc, sénateur, je veux que les auditeurs l'entendent à nouveau, vous nous dites que vous vous débarrasseriez de l'Agence qui a envoyé des hommes sur la Lune ?

— Je pense que la conquête spatiale est un chapitre clos ! Les temps ont changé. La NASA ne joue plus un rôle décisif dans la vie quotidienne des Américains et pourtant nous continuons à la financer.

— Vous pensez donc que l'espace n'est pas l'avenir de l'humanité ?

— Bien sûr que l'espace représente l'avenir, mais la NASA est un dinosaure ! Laissons le secteur privé explorer l'espace. Les contribuables américains ne devraient pas avoir à signer des chèques chaque fois qu'un quelconque ingénieur de Washington veut prendre un cliché de Jupiter à un milliard de dollars. Les Américains sont fatigués de devoir sacrifier l'avenir de leurs enfants pour entretenir une agence démodée qui donne si peu en retour alors qu'elle nous coûte si cher !

Tench poussa un soupir consterné.

— Elle nous donne si peu en retour ? Mais, à l'exception peut-être du programme SETI, la NASA nous a beaucoup donné en retour, sénateur…

Sexton fut choqué que Marjorie Tench ait seulement osé prononcer le nom de SETI. Mais elle venait de commettre une bourde majeure. Le programme SETI était consacré à la recherche d'une intelligence extraterrestre et il était le gouffre financier le plus abyssal de toute l'histoire de la NASA. L'Agence avait essayé de redorer le blason de son projet en le rebaptisant « Origines » et en le réaménageant, il s'agissait pourtant du même pari perdu d'avance.

— Marjorie, reprit Sexton en sautant sur l'occasion, je vais parler du projet SETI uniquement parce que vous y faites allusion.

Étrangement, Tench eut l'air avide d'entendre ce qu'il avait à dire.

Sexton se racla la gorge.

— La plupart des gens ne savent pas que la NASA recherche E.T. depuis trente-cinq ans maintenant : on a déployé des armées de satellites, de gigantesques émetteurs récepteurs, on dépense des millions en salaires pour rémunérer des scientifiques qui sont assis à écouter des bandes sur lesquelles il n'y a rien. Il s'agit d'une gabegie absolument inadmissible.

— Vous affirmez que toute cette entreprise ne sert à rien ?

— Je dis que, si une autre agence gouvernementale avait dépensé quarante-cinq millions en trente-cinq ans pour n'obtenir aucun résultat, elle aurait été sabrée il y a bien longtemps.

Sexton fit une pause pour laisser la gravité de son jugement imprégner l'esprit des auditeurs.

— Après trente-cinq ans ajouta-t-il, il est évident que nous n'allons pas découvrir une quelconque trace de vie extraterrestre !

— Et si vous aviez tort ?

Sexton leva les yeux au ciel.

— Oh, pour l'amour du ciel, madame Tench ! Si j'ai tort, eh bien, je vous l'assure, je mangerai mon chapeau.

Marjorie Tench plongea ses yeux torves dans ceux de Sexton et, pour la première fois, elle esquissa un sourire.

— Je me souviendrai de ce que vous venez de dire, sénateur. Je crois que nous nous en souviendrons tous.

À neuf kilomètres de là, confortablement installé dans le bureau Ovale, le président Zach Herney éteignait le poste de télé et se versait un verre de whisky. Comme Marjorie Tench l'avait promis, Sexton venait de gober l'appât, et, du coup, il avait aussi avalé l'hameçon, la ligne et le plomb…

24.

Michael Tolland ne pouvait s'empêcher de sourire de toutes ses dents en contemplant Rachel Sexton bouche bée et réduite au silence devant la météorite fossile qu'elle tenait à la main. La beauté raffinée du visage de Rachel semblait maintenant éclipsée par son expression d'émerveillement naïf : on aurait dit une fillette qui venait de rencontrer le Père Noël pour la première fois.

Je comprends exactement ce que tu ressens, songea-t-il.

Tolland avait connu exactement la même stupéfaction quarante-huit heures plus tôt. Lui aussi en avait eu le souffle coupé. Et même maintenant, les implications scientifiques et philosophiques de cette découverte continuaient de le plonger dans une stupeur qui le forçait à reconsidérer toutes ses convictions.

Parmi ses différentes découvertes océanographiques, Tolland avait identifié plusieurs espèces vivant dans les grandes profondeurs, auparavant inconnues ; pourtant cet « insecte venu de l'espace » représentait un bouleversement sans précédent pour la science. Malgré la propension de Hollywood à représenter les extraterrestres en petits bonshommes verts, les astrobiologistes et les experts en général étaient d'accord pour considérer qu'étant donné le nombre d'espèces d'insectes que comptait la Terre et leur capacité d'adaptation, la vie extraterrestre serait probablement insectoïde, si jamais on la découvrait.

Les insectes font partie de l'embranchement des arthropodes. Des créatures dont le squelette est constitué d'une carapace extérieure rigide et de pattes articulées. Avec plus de 1,25 million d'espèces connues et environ cinq cent mille espèces restant à découvrir, les insectes terrestres dépassent en nombre toutes les autres espèces animales additionnées. Ils composent quatre-vingt-quinze pour cent de toutes les espèces de la planète et quarante pour cent de la biomasse terrestre.

Ce n'est pourtant pas tant l'abondance des insectes que leur résistance qui est impressionnante. Du scarabée des neiges de l'Antarctique au scorpion de la Vallée de la Mort, les insectes habitent volontiers des régions où les températures, la sécheresse et même la pression de l'air sont hostiles à toute autre forme de vie. Ils résistent aussi à l'exposition aux énergies les plus mortelles connues dans l'univers, notamment aux radiations. Après un test nucléaire effectué en 1945, des officiers de l'armée de l'air américaine avaient enfilé des tenues antiradiations et examiné la zone irradiée. Ils avaient alors découvert des cancrelats et des fourmis vaquant à leurs occupations habituelles – comme si de rien n'était. Les scientifiques en avaient conclu que l'exosquelette protecteur des arthropodes en faisait des candidats à la colonisation de planètes saturées de radiations, mortelles pour toute autre forme de vie.

On dirait que ces astrobiologistes ont eu raison, songea Tolland. E.T. est un insecte.

Rachel avait l'impression que ses jambes se dérobaient sous elle.

— Je ne peux... pas le croire, marmonnait-elle en retournant le fossile dans sa main. Je n'aurais jamais pensé...

— Donnez-vous le temps de décanter l'information, suggéra Tolland avec un large sourire. Il m'a fallu vingt-quatre heures pour recouvrer mes esprits quand on m'a appris la nouvelle !

— Je vois qu'il y a une nouvelle venue parmi nous, fit un homme aux traits asiatiques, et à la haute stature, en s'approchant d'eux.

L'euphorie de Corky et Tolland retomba immédiatement à son arrivée. Apparemment, le moment de magie était bel et bien dissipé.

— Professeur Wailee Ming, se présenta l'homme. J'enseigne la paléontologie à l'université de Californie.

L'attitude du professeur Ming, dans sa raideur un peu empesée et solennelle, rappelait celle d'un aristocrate de la Renaissance ; il lissait continuellement le nœud papillon démodé qu'il portait sous son manteau en poil de chameau, lui arrivant aux genoux. Wailee Ming n'était apparemment pas du genre à négliger son apparence, qu'il souhaitait irréprochable.

— Je suis Rachel Sexton.

La jeune femme tendit une main encore tremblante que le professeur Ming serra dans sa paume douce. Ming était aussi l'un des experts civils recrutés par le Président.

— Je serais enchanté, mademoiselle Sexton, reprit le paléontologue, de vous dire tout ce que vous voudrez savoir sur ces fossiles.

— Et beaucoup de choses que vous ne tenez pas à connaître, grommela Corky.

Ming passa un index sévère sur son nœud papillon.

— Ma spécialité, en tant que paléontologue, ce sont les espèces d'arthropodes éteintes, notamment les *mygalomorphae*. La caractéristique la plus impressionnante de cet organisme est…

— … est qu'il provient d'une autre planète, tout aussi froide que celle-ci ! l'interrompit Corky.

Ming grogna quelque chose et se racla la gorge.

— La caractéristique la plus impressionnante de cet organisme, c'est qu'il s'insère parfaitement dans notre système darwinien de taxonomie et de classification terrestre.

Rachel lui jeta un coup d'œil rapide. Ils peuvent classifier cette chose ? se demanda-t-elle.

— Vous voulez dire le règne, l'embranchement, l'espèce… tout ça ?

— Exactement, fit Ming. Cette espèce, si on la trouvait sur terre, ferait partie de l'ordre des isopodes et appartiendrait à une classe qui comporte deux mille espèces de poux.

— Des poux ? Mais c'est un insecte énorme…

— La taxonomie n'est pas limitative en taille. Les chats domestiques et les tigres, par exemple, sont cousins. La classification s'intéresse avant tout à la physiologie. Cette espèce est clairement un pou : il a un corps aplati, sept paires de pattes et un système génital identique en structure à celui des poux des bois, des cloportes ou des xylophages marins. Les autres fossiles révèlent clairement des…

— Les autres fossiles ?

Ming jeta un coup d'œil à Corky et Tolland.

— Elle n'est pas au courant ?

Tolland secoua la tête.

Le visage du paléontologue s'illumina aussitôt.

— Mademoiselle Sexton, vous n'avez pas encore entendu le meilleur…

— Il y a d'autres fossiles, intervint Corky, essayant de voler l'avantage à Ming. Beaucoup d'autres…

Corky tendit la main vers une large enveloppe en papier kraft et en sortit une feuille pliée en quatre. Il la posa sur la table devant Rachel et la déplia.

— Après avoir extrait quelques échantillons de roches, nous avons envoyé au cœur de la météorite une caméra à rayons X. Voici le cliché de la section en coupe que nous en avons rapporté.

Rachel regarda le document posé à plat sur la table et, stupéfaite, ne put que s'asseoir. La section en coupe tridimensionnelle de la météorite pullulait littéralement de dizaines d'insectes.

— Ces insectes fossiles se trouvent souvent captifs dans la roche en très grandes quantités, reprit Ming. Il arrive régulièrement que des glissements de terrain anéantissent des nids, des communautés entières, bref, une multitude d'insectes.

Corky s'éclaira d'un large sourire.

— Nous pensons que la collection trouvée dans la météorite représente en fait un nid.

Il désigna du doigt l'un des insectes sur le cliché.

— Et voici maman !

Rachel regarda le spécimen en question et resta bouche bée. « Maman » semblait mesurer près de soixante centimètres de long.

— Pour un pou, c'est un gros pou, hein ? fit Corky.

Rachel acquiesça, sidérée, en essayant d'imaginer des poux de la taille d'un chat en train de se balader sur quelque planète lointaine.

— Sur terre, reprit Ming, la taille des insectes reste relativement petite parce que la gravité les empêche de se développer. Leur développement est limité par le poids que peut supporter leur exosquelette. En revanche, sur une planète soumise à une gravité moindre, rien n'empêcherait que les insectes atteignent des dimensions bien supérieures.

— Imaginez des moustiques de la taille d'un condor. Pas évident à écraser, hein ? plaisanta Corky, reprenant l'échantillon des mains de Rachel pour le glisser dans la poche de sa chemise.

— Je vous conseille de ne pas voler cet échantillon ! maugréa le paléontologue.

— Allons, Ming, répondit Corky, nous en avons huit tonnes supplémentaires qui nous attendent tout en bas.

L'esprit analytique de Rachel tournait à plein régime pour décortiquer les données qu'elle venait d'assimiler.

— Mais comment la vie sur une planète lointaine peut-elle être si semblable à la vie sur terre ? Vous avez dit que cet insecte s'intégrait parfaitement dans notre classification darwinienne ?

— Parfaitement, fit Corky, et, croyez-le ou non, beaucoup d'astronomes ont prédit que la vie extraterrestre serait très semblable à la vie terrestre.

— Mais pourquoi ? Cette espèce ne vient-elle pas d'un environnement entièrement différent ?

— C'est la panspermie, répliqua Corky avec un large sourire.

— Je vous demande pardon ?

— La panspermie est la théorie selon laquelle la vie aurait été disséminée et implantée ici à partir d'une autre planète.

Rachel se renversa sur son siège, perplexe.

— Je ne comprends plus rien à ce que vous me dites.

Corky se tourna vers Tolland.

— Mike, vas-y, c'est toi l'homme de la « mer originelle ».

Tolland eut l'air ravi de prendre la suite.

— Autrefois, la terre était une planète sans vie, Rachel. Puis, brusquement, du jour au lendemain, la vie a explosé. Nombre de biologistes pensent que cette explosion a été le résultat magique d'une combinaison idéale d'éléments au cœur des océans. Mais nous n'avons jamais été capables de reproduire ce phénomène en laboratoire, si bien que des sommités religieuses ont utilisé cet échec pour prétendre démontrer l'existence de Dieu. Ils affirment que la vie ne peut avoir existé avant que Dieu, d'un coup de baguette magique, l'ait créée sur notre planète.

— Mais nous autres astronomes, intervint Corky, avons trouvé une meilleure explication pour cette brusque explosion de la vie sur terre.

— La panspermie ? fit Rachel, comprenant maintenant de quoi ils parlaient.

Elle avait déjà entendu parler de cette théorie, mais ne se rappelait plus son nom.

— Une théorie selon laquelle, poursuivit-elle, une météorite se serait écrasée dans l'océan, semant les premiers germes de vie microbienne sur terre.

— Dans le mille ! lança Corky. C'est là que les semences ont infusé et qu'elles ont donné naissance aux premières espèces animales.

— Si cette théorie est vraie, reprit Rachel, alors l'ancêtre de toutes les formes de vie terrestres et extraterrestres serait le même.

— Deux fois dans le mille !

La panspermie, songea la jeune femme, essayant laborieusement d'entrevoir les implications de cette théorie.

— Donc, non seulement ce fossile confirme que la vie existe ailleurs, mais il confirme pratiquement la panspermie… c'est-à-dire que la vie sur terre est issue d'un ailleurs situé au loin dans l'univers.

— Trois fois dans le mille !

Corky acquiesça, radieux.

— Techniquement, nous sommes peut-être tous des extraterrestres. Il plaça ses deux index derrière la tête comme deux antennes, loucha comme un collégien et se mit à agiter la langue comme quelque insecte burlesque.

Tolland regarda Rachel avec un sourire compatissant.

— Et dire que ce type est le summum de notre évolution !

25.

Comme à travers les brumes d'un rêve, Rachel parcourait le vaste espace central de la station au côté de Michael Tolland. Corky et Ming les suivaient de près.

— Ça va ? demanda Tolland en scrutant le visage de la jeune femme.

— Oui, merci, répondit-elle avec un faible sourire. Il faut que j'assimile tout cela...

Rachel se souvenait de la tristement célèbre ALH84001 – une météorite martienne découverte par la NASA en 1996 et qui, selon l'Agence spatiale, contenait des traces fossilisées de vie bactérienne. Quelques semaines après une conférence de presse triomphale, plusieurs scientifiques indépendants étaient venus apporter la preuve que les « signes de vie » relevés sur le fragment de roche n'étaient que des traces de matière organique, dues à la contamination terrestre. La crédibilité de la NASA avait énormément souffert de cette erreur. Et le *New York Times* en avait profité pour réinterpréter le sigle de la NASA – la qualifiant de « NOTOIREMENT ARROGANTE ET SCIENTIFIQUEMENT APPROXIMATIVE ». Dans le même journal, le paléontologue Stephen Jay Gould tranchait la question de l'ALH84001 en soulignant que les preuves avancées par la NASA, de nature chimique et obtenues par déduction, ne constituaient pas des preuves matérielles, comme l'auraient été sans ambiguïté des ossements ou des coquillages.

Cette fois-ci, se disait Rachel en avançant sur la glace, la NASA disposait de preuves irréfutables. Même le plus sceptique des scientifiques ne pourrait pas contester ces fossiles-là. L'Agence spatiale ne cherchait pas à fourguer des agrandissements flous de photos de bactéries prétendument microscopiques. Elle disposait d'échantillons d'une météorite recelant des organismes biologiques visibles à l'œil nu. Des poux longs de trente centimètres !

Rachel sourit intérieurement en se rappelant une chanson fétiche de son enfance, où David Bowie évoquait les « araignées de Mars ». Qui aurait pu alors se douter que la star britannique prophétisait une grande découverte astrobiologique ?

Corky Marlinson avait rattrapé la jeune femme.

— Dites-moi, Rachel, Mike vous a-t-il déjà vanté son documentaire ?

— Non, mais je serais ravie qu'il m'en parle.

Corky envoya une grande claque dans le dos de son confrère.

— Vas-y, mon grand ! Explique-lui pourquoi le Président a décidé de confier le plus grand moment de l'histoire de la science au Cousteau du XXIe siècle !

— Tu ne voudrais pas t'en charger ? grommela Tolland.

— Très bien, je vais tout vous raconter, déclara Corky en se glissant entre ses deux compagnons. Comme vous le savez sans doute, le Président tiendra ce soir une conférence de presse pour annoncer au monde la découverte de la météorite. Et comme ce monde est composé d'une majorité d'imbéciles, il a demandé à Mike d'en assurer la promotion.

— Je te remercie, répliqua Tolland, c'est sympa ! (Il se tourna vers Rachel.) Ce qu'il essaie de vous dire, c'est qu'en raison de l'abondance d'informations scientifiques à faire passer, le Président a pensé qu'un court documentaire sur la météorite rendrait le dossier plus accessible aux Américains moyens qui, curieusement, ne sont pas tous diplômés d'astrophysique.

— Saviez-vous, Rachel, reprit Corky, que je viens d'apprendre que notre Président est un grand fan du « Monde merveilleux de la mer », l'émission de Michael ? (Il secoua la tête avec dégoût.) Zach Herney, le grand maître du monde libre, demande à sa secrétaire de lui enregistrer l'émission de Michael Tolland pour pouvoir la regarder quand il a besoin de décompresser après une dure journée de travail.

Tolland haussa les épaules.

— Que voulez-vous que je vous dise ? C'est un homme de goût...

Rachel commençait à mesurer l'habileté de Zach Herney. Le succès d'une politique s'appuie sur les médias, et elle imaginait déjà la crédibilité que Michael

Tolland apporterait à la conférence de presse. Le Président avait recruté l'homme idéal pour réussir son opération de sauvetage de la NASA. Les sceptiques auraient toutes les peines du monde à contester des informations cautionnées par le vulgarisateur scientifique le plus populaire du pays, épaulé par des savants éminents.

— Outre ceux des spécialistes de la NASA, reprit Corky, Mike a déjà filmé tous nos témoignages. Et je suis prêt à parier ma Médaille nationale que vous êtes la prochaine sur sa liste.

Rachel se retourna vers Tolland.

— Moi ? Mais vous n'y pensez pas ? Pas question que j'apparaisse à l'écran ! Je bosse pour les services secrets.

— Dans ce cas, pourquoi le Président vous a-t-il envoyée parmi nous ?

— Il ne me l'a pas encore précisé.

Un sourire amusé apparut sur le visage de Corky.

— Vous êtes bien un agent de la Maison Blanche, spécialisée dans la sélection et l'authentification de données ?

— Oui, mais pas dans le domaine scientifique.

— Et vous êtes la fille de celui qui a bâti sa campagne sur les dépenses de la NASA dans la recherche spatiale…

Rachel le voyait venir.

— Mademoiselle Sexton, renchérit Ming, vous reconnaîtrez que votre témoignage ne ferait que renforcer la crédibilité de ce documentaire. Si le Président vous a envoyée ici, c'est qu'il a dans l'idée de s'assurer, d'une manière ou d'une autre, votre contribution.

En un éclair, Rachel se rappela la crainte qu'avait manifestée Pickering de la voir manipulée par Herney.

Tolland jeta un coup d'œil à sa montre.

— Je crois que nous devrions presser le pas, suggéra-t-il en indiquant le centre de la bulle. L'heure approche.

— Quelle heure ? demanda Rachel.

— Celle de l'extraction. On va remonter la météorite à la surface. D'un moment à l'autre.

Rachel n'en croyait pas ses oreilles.

— Vous voulez dire que vous allez sortir une roche de huit tonnes enfouie sous soixante mètres de glace ?

Corky jubilait.

— Vous ne croyiez tout de même pas que la NASA allait laisser un tel trésor enseveli ?

— Non, mais…

Elle n'avait pas vu la moindre trace de matériel de fouille dans la station.

— Par quel moyen la NASA espère-t-elle le faire remonter ?

Corky buvait du petit-lait.

— Aucun problème. Cet endroit est plein de spécialistes des fusées !

— Le professeur Marlinson raconte n'importe quoi, coupa Ming. Il adore la provocation. La vérité, c'est que tout le monde butait sur la question. Jusqu'à ce que le professeur Mangor propose une solution envisageable.

— Qui est-ce ? On ne me l'a pas présenté, fit Rachel.

— C'est la quatrième et dernière trouvaille du Président, un professeur de glaciologie de l'université du New Hampshire, répondit Tolland. Ming a raison, c'est Mangor qui a mis au point le procédé d'extraction.

— Et qu'a-t-il suggéré, ce Mangor ?

— *Elle*, corrigea Ming. Le professeur Mangor est une femme.

— Affirmation discutable, grommela Corky en considérant Rachel. Elle va d'ailleurs vous détester.

Tolland le foudroya du regard.

— C'est pourtant vrai ! protesta Corky. Elle ne va pas apprécier la compétition.

— Pardon ? demanda Rachel, perplexe. Quelle compétition ?

— Ne faites pas attention, répondit Tolland. La sottise de Corky a malheureusement échappé à la sagacité du Comité national de la science. Vous vous entendrez très bien avec Norah Mangor. C'est une grande professionnelle, l'une des meilleurs glaciologues au monde. Elle a passé plusieurs années dans l'Antarctique à étudier les mouvements des glaciers.

— C'est curieux, coupa Corky. On m'avait dit que l'université du New Hampshire avait profité d'une donation pour l'envoyer là-bas, histoire de permettre au campus de respirer un peu.

— Est-ce que tu sais, cingla Ming, qu'elle a failli y laisser la vie ? Elle s'est perdue dans une tempête et s'est nourrie de graisse de phoque pendant cinq semaines avant qu'on la retrouve.

— Il paraît que personne ne la cherchait vraiment..., souffla Corky à l'oreille de Rachel.

26.

Le retour au bureau de Sexton parut interminable à Gabrielle Ashe. Assis en face d'elle, le sénateur regardait par la fenêtre, visiblement ravi de son débat avec Marjorie Tench.

— Vous vous rendez compte ! s'exclama-t-il soudain en se tournant vers elle avec un sourire radieux. Ils ont envoyé Tench pour une émission de l'après-midi ! La Maison Blanche est dans tous ses états…

Gabrielle hocha pensivement la tête. En quittant CNN, elle avait perçu chez Marjorie Tench une expression satisfaite qui l'avait inquiétée.

Le mobile de Sexton sonna dans sa poche. Il y plongea la main pour le saisir. Comme la plupart des hommes politiques, le sénateur avait hiérarchisé, en fonction de leur importance, les numéros où ses contacts pouvaient le joindre. Celui qui l'appelait maintenant était certainement bien placé pour avoir accès à son numéro privé.

— Sénateur Sedgewick Sexton ! clama-t-il en faisant chanter les syllabes de son patronyme.

Gabrielle n'entendit pas le nom de l'interlocuteur, mais Sexton l'écoutait avec une grande attention.

— Parfait ! déclara-t-il avec enthousiasme. Très heureux que vous ayez téléphoné. Que diriez-vous de 18 heures ce soir ? J'ai un appartement dans le centre, confortable et discret. Je vous ai donné l'adresse, je crois ? Je me réjouis de vous voir. À tout à l'heure, donc.

Il éteignit son portable, l'air satisfait.

— Un nouveau fan ? demanda Gabrielle.

— Ils se multiplient. Et ce type-là est un poids lourd.

— Ça se sent. Et si vous le recevez chez vous…

Sexton défendait la sacro-sainte intimité de son appartement aussi farouchement qu'un fauve protège sa tanière. Il haussa les épaules.

— En effet. J'ai pensé qu'il méritait une petite faveur personnelle. Une réception privée devrait le stimuler. Ce genre de rendez-vous peut se révéler précieux pour établir une relation de confiance.

Gabrielle acquiesça, et sortit l'agenda des rendez-vous.

— Vous voulez que je l'inscrive ?

— C'est inutile. J'avais prévu une soirée tranquille chez moi.

La page était en effet barrée de la main de Sexton des deux grosses lettres SP – qui pouvaient signifier indifféremment « soirée privée », « sans projet » ou « seul et peinard ». Il s'en programmait une de temps à autre, se cloîtrait chez lui, débranchait le téléphone et s'adonnait à son activité favorite – la dégustation d'un bon cognac, seul ou avec quelques vieux amis –, avec l'illusion d'oublier la politique.

Gabrielle lui lança un regard étonné.

— Ainsi vous laissez votre campagne empiéter sur une de vos SP ? Je suis impressionnée.

— Il se trouve que ce type a réussi à me joindre un soir où je suis libre. Je vais lui consacrer un peu de temps, histoire de savoir ce qu'il a à me dire.

Gabrielle brûlait d'envie de demander qui était ce mystérieux personnage, mais Sexton avait visiblement l'intention de rester vague, et elle avait appris à se montrer discrète quand il le fallait.

En sortant du périphérique, elle jeta un dernier coup d'œil à la page d'agenda marquée SP, avec l'étrange impression que le sénateur attendait cet appel téléphonique.

27.

Au centre de la bulle, à six mètres au-dessus de la glace, se dressait un échafaudage en trépied, curieuse association d'une plate-forme pétrolière à une tour Eiffel disproportionnée. Rachel observait le dispositif sans comprendre comment un tel engin pouvait parvenir à extraire l'énorme météorite du glacier.

Au-dessous de la tour, on avait installé plusieurs treuils sur des plaques d'acier, elles-mêmes fixées sur la glace par de gros boulons. Des câbles tendus depuis les treuils jusqu'aux poulies du sommet plongeaient ensuite à la verticale dans d'étroits orifices forés dans la glace. Un groupe de techniciens athlétiques se relayait pour tendre les appareils de levage. À chaque tour de serrage, les câbles progressaient de quelques centimètres, comme lorsqu'on remonte l'ancre à bord d'un bateau.

Il y a quelque chose qui m'échappe, se dit Rachel en s'approchant de la zone d'extraction. Elle avait l'impression que ces hommes étaient en train de hisser la météorite à travers la glace.

— Un peu de coordination, bon Dieu ! hurla une voix de femme, aussi douce qu'une tronçonneuse.

Rachel leva les yeux. Vêtue d'une combinaison de ski jaune couverte de taches de graisse, une petite femme lui tournait le dos. Elle dirigeait la manœuvre. Elle prenait des notes sur un bloc, avançant et reculant d'un pas raide, houspillant ses hommes tel un sergent instructeur.

— Bande de femmelettes, ne me dites pas que vous êtes fatigués !

— Norah ! cria Corky. Arrête d'engueuler ces pauvres gars et viens plutôt flirter avec moi !

— C'est toi, Marlinson ? répondit-elle sans daigner se retourner. Avec ton inimitable petite voix de fausset… Reviens me voir quand tu seras pubère !

— Comme vous le voyez, Rachel, son charme féminin nous réchauffe toujours le cœur.

— J'ai entendu, espèce d'astronaute en chambre ! répliqua Mangor sans cesser de prendre des notes. Et si ce sont mes fesses qui t'intéressent, je te signale que ma combinaison leur ajoute une dizaine de kilos !

— Ne t'inquiète pas, ma belle, ce n'est pas ton derrière de mamouth laineux qui m'intéresse, c'est ton charme exquis.

— Va te faire voir !

— J'ai une bonne nouvelle pour toi ! On dirait que le Président nous a envoyé une deuxième femme.

— On le savait, c'est toi !

— Norah ! intervint Tolland. Aurais-tu une minute pour que je te présente quelqu'un ?

Au son de la voix de Michael, la glaciologue interrompit son travail et se retourna, abandonnant sur-le-champ ses manières de harpie.

— Mike ! s'écria-t-elle en se précipitant vers lui, où étais-tu ? Voilà des heures que je ne t'ai pas vu.

— Je montais mon documentaire.

— Et comment est ma séquence ?

— Tu es magnifique, et brillante.

— Mike est très fort en effets spéciaux, commenta Corky.

Norah ne réagit pas. Elle regarda Rachel, un sourire poli et distant aux lèvres.

— J'espère que tu n'es pas en train de me tromper…, reprit-elle à l'intention de Tolland.

Le visage taillé à coups de serpe de Michael s'empourpra légèrement.

— Je voudrais te présenter Rachel Sexton, agent des services secrets, envoyée par le Président. C'est la fille du sénateur Sedgewick Sexton.

— Je ne vais même pas faire semblant de comprendre, répondit Mangor, décontenancée.

Elle serra la main de Rachel sans retirer ses gants.

— Soyez la bienvenue au sommet du monde.

— Merci, sourit Rachel.

Malgré la rudesse de son ton, Norah Mangor avait une expression aimable et malicieuse. Des cheveux bruns très courts, striés de mèches grises, des yeux vifs et perçants, comme deux cristaux de glace. Une assurance inébranlable qui plut immédiatement à Rachel.

— Tu aurais une minute pour expliquer ton travail à Rachel ? demanda Tolland.

— Tu l'appelles déjà par son prénom ? Eh bien…

— Je t'avais prévenu, mon vieux, susurra Corky.

Norah Mangor emmena Rachel faire le tour de l'échafaudage. Les trois autres devisaient en les suivant d'un pas nonchalant.

— Vous voyez ces trous forés dans la glace sous le trépied ? s'enquit la glaciologue d'un ton radouci.

Rachel hocha la tête et baissa les yeux sur les orifices d'une trentaine de centimètres de diamètre, où s'enfonçaient les câbles d'acier.

— Ce sont les trous qu'on a percés pour prélever des carottes et radiographier la météorite. Nous les utilisons pour acheminer des vis à œilleton qui seront insérées dans la roche. Nous avons descendu dans chaque trou une centaine de mètres de câble d'acier tressé, passé des crochets dans les œilletons, et les treuils sont maintenant en train de remonter la météorite. Ces mauviettes auront mis quelques heures à la hisser jusqu'à la surface, mais ça progresse.

— Je ne suis pas certaine de vous suivre, dit Rachel. Cette roche est enfouie sous des tonnes de glace. Comment peut-on la faire remonter ?

Norah désigna du doigt le sommet de l'échafaudage, d'où tombait un rayon de lumière rouge d'une netteté impeccable, atterrissant sous le trépied. Rachel l'avait remarqué plus tôt et pensait qu'il s'agissait simplement d'un indicateur visuel – le marquage de l'emplacement de la météorite.

— C'est une diode laser à arséniure de gallium, expliqua la glaciologue.

Rachel s'avança pour regarder de plus près et constata que le rayon lumineux avait percé un trou minuscule dans la glace et qu'il scintillait dans les profondeurs.

— La température du rayon est extrêmement élevée. On chauffe la météorite au fur et à mesure qu'on la hisse.

Rachel était impressionnée par l'astuce du procédé. Le rayon laser transperçait la glace et réchauffait sa cible. Trop dense pour être endommagée par la chaleur, la roche faisait fondre la glace qui l'emprisonnait. La montée en température associée à la force de traction des treuils dégageait le passage vers la surface. L'eau accumulée au-dessus de la roche glissait sur les bords et remplissait le puits.

Comme un couteau brûlant fend une motte de beurre congelé, songea-t-elle.

Norah montrait du doigt les techniciens actionnant les treuils.

— J'ai recours à la main-d'œuvre, parce qu'on ne peut pas obtenir une tension aussi forte avec des groupes électrogènes.

— Sornettes ! s'écria l'un des techniciens. C'est parce qu'elle aime nous voir transpirer !

— Détendez-vous ! Ça fait des jours que vous pleurnichez à cause du froid. Le mal est réparé. Allez, on tire !

Les hommes se contentèrent de rire.

— À quoi servent ces balises d'autoroute ? demanda Rachel en montrant les cônes de signalisation orange posés çà et là autour du trépied, dans un désordre apparent.

Elle en avait vu d'autres éparpillés sur le pourtour de la bulle.

— Ce sont de précieux outils en glaciologie, répondit Norah. On les appelle des « marque-pièges ».

Elle en souleva un, qui recouvrait un trou de forage, béant comme un puits sans fond dans la glace.

— Vous voyez, il vaut mieux ne pas mettre le pied là-dedans, dit Norah en remettant le cône en place. Nous avons foré toute la plate-forme pour vérifier la continuité de la structure du glacier. Comme pour l'archéologie terrestre, la date de l'enfouissement d'un objet se calcule par sa distance avec la surface. Plus l'objet est profondément enfoui, plus cela fait longtemps qu'il se trouve là. C'est donc en mesurant l'épaisseur de glace accumulée au-dessus de lui qu'on arrive à le dater. Afin de s'assurer que les datations de nos carottages sont exactes, on sonde la couche de glace en plusieurs endroits. On confirme alors qu'il s'agit bien d'une seule et même plaque, qui n'a pas été coupée par des fissures, secouée par des tremblements de terre, des avalanches, etc.

— Et cette plaque-ci, comment se présente-t-elle ?

— Impeccable. Parfaite, d'un seul tenant. Aucun défaut, pas une altération. Cette météorite représente ce qu'on appelle une « chute statique ». Elle est restée intacte et inaltérée depuis sa chute, en 1716.

Rachel mit un moment à réagir.

— Vous connaissez l'année exacte de sa chute ?

Norah eut l'air étonnée.

— Mais bien sûr ! C'est pour cela qu'ils m'ont appelée. Les glaciers n'ont aucun secret pour moi.

Elle désigna non loin une pile de tubes de glace cylindriques. Ils ressemblaient à des poteaux téléphoniques transparents, chacun portant une étiquette orange.

— Les carottes que vous voyez là sont des documents géologiques congelés, dit-elle en dirigeant

Rachel vers l'amoncellement. Si vous les regardez de près, vous y verrez les couches de glace successives.

Rachel s'accroupit et constata que les tubes comportaient en effet d'innombrables strates, qui variaient légèrement en luminosité et en transparence. Leur épaisseur allait de la feuille de papier aux trois quarts de centimètre.

— La plate-forme de glace reçoit chaque hiver de fortes chutes de neige, et chaque printemps provoque un dégel partiel. Si bien qu'il y a une nouvelle couche de compression par année écoulée. On commence à compter par le haut – l'hiver le plus récent – et on descend.

— Comme on compte les cercles d'un tronc d'arbre ?

— Ce n'est pas tout à fait aussi simple, Rachel. N'oubliez pas qu'ici on mesure des centaines de mètres de couches successives. Il nous faut lire les marqueurs climatologiques pour étalonner notre travail – les enregistrements de précipitations, les polluants aériens et autres données de ce genre.

Tolland et les autres les avaient rejointes.

— Elle se défend, n'est-ce pas ? demanda Mike en souriant.

— Oui, elle est impressionnante, répondit Rachel, surprise d'être aussi heureuse de le revoir.

— Et pour votre information, la date de 1716 avancée pour la chute de la météorite est parfaitement exacte. La NASA était arrivée à la même conclusion bien avant notre arrivée sur les lieux. Mangor a procédé à ses propres carottages, à ses propres tests, et a donc confirmé ceux de la NASA.

— Curieuse coïncidence, ajouta Norah, il se trouve que 1716 est justement l'année où les premiers explorateurs prétendaient avoir vu une boule de feu traverser le ciel au nord du Canada. On a appelé ce météore *Jungersol*, d'après le nom du chef de l'expédition.

— Ainsi, renchérit Corky, le fait que la datation des carottages corresponde à celle du phénomène observé par Jungersol est la preuve que notre roche est un fragment de la météorite tombée en 1716.

— Professeur Mangor ! cria l'un des techniciens. On aperçoit les moraillons de guidage !

— La visite est terminée, mesdames et messieurs ! s'écria Norah. Voici la minute de vérité.

Elle s'empara d'une chaise pliante, grimpa dessus et hurla à tue-tête :

— Message à tous : on fait surface dans cinq minutes !

Abandonnant leurs occupations, les scientifiques de la station accoururent de toutes parts, comme des chiens de Pavlov obéissant à la cloche annonçant leur repas.

Les mains sur les hanches, Norah Mangor embrassait son domaine du regard.

— OK. On remonte le *Titanic* !

28.

— Poussez-vous ! braillait Norah en perçant l'attroupement qui se massait autour de la zone d'extraction.

Les techniciens s'écartèrent et elle prit la direction des opérations, vérifiant ostensiblement la tension et l'alignement des câbles.

— Tirez ! hurla l'un des techniciens.

Ses collègues resserrèrent leurs treuils et les câbles remontèrent d'une quinzaine de centimètres.

Rachel sentit l'assistance impatiente s'avancer peu à peu vers l'échafaudage. Auprès d'elle, Corky et Tolland avaient le même visage émerveillé que des enfants le matin de Noël. De l'autre côté du puits, la silhouette massive de l'administrateur Lawrence Ekstrom se frayait un passage pour prendre position au premier rang.

— Les moraillons ! cria un employé de la NASA. On voit les fixations de guidage !

Les câbles en acier tressé qui sortaient de l'ouverture laissèrent la place à des chaînes de métal jaune.

— Plus que deux mètres ! Attention à la stabilité !

Tous les spectateurs retenaient leur souffle et se tordaient le cou pour ne pas manquer la première seconde.

Et Rachel l'aperçut.

Émergeant d'une croûte de glace qui fondait peu à peu, les contours indistincts de la météorite apparurent à la surface. Une ombre ovale et sombre, floue tout d'abord, se précisait à mesure que la croûte s'amincissait.

— Serrez plus fort ! avertit un technicien.

Les hommes actionnèrent leurs treuils et on entendit craquer l'échafaudage.

— Encore un mètre cinquante ! Tous au même rythme !

Rachel vit enfler la glace qui recouvrait la roche, tel le ventre d'un monstre sur le point de mettre bas. Au sommet de la bosse, autour du point d'impact du laser, un petit cercle dégelé s'étendait progressivement.

— Le col se dilate ! s'exclama quelqu'un.

Un rire tendu parcourut l'assistance.

— OK ! Éteignez le laser ! ordonna Mangor.

Un technicien appuya sur un commutateur et le rayon s'évanouit.

Tel un dieu paléolithique flamboyant, l'énorme rocher brisa la croûte de glace dans un sifflement de vapeur. La silhouette imposante du mastodonte s'éleva au-dessus du sol. Les hommes en faction sur les treuils activèrent une dernière fois leurs engins et la météorite, entièrement dégagée de son carcan de glace, se balança sous le trépied, chaude et ruisselante, au-dessus d'une fosse emplie d'eau frémissante.

Comme hypnotisée, Rachel ne la quittait pas des yeux.

Suspendue aux câbles qui l'avaient extraite, la roche dégoulinante luisait sous l'éclairage des lampes phosphorescentes, ridée et carbonisée, semblable à un énorme pruneau pétrifié. Plus lisse et ronde à une extrémité, usée par le frottement atmosphérique.

En regardant la croûte calcinée, Rachel imaginait la chute de la boule de feu plongeant vers la Terre. Difficile de croire qu'il y avait de cela plus de trois siècles. Elle ressemblait à un monstre captif ruisselant de sueur.

La chasse était terminée.

Rachel ne réalisa qu'alors l'intensité de l'événement. La roche luisant à ses pieds venait d'un autre monde, après un voyage de plusieurs millions de kilomètres. Et elle portait témoignage – elle prouvait – que l'homme n'était pas seul dans l'univers.

Toute l'assistance se laissait aller à l'euphorie de l'instant. Sifflements et applaudissements retentissaient de tous côtés. Même l'administrateur lançait de grandes claques dans le dos de ses employés, les félicitant chaleureusement. Rachel éprouva une joie soudaine pour la NASA. La chance avait enfin tourné pour l'Agence spatiale. Ces hommes et ces femmes avaient bien mérité ce moment.

Comme une petite piscine creusée au centre de la bulle, l'eau qui emplissait maintenant les soixante mètres de profondeur du puits clapota quelque temps contre les parois de glace, avant de se calmer. La surface se trouvait à plus d'un mètre du sol, un écart causé par l'extraction de la météorite et par la légère réduction du volume de la glace une fois liquéfiée.

Norah Mangor s'empressa d'installer des cônes de signalisation autour du puits. Bien que clairement visible, il représentait un danger extrême pour le curieux qui s'en approcherait de trop près, toute glissade serait mortelle : les parois du puits étaient totalement lisses et, en cas de chute, il serait impossible de remonter sans aide.

Lawrence Ekstrom s'avança vers la glaciologue et lui serra vigoureusement la main.

— Bien joué, professeur Mangor.

— J'espère que vous m'enverrez une belle lettre de félicitations ! répliqua-t-elle.

— Vous l'aurez.

Puis l'administrateur se tourna vers Rachel, l'air heureux, soulagé.

— Alors, mademoiselle Sexton, la sceptique professionnelle est-elle convaincue ?

Rachel ne put réprimer un sourire.

— Plutôt stupéfaite.

— Très bien. Alors, venez avec moi.

L'administrateur conduisit Rachel jusqu'à une grande caisse métallique qui ressemblait à un conteneur maritime, peinte en vert camouflage, et portant l'inscription : CMS.

— Vous allez appeler le Président d'ici, expliqua Ekstrom.

Communications Mobiles Sécurisées, traduisit Rachel pour elle-même. Ces caravanes téléphoniques faisaient partie des équipements habituels des champs de bataille, mais elle ne s'attendait pas à les voir utilisées dans le cadre d'une mission pacifique de la NASA. Il est vrai qu'Ekstrom était un ancien du Pentagone, ce qui lui permettait d'avoir accès à ce genre de joujou. Et, face à la mine sévère des deux hommes armés qui montaient la garde devant l'entrée, Rachel eut l'impression très nette que tout contact avec le monde extérieur ne s'effectuait qu'avec le consentement exprès de l'administrateur de l'Agence.

Il semble que je ne sois pas la seule dont on a fauché le mobile..., se dit-elle.

Ekstrom échangea quelques mots avec l'un des deux gardes avant de se tourner vers Rachel.

— Bonne chance ! lança-t-il avant de s'éloigner.

Le garde frappa à la porte, qui s'ouvrit de l'intérieur. Un technicien apparut et fit signe à Rachel d'entrer.

La quasi-obscurité, ajoutée à l'atmosphère âcre et étouffante, semblable à celle d'un sous-sol glacial, provoqua immédiatement chez la jeune femme une réaction de claustrophobie. À la lueur bleuâtre de l'unique écran d'ordinateur, elle distingua des casiers garnis de matériel téléphonique, de postes de radio et des installations de communication par satellite.

— Veuillez vous asseoir ici, mademoiselle Sexton, dit l'homme en avançant un tabouret à roulettes qu'il installa devant le moniteur.

Il posa ensuite un micro devant elle et lui appliqua deux volumineux écouteurs AKG sur les oreilles. Puis il vérifia dans un registre les codes de cryptage et tapa une longue série de touches sur un clavier tout proche. Un minuteur apparut sur l'écran.

00 : 60 SECONDES.

Il hocha la tête avec satisfaction et le compte à rebours s'enclencha.

— Une minute avant la connexion, déclara-t-il en se dirigeant vers la porte, qu'il claqua derrière lui.

Rachel l'entendit tourner le verrou extérieur.

Tandis qu'elle attendait dans la pénombre, les yeux fixés sur le décompte des secondes, Rachel s'aperçut que c'était la première fois qu'elle se trouvait seule depuis le début de la matinée. Elle s'était réveillée le matin sans pouvoir imaginer ce qui l'attendait. Aujourd'hui, le mythe le plus populaire de tous les temps était devenu réalité.

Elle commençait seulement à mesurer l'effet dévastateur qu'aurait cette découverte sur la campagne de son père. Le financement de la NASA n'avait certes aucune commune mesure avec des problèmes comme l'avortement, la Sécurité sociale ou la santé, mais le sénateur Sexton en avait fait son sujet de polémique favori. Il allait lui exploser en pleine figure.

D'ici à quelques heures, les Américains retrouveraient leur passion pour la NASA. Les rêveurs en auraient les larmes aux yeux ; les scientifiques n'en croiraient pas leurs oreilles. Les enfants laisseraient leur imagination galoper. Les petits soucis financiers quotidiens s'évanouiraient, éclipsés par ce prodigieux événement. Le Président en sortirait avec des allures de phénix, il ferait figure de héros. Et, en plein cœur des célébrations, le sénateur apparaîtrait soudain comme un petit esprit, un grippe-sou sans envergure qui n'avait rien compris à l'esprit d'aventure américain.

Le bip de l'ordinateur la tira de ses pensées.

00 : 05 SECONDES.

Le moniteur se mit à clignoter, puis l'emblème présidentiel se matérialisa sur l'écran, bientôt remplacé par le visage du président Herney.

— Bonjour, Rachel ! lança-t-il avec un regard malicieux. Je parie que vous venez de passer un après-midi passionnant.

29.

Le bureau de Sedgewick Sexton était situé au deuxième étage de l'immeuble Philip A. Hart, un bâtiment du Sénat, sur la rue C, au nord du Capitole. Les mauvaises langues estimaient que ce quadrilatère blanc postmoderne ressemblait davantage à une prison qu'à un ensemble de bureaux – opinion partagée par la plupart de ceux qui y travaillaient.

Les longues jambes de Gabrielle Ashe faisaient nerveusement les cent pas devant son ordinateur. Un nouveau message était arrivé à son adresse électronique, et elle ne savait qu'en penser.

Elle relut les deux premières lignes :

SEDGEWICK SUR CNN IMPRESSIONNANT.
J'AI DE NOUVELLES INFOS POUR VOUS.

Elle recevait ce genre de messages depuis plus de deux semaines. L'adresse électronique était bidon mais elle avait réussi à établir un lien avec le domaine « whitehouse.gov ». Son mystérieux correspondant faisait-il partie du personnel de la Maison Blanche ? Il s'était en tout cas révélé être une source précieuse de renseignements sur la NASA, avec notamment l'annonce d'une rencontre secrète entre le président Herney et l'administrateur de l'Agence spatiale.

Gabrielle s'était tout d'abord méfiée de ces informations mais, en les vérifiant l'une après l'autre, elle avait constaté avec stupéfaction qu'elles étaient aussi exactes qu'utiles : renseignements classés sur les dépenses excessives de la NASA, sur ses missions coûteuses, documents prouvant que les recherches de l'Agence sur la vie extraterrestre étaient une source de dépenses aussi exagérées qu'improductives – plus les sondages d'opinion non publiés montrant que la question de la NASA était en train d'éroder la popularité du président Herney.

Pour se mettre en valeur auprès de Sexton, Gabrielle ne l'avait pas tenu au courant des messages qu'elle recevait de la Maison Blanche. Elle lui transmettait ces informations en les attribuant à « une de ses sources personnelles ». Sexton se montrait toujours reconnaissant, et il avait la sagesse de ne pas poser de questions sur leur origine. Gabrielle sentait qu'il la soupçonnait d'user de ses charmes pour les obtenir et remarquait avec une certaine inquiétude que cette idée ne semblait nullement le déranger.

Elle s'arrêta de tourner en rond pour relire le message. Comme tous les autres, son objet était clair : il y avait quelqu'un, au sein de la Maison Blanche, qui souhaitait que le sénateur Sexton remporte les élections, et ce quelqu'un avait décidé de lui donner des armes contre la NASA.

Mais qui ? Et pourquoi ?

Un rat qui quitte le navire avant le naufrage, songea Gabrielle. Il n'était pas rare qu'un membre de l'équipe présidentielle, craignant que son patron ne soit pas réélu, offre en douce ses services à son successeur potentiel, avec l'espoir de s'assurer un poste important dans la nouvelle administration. Tout portait à croire que, pour son correspondant, la victoire de Sexton était acquise et qu'il cherchait à ménager ses arrières.

Mais ce message-ci posait un réel problème à Gabrielle, non tant ses deux premières lignes que les suivantes.

EAST GATE, ENTRÉE DES VISITEURS, 16 H 30.
VENEZ SEULE.

C'était la première fois que son informateur demandait à la rencontrer. Elle aurait préféré un endroit plus discret pour un entretien en tête à tête. Il n'existait à sa connaissance qu'une seule *East Gate* à Washington. Celle de la Maison Blanche. Était-ce une mauvaise plaisanterie ?

Il n'était pas question d'envoyer un e-mail, ses réponses électroniques lui étant systématiquement retournées avec la mention « impossible de trouver le serveur ». L'adresse de son informateur était anonyme, et cela n'avait rien d'étonnant.

Dois-je en parler à Sexton ? s'interrogea-t-elle. Elle décida immédiatement de n'en rien faire. D'abord parce qu'il était en réunion. Ensuite, parce que, si elle lui parlait de cet e-mail, elle devrait évoquer les précédents. D'ailleurs, si son correspondant souhaitait que la rencontre se fasse en public et au grand jour, c'était pour lui garantir la sécurité. Jusqu'alors, il ou elle n'avait cherché qu'à l'aider. L'entretien serait certainement amical…

30.

Maintenant que la météorite était extraite de son carcan de glace, l'administrateur de la NASA commençait à se détendre. Tout est en place, se disait-il en se dirigeant vers le poste de travail de Michael Tolland. Plus rien ne peut nous arrêter.

— Qu'est-ce que ça donne ? demanda-t-il en se postant derrière le biologiste.

Tolland leva les yeux de son ordinateur, l'air fatigué mais enthousiaste.

— J'ai pratiquement terminé le montage. Je suis en train d'ajouter la séquence de l'extraction filmée par vos cameramen. Ce sera prêt d'une minute à l'autre.

— Très bien.

Le président Herney avait demandé qu'on envoie le documentaire le plus rapidement possible à la Maison Blanche.

Ekstrom avait d'abord accueilli avec scepticisme l'idée de la participation de Michael Tolland, mais il avait changé d'avis après avoir visionné les premiers rushes de son documentaire de quinze minutes. La qualité du commentaire comme celle des interviews de scientifiques indépendants en faisaient une émission à la fois passionnante et compréhensible. Tolland avait réussi sans effort là où la NASA avait si souvent échoué – exposer avec simplicité une découverte scientifique à l'Américain moyen, sans verser dans la condescendance.

— Quand vous aurez terminé, vous me l'apporterez à l'espace presse. Je le ferai transmettre à la Maison Blanche.

— D'accord, répondit Tolland en reprenant son travail.

Ekstrom s'éloigna. En approchant de la zone nord de la bulle, il constata avec satisfaction que l'espace de presse avait fière allure. Au centre d'un grand tapis bleu qu'on avait déroulé sur la glace, se dressait une longue table de conférence équipée de micros individuels et recouverte d'un tissu imprimé de logos de la NASA. Un immense drapeau américain était tendu en toile de fond. Pour compléter la mise en scène, on avait installé la météorite à la place d'honneur, juste en face de la table.

L'ambiance était à la fête et Ekstrom s'en réjouit. Une grande partie de son personnel, rassemblée autour de la météorite, tendait les mains au-dessus de sa masse encore chaude, tels des campeurs autour d'un brasero.

L'administrateur se dit que le moment était venu. Il fit quelques pas vers une pile de cartons qu'il avait fait livrer du Groenland le matin même.

— C'est ma tournée ! clama-t-il à la ronde en distribuant des canettes de bière aux employés en liesse.

— Merci, patron ! fit un technicien. Elle est même fraîche !

— Je l'ai conservée dans une glacière, répondit Ekstrom avec un sourire.

Ekstrom souriait rarement. Toute l'assemblée s'esclaffa.

— Attendez ! protesta un technicien. C'est de la bière canadienne. Pas très patriotique !

— Contraintes budgétaires, répliqua Ekstrom. J'ai pris la moins chère.

Les rires redoublèrent.

— Attention, attention ! cria une voix au mégaphone. Nous allons passer en éclairage télévision. Une courte période d'obscurité précédera l'opération.

— Et n'en profitez pas pour vous peloter ! hurla quelqu'un.

Ekstrom se joignit par un petit rire à l'hilarité générale, tandis qu'on réglait les spots et les projecteurs de fond.

— Passage à l'éclairage TV dans cinq secondes… quatre, trois…, reprit la voix dans le mégaphone.

Les halogènes s'éteignirent et le dôme fut plongé dans l'obscurité complète.

Quelqu'un poussa un hurlement :

— Qui vient de me pincer les fesses ?

La lumière revint rapidement, aveuglante. Toute l'assistance clignait des yeux. Le quadrant nord de la bulle était transformé en studio de télévision, laissant le reste de la station dans la pénombre, à peine éclairée par la lumière réfléchie des spots sur la voûte, qui zébraient d'ombres allongées les postes de travail désertés.

Ekstrom recula dans l'ombre, tout à la contemplation de son équipe, radieuse autour de la météorite.

Dieu sait qu'ils le méritent, se dit-il, sans soupçonner la catastrophe qui les attendait.

31.

Le temps était en train de changer.

Tel un lugubre présage, le vent catabatique lançait un long hurlement plaintif et frappait en rafales l'abri où Delta 1 achevait de fixer les panneaux de protection antitempête. Il rentra retrouver ses deux compagnons. Ils avaient déjà essuyé ce genre de gros temps. Cela passerait vite.

Delta 2 ne quittait pas des yeux l'écran où il suivait en direct les images transmises par le microrobot.

— Tu devrais regarder ça ! lâcha-t-il.

Delta 1 s'approcha. L'intérieur du grand habitacle, du fait de l'éclairage de la section nord, était inhabituellement flou.

— C'est normal. Ils testent les éclairages télé pour ce soir.

— Ce n'est pas de ça que je parle…

Delta 2 pointa le doigt sur une tache plus sombre au centre de l'écran – le puits rempli d'eau d'où avait été extraite la météorite.

— Il est là, le problème.

Delta 1 observa le trou noir, encore entouré de cônes de signalisation. La surface de l'eau paraissait calme.

— Je ne vois rien.

— Regarde mieux, insista Delta 2 en zoomant sur l'orifice.

Delta 1 étudia de plus près la surface de glace fondue. Il eut un mouvement de recul.

— Mais qu'est-ce que… ?

Delta 3 les rejoignit et ouvrit des yeux stupéfaits.

— Merde ! C'est le puits d'extraction ? C'est normal que l'eau soit comme ça ?

— Non, affirma Delta 1. Absolument pas.

32.

Rachel avait beau se trouver enfermée dans un conteneur métallique situé à cinq mille kilomètres de Washington, elle était aussi impressionnée que si elle avait été convoquée à la Maison Blanche. Sur l'écran du vidéophone, le président Zach Herney était assis dans la salle de communications, sous le sceau présidentiel. La connexion numérique était impeccable et, s'il n'y avait pas eu ce très léger décalage, elle aurait pu croire qu'il se trouvait dans la pièce à côté.

La conversation fut directe et enlevée. Sans manifester aucune surprise, le Président semblait satisfait de l'impression favorable de Rachel concernant la découverte de la NASA – comme de son choix du charismatique Michael Tolland pour le reportage. Il parlait d'un ton enjoué et bon enfant.

— Vous conviendrez avec moi, j'en suis sûr, reprit-il d'une voix plus sérieuse, que dans un monde parfait une telle découverte n'aurait que des retombées purement scientifiques.

Il marqua une pause, et se pencha vers la caméra avant de reprendre :

— Nous vivons malheureusement dans un monde imparfait et, dès l'instant où je l'annoncerai, le triomphe de la NASA aura un impact politique énorme.

— Compte tenu des éléments de preuves et des scientifiques que vous avez choisis pour les avaliser, répliqua Rachel, je ne vois pas comment vos opposants pourraient refuser de s'incliner devant cette découverte.

Herney laissa échapper un petit rire triste.

— Mes adversaires politiques seront bien obligés de croire ce qu'ils voient, Rachel. Ce que je crains, c'est que cela ne leur plaise pas.

Elle remarqua le soin qu'il mettait à ne pas prononcer le nom de son père.

— Et vous pensez que l'opposition criera au complot pour des raisons purement politiques ?

— C'est la règle du jeu. Il suffirait que quelqu'un émette un léger doute, qu'il évoque la possibilité d'une supercherie concoctée conjointement par la NASA et la Maison Blanche, pour que je me retrouve avec une enquête sur les bras. Les médias oublieraient vite alors que la NASA a découvert des traces de vie extraterrestre, et s'acharneraient à dénicher des preuves de machination. Le plus triste, c'est que le moindre soupçon de coup monté aurait des conséquences funestes pour la science, pour la Maison Blanche, pour la NASA et, de vous à moi, pour tout le pays.

— Ce qui explique pourquoi vous avez attendu la confirmation de personnalités scientifiques indépendantes pour faire votre déclaration…

— Je souhaitais présenter des faits irréfutables, pour tuer dans l'œuf le moindre doute. Je voulais que rien ne vienne ternir ce succès exceptionnel de la NASA.

L'intuition de Rachel commençait à la chatouiller. Que va-t-il me demander ? s'interrogeait-elle.

— Évidemment, enchaîna le Président, vous occupez une position unique pour m'y aider. Votre expérience d'analyste, ainsi que vos liens familiaux avec mon adversaire vous confèrent une crédibilité énorme dans cette affaire.

Rachel sentait la désillusion s'installer : il est en train de me manipuler… exactement comme l'avait prédit Pickering !

— Mademoiselle Sexton, reprit Zach Herney, je vous demande d'avaliser cette découverte à titre officiel et personnel, en tant qu'agent de renseignements de la Maison Blanche… et en tant que fille de mon adversaire.

Voilà. C'était clair.

Je dois lui servir de caution, pensa-t-elle.

Rachel avait vraiment cru que le Président se situait au-dessus de ce genre de manœuvres politicardes. En approuvant officiellement les informations de la NASA, elle placerait fatalement son père dans une situation impossible, il ne pourrait en effet mettre en cause la crédibilité de la découverte sans nuire à la réputation de sa propre fille – un dilemme insoluble pour le candidat de « la famille d'abord ».

— Monsieur le Président, déclara-t-elle en regardant son interlocuteur en face, je suis franchement stupéfaite que vous me demandiez une chose pareille.

Herney parut soudain désemparé.

— Je pensais que vous seriez heureuse de contribuer…

— Heureuse ? Vous me mettez dans une position pour le moins délicate. J'ai déjà assez de problèmes avec mon père sans l'attaquer de front. Malgré mes différends avec lui, c'est tout de même mon père, et je suis déçue de vous entendre me suggérer de m'opposer à lui publiquement.

— Attendez ! coupa Herney en levant la main comme pour se rendre. Qui vous a parlé d'un affrontement public ?

— Je suppose que vous allez me prier d'intervenir au côté de l'administrateur de la NASA pendant votre conférence de presse de 20 heures ?

L'éclat de rire de Herney fit trembler les haut-parleurs.

— Pour qui me prenez-vous, Rachel ? Comment pouvez-vous imaginer que je puisse demander à quelqu'un de poignarder son père dans le dos sur une chaîne de télévision nationale ?

— Mais vous venez de dire…

— Et croyez-vous que je forcerais l'administrateur de la NASA à partager les feux de la rampe avec la fille de son ennemi juré ? Sans vouloir vous vexer, Rachel, cette conférence de presse sera animée par des scientifiques. Je doute que vos connaissances en matière de météorites, de fossiles et de structures glaciaires puissent contribuer à crédibiliser cette annonce.

Rachel se sentit rougir.

— Mais alors, qu'attendez-vous de moi ?

— Une intervention qui corresponde mieux à votre spécialité.

— C'est-à-dire ?

— Vous êtes mon agent de liaison à la Maison Blanche. Vous avez l'habitude de renseigner mes équipes sur des questions d'importance nationale.

— C'est votre personnel que vous me demandez de convaincre ?

Herney semblait encore amusé par le malentendu.

— Mais oui. Je vais au-devant d'un scepticisme interne qui sera sans commune mesure avec celui de l'extérieur. Nous sommes en pleine mutinerie dans cette maison. Ma crédibilité est au plus bas. Mes équipes ne cessent de me demander de réduire le financement de la NASA. En refusant de les écouter, j'ai signé mon arrêt de mort politique.

— Et maintenant, vous introduisez votre recours en grâce…

— Exactement. Comme nous l'avons dit ce matin, cette découverte tombe à un moment qui la rendra suspecte aux yeux de tous les sceptiques – et, dans ces murs, ils sont légion. C'est pourquoi je veux qu'ils apprennent cette information de la bouche de…

— Comment cela ? l'interrompit Rachel. Vous ne leur avez pas encore parlé de la météorite ?

— En effet. Seuls quelques conseillers sont au courant. Le secret était l'une de nos priorités essentielles.

Rachel était abasourdie. Dans ce cas, la menace de mutinerie n'a rien d'étonnant, songea-t-elle.

— Mais ce n'est pas mon domaine de compétence, objecta-t-elle. Je ne vois pas comment un officier des services secrets pourrait être crédible sur ce chapitre.

— Traditionnellement non, mais on retrouve ici tous les ingrédients de votre travail habituel : analyse de données complexes, importance des implications politiques…

— Mais je suis nulle en astrophysique. Ce ne serait pas plutôt à l'administrateur de la NASA de se charger de ce briefing ?

— Vous plaisantez ? Tout le monde ici le déteste cordialement. On le considère comme un charlatan qui est responsable de mes déboires.

Elle comprenait.

— Et Corky Marlinson ? Un médaillé d'astrophysique ? Sa crédibilité dépasse sûrement la mienne.

— Mon personnel n'est pas composé de scientifiques, Rachel. Ce sont des politiques. Vous connaissez Marlinson, maintenant. C'est un savant formidable mais, face à une équipe d'intellectuels rigides et conformistes, il sera totalement inefficace. Il me faut quelqu'un qu'ils comprennent, Rachel. Et ce quelqu'un, c'est vous. Mes équipes connaissent votre travail. Et votre patronyme est une garantie d'objectivité. Vous êtes le porte-parole idéal.

Le ton bienveillant du Président eut raison des réticences de Rachel.

— Reconnaissez au moins que mon père n'est pas pour rien dans votre choix…

Herney laissa échapper un petit rire penaud.

— Naturellement. Vous imaginez bien que, d'une façon ou d'une autre, il faudra que mon staff soit mis au courant, quelle que soit votre décision. Mais vous êtes la cerise sur le gâteau – la personne la plus qualifiée pour ce briefing. Il se trouve que vous êtes aussi une très proche parente de celui qui veut nous virer de la Maison Blanche. Votre crédibilité est donc double.

— Vous auriez dû faire carrière dans le marketing.

— C'est bien ce que je fais. Tout comme votre père. Et pour être honnête, j'aimerais remporter ce marché.

Zach Herney enleva ses lunettes et la fixa longuement. Rachel sentit dans son regard la même autorité que dans celui de son père.

— Je vous le demande comme une faveur, Rachel. Et aussi parce que je suis convaincu que cela fait partie de votre travail. Alors, c'est oui ou c'est non ? Acceptez-vous de parler à mes troupes ?

Elle se sentit prise au piège. Il s'en est brillamment tiré, se dit-elle. Le magnétisme du Président faisait fi des cinq mille kilomètres qui les séparaient. Mais, qu'elle le veuille ou non, elle devait admettre que sa requête était parfaitement raisonnable.

— J'y mets des conditions.

— Lesquelles ? demanda Herney en levant les sourcils.

— Le briefing aura lieu en privé, sans journalistes. Il restera officieux.

— Vous avez ma parole. Le lieu est déjà prévu. Il est on ne peut plus privé.

— Dans ce cas, c'est d'accord.

— Parfait ! s'exclama Herney avec un large sourire.

Rachel regarda sa montre. Il était déjà 16 heures passées.

— Attendez ! On n'a pas le temps, si vous devez paraître en public à 20 heures. Même avec l'engin infernal qui m'a conduite ici ce matin, je ne serai jamais à la Maison Blanche avant deux ou trois heures. Il faudra que je prépare mon intervention et…

— Je crains de ne pas avoir été assez clair, coupa Herney en secouant la tête. Vous allez faire votre briefing du glacier Milne, par vidéoconférence.

— Ah bon ? Vers quelle heure ?

— En fait, pourquoi pas tout de suite ? suggéra-t-il avec un sourire. Tout le personnel est réuni devant un grand écran de télévision. Vous êtes attendue.

Rachel se raidit.

— Monsieur le Président, je ne suis absolument pas prête ! Je ne peux pas…

— Vous n'avez qu'à leur dire la vérité. Après tout, votre métier consiste à compiler et à relayer des informations. Contentez-vous de leur raconter ce que vous avez observé là-bas.

Il tendit une main vers une manette de transmission.

— Et je pense que vous apprécierez la position de force que je vous ai réservée…

Elle ne voyait pas ce qu'il voulait dire, mais il était trop tard pour le demander. Il avait enclenché la manœuvre.

Après un court instant d'écran muet, l'image qui apparut la fit frissonner. Le bureau Ovale, rempli de gens debout, au coude à coude, et les yeux levés vers elle. Elle comprit alors que l'écran – donc elle – était situé au-dessus du bureau présidentiel.

En position de force. Elle transpirait déjà.

Son public sembla aussi surpris qu'elle de sa soudaine apparition.

— Mademoiselle Sexton ? appela une voix rauque.

Elle parcourut des yeux la mer de visages. La voix était celle d'une grande femme maigre qui avait pris place au premier rang. Une silhouette très singulière, reconnaissable dans n'importe quel auditoire.

— Merci d'avoir accepté de nous briefer, mademoiselle Sexton, continua Marjorie Tench avec son habituelle suffisance. Le Président nous a prévenus que vous aviez une nouvelle à nous annoncer ?

33.

Wailee Ming profitait de la pénombre pour réfléchir devant son bureau, encore surexcité par le déroulement des événements. Je serai bientôt le paléontologue le plus célèbre au monde, se dit-il. Il espérait que le documentaire de Michael Tolland ferait la part belle à ses remarques.

Cette anticipation béate fut interrompue par une légère vibration sous la glace. Il sursauta. Il habitait Los Angeles, et sa crainte instinctive des tremblements de terre l'avait rendu hypersensible à la moindre palpitation du sol. Il se raisonna pourtant vite, conscient que ce phénomène était parfaitement normal. C'est un vêlage de glace, marmonna-t-il. Toutes les deux ou trois heures, le grondement lointain d'une explosion retentissait dans la nuit polaire, chaque fois qu'un morceau de banquise se détachait de la plate-forme et chutait dans l'océan. Norah Mangor utilisait alors une jolie expression : la naissance d'un iceberg…

Ming se leva et s'étira. De l'autre côté de la bulle, sous l'éclat des spots télé, l'ambiance était à la fête. Peu attiré par les réjouissances collectives, il partit dans la direction opposée. Le labyrinthe des cellules de travail désertées avait des allures fantomatiques dans la lueur sépulcrale qui baignait cette partie de la station. Soudain frigorifié, Ming boutonna son long manteau en poil de chameau.

Il avançait vers le puits d'extraction, d'où étaient sortis les plus précieux fossiles de l'histoire. On avait démonté le trépied géant, et seuls les cônes d'autoroute signalaient la présence de la fosse, comme s'il s'agissait d'un nid-de-poule au milieu d'un parking gelé. Il approcha de la cavité et, tout en respectant une distance prudente, scruta la surface de l'eau. Elle ne tarderait pas à geler, effaçant toute trace d'intrusion humaine.

Le spectacle était superbe, même dans l'obscurité.

Surtout dans l'obscurité, pensa-t-il.

Cette réflexion le déconcerta – avant qu'il en réalise la cause.

Il y a quelque chose d'anormal, se dit-il.

En observant plus attentivement la surface de l'eau, sa satisfaction fit subitement place au désarroi. Il cligna des yeux, regarda une nouvelle fois, et se tourna vers l'espace de presse où la fête battait son plein. Personne ne pouvait le voir dans l'obscurité.

Il faudrait pourtant que j'en parle à quelqu'un, songea-t-il.

Il se pencha de nouveau vers le puits, se demandant ce qu'il pourrait dire à ses confrères. Et si c'était une illusion d'optique ? Un simple reflet ?

Perplexe, il enjamba les cônes et s'accroupit au bord du puits. Le niveau de l'eau se trouvait à plus d'un mètre au-dessous de lui. Il se pencha. Oui, cette glace fondue était décidément bizarre. Le phénomène saute aux yeux, mais seulement parce qu'on a éteint les lumières, se dit-il.

Ming se releva. Il fallait décidément qu'il aille prévenir ses confrères. Il partit d'un bon pas vers l'espace de presse. Au bout de quelques mètres, il ralentit, puis s'immobilisa.

— Bon Dieu ! lâcha-t-il.

Il rebroussa chemin, les yeux écarquillés par ce qu'il venait de comprendre.

— C'est impossible ! s'exclama-t-il à voix haute.

Il savait néanmoins que c'était la seule explication. Attention ! Il doit y avoir une explication plus vraisemblable, se raisonna-t-il. Pourtant, plus il réfléchissait, plus il était convaincu. C'est forcément cela ! s'étonna-t-il. Comment la NASA et Corky Marlinson avaient-ils pu passer à côté d'une chose pareille ? Mais il n'allait pas s'en plaindre.

Maintenant, ce sera la découverte de Wailee Ming ! se réjouit-il.

Tremblant d'excitation, il courut vers une alcôve et s'empara d'un gobelet. Il lui fallait prélever un échantillon de cette eau. C'était tout bonnement incroyable !

34.

— En tant qu'agent de liaison des services de renseignements pour la Maison Blanche, commença Rachel en essayant de maîtriser le tremblement de sa voix, je suis appelée à me rendre dans de nombreux endroits stratégiques du monde, pour analyser des situations instables dont je rends compte au Président et à ses collaborateurs.

Une perle de sueur se formait sur son front. Elle l'essuya d'un revers de main, maudissant secrètement Zach Herney qui lui avait imposé ce briefing.

— Jamais aucun de ces voyages ne m'a conduite dans une région aussi reculée.

Elle montra d'un geste rapide la cabine encombrée qui l'entourait.

— Si incroyable que cela puisse paraître, je m'adresse à vous des confins du cercle polaire, et plus précisément de la plate-forme glaciaire Milne.

Rachel lut dans les regards de l'assistance une excitation mêlée de perplexité. S'ils se doutaient qu'on ne les avait pas entassés dans le bureau Ovale pour rien, aucun n'avait imaginé que c'était pour y entendre des nouvelles du pôle Nord.

La sueur perlait à nouveau sur son front.

Allez, Rachel, sers-leur ta synthèse. Fais ce que tu sais faire, s'encouragea-t-elle.

— Je ressens, à vous parler ainsi, un grand honneur et une grande fierté, mais par-dessus tout… une grande excitation.

Regards interrogateurs.

Après tout, se répétait-elle, furieuse, ce n'est pas mon affaire. Elle savait ce que sa mère lui dirait si elle était auprès d'elle : en cas de doute, crache le morceau ! Ce vieux dicton yankee incarnait une de ses convictions fondamentales – on vient à bout de n'importe quelle difficulté en disant la vérité, quelle qu'elle soit.

Elle s'essuya le front, prit une longue inspiration, se redressa sur son tabouret, et regarda l'écran bien en face.

— Vous vous demandez peut-être comment on peut bien transpirer sous une telle latitude ?… Vous m'excuserez, je suis un peu nerveuse.

Les visages se redressèrent brusquement. On entendit quelques rires gênés.

— De plus, votre patron m'a prévenue il y a une dizaine de secondes que j'allais me retrouver face à la totalité du personnel de la Maison Blanche. Je n'imaginais pas que ma première visite dans le bureau Ovale serait un tel baptême du feu…

Les rires redoublèrent. Elle tourna son regard vers le bas.

— J'étais en tout cas loin d'imaginer que je serais assise, non pas dans le fauteuil présidentiel, mais juste au-dessus !

Rires francs et larges sourires. Rachel sentit ses muscles se détendre.

Vas-y maintenant, se dit-elle.

— Voici ce dont il s'agit, attaqua-t-elle d'une voix plus claire et naturelle. Si le président Herney s'est tenu à l'écart des médias depuis une semaine, ce n'est pas par manque d'intérêt pour sa campagne, mais parce qu'il était absorbé par un autre sujet – qu'il considérait comme plus important…

Elle marqua une pause.

— Il s'agit d'une formidable découverte scientifique. Le Président tiendra une conférence de presse ce soir à 20 heures, pour annoncer la nouvelle au monde entier. Nous devons cette découverte à une équipe d'Américains opiniâtres, qui méritaient ce succès après la série de déconvenues qu'ils ont récemment essuyée. Je veux parler de la NASA. Vous pouvez être fiers de la clairvoyance de votre Président, qui a toujours tenu à soutenir l'Agence spatiale malgré les épreuves qu'elle traversait. Aujourd'hui, sa loyauté est enfin récompensée.

Ce n'est qu'alors que Rachel mesura l'importance historique de l'événement. Sa gorge se serra et elle dut lutter pour continuer.

— En tant qu'officier du NRO spécialisé dans l'analyse et la validation de données, je fais partie des quelques personnes auxquelles Zach Herney a demandé d'examiner la découverte de la NASA. Je me suis personnellement acquittée de cette tâche, et j'ai rencontré plusieurs scientifiques, internes et externes à l'Agence – des hommes et des femmes aux références irréprochables, et d'une totale indépendance d'esprit. En toute conscience professionnelle, je puis vous affirmer que les informations que m'a transmises la NASA sont fondées sur des faits avérés, et présentés avec impartialité. À titre personnel, j'estime que le Président, respectant avec loyauté sa fonction autant que le peuple américain, a su faire preuve d'une sage réserve en retardant une information qu'il aurait apprécié de pouvoir annoncer la semaine dernière.

Les employés de la Maison Blanche échangèrent des regards perplexes. Puis ils levèrent les yeux vers elle, et Rachel sentit qu'elle retenait toute leur attention.

— Mesdames, messieurs, ce que je suis chargée de vous communiquer constitue la nouvelle la plus excitante qui ait jamais été annoncée depuis ce bureau…

35.

L'œil électronique du microrobot qui évoluait sous la voûte de la station transmettait à la Force Delta une vue aérienne digne d'un film futuriste : dans une pénombre, on distinguait la flaque luisante de la surface du puits d'extraction et, prostré sur la glace, un Asiatique dont les pans du large manteau en poil de chameau s'étalaient comme des ailes de chauve-souris. Il était visiblement en train d'essayer de prélever un peu d'eau.

— Il faut absolument l'en empêcher ! s'exclama Delta 3.

Delta 1 hocha la tête. Son équipe était autorisée à recourir à la force pour protéger les secrets du glacier.

— On ne peut pas l'arrêter, fit observer Delta 2, la manette en main. Ces trucs-là ne sont pas équipés…

Delta 1 se renfrogna. Simplifié pour pouvoir fonctionner plus longtemps, ce modèle de robot de reconnaissance était en effet totalement inoffensif.

— Il faudrait appeler le contrôleur, déclara-t-il.

Il ne quittait pas des yeux l'image montrant Wailee Ming allongé en équilibre instable au bord du puits. Il n'y avait personne aux alentours – et, s'il tombait, son immersion brutale dans l'eau glacée l'empêcherait sans doute de pousser un trop grand cri.

— Passe-moi la manette.

— Qu'est-ce que tu fais ? protesta Delta 2.

— J'improvise, répliqua brusquement le chef d'équipe.

36.

À plat ventre sur la glace, Wailee Ming tendit le bras droit au-dessus de l'eau pour y tremper son gobelet. Non, ses yeux ne le trompaient pas. À moins d'un mètre de la surface, la vision était parfaitement nette.

Incroyable ! s'exclama-t-il.

S'étirant au maximum, il plongea le bras le plus bas possible. Le gobelet n'effleurait même pas la surface, il s'en fallait de quelques centimètres. Ming rampa encore un peu vers l'avant, appuya la pointe de ses bottes contre la glace, agrippa fermement le bord du puits de la main gauche et descendit au maximum son bras droit vers la flaque d'eau. Presque. Il se rapprocha encore du bord. Ça y est ! Le gobelet s'enfonça sous la surface. Toujours incrédule, Ming le regarda se remplir.

Soudain, il se produisit quelque chose de totalement inattendu. Un petit objet métallique à peine plus gros qu'une balle surgit dans la pénombre au-dessus de sa tête. Il ne le repéra qu'une fraction de seconde avant qu'il vienne s'écraser dans son œil droit.

Le réflexe de se protéger les yeux est tellement inné chez l'homme que, même s'il savait qu'il risquait de perdre l'équilibre au moindre mouvement, Ming ne put réprimer un sursaut, de surprise plus que de peur. Et c'est la main gauche, la plus proche de sa tête, qu'il porta automatiquement à son œil. Une erreur fatale, il le savait. Tout son corps penché vers l'avant, ayant perdu son seul contrepoids, le fit basculer, irréversiblement. Il lâcha son gobelet pour essayer de se raccrocher de la main droite au rebord de glace, mais ce fut peine perdue, et il plongea la tête la première dans la fosse obscure.

Une chute de moins d'un mètre. Mais quand sa tête toucha la surface de l'eau, il eut l'impression de heurter un mur. Le contact avec le liquide glacé, brûlant comme de l'acide, déclencha un accès de panique instantané.

La tête en bas, dans le noir complet, Ming perdit un instant le sens de l'orientation, ne sachant dans quelle direction se tourner pour remonter à la surface. Son gros manteau ne le protégea du froid que pendant une ou deux secondes. Il parvint enfin à se retourner et, battant des pieds, émergea pour reprendre sa respiration au moment même où la terrible sensation de froid qui le gagnait lui coupa le souffle.

— Au… sec… ours ! suffoqua-t-il.

Mais il ne réussit qu'à émettre un faible coassement. Il avait l'impression que ses poumons étaient vides.

— Au… sec… ours !

Lui-même ne s'entendit pas. Il tenta de se hisser en s'agrippant à la paroi du puits – un mur de glace entièrement lisse. Pas la moindre aspérité à laquelle s'accrocher. Il lança des coups de pied sous l'eau, à la recherche d'une prise. Rien. Il tendit les bras au-dessus de lui pour tâcher d'attraper le rebord du puits. Il ne lui manquait qu'une trentaine de centimètres.

Ses muscles commençaient à ne plus lui obéir. Il redoubla ses coups de pied, essayant encore de se projeter vers le haut. Son corps semblait de plomb, ses poumons ne fonctionnaient plus, son thorax était pris en étau comme par un python. Son manteau, de plus en plus lourd, l'entraînait vers le fond. Il essaya de s'en débarrasser, mais le tissu était déjà trop raide.

— Au secours !

La peur l'envahit totalement.

La mort par noyade, avait-il lu quelque part, était la plus horrible qu'on puisse imaginer. Il n'avait jamais pensé que ce sort lui serait réservé. Ses muscles refusaient de coopérer avec son cerveau, et il devait lutter pour se maintenir à la surface. Ses vêtements gorgés d'eau le tiraient vers le fond et ses doigts engourdis s'écorchaient vainement contre la paroi gelée.

Il ne parvenait déjà plus à émettre le moindre son.

Il coula. Jamais il n'aurait cru qu'un sort aussi abominable l'attendait. Il s'enfonçait inexorablement dans un puits d'eau glacée de plus de soixante mètres de profondeur. Une multitude d'images se bouscula devant ses yeux. Des flashes de son enfance, de sa carrière. Il se demanda si l'on retrouverait son corps. Ou s'il gèlerait au fond de cette fosse… enseveli dans la banquise pour l'éternité.

Ses poumons hurlaient leur besoin d'oxygène. Il retint sa respiration, essayant encore de donner des coups de pied contre la muraille de glace. Respirer ! Il lutta contre le réflexe, serrant ses lèvres devenues insensibles. Il tenta en vain de remonter. Respirer ! Dans un dernier combat entre la raison et l'instinct, l'automatisme inné finit par l'emporter sur sa détermination à ne pas ouvrir la bouche.

Il inspira.

L'eau noire se déversant dans ses poumons le brûla atrocement, comme de l'huile bouillante. Le plus cruel de la mort par noyade, c'est qu'elle dure. Il vécut une ou deux minutes terribles, ouvrant désespérément la bouche pour avaler des gorgées chaque fois plus douloureuses, sans que jamais son corps reçoive l'oxygène vital.

Continuant à couler vers le fond du puits, il sentit qu'il perdait conscience. Il souhaitait maintenant en finir le plus vite possible. Dans l'eau qui l'entourait, scintillaient de minuscules éclats de lumière. Il n'avait jamais rien vu d'aussi beau.

37.

L'entrée des visiteurs de la Maison Blanche est située sur East Executive Avenue, entre le département du Trésor et la pelouse est du jardin. La clôture renforcée du périmètre comme les bornes en ciment installées après l'attentat contre la caserne des Marines à Beyrouth conféraient à l'endroit une allure fort peu accueillante.

En arrivant devant le portail, Gabrielle Ashe vérifia l'heure à sa montre, envahie par une anxiété croissante. Il était 16 h 45 et personne n'avait encore établi de contact.

EAST GATE, ENTRÉE DES VISITEURS, 16 H 30.
VENEZ SEULE.

Gabrielle balaya du regard les visages des touristes qui grouillaient autour de l'entrée, attendant que quelqu'un lui fasse signe. Quelques hommes s'attardèrent pour la toiser, et s'éloignèrent. Elle commençait à se demander si elle avait eu raison de répondre à l'invitation. Les hommes du *Secret Service* la surveillaient depuis leurs guérites. Elle se dit que son informateur s'était probablement dégonflé. Après un dernier coup d'œil vers le parc présidentiel, elle s'éloigna en soupirant.

— Gabrielle Ashe ? appela une voix derrière elle.

Elle fit volte-face, une boule dans la gorge.

— Oui ?

Un garde mince, le visage fermé, lui fit signe d'approcher.

— Votre interlocuteur est prêt à vous recevoir.

Il ouvrit le portail et l'invita à entrer. Elle ne bougea pas.

— J'entre… à l'intérieur ?

Le garde hocha la tête.

— Je suis chargé de vous transmettre des excuses pour ce retard.

Elle ne pouvait toujours pas faire un pas. Ce n'était pas du tout ce qu'elle avait prévu.

— Vous êtes bien Gabrielle Ashe ? insista le garde en s'impatientant.

— En effet, mais…

— Dans ce cas, je vous prie de me suivre.

Elle sursauta et ses jambes lui obéirent.

Elle franchit le seuil avec hésitation, et le portail se referma sur elle.

38.

Deux journées entières sans la moindre lumière naturelle avaient détraqué l'horloge biologique de Michael Tolland. Sa montre indiquait la fin de l'après-midi, mais son corps se croyait au milieu de la nuit. Il venait de mettre la dernière main à son documentaire et de l'enregistrer. Il traversait maintenant la bulle plongée dans l'obscurité. En arrivant dans l'espace presse éclairé, il confia son film au technicien de la NASA chargé d'en superviser la diffusion.

— Merci, Mike, dit l'homme avec un clin d'œil. Voilà qui devrait relever la notion de « grande écoute », non ?

— J'espère surtout qu'il plaira au Président, répondit Tolland avec une petite grimace lasse.

— Le contraire m'étonnerait. En tout cas, votre boulot est terminé. Vous pouvez vous asseoir et profiter du spectacle.

— C'est gentil, merci.

Sous la lumière éblouissante des projecteurs, Tolland regardait les techniciens de l'Agence spatiale trinquer joyeusement, des canettes de bière à la main. Il aurait bien aimé se joindre à la fête, mais il se sentait épuisé, émotionnellement vidé. Il chercha Rachel Sexton des yeux ; elle devait encore être en conversation téléphonique avec le Président.

Il va sûrement vouloir la faire intervenir à la télévision, se dit-il. Il ne pouvait d'ailleurs pas le lui reprocher. Rachel constituerait un parfait contrepoint à l'équipe de scientifiques. En plus de son charme physique, elle respirait un calme et une assurance sans prétention que Tolland avait rarement rencontrés chez une femme. Il est vrai que ses relations sociales se limitaient aux journalistes – et les impitoyables femmes de pouvoir comme les superbes « personnalités » médiatiques manquaient cruellement de ces qualités.

Il s'éloigna discrètement du groupe de joyeux convives et se fraya un chemin dans le dédale de couloirs qui quadrillaient la bulle, se demandant où étaient passés ses confrères. S'ils éprouvaient la même fatigue que lui, peut-être étaient-ils allés s'allonger sur leur couchette, pour s'offrir une petite sieste avant le grand moment... Il aperçut au loin les cônes de signalisation entourant le puits d'extraction abandonné. Il lui sembla entendre, sous la haute voûte de la bulle, l'écho de lointains souvenirs des fantômes anciens. Il se força à ne pas y penser.

Ils revenaient souvent le hanter dans des moments semblables, en cas de fatigue, de solitude, ou de triomphe personnel. Elle devrait être à tes côtés, murmurait une voix intérieure. Seul dans l'obscurité, il se sentit invinciblement ramené à son passé.

Celia Birch avait été sa petite amie à l'université. Le jour de la Saint-Valentin, il l'avait emmenée dans son restaurant préféré. Au moment du dessert, le garçon avait apporté sur une assiette une rose et un magnifique solitaire. Elle avait immédiatement compris. Les larmes aux yeux, elle n'avait prononcé qu'un mot – qui l'avait rendu fou de bonheur. Oui.

Tout à la joie de l'avenir qui s'ouvrait, ils avaient acheté une petite maison près de Pasadena, où Celia avait trouvé un poste d'enseignante. Son salaire était modeste, mais c'était un début et l'école était proche du Scripps Institute of Oceanography de San Diego, où Tolland dirigeait un bateau de reconnaissance géologique. Son travail l'éloignait souvent pour trois ou quatre jours consécutifs, mais les retrouvailles avec Celia étaient toujours passionnées.

Quand il était en mer, il avait pris l'habitude de filmer ses aventures pour elle, et il montait de courts documentaires à bord du bateau. Il lui avait un jour rapporté un petit reportage vidéo qu'il avait filmé par la fenêtre d'un submersible en eaux profondes – les premières images jamais tournées d'une curieuse seiche chimiotrophe, totalement inconnue jusqu'alors. Son commentaire enregistré débordait d'enthousiasme.

— Il existe dans ces profondeurs des milliers d'espèces encore inconnues, s'exclamait-il d'une voix frémissante. La science, à ce jour, n'a fait qu'effleurer la surface de ce monde mystérieux, dont on ne soupçonne pas les trésors cachés !

Celia était captivée par les explications scientifiques de son mari, claires et concises malgré leur exubérance. Elle avait projeté la cassette à sa classe, et le succès avait été immédiat. Ses collègues lui avaient emprunté le reportage. Les parents d'élèves en avaient demandé des copies. Tout le lycée semblait attendre avec impatience la livraison suivante de Tolland. Et Celia avait un jour eu l'idée d'envoyer le reportage à une ancienne amie de l'université qui travaillait à NBC.

Deux mois plus tard, Michael l'avait emmenée marcher sur Kingman Beach, leur lieu de promenade préféré, où ils avaient l'habitude de se confier mutuellement leurs espoirs et leurs rêves.

— Celia, j'ai quelque chose à te dire.

L'océan clapotait à leurs pieds. Elle s'était arrêtée et avait pris ses mains dans les siennes.

— Oui, qu'y a-t-il ?

Il était rayonnant.

— J'ai reçu la semaine dernière un coup de fil de NBC. Ils pensent me confier l'animation d'une série de documentaires océanographiques. Ce serait merveilleux ! Ils me demandent un pilote pour l'année prochaine. Je n'arrive pas à y croire !

— Moi, si. Tu seras génial ! avait-elle répondu en l'embrassant.

Six mois plus tard, ils faisaient du bateau ensemble au large de l'île de Catalina, quand Celia avait commencé à se plaindre d'une douleur au côté. Ils n'y avaient guère prêté attention pendant quelques semaines mais, comme elle souffrait de plus en plus, elle était allée subir des examens à l'hôpital.

En un instant, le rêve de Tolland avait volé en éclats, faisant place à un épouvantable cauchemar. Celia était malade. Très malade.

« Un stade avancé de lymphome, avaient annoncé les médecins. Rare chez une personne de cet âge, mais malheureusement avéré. »

Ils consultèrent d'innombrables spécialistes. Leur réponse était toujours la même. Incurable.

Michael avait démissionné sur-le-champ de son poste au Scripps Institute, oublié le projet pour NBC et consacré toute son énergie et son amour à la guérison de sa femme. Elle avait lutté farouchement, supportant la souffrance avec une dignité qui ne le rendait que plus amoureux. Il l'emmenait se promener sur Kingman Beach, lui préparait des repas diététiques et lui parlait de ce qu'ils feraient quand elle irait mieux.

Mais le destin en avait décidé autrement.

Sept mois plus tard, il se trouvait au chevet de sa femme mourante dans une austère chambre d'hôpital. Le visage de Celia était méconnaissable. La brutalité de la chimiothérapie s'était ajoutée aux ravages du cancer. Elle n'était plus qu'un squelette. Les dernières heures furent les plus éprouvantes.

— Michael, avait-elle murmuré d'une voix rauque. C'est le moment de lâcher prise.

— Je ne peux pas, avait-il répondu, les yeux pleins de larmes.

— Tu as un tempérament de survivant. Promets-moi que tu trouveras une autre femme à aimer.

— Je ne veux pas.

— Il faudra apprendre.

Celia mourut par un lumineux matin de juin. Michael avait l'impression d'être un bateau à la dérive, sans boussole sur une mer en furie. Pendant des semaines, il se laissa couler. Ses amis tentaient de l'aider mais son orgueil ne supportait pas leur pitié.

Il faut choisir, finit-il par comprendre. Travailler ou mourir.

Avec l'énergie du désespoir, Tolland se jeta tête baissée dans la série télévisée « Le Monde merveilleux de la mer ». Et ce projet lui sauva la vie. Depuis quatre ans, son émission collectionnait les records d'Audimat. Malgré les efforts de ses amis pour le remarier, il ne se prêta qu'à de rares rendez-vous – qui se révélèrent des fiascos. Il finit par renoncer et mettre son absence de vie sociale sur le compte de ses voyages répétés. Mais ses amis n'étaient pas dupes : Michael n'était pas prêt.

Le puits d'extraction de la météorite, béant devant lui, le tira de ses pensées. Il chassa ses douloureux souvenirs et s'approcha de l'ouverture. Dans la pénombre qui baignait le dôme, la glace fondue revêtait un aspect magique, presque surnaturel. L'eau noire miroitait comme celle d'un étang sous la lune. Le regard de Tolland fut attiré par des points lumineux bleu-vert qui pailletaient la surface. Il les observa longuement.

Il y avait quelque chose de bizarre.

Il crut d'abord qu'il s'agissait du reflet des spots, dont la lumière était réverbérée par la voûte. Mais, en y regardant de plus près, il découvrit tout autre chose. Un curieux scintillement verdâtre qui semblait palpiter, comme si la surface de l'eau était vivante, illuminée de l'intérieur.

Troublé, il enjamba les cônes pour observer le phénomène de plus près.

À l'autre extrémité de la station, Rachel Sexton sortait du bloc de communication. Elle s'immobilisa, désorientée par l'obscurité qui enveloppait la bulle. L'immense dôme n'était éclairé que par les reflets des spots regroupés dans le quadrant nord. Légèrement troublée, elle se dirigea instinctivement vers l'espace de presse illuminé.

Elle était satisfaite de son exposé. Une fois remise du traquenard où l'avait gentiment poussée le Président, elle avait réussi à présenter avec clarté ce qu'elle savait sur la météorite. Elle avait vu les expressions de ses interlocuteurs passer de la stupéfaction à l'incrédulité, puis à la confiance et, enfin, à l'approbation admirative.

— Des preuves de vie extraterrestre ? s'était exclamé l'un d'eux. Savez-vous ce que cela signifie ?

— Oui, avait répliqué un autre. Cela veut dire que nous allons remporter cette élection !

En approchant de l'espace de presse, Rachel imaginait la déclaration du Président et ne put s'empêcher de se demander si son père méritait le rouleau compresseur qui allait anéantir sa campagne en quelques minutes.

La réponse était évidemment oui.

Chaque fois qu'elle commençait à s'apitoyer sur son père, le souvenir de sa mère resurgissait. Les souffrances et les humiliations que Sexton lui avait infligées suffisaient à le condamner aux yeux de Rachel : ses retours tardifs le soir, son expression béate et suffisante, les émanations de parfum sur ses vêtements… Le pire était son hypocrisie, la fausse ferveur religieuse derrière laquelle il se réfugiait – pour continuer à mentir et tricher, parce qu'il savait que sa femme ne le quitterait jamais.

Oui, trancha Rachel. La tartuferie du sénateur Sexton allait bientôt recevoir une punition méritée.

Elle se fraya un passage à travers les employés de la NASA en liesse. Bières, exclamations ; l'ambiance lui rappela ses soirées d'étudiante.

Où était Michael Tolland ?

— Vous cherchez Mike ? demanda Corky Marlinson en apparaissant soudain près d'elle.

Elle sursauta.

— Euh… non… enfin… oui.

Il secoua la tête, écœuré.

— Je le savais, pas une ne lui résiste. Il vient de partir. Je crois qu'il avait l'intention d'aller piquer un petit somme.

Il se retourna pour jeter un coup d'œil vers la partie de la station plongée dans l'obscurité.

— Mais vous avez encore le temps de le rattraper, se reprit-il en tendant le doigt vers le centre de la bulle. Il suffit d'une flaque d'eau pour le captiver.

Le regard de Rachel suivit la direction indiquée. La silhouette de Michael se dressait au bord du puits d'extraction.

— Qu'est-ce qu'il fait là-bas ? C'est dangereux !

— Il doit être en train de pisser. On va le pousser ?

Ils allèrent le rejoindre.

— Hé, Mike, tu as oublié ton scaphandre et ton tuba ? clama Corky en approchant.

Tolland se retourna. Rachel remarqua son expression inhabituellement grave. Son visage était bizarrement éclairé, par en dessous.

— Tout va bien, Mike ? demanda-t-elle.

— Pas vraiment, répondit Michael en désignant la surface de l'eau.

Corky enjamba les cônes de signalisation. Sa bonne humeur retomba brusquement. Rachel les rejoignit et regarda la glace fondue. De petits éclats de lumière turquoise luisaient à la surface, comme des particules radioactives. C'était magnifique.

Tolland ramassa un petit morceau de glace à ses pieds et le jeta dans l'eau, projetant des éclaboussures phosphorescentes tout autour du point d'impact.

— S'il te plaît, Mike, murmura Corky d'une voix inquiète, dis-moi que tu sais ce que c'est.

Tolland fronça les sourcils.

— Je sais ce que c'est, mais la question que je me pose, c'est qu'est-ce que cela peut bien faire là ?

39.

— Ce sont des flagellés, déclara Tolland, les yeux fixés sur la surface luminescente.

— Des flageolets ? s'écria Corky.

Rachel sentait que Tolland n'était pas d'humeur à plaisanter.

— Je ne vois pas comment cela a pu se produire, reprit-il, mais, pour une raison que j'ignore, cette eau contient des dinoflagellés bioluminescents.

— Des dino… quoi ? s'enquit Rachel.

— Un plancton monocellulaire ayant la propriété d'oxyder un catalyseur luminescent appelé luciférine.

Qu'est-ce que c'est que ce charabia ? se demanda-t-elle.

Tolland soupira et se tourna vers son confrère.

— Dis-moi, Corky, la météorite qu'on vient de sortir de ce trou pouvait-elle contenir des organismes vivants ?

Corky éclata de rire.

— Mike, sois sérieux !

— Je suis sérieux.

— Il n'y a aucune chance, Mike ! Crois-moi, si la NASA avait un tant soit peu soupçonné la présence d'organismes vivants sur cette roche, je peux t'affirmer qu'elle n'aurait jamais pris le risque de la sortir à l'air libre.

Tolland n'était que partiellement soulagé. Il semblait préoccupé par une question beaucoup plus importante.

— Sans microscope, je ne peux rien affirmer, mais cela ressemble à un phytoplancton bioluminescent appartenant à l'ordre des pyrophytes – un nom qui signifie « plante de feu ». L'océan Arctique en est rempli.

— Alors pourquoi me demandes-tu si ces trucs-là peuvent venir de l'espace ?

— Parce que cette météorite était enfouie dans de l'eau douce gelée provenant de la fonte des neiges. Depuis plusieurs siècles. Comment des organismes venant de l'océan ont-ils pu y pénétrer ?

Un long silence s'ensuivit.

Les yeux fixés sur la surface de l'eau, Rachel tentait d'assimiler l'information. Ce puits d'extraction contient du plancton marin luminescent. Qu'est-ce que cela signifie ? se demanda-t-elle.

— Il doit y avoir une crevasse dans le fond quelque part, reprit Tolland, c'est la seule explication possible. Le plancton a dû pénétrer la banquise, avec l'eau de mer qui s'est infiltrée par une fissure.

Rachel ne comprenait pas. Elle se souvenait de sa longue course sur le glacier.

— L'infiltration ? Mais par où ? Nous sommes au moins à trois kilomètres de l'océan…

Ses deux compagnons la toisèrent d'un regard gêné.

— En réalité, expliqua Corky, il est juste au-dessous. Nous sommes sur une plate-forme de glace flottante.

Elle les dévisagea, totalement désorientée.

— Mais… je croyais que c'était un glacier !

— En effet, mais celui-ci vogue sur l'océan. Il arrive que les plaques de glace se détachent du continent et se déploient en éventail à la surface de l'océan, où elles flottent, comme un gigantesque radeau. C'est la définition d'une plate-forme glaciaire… la partie flottante d'un glacier. À vrai dire, nous sommes en ce moment à plus d'un kilomètre au large de la côte.

Rachel passa de la stupéfaction à la méfiance. Elle rectifia l'image qu'elle s'était faite de son environnement, et l'idée de dériver sur l'océan Arctique lui fit soudain peur.

Tolland parut s'en rendre compte. Il frappa vigoureusement la glace du pied.

— Pas d'inquiétude. Cette banquise a cent mètres d'épaisseur, dont les deux tiers sont immergés, comme un glaçon qui flotte dans un verre d'eau – ce qui lui assure une grande stabilité. On pourrait construire un gratte-ciel là-dessus…

Rachel n'était pas totalement convaincue. Elle ébaucha un pâle sourire. Malgré ses inquiétudes, elle comprenait maintenant la théorie de Tolland sur l'origine du plancton. Il pense que la banquise est fissurée sur toute sa hauteur, et que c'est par là que l'eau de mer s'est infiltrée jusqu'à la surface, se dit-elle. C'était plausible, mais Norah Mangor avait affirmé catégoriquement que le glacier était intact, ses multiples sondages avaient confirmé l'homogénéité parfaite de l'énorme bloc.

Rachel se tourna vers Tolland.

— Je croyais que c'était justement la perfection de la banquise qui avait permis de dater la météorite avec certitude. Le professeur Mangor m'a soutenu que le glacier ne présentait aucune fissure…

Corky se renfrogna.

— On dirait que la reine des Eskimos s'est plantée ! lança-t-il en vérifiant machinalement que Norah ne se trouvait pas dans le secteur.

Tolland contemplait les flagellés phosphorescents en se frottant le menton.

— Je ne vois pas d'autre explication possible. Il doit y avoir une fissure. Et c'est le poids de la banquise sur l'océan qui aura fait remonter le plancton marin dans l'excavation.

Il faudrait que ce soit une grosse crevasse, pensait Rachel. Si la plate-forme glaciaire mesurait cent mètres d'épaisseur et la fosse d'extraction soixante mètres de profondeur, cette prétendue fissure aurait dû fendre trente mètres de glace compacte. Et les tests de Norah Mangor n'ont rien décelé.

— Sois gentil, demanda Tolland à Corky. Va chercher Norah. Espérons qu'elle nous a caché quelque chose. Et tâche aussi de trouver Ming. Peut-être pourra-t-il identifier ces bestioles lumineuses.

Corky s'éloigna.

— Ne traîne pas ! cria Michael après avoir jeté un coup d'œil dans le puits. J'ai l'impression que la bioluminescence commence à baisser.

Rachel se pencha vers le puits. Les petits points verts n'étaient en effet plus aussi brillants.

Tolland enleva sa parka et l'étendit sur le rebord.

— Que faites-vous ? demanda Rachel, déconcertée.

— Je voudrais vérifier s'il y a bien de l'eau salée dans ce puits.

— En vous allongeant sans manteau sur la glace ?

— Eh oui !

Il rampa sur le ventre pour s'approcher du trou et laissa pendre une manche de sa parka jusqu'à ce que le poignet effleure la surface de l'eau.

— C'est la technique de la manche mouillée, une méthode de test tout à fait fiable, utilisée par des océanographes de renommée mondiale. Il suffit à présent de lécher la manche.

Aux prises avec ses commandes, Delta 1 essayait de maintenir le microrobot endommagé au-dessus du groupe réuni autour du puits d'extraction. À entendre leurs remarques, la situation commençait à sentir le roussi.

— Appelez le contrôleur, ordonna-t-il à ses collègues. On a un gros pépin.

40.

Au cours de sa jeunesse, Gabrielle Ashe avait plusieurs fois visité la Maison Blanche en touriste – rêvant secrètement de pouvoir y travailler un jour. Mais, à cet instant précis, elle aurait préféré se trouver à l'autre bout du monde.

En pénétrant dans un grand hall richement orné, elle se demandait ce que cherchait à lui prouver son mystérieux correspondant. La faire venir à la Maison Blanche était une pure folie. Et si quelqu'un la reconnaissait ? Ces derniers temps, on avait beaucoup vu le bras droit du sénateur Sexton dans les médias…

— Mademoiselle Ashe ?

Gabrielle releva la tête.

Un garde au visage aimable lui adressa un sourire de bienvenue.

— Par ici, je vous prie.

Gabrielle fut aveuglée par un flash. Il la conduisit jusqu'à un bureau.

— Veuillez signer le registre, dit-il en lui tendant un stylo et en avançant vers elle un gros livre relié.

La page ouverte était vierge. Elle se rappela alors cette procédure visant à protéger l'anonymat des visiteurs. Elle remplit une ligne et apposa sa signature.

Pour le secret de l'entretien, c'est raté, songea-t-elle.

Le garde la fit passer sous le portique de sécurité, et procéda à une fouille sommaire.

— Nous vous souhaitons une bonne visite, dit-il avec un sourire.

Elle suivit l'agent du *Secret Service* le long d'un couloir d'une quinzaine de mètres, jusqu'à un deuxième poste de contrôle. Un autre garde achevait de plastifier un laissez-passer de visiteur. Après avoir perforé celui de Gabrielle, il y inséra un cordon qu'il passa autour du cou de la jeune femme. Il était encore tiède et portait la photo d'identité qu'on avait prise d'elle quinze secondes plus tôt.

L'homme reprit un couloir, suivi de Gabrielle dont le malaise allait croissant. L'auteur de l'invitation n'avait visiblement aucune intention de garder secrète leur rencontre – laissez-passer officiel, signature dans le registre, traversée du rez-de-chaussée sous escorte, au vu et au su de tous.

— Et voici la Salle des porcelaines, annonçait un guide à un groupe de visiteurs. Elle renferme les porcelaines à 952 dollars pièce, commandées par Nancy Reagan, qui ont déclenché en 1981 une controverse.

Gabrielle et son escorte passèrent devant des touristes pour atteindre un immense escalier de marbre, qu'un autre groupe gravissait.

— Nous allons maintenant pénétrer dans la salle de l'Est où Abigaïl Adams, l'épouse du président John Adams, laissait autrefois sécher le linge de son mari. Puis nous passerons dans la Salle rouge, où Dolley Madison faisait boire les chefs d'État étrangers avant leurs négociations avec le président James Madison.

Cette remarque déclencha l'hilarité générale des visiteurs.

Dépassant la cage d'escalier, Gabrielle suivit son guide, qui s'engageait dans une section interdite au public, protégée par une série de barricades et de cordons, jusqu'à une pièce qu'elle n'avait vue qu'en photo ou à la télévision. Elle retint son souffle. Mon Dieu, la Salle des cartes ! se dit-elle.

Aucun touriste n'y entrait jamais. Les panneaux de boiserie pivotants qui recouvraient les murs renfermaient d'innombrables cartes du monde entier. C'est là que Roosevelt avait préparé l'entrée en guerre des États-Unis en 1941. Et, souvenir moins glorieux, c'est aussi dans cette pièce que Bill Clinton avait publiquement reconnu ses relations avec Monica Lewinsky. Plus important pour Gabrielle, la Salle des cartes permettait d'accéder à l'aile ouest de la Maison Blanche – où travaillaient les plus proches collaborateurs du Président. C'était bien le dernier endroit où elle s'attendait à ce qu'on la conduise. Elle avait imaginé que les messages électroniques provenaient d'un jeune stagiaire plein d'initiative, ou d'une secrétaire travaillant pour l'un des services administratifs du bâtiment. Apparemment, elle s'était trompée.

On me conduit dans l'aile ouest, songea-t-elle.

Devant elle, l'agent du *Secret Service* parcourut d'un pas énergique un couloir recouvert de moquette et frappa à une porte sans inscription. Le cœur de Gabrielle battait à tout rompre.

— C'est ouvert ! cria une voix à l'intérieur.

L'homme ouvrit la porte et fit signe à Gabrielle d'entrer.

Dans la pénombre de la pièce aux stores baissés, elle devina une silhouette assise à un bureau.

— Mademoiselle Ashe ? s'enquit une voix derrière un nuage de fumée. Soyez la bienvenue.

Gabrielle dut cligner des yeux pour distinguer les traits de ce visage. Elle eut un mouvement de recul.

C'est donc d'elle que provenaient les e-mails ? se demanda-t-elle.

— Je vous remercie d'être venue, reprit Marjorie Tench d'une voix glaciale.

— Madame… Tench ? bredouilla Gabrielle.

— Appelez-moi Marjorie.

La créature squelettique se leva, soufflant comme un dragon sa fumée de cigarette par les narines.

— Nous allons devenir les meilleures amies du monde !

41.

Norah Mangor, debout devant le puits à côté de Tolland, Rachel et Corky, regardait l'abîme obscur d'où l'on avait extrait la météorite.

— Mike, dit-elle, vous êtes sympa mais cinglé. Il n'y a pas la moindre bioluminescence ici…

Tolland se dit qu'il aurait dû penser à prendre une caméra vidéo ; pendant que Corky était allé chercher Norah et Ming, la bioluminescence avait rapidement diminué et, en quelques minutes, le scintillement avait complètement cessé.

Il jeta un morceau de glace dans l'eau et rien ne se produisit. Pas de chatoiement verdâtre.

— Mais où sont-ils passés ? demanda Corky.

Tolland avait son idée sur la question. La bioluminescence – un des mécanismes de défense les plus ingénieux que l'on puisse rencontrer dans la nature – était une réponse spontanée du plancton à un stress. Un petit animal planctonique sur le point d'être avalé par un prédateur plus grand que lui se met à clignoter afin d'attirer un prédateur plus gros encore qui fera fuir son agresseur. Dans ce cas, les flagellés qui étaient entrés dans le trou d'eau à travers une fissure s'étaient soudain trouvés prisonniers d'un environnement d'eau douce. Sous l'effet de la panique, alors que l'eau douce était en train de les tuer peu à peu, ils s'étaient alors mis à émettre ce scintillement lumineux.

— Je crois qu'ils sont morts, déclara Tolland.

— Ils ont été tués, tu veux dire, railla Norah. Un vilain Eskimo s'est jeté sur eux pour en faire une friture…

Corky lui jeta un regard furibond.

— Moi aussi, j'ai vu cette luminescence, Norah.

— C'était avant ou après avoir fumé un joint ?

— Mais pourquoi mentirait-on sur un sujet pareil ? demanda Corky.

Tolland soupira.

— Norah, vous savez évidemment que le plancton vit dans les océans, sous la banquise.

— Mike, je vous en prie, répliqua-t-elle sèchement, ne vous mêlez pas de m'expliquer mon métier. Je suis bien placée pour savoir qu'il y a plus de deux cents espèces de diatomées qui prospèrent sous les banquises de l'Arctique. Quatorze espèces de nanoflagellés autotrophiques, vingt flagellés hétérotrophiques, quarante dinoflagellés hétérotrophiques, sans compter plusieurs métazoaires, parmi lesquels des polychètes, des amphipodes, des copépodes, des euphausiacés et des poissons…

Tolland fronça les sourcils.

— Norah, il est évident que vous en savez plus que nous sur la faune de l'Arctique, et vous êtes la première à reconnaître que ça grouille de vie sous nos pieds. Alors pourquoi doutez-vous tellement que nous ayons pu voir du plancton bioluminescent ?

— Pour une simple raison, Mike, c'est que ce puits est hermétiquement clos. On a affaire à un environnement d'eau douce sans la moindre infiltration. Il ne peut donc pas y avoir le moindre plancton là-dedans.

— Mais j'ai goûté cette eau et elle avait un goût salé, insista Tolland. Très léger, mais net. De l'eau salée est entrée ici, d'une manière ou d'une autre.

— D'accord, d'accord, fit Norah d'un ton sceptique. Vous avez eu un goût de sel sur le bout de la langue. Mais quoi, vous avez léché la manche d'une vieille parka pleine de transpiration, et maintenant vous décidez que les profils de densité PODS sont erronés... Sans parler des quinze échantillons différents que nous avons recueillis au cœur de la banquise.

Tolland lui tendit la manche humide de sa parka pour qu'elle la teste elle-même.

— Mike, je ne vais pas lécher votre fichue veste.

Elle jeta un coup d'œil au trou.

— Puis-je vous demander comment ce prétendu plancton aurait décidé de passer par cette prétendue fissure pour arriver jusqu'ici ?

— Et la chaleur ? suggéra Tolland. Il y a des centaines de créatures marines qui sont attirées par la chaleur. Quand nous avons extrait la météorite, nous l'avons chauffée, le plancton peut avoir été attiré instinctivement vers cet environnement plus chaud dans le puits.

Corky acquiesça.

— Ça me semble logique.

Norah leva les yeux au ciel.

— Logique ? Vous savez, pour un physicien nobélisable et un océanographe mondialement reconnu, vous me faites l'effet d'un duo de joyeux farceurs.

Vous n'avez pas pensé que, même à travers une fissure – et je peux vous assurer qu'il n'y en a pas l'ombre d'une –, il est physiquement impossible, pour de l'eau de mer, d'entrer dans ce puits.

Elle les toisa avec un mépris sans bornes.

— Mais, Norah..., insista Corky.

Elle tapa d'un pied rageur sur la glace.

— Messieurs, nous nous trouvons au-dessus du niveau de la mer ici. Vous me suivez ? Cette plate-forme glaciaire se trouve à trente mètres au-dessus du niveau de la mer. Vous vous rappelez peut-être la grande falaise à l'extrémité de la banquise ? Nous sommes plus hauts que l'océan. S'il y avait une fissure communiquant avec ce puits, l'eau ne remonterait pas pour autant à l'intérieur, elle s'écoulerait vers l'extérieur ! Vous avez entendu parler de la gravité ?

Tolland et Corky se jetèrent un coup d'œil rapide.

— Mince, fit Corky, je n'avais pas pensé à ça.

Norah désigna le puits noirâtre.

— Vous avez peut-être aussi remarqué que le niveau de l'eau ne varie pas ?

Tolland se fit l'effet d'un idiot. Norah avait absolument raison. S'il y avait eu une fissure, l'eau se serait écoulée vers l'extérieur, pas vers l'intérieur. Tolland resta silencieux un long moment.

— Très bien, soupira-t-il. Apparemment, la théorie de la fissure n'a aucun sens. Pourtant, nous avons vu la bioluminescence dans l'eau. Une seule conclusion, ce n'est pas un environnement fermé. Je me rends compte que l'essentiel de votre travail de datation de la glace est construit sur l'hypothèse que le glacier est un bloc sans faille, mais...

Norah s'énervait de plus en plus.

— Comment ça, hypothèse ? Mais enfin, Mike, vous savez très bien qu'il ne s'agit pas seulement de mon travail en l'occurrence. La NASA a confirmé toutes mes découvertes. Nous sommes tous d'accord pour dire que ce glacier ne comporte pas la moindre fissure !

Tolland jeta un coup d'œil vers les hommes qui fêtaient joyeusement leur succès dans l'espace presse.

— Quoi qu'il en soit, fit-il, je crois que nous devrions informer l'administrateur de nos observations.

— Foutaises ! siffla Norah. Je vous répète que cette matrice glaciaire est en parfait état, et il n'est pas envisageable que mes analyses soient remises en question par quelques hallucinations absurdes de fêtards éméchés.

Elle se précipita vers une zone proche où se trouvaient rangés un certain nombre d'outils, et se mit à en ramasser quelques-uns.

— Je vais prendre un échantillon d'eau et vous prouver que cette eau ne contient pas le moindre plancton salé, mort ou vivant !

Rachel et ses compagnons regardèrent Norah attacher une pipette stérile à une ficelle pour recueillir un échantillon dans le puits d'extraction. La glaciologue déposa les quelques gouttes recueillies sur un minuscule appareil qui ressemblait à un télescope miniature. Puis elle plaqua son œil contre l'œilleton, dirigeant son microscope portable vers la lumière qui émanait du toit du dôme. Quelques secondes plus tard, elle jurait, visiblement dépitée.

— Nom de Dieu !

Norah secoua son appareil et plaqua de nouveau son œil contre l'œilleton.

— Fichu appareil ! Ce réfractomètre ne marche pas, c'est pas possible !

— C'est de l'eau salée ? jubila Corky.

Norah fronça les sourcils.

— En partie. Selon le réfractomètre, il y aurait trois pour cent de sel dans l'eau, ce qui est totalement impossible. Ce glacier est un paquet de neige, ça ne peut être que de l'eau douce. Il ne devrait pas y avoir de sel.

Norah scruta l'échantillon sous un microscope voisin et poussa un long gémissement.

— Du plancton ? s'enquit Tolland.

— *G. polyhedra*, conclut-elle d'une voix plus calme. C'est l'un des organismes planctoniques que nous autres, glaciologues, avons l'habitude de trouver dans les océans sous la banquise.

Elle jeta un coup d'œil perçant vers Tolland.

— Ils sont morts, maintenant. Ils ne pouvaient pas survivre longtemps dans un environnement dont la salinité n'était qu'à trois pour cent.

Tous restèrent silencieux, perdus dans la contemplation du puits d'extraction. Rachel se demanda quelles pouvaient être les conséquences de cette étrange observation. Ce problème paraissait relativement mineur eu égard à l'importance de la découverte de la météorite, et, pourtant, en bonne analyste des données et des informations de ce type, Rachel savait d'expérience qu'il suffisait d'un grain de sable pour faire s'effondrer des théories entières.

— Que se passe-t-il ici ? bougonna une voix de basse.

La silhouette imposante de l'administrateur de la NASA émergea de l'obscurité.

— Nous avons un petit problème avec l'eau du puits, que nous essayons de résoudre, répondit Tolland.

— Les analyses de Norah ne tiennent pas la route ! annonça Corky d'un ton presque joyeux.

— Non mais je rêve ! murmura Norah.

L'administrateur approcha, ses épais sourcils froncés se rejoignant presque.

— En quoi consiste le problème ?

Tolland poussa un soupir hésitant.

— Nous avons découvert des traces d'une solution saline à trois pour cent dans le puits d'où a été extraite la météorite, ce qui contredit le rapport de la glaciologue affirmant que la météorite était enchâssée dans un bloc d'eau douce absolument pure. (Il s'arrêta avant de poursuivre :) Et on a aussi constaté la présence de plancton.

— Mais enfin, c'est impossible ! s'exclama Ekstrom sèchement. Il n'y a pas de fissure dans ce glacier, les profils PODS l'ont confirmé. Cette météorite était enchâssée dans une matrice de glace dure comme de la pierre !

Rachel savait qu'Ekstrom avait raison. Selon les profils de densité fournis par la NASA, ce bloc de banquise était aussi dense qu'un roc. Des dizaines et des dizaines de mètres cubes de glace, de tous les côtés de la météorite, sans la moindre fissure. Et pourtant, en imaginant la manière dont ces profils de densité avaient été obtenus, une étrange pensée s'insinua en elle…

— En outre, ajouta Ekstrom, les échantillons du professeur Mangor extraits du cœur du glacier confirment sa solidité.

— Absolument ! fit Norah, en jetant le réfractomètre sur un bureau. Nous avons une double confirmation. Sans le moindre défaut de densité dans la glace. Ce qui ne nous laisse aucune explication pour le sel et le plancton.

— En fait, suggéra Rachel, avec une fermeté qui la surprit elle-même, il existe une autre possibilité.

L'intuition était née tout au fond d'un recoin obscur de sa mémoire.

Tous la regardaient maintenant, l'air sceptique. Rachel sourit.

— Il existe une explication tout à fait rationnelle de la présence de sel et de plancton. (Elle planta ses yeux dans ceux de Tolland, interdit.) Et franchement, Mike, je suis surprise que vous n'y ayez pas pensé le premier.

42.

— Du plancton gelé dans le glacier ?

Corky Marlinson ne paraissait pas convaincu par les explications de Rachel.

— Je ne voudrais pas jouer les trouble-fête mais, habituellement, quand ces petites bestioles gèlent, elles meurent. Et celles-ci nous ont envoyé des signaux très vivants, vous vous rappelez ?

— Pour ma part, fit Tolland en posant sur la jeune femme un regard admiratif, je crois que Rachel est sur une piste. Une multitude d'espèces sont capables d'entrer en hibernation quand leur environnement les y oblige. J'ai réalisé une émission sur ce phénomène il n'y a pas très longtemps.

Rachel acquiesça.

— Vous avez montré des brochets, une espèce nordique, qui étaient pris au piège dans des lacs gelés, et qui devaient attendre le printemps pour revivre. Vous avez aussi parlé de micro-organismes qui peuvent subir une déshydratation totale dans le désert sans mourir, demeurer ainsi pendant des décennies, et se ranimer avec le retour de la pluie.

Tolland pouffa.

— Alors vous regardez vraiment mes émissions ?

Rachel haussa les épaules, l'air gêné.

— Où voulez-vous en venir, mademoiselle Sexton ? demanda Norah.

— À ceci, intervint Tolland, que j'aurais dû saisir moi-même plus tôt : l'une des espèces que j'ai mentionnées dans cette émission est une sorte de plancton qui hiberne tous les hivers avant de se dégager au printemps, quand les glaces fondent partiellement.

Tolland s'interrompit quelques instants.

— Cela dit, l'espèce dont je parlais dans cette émission n'était pas bioluminescente comme celle de ce soir… ce qui n'empêche pas que le même phénomène ait pu se produire.

— Du plancton gelé, poursuivit Rachel, encouragée de voir Michael Tolland si enthousiaste devant son explication, du plancton gelé, cela expliquerait tout ce que nous venons d'observer. Dans un passé plus ou moins éloigné, des fissures ont très bien pu apparaître dans ce glacier, fissures qui se sont remplies de plancton riche en eau salée avant de geler à nouveau. Et s'il y avait dans ce glacier des poches de glace contenant du plancton gelé ? Imaginez qu'au moment où vous étiez en train d'extraire la météorite chauffée à blanc à travers la glace, elle soit passée à travers une poche de glace salée. Celle-ci aurait fondu, libérant le plancton qui serait sorti de son hibernation et aurait entraîné une légère salinisation de l'eau douce.

— Oh, pour l'amour de Dieu ! s'exclama Norah avec une grimace hostile, voilà que tout le monde est devenu glaciologue, on dirait !

Corky aussi semblait sceptique.

— Mais le système PODS n'aurait-il pas détecté des poches d'eau de mer gelée lorsqu'il a effectué ses sondages de densité ? Après tout, l'eau saumâtre et l'eau douce, une fois transformées en glace, ont des densités différentes.

— La différence est imperceptible, fit Rachel.

— Trois pour cent ? Mais c'est une différence substantielle ! contra Norah.

— Certes, dans un laboratoire, répliqua Rachel, mais le système PODS prend ses mesures à cent quatre-vingts kilomètres de la terre. Ses ordinateurs ont été conçus pour pouvoir distinguer la glace, la neige fondue, le granit et le calcaire. (Elle se tourna vers l'administrateur.) Ai-je raison de supposer que les mesures de densité PODS effectuées de l'espace n'ont probablement pas la résolution qui permet de distinguer la glace d'eau salée de la glace d'eau douce ?

L'administrateur approuva.

— Vous avez tout à fait raison. Une différence de trois pour cent est inférieure au seuil de détection du système PODS. Le satellite n'est pas capable de faire la différence entre les deux types de glaces.

Tolland parut intrigué.

— Cela expliquerait aussi le fait que le niveau d'eau dans le puits ne varie pas. (Il se tourna vers Norah.) Vous avez dit que l'espèce de plancton que vous avez vue dans le puits d'extraction s'appelait…

— *G. polyhedra*, répondit celle-ci. Et maintenant vous vous demandez si *G. polyhedra* est capable d'hiberner dans la glace ? Eh bien, la réponse est oui. Absolument. *G. polyhedra* se trouve en abondance dans les plaques de banquise, elle émet de petits signaux lumineux et peut hiberner dans la glace. Quoi d'autre ?

Ses compagnons échangèrent des regards perplexes. D'après le ton de Norah, il y avait évidemment un « mais » à attendre et, pourtant, il semblait qu'elle venait de confirmer la théorie de Rachel.

— Donc, reprit Tolland, vous dites que c'est possible. Cette théorie tient la route, n'est-ce pas ?

— Bien sûr, fit Norah. Pour des débiles mentaux.

Rachel lui lança un coup d'œil furieux.

— Comment ça ?

— J'imagine que dans votre métier aussi, quand un amateur se mêle de vous expliquer votre travail, ça vous hérisse ? répliqua Norah en soutenant son regard. Eh bien, il en va de même en glaciologie. (Norah dévisagea tour à tour ses quatre compagnons.) Laissez-moi vous expliquer tout ça un peu plus clairement et une fois pour toutes. Les poches de glace salée que Mlle Sexton a imaginées sont possibles, on en trouve effectivement. C'est ce que les glaciologues appellent des interstices. Les interstices, toutefois, ne ressemblent pas exactement à des poches d'eau saumâtre, mais plutôt à des réseaux de filaments très fins, parfois comme des cheveux humains. Pour produire une solution saline à trois pour cent, cette météorite aurait donc dû traverser un réseau sacrément dense d'interstices, pour faire fondre une quantité suffisante d'eau salée.

Ekstrom bougonna.

— Bon, très bien. Mais alors est-ce que c'est possible, oui ou non ?

— Ma tête à couper que non ! affirma Norah sans ciller. Totalement impossible. J'aurais fatalement trouvé des traces d'eau salée dans mes échantillons.

— Mais vos échantillons, vous les avez pris dans des forages effectués au hasard, n'est-ce pas ? insista Rachel. N'est-il pas possible que vous ayez pu passer à côté d'une poche de glace salée ?

— J'ai foré directement à la verticale de la météorite. Puis, j'ai effectué de multiples prélèvements de tous les côtés, à quelques mètres seulement. Impossible de forer plus près.

— C'était une simple question.

— C'est un point délicat, reprit Norah. Les interstices d'eau salée ne peuvent exister que dans des banquises saisonnières, c'est-à-dire des glaces qui se forment et qui fondent chaque année. La plate-forme Milne est au contraire formée de glace solide, c'est-à-dire de glace qui se forme en altitude et ne fond pas avant d'arriver dans la zone littorale pour tomber finalement dans la mer. Si commode que soit l'hypothèse du plancton gelé pour expliquer ce mystérieux petit phénomène, je peux garantir qu'il n'y a pas d'interstices cachés dans ce glacier.

Le groupe demeura silencieux quelques instants.

Malgré la réfutation implacable de la théorie du plancton gelé, l'esprit d'analyse systématique de Rachel refusait de l'accepter. Instinctivement, elle sentait que la présence de plancton gelé dans le sous-sol était la solution la plus simple à cette énigme. La loi de la parcimonie, songea-t-elle. Ses instructeurs du NRO lui avaient inculqué cette notion de façon presque subliminale :

« Quand on est confronté à une série d'explications possibles, la plus simple est en général la bonne. »

Norah Mangor, glaciologue de renom, avait beaucoup à perdre à voir infirmée son analyse du glacier, et Rachel se demanda s'il était possible que Norah ait vu le plancton, compris son erreur (le glacier formant un bloc « étanche »), et qu'elle essayât simplement de brouiller les pistes.

— Tout ce que je sais, reprit Rachel, c'est que je viens d'expliquer à l'équipe de la Maison Blanche au grand complet que cette météorite a été découverte dans une matrice de glace absolument intacte et qu'elle y est enchâssée hors de toute influence extérieure depuis 1716, date où elle s'est détachée du célèbre météore, *Jungersol*. Or mes explications semblent devoir être remises en question !

L'administrateur de la NASA resta silencieux, le visage grave. Tolland se racla la gorge.

— Je suis d'accord avec Rachel. Il y avait de l'eau salée et du plancton dans le puits. Quelle que soit l'explication de ce phénomène, il ne s'agit évidemment pas d'un environnement clos. Nous ne pouvons pas soutenir cette hypothèse.

Corky avait l'air mal à l'aise.

— Mes amis, je ne voudrais pas passer pour l'astrophysicien de service, mais dans mon domaine, quand nous faisons des erreurs, elles se chiffrent en général en milliards d'années. Cette petite soupe d'eau salée et de plancton est-elle vraiment si importante que ça ? Après tout, la qualité de la glace qui entourait la météorite n'affecte en aucune manière la météorite elle-même, n'est-ce pas ? Il nous reste toujours les fossiles ; personne ne remet en question leur authenticité. S'il s'avère que nous avons commis une erreur en ce qui concerne les données relevées dans le sous-sol de cette banquise, qui s'en soucie vraiment ? Tout ce qui importe à nos commanditaires, c'est que nous leur apportions la preuve que la vie existe sur une autre planète.

— Je suis désolée, professeur Marlinson, répliqua Rachel, mais en tant que spécialiste de l'analyse des données je suis en total désaccord avec vous. La moindre erreur dans le rapport que la NASA présente ce soir risque d'affecter la crédibilité de la découverte dans son ensemble. Y compris pour ce qui a trait à l'authenticité des fossiles.

Corky se tourna vers elle, bouche bée.

— Mais qu'est-ce que vous êtes en train de dire ? Ces fossiles sont irréfutables !

— Je le sais. Vous le savez aussi. Mais si le public apprend que la NASA a, en connaissance de cause, présenté un rapport sur le glacier qui ne soit pas fiable à cent pour cent, vous pouvez me croire, ils commenceront immédiatement à se demander sur quoi d'autre l'Agence a bien pu mentir.

Norah s'avança d'un pas, ses yeux lançaient des éclairs.

— Mon rapport sur l'analyse du glacier est tout à fait fiable !

Elle se tourna vers l'administrateur.

— Je peux vous prouver qu'il n'y a pas eu la moindre infiltration d'eau salée où que ce soit dans tout le glacier Milne !

L'administrateur la considéra longuement.

— Mais comment ?

Norah lui exposa son plan. Quand elle eut fini, Rachel dut admettre que son idée lui semblait tout à fait raisonnable.

L'administrateur n'en avait pas l'air si sûr.

— Et les résultats seront définitifs ? interrogea-t-il.

— Ce sera une confirmation à cent pour cent, assura Norah. S'il y a un centimètre cube d'eau salée où que ce soit dans le puits de la météorite, vous le verrez. Même quelques gouttelettes égarées se mettront à clignoter comme une enseigne lumineuse !

Les sourcils hérissés de l'administrateur se rapprochèrent à nouveau sous sa coupe en brosse.

— Mais nous n'avons pas beaucoup de temps, la conférence de presse est dans deux heures !

— Je peux être de retour dans vingt minutes.

— À quelle distance avez-vous dit que vous deviez vous rendre ?

— Pas très loin. Je pense que deux cents mètres suffiront.

Ekstrom acquiesça.

— Êtes-vous certaine que cela ne pose pas de problèmes de sécurité ?

— J'emporterai des fusées éclairantes et Mike m'accompagnera.

Tolland écarquilla les yeux.

— Comment ça ?

— Mike, je compte absolument sur vous ! Nous serons encordés. J'aurai besoin d'une solide paire de biceps à côté de moi si jamais la bourrasque se déchaîne.

— Mais…

— Elle a raison, dit l'administrateur en se tournant vers Tolland. Si elle y va, elle ne peut pas le faire seule. J'enverrais bien quelques-uns de mes hommes avec elle, mais franchement, je préférerais garder ce problème du plancton pour nous, jusqu'à ce que nous ayons décidé s'il s'agit ou non d'un vrai problème.

Tolland acquiesça de mauvais gré.

— J'aimerais y aller aussi, lança Rachel.

Norah se détendit comme un cobra.

— Il n'en est pas question !

— En fait, fit l'administrateur, comme s'il venait d'être frappé par cette idée, je crois que je me sentirais beaucoup mieux si nous utilisions la configuration standard, le groupe de quatre. Si vous y allez à deux et que Mike glisse, vous serez absolument incapable de le retenir. Quatre personnes, c'est beaucoup plus sûr que deux.

Il s'arrêta et jeta un coup d'œil à Corky.

— Cela signifierait que soit vous, soit le professeur Ming y alliez aussi.

Ekstrom jeta un coup d'œil circulaire sur la station.

— Où est le professeur Ming, au fait ?

— Je ne l'ai pas vu depuis un bon moment, remarqua Tolland. Il doit être en train de faire un petit somme.

Ekstrom se tourna vers Corky.

— Professeur Marlinson, je ne peux pas exiger que vous vous joigniez à eux, mais…

— Pourquoi pas ? Tout le monde a l'air de si bien s'entendre…

— Non ! s'exclama Norah. Deux personnes de plus ralentiraient la mission. Mike et moi irons seuls !

— Vous n'irez pas seule, Norah.

Le ton de l'administrateur était catégorique.

— Il y a une raison pour laquelle les encordements se font par quatre et nous allons procéder comme toujours, en suivant les règles de sécurité les plus strictes. La dernière chose dont j'ai besoin ce soir, c'est d'un accident deux heures avant la plus grande conférence de presse de l'histoire de la NASA.

43.

En s'asseyant face à Marjorie Tench dans son petit bureau enfumé, Gabrielle Ashe se sentit soudain mal à l'aise et vulnérable. Tench se renversa dans son fauteuil ; elle semblait jubiler devant l'inconfort de Gabrielle.

— La fumée vous dérange ? s'enquit Tench en sortant une cigarette de son paquet.

— Non, mentit Gabrielle.

Tench était de toute façon déjà en train de l'allumer.

— Vous et votre candidat avez montré beaucoup d'intérêt pour la NASA durant cette campagne…

— C'est vrai, répliqua Gabrielle, sans faire d'effort pour cacher sa colère. Je dois d'ailleurs vous remercier pour vos encouragements. Puis-je avoir une explication ?

Tench fit une moue innocente.

— Vous voulez savoir pourquoi j'apporte de l'eau à votre moulin avec mes e-mails concernant la NASA ?

— Les informations que vous m'avez transmises vont nuire à votre Président.

— À court terme, c'est possible.

Le ton menaçant de Tench désarçonna Gabrielle.

— Qu'entendez-vous par là ?

— Détendez-vous, Gabrielle, les e-mails n'auront pas changé grand-chose de toute façon. Le sénateur Sexton était un ennemi de la NASA longtemps avant que je m'y mette. Je l'ai simplement aidé à consolider sa position.

— À consolider sa position ?

— Exactement.

Tench sourit, découvrant une denture jaunie.

— Je dois reconnaître qu'il a été très éloquent, cet après-midi sur CNN.

Gabrielle se rappela la réaction du sénateur à la question piège de Tench : « Oui, dans un tel cas de figure, je m'emploierai à démanteler la NASA. »

Sexton s'était fait serrer dans les cordes mais il avait répliqué avec vigueur. Comme il fallait. À moins que… ? La mine satisfaite qui lui faisait face laissait supposer qu'une information essentielle manquait à Gabrielle.

Tench se leva brusquement, dominant l'espace confiné du haut de sa silhouette longue et décharnée. Sa cigarette coincée au bord des lèvres, elle se dirigea vers un coffre encastré dans le mur. Elle en sortit une épaisse enveloppe en papier kraft, revint s'asseoir et la posa devant Gabrielle, qui ne put s'empêcher d'y jeter un regard inquiet.

Tench sourit, retardant le moment d'abattre ses cartes, tel un joueur de poker sûr de son jeu. Ses doigts jaunis caressaient l'enveloppe avec un mouvement répétitif et agaçant qui révélait sa jubilation à venir. Gabrielle savait qu'il ne s'agissait que d'une crainte irraisonnée, d'un vieux remords, mais sa première peur fut que l'enveloppe ne contienne des preuves de sa liaison avec le sénateur. Ridicule, se dit-elle. Leurs ébats s'étaient déroulés dans le bureau fermé de Sexton, le soir, alors qu'ils étaient seuls à l'étage.

De plus, si la Maison Blanche avait eu des preuves de cette liaison, elle n'aurait pas hésité à les rendre publiques plus tôt.

Ils ont peut-être des soupçons, songea Gabrielle, mais ils n'ont pas la moindre preuve.

Tench écrasa le bout incandescent de sa cigarette.

— Mademoiselle Ashe, que vous le sachiez ou non, vous êtes partie prenante dans une bataille qui fait rage en coulisse à Washington depuis 1996.

Cette apostrophe, qui démentait les craintes de Gabrielle, la prit de court.

— Pardon ?

Tench alluma une autre cigarette. Ses lèvres minces se refermèrent et Gabrielle vit le bout de la cigarette rougir.

— Que savez-vous de la loi sur la commercialisation de l'espace ?

Gabrielle n'en avait jamais entendu parler ; elle haussa les épaules, désarçonnée.

— Vraiment ? fit Tench. Cela me surprend, étant donné le programme de votre candidat. Cette loi a été présentée en 1996 par le sénateur Walker. Elle rappelait les échecs répétés de la NASA dans presque toutes ses entreprises, depuis l'envoi d'un homme sur la Lune, il y a plus de trente ans. Elle proposait une privatisation de l'agence, par une vente immédiate des avoirs de la NASA à des compagnies aérospatiales privées, et suggérait que l'on autorisât lesdites compagnies à explorer l'espace, arguant qu'elles seraient plus efficaces et soulageraient les contribuables du fardeau que la NASA représentait pour eux.

Gabrielle savait que certains ennemis de la NASA préconisaient sa privatisation, comme la solution définitive aux problèmes qu'elle rencontrait, mais elle ignorait que cette idée avait pris la forme d'un projet de loi.

— Cette loi de commercialisation, reprit Tench, a été présentée au Congrès à quatre reprises. Elle est semblable en tous points à une série de lois qui a permis la privatisation réussie d'industries gouvernementales, comme, par exemple, celle de la loi sur la privatisation de l'uranium. Le Congrès a voté cette loi de commercialisation de l'espace chaque fois qu'elle a été présentée. Dieu merci, la Maison Blanche a toujours opposé son veto. Zachary Herney l'a lui-même bloquée à deux reprises.

— Où voulez-vous en venir ? intervint Gabrielle.

— Cette loi, si le sénateur Sexton est élu Président, je suis convaincue qu'il la soutiendra. J'ai des raisons de penser que Sexton n'aura aucun scrupule à vendre les avoirs de la NASA à des acquéreurs privés, dès qu'il en aura la possibilité. En bref, votre candidat sera le champion de cette privatisation et les citoyens américains cesseront de subventionner l'exploration spatiale.

— À ma connaissance, le sénateur n'a jamais exprimé publiquement sa position sur cette loi.

— C'est vrai. Pourtant, connaissant ses positions politiques, je pense que vous ne seriez pas surprise s'il la soutenait.

— Reconnaissez que, dans presque tous les domaines, la loi du marché est synonyme d'efficacité.

— J'interprète cette réponse comme un « oui ». (Tench planta ses yeux dans ceux de son interlocutrice.) Malheureusement, la privatisation de la NASA est une idée abominable et il y a de nombreuses raisons pour lesquelles les différentes administrations qui se sont succédé à la Maison Blanche depuis qu'elle a été présentée pour la première fois s'y sont opposées.

— Je connais les arguments des adversaires de la privatisation de l'espace, et je comprends votre inquiétude.

— Vraiment ? fit Tench en se penchant vers Gabrielle. Et puis-je savoir ce que vous avez entendu ?

La jeune femme, mal à l'aise, changea de position sur son siège.

— Eh bien, ils craignent que, si nous privatisons la NASA, l'exploration scientifique de l'espace soit rapidement abandonnée au profit d'entreprises commerciales.

— C'est incontestable. La science de l'espace sera abandonnée du jour au lendemain. À sa place, au lieu de dépenser leur argent pour étudier notre univers, les compagnies spatiales privées transformeront les astéroïdes en puits de mines, construiront des complexes touristiques ici et là, offriront des lancements commerciaux aux entreprises intéressées. Pourquoi des compagnies privées se mêleraient-elles d'étudier les origines de notre monde et dépenseraient-elles des milliards sans le moindre espoir de retour sur investissement ?

— Elles ne le feraient certes pas, objecta Gabrielle, mais une Fondation nationale pour la science spatiale pourrait parfaitement financer des missions de recherche à but strictement scientifique.

— Mais ce système existe déjà, ma chère ! C'est la NASA.

Gabrielle ne répondit pas.

— L'abandon de la science en faveur du profit est une question secondaire, reprit Tench. Négligeable au regard du chaos total qui résulterait de l'intrusion du secteur privé dans l'espace. Ce serait le retour du Far West : on verrait des pionniers réclamer des parcelles de Lune ou d'astéroïdes et protéger leurs biens par la force. Je sais que certaines compagnies ont signé des pétitions pour avoir le droit de construire des enseignes au néon qui clignoteraient dans le ciel, la nuit. J'ai vu des demandes d'hôtels spatiaux et d'attractions pour touristes qui proposaient notamment d'éjecter leurs ordures dans le vide spatial pour les mettre en orbite autour de la planète. En fait, je viens même de lire, pas plus tard qu'hier, la proposition d'une entreprise visant à transformer l'espace en mausolée : l'auteur de ce projet entendait placer en orbite autour de la Terre les dépouilles mortelles des chers disparus. Vous imaginez nos satellites de télécommunication entrant en collision avec des cadavres à 30 000 kilomètres-heure ? La semaine dernière, j'ai eu en face de moi, dans ce bureau, un très riche P-DG qui me demandait de lancer une mission vers un astéroïde afin de le rapprocher de la Terre pour en exploiter ses minerais rares. J'ai dû rappeler à ce monsieur que le fait d'attirer des astéroïdes près de la terre pouvait se révéler extrêmement dangereux pour l'humanité ! Mademoiselle Ashe, je peux vous l'assurer, si cette loi est votée, des meutes d'entrepreneurs aux poches profondes et aux idées courtes se rueront dans l'espace et la science sera le cadet de leurs soucis.

— Vos arguments sont convaincants, siffla Gabrielle, et je suis certaine que le sénateur étudierait soigneusement ces questions s'il se trouvait un jour en position d'avoir à ratifier ou à rejeter cette loi. Puis-je vous demander pourquoi vous m'avez fait venir ?

Tench plissa les yeux derrière la fumée de sa cigarette.

— Il y a beaucoup de gens qui n'attendent que l'occasion de se remplir les poches avec l'industrie spatiale, et leurs relais dans les partis politiques poussent à la roue pour supprimer les obstacles et faire sauter les verrous. Le veto présidentiel est la seule barrière qui subsiste contre une privatisation… qui provoquerait une anarchie complète dans l'espace. Dans ce cas, je rends hommage à Zach Herney d'avoir opposé son veto à cette loi. Je crains fort que votre candidat, s'il est élu, ne se montre aussi prudent.

— Une fois encore, je suis convaincue que le sénateur étudierait avec le plus grand soin cette question s'il était un jour en position d'avoir à approuver cette loi.

Tench ne paraissait pas convaincue.

— Mademoiselle Ashe, avez-vous une idée des sommes que le sénateur Sexton consacre à ses spots télévisés ?

La question désarçonna Gabrielle.

— Ces chiffres sont du domaine public…

— Plus de trois millions de dollars par mois.

Gabrielle haussa les épaules.

— Si vous le dites…

— Cela fait beaucoup d'argent, n'est-ce pas ?

— Il se trouve que le compte en banque du sénateur Sexton est bien garni, en effet.

— C'est certain. Il a d'ailleurs fait ce qu'il fallait pour ça, il a su faire un bon mariage… (Tench s'interrompit pour souffler une bouffée.) La fin de sa femme Katherine a été très triste. Sa mort a cruellement touché le sénateur…

Tench poussa un soupir accablé, aussitôt démenti par un sourire en coin.

— Elle est morte il n'y a pas très longtemps, n'est-ce pas ? reprit-elle.

— Venez-en au fait, ou je quitte ce bureau.

Tench fut prise d'une quinte de toux interminable, au terme de laquelle elle tendit la main vers l'épaisse enveloppe en papier kraft. Elle en sortit une petite liasse qu'elle tendit à Gabrielle.

— Voici un dossier sur la situation financière de Sexton.

Stupéfaite, Gabrielle examina les documents. Certaines pièces du dossier remontaient à plusieurs années. Elle avait beau ne pas connaître en détail la situation financière de son patron, elle comprit que ces données étaient authentiques : relevés de comptes, relevés détaillés de ses différentes cartes de crédit, emprunts, biens mobiliers et immobiliers, dettes, bénéfices et pertes sur son capital.

— Il s'agit là d'informations confidentielles. Comment les avez-vous obtenues ?

— Cela ne vous regarde pas. Mais si vous consacrez un peu de temps à étudier ces chiffres, vous allez vous rendre compte d'une chose : le sénateur Sexton ne possède pas l'argent qu'il dépense en ce moment. Après la mort de Katherine, il a dilapidé l'essentiel de son héritage en investissements calamiteux, il s'est offert quelques caprices mais il a surtout mis le paquet pour obtenir une victoire certaine aux primaires de son parti. Résultat : il y a six mois, votre candidat était en faillite.

Tout ça est un bluff grossier, songea Gabrielle. Si Sexton était ruiné, en tout cas, rien dans son comportement ne le révélait. Il achetait des espaces publicitaires par blocs de plus en plus longs chaque semaine.

— Les dépenses de campagne de votre candidat, poursuivait Tench, sont quatre fois plus élevées que celles du Président. Alors qu'il n'a pas de fortune personnelle.

— Nous recevons beaucoup de dons.

— Oui, qui, pour certains, sont légaux.

Gabrielle se redressa brusquement.

— Vous pouvez répéter ça ?

Marjorie Tench se pencha vers elle et la jeune femme sentit son haleine chargée de nicotine.

— Gabrielle Ashe, je vais vous poser une question, et je vous suggère de bien réfléchir avant de répondre, car votre réponse risque de vous envoyer en prison pour quelques années. Savez-vous que le sénateur Sexton accepte des pots-de-vin gigantesques et illégaux de compagnies aérospatiales qui ont des milliards à gagner à la privatisation de la NASA ?

Gabrielle écarquilla les yeux.

— Cette allégation est absurde !

— Dois-je en déduire que vous n'êtes pas au courant de ce fait ?

— Je crois que, si le sénateur acceptait de tels pots-de-vin, je serais au courant !

Tench eut un sourire glacial.

— Gabrielle, je sais que vous et le sénateur Sexton êtes très intimes, mais je vous assure que vous ignorez bien des aspects du personnage…

La jeune femme se leva.

— Cette réunion est terminée !

— Détrompez-vous, continua Tench, en tirant une nouvelle liasse de l'enveloppe et en l'étalant sur le bureau, elle ne fait que commencer !

44.

Dans la grande salle commune de la station, tandis qu'elle revêtait la combinaison microclimatique de survie qu'on lui avait fournie, Rachel Sexton se sentait un peu dans la peau d'un astronaute. La tenue noire d'une seule pièce avec capuchon intégré ressemblait à un scaphandre gonflable. Son tissu à deux faces viscoélastique était empli d'un gel dense qui permettait à son utilisateur de réguler sa température corporelle dans des environnements très froids ou très chauds.

En enfilant sur sa tête l'étroit capuchon, Rachel aperçut Ekstrom. Il se dressait à la porte, telle une sentinelle silencieuse, visiblement contrarié par la nécessité de cette expédition.

Norah Mangor jurait, tout en fournissant à ses compagnons leur matériel.

— Voici un rembourrage dont tu n'avais nul besoin ! fit-elle en lançant sa tenue à Corky.

Tolland avait déjà à moitié passé la sienne.

Une fois que Rachel eut complètement remonté sa fermeture Éclair, Norah manœuvra un petit robinet d'arrêt, placé sur le côté de sa combinaison, et y brancha un tube, relié à une bonbonne argentée qui ressemblait à une grande bouteille de plongée.

— Inhalez ! ordonna Norah en ouvrant la valve.

Rachel entendit un sifflement et sentit que le costume se remplissait du gel que lui injectait Norah. Les feuilles en tissu viscoélastique épousaient peu à peu ses contours, remplissant tous les espaces qui pouvaient subsister entre ses vêtements et la combinaison. Cette sensation lui rappelait celle que l'on éprouve quand on plonge sa main gantée dans l'eau. La capuche se gonfla à son tour autour de son crâne, et contre ses oreilles, étouffant les sons de l'extérieur.

— Le grand avantage de cette tenue, expliqua Norah, c'est le rembourrage. Vous pouvez tomber à la renverse sur votre postérieur sans rien sentir.

Rachel la croyait sur parole. Elle avait l'impression de s'être enveloppée dans un matelas. Norah tendit à Rachel une série d'outils – un pic à glace, des mousquetons et des pitons – qu'elle accrocha à la ceinture de son harnais.

— J'ai vraiment besoin de tout ça pour faire deux cents mètres ? demanda Rachel en examinant l'équipement.

Norah fronça les sourcils.

— Vous voulez venir, oui ou non ?

Tolland fit un petit signe de tête rassurant à Rachel.

— Norah prend juste les précautions nécessaires, précisa-t-il.

Corky se brancha à son tour à la bonbonne de gel et gonfla sa combinaison, l'air visiblement ravi.

— J'ai l'impression d'enfiler un préservatif géant.

Norah répondit par un soupir excédé.

— Comme si tu savais à quoi ça ressemble, pauvre puceau !

Tolland s'assit à côté de Rachel. Il lui adressa un demi-sourire tandis qu'elle enfilait de lourdes bottes et des crampons.

— Vous êtes sûre que vous voulez venir avec nous ?

L'inquiétude qu'elle lut dans son regard la toucha. En acquiesçant d'un air confiant, Rachel espéra ne pas trahir sa nervosité croissante. Deux cents mètres… ce n'est pas loin du tout.

— Oui, conclut-elle d'un air décidé. Et vous qui pensiez ne connaître le grand frisson que sur une mer déchaînée…

Tolland s'esclaffa tout en attachant ses crampons.

— J'ai décidé que je préférais infiniment la mer liquide à sa variante glacée, répliqua-t-il.

— Je n'ai jamais été une grande fan de l'une, ni de l'autre, fit Rachel. Étant petite, je suis tombée dans un lac gelé. Depuis, la glace m'a toujours rendue fébrile.

Tolland leva vers elle un regard compatissant.

— Désolé pour vous, ça n'a pas dû être drôle... Quand toute cette affaire sera terminée, il faudra que vous me rendiez visite sur le *Goya*. Je vous ferai changer d'avis sur la mer, vous verrez.

L'invitation la surprit. Le *Goya* était le bateau de Tolland, celui sur lequel il effectuait ses recherches, connu de tous les spectateurs de son émission « Le Monde merveilleux de la mer ». C'était aussi l'un des navires les plus étranges qu'on ait jamais vus sur les océans.

Rachel n'envisageait pas une telle visite sans une certaine appréhension ; néanmoins elle se sentit très tentée.

— Le bateau est ancré à dix-huit kilomètres de la côte du New Jersey en ce moment, précisa Tolland qui luttait avec les fixations de ses crampons.

— Un endroit bien tranquille pour un aventurier comme vous...

— Pas du tout. Le littoral atlantique est un endroit extraordinaire. Nous nous préparions à tourner un nouveau documentaire quand le Président m'a appelé.

La jeune femme éclata de rire.

— Et un documentaire sur quoi ?

— Les *Sphyrna mokarran* et les panaches géants.

Rachel fronça les sourcils.

— Me voilà bien avancée.

Tolland finit d'attacher ses crampons et la regarda de nouveau.

— Sérieusement, le tournage est prévu pour mon retour et il durera deux semaines. Washington n'est pas si loin que ça de la côte du New Jersey. Faites un saut quand vous serez revenue chez vous. Il n'y a aucune raison que vous passiez toute votre vie à avoir peur de l'eau. Mon équipage vous déroulera le tapis rouge.

Stridente, la voix de Norah Mangor sonna comme un rappel à l'ordre :

— Est-ce qu'on part en excursion ou est-ce que je vais chercher le champagne et les chandelles ?

45.

Gabrielle Ashe ne savait que penser des documents que Marjorie Tench venait d'étaler devant elle. Dans cette liasse de photocopies se mêlaient lettres, fax, transcriptions de conversations téléphoniques, et tous ces documents semblaient confirmer l'allégation selon laquelle Sexton entretenait des relations illicites avec d'importantes compagnies aérospatiales privées. Tench poussa vers la jeune femme une ou deux photos en noir et blanc, prises au téléobjectif.

— Je suppose que vous n'étiez pas au courant ?…

Gabrielle regarda les clichés. Le premier montrait le sénateur Sexton sortant d'un taxi dans ce qui semblait un parking souterrain. Sexton ne prend jamais de taxi, se dit-elle. Gabrielle examina le second cliché, encore une photo au téléobjectif de Sexton, cette fois montant dans un minivan blanc garé sur une place de parking. Dans le véhicule, on distinguait la silhouette d'un homme âgé qui l'attendait.

— Qui est-ce ? s'enquit Gabrielle, se demandant si les photos avaient été falsifiées.

— Un des patrons de la SFF.

Gabrielle eut une moue sceptique.

— La Space Frontier Foundation ?

La SFF était une sorte de syndicat patronal de l'aérospatiale américaine. Elle représentait des contractants, des entrepreneurs, des investisseurs privés, bref tous ceux qui avaient pour objectif commun d'explorer l'espace. Tous ces personnages étaient, sauf exception, des adversaires de la NASA et estimaient que le programme spatial américain recourait à des pratiques commerciales déloyales afin d'empêcher des compagnies privées de la concurrencer dans l'espace.

— La SFF, reprit Tench, représente maintenant plus d'une centaine de sociétés, dont certaines sont des entreprises extrêmement prospères qui attendent avec impatience que la loi sur la commercialisation de l'espace soit ratifiée.

Gabrielle réfléchit. Pour des raisons évidentes, la SFF avait soutenu la campagne de Sexton, même si le sénateur avait pris grand soin de ne pas entretenir de liens trop étroits avec elle à cause de son lobbying controversé. Récemment, la SFF avait publié un rapport explosif affirmant que la NASA était en réalité un « monopole illégal » – comme le prouvait le fait qu'elle poursuive son activité malgré les pertes accumulées – et qu'elle pratiquait une concurrence déloyale. Selon la SFF, quand les entreprises de télécommunications avaient besoin qu'un satellite soit lancé, il se trouvait chaque fois plusieurs compagnies spatiales privées pour avancer une offre, autour de cinquante millions de dollars, mais la NASA finissait toujours par emporter le morceau en proposant un lancement pour vingt-cinq millions de dollars seulement – alors même que ce lancement lui coûtait cinq fois plus ! « C'est seulement en travaillant à perte que la NASA a réussi à faire de l'espace sa chose, arguaient les avocats de la Fondation. Et ce sont les contribuables qui règlent la facture. »

— Cette photo, reprit Tench, révèle que votre candidat rencontre en secret les représentants d'un syndicat de l'aérospatiale.

Tench désigna d'autres documents sur la table.

— Nous possédons aussi des mémos internes de la SFF qui stipulent que d'énormes sommes d'argent sont collectées auprès des membres de la Fondation puis transférées sur des comptes contrôlés par le sénateur Sexton. En fait, ces compagnies spatiales privées font le forcing pour envoyer Sexton à la Maison Blanche. Une seule déduction possible : le sénateur a accepté, s'il est élu, de soutenir la loi de commercialisation, et de privatiser la NASA.

Toujours sceptique, Gabrielle examina la pile de papiers.

— Comment voulez-vous que je puisse croire que la Maison Blanche, avec la preuve que son challenger est corrompu, garde ainsi le secret ?

— Mais qu'êtes-vous prête à croire ?

Gabrielle lui adressa un regard furieux.

— Franchement, étant donné votre talent de manipulatrice, la solution la plus vraisemblable, c'est que vous essayez de m'intimider avec des photos et des documents bidouillés par je ne sais quel petit graphiste maison sur son ordinateur.

— C'est possible, je l'admets, mais ce n'est pas la vérité.

— Ah non ? Alors expliquez-moi comment vous avez pu vous procurer tous ces documents internes confidentiels. Les contacts nécessaires pour dérober une telle somme de documents excèdent sans aucun doute les capacités de la Maison Blanche.

— Vous avez absolument raison. Toutes ces pièces nous ont été envoyées par un ami anonyme.

Gabrielle ne savait plus que penser.

— Imaginez, ma chère, reprit Tench, que nous avons beaucoup d'amis. Le Président a de nombreux et puissants alliés politiques qui tiennent beaucoup à ce qu'il reste à son poste. Rappelez-vous également que votre candidat a proposé dans son programme un certain nombre de coupes budgétaires, dont beaucoup ici même, au sein de l'administration. Le sénateur Sexton a par exemple cité le budget du FBI comme un exemple de gabegie gouvernementale. Il a également désigné comme cible l'administration des impôts. Peut-être qu'un fonctionnaire du FBI ou des finances a été indisposé par l'annonce de ces mesures.

Gabrielle n'en doutait pas : des cadres supérieurs de l'administration des finances ou du FBI pouvaient très facilement se procurer ce type d'information, puis les adresser sous pli anonyme à la Maison Blanche. Pourtant, ce qu'elle ne parvenait pas à croire, c'était que le sénateur Sexton fût engagé dans une campagne de financement illicite.

— Si ces données sont exactes, rétorqua-t-elle, ce dont je doute fortement, pourquoi ne les avez-vous pas rendues publiques ?

— À votre avis ?

— Parce qu'elles ont été collectées illégalement.

— La façon dont nous les avons obtenues n'a pas d'importance.

— Bien sûr que si. Ces documents seraient irrecevables dans une action en justice.

— Quelle action en justice ? Il suffit que nous les fassions parvenir officieusement à n'importe quel journal et ils les publieront, photos et documents à l'appui, en l'attribuant à une « source crédible ». Sexton serait alors coupable jusqu'à ce qu'il ait fait la preuve de son innocence. Et ses virulentes attaques contre la NASA deviendraient alors la preuve potentielle qu'il touche des pots-de-vin.

Gabrielle comprit la pertinence du raisonnement.

— Très bien, reprit-elle. Alors pourquoi n'avez-vous pas transmis le dossier à la presse ?

— Parce que ça vole trop bas. Le Président a promis de ne pas remuer de boue pendant la campagne et il veut tenir sa promesse.

— Vous voulez me faire croire que le Président tient sa promesse au point de refuser d'ébruiter ce dossier ? Quelle noblesse d'âme !

— Quand on remue de la boue, tout le monde est sali. Le dossier concerne des dizaines d'entreprises privées, dont beaucoup sont gérées par des gens honnêtes. Il jette l'opprobre sur le Sénat américain et nuirait au moral du pays. Les politiciens malhonnêtes font du tort à tous les politiciens. Les Américains ont besoin d'avoir confiance dans leurs dirigeants. L'enquête qui s'ensuivrait ferait beaucoup de dégâts et enverrait très probablement en prison un sénateur américain et plusieurs P-DG de sociétés aérospatiales.

La logique de Tench ne manquait pas de pertinence, mais Gabrielle continuait de douter.

— Et qu'est-ce que tout cela a à voir avec moi ?

— En bref, mademoiselle Ashe, si nous ébruitons ces informations, votre candidat sera mis en examen pour financement illégal de campagne électorale, il perdra son siège au Sénat et sera expédié derrière les barreaux. (Tench fit une pause.) À moins que…

Gabrielle vit une lueur s'allumer dans l'œil de la conseillère du Président.

— À moins que quoi ?

Tench tira longuement sur sa cigarette avant de répondre.

— À moins que vous ne nous aidiez à éviter tout cela.

Après une quinte de toux caverneuse, Tench poursuivit :

— Écoutez, Gabrielle, j'ai décidé de partager cette information fâcheuse avec vous pour trois raisons. Primo, pour vous montrer que Zach Herney est un homme honnête qui place le bien public au-dessus de son intérêt personnel. Secundo, pour vous informer que votre candidat est loin d'être aussi digne de confiance que vous semblez le croire. Et tertio, pour vous persuader d'accepter l'offre que je vais vous faire.

— Je vous écoute.

— Je voudrais vous donner l'occasion de prendre une bonne décision. Une décision citoyenne. Que vous le sachiez ou non, vous occupez la seule place capable d'épargner à notre nation un scandale extrêmement pénible. Si vous faites ce que je vais vous demander, peut-être même obtiendrez-vous un poste dans l'équipe du Président.

Un poste dans l'équipe présidentielle ? Gabrielle n'en croyait pas ses oreilles.

— Madame Tench, je ne sais pas ce que vous avez en tête, mais je n'apprécie ni le chantage, ni la coercition, et encore moins la condescendance. Je travaille pour la campagne du sénateur parce que je crois en ses idées politiques. Et si votre comportement est révélateur des méthodes de Zach Herney pour étendre son influence, je n'ai pas le moindre désir de faire partie de son équipe ! Si vous détenez des preuves contre le sénateur Sexton, alors je vous suggère de les transmettre à la presse. Franchement, pour moi, tout cela n'est qu'un coup de bluff.

Tench, les lèvres serrées, esquissa une grimace menaçante.

— Gabrielle, le financement illicite de votre candidat est un fait. Je suis désolée. Je sais que vous aviez confiance en lui. (Elle baissa d'un ton.) Le Président et moi-même rendrons publiques les activités troubles de Sexton si nécessaire, mais les conséquences de cette révélation seront dévastatrices. Plusieurs grandes entreprises américaines seront impliquées dans ce scandale. Les sanctions seront lourdes et beaucoup d'innocents devront payer le prix fort. Le Président et moi espérons trouver un autre moyen de discréditer l'éthique du sénateur. Moins explosif et dont aucun innocent n'aurait à subir les conséquences.

Tench reposa sa cigarette et ouvrit les mains.

— En un mot, nous voudrions que vous reconnaissiez publiquement que vous avez eu une liaison avec le sénateur.

Gabrielle se figea des pieds à la tête. Tench semblait très sûre d'elle. C'est impossible, se dit Gabrielle. Il n'y avait pas de preuve. Leurs ébats n'avaient eu lieu qu'une seule fois, à l'abri de portes fermées à clef, dans le bureau sénatorial de Sexton. Tench n'a aucune preuve. Elle bluffe encore, pensa-t-elle. Gabrielle fit un effort sur elle-même pour parler d'un ton égal.

— Vous êtes une spécialiste de l'hypothèse hasardeuse, madame Tench.

— Hypothèse ? Que vous ayez eu une liaison ? Ou que vous soyez prête à abandonner votre candidat ?

— Les deux.

Tench eut un petit rire sec et se leva.

— Eh bien, réglons la première de ces deux questions tout de suite, voulez-vous ?

Elle retourna vers son coffre et en revint avec une grande enveloppe rouge aux armes de la Maison Blanche. Elle brisa le sceau, souleva le rabat et en répandit le contenu sur son bureau. En découvrant les dizaines de tirages couleur, Gabrielle comprit que sa carrière politique venait de prendre fin.

46.

Le vent catabatique qui balayait le glacier en rafales ne ressemblait nullement au vent marin auquel Tolland était habitué. Sur l'océan, le vent était fonction des marées et des différences de pression, en outre, il était soumis à un mouvement de flux et de reflux. Le vent catabatique, au contraire, était le résultat d'une simple équation physique, à savoir que l'air froid qui se formait au sommet du glacier ne pouvait que dévaler la pente, telle une avalanche. C'était la force la plus résolue et la plus hostile à l'être humain que Tolland eût jamais rencontrée. Si sa vitesse s'était limitée à vingt nœuds, le catabatique aurait été un rêve de marin, mais, à quatre-vingts nœuds, il pouvait rapidement devenir un cauchemar, y compris pour un piéton sur la banquise. En sortant de la station, l'océanologue en fit même l'expérience. Impossible de se pencher en arrière, le vent était si puissant qu'il le remettait aussitôt d'aplomb.

Ce qui agaçait davantage Tolland, c'était la légère inclinaison du sol, qui descendait en pente très douce vers l'océan, trois kilomètres plus loin. Malgré ses crampons aiguisés attachés aux bottes, il avait la désagréable sensation que le moindre faux pas pouvait se transformer en glissade et qu'avec l'aide de la bourrasque celle-ci risquait de se terminer dans l'océan. Le topo de deux minutes que Norah Mangor avait consacré à la sécurité sur les glaciers lui parut soudain bien insuffisant.

— Le pic à glace..., les avait prévenus Norah, en attachant le petit instrument léger en forme de T à leur harnais, au moment où ils s'habillaient dans la station. Tout ce que vous avez besoin de savoir si vous glissez ou que vous soyez emporté par une rafale, c'est que vous devez agripper votre pic à glace des deux mains, une sur la tête et une sur le manche, et l'enfoncer de toutes vos forces dans la glace en vous aidant de vos crampons.

Armés de ces bonnes paroles, et après que Norah Mangor eut fixé leur harnais de sécurité en les encordant les uns aux autres, ils avaient enfilé leurs lunettes et étaient partis dans la lueur déclinante de l'après-midi.

Les quatre silhouettes avançaient à présent en ligne droite sur le glacier, encordées à dix mètres les unes des autres. Norah était en tête, suivie de Corky ; Rachel et Tolland fermaient la marche.

À mesure qu'il s'éloignait de la station, Tolland éprouvait un malaise croissant. Dans sa tenue de cosmonaute, si confortable fût-elle, il se faisait l'effet d'un conquérant de l'espace, abandonné sur une planète lointaine. La lune avait disparu derrière de gros nuages aux formes mouvantes, plongeant la banquise dans une obscurité absolue.

Le vent catabatique semblait se renforcer de minute en minute, exerçant une pression constante dans le dos de Tolland. Tandis qu'il tentait de discerner à travers ses lunettes ce qui l'entourait, il commença à ressentir un véritable danger. Mesures de sécurité draconiennes ou non, il se demandait avec étonnement pourquoi l'administrateur avait décidé de risquer quatre vies à l'extérieur plutôt que deux. Surtout si ces deux vies supplémentaires étaient celles d'un célèbre astrophysicien et de la fille d'un candidat à la Maison Blanche. Marin, et commandant dans l'âme, Tolland avait l'habitude de se sentir responsable de ceux qui l'accompagnaient.

— Restez derrière moi ! cria Norah, dont la voix fut couverte par la bourrasque. Restez toujours derrière le traîneau.

Le traîneau en aluminium sur lequel Norah transportait son matériel d'analyse ressemblait à une immense luge. Elle y avait entassé les appareils de diagnostic et les outils de sécurité qu'elle avait utilisés sur le glacier les jours précédents. Tout son équipement, y compris un mini-groupe électrogène, des fusées de détresse et un très puissant spot sur trépied, était emballé sous une bâche plastique solidement fixée. Sur ses longs patins d'acier, le traîneau avait tendance à glisser tout seul vers l'aval comme si c'était lui qui conduisait tout le groupe, aussi Norah était-elle obligée de le ralentir légèrement.

Au bout de quelques minutes, Tolland regarda derrière lui. À seulement cinquante mètres, on n'apercevait plus que le pâle contour du dôme qui se détachait à peine dans la nuit noire.

— Vous n'avez pas l'air inquiet pour le chemin du retour ? hurla-t-il. La station est presque invisible…

Il fut interrompu par le sifflement strident d'une fusée éclairante qui s'allumait dans la main de Norah. La soudaine lueur rouge et blanche illumina la glace dans un rayon de dix mètres autour d'eux. Norah se servit de son talon pour creuser à la surface de la neige un petit trou qu'elle entoura d'une crête protectrice du côté où le vent soufflait. Puis elle enfonça la fusée éclairante dans ce trou.

— Ce sont de petits cailloux blancs high-tech, hurla Norah.

— De petits cailloux blancs ? demanda Rachel en abritant ses yeux de la lueur aveuglante.

— Le Petit Poucet, cria Norah. Ces fusées éclairantes brûlent pendant une heure, on aura tout le temps de retrouver notre chemin.

Là-dessus, la glaciologue repartit, entraînant ses compagnons vers les confins obscurs du glacier.

47.

En sortant comme une furie du bureau de Marjorie Tench, Gabrielle Ashe faillit renverser une secrétaire qui passait dans le couloir. Gabrielle était mortifiée, la tête assaillie d'images de ses ébats avec le sénateur, de leurs visages extatiques, de leurs bras et de leurs jambes entrelacés.

Incapable de comprendre comment ces clichés avaient pu être réalisés, Gabrielle était bien placée pour savoir qu'ils étaient authentiques. Ils avaient été pris dans le bureau du sénateur Sexton, apparemment du plafond, comme si l'on y avait dissimulé un appareil.

Sur l'une des photos, on voyait Gabrielle et Sexton en pleine action, sur le bureau du sénateur, allongés sur des piles de documents officiels.

Marjorie Tench rattrapa Gabrielle dans le couloir. Elle portait à la main la grosse enveloppe rouge contenant les photos.

— Je présume que votre réaction signifie que ces photos sont authentiques ?

La conseillère présidentielle semblait tirer un grand plaisir de la situation.

— J'espère qu'elles vous persuaderont que les autres informations dont je dispose sont tout aussi exactes. Car elles proviennent de la même source.

Gabrielle, qui courait plus qu'elle ne marchait, se sentit rougir de la pointe des orteils à la racine des cheveux.

Tench, avec ses longues jambes grêles, la suivait sans effort.

— Le sénateur Sexton, je vous le rappelle, a juré à la face du monde que vos rapports étaient strictement professionnels. Il était très convaincant dans sa déclaration à la télé. J'ai même une cassette dans mon bureau, ajouta-t-elle, pleine de morgue. Je peux vous la faire écouter pour vous rafraîchir la mémoire…

Gabrielle n'avait nul besoin qu'on lui rafraîchisse la mémoire, elle ne se rappelait que trop bien cette conférence de presse. Les dénégations catégoriques de Sexton avaient été émouvantes de sincérité.

— C'est tout à fait regrettable, fit Tench, mais le sénateur Sexton a menti au peuple américain en le regardant dans les yeux. Le public a le droit de savoir, et il saura, Gabrielle. J'y veillerai personnellement. La seule question, à présent, c'est de savoir comment nous allons le lui apprendre. Nous pensons que la meilleure solution, c'est que cela vienne de vous.

Gabrielle se tourna, stupéfaite.

— Vous croyez vraiment que je vais vous aider à discréditer mon patron ?

L'expression de Tench se durcit.

— Gabrielle, j'essaie de vous aider à vous en sortir sans trop de casse. Je vous donne une chance d'épargner beaucoup d'embarras à tout le monde, et de garder la tête haute en disant la vérité. Tout ce dont j'ai besoin, c'est d'une déclaration signée de vous, reconnaissant que vous avez eu une liaison avec le sénateur.

Gabrielle stoppa net.

— Quoi ?

— Mais oui. Une déclaration de votre main nous donnera l'argument dont nous avons besoin pour convaincre le sénateur, sans faire de vagues, et d'épargner ainsi au pays les ravages d'un scandale public. Ma proposition est simple : vous signez cette déclaration, vous me la remettez et personne d'autre, que vous et moi, ne verra jamais ces photos.

— Vous me demandez de dénoncer le sénateur ?

— Techniquement, j'aurais besoin d'une déclaration écrite sous serment, mais nous avons un notaire, ici, dans nos locaux, qui pourrait…

— Vous êtes folle ! lança Gabrielle en repartant d'un pas rapide.

— Ma chère Gabrielle, reprit Tench d'un ton menaçant, la carrière du sénateur Sexton est virtuellement terminée. Ce que je vous offre, c'est une chance de sortir de cette affaire sans que le pays entier découvre votre cul à la une des quotidiens ! Le Président est un homme digne et il ne tient pas à ce que ces photos soient publiées. Si vous me donnez cette déclaration écrite et que vous confessez l'affaire à votre manière, alors nous pourrons tous en sortir dignement.

— Je ne suis pas à vendre.

— Votre candidat, lui, l'est de toute évidence. C'est un homme dangereux qui a enfreint la loi !

— Lui, enfreindre la loi ? C'est vous qui enfreignez la loi en plaçant des appareils de surveillance illégaux dans des bureaux privés ! Vous avez entendu parler du Watergate ?

— Nous ne sommes pas les commanditaires de ces informations et de ces photos sordides. Elles sont venues de la même source que les informations sur le financement de la campagne du sénateur. Quelqu'un vous surveille très étroitement depuis des mois.

Gabrielle passa devant le bureau de la sécurité où on lui avait remis son badge en entrant. Elle arracha celui-ci et le jeta au vigile qui la regardait, les yeux écarquillés. Tench était toujours sur ses talons.

— Il va falloir que vous vous décidiez rapidement, Gabrielle, insistait Marjorie Tench alors qu'elles approchaient de la sortie. Soit vous m'apportez une déclaration écrite sous serment, reconnaissant que vous avez couché avec le sénateur, soit, à 20 heures ce soir, le Président sera forcé de rendre publiques toutes les informations en notre possession : les financements occultes de Sexton, les photos de vous, de vos ébats. Et, croyez-moi, quand le public découvrira que vous avez laissé Sexton lui mentir sur sa relation avec vous, votre carrière prendra fin en même temps que la sienne. Sur mon bureau à 20 heures ce soir, Gabrielle. Faites preuve d'intelligence !

Tench lança l'enveloppe de photos à Gabrielle, qui lui jeta un dernier regard outré avant de passer la porte.

— Gardez-les, ma mignonne, nous en avons beaucoup d'autres.

48.

Rachel Sexton sentit l'angoisse l'envahir à mesure qu'elle progressait dans la nuit noire et glacée. Des images inquiétantes se bousculaient dans son esprit, mêlant météorite, plancton phosphorescent, sans parler des conséquences à attendre si les résultats des analyses de Norah Mangor se révélaient erronés.

Une matrice homogène constituée uniquement d'eau douce, avait affirmé Norah, en leur rappelant qu'elle avait non seulement extrait des échantillons au-dessus de la météorite, mais également sur tout le périmètre de la « zone sensible ». Si le glacier contenait des interstices d'eau salée remplis de plancton, elle les aurait inévitablement repérés. Ou bien ?... Quoi qu'il en soit, l'intuition de Rachel ne cessait de la ramener à la solution la plus simple.

Il y a du plancton gelé dans ce glacier, se répétait-elle.

Dix minutes et quatre fusées éclairantes plus tard, Rachel et les autres se trouvaient approximativement à deux cent cinquante mètres de la station arctique. Sans prévenir, Norah stoppa net.

— On y est ! cria-t-elle, saisie d'une soudaine inspiration, un peu comme un radiesthésiste qui vient de flairer une source.

Rachel se tourna et jeta un coup d'œil sur le chemin parcouru. La station avait depuis longtemps disparu dans l'obscurité de cette nuit faiblement éclairée par la lune, mais l'alignement des fusées éclairantes était nettement visible. La plus lointaine scintillait d'une manière rassurante, telle une étoile bienveillante. Les fusées avaient été disposées sur un axe parfaitement rectiligne comme une piste d'atterrissage tracée au cordeau. Rachel était impressionnée par le savoir-faire de Norah.

— C'est une autre raison pour laquelle nous avons suivi le traîneau, expliqua Norah en voyant Rachel admirer le tracé des fusées éclairantes. Ses patins sont exactement rectilignes et, si nous laissons la gravité mener le traîneau sans interférer, nous sommes sûrs et certains d'avancer en ligne droite.

— Très astucieux, lança Tolland. Ce serait bien si l'on disposait d'un truc similaire quand on est perdu sur l'océan.

Mais on *est* perdu sur l'océan ! songea Rachel en imaginant la mer sous leurs pieds. Pendant une fraction de seconde, il lui sembla que la fusée la plus éloignée venait de disparaître, comme si la lumière avait été masquée par une forme passant devant elle. Un instant plus tard, pourtant, la lumière réapparut. Rachel sentit un brusque malaise s'emparer d'elle.

— Norah ! cria-t-elle en essayant de couvrir le grondement du vent. Vous m'avez dit qu'il y avait des ours polaires par ici ?

La glaciologue était en train de préparer sa dernière fusée éclairante et, soit elle n'entendit pas, soit elle ignora la question.

— Les ours polaires mangent des phoques ! hurla Tolland. Ils ne s'attaquent aux humains que lorsque ceux-ci envahissent leur espace.

— Mais c'est bien le pays des ours polaires, n'est-ce pas ? demanda Rachel qui ne se rappelait jamais lequel des pôles était peuplé d'ours et lequel abritait les pingouins.

— Ouais ! cria Tolland. Les ours polaires ont en fait donné son nom à l'Arctique. Ours se dit *arktos* en grec.

Génial, songea Rachel en essayant de scruter nerveusement l'obscurité qui les entourait.

— Il n'y a pas d'ours polaire sur l'Antarctique, reprit Tolland. C'est pour ça qu'on l'a baptisé *Anti-arktos*.

— Merci, Mike, lança Rachel, je crois qu'on a assez parlé des ours polaires comme ça !

Il s'esclaffa.

— Très bien, Rachel. Désolé.

Norah enfonça sa dernière fusée éclairante dans la neige. Comme auparavant, le cercle de lumière rougeoyant fit apparaître les quatre explorateurs en Bibendum dans leurs tenues polaires. Au-delà de ce halo de lumière, le reste du monde semblait, par contraste, plus noir et plus menaçant encore.

Rachel et ses compagnons regardaient attentivement Norah. Celle-ci enfonça son pied dans la neige et, d'un geste délicat de la main, fit reculer le traîneau de quelques mètres en amont de l'endroit où ils se trouvaient. Puis, s'assurant que la corde était bien tendue, elle s'accroupit et enclencha manuellement les freins arrière du traîneau, quatre pics d'acier qui s'enfoncèrent dans la glace. Enfin, elle se releva et s'épousseta, donnant un peu de mou à la corde.

— Très bien ! s'exclama-t-elle. Il est temps de se mettre au boulot.

La glaciologue fit le tour du traîneau pour se placer à l'extrémité abritée de celui-ci et se mit à dénouer les cordelettes attachées aux œilletons de la bâche qui recouvrait le chargement. Estimant qu'elle avait été un peu sèche avec Norah, Rachel fit un pas en avant pour l'aider en dénouant l'arrière de la bâche.

— Oh là là, non ! hurla Norah en se relevant brusquement, les yeux écarquillés. Ne faites jamais ça !

Rachel recula, déconcertée.

— Ne dénouez jamais le côté exposé au vent ! dit Norah. Vous pourriez créer une manche à air et le traîneau partirait à toute vitesse, sans qu'on puisse rien faire pour l'arrêter !

Rachel recula, confuse.

— Je suis désolée, fit-elle. Je…

Norah lui jeta un regard furieux.

— Vous et Corky n'auriez jamais dû nous accompagner !

Foutus amateurs, songea Norah en maudissant l'insistance de l'administrateur à envoyer Corky et Sexton avec eux. Ces clowns vont finir par tuer quelqu'un… Et s'il y avait une chose dont Norah se serait vraiment passée en ce moment, c'était de jouer les baby-sitters.

— Mike, j'ai besoin d'aide pour soulever le radar.

Tolland l'aida à déballer le GPR et à l'installer sur la glace. L'instrument était monté sur une triple lame semblable à celle d'un chasse-neige supportant un châssis d'aluminium. L'engin, qui ne devait pas mesurer plus d'un mètre de long, était relié par des câbles à un transformateur et à une batterie de marine restée sur le traîneau.

— C'est ça le radar ? s'enquit Corky en tâchant de couvrir le vent.

Norah acquiesça silencieusement. Le GPR était beaucoup plus adapté à la détection d'éventuels interstices d'eau salée que le système PODS. Le transmetteur du radar envoyait des impulsions électromagnétiques à travers la glace, lesquelles ricochaient différemment sur les différentes strates en fonction de la structure cristalline de celles-ci. La glace non salée a une structure réticulaire plutôt plate, au contraire de la glace d'eau de mer dont la structure réticulaire est feuilletée à cause de son contenu en sodium ; les impulsions GPR rebondissaient de façon erratique, diminuant grandement le nombre de réflexions.

Norah mit en route l'appareil.

— Je vais prendre une image en coupe transversale par écholocalisation de la couche de glace qui entoure le puits d'extraction, cria-t-elle. Le logiciel interne du radar va reconstituer la coupe transversale du glacier, puis l'imprimer. Toutes les strates d'eau salée apparaîtront en gris plus foncé.

— Il va l'imprimer ? questionna Tolland, surpris. Vous pouvez imprimer quelque chose dans ce climat ?

Norah montra un câble qui sortait du radar et était relié à un appareil installé sur le traîneau.

— On est obligé d'imprimer, répliqua-t-elle. Les écrans d'ordinateurs utilisent trop d'électricité, si bien que les glaciologues de terrain doivent imprimer les informations sur des imprimantes par report à chaud. Les couleurs ne sont pas terribles mais les imprimantes laser sont neutralisées à partir de moins trente degrés. J'ai appris ça, à mes dépens, en Alaska.

Norah demanda aux autres de se tenir du côté du radar non exposé au vent pendant qu'elle alignait le transmetteur afin qu'il puisse scanner la zone du trou de la météorite qui se trouvait à presque deux cent cinquante mètres de là. Mais en scrutant la nuit dans la direction d'où ils étaient venus, elle n'arrivait pas à distinguer quoi que ce soit.

— Mike, j'ai besoin d'aligner le transmetteur du radar sur le site de la météorite, mais la fusée éclairante m'éblouit. Je vais revenir sur mes pas, juste assez pour sortir du cercle de lumière. J'alignerai mes bras sur l'axe des autres fusées et vous alignerez le radar sur cet axe.

Tolland acquiesça et s'agenouilla à côté du GPR.

Norah enfonça ses crampons dans la glace et s'inclina contre le vent en remontant la pente vers la station. Le catabatique était beaucoup plus fort qu'elle ne l'avait imaginé et elle sentit qu'une tempête se préparait. Mais peu importait. Ils n'en avaient plus que pour quelques minutes et tout serait réglé. Ils verront que j'ai raison, se répéta-t-elle. Norah avança d'une quinzaine de mètres en direction de la station. En atteignant la lisière de la zone éclairée, elle sentit que la corde se tendait ; elle n'avait plus de marge.

Elle se redressa et scruta l'obscurité. Tandis que ses yeux s'accoutumaient, elle distingua peu à peu les fusées éclairantes à quelques degrés à sa gauche. Elle changea de position jusqu'à être parfaitement en ligne avec elles. Puis elle étendit ses bras comme un compas, tournant son corps pour indiquer l'axe exact.

— Je suis en ligne, maintenant ! cria-t-elle à Tolland.

Celui-ci ajusta le dispositif radar et répondit par un signe.

— Tout est prêt !

Norah jeta un dernier coup d'œil sur la ligne des fusées, heureuse de voir son chemin de retour illuminé. Mais, au moment où elle regardait, quelque chose d'étrange se produisit. Pendant un instant, une des fusées les plus proches disparut entièrement. Avant que

Norah ait pu se demander, inquiète, si la fusée ne s'était pas éteinte complètement, la lueur réapparut. Norah n'était pas loin de se dire que quelqu'un était peut-être passé entre la fusée et elle. Mais comment imaginer qu'il pût y avoir quelqu'un d'autre dans ces parages ? À moins, bien sûr, que l'administrateur, se sentant responsable de son équipe, n'ait dépêché une autre équipe pour les seconder. Norah en doutait. Ce n'est probablement qu'une illusion d'optique, décida-t-elle. À moins qu'une saute de vent n'ait momentanément éteint la flamme.

Norah retourna vers le radar.

— Ils sont tous alignés ? cria-t-elle.

Tolland haussa les épaules.

— Je pense que oui.

Norah marcha jusqu'à la console de contrôle sur le traîneau et appuya sur un bouton. Le radar émit une sorte de vrombissement étouffé durant quelques secondes.

— OK, fit-elle, c'est terminé.

— Ça y est ? s'enquit Corky.

— Oui, les données sont enregistrées. En fait, il ne lui faut qu'une seconde pour prendre le cliché.

Sur le traîneau, la thermo-imprimante avait déjà commencé à ronronner et à cliqueter. Elle était enfermée sous une bâche plastique transparente d'où sortait lentement une lourde feuille de papier qui s'enroulait sur elle-même. Norah attendit que l'impression soit terminée, puis elle tendit la main sous le plastique et en retira la feuille. Ils verront, songea-t-elle en approchant la page imprimée sous la lueur de la fusée afin que tout le monde puisse la voir. Il n'y aura pas la moindre goutte d'eau salée.

Ses compagnons se rassemblèrent autour de Norah qui tenait fermement la page dans ses mains gantées.

Elle inspira profondément et déroula le papier pour examiner les informations. Mais l'image qu'elle vit la fit reculer d'horreur.

— Oh, mon Dieu ! s'exclama-t-elle les yeux écarquillés, incapable d'en croire ses yeux. Comme elle s'y attendait, le cliché révélait en coupe transversale le puits rempli d'eau de la météorite. Mais ce que Norah ne s'attendait vraiment pas à voir, ce fut le contour, d'un gris plus pâle, d'une forme humaine flottant à mi-hauteur dans le puits. Son sang se figea dans ses veines.

— Mon Dieu, il y a un corps dans le puits d'extraction !

Tout le monde contempla le cliché dans un silence abasourdi.

La forme fantomatique flottait tête en bas dans le puits étroit. Tout autour du corps il y avait une sorte d'étrange aura en forme de suaire. Norah comprit aussitôt à quoi correspondait cette aura. Le radar avait enregistré une trace presque imperceptible du lourd vêtement de la victime et elle pensa au manteau en poil de chameau de son collègue, le professeur Ming.

— C'est… Ming, murmura-t-elle. Il doit avoir glissé…

Norah Mangor n'aurait jamais imaginé découvrir le corps de Ming dans le puits d'extraction. Mais ce n'était que la moindre des surprises… À mesure que ses yeux suivaient le dessin du puits vers le bas, elle remarqua quelque chose d'autre.

La glace sous le puits d'extraction…

Norah scruta le cliché. Sa première pensée fut que le scan ne fonctionnait pas correctement. Puis, en examinant l'image plus attentivement, elle commença à entrevoir ce qui s'était passé. Les bords du papier se mirent à claquer violemment. Le vent s'intensifiait... Elle regarda attentivement le cliché une nouvelle fois.

Mais c'est impossible !

Soudain, la vérité s'imposa à elle, terrible. Elle eut l'impression d'être emportée par une tornade plus redoutable que celle qui se préparait. Elle oublia complètement Ming. Elle comprenait maintenant : l'eau salée dans le puits ! Elle tomba à genoux dans la neige à côté de la fusée éclairante. Elle pouvait à peine respirer. Agrippant toujours le papier dans ses mains, elle se mit à trembler.

Mon Dieu... Et dire que je n'y avais même pas pensé, songea-t-elle.

Puis, avec une soudaine colère, elle tourna la tête en direction de la station de la NASA.

— Bande de salauds ! hurla-t-elle d'une voix aussitôt couverte par la bourrasque. Bande d'horribles salauds !

Dans l'obscurité, à seulement cinquante mètres de là, Delta 1 porta le transmetteur crypté à ses lèvres.

— Ils ont compris, déclara-t-il à son contrôleur.

49.

Norah Mangor était toujours agenouillée sur la glace, quand Michael Tolland, au comble de la perplexité, lui prit le cliché GPR des mains.

Bouleversé par la vision du corps de Ming flottant dans le puits, Tolland essaya de reprendre ses esprits et de déchiffrer à son tour cette incroyable image.

Il étudia attentivement la coupe transversale du puits de la météorite en descendant de la surface de l'eau jusqu'à une profondeur de soixante mètres. On voyait le corps de Ming flotter dans le puits, mais aussi – et là Tolland sentit que quelque chose clochait... –, directement sous le puits d'extraction, une cheminée grisâtre d'eau de mer glacée qui descendait jusqu'à l'océan lui-même. Cette colonne verticale d'eau salée glacée était d'un seul bloc. Son diamètre était exactement celui du puits.

— Mon Dieu ! cria Rachel par-dessus l'épaule de Tolland. On dirait que le puits de la météorite continue jusqu'en bas, qu'il traverse la banquise jusqu'à l'océan.

Abasourdi, Tolland ne pouvait encore se résoudre à accepter la seule explication logique d'un tel phénomène. Corky paraissait tout aussi stupéfait.

— Quelqu'un a foré la banquise par le bas ! hurlait Norah, folle de rage. Quelqu'un a intentionnellement inséré cette roche, en forant par en dessous !

Tolland était tiraillé entre deux réactions contradictoires. Il aurait voulu écarter l'explication de Norah, qui supposait un énorme mensonge de la NASA, mais le scientifique en lui savait qu'elle avait sans doute raison. Le glacier Milne flottait dans la couche supérieure de l'océan, ce qui laissait tout l'espace nécessaire à un sous-marin pour se faufiler en dessous. Et comme, sous l'eau, la roche pesait sensiblement moins lourd qu'à la surface, même un petit submersible – pas plus grand que le Triton à une place que Tolland utilisait pour ses recherches – aurait pu facilement la transporter à l'aide de ses bras articulés. Le sous-marin, arrivant dans les parages du glacier Milne, n'aurait eu qu'à plonger et à contourner la plate-forme glaciaire par en dessous, après quoi il aurait foré un puits au cœur de la glace. Puis, au moyen d'un bras articulé extensible, ou de ballons gonflables, il aurait hissé la météorite dans ce puits. Une fois celle-ci en place, l'eau de l'océan qui aurait comblé le puits sous la météorite aurait commencé à geler. Et dès que le puits aurait été suffisamment refermé pour que la météorite puisse rester en place, le sous-marin n'aurait plus eu qu'à rétracter son bras et à disparaître, laissant Mère Nature boucher peu à peu le tunnel et effacer toutes les traces de la supercherie.

— Mais pourquoi ? demanda Rachel en prenant le cliché à Tolland et en l'examinant. Pour quel motif aurait-on commis une telle action ? Êtes-vous sûre que votre GPR fonctionne correctement ?

— À cent pour cent ! Et le cliché montre bien la présence de bactéries phosphorescentes dans l'eau !

Tolland dut reconnaître que le raisonnement de Norah était irréfutable, et il en eut froid dans le dos. Les dinoflagellés phosphorescents s'étaient contentés de suivre leur instinct et de remonter en nageant dans le puits vers la surface, mais ils avaient été piégés juste sous la météorite et gelés dans la glace. Plus tard, quand Norah avait chauffé la météorite, la glace qui se trouvait au-dessous avait fondu et le plancton avait été libéré. Une fois encore, les petites bactéries avaient nagé vers le haut, et avaient fini par atteindre la surface, dans la station, cette fois, où elles étaient mortes parce que l'eau n'était pas assez salée pour elles.

— Mais tout ça est complètement fou ! cria Corky. La NASA a mis la main sur une météorite bourrée de fossiles extraterrestres, quelle importance peut bien avoir le site de sa découverte ? Pourquoi se donner autant de peine pour l'enterrer dans un glacier ?

— Je n'en ai pas la moindre idée, rétorqua Norah, mais le cliché du radar ne ment pas. On s'est payé notre tête. Cette météorite n'est pas le moins du monde tombée avec *Jungersol*. Elle a été insérée dans ce glacier tout récemment. Il y a moins d'un an, sinon le plancton serait mort !

Elle était déjà en train d'emballer son matériel sur le traîneau et de l'arrimer solidement.

— Nous devons rentrer annoncer la nouvelle ! Le Président va rendre publiques des données qui sont fausses de A à Z ! La NASA l'a trompé !

— Attendez une minute ! cria Rachel. Nous devrions au moins effectuer un deuxième scanner pour être sûrs de nous. Tout cela paraît tellement absurde, qui va le croire ?

— Tout le monde, fit Norah en finissant de préparer le traîneau. Quand je serai de retour dans la station, que j'extrairai un nouvel échantillon du puits de la météorite et qu'on découvrira qu'il s'agit de glace salée, je vous garantis que tout le monde le croira !

Norah libéra les freins du traîneau, fit pivoter celui-ci vers la station et commença lentement à remonter la pente en plantant ses crampons dans la glace et en tirant le traîneau derrière elle avec une facilité surprenante. Elle semblait animée d'une volonté inébranlable.

— Allons-y ! hurla-t-elle en tirant ses compagnons encordés derrière elle. (Elle approcha de la limite du cercle de lumière.) Je ne sais pas ce que la NASA nous a mijoté, mais ce qui est sûr, c'est que je n'apprécie pas d'être traitée comme…

Soudain, le cou de Norah Mangor partit en arrière comme si elle avait été violemment tirée par quelque force invisible. Elle laissa échapper un cri de douleur guttural, chancela, et tomba à la renverse sur la glace. Presque aussitôt, Corky poussa un cri identique et pivota sur lui-même. Il s'affala sur la glace, tordu de douleur.

Rachel oublia immédiatement tout ce qui concernait le cliché, Ming, la météorite et le bizarre tunnel sous la glace. Elle venait juste de sentir un petit projectile siffler à son oreille, manquant de peu sa tempe. Instinctivement, elle s'agenouilla, entraînant Tolland par terre avec elle.

— Que se passe-t-il ? cria Tolland.

La seule explication qui vint à l'esprit de Rachel était celle d'une averse de grêle, des petites boules de glace emportées par la bourrasque. Et, pourtant, la force avec laquelle Corky et Norah venaient d'être frappés indiquait à Rachel que les grêlons avaient dû les percuter à plusieurs centaines de kilomètres-heure… Bizarrement, le soudain barrage de grêlons semblait maintenant se concentrer sur Rachel et Tolland, comme un bombardement miniature, soulevant des panaches de glace. Rachel roula sur son ventre, enfonça les pointes de ses crampons dans la glace et se projeta vers le seul abri possible, le traîneau. Tolland la rejoignit, rampant tant bien que mal jusqu'à sa hauteur.

Tolland jeta un coup d'œil vers Norah et Corky, gisant sur la glace à quelques mètres d'eux, complètement exposés.

— Tirez-les avec la corde ! intima-t-il, en agrippant celle-ci.

Mais la corde était enroulée autour du traîneau.

Rachel fourra le cliché dans la poche Velcro de sa combinaison et rampa à quatre pattes en direction du traîneau, pour essayer de défaire les nœuds qui entouraient les patins. Tolland la suivit.

Les grêlons se mirent aussitôt à tomber en déluge sur le traîneau, comme si la nature avait oublié Corky et Norah pour concentrer ses hostilités sur Rachel et Tolland. L'un des grêlons rebondit sur la bâche, la perfora et atterrit sur la manche de la combinaison de Rachel. Quand celle-ci identifia l'objet, elle fut saisie d'une stupeur qui se mua presque aussitôt en terreur.

Les « grêlons » en question avaient été fabriqués de main d'homme. La petite boule de glace sur sa manche était une sphère sans le moindre défaut, de la taille d'une grosse cerise. Sa surface était lisse et polie, hormis un petit bourrelet linéaire sur le pourtour de la sphère, un peu comme les anciennes balles de mousqueton fabriquées dans une presse. Décidément, ces petits grêlons étaient trop ronds pour être honnêtes.

Des balles de glace…, se dit-elle.

Rachel avait de solides notions sur les équipements militaires de pointe les plus récents, et elle connaissait très bien les nouvelles armes « IM » – pour munitions improvisées –, ces fusils capables de compacter la neige en petites balles de glace, ou encore ces fusils du désert capables, eux, de fondre le sable pour en faire des projectiles de verre, sans oublier les armes qui pouvaient tirer des projectiles d'eau avec une force telle qu'ils étaient capables de briser des os. Ces munitions improvisées avaient un énorme avantage sur les armes conventionnelles : plus de stocks nécessaires, puisque les armes IM utilisaient les ressources disponibles sur place et fabriquaient les projectiles au fur et à mesure des besoins, garantissant aux soldats une quantité quasi illimitée de munitions, les libérant ainsi de la contrainte de transporter de lourdes charges. Les balles de glace que l'on tirait sur eux à cette minute, Rachel le savait, étaient compressées à la demande, au moyen de poignées de neige introduites dans le fusil.

Comme c'est souvent le cas dans le monde du renseignement, plus on en sait, plus le scénario devient effrayant. Rachel aurait de loin préféré une candide ignorance, car ce qu'elle savait des armements IM la conduisit à une déduction aussi instantanée que terrifiante : elle et ses compagnons étaient en ce moment la cible d'un commando des forces spéciales, les seuls soldats entraînés à utiliser ces armes expérimentales sur le terrain.

La présence d'une unité militaire américaine impliquait une seconde conclusion encore plus effroyable : la probabilité de survivre à cette agression était proche de zéro.

Cette pensée macabre fut interrompue par l'une de ces balles de glace, qui trouva une ouverture à travers la bâche et le matériel amoncelé et percuta son estomac. Même dans sa combinaison matelassée, Rachel sentit qu'un petit ennemi invisible, plus malin que les autres, venait de transpercer sa chair. Des étoiles se mirent à danser devant ses yeux, et elle partit en arrière, tâchant de se retenir au chargement du traîneau. Michael Tolland se jeta à côté de Rachel pour l'aider. Trop tard. La jeune femme chuta lourdement, renversant une partie du chargement avec elle. Rachel et Tolland s'affalèrent sur la glace au milieu d'un tas d'appareils électroniques.

— Ce sont des balles…, bredouilla-t-elle d'une voix rauque, le souffle momentanément coupé. Fuyez !

50.

La rame de métro qui quittait la station Federal Triangle n'aurait pu s'éloigner assez vite de la Maison Blanche pour Gabrielle Ashe. Elle était assise, droite et raide, dans un coin désert du wagon, observant sans les voir des formes noirâtres défiler et se confondre au-dehors. La grande enveloppe rouge de Marjorie Tench sur ses genoux lui semblait peser une tonne.

Il faut que je parle à Sexton ! se répétait-elle, tandis que le train accélérait en direction du quartier où se trouvait le bureau du sénateur. Tout de suite !

Dans la lumière clignotante du wagon, il sembla à Gabrielle qu'elle venait d'avaler une drogue hallucinogène. Les lueurs qui éclairaient par saccades le wagon lui rappelaient les flashes au ralenti d'une discothèque.

Le tunnel, dans lequel accélérait la rame, lui fit l'effet d'un puits vertigineux dans lequel elle s'enfonçait pour toujours.

Dites-moi que ce n'est pas vrai, que c'est un cauchemar…, cherchait-elle à se persuader.

Elle jeta un coup d'œil à l'enveloppe sur ses genoux. Relevant le rabat, elle glissa la main au-dedans et en retira l'une des photos. Les néons du wagon projetèrent une lumière dure sur Sedgewick Sexton, étendu nu sur son bureau, son visage extatique tourné vers la caméra, tandis qu'on devinait la silhouette sombre de Gabrielle, nue, à califourchon sur lui.

Elle frissonna, fourra la photo à l'intérieur, s'efforça maladroitement de refermer l'enveloppe.

Tout est fichu, se dit-elle.

Dès que le train sortit du tunnel pour emprunter les rails surélevés bordant la station L'Enfant Plaza, Gabrielle attrapa son mobile et composa le numéro privé du sénateur. Seule sa messagerie lui répondit. Déconcertée, elle appela le bureau de Sexton. La secrétaire décrocha.

— C'est Gabrielle, est-ce qu'il est là ?

La secrétaire semblait en rogne.

— Où étiez-vous ? Ça fait un moment qu'il vous cherche…

— J'avais un rendez-vous qui a duré plus longtemps que prévu. Il faut que je lui parle tout de suite.

— Il faudra que vous attendiez jusqu'à demain. Il est à Westbrooke.

La résidence de Westbrooke Place était l'immeuble où résidait Sexton quand il était à Washington.

— Il ne décroche pas sur sa ligne privée, répliqua Gabrielle.

— Il a bloqué la soirée pour un événement personnel, il est parti tôt.

Gabrielle gémit. Événement personnel. Dans la panique qu'elle venait de vivre, elle avait oublié que Sexton avait décidé de passer cette soirée seul chez lui. Et quand il exigeait de ne pas être dérangé dans son pied-à-terre, ce n'était pas une vaine directive. « Ne frappez à ma porte que si l'immeuble brûle, avait-il coutume de dire. Sinon, ça peut attendre jusqu'à demain. » Gabrielle décida qu'aujourd'hui la maison Sexton était en flammes.

— Il faut absolument que vous l'appeliez pour moi, demanda-t-elle fermement à la secrétaire.

— C'est impossible.

— Il s'agit d'un problème grave, j'ai vraiment…

— Non, je veux dire que c'est techniquement impossible. Il a laissé son pager sur mon bureau en partant et m'a dit qu'il ne devait pas être dérangé de toute la soirée. Sous aucun prétexte. Il semblait encore plus catégorique que d'habitude.

— Zut ! Très bien, merci.

Gabrielle raccrocha.

— L'Enfant Plaza, annonça une voix dans un haut-parleur du wagon. Correspondance avec toutes les lignes.

Fermant les yeux, Gabrielle essaya de faire le tri dans ses pensées, mais des images terribles continuaient de la hanter… les photos sordides de ses ébats avec le sénateur… la pile de documents établissant la corruption de Sexton… Gabrielle entendait encore la voix rauque de Tench : « Faites le bon choix, signez la déclaration, avouez votre liaison. »

Tandis que les roues du train crissaient à l'entrée de la station, Gabrielle s'efforça d'imaginer ce que ferait le sénateur si les photos paraissaient dans la presse. La première réponse qui lui vint la choqua et lui fit honte : Sexton mentirait.

Était-ce vraiment tout ce que, spontanément, elle trouvait à dire concernant son patron ? Oui. Il mentirait… en virtuose.

Si ces photos parvenaient à la presse sans que Gabrielle eût reconnu leur liaison, le sénateur se contenterait d'affirmer qu'elles étaient le produit d'un bidonnage éhonté. On était à l'âge de la photo numérisée, retouchée sur ordinateur, et quiconque avait vu les photos de célébrités soi-disant engagées dans des ébats torrides savait parfaitement à quel point il est facile de les truquer en juxtaposant une tête et un corps. Gabrielle connaissait, pour en avoir été témoin à plusieurs reprises, la capacité du sénateur de regarder bien en face une caméra de télévision et de mentir avec éloquence, notamment au sujet de leur liaison. Elle n'avait aucun doute sur le fait qu'il parviendrait aisément à persuader le monde entier que ces photos étaient une méprisable tentative de faire capoter sa campagne. Sexton laisserait parler sa vertu indignée, et il irait sans doute jusqu'à insinuer que le Président lui-même avait ordonné cet acte indigne.

Pas étonnant que la Maison Blanche se soit refusée à les rendre publiques, songea-t-elle. Ces photos, Gabrielle le comprit, pouvaient très facilement se retourner contre ceux qui comptaient s'en servir. Si parlantes qu'elles fussent, elles étaient en fait totalement inutilisables. Gabrielle commençait à retrouver un semblant d'espoir.

En fait, la Maison Blanche ne peut rien prouver du tout ! se persuada-t-elle.

La manipulation de Tench à son égard avait été d'un total cynisme dans sa simplicité : avouez votre liaison, ou bien Sexton ira en prison. Brusquement, tout devenait cohérent. La Maison Blanche avait absolument besoin que Gabrielle avoue sa liaison, sinon ces photos étaient sans valeur. Cette pensée rasséréna la jeune femme.

Le train stoppa, les portes s'ouvrirent. Au même instant, une autre porte lointaine s'ouvrit dans l'esprit de Gabrielle, révélant une possibilité aussi vertigineuse que réconfortante. Il se pouvait que les allégations de Tench sur la corruption de Sexton fussent, elles aussi, mensongères.

Après tout, qu'est-ce que Gabrielle avait réellement vu ? Là encore, il n'y avait pas de preuve absolue. Quelques photocopies de relevés bancaires, un cliché flou de Sexton dans un garage sombre… Tout ça était peut-être fabriqué. Durant cet entretien où elle n'avait pas hésité à lui jeter à la figure d'authentiques photos de sexe, Tench, avec sa perfidie habituelle, pouvait très bien avoir montré à Gabrielle de faux relevés financiers, en espérant que l'authenticité des photos les crédibiliserait. Une forme d'« authentification par amalgame », dont les politiciens avaient coutume d'user pour fourguer leurs raisonnements bancals.

Sexton est innocent, se répéta Gabrielle. La Maison Blanche, aux abois, avait décidé de jouer le tout pour le tout en l'effrayant, afin de lui arracher des aveux sur sa liaison. Ils avaient besoin d'une rupture publique et sordide de Gabrielle avec Sexton. « Rompez avec lui pendant qu'il est temps, avait dit Tench. Vous avez jusqu'à 20 heures ce soir. » Un parfait coup de bluff de négociatrice avisée.

Tout est parfaitement cohérent, songea Gabrielle, sauf pour une chose…

Une pièce du puzzle ne collait pas avec les autres : Marjorie Tench avait aussi envoyé à Gabrielle des e-mails anti-NASA. Ce qui signifiait que la Maison Blanche souhaitait que Sexton persévère dans son hostilité afin de pouvoir la retourner contre lui.

Était-ce si sûr ? Gabrielle comprit que même les e-mails avaient une explication parfaitement logique.

Et si ce n'était pas Tench qui les avait envoyés ?

Après tout, il était possible que celle-ci ait démasqué dans son équipe l'informateur de Gabrielle, qu'elle ait viré le type en question, puis envoyé elle-même le dernier message qui convoquait Gabrielle à un entretien. Elle aurait pu faire croire qu'elle avait organisé les fuites défavorables à la NASA, tout cela dans l'intention de piéger Gabrielle.

Le signal sonore annonça que les portes du wagon allaient se refermer. Gabrielle contempla le quai du métro, se demandant quoi faire. Elle n'avait pas la moindre idée de la validité de ses soupçons, de son interprétation après coup mais, de toute façon, quelle que soit la solution de l'énigme, il fallait d'urgence qu'elle parle au sénateur, événement personnel ou pas.

Agrippant l'enveloppe rouge, elle sauta hors du train juste au moment où les portes se refermaient. Elle savait où aller maintenant.

À Westbrooke Place.

51.

Lutter ou fuir.

En tant que biologiste, Tolland savait que la sensation du danger entraîne de spectaculaires changements physiologiques chez un être vivant. L'adrénaline submerge le cortex cérébral, provoquant une hausse subite du pouls et ordonnant au cerveau d'arbitrer le plus ancien et le plus instinctif de tous les dilemmes : contrer l'adversaire ou prendre la fuite.

L'instinct de Tolland lui commandait de fuir, mais sa raison lui rappela qu'il était toujours encordé à Norah Mangor. Et, de toute façon, fuir où ? Le seul refuge à des kilomètres était la station, et ses agresseurs, quels qu'ils pussent être, s'étaient positionnés en amont du glacier, lui barrant cette retraite-là. Derrière lui, l'immense champ de glace se terminait à trois kilomètres par une falaise qui plongeait abruptement dans une mer glacée. Une fuite dans cette direction signifiait la mort par hypothermie. Et puis, outre les obstacles matériels, il était impossible pour Tolland d'abandonner ses compagnons. Norah et Corky gisaient toujours sur la glace.

Tolland resta accroupi à côté de Rachel, tandis que les balles de glace continuaient à pleuvoir sur le flanc du traîneau bâché. Il fourragea dans le matériel étalé sur le sol, cherchant une arme, une fusée de détresse, un talkie-walkie… n'importe quoi.

— Fuyez ! cria Rachel, d'une voix rauque de douleur.

Brusquement, le déluge de balles cessa. Et la nuit, malgré le vent qui soufflait toujours en rafales, parut soudain étrangement calme… comme si la véritable tempête venait de s'arrêter. C'est alors, en risquant un coup d'œil par-dessus le traîneau, que Tolland assista à l'une des scènes les plus effrayantes qu'il eût jamais vues.

Trois silhouettes fantomatiques surgirent de l'obscurité, glissant tranquillement sur leurs skis. Elles sortirent de la nuit et passèrent dans la lumière, avançant sans effort. Ces silhouettes portaient des combinaisons toutes blanches. Elles ne se servaient pas de bâtons de ski mais tenaient de gros fusils qui ne ressemblaient à aucun des modèles que Tolland connaissait. Leurs skis aussi étaient bizarres, futuristes et courts, tels des patins à glace allongés.

Calmement, comme si elles ne doutaient pas de gagner cette bataille, les silhouettes s'arrêtèrent à côté de leur victime la plus proche, Norah Mangor, toujours inconsciente. Tolland se redressa, tremblant, sur ses genoux et examina par-dessus le traîneau ces agresseurs, qui le regardèrent à leur tour à travers d'étranges lunettes électroniques. Mais ils ne semblaient pas intéressés par Tolland. Du moins, pour le moment.

Delta 1 n'éprouvait pas le moindre remords en examinant la femme qui gisait, inconsciente, sur la glace devant lui. Il avait été entraîné à exécuter les ordres sans s'interroger sur leurs mobiles.

La femme portait une épaisse combinaison noire isotherme et présentait un hématome à la hauteur de la tempe. Sa respiration était brève et saccadée. Une balle tirée par l'un des fusils à glace IM avait trouvé sa cible et l'avait mise K.-O.

Maintenant, il fallait finir le boulot.

Delta 1 s'agenouilla à côté d'elle tandis que ses compagnons braquaient leurs fusils vers les autres cibles : l'une sur le petit homme, lui aussi inconscient, étendu sur la glace un peu plus loin, et l'autre sur le traîneau renversé derrière lequel se cachaient les deux autres cibles. Ces hommes auraient bien sûr pu aisément finir le travail en quelques secondes mais les trois cibles restantes étaient désarmées et coupées de toute retraite. Se précipiter pour les achever aurait été stupide. « Ne vous dispersez jamais, sauf si c'est absolument nécessaire. Traitez un adversaire à la fois. » Les hommes de la Force Delta allaient les supprimer l'un après l'autre, exactement comme on le leur avait appris. Et le côté surnaturel, c'était que rien n'indiquerait la façon dont ils seraient morts.

Accroupi à côté de la femme inconsciente, Delta 1 ôta ses gants isothermes et ramassa une poignée de neige. Comprimant celle-ci en une boule, il ouvrit la bouche de sa victime et se mit à tasser la neige au fond de sa gorge. Il pressa la neige au fond du larynx. Elle serait morte en moins de trois minutes.

Cette technique, inventée par la mafia russe, s'appelait la *bielaia smert* – la mort blanche. La victime se serait étouffée longtemps avant que la neige fonde. Une fois morte, son corps resterait tiède assez longtemps pour que le bouchon de neige se liquéfie. Même si l'on suspectait un acte criminel, on ne trouverait ni arme, ni preuve de violence, du moins dans l'immédiat. Il se pourrait que l'on finisse par comprendre ce qui s'était passé, mais les hommes de la Force Delta seraient déjà loin. Les balles de glace allaient, elles aussi, se fondre dans l'environnement, se mêler à la neige, et l'hématome sur le visage de cette femme ferait croire qu'elle avait glissé, qu'elle était tombée la tête la première, ce qui ne serait pas surprenant, vu la puissance de la tempête.

Les trois autres cibles allaient être neutralisées et supprimées de la même façon. Puis Delta 1 les chargerait tous les trois sur le traîneau, les emporterait à quelques centaines de mètres de là, les encorderait comme ils l'étaient au départ et disposerait les corps sur la banquise. À quelques heures de là, les quatre cadavres seraient découverts gelés dans la neige, victimes apparentes d'une trop longue exposition au froid. Les sauveteurs se demanderaient évidemment ce qui s'était passé, mais personne ne serait surpris par leur mort. Après tout, leurs fusées éclairantes pouvaient s'être éteintes depuis un bon moment, les conditions climatiques étaient hostiles et, quand on se perdait sur le glacier Milne, on n'avait plus très longtemps à vivre.

Delta 1 avait fini de bourrer de neige la gorge de la femme. Avant de tourner son attention vers les autres, il la désencorda. Pour le moment, il ne voulait pas que les deux cibles derrière le traîneau tentent, d'une manière ou d'une autre, de mettre sa victime en sécurité.

Michael Tolland venait d'assister à un meurtre plus bizarre et plus barbare que ce qu'il aurait pu imaginer dans ses pires cauchemars.

Une fois la corde qui reliait Norah Mangor à ses compagnons détachée, les trois agresseurs s'occupèrent de Corky.

Celui-ci émergeait de son évanouissement en gémissant. Il tenta de s'asseoir, mais l'un des commandos le renversa sur le dos, enjamba son torse et maintint ses bras sur la glace en s'agenouillant sur eux. Corky laissa échapper un cri de douleur qui fut instantanément couvert par une rafale de vent.

Épouvanté, Tolland fourragea à travers le contenu épars du traîneau renversé. Il doit bien y avoir quelque chose… une arme ! quelque chose ! Mais il ne voyait que les appareils de Norah, méconnaissables, presque intégralement pulvérisés par les balles de glace. À côté de lui, Rachel, hébétée, essayait péniblement de s'asseoir, en prenant appui sur son pic à glace. Elle articula difficilement :

— Fuyez… Mike…

Tolland vit la hache attachée au poignet de Rachel. On pouvait l'utiliser comme arme, mais comment ? Tolland se demanda ce que seraient ses chances s'il attaquait trois hommes armés avec une minuscule hache à glace.

C'était un pur suicide.

Tandis que Rachel se tournait pour s'asseoir, Tolland aperçut quelque chose derrière elle. Un gros sac en vinyle. Priant Dieu qu'il contienne un pistolet lance-fusées ou un talkie-walkie, il enjamba Rachel et attrapa le sac en question. Il y trouva une grande feuille soigneusement pliée de tissu Mylar, sans grand intérêt. Tolland avait le même sur son bateau de recherche. C'était un petit ballon météorologique, conçu pour emporter une mini-station d'observation météo, guère plus lourde qu'un ordinateur portable. Le ballon de Norah ne leur servirait à rien, d'autant qu'ils n'avaient pas de bouteille d'hélium pour le gonfler.

Tolland, qui entendait toujours les gémissements et les cris étouffés de Corky, se sentit plus impuissant que jamais. Comme dans le cliché du condamné à mort qui voit sa vie repasser devant ses yeux, l'océanologue vit défiler des souvenirs d'enfance depuis longtemps oubliés. Un instant, il se revit sur un bateau à San Pedro, apprenant les rudiments du « vol en spinnaker », suspendu à une corde à nœuds au-dessus de l'océan. Ivre de joie, il plongeait dans les vagues, remontant et redescendant comme un enfant suspendu à la corde d'une cloche d'église, au gré de la brise marine qui gonflait et dégonflait sa voile.

Les yeux de Tolland revinrent vers le ballon en Mylar qu'il tenait à la main, réalisant que son esprit, loin de capituler, avait cherché à lui fournir la solution en lui rappelant un souvenir bien utile ! Le vol en spinnaker.

Corky luttait toujours contre son agresseur quand Tolland ouvrit le sac contenant le ballon. Tolland n'avait pas d'illusions sur les minces chances de réussite de son plan, mais il était sûr d'une chose : rester ici sans rien faire impliquerait une mort certaine pour tout le monde.

Il empoigna la grande feuille de Mylar repliée. Une étiquette de sécurité avertissait : ne pas utiliser par des vents de plus de dix nœuds.

Au diable la sécurité ! Agrippant la feuille pour l'empêcher de se déplier, Tolland rampa jusqu'à Rachel qui était allongée sur le côté.

— Accrochez-vous à ça ! lui lança-t-il.

Visiblement, Rachel ne comprenait pas.

Tolland lui tendit le paquet de tissu, puis utilisa ses mains libres pour glisser l'amarre de chargement du ballon gonflable dans un des mousquetons de son harnais. Roulant sur le côté, il glissa la cordelette du ballon dans le harnais de sa compagne.

Tolland et Rachel étaient maintenant unis.

Pour le meilleur et pour le pire.

Derrière eux, la corde les reliait toujours à Corky, qui se débattait encore… Dix mètres plus loin, elle serpentait et s'arrêtait à côté de Norah Mangor.

Norah est déjà morte, se dit Tolland, il n'y a malheureusement plus rien à faire.

Les commandos étaient penchés sur le corps replié de Corky, en train de ramasser de la neige pour l'enfoncer dans la gorge du pauvre homme. Tolland savait qu'il ne leur restait que quelques secondes.

Il saisit le ballon replié dans les mains de Rachel. Le tissu était aussi léger qu'un mouchoir en papier, mais virtuellement indestructible. Maintenant ou jamais.

— Attention, Rachel !

— Mike ? fit Rachel. Qu'est-ce que…

Tolland lança l'étoffe encore repliée en l'air, au-dessus de leurs têtes. Le vent s'y engouffra et la déploya comme un parachute pris dans un ouragan. Le Mylar s'arrondit immédiatement et prit sa forme avec un claquement sonore.

En sentant son harnais se tendre d'un coup sec avec force, Tolland comprit qu'il avait sous-estimé le pouvoir du vent catabatique. En un instant, lui et Rachel volaient à moitié, emportés vers l'aval du glacier. Une seconde plus tard, Tolland sentit la corde qui le reliait à Corky Marlinson se tendre avec un nouveau coup sec.

Vingt mètres en arrière, son ami terrifié était arraché à ses agresseurs sidérés, envoyant l'un d'eux bouler à quelques mètres. Corky laissa échapper une sorte de gargouillis, alors qu'il était entraîné à vive allure, évitant de justesse le traîneau renversé, puis faisant une embardée qui le retourna sur le ventre. Une deuxième corde traînait derrière Corky… celle qui l'avait relié à Norah Mangor.

Tu ne peux plus rien pour elle, se répéta Tolland.

Comme un groupe de marionnettes humaines enchaînées, les trois compagnons dévalèrent le glacier. Des balles de glace se mirent à fuser autour d'eux, mais Tolland sut que ses assaillants avaient raté leur mission. Derrière lui, les commandos en uniforme blanc s'estompèrent peu à peu pour se réduire bientôt à de petites taches blanches dans la lueur des fusées éclairantes.

Tolland sentit sous sa combinaison rembourrée le sol glacé qui glissait de plus en plus vite, et son soulagement d'avoir échappé à la mort fit bientôt place à une angoisse grandissante. À moins de trois kilomètres, dans la direction où ils se précipitaient à toute allure, la plate-forme glaciaire se terminait abruptement en falaise, au-delà de laquelle… une chute de trente mètres les précipiterait dans l'océan Arctique.

52.

Marjorie Tench souriait en descendant l'escalier qui menait au bureau des communications de la Maison Blanche – la salle d'enregistrement informatisée d'où partaient les communiqués de presse rédigés au rez-de-chaussée. L'entretien avec Gabrielle Ashe s'était bien passé. Elle n'était pas certaine d'avoir réussi à intimider assez la jeune femme pour la convaincre de signer l'aveu de sa liaison avec Sexton, mais ce dont elle était sûre, c'est que cela valait la peine d'avoir tenté le coup.

Gabrielle ferait bien de quitter rapidement le navire, songea-t-elle. La pauvre fille ne s'imaginait pas à quel point la chute de Sexton était proche.

Dans quelques heures, la conférence de presse du Président allait scier net la branche sur laquelle était assis le sénateur. L'affaire était pliée. Gabrielle Ashe, si elle coopérait, serait le coup ultime qui ferait définitivement oublier à Sexton ses ambitions politiques. Le lendemain matin, Marjorie Tench pourrait communiquer à la presse la déclaration de Gabrielle avec la cassette vidéo des dénégations de Sexton. Il ne s'en remettrait pas.

Après tout, en politique, il ne s'agissait pas seulement de gagner une élection, encore fallait-il l'emporter de telle façon qu'on ait les moyens d'appliquer son programme. L'œuvre des présidents qui avaient été élus avec une faible marge était toujours moins importante que celle des autres. Quand leur victoire était trop courte, les représentants au Congrès exploitaient cette faiblesse pour rogner au maximum leur pouvoir.

Marjorie Tench ayant planifié une attaque simultanée qui devait le discréditer sur le plan aussi bien politique que moral, la défaite de Sexton devait être totale. Cette stratégie, désignée à Washington par l'expression « au-dessus et en dessous » – de la ceinture –, était empruntée à la stratégie militaire : forcer l'ennemi à se battre sur deux fronts. Quand un candidat entrait en possession d'une information nuisible pour son adversaire, il attendait souvent d'en obtenir une seconde pour les livrer en même temps au public. Cette technique était d'une redoutable efficacité. Réfuter la critique d'une politique exigeait de la logique, tandis que contrer une attaque personnelle supposait de la passion ; le double discrédit était pratiquement impossible à éviter.

Ce soir, le sénateur Sexton allait vivre un cauchemar : un époustouflant triomphe de la NASA. Mais son calvaire se révélerait bien pire quand il serait contraint de défendre sa position sur l'Agence spatiale, alors même qu'une de ses plus proches conseillères démasquerait sa duplicité.

Arrivée à la porte du bureau des communications, Marjorie Tench se sentit parcourue d'un frisson d'excitation à la perspective de cette bataille. La politique, c'est la guerre. Elle inspira profondément avant de jeter un coup d'œil à sa montre. 18 h 15. Premier missile. Elle entra.

Le bureau des communications était petit, non par manque d'espace, mais parce que davantage de place était inutile. C'était l'une des stations de communication les plus performantes au monde et elle n'employait qu'une équipe de cinq personnes. En ce moment, les cinq employés se tenaient debout derrière leurs consoles, avec l'air de nageurs se préparant pour un sprint.

Ils sont prêts, se dit Tench en voyant leurs regards tendus.

Elle était toujours surprise de constater qu'un aussi petit service n'eût besoin que de deux heures pour toucher près d'un tiers de la population du globe. Avec ses connexions à des dizaines de milliers de sources d'information – des plus grands groupes de télévision jusqu'aux plus petits journaux des provinces les plus reculées –, le bureau des communications de la Maison Blanche pouvait, sur simple pression de quelques boutons, tétaniser le monde entier.

Ses ordinateurs bombarderaient de communiqués de presse les radios, télévisions, journaux et sites Internet, de San Francisco à Moscou. Des programmes de diffusion massive d'e-mails allaient submerger les agences de presse *on line*. Des serveurs vocaux automatiques téléphoneraient des messages pré-enregistrés à des milliers de journalistes un peu partout dans le monde. Une page web spéciale fournirait des mises à jour constantes et des contenus préformatés. Les grands réseaux d'information en continu, CNN, NBC, ABC, CBS, ainsi que les chaînes étrangères, seraient assaillis sous tous les angles et on leur offrirait en direct émissions et reportages gratuits. Tous les programmes allaient s'interrompre pour cause d'allocution présidentielle extraordinaire.

Couverture totale, songea Tench.

Comme un général inspectant ses troupes, Marjorie Tench entra en silence, mais d'un pas vif, dans le bureau et attrapa au passage un exemplaire du communiqué de presse que tous les organes de transmission, comme autant de mitrailleuses prêtes à vomir leurs munitions, se préparaient à émettre.

À sa lecture, elle ne put s'empêcher de sourire. Selon les standards habituels, ce communiqué était un peu lourd dans sa rédaction et il évoquait plus un message publicitaire qu'une information capitale. Mais le Président avait demandé au bureau des communications de sortir le grand jeu. Ce qui avait été fait. Le texte était parfait, riche en mots clés et léger en contenu. Une combinaison mortelle. Les agences de presse qui utilisaient des « renifleurs de mots clés », pour faire le tri dans leur courrier entrant, allaient voir s'allumer tous leurs signaux d'alerte en recevant ces quelques lignes :

De : Bureau des communications de la Maison Blanche

Sujet : Allocution présidentielle extraordinaire

Le président des États-Unis tiendra une conférence de presse extraordinaire ce soir à 20 heures, heure de la côte Est, depuis la salle de presse de la Maison Blanche. Le sujet de cette allocution reste pour l'instant secret-défense.

Des séquences audio et vidéo en direct seront disponibles sur les canaux habituels.

En reposant le papier, Marjorie Tench balaya du regard le bureau des communications et adressa à l'équipe un hochement de tête approbateur. Ils semblaient tous impatients de commencer.

Elle alluma une cigarette, tira quelques bouffées, laissant cette impatience bouillir encore un peu. Finalement, elle arbora un large sourire.

— Mesdames et messieurs, c'est parti !

53.

Le cerveau de Rachel avait perdu toutes ses capacités de raisonnement logique. Oubliés Wailee Ming, la météorite, le mystérieux cliché du radar GPR enfoui dans sa poche, l'agression sur le glacier, la mort atroce de Norah Mangor. Une seule question se posait : comment survivre ?

Lisse comme le revêtement d'une autoroute, la banquise défilait sans fin sous elle dans une sorte de brouillard. Sans savoir si son corps était anesthésié par la peur ou engourdi par l'épaisseur de sa combinaison, elle ne ressentait aucune douleur. Rien.

Pas encore.

Attachée à Tolland par la taille, elle était allongée face à lui sur le côté, en une étreinte maladroite. Le vent gonflait le ballon qui filait devant eux à l'image d'un parachute attaché à l'arrière d'un dragster. Ils traînaient Corky Marlinson, dont le corps ballottait à droite et à gauche, comme une remorque mal accrochée. On ne voyait plus depuis longtemps la fusée éclairante qui indiquait l'endroit où ils avaient été attaqués.

Le sifflement des combinaisons de nylon sur la glace s'intensifiait à mesure qu'ils accéléraient. Rachel n'avait aucune idée de la vitesse du ballon mais, au bas mot, le vent soufflait à quatre-vingt-dix kilomètres-heure. En bas, le glacier défilait sous eux à une cadence croissante, que rien ne ralentissait. Et l'impitoyable ballon en Mylar ne semblait pas près de se déchirer ou de se rompre.

Il faut absolument se défaire de la corde, songea-t-elle. Ils fuyaient une mort annoncée, mais se précipitaient vers une fin tout aussi inéluctable. L'océan doit être à moins de deux kilomètres ! L'image de l'eau gelée fit remonter en elle des souvenirs de frayeur.

Les rafales devinrent plus cinglantes, et le ballon redoubla de vitesse. Au bout de son filin, Corky poussa un cri terrifié. Rachel savait qu'à cette allure il ne leur restait plus que quelques minutes avant la chute à pic et le plongeon dans l'océan glacial.

Tolland devait avoir les mêmes pensées. Il se débattait avec le mousqueton de la corde qui les reliait au ballon météo.

— Je n'arrive pas à nous décrocher ! La corde est trop tendue !

Rachel comptait sur une accalmie momentanée, qui donnerait un peu de mou à leur attelage, mais le vent catabatique soufflait implacablement. Pour venir en aide à Tolland, et à force de contorsions, elle parvint à planter dans la glace la pointe de sa semelle à crampons, qui projeta en l'air un panache de cristaux. Le ralentissement fut à peine perceptible.

— Allez-y ! cria-t-elle en relevant le pied.

Pendant un instant, la courroie se relâcha légèrement. Tolland en profita pour tirer d'un coup sec et tenter d'ouvrir le mousqueton. Il était encore loin du compte.

— On recommence ! hurla-t-il.

Ils se collèrent l'un contre l'autre et enfoncèrent à l'unisson leurs crampons dans la glace, faisant jaillir dans leur sillage un double faisceau blanc. La vitesse ralentit nettement.

Sur un signal de Tolland, ils relevèrent ensemble la jambe. Au moment où le ballon fit un bond en avant, Michael glissa le pouce dans la boucle et tenta d'actionner le fermoir. Il y était presque, mais il lui manquait encore un ou deux millimètres. Norah leur avait vanté ces mousquetons high-tech – des fixations de sécurité équipées d'une boucle métallique supplémentaire, qui les empêchait de céder en cas de surtension.

Deux explorateurs polaires tués par leurs mousquetons de sécurité, pensa Rachel sans aucun humour.

— Encore une fois ! cria Tolland.

Rassemblant toute son énergie, Rachel étendit les jambes et lança de toutes ses forces ses deux pointes de bottes contre la glace, en arrondissant le dos pour transférer le plus de poids possible vers ses pieds. Tolland l'imita et ils se retrouvèrent tous deux sur le dos, serrés à la taille par leur harnais, les jambes secouées par les vibrations du choc contre la glace. Rachel eut l'impression que ses chevilles allaient se briser.

— Tenez bon ! hurla Tolland en se contorsionnant pour ouvrir la fixation. J'y suis presque…

Les crampons métalliques de Rachel, brusquement arrachés de ses semelles, rebondirent en scintillant dans la nuit au-dessus de Corky. Aussitôt, le ballon fit une embardée, entraînant ses deux captifs derrière lui, dans des zigzags incontrôlés.

— Merde ! pesta Michael quand le mousqueton lui échappa des mains.

Comme pour se venger d'avoir été momentanément freiné dans sa course, le ballon s'élança de plus belle. Rachel savait qu'il les précipitait vers la falaise, mais un danger plus immédiat les menaçait : trois immenses congères se dressaient devant eux. La perspective de se trouver propulsée à toute allure sur ces montagnes, même protégée par sa combinaison, emplit Rachel d'effroi.

Alors qu'elle tentait désespérément de dégrafer le harnais qui l'attachait au ballon, elle entendit le bruit métallique d'un objet qui frappait régulièrement la glace. Le piolet.

Jusque-là, elle avait été trop affolée pour l'entendre. Attaché par un cordon élastique à sa ceinture, l'outil rebondissait sur le glacier. Elle leva les yeux vers le câble du ballon – une cordelette de nylon tressé, épaisse et résistante. Elle s'empara du manche du piolet et le tira vers elle. Toujours en position couchée, elle réussit à tendre les deux bras au-dessus de sa tête et entreprit tant bien que mal de scier le câble avec le côté dentelé de l'instrument.

— Oui ! cria Tolland en cherchant le sien à tâtons.

Rachel glissait sur le côté, les bras soumis à une violente tension. La longe du ballon était solide et les fibres tressées ne s'effilochaient que lentement. Empoignant son piolet, Tolland allongea un bras au-dessus de sa tête et attaqua la corde par-dessous au même endroit.

Ils travaillèrent ainsi en parallèle, avec leurs petites lames incurvées, tels deux bûcherons.

On va y arriver, se répétait Rachel. Cette fichue corde va finir par céder.

Soudain, le ballon argenté s'envola, comme emporté par un courant ascendant. Rachel réalisa avec horreur qu'il ne faisait que suivre la pente du terrain.

Nous y voilà.

Les congères.

À peine eurent-ils le temps de voir la paroi blanche se dresser devant eux qu'ils étaient déjà à mi-hauteur. La violence du choc de ses épaules contre la pente coupa le souffle à Rachel, qui lâcha son piolet. Elle se sentit soulevée comme un pantin de chiffon, catapultée avec Tolland dans une folle montée en vrille. La dépression qui séparait les deux congères se creusait déjà sous eux, mais le câble effiloché du ballon qui résistait encore les entraîna en vol plané au-dessus de la cuvette. Relevant un instant la tête, Rachel aperçut ce qui les attendait ensuite : deux autres cimes, suivies d'un court plateau, avant la falaise abrupte et la chute dans l'océan.

Comme pour exprimer la peur panique qui s'empara d'elle, un hurlement aigu fendit l'air. Corky survolait à leur suite la crête du premier monticule. Le ballon continuait à grimper, comme un animal furieux cherchant à briser les chaînes qui le retiennent prisonnier.

Alors la corde usée se rompit, claquant dans la nuit tel un coup de feu, et l'une des extrémités déchiquetées cingla le visage de Rachel. La chute fut instantanée. Le ballon libéré fila comme un bolide en tourbillonnant vers l'océan.

Empêtrés dans leurs harnais et leurs mousquetons, Rachel et Tolland chutèrent vers le glacier. Le flanc de la deuxième congère se dressait devant eux et Rachel se prépara à l'impact. Ils en franchirent de justesse le sommet et s'écrasèrent de l'autre côté, leurs combinaisons et la pente descendante amortissant en partie le choc. Rachel dévala la côte en étendant instinctivement les bras et les jambes pour tenter de ralentir mais, au bout de quelques secondes, leur élan les projeta vers la dernière congère. Après un court instant d'apesanteur sur la crête, ils glissèrent vers le plateau… les trente derniers mètres de la plate-forme glaciaire.

En dérapant sur le plateau, avec le poids de Corky au bout de la longe, Rachel sentit qu'ils ralentissaient enfin. Mais trop peu et trop tard. La falaise approchait. Elle laissa échapper un cri de désespoir.

Ils y étaient.

Elle sentit le rebord du glacier faire place au vide. Dans sa chute, Rachel perdit connaissance.

54.

La résidence Westbrooke Place, 2201 rue N à Washington, se veut l'une des adresses les plus huppées de la capitale. Gabrielle arriva d'un pas vif et poussa résolument la porte à tambour à montants dorés pour entrer dans le hall de marbre, où l'écho puissant d'une chute d'eau se répercutait sur les murs.

Le réceptionniste fut surpris de la voir.

— Mademoiselle Ashe ? Je ne savais pas que vous deviez passer ce soir.

— Je fais des heures sup.

Gabrielle signa rapidement le registre. L'horloge marquait 18 h 22. Le réceptionniste se grattait la tête.

— Le sénateur m'a donné une liste, mais vous n'êtes pas…

— Normal, il m'oublie toujours.

Elle lui décocha un sourire ravageur et gagna rapidement l'ascenseur.

Le portier semblait mal à l'aise.

— Je ferais mieux d'appeler…

— Merci, fit Gabrielle, en appuyant sur le bouton de l'ascenseur.

Le téléphone du sénateur est débranché, se dit-elle.

Au neuvième étage, elle suivit un élégant couloir, au bout duquel elle aperçut l'un des gardes du corps du sénateur, assis sur une chaise près de la porte de son patron. Il avait l'air de s'ennuyer ferme. Gabrielle fut étonnée de le trouver là, en mission de sécurité, mais le plus surpris des deux fut quand même le garde du corps. Il se leva d'un bond à son approche.

— Je sais, lança Gabrielle d'une voix sonore, encore à mi-couloir. C'est une soirée « événement personnel ». Il ne veut pas être dérangé.

Le garde acquiesça vigoureusement.

— Il m'a donné des ordres très stricts… Aucun visiteur…

— Il s'agit d'une urgence.

Le garde s'interposa entre elle et la porte.

— Il n'est pas seul.

— Vraiment ?

Gabrielle extirpa l'enveloppe rouge aux armes de la Maison Blanche et l'agita devant le visage de l'homme.

— Je viens de quitter le bureau Ovale. Je dois donner cette information au sénateur. Quels que soient les vieux copains qu'il reçoit ce soir, il va falloir qu'ils me laissent m'entretenir avec lui quelques instants. Laissez-moi entrer !

Le garde blêmit légèrement à la vue du cachet de la Maison Blanche sur l'enveloppe.

Ne me force pas à l'ouvrir, supplia silencieusement Gabrielle.

— Donnez l'enveloppe, fit l'homme, je vais la lui apporter.

— Il n'en est pas question. J'ai ordre du Président de livrer ces documents en mains propres. Si je ne lui parle pas sur-le-champ, vous et moi n'aurons plus qu'à nous chercher un nouveau travail, dès demain matin. Vous comprenez ?

Le garde hésitait. Gabrielle en déduisit que le sénateur avait dû être catégorique : interdiction absolue de le déranger ! Elle avança d'un pas, prête à tout. Tenant l'enveloppe de la Maison Blanche à la hauteur du visage du garde du corps, Gabrielle reprit un ton plus bas et prononça les six mots que tous les agents de sécurité de Washington craignent d'entendre.

— Vous ne comprenez pas la situation !

Les gardes du corps des hommes politiques ne comprennent jamais la situation, ce qui leur est éminemment détestable. Ils sont embauchés pour leurs muscles, ombres menaçantes, sans jamais savoir s'ils doivent respecter les ordres à la lettre ou les enfreindre dans un cas de force majeure, au risque de perdre leur emploi s'ils ont mal évalué la situation.

Le garde déglutit avec difficulté, l'œil fixé sur l'enveloppe de la Maison Blanche.

— Très bien, mais je dirai au sénateur que vous avez exigé d'entrer.

Il tourna la clé dans la serrure et Gabrielle se faufila dans le vestibule avant qu'il ait eu le temps de dire ouf. Elle referma silencieusement la porte derrière elle et tourna le verrou.

Au bout du couloir, dans le salon, Gabrielle entendit des voix masculines étouffées. Ce soir, l'« événement personnel » n'était visiblement pas le rendez-vous privé que Sexton avait évoqué au téléphone.

Elle passa devant une penderie ouverte où étaient accrochés une demi-douzaine de pardessus luxueux en laine et cachemire. Plusieurs porte-documents avaient été déposés sur le sol. Apparemment, on avait laissé les affaires sérieuses au vestiaire. Gabrielle allait frapper à la porte du salon au moment où elle aperçut, sur l'un de ces porte-documents, une petite plaque en cuivre gravée d'un logo qui la fit sursauter. Une fusée rouge vif.

Elle s'arrêta et s'agenouilla pour lire le nom : SPACE AMERICA, INC.

Sidérée, elle examina les autres mallettes.

BEAL AEROSPACE, MICROCOSM INC., ROTARY ROCKET COMPANY, KISTLER AEROSPACE.

Elle crut alors entendre la voix rauque de Marjorie Tench lui susurrer perfidement : « Savez-vous que Sexton accepte des pots-de-vin d'entreprises aérospatiales privées ? »

Le cœur de Gabrielle se mit à battre la chamade tandis qu'elle relevait la tête et fixait la porte qui donnait dans l'antre du sénateur. Elle savait qu'elle aurait dû annoncer sa présence à haute et intelligible voix, et pourtant c'est en silence qu'elle s'avança. Elle s'arrêta tout près du salon et écouta la conversation qui se tenait à l'intérieur.

55.

Laissant à Delta 3 le soin d'enlever le corps de Norah Mangor et le traîneau, les deux autres agents spéciaux repartirent à la poursuite de leurs proies.

Ils étaient chaussés de skis à propulsion électrique. Élaborés à partir des Fast Trax du commerce, ces engins motorisés top secret étaient équipés de chenilles miniatures, et ressemblaient à une paire de mini-motoneiges. On contrôlait la vitesse avec le pouce et l'index du gant de la main droite, où une puce commandait le contact entre deux plaques de pression reliées à une puissante pile sèche. Celle-ci, moulée autour du pied, servait à la fois d'isolant et de silencieux. Un dispositif ingénieux stockait l'énergie cinétique générée en descente par la pesanteur et les chenilles, rechargeant ainsi la pile pour permettre de gravir la côte suivante.

Delta 1 s'accroupit sur ses skis et, poussé par le vent, glissa vers l'océan, tout en embrassant du regard le glacier qui s'étendait devant lui. Il disposait d'un système de vision nocturne « mains libres », très supérieur aux jumelles Patriot utilisées par les Marines : lentilles de 40 × 90 mm à six éléments, grossissement renforcé et rayonnement infrarouge à longue portée. Le monde extérieur lui apparaissait teinté en bleu froid – contrairement au vert des jumelles habituelles –, une couleur spécialement adaptée aux terrains à forte réverbération comme les banquises de l'Arctique.

En approchant de la première congère, les jumelles de Delta 1 firent apparaître, comme des tubes de néon luisant dans la nuit, plusieurs bandes de neige fraîchement remuée, qui zébraient la paroi jusqu'à sa crête. Les trois fugitifs n'avaient pas pensé – ou pas réussi – à décrocher leur voilure de fortune. S'ils ne s'étaient pas détachés en arrivant sur la dernière congère, ils étaient probablement déjà tombés dans l'océan. Leurs combinaisons prolongeraient sans doute un peu leur durée de vie dans l'eau glaciale, mais ils seraient fatalement entraînés vers le large par les courants. La mort par noyade était inévitable.

Malgré cette assurance, Delta 1 avait appris à ne rien tenir pour acquis. Il lui fallait des cadavres. Se courbant vers l'avant, il pinça les deux doigts de son gant et attaqua l'ascension de la première congère.

Immobile, Michael Tolland faisait l'inventaire de ses contusions. Il avait mal partout, mais s'en était apparemment tiré sans fracture. C'était sans aucun doute le gel protecteur de sa combinaison qui avait amorti le choc. Il ouvrit les yeux et sa pensée mit quelque temps à se réorganiser. Le sol lui paraissait plus mou, l'atmosphère plus calme. Le vent hurlait toujours, moins violemment toutefois.

On a bien plongé, pourtant ?… se demanda-t-il.

Reprenant ses esprits, il se rendit compte qu'il était allongé sur la glace, étalé en travers de Rachel, en croix presque parfaite. Il était accroché à elle par un enchevêtrement de cordes et de mousquetons. Il la sentait respirer sous lui, mais ne pouvait pas voir son visage. Les muscles engourdis, il roula sur lui-même pour la dégager.

— Rachel ? appela-t-il, sans percevoir si sa voix sortait de ses lèvres.

Il revit les dernières secondes de leur folle cavalcade, le vol plané derrière le ballon météo, la rupture de la corde, la dégringolade depuis la crête de la congère, l'élan qui les avait entraînés par-dessus la suivante, la glissade vers le bord de la falaise et la chute finale. Une chute qui lui avait paru étonnamment courte. Au lieu du plongeon dans l'océan, ils avaient atterri trois ou quatre mètres plus bas, sur une autre plaque de glace. Et ils avaient fini par arrêter de glisser, ralentis par le poids de Corky qu'ils traînaient toujours derrière eux.

Tolland leva la tête en direction du large. Non loin d'eux, la plate-forme tombait à pic dans l'océan, dont il entendait le grondement. À une vingtaine de mètres derrière lui, il finit par distinguer dans la nuit une haute muraille blanche en surplomb au-dessus d'eux. Il comprit alors ce qui s'était passé. Ils avaient glissé de la plate-forme, atterrissant sur une sorte de corniche en contrebas – une section du glacier principal, plate, de la taille d'un terrain de hockey – à moitié effondrée… et qui menaçait de se décrocher.

Cette partie du glacier se disloque, songea-t-il en observant la portion de banquise précaire où ils avaient échoué. Un bloc carré accroché provisoirement à la plate-forme glaciaire par son seul flanc arrière, tel un immense balcon, entouré sur trois côtés de parois en à-pic sur l'océan. La jonction entre cette terrasse et la plate-forme principale était fendue d'une crevasse de plus d'un mètre de large… Ils se trouvaient sur un iceberg prêt à se détacher.

Plus effrayant encore était le corps immobile de Corky Marlinson, recroquevillé en boule sur la glace, à dix mètres, au bout de la corde qui le reliait à ses compagnons.

Tolland essaya de se lever, mais il était encore attaché à Rachel. Il se remit à plat pour défaire les mousquetons.

Rachel se débattit pour tenter de s'asseoir.

— On n'est pas… tombés ? demanda-t-elle d'une voix faible.

— Si, mais sur une plaque en contrebas. Il faut que j'aille secourir Corky.

Il tenta une nouvelle fois de se mettre debout, mais il ne tenait pas sur ses jambes. Il empoigna la corde et tira. Il lui fallut une dizaine de tractions successives pour ramener Corky auprès d'eux.

Sans ses lunettes, avec une joue lacérée et un nez tuméfié et sanguinolent, on aurait dit qu'il venait de se faire tabasser. Mais les craintes de Tolland se dissipèrent vite quand son copain roula sur le côté et lui lança un regard furibond.

— Nom de Dieu ! explosa l'astrophysicien. Tu peux me dire à quoi on joue ?

Tolland laissa échapper un soupir de soulagement.

Rachel s'assit en grimaçant et regarda alentour.

— Il faut… qu'on s'en aille d'ici, dit-elle. Ce bloc de glace ne va pas tarder à se décrocher.

Tolland n'allait pas la contredire. Le seul problème était de savoir comment quitter cette banquise.

Ils n'eurent guère le temps d'envisager les différentes options. Un chuintement familier se fit entendre au-dessus d'eux. Tolland leva les yeux et distingua deux skieurs vêtus de blanc stoppant ensemble au bord du glacier supérieur. Ils restèrent là un moment, à observer leurs proies mal en point, comme des champions d'échecs savourant la certitude du coup final.

Delta 1 était surpris de constater que les trois fugitifs étaient encore en vie. Mais cette situation n'était que provisoire. Les cibles avaient atterri sur une section du glacier qui avait amorcé son inéluctable descente dans l'océan. Il n'aurait pas été difficile de les neutraliser et de les tuer, comme Norah Mangor, mais une solution lui vint à l'esprit, bien plus simple, et qui ne laisserait aucune trace. On ne retrouverait jamais les cadavres.

Delta 1 balaya du regard la terrasse qu'il surplombait, et s'attarda sur la crevasse béante qui séparait la plate-forme de la périlleuse corniche où ses futures victimes avaient atterri. D'un moment à l'autre, elle allait larguer ses amarres pour partir à la dérive sur l'océan.

Pourquoi pas tout de suite ? se dit-il.

Sur la banquise, la nuit polaire retentissait fréquemment de grondements assourdissants – ceux de blocs de glace plongeant dans l'Arctique. Qui remarquerait celui-là ?

Reconnaissant l'excitation qui accompagnait toujours ses préparatifs meurtriers, Delta 1 ouvrit son sac à dos et en sortit un lourd objet de la forme d'un citron : un *flash-bang*, une munition réservée aux sections spéciales. Une grenade à concussion, qui avait pour effet de désorienter momentanément l'ennemi en projetant autour d'elle un éclair aveuglant et une onde de choc assourdissante. Si cette arme n'était pas destinée à tuer, ce soir elle allait se révéler meurtrière.

Il s'approcha du bord de la falaise et tenta d'évaluer la profondeur de la fracture entre les deux glaciers. Une dizaine de mètres ? Une vingtaine ? Peu importait. Son plan ne pouvait pas échouer.

Avec le calme d'un technicien aguerri, Delta 1 programma un retard de dix secondes sur le cadran à vis de la grenade. Il la dégoupilla et la jeta dans la crevasse à ses pieds. Sans savoir si Michael Tolland avait deviné ce qu'il faisait, il le vit lancer un regard horrifié vers la faille, comme s'il comprenait ce qui l'attendait.

Comme un nuage d'orage éclairé de l'intérieur par la foudre, la banquise s'illumina d'un formidable éclair qui fusa dans toutes les directions, à cent mètres à la ronde. Puis vint le séisme. Pas un grondement de tremblement de terre, mais une onde de choc d'une force colossale, dont Rachel sentit l'impact se répercuter dans tout son corps.

Instantanément, comme fendue par un gigantesque coup de hache, la terrasse commença à se détacher de la plate-forme dans un craquement retentissant. Le regard de Rachel croisa celui de Tolland, figé par la terreur. Corky poussa un cri.

La corniche de glace s'effondra.

Rachel se sentit un instant en état d'apesanteur, comme en lévitation au-dessus des milliers de tonnes du bloc de glace. Puis elle retomba avec ses compagnons sur la surface du nouvel iceberg, et tous trois l'accompagnèrent dans son plongeon vers l'océan.

56.

Dans un fracas extraordinaire, l'énorme iceberg se détacha de la plate-forme Milne en lançant vers le ciel un panache de poudre blanche. Le contact avec l'eau ralentit sa chute, et Rachel s'écrasa sur la surface glacée. Tolland et Corky atterrirent non loin d'elle avec la même brutalité.

Entraîné par sa force d'inertie, l'iceberg s'enfonça profondément dans les flots écumants dont le niveau s'élevait à toute vitesse. Rachel regarda l'eau monter… monter encore… engloutir la surface de l'iceberg. Le cauchemar de son enfance était revenu. La glace qui craque… l'eau froide… les ténèbres. Une sorte de terreur primitive s'empara d'elle.

Le sommet de l'iceberg plongea dans l'océan glacé, dont les eaux ruisselèrent en torrents tumultueux sur la banquise. Cernée de toutes parts, Rachel se sentit happée vers le bas. La peau de son visage se tendit sous la brûlure de l'eau salée. Le sol de glace se déroba sous ses pieds, et elle se débattit pour remonter, soutenue par le gel qui garnissait sa combinaison. Elle but la tasse et battit des pieds pour retrouver la surface, apercevant, non loin, ses deux compagnons qui l'imitaient, emmêlés dans la corde qui les reliait. Au moment précis où elle s'était stabilisée à la surface de l'eau, Tolland hurla :

— Il remonte !

L'écho de sa voix résonnait encore au-dessus de l'océan furieux quand Rachel sentit l'eau bouillonner sous elle. Comme une locomotive géante dont le conducteur aurait enclenché la marche arrière, l'iceberg amorçait sa remontée. Un grondement sourd monta des profondeurs et l'iceberg refit progressivement surface à côté du glacier dont il s'était détaché.

Il accéléra son ascension et sa masse claire surgit de l'océan sombre, hissant Rachel et ses compagnons hors des flots. Dans l'eau jusqu'à la taille, la jeune femme se débattait pour retrouver l'équilibre. L'iceberg oscillait et cherchait lui aussi son centre de gravité. Le torrent d'eau qui ruisselait à la surface entraînait Rachel vers la périphérie. Elle se sentit partir à toute allure vers le rebord.

« Tiens bon ! » C'était la voix de sa mère, celle qu'elle avait entendue, petite, alors qu'elle se débattait sous la glace de l'étang. « Tiens bon ! Ne te laisse pas aller ! »

Elle virevolta brutalement, tirée violemment par son harnais, et ses poumons expulsèrent le peu d'air qui leur restait. À une dizaine de mètres derrière elle, le corps mou de Corky, qu'elle traînait toujours, s'arrêta lui aussi. Avec la baisse du niveau d'eau, elle distingua une autre forme sombre, à quatre pattes, accrochée à la corde, qui recrachait de l'eau de mer.

Michael Tolland.

Toujours submergée par les dernières vagues qui s'écoulaient de l'iceberg, Rachel s'immobilisa, écoutant mugir l'océan. Frissonnant de froid, elle se redressa péniblement. L'iceberg continuait à ballotter sur les flots, comme un glaçon géant. Percluse de courbatures, complètement désorientée, elle rampa vers ses deux compagnons.

Du haut de la plate-forme Milne, derrière ses jumelles à vision nocturne, Delta 1 scrutait les vagues qui fouettaient les flancs du nouvel iceberg. Il ne fut pas surpris de n'apercevoir aucun corps. Les combinaisons et les capuches de ses victimes étaient aussi noires que l'océan.

Avec une visibilité de plus en plus faible, il survola du regard la surface de l'iceberg qui s'éloignait rapidement, emporté vers le large par les courants. Il était sur le point de détourner son regard vers le large quand il remarqua trois points noirs sur la glace. Des corps ?

— Tu vois quelque chose ? s'enquit Delta 2.

Delta 1 ne répondit pas et ajusta la vision télescopique de ses lunettes. Sur le fond pâle de l'iceberg, trois silhouettes immobiles se détachaient, blotties les unes contre les autres. Mortes ou vives, il n'en savait rien. Peu importait, d'ailleurs. S'ils étaient vivants, ils seraient morts dans moins d'une heure, malgré leurs combinaisons isothermes. Ils devaient être trempés, la tempête menaçait, et ils dérivaient vers le large, sur l'un des océans les plus dangereux de la planète. On ne retrouverait jamais leurs corps.

— Non, ce ne sont que des ombres, répondit Delta 1 en rebroussant chemin. Rentrons à la base.

57.

Le sénateur Sedgewick Sexton posa son verre de cognac sur la cheminée et tisonna le feu, tâchant de rassembler ses pensées. Les six hommes assis dans son salon restaient silencieux, dans l'expectative. Le moment des bavardages était terminé. Il était temps pour le sénateur de leur vendre sa camelote. Ils le savaient, il le savait. Un homme politique est d'abord un bon vendeur.

— Comme vous le savez peut-être, commença Sexton, en se tournant vers eux, ces derniers mois, j'ai rencontré beaucoup d'hommes dans votre position.

Il sourit et s'assit pour se mettre à leur niveau.

— Vous êtes les seuls que j'aie invités chez moi. Vous êtes tous des entrepreneurs hors du commun et c'est un grand honneur de vous rencontrer.

Sexton joignit les paumes et balaya le cercle d'invités du regard, prenant grand soin d'établir un contact visuel avec chacun d'eux. Puis, il se concentra sur sa première cible. Un grand et fort gaillard coiffé d'un chapeau de cow-boy.

— Space Industries of Houston, fit Sexton. Je suis content que vous soyez venu.

— Je déteste cette ville, grommela le Texan.

— Et je vous comprends très bien. Washington s'est montrée injuste à votre égard.

Sous le rebord de son chapeau, le Texan lui lança un regard, mais ne dit rien.

— Il y a douze ans, commença Sexton, vous avez fait une proposition au gouvernement américain. Vous lui avez offert de construire une station spatiale américaine pour seulement cinq milliards de dollars.

— C'est vrai. J'ai encore les plans.

— Et pourtant la NASA a convaincu le gouvernement qu'une station spatiale américaine devait être un projet de l'Agence.

— Exact. La NASA a commencé la construction de la station il y a presque dix ans maintenant.

— Dix ans. Et non seulement cette station n'est pas encore opérationnelle, mais le projet a coûté vingt fois votre offre. En tant que contribuable de ce pays, je suis écœuré.

La pièce résonna de murmures approbateurs. Sexton regarda à nouveau ses invités un à un pour rétablir le contact.

— Je suis bien conscient, continua le sénateur, que certains d'entre vous ont offert de lancer des navettes spatiales privées pour la somme très modique de cinquante millions de dollars par vol.

Nouveaux murmures favorables.

— Et pourtant, la NASA vous a coupé l'herbe sous le pied en ramenant ses tarifs à seulement trente-huit millions de dollars par vol… alors que le coût réel dépasse cent cinquante millions de dollars !

— C'est leur façon de nous interdire la conquête spatiale, fit remarquer l'un des hommes. Le secteur privé ne peut pas rivaliser avec une entreprise qui se permet de procéder à des lancements à quatre cents pour cent de perte, et pour laquelle la notion de faillite n'existe pas.

— C'est de la concurrence déloyale, ajouta Sexton.

Nouveaux hochements de tête en face.

Sexton se tourna vers son voisin, un entrepreneur au visage austère, un homme dont il avait consulté le dossier avec intérêt. Comme nombre de ceux qui subventionnaient la campagne de Sexton, cet homme était un ex-ingénieur militaire que les lourdeurs de l'administration et un salaire modeste avaient lassé, et qui avait démissionné de l'armée pour chercher fortune dans l'aérospatiale.

— Kistler Aerospace, reprit Sexton en secouant la tête d'un air de profonde compassion. Votre entreprise a mis au point et fabriqué une fusée qui peut placer des satellites en orbite pour seulement quatre mille dollars le kilo alors que le coût de la NASA est de vingt mille dollars le kilo. (Sexton s'arrêta pour ménager son effet.) Et pourtant vous n'avez pas de clients.

— Comment pourrais-je dénicher le moindre client ? répliqua l'homme. La semaine dernière, la NASA nous a brûlé la politesse en facturant à Motorola seulement mille six cents dollars le kilo pour lancer un satellite de télécoms. Le gouvernement a lancé ce satellite avec neuf cents pour cent de pertes !

Sexton acquiesça. Les contribuables subventionnaient bon gré mal gré une agence dix fois moins efficace que l'industrie privée.

— Il est devenu douloureusement clair, poursuivit le sénateur d'une voix grave, que la NASA travaille dur pour tuer toute compétition dans l'espace. Elle évince les entrepreneurs privés de l'aérospatiale en fixant ses tarifs très en deçà de la valeur réelle des services qu'elle offre.

— Elle se comporte comme un supermarché de l'espace, renchérit le Texan.

Sacrée bonne comparaison, songea Sexton. Il faudra que je la replace. Certaines chaînes d'hypermarchés sont connues pour pratiquer le « dumping » quand elles s'installent dans une nouvelle zone : elles vendent leurs produits au-dessous de leur valeur, contraignant les concurrents locaux à mettre la clé sous la porte.

— Je suis écœuré et fatigué, reprit le Texan, d'avoir à payer des millions en taxes et impôts, tandis qu'Oncle Sam dépense cet argent pour me voler des clients !

— Je vous comprends, répondit Sexton. Je vous comprends très bien.

— C'est l'absence de financement privé qui tue Rotary Rocket, intervint un homme vêtu d'un impeccable costume à fines rayures. Les lois sur le financement de l'aérospatiale sont criminelles !

— Entièrement d'accord, fit Sexton.

Le sénateur avait été choqué d'apprendre que la NASA avait trouvé un moyen supplémentaire d'assurer son monopole sur l'espace en faisant interdire par la loi toute publicité sur les véhicules spatiaux. Ceux-ci, ne pouvant afficher que le mot USA et le nom de la compagnie qui les lançait, se voyaient interdire les sponsors et les fonds privés, ainsi que les logos publicitaires – une pratique très répandue, par exemple, dans la course automobile. Dans un pays qui dépensait cent quatre-vingt-cinq milliards de dollars par an en publicité, les compagnies privées aérospatiales n'en percevaient pas un seul cent.

— C'est du vol ! s'exclama l'un des invités de Sexton. Mon entreprise espère rester dans la course assez longtemps pour lancer le premier prototype de navette touristique en mai prochain. Nous attendons une énorme couverture médiatique de l'événement. Nike vient de nous offrir sept millions de dollars en sponsoring pour peindre sur la navette son logo et le slogan : « *Just do it!* » Pepsi nous a offert le double pour : « Pepsi : le choix d'une nouvelle génération. » Mais, selon la loi fédérale, si notre navette arbore une quelconque publicité, le lancement de celle-ci sera interdit !

— C'est exact, dit le sénateur Sexton. Et, si je suis élu, je vous promets de supprimer cette législation antisponsoring. Je vous le promets formellement. L'espace sera ouvert à la publicité comme n'importe quel centimètre carré de notre planète.

Sexton regarda ses auditeurs dans les yeux, et déclara d'une voix solennelle :

— Il nous faut cependant reconnaître que le plus grand obstacle à la privatisation de la NASA n'est pas la loi, mais plutôt sa perception par l'opinion. La plupart des Américains ont encore une vision romantique du programme spatial de leur pays. Ils croient toujours que la NASA est une agence gouvernementale nécessaire.

— Ce sont ces fichues productions hollywoodiennes ! s'écria quelqu'un. À combien de films sur la NASA sauvant le monde d'un astéroïde qui risque de le faire exploser aurons-nous encore droit, je vous le demande ? C'est de la propagande pure et simple !

La multitude de films sur la NASA, Sexton le savait, était juste une question économique. Après l'extraordinaire popularité de *Top Gun*, dans lequel on voyait Tom Cruise aux commandes d'un avion à réaction – et qui n'est rien d'autre qu'un interminable spot publicitaire pour l'aéronavale américaine –, la NASA avait compris le véritable potentiel de Hollywood en tant qu'agence de communication. Elle avait donc tout simplement offert aux grands studios de cinéma un accès libre à toutes ses installations : aires de lancement, tours de contrôle, terrains d'entraînement. Les producteurs, qui étaient habitués à payer d'énormes droits pour les décors qu'ils utilisaient habituellement, avaient donc sauté sur l'occasion d'économiser des millions de dollars en réalisant des thrillers spatiaux sur des sites de tournage « gratuits ». Bien sûr, ils n'obtenaient le droit de travailler que si la NASA avait approuvé le scénario.

— C'est un véritable lavage de cerveau de l'opinion, grommela un homme à l'accent hispanique. Ces films ne sont rien d'autre que des combines publicitaires montées en épingle. Ce film avec de vieux cosmonautes dans l'espace… et maintenant la NASA annonce une navette à l'équipage strictement féminin ! C'est pathétique !

Sexton soupira et prit un ton dramatique.

— C'est vrai, et je n'ai pas besoin de vous rappeler ce qui est arrivé dans les années 1980, quand le ministère de l'Éducation a été déclaré en faillite et que ses responsables ont reproché au gouvernement de dépenser pour la NASA des milliards qui auraient pu leur être utiles. L'Agence a répliqué en lançant une opération de relations publiques pour prouver qu'elle aussi avait un rôle éducatif. Ils ont envoyé le professeur d'une école publique dans l'espace.

Sexton ménagea une pause.

— Vous vous rappelez Christa McAuliffe[1] ?

Tout le monde se tut.

— Messieurs, reprit Sexton, qui s'était levé et se tenait immobile devant la cheminée, je crois qu'il est temps que les Américains connaissent la vérité pour le bien de notre avenir. Il est temps que les Américains comprennent enfin que la NASA n'est pas l'aventurière de l'espace dont nous avons rêvé, mais, au contraire, celle qui rend toute exploration spatiale impossible. L'aérospatiale ne diffère en rien des autres industries, et évincer le secteur privé de ce domaine confine à un acte criminel. Prenons l'exemple de l'industrie informatique, dans laquelle on a assisté à un boum formidable et dont les progrès sont si rapides qu'on peut à peine les suivre ! La raison ? C'est que l'industrie informatique est un secteur soumis à la loi du marché, seule capable d'allier anticipation, efficacité et profits. Imaginez cette

1. Astronaute américaine disparue avec tout l'équipage dans l'explosion de *Challenger* en 1986. *(N.d.T.)*

industrie dirigée par le gouvernement ? Nous en serions encore à l'âge de pierre ! Aujourd'hui, dans l'espace, nous stagnons. Nous devrions confier l'exploration spatiale aux entrepreneurs privés à qui, finalement, elle revient. Les Américains seraient sidérés par la croissance, les créations d'emplois et les prouesses qu'une telle politique entraînerait. Je crois que nous devrions laisser l'industrie privée nous propulser vers les confins de l'espace. Si je suis élu, je ferai de cette question une affaire personnelle. Je ferai sauter le verrou qui vous empêche d'accéder à l'espace, et je vous promets que plus jamais on ne refermera cette porte-là.

Sexton leva son verre de cognac.

— Mes amis, vous êtes venus ici ce soir pour décider si je suis l'homme auquel vous accorderez votre confiance. J'espère vous avoir montré que j'en suis digne. De la même manière qu'il faut des investisseurs pour bâtir une entreprise, il faut des investisseurs pour forger une présidence. Et tout comme les actionnaires d'une entreprise escomptent des dividendes, vous aussi, investisseurs politiques, attendez des retours sur votre investissement. Mon message ce soir est simple : pariez sur Sexton et il ne l'oubliera jamais. Notre mission est la même !

Le sénateur tendit son verre vers ses invités pour porter un toast.

— Avec votre aide, mes amis, je serai bientôt à la Maison Blanche… et l'heure sera venue pour vous de réaliser vos rêves.

À environ deux mètres de la porte, Gabrielle Ashe était toujours debout dans le couloir obscur, raide comme un piquet. Du salon lui parvinrent les cliquetis joyeux des verres de cognac entrechoqués et le crépitement des bûches dans la cheminée.

58.

Complètement paniqué, le jeune technicien de la NASA traversa la station en courant. Il trouva l'administrateur Ekstrom seul près de la zone de presse.

— Monsieur ! cria le technicien, le souffle coupé. Il y a eu un accident !

Ekstrom se tourna, l'air indifférent, comme préoccupé par d'autres problèmes.

— Qu'est-ce que vous dites ? Un accident ? Et où ça ?

— Dans le puits d'extraction. Un corps vient de remonter à la surface ; c'est celui du professeur Wailee Ming.

Le visage d'Ekstrom blêmit.

— Le professeur Ming ?…

— Nous l'avons sorti le plus vite possible, mais trop tard. Il est mort.

— Pour l'amour de Dieu… Mais combien de temps est-il resté là-dedans ?

— Selon nous, environ une heure. On dirait qu'il est tombé, qu'il a coulé jusqu'au fond, puis… son corps a enflé et il est remonté à la surface.

Le teint rougeaud d'Ekstrom vira à l'écarlate.

— Nom de Dieu de nom de Dieu ! Qui d'autre est au courant ?

— Personne, monsieur. Seulement deux d'entre nous. On l'a sorti du puits, mais on a pensé qu'il valait mieux vous en parler d'abord…

— Vous avez fait exactement ce qu'il fallait.

Ekstrom poussa un soupir consterné.

— Cachez immédiatement le cadavre du professeur Ming. Ne dites rien à personne.

Le technicien eut l'air embarrassé.

— Mais, monsieur, je…

Ekstrom abattit sa grosse patte sur l'épaule de l'employé.

— Écoutez-moi bien. Il s'agit d'un tragique accident, et je le regrette profondément. Bien sûr, je ferai ce qu'il faudra, le moment venu. Mais j'ai d'autres problèmes à régler pour l'instant.

— Vous me demandez de cacher son corps ?

Les yeux froids d'Ekstrom se posèrent sur l'homme en face de lui.

— Réfléchissez bien. Nous pouvons l'annoncer à tout le monde, mais qu'est-ce que cela changera ? Nous sommes maintenant à une heure de la conférence de presse présidentielle. Déclarer que nous venons d'avoir un accident mortel ternirait l'annonce de la découverte et aurait un effet catastrophique sur le moral. Le professeur Ming a eu un moment d'inattention ; je refuse d'en rendre la NASA responsable. Ces scientifiques civils ont suffisamment bénéficié de l'attention du public sans que, pour une bourde imbécile, je laisse échapper un moment de gloire attendu depuis si longtemps. L'accident du professeur Ming reste un secret jusqu'à ce que la conférence de presse soit terminée. Vous m'avez compris ?

L'homme acquiesça, livide.

— Je vais tout de suite cacher son corps.

59.

Michael Tolland connaissait la mer depuis assez longtemps pour savoir qu'elle engloutissait sans hésitation les créatures vivantes. Tandis qu'il gisait, épuisé, sur la corniche de glace, il imaginait les contours fantomatiques du glacier Milne s'amenuisant au loin. Il savait qu'un puissant courant arctique venant des îles Elisabeth décrivait une immense boucle autour de la calotte polaire avant d'aller contourner le littoral de l'extrême nord de la Russie. Peu importait d'ailleurs où le courant les emporterait ; ils mettraient de toute façon des mois pour y arriver.

Il nous reste peut-être trente minutes… quarante-cinq au maximum.

Sans la couche de gel protectrice de sa combinaison isolante, Tolland savait qu'il serait déjà mort. Heureusement, leur tenue les avait gardés tous trois au sec, le plus important pour survivre par temps froid. Le gel thermique n'avait pas seulement amorti leur chute, il les aidait en ce moment à retenir le peu de chaleur qui leur restait encore.

L'hypothermie commençait tout de même à se faire sentir. D'abord allait venir l'engourdissement des membres à mesure que le sang refluerait vers le centre du corps pour protéger les organes essentiels. Les hallucinations viendraient ensuite à mesure que le pouls et la respiration ralentiraient, privant le cerveau de son oxygène. Puis l'organisme ferait un effort ultime pour conserver le peu de chaleur restant en suspendant toutes ses fonctions à l'exception du pouls et de la respiration. Peu après, il sombrerait dans le coma. Et les centres cérébraux contrôlant les fonctions cardiaques et respiratoires finiraient par capituler.

Tolland tourna son regard vers Rachel, désespéré de ne rien pouvoir faire pour la sauver.

L'engourdissement qui gagnait la jeune femme était moins douloureux qu'elle ne l'aurait imaginé. Un peu comme une anesthésie pré-opératoire. Une morphine naturelle. Elle avait perdu ses lunettes quand elle s'était évanouie, et il faisait si froid qu'elle pouvait à peine ouvrir les yeux.

Elle aperçut Tolland et Corky sur la glace à côté d'elle.

Tolland la fixait d'un regard empli de compassion.

Corky remuait, mais il paraissait beaucoup souffrir. Sa pommette droite présentait un hématome sanguinolent.

Rachel se mit à trembler de tous ses membres tandis que, dans un ultime effort, son cerveau cherchait des réponses aux questions : Qui ? Pourquoi ?

Ses pensées étaient ralenties par la léthargie qui la gagnait peu à peu. Elle ne parvenait pas à faire le point. Elle avait le sentiment que la vie en elle s'éteignait insensiblement, écrasée par une force invisible qui l'attirait vers le néant. Elle se reprit et lutta. La colère grandissait en elle comme une énergie vitale qu'elle essayait d'attiser de son mieux.

Ils ont essayé de nous tuer ! se répétait-elle. Elle jeta un coup d'œil vers les hautes vagues menaçantes et comprit que leurs agresseurs avaient réussi. Nous sommes déjà morts. Bien consciente à présent qu'elle ne vivrait sans doute pas assez pour connaître la vérité sur la mortelle partie d'échecs qui venait de se jouer sur le glacier Milne, Rachel sentit ses soupçons converger vers le coupable le plus probable.

Ekstrom était celui qui avait tout à gagner avec leur disparition. C'était lui qui leur avait assigné cette expédition fatale. Il était en contact avec le Pentagone et les services secrets. Mais qu'avait-il à gagner à insérer une météorite sous la banquise ? D'ailleurs, qui pouvait bien avoir quoi que ce soit à y gagner ? songea-t-elle.

Rachel pensa brusquement à Zach Herney, et se demanda si le Président était partie prenante dans ce complot, ou s'il n'était pas lui aussi un vulgaire pion. Le Président avait de toute évidence été dupé. Il ne restait plus qu'une heure avant qu'il annonce la découverte de la NASA. Une annonce qu'il allait faire en s'appuyant sur un documentaire vidéo validé par quatre scientifiques morts.

Rachel ne pouvait plus rien faire pour empêcher la tenue de cette conférence de presse, mais elle se jura que celui qui était responsable de cette imposture ne s'en tirerait pas si facilement.

Rassemblant ses forces, elle tenta de s'asseoir.

Ses membres étaient horriblement raides, et ses articulations lui firent un mal de chien quand elle plia ses jambes et ses bras. Elle parvint à se mettre à genoux et à se redresser sur la glace. Sa tête tournait. Tout autour d'elle, l'océan bouillonnait. Tolland, allongé un peu plus loin, la regardait d'un air intrigué ; il devait penser qu'elle s'agenouillait pour prier. Ce n'était pas le cas, même si la prière aurait eu à peu près autant de chances de les sauver que ce qu'elle s'apprêtait à tenter.

La main droite de Rachel chercha quelque chose autour de sa taille et finit par agripper la hachette encore accrochée à son harnais. Ses doigts raides se refermèrent autour de la poignée. Elle empoigna la hache et la retourna vers le bas. Puis de toutes ses forces elle abattit ce T renversé vers la glace. *Bong*. Encore. *Bong*. Elle avait l'impression que son sang coulait moins vite dans ses veines, comme s'il s'était épaissi. *Bong*. Tolland la regarda, visiblement stupéfait. Rachel abattit à nouveau la glace vers le sol. *Bong*.

Tolland essaya de se soulever sur un coude.

— Ra… chel ?

Elle ne répondit pas. Elle avait besoin de toute son énergie. *Bong. Bong*.

— Je ne crois pas… qu'à une telle latitude, le SAA pourrait capter…, fit Tolland.

Rachel se retourna, surprise. Elle avait oublié que Tolland était un océanographe et qu'il pouvait comprendre ce qu'elle essayait de faire.

— Bonne intuition… mais je n'appelle pas le SAA, marmonna-t-elle.

Elle continua à frapper le sol en cadence.

Le SAA est le réseau de surveillance acoustique sous-marine – une relique de la guerre froide –, utilisé par les océanographes du monde entier pour écouter les baleines. Comme les sons, sous la mer, portent à des centaines de kilomètres, le réseau SAA, constitué de cinquante-neuf microphones sous-marins placés tout autour de la planète, peut écouter un pourcentage étonnamment élevé des mers du globe. Malheureusement, ce secteur éloigné de l'Arctique ne faisait pas partie des zones concernées. Toutefois, Rachel savait que d'autres « oreilles » écoutaient les fonds océaniques, des oreilles dont peu de personnes connaissaient l'existence. Elle continua à frapper la glace. Son message était simple et clair.

Bong. Bong. Bong.

Bong... Bong... Bong...

Bong. Bong. Bong.

Rachel nourrissait peu d'illusions sur ses chances de survie. Elle sentait déjà le froid de la mort raidir tout son corps. Elle doutait qu'il lui restât plus d'une demi-heure à vivre. Tout sauvetage était désormais impossible. Mais il ne s'agissait pas de sauvetage.

Bong. Bong. Bong.

Bong... Bong... Bong...

Bong. Bong. Bong.

— Il ne nous reste... plus de temps..., articula Tolland.

Il ne s'agit pas de nous, songea-t-elle. Mais de l'information qui est dans ma poche. Rachel pensait au cliché GPR plié dans la poche Velcro de sa combinaison.

Il faut que je fasse parvenir le GPR au NRO, et vite, pensa-t-elle.

Même dans le semi-délire qui s'était emparé d'elle, Rachel était certaine que son message serait capté. Au milieu des années 1980, le NRO avait remplacé le SAA par un réseau de capteurs trente fois plus puissant, Classic Wizard. La planète était désormais entièrement couverte de capteurs du NRO posés sur les fonds marins ; la mise en place de ce quadrillage avait coûté douze millions de dollars. Dans les heures qui venaient, les superordinateurs du poste d'écoute du NRO situé à Menwith Hill en Angleterre allaient repérer une séquence anormale sur l'un des enregistrements d'un hydrophone de l'Arctique, déchiffrer un SOS, trianguler les coordonnées, et envoyer un avion de sauvetage depuis la base aérienne de Thulé au Groenland. L'avion allait découvrir trois cadavres sur un iceberg. Gelés. Morts. L'un de ces cadavres serait celui d'une employée du NRO… Et sur elle, on allait retrouver une étrange feuille de papier thermique pliée dans sa poche.

Un cliché GPR.

Le legs ultime de Norah Mangor.

Quand les sauveteurs étudieraient ce cliché, la supercherie du mystérieux tunnel d'insertion sous la météorite serait révélée. Ce qui allait se passer ensuite, Rachel n'en avait aucune idée, mais, au moins, leur secret ne périrait pas sur la glace avec eux.

60.

Chaque arrivée d'un nouveau président à la Maison Blanche commence par une visite privée de trois entrepôts lourdement gardés contenant des collections inestimables de meubles anciens : bureaux, argenterie, secrétaires, lits, et autres objets utilisés par les successeurs de George Washington.

Durant ce tour du propriétaire, le nouveau président est invité à choisir le mobilier qu'il préfère et qu'il utilisera durant son mandat à la Maison Blanche.

Seul le lit de la chambre de Lincoln est considéré comme un meuble intouchable de la maison. Paradoxalement d'ailleurs, puisque Lincoln n'y a jamais dormi.

Le bureau auquel le président Zach Herney était assis avait autrefois appartenu à son idole, Harry Truman. Ce bureau, bien que petit selon les normes actuelles, rappelait quotidiennement à Zach Herney qu'il était le responsable suprême et que c'était lui qui devait endosser tous les échecs de son gouvernement. Herney acceptait cette responsabilité comme un honneur et faisait de son mieux pour insuffler à son équipe la motivation nécessaire.

— Monsieur le Président ! le prévint sa secrétaire en jetant un coup d'œil dans la pièce. Vous avez votre correspondant en ligne.

Herney lui fit un petit signe.

— Merci.

Il tendit la main vers le combiné. Il aurait préféré un peu plus d'intimité pour cet appel, mais l'heure n'était pas à l'intimité. Deux maquilleuses voletaient autour de lui en s'activant fébrilement sur son visage et ses cheveux. Directement en face de son bureau, une équipe de télévision était en train d'installer son matériel, sans oublier l'essaim de conseillers et d'attachés de presse qui faisaient les cent pas en discutant fiévreusement stratégie.

Herney appuya sur le bouton lumineux de son téléphone privé.

— Lawrence ? Vous êtes là ?

— Je suis là.

La voix de l'administrateur de la NASA semblait lasse.

— Est-ce que tout va bien là-bas ?

— On a toujours une sacrée tempête, mais mon équipe me dit que la liaison satellite n'en sera pas affectée. On fera ce qu'il faudra pour. C'est dans une heure et on compte les minutes.

— Parfait. J'espère que vous avez un bon moral.

— Un super moral. Mon équipe est tout excitée. En fait, nous venons de porter un toast.

Herney s'esclaffa.

— Content de l'entendre. Écoutez, je voulais vous appeler et vous remercier avant l'émission. Ça va être une sacrée soirée !

L'administrateur resta silencieux quelques instants. Bizarrement il semblait peu sûr de lui.

— C'est clair, monsieur. D'autant plus que nous l'attendons depuis longtemps.

Herney hésita.

— Vous paraissez épuisé..., fit-il.

— J'ai besoin de revoir la lumière du jour et de dormir dans un vrai lit.

— Il ne reste plus qu'une heure, Lawrence. N'oubliez pas de sourire à la caméra, et d'y prendre du plaisir. Nous enverrons un avion vous chercher pour vous ramener à Washington.

— J'attends ce moment avec impatience, monsieur, répondit Ekstrom avant de se taire de nouveau.

Négociateur avisé, Herney était entraîné à écouter « entre les lignes » ce qu'on lui disait. Quelque chose dans la voix de l'administrateur trahissait son embarras.

— Vous êtes sûr que tout va bien, là-bas ?

— Absolument, tout baigne.

L'administrateur semblait impatient de changer de sujet.

— Avez-vous vu la dernière version du documentaire de Michael Tolland ?

— Je viens juste de la regarder. Il a fait un boulot remarquable.

— Oui. Vous avez eu une très bonne idée en l'envoyant ici.

— Vous m'en voulez toujours d'avoir mêlé des civils au projet ?

— Oh, pour ça oui, grommela l'administrateur, d'un ton bourru.

Cette réponse soulagea Herney.

Ekstrom va bien, songea-t-il. Juste un peu fatigué.

— OK ! On se retrouve dans une heure par liaison satellite. Et je vous promets qu'on parlera pendant longtemps de nous dans les chaumières.

— C'est clair, monsieur le Président.

— Lawrence ?

La voix d'Herney baissa d'un ton et se fit plus solennelle.

— Vous avez fait un sacré travail, vous savez. Je ne l'oublierai jamais.

À quelques centaines de mètres de la station arctique, sous une bourrasque qui menaçait à tout instant de le renverser, Delta 3 s'échinait à remettre d'aplomb le traîneau de Norah Mangor et à remballer son équipement. Une fois qu'il eut empilé ses divers appareils, il rabattit la bâche en vinyle sur le cadavre de la glaciologue, qu'il attacha solidement en travers du traîneau.

Alors qu'il se préparait à tirer celui-ci dans un recoin isolé pour le faire disparaître, ses deux compagnons grimpèrent la pente du glacier à sa rencontre.

— Changement de plan ! cria Delta 1. Les trois autres sont passés par-dessus bord.

Delta 3 ne manifesta aucune surprise. Il comprit aussitôt la signification de cette phrase. Le plan du commando, qui était de mettre en scène un accident en disposant les quatre cadavres dans les parages, n'était plus une option tenable. La découverte d'un corps isolé soulèverait inévitablement toutes sortes de questions.

— On nettoie la zone ? demanda-t-il.

Delta 1 acquiesça.

— Je vais récupérer les fusées. Pendant ce temps-là, débarrasse-toi du traîneau.

Tandis que Delta 1 retournait sur les traces des trois fuyards, ramassant tous les indices sans exception, Delta 3 et son compagnon redescendirent la pente du glacier, remorquant le traîneau chargé de son équipement. Ils lui firent escalader non sans peine les congères, et atteignirent finalement le précipice à l'extrémité de la plate-forme glaciaire. Après une dernière poussée des deux hommes, Norah Mangor et son matériel glissèrent silencieusement dans le vide et plongèrent dans l'Arctique.

Un nettoyage impeccable, songea Delta 3. En rentrant à la base, les trois hommes constatèrent avec plaisir que la bourrasque effaçait les empreintes de leurs skis.

61.

Le sous-marin nucléaire *Charlotte* était stationné dans l'océan Arctique depuis cinq jours. Sa présence à cet endroit était top secret.

Submersible de la classe Los Angeles, c'est-à-dire créé à l'origine pour lutter contre les sous-marins soviétiques, le *Charlotte* était conçu pour « entendre sans être entendu ». Ses turbines de quarante-deux tonnes étaient calées sur des ressorts pour étouffer toute vibration. Malgré leur caractère « furtif », les sous-marins de type *LA* figurent parmi les plus grands sous-marins de reconnaissance.

Mesurant plus de cent mètres de la proue à la poupe, il faisait sept fois la longueur de la première classe de sous-marins de la marine américaine – la classe Hollande. Le *Charlotte* déplaçait 6 927 tonnes d'eau quand il était complètement immergé, et sa vitesse de croisière pouvait atteindre trente-cinq nœuds.

La profondeur normale à laquelle il croisait se situait juste au-dessous de la thermocline, la zone de gradient maximal de température située approximativement entre cinquante et neuf cents mètres. Dans cette zone, les échos sonar étaient distordus et rendaient le sous-marin indétectable aux radars de surface. Avec un équipage de cent cinquante-huit hommes et une profondeur maximum de plongée de plus de cinq cents mètres, le *Charlotte*, le *nec plus ultra* du sous-marin, était en quelque sorte la bête de somme de la marine américaine pour les fonds marins. Son système d'oxygénation par électrolyse et évaporation, ses deux réacteurs nucléaires et les provisions embarquées lui donnaient la capacité de tourner vingt et une fois autour du globe sans refaire surface.

Le technicien assis devant l'écran de l'oscillateur dans la chambre du sonar était l'un des meilleurs au monde. Sa mémoire était une formidable base de données remplie de sons et d'ondulations. Il pouvait distinguer entre les sons de plusieurs dizaines de moteurs de sous-marins russes, des centaines d'animaux sous-marins et même repérer des éruptions sous-marines à dix mille kilomètres de distance.

Pour le moment, cependant, il écoutait un écho assourdi et répété. Ces sons, bien que faciles à distinguer, étaient tout à fait inattendus.

— Tu ne vas pas en croire tes oreilles ! déclara-t-il à son second en lui tendant ses écouteurs.

L'assistant enfila les écouteurs et lui jeta un regard incrédule.

— Mon Dieu ! C'est clair comme le jour... Qu'est-ce qu'on fait ?

Le sonariste était en train de téléphoner au capitaine quand ce dernier arriva.

Le technicien lui fit écouter une séquence en branchant les haut-parleurs. Le capitaine prêta l'oreille, le visage impassible.

Bong. Bong. Bong.

Bong... Bong... Bong...

La cadence ralentissait. De plus en plus. Les bong se faisaient de plus en plus aléatoires et assourdis.

— Quelles sont les coordonnées ?

Le technicien se racla la gorge.

— En fait, monsieur, le bruit provient de la surface, à environ cinq kilomètres à tribord.

62.

Dans le couloir sombre qui donnait sur le salon du sénateur Sexton, les jambes de Gabrielle Ashe tremblaient. Pas tant parce qu'elle était restée debout sans bouger pendant de longues minutes qu'à cause de l'immense déception qu'elle éprouvait. La réunion dans la pièce voisine se poursuivait, mais Gabrielle ne voulait pas entendre un mot de plus. La vérité lui apparaissait, douloureusement évidente.

Le sénateur Sexton accepte des pots-de-vin de sociétés spatiales privées, en conclut-elle.

Ce que Marjorie Tench lui avait dit était vrai.

Gabrielle se sentait trahie, d'où le dégoût qu'elle éprouvait. Elle avait vraiment cru en Sexton. Elle s'était battue pour lui. Comment peut-il me faire une chose pareille ? se répétait-elle. Gabrielle avait vu le sénateur mentir publiquement pour protéger sa vie privée, mais il s'agissait là de cuisine politicienne banale. Rien à voir avec la forfaiture dont il était désormais coupable.

Il n'est même pas élu qu'il brade déjà la Maison Blanche ! ironisa-t-elle.

Gabrielle comprit qu'il lui était impossible désormais d'apporter son soutien au sénateur. Promettre à ces patrons de faire voter la loi de privatisation de la NASA supposait un mépris total du système démocratique. Même si le sénateur croyait vraiment qu'une telle position était dans l'intérêt général, monnayer cette décision par avance revenait à court-circuiter le travail régulier du gouvernement, à ignorer les arguments des représentants au Congrès, de ses conseillers, des électeurs, des lobbies. Plus important encore, en assurant à ses sponsors la privatisation de la NASA, Sexton ouvrait la porte à une série de délits d'initiés, ceux de la Bourse étant les plus probables, et favorisait sans vergogne les riches entrepreneurs qui avaient leurs entrées à la Maison Blanche au détriment des petits investisseurs publics.

Complètement écœurée, Gabrielle se demandait quoi faire.

Un téléphone se mit à sonner derrière elle, brisant brusquement le silence du couloir. Surprise, Gabrielle pivota sur elle-même. Le bruit venait du placard de l'entrée – un mobile dans la poche d'un manteau.

— Excusez-moi, mes amis, fit la voix à l'accent texan dans le salon. C'est mon portable qui sonne.

Gabrielle entendit l'homme se lever. Elle reprit le couloir le plus vite possible, et tourna à gauche dans la première embrasure qui se présentait, une cuisine plongée dans l'obscurité, juste au moment où le Texan sortait du salon. Gabrielle se figea dans la pénombre.

Le Texan passa devant elle d'un pas vif sans remarquer sa présence.

Gabrielle sentit son pouls s'accélérer, tandis que l'homme fourrageait dans la penderie de l'entrée. Il finit par répondre.

— Ouais ?... Quand ?... Vraiment ?... On va allumer la télé. Merci !

L'homme raccrocha et revint vers le salon en lançant à l'assemblée :

— Hé, allumez la télé ! Il paraît que Zach Herney va donner une conférence de presse. À 20 heures pile. Sur toutes les chaînes. Ou bien on déclare la guerre à la Chine ou bien la station spatiale internationale vient de tomber dans l'océan.

— Si c'est le cas, on n'aura plus qu'à sabler le champagne ! lança quelqu'un.

Tout le monde s'esclaffa.

Gabrielle fut prise de vertige. Une conférence de presse à 20 heures précises ? Marjorie Tench ne l'avait pas bluffée. Elle avait donné à Gabrielle jusqu'à 20 heures pour lui remettre une déclaration reconnaissant sa liaison. « Prenez vos distances avec le sénateur avant qu'il ne soit trop tard. » Gabrielle avait supposé qu'il s'agissait de l'heure limite pour transmettre l'information à la presse afin qu'elle paraisse le lendemain. Mais il semblait maintenant que la Maison Blanche allait elle-même rendre ses allégations publiques.

Une conférence de presse extraordinaire ? Plus Gabrielle y pensait, plus tout ça lui paraissait étrange. Herney ferait son déballage lui-même ? En personne ?

Soudain, elle entendit une voix à la télévision. Tonitruante. Le présentateur, surexcité, annonçait la conférence de presse.

— La Maison Blanche n'a laissé filtrer aucune information concernant le sujet de l'allocution, et la capitale se perd en conjectures. Certains commentateurs politiques pensent qu'après sa récente absence dans la campagne présidentielle Zach Herney pourrait annoncer qu'il ne se représentera pas.

Une clameur pleine d'espoir s'éleva dans le salon.

Absurde, songea Gabrielle. Avec tout ce que la Maison Blanche a collecté sur Sexton, ce n'est certainement pas ce soir que Herney va jeter l'éponge.

Cette conférence de presse va parler d'autre chose. Gabrielle avait le sentiment angoissant de déjà connaître le sujet de l'allocution.

De plus en plus paniquée, elle jeta un coup d'œil à sa montre. Moins d'une heure. Elle avait une décision à prendre et elle savait exactement à qui en parler. Coinçant l'enveloppe de photos sous son bras, elle sortit silencieusement de l'appartement.

Dans le couloir, le garde du corps eut l'air soulagé.

— J'ai entendu quelqu'un rire à l'intérieur. On dirait que vous avez fait sensation !

Gabrielle sourit poliment et se dirigea vers l'ascenseur.

Au-dehors, dans la rue, la nuit tombante lui parut inhabituellement amère. Hélant un taxi, elle grimpa dans la voiture et essaya de se rassurer en se disant qu'elle faisait ce qu'il fallait.

— Au studio de télévision ABC, lança-t-elle au chauffeur. Et en vitesse !

63.

Allongé sur la glace, Michael Tolland posa sa tête sur son bras étendu, un bras qu'il ne sentait plus. Ses paupières avaient beau être lourdes, il luttait pour les garder ouvertes. De cette étrange position en surplomb, il percevait les dernières images de son existence : un paysage oblique de mer et de glace. Cette curieuse vision semblait parfaitement accordée à cette journée où rien n'avait marché comme il le fallait.

Un calme étrange régnait sur leur radeau de glace. Rachel et Corky étaient tous deux silencieux, les coups sourds sur la glace avaient cessé. Plus ils s'éloignaient du glacier, plus le vent s'apaisait. Tolland entendit les bruits internes de son corps diminuer aussi. C'était à cause du capuchon étroitement serré sur ses oreilles qu'il percevait encore si bien sa respiration. Or elle ralentissait, se faisait moins profonde. Son organisme n'était plus capable de lutter contre la sensation oppressante qui accompagnait le reflux de son sang des extrémités vers les organes vitaux. Le tout dans un dernier effort pour rester conscient aussi longtemps que possible.

C'était une bataille perdue, et il le savait.

Étrangement, il n'éprouvait plus de douleur. Il avait dépassé ce stade. La sensation dominante, à présent, était celle de l'engourdissement. Il avait l'impression de flotter, d'être en lévitation. Quand le premier de ses réflexes, le battement des paupières, tomba en panne, la vision de Tolland devint floue. L'humeur aqueuse qui circulait entre sa cornée et sa lentille de contact commençait à geler. Tolland jeta un coup d'œil vers la plate-forme glaciaire Milne, qui n'était maintenant plus qu'une forme blanche à peine visible sous le clair de lune brumeux.

Il sentit qu'il allait capituler. Vacillant à la lisière entre présence et dernier sommeil, il continuait de fixer les vagues de l'océan au loin. Tout autour de lui, la bourrasque hurlait.

Soudain, il se mit à avoir des hallucinations.

Pendant les dernières secondes, avant de sombrer dans le coma, ces hallucinations ne furent pas celles d'un sauvetage. Ce ne furent pas des pensées réconfortantes et chaudes qui s'emparèrent de lui. Son délire final fut cauchemardesque.

Un monstre émergea de la surface de l'eau à côté de l'iceberg, fendant la surface dans un sifflement strident. Tel un Leviathan marin, il approcha, lisse et noir, dégoulinant d'écume. Tolland se força à cligner des paupières. Sa vision se précisa un peu. La bête énorme était à présent tout près. Elle cognait contre la glace comme un immense requin qui cherche à renverser une fragile embarcation. Le monstre, massif, le dominait maintenant de toute sa hauteur. Luisant, implacable.

À mesure que cette image se brouillait, Tolland ne percevait plus que des bruits. Des sons métalliques. Le bruit de dents mordant la glace. Le bruit du monstre qui se rapproche, qui referme ses mâchoires sur des corps et les emporte…

Rachel…

Tolland se sentit agrippé vigoureusement.

C'est à ce moment qu'il sombra dans l'inconscience.

64.

En arrivant au troisième étage des studios d'ABC News, Gabrielle Ashe courait plus qu'elle ne marchait. Pourtant, en pénétrant dans la grande salle, elle se déplaçait plus lentement que ceux qui y travaillaient. L'effervescence ne connaissait jamais d'interruption sur le plateau, mais, à ce moment, il ressemblait à ce que pouvait être la Bourse un jour de krach. Les journalistes, les yeux écarquillés, se hélaient les uns les autres par-dessus les cloisons qui séparaient leurs box, des reporters agitaient des fax, comparaient leurs notes, et des stagiaires fébriles engloutissaient des barres chocolatées et des Coca entre deux courses folles.

Gabrielle était venue à ABC pour voir Yolanda Cole.

En général, on trouvait Yolanda dans un des bureaux vitrés réservés aux responsables qui avaient besoin de tranquillité. Ce soir, cependant, Yolanda était sur le plateau, au beau milieu de la mêlée. Quand elle aperçut Gabrielle, elle poussa son petit cri de joie habituel.

— Gab !

Yolanda portait une robe moulante à motif batik et des lunettes à monture d'écaille. Comme toujours, elle n'avait pas lésiné sur les bijoux et les accessoires. Elle agita frénétiquement la main vers Gabrielle.

— Salut !

Yolanda Cole travaillait comme journaliste pour ABC News depuis seize ans. Polonaise d'origine, le visage criblé de taches de rousseur, c'était une femme trapue, qui commençait à perdre ses cheveux, et que tout le monde appelait avec affection « maman ». Sa présence et sa bonne humeur masquaient d'une cordialité sincère son impatience intraitable quand il s'agissait d'obtenir une information ou un article urgent. Gabrielle avait rencontré Yolanda lors d'un séminaire sur les femmes et la politique peu après son arrivée à Washington. Elles avaient discuté ensemble du parcours de Gabrielle, de la difficulté pour une femme de se frayer un chemin dans la capitale américaine, et finalement d'Elvis Presley – une passion commune, qu'elles se découvrirent avec plaisir. Yolanda prit dès lors Gabrielle sous son aile et l'aida à se faire des relations. Gabrielle passait la voir tous les mois.

Elle serra Yolanda dans ses bras, retrouvant dans l'enthousiasme de son amie un petit peu de courage et de réconfort.

Yolanda recula d'un pas et examina son amie.

— Tu as la tête de quelqu'un qui vient de vieillir de cent ans, ma chérie ! Qu'est-ce qui t'arrive ?

Gabrielle baissa la voix.

— J'ai des ennuis, Yolanda.

— Ce n'est pourtant pas ce qu'on raconte. On dirait que ton candidat surfe sur la réussite.

— Est-ce qu'il y a un endroit où on peut parler tranquillement ?

— Ce n'est pas le moment, ma chérie. Le Président va donner une conférence de presse dans à peu près une demi-heure et on n'a toujours pas la moindre idée du sujet qu'il va aborder. Il va falloir que je ponde un commentaire *ad hoc*, mais pour l'instant je suis complètement dans les choux.

— Moi, je sais de quoi il va parler !

Yolanda abaissa ses lunettes, l'air sceptique.

— Gabrielle, notre correspondant à la Maison Blanche est dans le flou le plus total, et tu voudrais me faire croire que l'assistante de Sexton est au courant ?

— Je le sais. Donne-moi cinq minutes, je vais tout te raconter.

Yolanda Cole jeta un coup d'œil sur l'enveloppe rouge aux armes de la Maison Blanche que Gabrielle tenait à la main.

— C'est un dossier interne de la Maison Blanche... Où est-ce que tu l'as eu ?

— Durant un entretien privé avec Marjorie Tench, cet après-midi.

Yolanda la scruta un moment.

— Suis-moi, fit-elle.

Dans l'intimité d'un bureau vitré, Gabrielle confessa à sa meilleure amie qu'elle avait eu une liaison avec Sexton et que Marjorie Tench possédait un épais dossier de photos compromettantes.

Yolanda arborait un large sourire et secouait la tête en s'esclaffant. Une journaliste aguerrie comme elle ne se formalisait pas pour si peu.

— Ma petite Gabrielle, j'avais bien senti que toi et Sexton, vous aviez dû fricoter ensemble. Ce n'est pas étonnant. Il a une certaine réputation en la matière et tu es une jolie fille. Pour les photos, évidemment, c'est embêtant. Mais à mon avis il n'y a pas de quoi s'inquiéter.

Gabrielle lui expliqua que Marjorie Tench avait accusé Sexton de recevoir des pots-de-vin illégaux d'entreprises aérospatiales. Or, elle venait juste de surprendre derrière une porte une conversation de son patron avec ses sponsors qui confirmait ce soupçon. Une fois encore, l'expression de Yolanda ne traduisit ni surprise ni inquiétude, jusqu'à ce que Gabrielle lui révèle ce qu'elle comptait faire.

C'est là que Yolanda eut l'air inquiète.

— Gabrielle, si tu as choisi de révéler publiquement que tu as couché avec un sénateur américain et que tu n'as pas bronché le jour où il a menti à ce sujet, c'est ton affaire. Mais, je t'avertis, c'est une très mauvaise décision que tu vas prendre. Réfléchis bien aux conséquences que cela pourrait avoir pour toi.

— Tu n'écoutes pas ce que je te dis. Je n'ai plus le temps !

— Je t'écoute, ma chérie. Et que le temps presse ou non, il y a de toute façon certaines choses qu'on ne fait pas. Compromettre un sénateur américain dans un scandale sexuel, c'est du suicide. Je te préviens, mon chou, si tu « flingues » un candidat à la présidentielle, tu as intérêt à faire tes valises et à te tirer de Washington vite fait. Tu seras définitivement grillée. Bien des gens ont dépensé beaucoup d'argent pour faire élire leur candidat. Les sommes en question sans parler des enjeux de pouvoir sont énormes. Et les personnes concernées, je peux te le certifier, n'auront aucun scrupule à faire disparaître une gêneuse.

Gabrielle resta silencieuse.

— Personnellement, reprit Yolanda, je crois que Tench a joué cette carte dans l'espoir que tu paniquerais, que tu laisserais tomber Sexton et que tu avouerais toute l'affaire.

Yolanda désigna l'enveloppe rouge entre les mains de Gabrielle.

— Ces photos de toi et Sexton, ça vaut que dalle, à moins que Sexton et toi ne reconnaissiez qu'elles sont authentiques. La Maison Blanche sait parfaitement que, si elle envoie le dossier aux médias, Sexton criera à la machination et le jettera à la figure de Herney.

— J'y ai bien pensé, mais il y a aussi l'affaire des pots-de-vin qui ont financé sa campagne…

— Ma chérie, réfléchis-y à deux fois. Si la Maison Blanche n'a pas encore rendu publiques ces allégations de financement illicite, ils n'ont probablement pas l'intention de le faire. Le Président tient beaucoup à la dignité du débat politique. Ce que je subodore, c'est qu'il a décidé de ne pas déclencher ce scandale sur la privatisation de la recherche spatiale et qu'il a préféré laisser Tench monter ce bluff dans l'espoir de t'effrayer et de te faire avouer ta liaison. On a voulu te faire faire le sale boulot.

Gabrielle réfléchit quelques instants. Le topo de Yolanda était tout à fait convaincant et pourtant elle ne pouvait s'empêcher d'éprouver un certain malaise. Gabrielle désigna à travers la vitre le plateau de la production en pleine effervescence.

— Yolanda, tout le monde est en train de se préparer à la conférence de presse présidentielle. C'est manifestement très chaud. Si ce n'est pas pour parler des pots-de-vin ou des frasques de Sexton, alors pourquoi ?

Yolanda était sidérée.

— Attends, tu t'imagines qu'il a convoqué cette conférence de presse pour parler de ton histoire avec Sexton ?

— Ou des pots-de-vin, ou des deux. Marjorie Tench m'a avertie que j'avais jusqu'à 20 heures ce soir pour signer une confession, faute de quoi le Président allait annoncer...

L'éclat de rire de Yolanda fit vibrer les parois vitrées du bureau.

— Oh, s'il te plaît ! Je t'en supplie ! Tu vas me tuer !

Gabrielle n'était pas du tout d'humeur à plaisanter.

— Quoi ?

— Écoute, ma petite Gabrielle, reprit Yolanda entre deux éclats de rire, tu peux me faire confiance. Ça fait seize ans que je fréquente la Maison Blanche, et tu peux être sûre que Zach Herney ne convoquerait certainement pas tous les médias pour leur raconter qu'il soupçonne Sexton d'accepter des pots-de-vin ou de coucher avec toi. C'est le genre d'info qu'on fait circuler en douce. Un président ne gagne pas un point dans les sondages à balancer son rival et à jouer les fouille-m... On n'interrompt pas tous les programmes télé pour un scoop aussi fumeux.

— Fumeux ? aboya Gabrielle. Promettre à des industriels une loi sur l'espace contre plusieurs millions de dollars sous forme d'annonces et de spots publicitaires n'a rien de fumeux. Tout est clair comme de l'eau de roche !

Le ton de Yolanda se durcit brusquement.

— Mais es-tu certaine que c'est bien ce qu'il fait ? En es-tu suffisamment sûre pour faire une annonce sur une chaîne de télé nationale ? Réfléchis bien, ma chérie.

Il faut de puissants soutiens pour monter une campagne comme celle-là, et le financement électoral est quelque chose de très compliqué. Peut-être la réunion de Sexton était-elle parfaitement légale.

— Il a enfreint la loi, fit Gabrielle. Tu ne crois pas ?

— En tout cas, c'est bien ce que Marjorie Tench a voulu que tu croies, toi. Tous les candidats acceptent des dons non déclarés de la part des grandes entreprises. Ce n'est peut-être pas très joli, mais ce n'est pas forcément illégal. En fait, la plupart des problèmes ne concernent pas tant la provenance de l'argent que la façon dont le candidat choisit de le dépenser.

Gabrielle ne savait plus à quel saint se vouer.

— Gabrielle, la Maison Blanche a essayé de te bluffer cet après-midi. Ils ont voulu te retourner contre ton candidat, et jusque-là tu as marché. À ta place, je crois que je continuerais avec Sexton. Mais, surtout, j'hésiterais longtemps avant de me fier à quelqu'un comme Marjorie Tench.

Le téléphone de Yolanda sonna. Elle répondit, hocha la tête, émettant des grognements approbateurs, prenant des notes.

— Intéressant, conclut-elle. J'arrive tout de suite. Merci.

Yolanda raccrocha et se tourna vers Gabrielle, les sourcils froncés.

— Gabrielle, on dirait que tu es un peu à côté de la plaque. Exactement comme je l'avais prédit.

— Que se passe-t-il ?

— Je n'ai pas encore les détails, mais je peux t'affirmer en tout cas ceci : la conférence de presse du Président n'a rien à voir avec un quelconque scandale sexuel ou des financements illicites.

Gabrielle reprit espoir.

— Comment le sais-tu ?

— Quelqu'un de la Maison Blanche vient juste de me prévenir que le Président allait parler de la NASA.

Gabrielle se redressa brusquement.

— La NASA ?

Yolanda lui fit un clin d'œil.

— C'est peut-être ton jour de chance, ma petite Gabrielle. À mon avis, Herney est soumis à une telle pression de la part du sénateur Sexton qu'il a décidé que la Maison Blanche n'avait d'autre choix que de tirer le rideau sur la station spatiale internationale. Ce qui explique évidemment la couverture médiatique mondiale de son allocution.

Une conférence de presse pour annoncer la fin de la station spatiale ? Gabrielle n'en crut pas un mot.

Yolanda se leva.

— Pour en revenir à la Tench et à son cinéma de cet après-midi, c'était sans doute seulement une ultime tentative pour fermer le clapet de Sexton avant que le Président rende publique la mauvaise nouvelle. Rien de tel qu'un scandale sexuel pour distraire l'attention d'un autre flop présidentiel. Quoi qu'il en soit, Gabrielle, j'ai du boulot qui m'attend. En ce qui te concerne, je te conseille d'aller te chercher une tasse de café, de rester assise dans ce fauteuil, et de regarder bien sagement la conférence de presse à la télé. On a vingt minutes avant l'heure H, et je peux te certifier que le Président ne va pas parler de ton affaire avec Sexton. Le monde entier aura les yeux rivés sur lui. Quelle que soit son annonce, il faudra que ce soit quelque chose d'important.

Elle lui adressa un nouveau petit clin d'œil rassurant.

— Maintenant, donne-moi l'enveloppe.

— Quoi ?

Yolanda tendit une main impérieuse.

— Ces photos vont rester enfermées dans un tiroir de mon bureau jusqu'à ce que tout soit fini. Je veux m'assurer que tu ne feras rien de stupide.

À regret, Gabrielle lui tendit l'enveloppe.

Yolanda verrouilla son tiroir soigneusement et fourra les clés dans sa poche.

— Tu me remercieras, Gabrielle, je te le promets, dit-elle en passant tendrement une main dans la chevelure de la jeune femme avant de sortir. Reste assise et détends-toi, ma chérie, je suis sûre que ce seront de bonnes nouvelles.

Gabrielle resta seule dans le bureau vitré, s'efforçant de croire aux encouragements de Yolanda. Pourtant, elle ne parvenait pas à chasser de son esprit le sourire cynique et satisfait de Marjorie Tench. Gabrielle se demandait bien ce que le Président allait pouvoir déclarer au monde… Quoi qu'il en soit, cela n'augurait rien de bon pour le sénateur Sexton.

65.

Rachel Sexton avait l'impression de brûler vive.

Il pleut des flammes ! se dit-elle.

Elle essayait d'ouvrir les yeux, mais ne percevait que des formes confuses et une lumière. Il pleuvait de grosses gouttes brûlantes sur sa chair nue. On l'aspergeait d'eau chaude et elle souffrait atrocement. Elle était allongée sur le côté, sur des carreaux également brûlants. Elle se recroquevilla encore un peu plus en position fœtale, tâchant de se protéger contre le liquide brûlant dont on l'arrosait. Elle sentit des odeurs de produits chimiques. Du chlore, peut-être. Elle tenta de ramper pour se libérer, en vain. Des mains puissantes appuyées sur ses épaules l'empêchaient de bouger.

Instinctivement, elle lutta pour fuir, mais on la plaqua sur place.

— Restez où vous êtes ! ordonna une voix d'homme, avec un accent américain. Ce sera bientôt fini.

Qu'est-ce qui sera fini ? se demanda Rachel. La douleur ? Ma vie ? Elle essaya à nouveau d'accommoder. Les lumières étaient violentes. Elle se trouvait dans une pièce exiguë, basse de plafond.

— Ça fait mal, ça brûle ! cria Rachel, mais son cri n'était qu'une plainte rauque.

— Ne vous inquiétez pas, fit la voix. Ce n'est que de l'eau tiède. Vous pouvez me croire.

Rachel réalisa qu'elle était presque nue. On ne lui avait laissé que ses sous-vêtements. Elle n'en ressentit aucune confusion ; son esprit était ailleurs.

À présent, les souvenirs revenaient, en masse. La banquise. Le GPR. L'agression. Elle tenta de rassembler les pièces du puzzle mais son cerveau encore engourdi était incapable de fonctionner normalement. Michael et Corky..., songea-t-elle soudain. Où sont-ils ?

Rachel essaya de discerner ce qui l'entourait, mais elle ne vit que les hommes debout au-dessus d'elle, portant tous les mêmes salopettes bleues. Elle voulut parler mais sa bouche refusait d'articuler le moindre mot. La sensation de brûlure sur sa peau avait cédé la place à des tremblements qui parcouraient ses muscles comme des décharges électriques.

— Laissez faire, lui conseilla l'homme penché sur elle. Il est nécessaire que le sang irrigue à nouveau vos muscles.

Il parlait comme un médecin.

— Essayez de remuer vos membres autant que vous le pouvez.

La douleur était insoutenable, Rachel avait l'impression qu'on la frappait à grands coups de marteau. Étendue sur cette surface dure, la poitrine contractée, elle pouvait à peine respirer.

— Remuez vos bras et vos jambes, insistait l'homme. Même si cela vous fait mal.

Chaque fois qu'elle esquissait un mouvement, c'était comme si on lui enfonçait un poignard dans les articulations. Puis les jets d'eau redevinrent plus chauds. La brûlure était revenue, la douleur était atroce. À l'instant précis où elle pensait avoir dépassé son seuil de tolérance, Rachel sentit qu'on lui faisait une injection. La douleur décrut pour devenir supportable. Ses frémissements s'apaisèrent, elle sentit qu'elle respirait à nouveau.

De nouvelles sensations apparurent : on lui enfonçait des dizaines d'aiguilles sur tout le corps. Des centaines, des milliers de petits coups d'épingle qui s'intensifiaient à chaque mouvement qu'elle esquissait. Elle essaya de rester immobile mais les jets d'eau continuaient de pleuvoir dru. Maintenant, l'homme au-dessus d'elle lui manipulait les bras.

Rachel était trop faible pour lutter. Des larmes de fatigue et de douleur coulaient sur son visage. Elle ferma les yeux, tâchant d'oublier le monde extérieur.

Finalement, les coups d'aiguille se dissipèrent. La pluie au-dessus d'elle cessa brusquement. Quand Rachel ouvrit les yeux, elle y voyait plus clair.

C'est alors qu'elle les distingua nettement.

Corky et Tolland étaient étendus à côté d'elle, parcourus de tremblements convulsifs, à moitié nus et trempés. D'après l'expression angoissée de leurs deux visages, Rachel comprit qu'ils venaient d'endurer les mêmes souffrances qu'elle. Les yeux bruns de Michael Tolland étaient vitreux et injectés de sang. Quand il aperçut Rachel, il lui adressa un faible sourire, ses lèvres bleues tremblaient encore.

Rachel essaya de s'asseoir, pour comprendre où elle se trouvait. Ils se trouvaient tous les trois allongés sur le sol d'une petite salle d'eau.

66.

Elle sentit qu'on la soulevait. Des bras vigoureux.

On la sécha énergiquement et on l'enveloppa dans des couvertures. Puis, on l'étendit sur une couchette et on lui massa les bras, les jambes et les pieds. On lui fit une autre injection dans le creux du bras.

— De l'adrénaline, expliqua une voix.

Rachel sentit la drogue parcourir ses veines comme une énergie vitale qui régénérait ses muscles. Le froid de la glace contractait encore ses viscères, mais le sang réchauffait peu à peu tout son corps.

Ressuscitée des morts.

Elle aperçut Tolland et Corky allongés près d'elle, tremblant dans leurs couvertures, tandis que des hommes leur prodiguaient les mêmes soins.

Rachel n'en doutait pas : ces mystérieux individus venaient de leur sauver la vie à tous les trois. Qui étaient-ils et comment étaient-ils arrivés si vite jusqu'à eux ? Elle n'en savait rien. D'ailleurs, cela n'avait aucune importance pour le moment.

Nous sommes en vie, songea-t-elle.

— Où… suis-je ? parvint à articuler Rachel, ce qui déclencha aussitôt une forte migraine.

— Vous êtes dans l'infirmerie du sous-marin…, répondit l'homme qui la massait.

— Sur le pont ! cria quelqu'un.

Rachel tenta de s'asseoir. Un des hommes en bleu l'aida, lui soutenant le dos et ramenant la couverture autour d'elle. Rachel se frotta les yeux et vit quelqu'un entrer d'un pas vif dans la petite pièce.

Le nouveau venu était un Noir, au physique avenant et dont l'allure exprimait l'autorité. Il était vêtu d'un uniforme kaki.

— Repos ! ordonna-t-il, en s'approchant de Rachel.

Il s'arrêta à côté d'elle et la scruta d'un regard perçant.

— Harold Brown, se présenta-t-il, d'une voix ferme. Capitaine du sous-marin américain *Charlotte*. Et vous êtes ?

Sous-marin *Charlotte*, se dit Rachel. Le nom lui semblait vaguement familier.

— Sexton..., répondit-elle. Je m'appelle Rachel Sexton.

L'homme fut stupéfait. Il se pencha et l'examina attentivement.

— Pas possible ! Alors c'est vous ?

Rachel se sentit perdue. Il sait qui je suis ? se demanda-t-elle. Rachel était pourtant certaine de ne pas reconnaître cet homme, sur la poitrine duquel elle aperçut l'emblème familier de l'aigle serrant une ancre entourée des mots *US Navy*.

Elle comprit aussitôt pourquoi le nom du sous-marin, *Charlotte*, lui disait quelque chose.

— Bienvenue à bord, mademoiselle Sexton ! fit le capitaine. Je vous connais parce que vous avez traité un certain nombre de rapports envoyés par ce sous-marin...

— Mais que faites-vous dans ces eaux ? bredouilla-t-elle.

— Franchement, mademoiselle Sexton, j'étais sur le point de vous retourner la question, répliqua le capitaine d'un ton qui se durcit.

Tolland s'assit lentement, et ouvrit la bouche pour parler. Rachel le fit taire d'un ferme hochement de tête. Pas ici. Pas maintenant. Elle savait bien que la première chose dont Tolland et Corky allaient vouloir parler était la météorite et l'agression dont ils avaient été victimes, mais ce n'était certainement pas un sujet à aborder devant l'équipage d'un sous-marin américain. Dans le monde du renseignement, quelle que soit la situation, le secret reste le mot clé. Le problème de la météorite était un sujet classé top secret et seules les personnes habilitées pouvaient en être informées.

— Il faut absolument que je parle à William Pickering, le directeur du NRO, expliqua-t-elle au capitaine. En privé et immédiatement, ajouta-t-elle.

Harold Brown haussa les sourcils, apparemment peu habitué à recevoir des ordres sur son propre navire.

— J'ai des informations que je dois absolument lui transmettre tout de suite, reprit Rachel d'un ton sans réplique.

L'officier l'examina un moment.

— Il faut d'abord que votre température corporelle redevienne normale, et ensuite je pourrai vous mettre en contact avec le directeur du NRO.

— C'est urgent, capitaine. Je...

Rachel s'arrêta net, elle venait d'apercevoir une horloge sur le mur du petit local.

19 h 51.

Elle cligna les yeux.

— Est-ce que... est-ce que cette horloge est à l'heure ?

— Vous êtes sur un navire de la marine, madame, toutes nos horloges sont à l'heure.

— Est-ce que c'est l'heure de la côte Est ?

— 19 h 51, heure de la côte Est, absolument.

Mon Dieu ! pensa-t-elle, stupéfaite. Il n'est que 19 h 51 ? Rachel avait l'impression qu'il s'était écoulé tant d'heures depuis son évanouissement...

Le Président n'a pas encore fait son allocution sur la météorite ! J'ai encore le temps de l'arrêter ! pensa-t-elle. Elle sauta au bas de sa couchette, la couverture toujours étroitement drapée autour d'elle. Ses jambes tremblaient.

— Il faut absolument que je parle au Président tout de suite.

Le capitaine eut l'air interloqué.

— Le Président de quoi ?

— Des États-Unis !

— Je croyais que vous vouliez parler à William Pickering…

— Je n'ai pas le temps. Il faut que je parle au Président.

Le capitaine demeura immobile, sa large poitrine barrant toujours le passage.

— D'après ce que je sais, le Président est sur le point de donner une très importante conférence de presse en direct. Je doute fort qu'il prenne des appels personnels en ce moment.

Rachel se dressa sur ses jambes encore incertaines, et planta ses yeux dans ceux du capitaine.

— Capitaine, vous n'êtes pas habilité à en connaître la raison, mais le Président est sur le point de commettre une terrible erreur. J'ai des informations qui doivent absolument lui être communiquées. C'est une question de vie ou de mort. Tout de suite. Vous devez me croire !

Le capitaine la scruta longuement. Il fronça les sourcils et vérifia à nouveau l'heure.

— Neuf minutes ? Je ne peux pas vous assurer une connexion sécurisée avec la Maison Blanche en un temps si bref. Tout ce que je peux vous offrir, c'est un radiotéléphone. Ce n'est pas une communication sécurisée et il faudrait que nous plongions pour pouvoir émettre dans de bonnes conditions, ce qui prendra quelque…

— Faites-le ! Tout de suite !

67.

Trois standardistes travaillaient en permanence au standard téléphonique de la Maison Blanche, situé au rez-de-chaussée de l'aile est. Mais, pour l'instant, seules deux d'entre elles étaient assises devant la console, la troisième sprintait vers la salle de presse. Elle tenait un téléphone sans fil à la main. Elle avait essayé de passer l'appel dans le bureau Ovale, mais le Président était déjà parti pour sa conférence de presse. Elle avait tenté de joindre les assistants sur leurs cellulaires, mais tous les mobiles à l'intérieur et autour de la salle de presse étaient éteints afin de ne pas perturber l'émission.

Apporter en courant un téléphone sans fil directement au Président à un moment comme celui-ci pouvait sembler pour le moins saugrenu, et pourtant, quand l'officier de liaison du NRO à la Maison Blanche avait expliqué qu'elle avait une information urgente à communiquer au Président avant son allocution, l'opératrice avait compris qu'il allait falloir qu'elle détale. La question était maintenant de savoir si elle arriverait à temps.

Dans la petite infirmerie du sous-marin *Charlotte*, Rachel Sexton avait la main droite crispée sur le combiné téléphonique qu'elle plaquait contre son oreille en attendant de parler au Président. Tolland et Corky étaient assis à côté d'elle, l'air encore vaseux. Corky avait cinq points de suture et un hématome sur la pommette. Tous les trois avaient enfilé, avec l'aide des marins, des sous-vêtements isothermes dans un tissu spécial, des combinaisons de vol de la Navy, de grosses chaussettes de laine et des bottes de marin. Avec une tasse de café brûlant à la main, Rachel commençait à retrouver ses sensations.

— Mais que se passe-t-il, bon Dieu ? s'insurgea Tolland. Il est 19 h 56 !

Rachel n'en avait pas la moindre idée. Elle avait réussi à joindre une des standardistes de la Maison Blanche, lui avait expliqué qui elle était et que la situation était urgente. L'opératrice avait semblé comprendre sa démarche, et elle avait demandé à Rachel de patienter un peu. On pouvait espérer qu'elle était maintenant en train d'essayer de trouver le Président.

Quatre minutes, pensa Rachel. Qu'elle se grouille !

Fermant les yeux, elle tenta de rassembler ses esprits. Ça avait été une fichue journée... Je suis dans un sous-marin nucléaire, se dit-elle, en sachant qu'elle avait une sacrée chance d'être encore en vie. Selon le capitaine du sous-marin, le *Charlotte* se trouvait en patrouille de routine dans la mer de Béring depuis deux jours et il avait capté d'étranges sons provenant de la plate-forme glaciaire Milne, bruits de forages, d'avions, trafic radio crypté... On avait redéfini sa mission en lui demandant de s'approcher silencieusement et d'écouter ce qui se passait. Une heure plus tôt, le sonar avait capté une explosion sur le glacier et le *Charlotte* s'était approché pour voir de quoi il s'agissait. C'est alors qu'ils avaient entendu le SOS de Rachel.

— Plus que trois minutes !

Tolland surveillait l'horloge, l'air anxieux.

Rachel, elle aussi, frisait la crise de nerfs. Qu'est-ce qui prenait donc si longtemps ? Pourquoi le Président n'avait-il pas pris son appel ? Si Zach Herney annonçait ce que la NASA voulait lui faire dire…

Rachel chassa cette pensée de son esprit et secoua le combiné. Mais décroche donc !

Pendant que l'opératrice de la Maison Blanche cavalait dans les couloirs, elle croisait les membres de l'équipe présidentielle en groupes toujours plus compacts, discutant avec excitation, dans l'effervescence des derniers préparatifs. Elle aperçut le Président à vingt mètres, qui patientait à l'entrée de la salle de presse. Les maquilleuses s'activaient encore autour de lui.

— Laissez passer ! cria l'opératrice en essayant de traverser la foule, un appel pour le Président, excusez-moi ! Laissez passer !

— Direct dans deux minutes ! hurla le coordinateur de l'émission.

La main crispée sur le téléphone, l'opératrice tâchait de se frayer un passage jusqu'au Président.

— Un appel pour le Président ! cria-t-elle. Laissez passer !

Une haute silhouette s'interposa sur son chemin. Marjorie Tench. La conseillère présidentielle, avec sa mine grisâtre, faisait une grimace désapprobatrice.

— Que se passe-t-il ?

— J'ai un appel urgent !

La standardiste était à bout de souffle.

— … un appel pour le Président.

Tench eut l'air incrédule.

— Pas maintenant quand même, c'est incroyable !

— Il vient de Rachel Sexton. Elle dit que c'est urgent.

Dans l'expression crispée de Tench, la stupéfaction le disputait à la colère. Elle jeta un coup d'œil au téléphone sans fil.

— Mais c'est une ligne intérieure, ce n'est même pas une ligne sécurisée !

— Non, madame. Mais l'appel entrant est de toute façon ouvert. Elle appelle d'un radiotéléphone. Elle a besoin de parler au Président tout de suite.

— Direct dans quatre-vingt-dix secondes !

Les yeux froids de Tench se plissèrent, et elle tendit sa main d'araignée.

— Passez-moi ce téléphone !

Le cœur de la standardiste battait à tout rompre.

— Mlle Sexton veut parler au président Herney lui-même. Elle m'a demandé de faire retarder la conférence de presse jusqu'à ce qu'elle ait pu lui parler. Je lui ai assuré…

Marjorie Tench fit un pas de plus vers la standardiste, sa voix se transforma en chuintement menaçant.

— Laissez-moi vous dire comment les choses se passent. Vous ne prenez pas d'ordres de la fille du principal rival du Président, c'est moi qui vous les donne. Et je peux vous assurer que vous n'arriverez pas au Président avant que j'aie découvert ce qui se trame !

L'opératrice jeta un dernier regard vers le Président qui était maintenant entouré de techniciens, de stylistes et de membres de son équipe qui continuaient à apporter les dernières corrections à son discours.

— Soixante secondes ! lança le réalisateur depuis la régie.

À bord du *Charlotte*, Rachel Sexton faisait les cent pas dans le minuscule espace de l'infirmerie quand elle entendit finalement un clic sur la ligne téléphonique.

— Allô ? fit une voix éraillée.

— Président Herney ? bredouilla Rachel.

— Marjorie Tench, corrigea la voix. Je suis la conseillère du Président. Quelle que soit la personne à qui je m'adresse, je dois vous prévenir que les canulars téléphoniques contre la Maison Blanche sont en violation avec...

— Il ne s'agit pas d'un canular ! C'est Rachel Sexton. Je suis votre officier de liaison NRO et...

— Je sais qui est Mlle Sexton, et je doute fort que ce soit à elle que je m'adresse en ce moment. Vous êtes en train d'appeler la Maison Blanche sur une ligne non sécurisée pour me demander d'interrompre une allocution présidentielle très importante. On ne peut pas dire que vous suiviez la procédure réglementaire, et pour quelqu'un qui...

— Écoutez, fulmina Rachel, j'ai fait un rapport sur une météorite devant votre équipe au grand complet il y a deux heures. Vous étiez assise au premier rang. Vous avez suivi mes explications sur un écran de télé, assise sur le bureau du Président ! Que vous faut-il de plus ?

Marjorie Tench resta silencieuse un instant.

— Mademoiselle Sexton, quelle est la signification de tout cela ?

— La signification de mon appel, c'est que vous devez arrêter le Président ! Ces données sur la météorite sont complètement fausses ! Nous venons juste d'apprendre que la météorite a été insérée dans la plateforme glaciaire par en dessous. Je ne sais pas par qui et je ne sais pas pourquoi ! Mais les choses ne sont pas ce qu'elles paraissaient être ! Le Président est sur le point d'officialiser des informations complètement erronées, et je suggère vivement…

— Attendez un peu ! (Tench reprit un ton plus bas.) Saisissez-vous ce que vous êtes en train de dire ?

— Oui ! Je soupçonne l'administrateur de la NASA d'avoir orchestré une énorme mystification, et le président Herney est sur le point de mettre la main dans l'engrenage. Vous devez au moins retarder l'émission de dix minutes afin que je puisse lui expliquer ce qui est en train de se passer. Quelqu'un a essayé de me tuer, pour l'amour de Dieu !

La voix de Tench se fit soudain glaciale.

— Mademoiselle Sexton, laissez-moi vous donner un conseil en guise d'avertissement. Si vous avez un doute concernant l'aide que vous apportez à la Maison Blanche dans cette campagne, il fallait y penser avant de vous porter personnellement garante de toutes les données relatives à la découverte de la météorite pour le Président.

— Quoi ?

— Je suis révoltée par votre numéro. Se servir d'une ligne non sécurisée, vraiment, c'est un stratagème grossier. Insinuer que les données sur la météorite ont été falsifiées ? Mais quel officier de renseignements utiliserait un radiotéléphone pour appeler la Maison Blanche et discuter d'informations secrètes ? De toute évidence, vous espérez que quelqu'un va intercepter ce message.

— Norah Mangor a été tuée ! Le professeur Ming est mort également, vous devez prévenir…

— Arrêtez tout de suite ! Je ne sais pas à quoi vous jouez, mais je vous rappelle, et ceci vaut pour toute personne qui intercepterait cet appel téléphonique, que la Maison Blanche possède des dépositions enregistrées d'experts de la NASA, de savants renommés et de vous-même, mademoiselle Sexton. Tous ont confirmé l'exactitude des données sur la météorite. Je ne connais pas la raison pour laquelle vous avez décidé de changer subitement d'avis mais, quelle qu'elle soit, vous pouvez considérer, dès cet instant, que vous n'appartenez plus au personnel de la Maison Blanche. Si vous essayez de jeter le doute sur cette découverte avec d'autres allégations de falsification aussi absurdes, je vous assure que la Maison Blanche et la NASA vous poursuivront pour diffamation si vite que vous n'aurez même pas le temps de faire votre valise avant d'aller en prison.

Rachel ouvrit la bouche pour dire un mot mais Marjorie Tench lui avait bel et bien cloué le bec.

— Zach Herney a été généreux avec vous, aboya la conseillère présidentielle, et franchement ce que vous êtes en train de faire pue le stratagème publicitaire minable pour Sexton. Arrêtez ce cirque tout de suite ou je vous jure que nous vous poursuivrons en justice. Je vous le jure !

Et elle raccrocha.

La bouche de Rachel était toujours grande ouverte quand le capitaine frappa à la porte.

— Mademoiselle Sexton ? fit celui-ci en entrebâillant la porte. Nous recevons un faible signal de Radio-Canada. Le président Zach Herney vient de commencer sa conférence de presse.

68.

Assis sur l'estrade qui avait été dressée dans la salle de presse de la Maison Blanche, sous les projecteurs, Zach Herney comprit que le monde entier avait les yeux braqués sur lui. La stratégie du bureau de presse de la Maison Blanche avait créé une attente générale dans les médias et le public. Si certains n'avaient pas entendu parler de l'allocution présidentielle par la télé, la radio ou Internet, ils étaient forcément au courant par des voisins, des collègues de travail ou des parents. À 20 heures, aux États-Unis, tous ceux qui ne vivaient pas au fin fond d'une forêt spéculaient sur le sujet que le Président allait aborder. Dans les bars et les salons du monde entier, des millions de personnes étaient rivées à leur poste, se demandant de quoi il allait être question.

C'est durant des moments comme ceux-ci, face au monde, que Zach Herney éprouvait le poids de sa mission.

Ceux qui pensent que le pouvoir n'est pas écrasant sont ceux qui n'en ont jamais vraiment fait l'expérience. En commençant son allocution, cependant, Herney sentit que quelque chose clochait. Il n'était pas homme à céder au trac, et, pourtant, une appréhension sournoise venait de s'emparer de lui.

C'est l'ampleur de l'audience, songea-t-il. Mais il savait bien qu'il s'agissait d'autre chose. D'instinct. Quelque chose qu'il avait perçu un peu plus tôt. Une toute petite chose, et pourtant…

Il s'efforça de ne plus y penser. Ce n'était rien. Mais il n'y parvint pas.

Tench.

Quelques instants auparavant, alors que Herney se préparait à entrer en scène, il avait aperçu Marjorie Tench dans le couloir, un téléphone sans fil à l'oreille. C'était étrange en soi, mais ça l'était d'autant plus que la standardiste de la Maison Blanche était debout à côté d'elle, le visage blême. Herney n'avait pas entendu la conversation téléphonique, mais il avait constaté qu'elle ne se passait pas bien.

Tench se disputait avec une extrême véhémence – le Président avait rarement vu ça, même chez elle. Il s'interrompit une fraction de seconde et, cherchant sa conseillère des yeux, il croisa son regard perçant.

Elle releva les pouces pour l'encourager. Herney n'avait jamais vu sa vieille complice faire ce geste à quiconque. C'était la dernière image qu'il avait enregistrée avant de grimper sur l'estrade.

Dans le coin presse de la station de la NASA, sur Ellesmere Island, Lawrence Ekstrom était assis au milieu d'une longue table de réunion à côté de hauts responsables de l'Agence et de scientifiques. Sur un grand moniteur en face d'eux, ils suivaient en direct le début de la déclaration du Président. Les autres membres de l'équipe étaient agglutinés devant d'autres écrans, vibrant d'excitation, pendant que le chef de l'État entamait son allocution.

— Bonsoir, fit Herney, qui semblait étrangement crispé. À mes chers compatriotes et à tous nos amis autour du monde…

Ekstrom contemplait le volumineux échantillon de roche calcinée qui avait été installé juste en face de lui. Puis il regarda un écran de contrôle où il se vit flanqué de ses plus austères assistants devant un immense drapeau américain et le logo de la NASA. L'éclairage faisait de cette mise en scène une sorte de peinture néoréaliste, rappelant la Cène avec les douze apôtres. Zach Herney avait fait de cette allocution une émission politique à grand spectacle. Herney n'avait pas le choix. Ekstrom se sentait un peu comme ces télévangélistes, qui vendent aux masses une version marketing de la Bible.

Dans environ cinq minutes, le Président allait présenter Ekstrom et son équipe. Puis une liaison satellite tout à fait exceptionnelle le relierait à la NASA et permettrait à ses responsables d'exposer l'extraordinaire découverte.

Après un compte rendu de la façon dont elle était survenue, de ce qu'elle signifiait pour la science de l'espace, et les congratulations obligatoires, la NASA et le Président allaient passer la parole au journaliste scientifique Michael Tolland, dont le documentaire durait un peu moins de quinze minutes. Après quoi, la crédibilité et l'enthousiasme ayant atteint leur sommet, Ekstrom et le Président salueraient tout le monde, promettant d'autres informations et une série de conférences de presse de la NASA.

Alors qu'Ekstrom attendait le signal pour parler, il sentit une honte profonde le gagner. Il s'attendait à éprouver un tel sentiment.

Il n'avait pas dit la vérité… Il l'avait truquée.

D'une certaine façon, pourtant, ses mensonges lui semblaient sans conséquence. Ekstrom avait des préoccupations bien plus graves.

Dans le chaos de la salle de production d'ABC, Gabrielle Ashe était debout au milieu d'une foule de journalistes, toutes les têtes étaient tournées vers les écrans suspendus au plafond. Un « chut » général accompagna l'apparition du Président. Gabrielle ferma les yeux, espérant ne pas découvrir des images de son propre corps dénudé à la télé.

Dans le salon du sénateur Sexton, l'ambiance était électrique. Tous ses visiteurs étaient debout, les yeux rivés sur le grand écran.

Zach Herney, face au monde, avait incroyablement raté sa formule d'introduction.

Il a l'air de douter de lui, songea Sexton. C'est la première fois que je le vois comme ça.

— Regardez-le, murmura quelqu'un. Il doit s'agir de mauvaises nouvelles.

La station spatiale ? se demanda le sénateur.

Herney regarda la caméra en face et inspira profondément.

— Mes amis, cela fait maintenant des jours que je me demande comment je vais vous annoncer cette nouvelle…

Il suffit de trois mots, lui souffla Sexton malgré lui : je me retire.

Herney se mit à évoquer la place qu'avait prise, bien fâcheusement, la NASA dans cette campagne électorale, et du fait qu'étant donné la situation, il lui semblait nécessaire de s'expliquer sur le moment choisi pour faire son annonce. Il commençait donc par s'excuser.

— J'aurais préféré attendre un autre moment pour prononcer cette allocution, commença-t-il. La violence du débat politique tend à nous rendre méfiants, et pourtant, en tant que Président, je n'ai d'autre choix que de partager avec vous ce que je viens d'apprendre.

Il sourit.

— Il semble que la magie du cosmos ne s'accorde jamais avec aucun emploi du temps humain… pas même celui d'un Président.

Tout le petit groupe réuni dans le salon de Sexton se récria à l'unisson : « Quoi ? »

— Il y a deux semaines, fit Herney, le nouveau sondeur de densité en orbite polaire de la NASA est passé au-dessus de la plate-forme glaciaire Milne sur Ellesmere Island, une terre perdue située au-dessus du 80e parallèle dans l'extrême nord de l'océan Arctique.

Sexton et les autres échangèrent des regards interloqués.

— Ce satellite de la NASA, poursuivit Herney, a détecté une roche volumineuse et de haute densité enterrée à soixante mètres sous la banquise.

Herney sourit pour la première fois, trouvant enfin son rythme et un ton convaincant.

— En captant ces données, la NASA a immédiatement soupçonné que PODS avait trouvé une météorite.

— Une météorite, persifla Sexton, qui se leva d'un bond. C'est ça la grande nouvelle ?

— La NASA a envoyé une équipe sur la plate-forme glaciaire pour prélever des échantillons. C'est à ce moment-là que l'Agence spatiale…

Herney s'interrompit.

— … Franchement, il s'agit de la découverte scientifique du siècle.

Sexton fit un pas vers son téléviseur, il n'en croyait pas ses oreilles.

Ses invités remuèrent sur leurs sièges, mal à l'aise.

— Mesdames et messieurs, reprit Herney, il y a quelques heures, la NASA a extrait de cette banquise de l'Arctique une météorite de huit tonnes qui contient…

Le Président s'interrompit à nouveau, donnant à chacun le temps d'ouvrir grand ses oreilles.

— Une météorite qui contient des fossiles d'une forme de vie. La preuve irréfutable qu'il existe une vie extraterrestre.

À son signal, une image brillante se forma sur l'écran derrière le Président, celle d'un fossile, une énorme créature évoquant un insecte, enchâssée dans une roche calcinée.

Dans le salon de Westbrooke, six P-DG se levèrent d'un bond, les yeux écarquillés. Sexton, stupéfait, était cloué sur place.

— Mes amis, fit le Président, ce fossile derrière moi est vieux de cent quatre-vingt-dix millions d'années. Il a été découvert dans un fragment d'une météorite appelée *Jungersol Fall*, qui est tombée dans l'océan Arctique il y a presque trois siècles. Le nouveau satellite PODS de la NASA a découvert ce morceau de météorite sous une épaisse couche de glace. L'Agence et son administration ont pris les plus grandes précautions, ces deux dernières semaines, pour vérifier cette formidable découverte sur toutes ses coutures avant de la rendre publique. Dans la prochaine demi-heure, vous entendrez de hautes personnalités, et vous verrez un petit documentaire préparé par un journaliste que vous connaissez tous. Avant de continuer, je voudrais saluer, en direct par satellite depuis le cercle Arctique, l'homme dont la vision et le dur labeur sont seuls responsables de ce moment historique. C'est un grand honneur pour moi de vous présenter l'administrateur de la NASA, Lawrence Ekstrom.

Herney se tourna vers l'écran au moment précis où l'administrateur apparaissait.

L'image de la météorite fit place à la brochette d'experts assis à la longue table au milieu desquels trônait Ekstrom.

— Merci, monsieur le Président.

L'expression d'Ekstrom était sévère et fière.

Il se leva, et regarda la caméra bien en face.

— C'est un grand honneur pour moi de partager avec vous tous ce moment, qui restera l'un des plus importants dans l'histoire de l'Agence.

Ekstrom parla avec passion de la NASA et de cette découverte. Il commenta d'un ton victorieux le documentaire réalisé par Michael Tolland. En regardant ces images, le sénateur Sexton tomba à genoux devant la télévision, les mains crispées de désespoir sur sa belle chevelure argentée.

Non ! Mon Dieu, non ! implorait-il.

69.

Marjorie Tench était blême en quittant le chaos jovial qui régnait autour de la salle de presse pour retrouver son bureau de l'aile ouest. Elle n'était pas d'humeur à célébrer l'événement. L'appel de Rachel Sexton avait été on ne peut plus inattendu.

On ne peut plus contrariant.

Elle claqua la porte, s'installa à son bureau et demanda à l'opératrice de la Maison Blanche : « William Pickering, NRO. »

Elle alluma une cigarette et fit les cent pas dans la pièce en attendant que l'opératrice trouve Pickering. Normalement, il aurait dû être rentré chez lui mais, compte tenu du caractère exceptionnel de cette soirée, elle pensa qu'il devait être dans son bureau, scotché à la télé, à se demander ce qui pouvait bien se passer de si secret pour que même le directeur du NRO n'ait pas été informé.

Marjorie Tench se maudit de n'avoir pas suivi son instinct quand le Président lui avait dit qu'il voulait envoyer Rachel Sexton sur le glacier Milne. Elle s'était tout de suite méfiée, sentant que c'était un risque inutile. Mais le Président avait persuadé sa conseillère : l'équipe de la

Maison Blanche était devenue frondeuse ces dernières semaines et il n'allait pas être facile de la convaincre de cette découverte si la nouvelle venait de l'intérieur. Comme Herney l'avait prévu, le fait que Rachel Sexton endosse la validité de l'information avait tué les soupçons dans l'œuf et mis un terme au scepticisme de l'équipe présidentielle. Elle l'avait aussi forcée à montrer un front uni. Extrêmement précieux, Tench était obligée de le reconnaître. Pourtant, ce soir-là, Rachel Sexton faisait entendre un autre son de cloche.

Cette garce a appelé sur une ligne non sécurisée, fulminait-elle.

La fille du sénateur avait visiblement l'intention de ruiner la crédibilité de cette découverte. Seul soulagement pour Marjorie Tench, le Président possédait un enregistrement de l'exposé de Rachel sur vidéocassette. Au moins Herney avait-il obtenu cette petite assurance.

Elle commençait à craindre qu'ils n'en aient bien besoin.

Pour le moment, cependant, elle essayait de parer au plus pressé. Rachel Sexton était une femme intelligente et, si elle avait vraiment l'intention d'affronter dans un combat singulier la Maison Blanche et la NASA, elle allait avoir besoin d'alliés sacrément puissants. Logiquement, son premier choix serait William Pickering. Marjorie Tench connaissait l'opinion de Pickering sur la NASA. Il fallait absolument qu'elle le contacte avant Rachel.

— Madame Tench ? fit une voix sans timbre au bout de la ligne. Ici William Pickering. Que me vaut l'honneur ?...

Tench entendait la télévision en arrière-plan, le commentaire de la NASA. Elle sentait qu'il était encore sous le choc de l'annonce présidentielle.

— Avez-vous une minute, monsieur Pickering ?

— Je croyais que vous étiez en pleine célébration, madame Tench. Après tout, c'est une sacrée soirée pour vous ! On dirait que la NASA et le Président sont de retour !

Marjorie Tench perçut l'étonnement dans sa voix, nuancé d'une touche d'amertume, exprimant l'agacement de ne pas avoir été informé le premier d'une nouvelle de cette importance.

— Je regrette, fit-elle en essayant de l'amadouer, le fait que la Maison Blanche et la NASA aient été contraintes de vous tenir à l'écart.

— Savez-vous, rétorqua Pickering d'un ton sec, que le NRO a détecté une activité de la NASA dans l'Arctique il y a deux semaines et conduit une enquête ?

Tench fronça les sourcils : il est vexé comme un pou.

— Oui, je sais. Et d'ailleurs…

— La NASA a prétendu que ce n'était rien. Ils ont dit qu'ils étaient en train d'effectuer des exercices de formation dans un environnement « extrême ». Pour leurs hommes. De tester des équipements, ce genre de choses.

Pickering s'interrompit, puis :

— Nous avons gobé ce mensonge.

— Il ne s'agit pas d'un mensonge, jugea Tench. Plutôt d'un nécessaire habillage de la vérité. Compte tenu de l'ampleur de la découverte, je crois que vous comprenez que la NASA ait eu besoin de garder le silence.

— À l'égard du public sans doute, fit Pickering.

Un homme comme Pickering n'était pas du genre à bouder, et Marjorie Tench sentit qu'il n'en dirait pas plus.

— Je n'ai qu'une minute, lâcha-t-elle, essayant de retrouver une position dominante. Mais je me suis dit que je devais vous appeler et vous mettre en garde.

— Me mettre en garde ? Le président Herney a-t-il décidé d'engager un nouveau directeur du NRO pro-NASA ?

— Bien sûr que non. Le Président comprend que vos critiques de la NASA sont liées à des problèmes de sécurité et il s'efforce de les résoudre. En fait, mon appel concerne l'une de vos employées. Rachel Sexton. Avez-vous eu de ses nouvelles, ce soir ?

— Non. Je l'ai envoyée à la Maison Blanche ce matin, à la demande du Président, mais de toute évidence vous avez trouvé de quoi l'occuper toute la journée. Il faudra pourtant qu'elle revienne me faire son rapport.

Marjorie Tench fut soulagée d'avoir eu Pickering au téléphone la première. Elle tira une bouffée et parla aussi calmement que possible.

— Il se pourrait que vous ayez un appel de Mlle Sexton.

— Très bien. Je l'attends, d'ailleurs. Je dois vous dire que, lorsque la conférence de presse du Président a commencé, je craignais que Zach Herney ne l'ait convaincue d'y participer publiquement. Je suis ravi de voir qu'il n'en a rien été.

— Zach Herney est un homme honnête, fit Marjorie Tench, ce que je ne saurais dire de Mlle Sexton.

Il y eut un long blanc au bout de la ligne.

— J'espère que je vous ai mal comprise.

Marjorie Tench soupira, excédée.

— Non, monsieur, je crains que vous ne m'ayez parfaitement comprise. Je préférerais ne pas détailler le cas de Rachel Sexton au téléphone. Il semble qu'elle ait décidé de saper la crédibilité de l'allocution présidentielle. Je n'ai aucune idée de ses mobiles, mais, après avoir analysé et endossé les informations de la NASA dans l'après-midi, elle a subitement fait volte-face et elle émet maintenant les allégations les plus inacceptables sur une prétendue supercherie.

Pickering répondit, visiblement incrédule :

— Pouvez-vous répéter ?

— C'est incroyable, en effet. Je déteste être dans l'obligation d'avoir à vous apprendre ceci : Mlle Sexton m'a contactée deux minutes avant la conférence de presse et m'a demandé d'annuler l'événement.

— Pour quelle raison ?

— Celle qu'elle a invoquée était franchement absurde. Elle a dit qu'elle avait trouvé de graves inexactitudes dans les informations collectées par la NASA.

Le long silence de Pickering était plus défiant que Tench ne l'aurait souhaité.

— Des inexactitudes ? s'enquit-il finalement.

— C'est ridicule, vraiment, après deux semaines d'expérimentations de la NASA et…

— Je trouve difficile d'admettre que quelqu'un comme Rachel Sexton ait pu vous demander de retarder la conférence de presse du Président à moins d'avoir une sacrée bonne raison.

Pickering semblait troublé.

— Peut-être que vous auriez dû l'écouter…

— Oh, je vous en prie ! lâcha Tench entre deux quintes de toux. Vous avez vu la conférence de presse. Le dossier sur la météorite a été confirmé et reconfirmé par d'innombrables spécialistes. Y compris des civils. Ne vous semble-t-il pas étrange que Rachel Sexton, la fille du seul homme à qui cette découverte pourrait causer du tort, ait soudain retourné sa veste ?

— Cela me paraît surtout étrange, madame Tench, parce que je sais que Mlle Sexton et son père sont en très mauvais termes. Je n'arrive pas à imaginer pourquoi Rachel Sexton, après des années de services rendus au Président, déciderait soudain de changer de camp et de raconter des bobards pour soutenir son père.

— L'ambition peut-être ? Je ne sais vraiment pas. Peut-être l'opportunité d'être la fille du Président après tout…

Marjorie Tench laissa la conversation en suspens.

Le ton de Pickering se durcit instantanément.

— Peu vraisemblable, madame Tench. Très peu, vraiment.

Après tout, elle n'avait qu'à s'en prendre à elle-même. En accusant de trahison une des plus proches collaboratrices de Pickering, elle plaçait ce dernier sur la défensive.

— Passez-la-moi, intima Pickering. J'aimerais parler moi-même à Mlle Sexton.

— C'est impossible, répliqua Tench, elle ne se trouve pas à la Maison Blanche en ce moment.

— Où est-elle donc ?

— Le Président l'a envoyée sur le glacier Milne ce matin pour examiner le dossier, et elle n'est pas encore rentrée.

Pickering répondit d'une voix blanche :

— Mais je n'en ai jamais été informé…

— L'heure n'est pas aux récriminations, directeur. Je vous ai appelé par simple courtoisie. Je voulais vous prévenir de la réaction tout à fait inattendue et alarmante de Rachel Sexton. Elle va chercher des alliés et des soutiens. Si elle vous contacte, je tiens à ce que vous sachiez que la Maison Blanche est en possession d'une vidéo enregistrée cet après-midi dans laquelle Mlle Sexton assume intégralement les conclusions de l'équipe scientifique face au Président, à son cabinet et à toute son équipe. Si, à présent, pour je ne sais quelle raison, Rachel Sexton tente de salir la réputation de Zach Herney ou de la NASA, alors, je vous le jure, la réaction de la Maison Blanche sera implacable.

Marjorie Tench s'arrêta un moment pour être sûre que Pickering avait bien compris ce qu'elle voulait dire. Puis elle poursuivit :

— J'attends de vous que vous ayez la courtoisie de m'informer immédiatement si Rachel Sexton vous contacte. Elle a décidé d'attaquer le Président, et la Maison Blanche a l'intention de la placer en détention pour l'interroger avant qu'elle puisse causer de graves dégâts. J'attendrai votre appel, directeur Pickering. C'est tout. Bonsoir.

Marjorie Tench raccrocha, certaine que William Pickering n'avait jamais entendu personne lui parler sur ce ton. Au moins, à présent, il comprenait qu'elle ne plaisantait pas.

Au dernier étage du NRO, William Pickering, debout devant sa fenêtre, regardait au loin le paysage de la Virginie. L'appel de Marjorie Tench l'avait profondément perturbé. Il mâchonnait sa lèvre en essayant de rassembler dans son esprit les pièces du puzzle.

— Monsieur le directeur ? appela sa secrétaire en entrouvrant la porte. Vous avez un autre appel.

— Pas maintenant, fit Pickering d'un air absent.

— C'est Rachel Sexton.

Pickering pivota sur lui-même.

Marjorie Tench était apparemment extralucide.

— Très bien. Passez-moi la communication dans mon bureau.

— En fait, monsieur, il s'agit d'un appel crypté. Voulez-vous le prendre dans la salle de conférences ?

Un appel crypté ?

— D'où appelle-t-elle ? s'inquiéta-t-il.

La secrétaire lui donna l'information.

Pickering écarquilla les yeux. Sidéré, il remonta rapidement le couloir vers la salle de conférences. Décidément, c'était la journée de toutes les surprises.

70.

La chambre insonorisée, ou chambre sourde, du *Charlotte* avait été conçue d'après une structure similaire des laboratoires Bell. Acoustiquement « propre », cette petite pièce ne contenait ni surfaces parallèles ni surfaces réfléchissantes, et elle absorbait le son avec une efficacité de 99,4 %. À cause de la conductivité acoustique du métal et de l'eau, les conversations à bord des sous-marins peuvent souvent être interceptées par des systèmes d'écoutes ou des micros de succion parasites attachés à la coque externe. La chambre sourde était en fait une minuscule pièce du sous-marin d'où ne pouvait sortir absolument aucun son. Toutes les conversations se déroulant à l'intérieur de cette boîte isolée étaient entièrement sécurisées.

On aurait dit un grand placard dont les parois et le sol avaient été tapissés de spirales de mousse qui se hérissaient dans tous les sens. Rachel ne put s'empêcher de songer à une grotte sous-marine dans laquelle les stalagmites seraient devenues folles et se seraient mises à pousser avec une luxuriance débridée.

Le plus étonnant, cependant, était l'apparente absence de sol.

Celui-ci, constitué d'un filet à mailles losangiques tendu horizontalement en travers de la pièce, donnait aux occupants la sensation d'être suspendus à mi-hauteur. Grillage recouvert de caoutchouc, il ne se déformait pas quand on marchait dessus. Rachel regarda à travers ce sol ajouré et eut l'impression de traverser une passerelle de corde tendue au-dessus d'une sorte de fantastique paysage fractal. Sous elle, se dressait une menaçante forêt de stalagmites de mousse.

En entrant dans la pièce, Rachel avait perçu une inertie totale dans l'air qui l'avait désorientée. Un peu comme si chaque parcelle d'énergie avait été absorbée par les murs. Elle eut l'impression qu'on lui avait bourré les oreilles de coton : elle n'entendait que l'écho interne de sa respiration. Elle poussa une exclamation et eut la sensation d'avoir parlé dans un oreiller. Les murs supprimaient toutes les vibrations autres que celles qui se produisaient à l'intérieur de sa tête.

Le commandant sortit en refermant derrière lui la porte capitonnée. Rachel, Corky et Tolland étaient assis au milieu de la petite pièce, autour d'une mini-table en U dont les longs pieds métalliques traversaient le filet et reposaient sur le sol, en dessous. Sur la table étaient fixés plusieurs micros, casques à écouteurs, une console vidéo avec des micros flexibles, et une caméra « fish-eye ». Presque un symposium des Nations unies en miniature.

En tant que membre des services secrets américains, le plus grand fabricant au monde de microphones laser dernier cri, de capteurs d'écoute sous-marins paraboliques et autres gadgets électroniques hypersensibles, Rachel savait bien que très rares étaient les endroits où l'on pouvait tenir une conversation parfaitement sécurisée. Dans cette chambre sourde, on pouvait tout dire sans crainte d'être entendu. Les micros et les écouteurs sur la table permettaient une téléconférence en face à face. Les voix étaient prises en charge par un système de cryptage complexe qui intervenait juste après le micro, avant d'être retransmises sous forme de signaux numériques jusqu'à leur lointaine destination.

— Contrôle de niveau.

La voix se matérialisa brusquement à l'intérieur de leurs écouteurs, faisant sursauter Rachel, Tolland et Corky.

— M'entendez-vous, mademoiselle Sexton ?

Rachel se pencha vers le micro.

— Oui, merci.

— J'ai le directeur Pickering en ligne pour vous. Il accepte la communication cryptée audio-vidéo. Je vais vous laisser avec lui. Vous aurez votre communication d'un instant à l'autre.

Il y eut un silence à l'autre bout de la ligne. Un crachotis de parasites, puis une rapide série de bips et de clics dans les écouteurs. Sur l'écran vidéo, une image se forma avec une surprenante clarté, et Rachel découvrit son patron dans la salle de conférences du NRO. Il était seul. Sa tête se redressa brusquement et il regarda Rachel dans les yeux.

Elle se sentit étrangement soulagée de le voir.

— Mademoiselle Sexton, dit-il, l'air passablement contrarié, au nom du ciel, que se passe-t-il ?

— C'est à propos de la météorite, monsieur, fit Rachel. Je crois que nous avons un grave problème.

71.

Rachel Sexton présenta Michael Tolland et Corky Marlinson à Pickering. Puis elle se lança dans un compte rendu de l'incroyable série d'événements du jour.

Le directeur du NRO écoutait, impassible.

Rachel lui parla du plancton bioluminescent dans le puits d'extraction, de la découverte d'un puits d'insertion sous la météorite, de leur périple sur la banquise, et finalement de la soudaine attaque par des commandos qui, d'après elle, devaient appartenir aux forces spéciales.

William Pickering était connu pour son flegme et, pourtant, à mesure que Rachel avançait dans son récit, ses yeux s'écarquillaient de plus en plus. Elle sentit son incrédulité puis sa colère quand elle parla du meurtre de Norah Mangor, de leur fuite éperdue, et de la fin tragique à laquelle ils avaient échappé de justesse.

Bien que Rachel eût envie d'évoquer ses soupçons envers Ekstrom, elle connaissait assez Pickering pour ne pas porter devant lui d'accusations sans preuve. Elle se contenta donc d'énoncer des faits bruts sans les interpréter. Quand elle eut fini, Pickering attendit plusieurs secondes avant de réagir.

— Mademoiselle Sexton, dit-il finalement, et vous tous...

Il regarda tour à tour chacun d'eux.

— ... si ce que vous dites est vrai, et je ne vois pas pourquoi vous me mentiriez tous les trois, vous êtes très chanceux d'être encore en vie.

Ils acquiescèrent en silence. Le Président avait fait appel à quatre experts... et deux d'entre eux étaient morts.

Pickering poussa un soupir de profonde perplexité, comme s'il n'avait pas la moindre idée de ce qu'il allait pouvoir faire. Tous ces événements lui semblaient visiblement assez incompréhensibles.

— Y a-t-il l'infime possibilité, demanda-t-il, que le puits d'insertion qu'on voit sur ce cliché GPR soit un phénomène naturel ?

Rachel secoua la tête.

— Il est trop parfait.

Elle déplia le cliché GPR et le brandit en face de la caméra.

— La forme est trop régulière.

Pickering étudia l'image et poussa un grognement approbateur.

— Surtout, Rachel, que personne d'autre que vous ne mette la main sur ce cliché.

— J'ai appelé Marjorie Tench pour la prévenir et lui demander d'annuler l'allocution présidentielle, fit Rachel. Mais elle m'a raccroché au nez.

— Je sais, elle me l'a dit.

Rachel le fixa, stupéfaite.

— Marjorie Tench vous a appelé ?

Elle a fait drôlement vite, se dit-elle.

— À l'instant. Elle est hors d'elle. Elle est sûre que vous avez mis au point une machination pour discréditer le Président et la NASA. Peut-être dans l'intention d'aider votre père.

Rachel se leva d'un bond. Elle brandit à nouveau le cliché GPR et désigna ses deux compagnons.

— Mais enfin, nous avons failli mourir assassinés ! Si machination il y a, ce n'est pas de notre fait ! Et pourquoi donc…

Pickering leva les deux paumes en signe de capitulation.

— Doucement, doucement, Rachel. Ce que Mme Tench a oublié de me dire, c'est que vous étiez trois.

Rachel ne savait plus si elle avait eu le temps de mentionner l'existence de Corky et Tolland dans sa conversation avec Tench.

— Elle ne m'a pas dit non plus que vous aviez des preuves tangibles, reprit Pickering. J'étais sceptique sur son interprétation avant de vous parler, et maintenant je suis convaincu qu'elle se trompe. Je ne mets pas en doute vos affirmations. La question, au point où nous en sommes, est : qu'est-ce que tout cela peut bien signifier ?

Il y eut un long silence.

William Pickering semblait rarement déconcerté. Cette fois, cependant, il secoua la tête, visiblement perdu.

— Supposons que des quidams aient inséré cette météorite sous la glace. Cela pose la question évidente de leur mobile. Si la NASA possède une météorite avec des fossiles à l'intérieur, pourquoi accorder tant d'importance au lieu de sa découverte ?

— L'insertion, fit Rachel, semble avoir été effectuée de façon que le PODS détecte la météorite et que celle-ci apparaisse comme un fragment d'une météorite ancienne et connue.

— *Jungersol Fall*, renchérit Corky.

— Mais pourquoi vouloir absolument rattacher ce fragment à un impact connu ? demanda Pickering qui paraissait de plus en plus perplexe. Ces fossiles ne représentent-ils pas de toute façon n'importe où et à n'importe quel moment une découverte époustouflante ? Qu'ils soient ou non associés à une chute répertoriée ?

Tous trois acquiescèrent.

Pickering hésita, l'air contrarié.

— À moins… bien sûr…

Rachel avait l'impression de voir les engrenages tournoyer dans la cervelle de son directeur. Il avait trouvé l'explication la plus claire pour l'emplacement de la météorite, en écartant la chute de *Jungersol*, mais cette explication était aussi la plus dérangeante.

— À moins, reprit Pickering, que cet emplacement n'ait été soigneusement choisi pour apporter de la vraisemblance à des informations totalement fausses.

Il soupira et s'adressa à Corky.

— Professeur Marlinson, est-il possible que cette météorite soit une contrefaçon ?

— Une contrefaçon, monsieur ?

— Une fausse météorite, une météorite fabriquée ?

Corky eut un petit rire crispé.

— C'est complètement impossible ! Cette météorite a été examinée sur toutes ses coutures par d'innombrables professionnels, dont moi. Scanographes chimiques, spectrographie, datation au rubidium-strontium. Elle ne ressemble à aucune espèce de roche terrestre connue. Cette météorite est authentique. N'importe quel astrogéologue vous le confirmera.

Pickering réfléchit à ce que Corky venait de dire, caressant doucement sa cravate.

— Et pourtant, si l'on tient compte de l'enjeu pour la NASA, de ce qu'elle a à gagner aujourd'hui à cette découverte, si on retient les indices d'une falsification des preuves, sans parler de votre agression... la première conclusion et la seule logique que je tire de tout ce que je viens d'entendre, c'est que cette météorite est un faux parfaitement contrefait.

— C'est impossible ! lança Corky qui semblait maintenant fâché. Avec tout le respect que je vous dois, monsieur, les météorites n'ont rien à voir avec un effet spécial d'Hollywood qui pourrait être bidouillé dans un laboratoire pour tromper une bande d'astrophysiciens candides. Ce sont des objets chimiquement complexes avec des structures cristallines uniques et des teneurs en métaux tout aussi uniques !

— Je ne remets pas en cause votre compétence, professeur Marlinson, je remonte simplement une chaîne logique. Quelqu'un a cherché à vous tuer pour vous empêcher de révéler que la météorite avait été insérée de main d'homme sous la banquise ; j'imagine donc toutes sortes de scénarios plus ou moins extravagants. D'où vient votre certitude que cette roche est bien une météorite ?

— Précisément ? s'exclama Corky. Une croûte de fusion sans défaut, la présence de chondres, une teneur en nickel qu'on n'a jamais trouvée nulle part sur terre. Si vous suggérez que quelqu'un nous a floués en fabriquant cette roche en laboratoire, tout ce que je peux dire, c'est que ce laboratoire avait cent quatre-vingt-dix millions d'années.

Corky fourragea dans sa poche et en sortit un disque de pierre de la taille d'un CD. Il le tint devant l'objectif de la caméra.

— Nous avons daté chimiquement des échantillons comme celui-ci avec toutes sortes de méthodes. La datation au rubidium-strontium n'est pas falsifiable !

Pickering eut l'air surpris.

— Vous avez gardé un échantillon ?

Corky haussa les épaules.

— La NASA en a des dizaines comme ça à droite et à gauche.

— Vous êtes en train de me dire, fit Pickering, en regardant maintenant Rachel, que la NASA a découvert une météorite dont elle pense qu'elle contient des fossiles, et qu'elle laisse ses employés subtiliser des échantillons ?

— Ce qui compte, répondit Corky, c'est que ce caillou, dans ma main, vient des confins de la galaxie.

Il approcha l'échantillon de la caméra.

— Vous pourriez confier ceci à n'importe quel pétrologue, géologue ou astronome, ils effectueraient des tests et vous diraient deux choses : primo, cet échantillon est vieux de cent quatre-vingt-dix millions d'années ; et secundo, il est chimiquement différent de toutes les espèces de roches connues sur terre.

Pickering se pencha et étudia le fossile incrusté dans la roche. Il resta captivé quelques instants. Finalement, il soupira :

— Je ne suis pas un expert. Tout ce que je peux dire, c'est que si cette météorite est authentique, ce qui semble être le cas, j'aimerais savoir pourquoi la NASA ne l'a pas présentée au monde pour ce qu'elle était ? Pourquoi quelqu'un a-t-il choisi de l'enchâsser soigneusement sous une couche de banquise, comme pour nous persuader de son authenticité ?

Au même moment, un officier de sécurité de la Maison Blanche appelait Marjorie Tench.

La conseillère présidentielle décrocha dès la première sonnerie.

— Oui ?

— Madame Tench, fit l'officier, j'ai l'information que vous avez demandée tout à l'heure. L'appel radio passé par Rachel Sexton un peu plus tôt dans la soirée… Nous avons retrouvé sa trace.

— Alors ?

— Le service secret dit que le signal original provient du sous-marin nucléaire américain *Charlotte*.

— Quoi ?

— Nous n'avons pas les coordonnées, madame, mais ils sont certains du code du navire.

— Nom de Dieu !

Tench raccrocha brutalement sans un mot de plus.

72.

L'acoustique feutrée de la chambre sourde du *Charlotte* commençait à donner une légère nausée à Rachel. Sur l'écran, le visage inquiet de William Pickering se tourna vers Michael Tolland.

— Vous restez silencieux, monsieur Tolland…

Tolland le regarda comme un étudiant subitement interrogé par un professeur.

— Monsieur ?

— Je viens juste de voir à la télévision un remarquable documentaire que vous avez réalisé, fit Pickering. Quel est votre avis sur cette météorite, maintenant ?

— Eh bien, monsieur, répondit Tolland, visiblement mal à l'aise, je me range à l'avis du professeur Marlinson. Je crois que les fossiles et la météorite sont authentiques. Je connais bien les différentes techniques de datation ; or l'âge de cette roche a été confirmé par de multiples tests. Sa teneur en nickel également. Ces données ne peuvent pas être falsifiées. Il ne peut y avoir aucun doute sur la roche et son âge, environ cent quatre-vingt-dix millions d'années. Sa teneur en nickel ne se rencontre jamais sur des roches terrestres et elle contient des dizaines de fossiles parfaitement identifiés, dont la formation remonte aussi à cent quatre-vingt-dix millions d'années. Je ne vois aucune autre explication possible, sinon que la roche de la NASA est une authentique météorite.

Pickering, silencieux, semblait aux prises avec un dilemme, Rachel ne l'avait jamais vu aussi perplexe.

— Que devons-nous faire, monsieur ? demanda Rachel. De toute évidence, il faut prévenir le Président qu'il y a un problème sur ce dossier.

Pickering fronça les sourcils.

— Espérons que le Président n'est pas déjà au courant…

Rachel sentit un nœud se former au fond de sa gorge. Le sous-entendu de Pickering était clair. Le président Herney pouvait être impliqué dans cette affaire.

Rachel en doutait, mais la Maison Blanche et la NASA avaient beaucoup à y gagner.

— Malheureusement, reprit Pickering, à l'exception du cliché GPR révélant un puits d'insertion, toutes les données scientifiques convergent pour crédibiliser la découverte de la NASA.

Il s'arrêta, la mine grave.

— Et en ce qui concerne votre agression…

Il regarda Rachel dans les yeux.

— … vous avez mentionné des commandos des forces spéciales…

— Oui, monsieur.

Elle lui reparla des munitions improvisées et de leurs tactiques.

Pickering avait l'air de plus en plus désemparé. Rachel comprit que son patron passait en revue les possibles commanditaires. Il y avait évidemment le Président. Probablement Marjorie Tench, en tant que conseillère numéro un. Lawrence Ekstrom, l'administrateur de la NASA, vu ses liens avec le Pentagone, avait aussi cette possibilité. À mesure que Rachel examinait toutes les éventualités, elle réalisait que n'importe quel haut responsable politique doté des relations nécessaires avait pu manigancer cette attaque.

— Je pourrais téléphoner au Président tout de suite, fit Pickering, mais je ne pense pas que ce serait sage, au moins jusqu'à ce que nous sachions qui est derrière tout ça. Ma capacité de vous protéger sera très limitée une fois que nous aurons mis la Maison Blanche dans le coup. En outre, je ne sais pas ce que je pourrais bien lui dire. Si la météorite est authentique, ce que vous affirmez tous les trois, alors votre récit concernant le puits d'insertion et l'agression par des commandos semble invraisemblable. Le Président ne se privera pas de souligner la fragilité du scénario que je lui présenterai.

Il s'interrompit, comme s'il examinait les différentes possibilités.

— Et, de toute façon... quelle que soit la vérité, quels que soient les protagonistes de cette histoire, certains sont des gens très puissants qui vont prendre des coups si cette information est rendue publique. Je préfère vous mettre en sécurité tout de suite, avant de commencer les grandes manœuvres.

— Nous mettre en sécurité ?

Ce commentaire surprit Rachel.

— Je crois que nous sommes tout à fait à l'abri sur un sous-marin nucléaire, monsieur.

Pickering eut l'air sceptique.

— Votre présence sur ce sous-marin ne restera pas longtemps secrète. Je vais vous faire exfiltrer sur-le-champ. Franchement, je me sentirai mieux quand vous serez tous les trois assis en face de moi, dans mon bureau.

73.

Le sénateur Sexton était affalé sur son canapé, anéanti. Son appartement de Westbrooke Place, empli une heure plus tôt de grands patrons et d'amis, était maintenant jonché de ballons de cognac à moitié vides et de cartes de visite. Ses invités s'étaient littéralement enfuis à l'annonce de la catastrophe.

Recroquevillé sur lui-même, Sexton continuait à regarder la télévision. Il aurait bien voulu l'éteindre mais il était incapable de s'arracher aux interminables analyses des commentateurs. On était à Washington, et il n'avait pas fallu longtemps aux exégètes pour faire le tour de leurs interrogations pseudo-scientifiques et philosophiques et en arriver à la cuisine politicienne, si laide mais si alléchante. Comme des tortionnaires, versant goutte à goutte de l'acide sur les blessures de

Sexton, les journalistes en revenaient toujours aux grandes évidences.

— Il y a quelques heures, la campagne de Sexton prenait son envol, fit l'un d'eux. Maintenant, avec la découverte de la NASA, la campagne du sénateur s'est écrasée au sol.

Sexton gémit, tendant la main vers une bouteille de Courvoisier et avalant une gorgée directement au goulot. Cette soirée, il le savait, allait être la plus longue et la plus triste de sa vie. Il méprisait Marjorie Tench de l'avoir piégé comme elle l'avait fait. Il méprisait Gabrielle Ashe de l'avoir poussé à faire campagne contre la NASA. Il méprisait le Président d'avoir autant de chance. Et il méprisait le monde dont il serait maintenant la risée.

— Cet événement est dévastateur pour le sénateur, expliquait l'analyste. Le Président et la NASA ont remporté une victoire écrasante grâce à cette découverte. Une nouvelle comme celle-ci aurait revivifié la campagne présidentielle, quelle que soit la position de Sexton sur la NASA. Mais après l'affirmation du sénateur, cet après-midi, qu'il irait au besoin jusqu'à couper ses financements à la NASA… Eh bien, cette annonce présidentielle est un K.-O. dont le sénateur ne se relèvera pas.

J'ai été piégé, rumina Sexton. Je suis victime d'une machination de la Maison Blanche.

L'analyste souriait.

— Tout le crédit que la NASA avait récemment perdu a été restauré d'un seul coup. On éprouve en ce moment dans le pays un véritable sentiment de fierté nationale.

— Et c'est bien naturel, poursuivit son interlocuteur, ils adorent Zach Herney et ils étaient en train de perdre la foi. Il faut reconnaître que le Président était au tapis ces derniers temps, et qu'il avait pris quelques coups sévères. Mais il revient sur le devant de la scène frais comme une rose.

Sexton repensa au débat de l'après-midi sur CNN et pencha la tête, au bord de la nausée. Tout son laminage de la NASA, soigneusement construit au cours des mois précédents, n'avait pas seulement été brutalement interrompu, mais il s'était retourné contre lui avec une violence imprévue. Il passait maintenant pour un imbécile. Il avait été berné comme un bleu par la Maison Blanche. Il imaginait déjà les caricatures dans les quotidiens du lendemain. Son nom allait être tourné en ridicule dans tous les journaux du pays. Quant au financement discret de la SFF, il pouvait faire une croix dessus. La donne n'était plus du tout la même. Les hommes réunis dans son appartement deux heures plus tôt avaient vu leurs rêves partir en fumée. La privatisation de l'espace était désormais complètement impensable.

Avalant une autre gorgée de cognac, le sénateur se leva et marcha d'un pas chancelant vers son bureau. Il regarda le combiné du téléphone décroché. Sachant que c'était un acte d'autoflagellation masochiste, il le replaça lentement sur son support et se mit à compter les secondes.

Une… deux… Le téléphone sonna. Il laissa le répondeur se déclencher.

— Sénateur Sexton, c'est Judy Oliver, de CNN. J'aimerais vous donner la possibilité de réagir à la découverte de la NASA de ce soir. S'il vous plaît, rappelez-moi.

Elle raccrocha.

Sexton se remit à compter. Un... Le téléphone se remit à sonner. Il l'ignora. Encore un journaliste qui laissait un message.

Sa bouteille de Courvoisier à la main, Sexton se dirigea vers le balcon dont il fit coulisser la porte-fenêtre. Il sortit sur la terrasse respirer l'air frais du soir. Appuyé à la balustrade, il promena son regard sur la façade illuminée de la Maison Blanche qu'on apercevait au loin. Les lumières semblaient scintiller gaiement sous le vent.

Salauds ! cria-t-il en lui-même. Pendant des siècles on a cherché des preuves de vie dans l'univers. Et voilà qu'on les découvre, l'année même où j'aurais dû être élu ? Ce n'est pas de la chance, ça tient du miracle !

Aussi loin que Sexton pouvait voir, toutes les fenêtres des appartements brillaient, partout les téléviseurs étaient allumés. Sexton se demanda où se trouvait Gabrielle Ashe. Tout ça, c'était de sa faute. C'est elle qui lui avait rebattu les oreilles de tous les échecs successifs de la NASA.

Il leva sa bouteille pour avaler une autre lampée d'alcool.

Fichue Gabrielle... C'est sa faute si je suis au fond du trou ce soir, maugréa-t-il.

De l'autre côté de la ville, au milieu de la foule des journalistes surexcités d'ABC News, Gabrielle Ashe était sous le choc. L'allocution présidentielle l'avait foudroyée et l'avait plongée dans une hébétude dont elle ne parvenait pas à sortir. Elle se leva, jambes raides, les yeux rivés sur un écran pendant qu'autour d'elle la fièvre montait de quelques degrés.

Sur le plateau, un silence de mort régnait au début de l'allocution. Mais, quelques instants plus tard, la ronde folle des reporters survoltés avait repris de plus belle. Ces gens étaient des professionnels. Pas le temps de s'adonner à de profondes réflexions. Cela attendrait le soir, après le boulot. Pour le moment, les téléspectateurs voulaient en savoir plus et ABC devait leur fournir toutes les informations possibles. Tous les ingrédients dont raffolait le public étaient réunis : un arrière-plan scientifique, un zeste d'histoire, un suspense politique… Ce soir-là, dans les médias, personne ne chômait.

— Gab ? fit Yolanda d'une voix pleine de tendresse. On va retourner dans mon bureau avant que quelqu'un te reconnaisse et se mette à te demander comment tu vois l'avenir de Sexton…

Gabrielle se laissa conduire dans un semi-brouillard vers le box vitré. Yolanda s'assit et lui tendit un verre d'eau, s'efforçant de sourire.

— Essaie de voir le bon côté des choses, Gab. La campagne de ton candidat est par terre mais toi, au moins, tu ne l'es pas.

— Merci, mais ma situation n'est pas brillante.

Le ton de Yolanda devint plus grave.

— Gabrielle, je sais que tu ne t'es jamais sentie plus mal. Ton candidat vient de se faire écraser par un rouleau compresseur et, si tu veux mon avis, il ne s'en relèvera pas. En tout cas, pas assez vite pour remporter cette élection-là. Mais, au moins, on n'a pas vu de photos de toi à poil sur les écrans de télé. Et ça, c'est une bonne nouvelle. Herney n'a plus besoin d'un scandale, maintenant. Il est réélu d'avance, il ne va pas s'abaisser à cette petite cuisine sordide.

Ces propos étaient d'un mince réconfort pour Gabrielle.

— Quant aux affirmations de Tench sur les pots-de-vin qu'aurait touchés Sexton… (Yolanda secoua la tête.) je doute sérieusement que ça sorte dans la presse. Pour deux raisons : d'abord parce que Herney ne veut pas de coups en dessous de la ceinture ; et, d'autre part, parce qu'une enquête sur un financement illégal serait désastreuse pour le pays. Herney poussera-t-il le civisme jusqu'à ménager son opposant simplement pour protéger le moral de la nation ? En tout cas, je suis convaincue que Tench, pour t'effrayer, a forcé le trait au sujet des sponsors de Sexton. Elle a parié que tu quitterais le navire et que tu déclencherais toi-même le scandale sexuel qui aurait avantagé Herney. Et tu dois le reconnaître, Gab… Ce soir, ç'aurait été le moment ou jamais de dénoncer l'immoralité du sénateur !

Gabrielle hocha vaguement la tête.

— Tu as été plus forte que la Tench, Gab. Elle a tenté de te faire mordre à l'hameçon mais tu n'as pas mordu. Évidemment, tu as perdu ton boulot, mais il y aura d'autres campagnes électorales…

Gabrielle acquiesça vaguement, se demandant ce qu'elle devait croire.

— Il faut avouer, reprit Yolanda, que la Maison Blanche a brillamment piégé Sexton en le poussant à attaquer la NASA et en focalisant toute sa campagne sur ce thème.

C'est entièrement ma faute, songea Gabrielle.

— Et cette allocution de ce soir, elle tenait du génie ! L'importance de la découverte mise à part, la communication était parfaite. Un direct avec liaison satellite de l'Arctique ? Un documentaire signé Michael Tolland ? Mais bon Dieu, comment veux-tu rivaliser avec ça ? Zach Herney les a tous enfoncés. Ce n'est pas un hasard si ce type est Président. Il faut que je retourne travailler, Gab. Toi, reste là aussi longtemps que tu veux. Essaie de retrouver tes esprits.

Yolanda se dirigea vers la porte.

— Détends-toi, ma chérie, je reviens dans un moment.

Gabrielle sirota son verre d'eau, mais il avait un arrière-goût amer. Comme tout le reste. Tout est de ma faute, se dit-elle, tâchant d'étouffer ses remords comme elle pouvait. Les conférences de presse catastrophiques de la NASA, l'année précédente, les problèmes et les retards de la station spatiale, le lancement reporté de la fusée X-33, toutes les missions ratées sur Mars, les dépassements de budget continuels : les raisons d'attaquer l'Agence n'avaient pas manqué…

Il n'y avait rien d'autre à faire, se disait la jeune femme, j'ai fait exactement ce qu'il fallait.

Mais le retour de manivelle était terrible.

74.

L'hélicoptère SeaHawk de la marine américaine était parti de la base groenlandaise de Thulé en mission secrète pour l'Arctique. Il volait bas, trop bas pour que les radars le détectent. Il apparut soudain à environ une centaine de mètres au-dessus d'une mer balayée par de violentes bourrasques. Puis, exécutant les étranges instructions qu'ils avaient reçues, les pilotes amenèrent leur engin au-dessus d'un point précis de l'océan, dont on leur avait donné les coordonnées.

— Où est le rendez-vous ? hurla le copilote, interloqué.

On leur avait dit d'emporter un treuil de sauvetage, ils s'attendaient donc à une opération de recherche et de sauvetage.

— T'es sûr des coordonnées ?

Il scruta la mer agitée avec son projecteur, mais il n'y avait rien en dessous d'eux – hormis pourtant…

— Nom de Dieu ! cria le pilote en tirant brusquement sur le manche.

L'hélicoptère fit un bond de plusieurs mètres.

Une montagne d'acier noir avait surgi juste devant eux, sans le moindre avertissement. Un immense sous-marin, sans marque de reconnaissance extérieure, rejetait son ballast et s'élevait dans un tourbillonnement d'écume.

Les pilotes échangèrent de petits rires crispés.

— Il faut croire que c'est ça !

Comme on le leur avait ordonné, ils procédèrent à l'embarquement dans un silence radio complet. La double porte du sas passerelle s'ouvrit et un matelot leur envoya des signaux avec un projecteur. L'engin se positionna au-dessus du sous-marin et laissa filer un triple harnais au bout d'un câble rétractable. En moins d'une minute, les trois inconnus étaient hissés dans l'hélicoptère, lentement, sous le violent flux d'air des rotors.

Quand les deux hommes et la femme eurent pris pied dans l'appareil, le pilote envoya un dernier signal au matelot. Tout était OK.

En quelques secondes, l'énorme sous-marin disparut sans laisser la moindre trace de sa présence.

Une fois les passagers en sûreté à bord de l'hélicoptère, le pilote prit la direction du sud. La tempête approchait rapidement et les trois étrangers devaient rejoindre la base aérienne de Thulé où un avion les attendrait. De leur destination finale, le pilote n'avait pas la moindre idée. Tout ce qu'il savait, c'était que ces ordres venaient de haut et qu'il transportait une précieuse cargaison.

75.

Quand la tempête s'abattit sur le glacier Milne, encerclant la station arctique de la NASA, le dôme se mit à trembler comme s'il allait être arraché de la banquise et projeté dans la mer. Les câbles d'acier menaçaient de rompre leurs amarres, vibrant comme d'énormes cordes de guitare avec un bourdonnement plaintif. Les générateurs, au-dehors, hésitaient, s'interrompaient, faisant trembloter les lumières comme si la grande salle allait être bientôt plongée dans le noir.

Lawrence Ekstrom marchait à grands pas sous le dôme. Il aurait bien aimé ficher le camp, mais c'était exclu. Il allait devoir rester un jour de plus, il donnerait ses dernières interviews à la presse dans la matinée et superviserait les préparatifs du transport de la météorite à Washington. Il aurait tant voulu se reposer, dormir un peu… Les multiples problèmes qui avaient émaillé la journée l'avaient mis sur les genoux.

Les pensées d'Ekstrom se tournaient vers Wailee Ming, Rachel Sexton, Norah Mangor, Michael Tolland et Corky Marlinson. Certains membres de l'équipe de la NASA avaient commencé à remarquer l'absence des experts civils.

Relaxe, se dit-il, je contrôle la situation.

Il inspira profondément, se rappelant que la terre entière était captivée par l'annonce de la NASA et la magie de l'espace. Le dernier scoop sur la possibilité d'une vie extraterrestre remontait à bien longtemps. Il s'agissait du fameux accident de Roswell, en 1947. On avait prétendu qu'un vaisseau spatial extraterrestre s'était écrasé à Roswell (Nouveau-Mexique), un patelin devenu depuis un véritable lieu de pèlerinage pour des millions d'adeptes des ovnis.

À l'époque où Ekstrom travaillait au Pentagone, il avait appris que l'épisode de Roswell n'était qu'un accident militaire survenu durant une opération intitulée *projet Moghul* – l'essai en vol d'un ballon-espion conçu pour écouter les expérimentations atomiques des Soviétiques. Lors d'un test, un prototype avait échappé aux ingénieurs et était allé s'écraser dans le désert du Nouveau-Mexique. Malheureusement, il avait fallu qu'un civil découvre l'épave du ballon avant les militaires.

William Brazel, un brave éleveur de bétail, était tombé sur des débris de néoprène de synthèse et de métaux légers, des matériaux qui ne ressemblaient à rien de ce qu'il connaissait. Il avait aussitôt appelé le shérif. Des journaux avaient rapporté l'histoire de cet étrange crash, et la curiosité du public avait grimpé en flèche. Alimentés par les dénégations des militaires, des reporters avaient enquêté et le secret du projet Moghul avait été sérieusement menacé. Mais, au moment où l'on allait devoir révéler l'existence d'un ballon-espion, un événement miraculeux s'était produit.

En effet, les médias formulèrent alors une hypothèse inattendue. Ils décidèrent que ces débris ne pouvaient venir que d'une source extraterrestre, de créatures scientifiquement plus avancées que les êtres humains. Le démenti des militaires à propos de l'accident ne pouvait signifier qu'une seule chose : ils refusaient d'avouer un contact avec ces extraterrestres ! L'armée de l'air, assez déconcertée par cette dernière théorie, comprit cependant que c'était pour elle une parade idéale. Elle décida d'alimenter, sans en avoir l'air, les rumeurs au sujet des « extraterrestres ». La nouvelle annonçant que des petits hommes verts s'étaient écrasés au Nouveau-Mexique se répandit dans le monde entier, mais à tout prendre, c'était beaucoup moins dangereux pour la sécurité nationale que si les Russes avaient eu vent du projet Moghul.

Pour alimenter le délire journalistique, la communauté du renseignement recouvrit l'accident de Roswell d'un voile de mystère et orchestra des pseudo-fuites en parlant aux journalistes de contacts avec ces extraterrestres, d'épaves de vaisseaux spatiaux, et même d'un mystérieux *hangar 18* à la base aérienne Wright-Patterson, à Dayton, où le gouvernement conservait des corps d'extraterrestres congelés. Le monde goba cette histoire, et la fièvre de Roswell balaya le globe. À partir de ce moment-là, chaque fois qu'un civil repérait un engin aérien américain en le prenant pour une soucoupe volante, les militaires se contentaient de relancer les vieilles rumeurs.

« Ce n'est pas un engin aérien, c'est une soucoupe volante ! »

Ekstrom était étonné de voir à quel point cette grossière supercherie continuait à fonctionner. Chaque fois que les médias rapportaient une nouvelle série de témoignages sur un ovni, Ekstrom ne pouvait s'empêcher de rire. Tout laissait à penser que quelques civils chanceux avaient dû apercevoir l'un des cinquante-sept dromes de reconnaissance invisibles et hyperrapides du NRO, un GlobalHawk oblong, contrôlé à distance, et qui ne ressemblait à aucun autre avion connu.

Ekstrom trouvait pathétique le défilé incessant de groupes de touristes sillonnant le désert du Nouveau-Mexique pour scruter les cieux avec leurs caméras vidéo. De temps en temps, l'un d'eux, plus chanceux que les autres, enregistrait une « preuve tangible » de l'apparition d'un ovni : des lumières brillantes traversaient le ciel en scintillant, faisant croire à un appareil plus rapide que tous les avions humains connus. Ce que ces naïfs ignoraient, c'est qu'il existait un écart de plus de dix ans entre le moment où le gouvernement faisait construire ses engins les plus sophistiqués et le moment où le public les découvrait. Ces amateurs d'ovnis avaient donc droit à un aperçu de la nouvelle génération des avions américains développés sur la Zone 51. Nombre de ces prototypes sortaient tout juste des labos de la NASA. Bien sûr, les services de renseignements s'abstenaient de corriger cette erreur ; il était évidemment préférable que le monde s'imagine voir des ovnis plutôt que de le laisser gloser sur une nouvelle génération d'avions militaires.

Désormais tout est différent, songea Ekstrom. Dans quelques heures, la légende extraterrestre allait devenir une réalité confirmée, et cela pour toujours.

— Monsieur l'administrateur ?

Un technicien de la NASA s'approchait de lui d'un pas rapide.

— Vous avez un appel urgent sécurisé au CMS.

Ekstrom se tourna en soupirant. De quoi s'agissait-il encore ? Il se dirigea vers la tente des communications.

Le technicien le suivit d'un pas rapide.

— Monsieur, les opérateurs radar se demandent…

— Oui ?

Ekstrom pensait à tout autre chose pour l'instant.

— Le gros sous-marin stationné près de la côte ?… On se demandait pourquoi vous ne nous en aviez pas parlé…

Ekstrom lui jeta un coup d'œil surpris.

— Vous dites ?

— Le sous-marin, monsieur… Vous auriez au moins pu en parler aux radaristes. On comprend que vous ayez besoin d'une sécurité maritime supplémentaire, mais notre équipe radar a été prise au dépourvu.

Ekstrom pivota.

— Mais enfin, de quel sous-marin me parlez-vous ?

Le technicien se figea, visiblement étonné par l'air surpris de l'administrateur.

— Il ne fait pas partie de notre opération ?

— Mais non ! Où est-il ?

Le technicien déglutit péniblement.

— À environ cinq kilomètres au large. Nous l'avons localisé grâce au radar, un coup de chance. Il a fait surface quelques instants. Et là, le signal a été assez net. Ça ne pouvait être qu'un sous-marin nucléaire. On a pensé que vous aviez demandé à la marine d'envoyer un SNA pour surveiller toute l'opération sans nous en parler.

Ekstrom lui jeta un regard perçant.

— Je peux vous dire que je n'ai jamais rien demandé de tel !

Le technicien répondit d'une voix altérée :

— Eh bien alors, monsieur, je dois vous informer qu'un sous-marin vient juste d'opérer un contact avec un engin aérien à quelques kilomètres au large de la côte. Ça ressemblait fort à un échange de personnel. En fait, nous avons été très impressionnés qu'on ait tenté un échange mer-ciel, vu la force de la bourrasque.

Ekstrom sentit tous ses muscles se raidir.

Mais bon Dieu, que fait ce sous-marin au large d'Ellesmere Island sans que je sois prévenu ? gronda-t-il en lui-même.

— Avez-vous vu dans quelle direction il est reparti ?

— Il est rentré sur la base aérienne de Thulé, où probablement un avion aura pris le relais pour gagner le continent, je suppose.

Ekstrom resta silencieux jusqu'à ce qu'ils aient atteint le CMS. Quand il entra sous la tente plongée dans l'obscurité, il reconnut tout de suite la voix éraillée au bout de la ligne.

— Nous avons un problème, fit Marjorie Tench, avec son habituelle quinte de toux. Il s'agit de Rachel Sexton.

76.

Le sénateur Sexton ne savait plus trop depuis combien de temps il rêvassait lorsqu'il entendit frapper à la porte. Quand il comprit que le bruit, dans ses oreilles, n'était pas celui de ses artères mais celui d'un visiteur, il se leva de son canapé, rangea la bouteille de cognac et gagna le vestibule.

— Qui est-ce ? cria Sexton, qui n'était pas d'humeur à recevoir qui que ce soit.

Son garde du corps lui déclina l'identité de l'individu. Le sénateur en fut instantanément dégrisé.

C'est ce qui s'appelle réagir rapidement, se dit-il.

Sexton avait espéré que cette conversation serait différée au lendemain. Inspirant profondément et lissant sa chevelure, il ouvrit la porte. Le visage du visiteur lui était familier, rude et buriné malgré ses soixante-dix ans passés. Sexton l'avait vu le matin même dans le minivan Ford garé dans un parking d'hôtel. Était-ce bien ce matin ? se demanda Sexton. Mon Dieu, comme les choses ont changé depuis.

— Puis-je entrer ? s'enquit l'homme aux cheveux encore noirs.

Sexton s'écarta pour laisser passer le président de la Space Frontier Foundation.

— La réunion s'est-elle bien passée ? demanda le visiteur, tandis que Sexton refermait la porte.

Sexton eut l'impression que cet homme vivait dans sa bulle.

— Tout s'est merveilleusement bien passé jusqu'à ce que le Président apparaisse à la télé.

Le vieil homme acquiesça, l'air contrarié.

— Oui, une victoire incroyable, elle va faire beaucoup de tort à notre cause.

« Du tort à notre cause ? » Voilà ce qu'on peut appeler un optimiste ! songea Sexton. Avec le triomphe qu'avait connu la NASA ce soir, son interlocuteur serait mort et enterré avant que la SFF ait privatisé l'espace.

— Depuis des années, je soupçonnais que la preuve d'une vie extraterrestre serait un jour révélée, fit le vieillard. Je ne savais ni comment ni quand, mais, tôt ou tard, nous devions nous trouver confrontés à cette réalité.

Sexton fut sidéré.

— Vous n'êtes pas surpris ?

— D'un strict point de vue statistique, on est obligé d'admettre l'existence d'autres formes de vie dans le cosmos, répondit l'homme, en pénétrant dans le salon de Sexton. Je ne suis pas surpris de cette découverte. Intellectuellement, je suis même galvanisé. Spirituellement, je suis captivé. Politiquement, je suis profondément contrarié. Le moment ne pouvait pas être pire.

Sexton se demanda pourquoi cet homme s'était déplacé – quand même pas pour lui remonter le moral ?

— Comme vous le savez, poursuivit le président de la SFF, les membres de ma fondation ont dépensé des millions pour essayer d'ouvrir l'espace aux capitaux privés. Récemment, une grande partie de cet argent a été investie dans votre campagne.

Sexton se vit soudain sur la sellette.

— Je n'avais aucun moyen d'empêcher le fiasco de ce soir. La Maison Blanche m'a appâté pour m'inciter à attaquer la NASA !

— Oui. Et le Président a très bien joué son coup. Pourtant, tout n'est peut-être pas encore perdu.

Une étrange lueur d'espoir perçait dans le regard du vieil homme.

Il est sénile, décida Sexton. Tout est définitivement perdu. Toutes les chaînes de télé ne parlent que du naufrage de la campagne Sexton.

Son interlocuteur, l'air sûr de lui, s'assit sur le canapé et plongea ses yeux fatigués dans ceux du sénateur.

— Vous rappelez-vous, fit l'homme, les problèmes que la NASA a rencontrés avec son logiciel de détection d'anomalies embarqué sur le satellite PODS ?

Sexton n'avait aucune idée de ce que son compagnon avait en tête.

Quelle différence cela peut-il bien faire maintenant ? C'est justement PODS qui a trouvé cette fichue météorite avec des fossiles ! se dit Sexton.

— Souvenez-vous, reprit l'autre, ce logiciel ne fonctionnait pas très bien au départ. Vous en aviez fait vos choux gras à l'époque.

— Et j'avais bien raison, rétorqua Sexton en s'asseyant face à lui. C'était encore un échec de la NASA !

L'autre acquiesça.

— Tout à fait d'accord. Mais, peu après, la NASA a tenu une conférence de presse annonçant qu'ils avaient réparé la panne, ils avaient trouvé une sorte de « rustine » pour logiciel.

Sexton n'avait pas vu ladite conférence de presse, mais il en avait entendu parler. Brève, neutre, elle n'avait rien apporté de vraiment très neuf. Le responsable du projet s'était fendu d'une ennuyeuse description technique sur la façon dont la NASA avait réussi à régler le bogue du logiciel de détection et comment tout était rentré dans l'ordre.

— J'ai continué à surveiller le fonctionnement du satellite PODS avec intérêt depuis cette panne, continua l'homme.

Il sortit une vidéocassette et la glissa dans le magnétoscope de Sexton.

— Ceci devrait vous intéresser.

La vidéo démarra. On voyait la salle de presse de la NASA, au siège de Washington. Un homme très élégant montait sur une estrade et saluait le public.

Un sous-titre le présentait en ces termes : Chris Harper, responsable du projet PODS.

Chris Harper était grand, soigné, il parlait avec la dignité tranquille d'un Anglo-Américain encore fier de ses racines. Son accent policé était celui d'un universitaire. Il s'adressa aux journalistes avec assurance, même s'il avait d'assez mauvaises nouvelles à leur annoncer.

— Bien que le satellite PODS soit sur orbite et fonctionne bien, nous avons rencontré un problème mineur avec les ordinateurs embarqués. Une petite erreur de programmation dont j'endosse la totale responsabilité. Pour être plus précis, le filtre FIR a rencontré un problème d'index, ce qui signifie que le logiciel de détection des anomalies de PODS ne fonctionne pas normalement. Nous essayons de résoudre ce problème.

On entendit des soupirs dans l'assistance, apparemment habituée aux problèmes de la NASA.

— Quelle conséquence ce problème a-t-il sur l'efficacité du satellite ? demanda quelqu'un.

Harper répondit en vrai professionnel. Factuel et assuré.

— Imaginez deux yeux qui fonctionnent parfaitement mais un cerveau qui a des ratés. Le satellite PODS a dix dixièmes de vision mais il n'a pas la moindre idée de ce qu'il est en train de regarder. Le but de sa mission est de découvrir des poches fondues dans la calotte de glace polaire, mais l'ordinateur qui doit analyser les informations de densité transmises par PODS est incapable de distinguer les problèmes que les scanners lui soumettent. Nous devrions remédier à cette situation après le vol de la prochaine navette qui permettra de réaliser un ajustement sur l'ordinateur embarqué.

Un murmure de déception s'éleva dans la salle.

Le vieil homme jeta un coup d'œil à Sexton.

— Il s'y entend pour présenter de mauvaises nouvelles, n'est-ce pas ?

— Il est de la NASA, grommela Sexton. C'est ce qu'ils font toujours.

L'image s'interrompit quelques instants.

— Cette seconde conférence de presse, que nous allons voir maintenant, remonte à quelques semaines seulement, précisa le vieil homme. Très tard le soir.

Peu de personnes l'ont vue. Cette fois, Harper annonce de bonnes nouvelles.

La séquence commença. Chris Harper, décoiffé, semblait mal à l'aise.

— J'ai le plaisir de vous annoncer, commença-t-il d'un air qui exprimait tout sauf l'euphorie, que la NASA a trouvé une solution aux problèmes de logiciel du satellite PODS.

Il expliqua maladroitement en quoi consistait cette solution ; il s'agissait de transmettre les données brutes reçues par PODS et de les faire traiter par des ordinateurs terrestres plutôt que de s'appuyer sur les capacités des ordinateurs embarqués sur le satellite. Tout le monde sembla impressionné. Tout paraissait plausible et très excitant. Quand Harper eut fini, la salle le gratifia d'un tonnerre d'applaudissements.

— Alors nous pouvons espérer une première livraison de données pour bientôt ? interrogea quelqu'un dans l'auditoire.

Harper acquiesça, il transpirait.

— Dans une à deux semaines.

Nouveaux applaudissements. Des mains se levèrent dans la salle.

— C'est tout ce que je peux vous dire pour l'instant, conclut Harper en rangeant ses papiers, les traits tendus. PODS va bien et il s'est remis au boulot. Nous aurons des informations bientôt.

Il quitta l'estrade d'un pas précipité.

Sexton poussa un grognement perplexe. Il devait reconnaître que tout cela était étrange. Pourquoi Chris Harper avait-il l'air si satisfait en délivrant de mauvaises nouvelles et si mal à l'aise quand il s'agissait d'en donner de bonnes ? Ç'aurait dû être l'inverse. Sexton n'avait pas vu cette conférence de presse lors de sa diffusion, mais il avait lu des articles sur ce rafistolage. Le problème, à l'époque, se limitait apparemment à une réparation mineure – un incident typique de la NASA. Le public était resté très neutre. PODS n'était qu'un projet de l'Agence qui avait connu un dysfonctionnement, un de plus, et qui avait été remis sur pied avec une solution relevant du bricolage.

Le vieil homme éteignit la télévision.

— La NASA a prétendu que Harper ne se sentait pas très bien ce soir-là.

Il ménagea un silence avant de reprendre :

— En ce qui me concerne, je pense que Harper mentait.

Mentait ? Sexton le dévisagea, trop étonné pour rassembler ses pensées et trouver une raison logique qui aurait poussé Harper à mentir au sujet de ce logiciel. Le sénateur avait pourtant entendu suffisamment de contre-vérités dans sa vie pour reconnaître un mauvais menteur. Et, en effet, Harper paraissait très suspect.

— Vous ne mesurez sans doute pas les conséquences de tout cela ? demanda le vieillard. Cette déclaration que vous venez d'entendre de la bouche de Chris Harper est en fait la conférence de presse la plus importante de l'histoire de la NASA.

Il s'interrompit à nouveau.

— La réparation du logiciel, qu'il vient de décrire, est précisément celle qui a permis à PODS de trouver la météorite.

Sexton était sidéré.

— Mais si Harper mentait et que le logiciel PODS ne fonctionne pas, comment diable la NASA a-t-elle pu découvrir cette météorite ?

Le vieil homme eut un sourire de connivence.

— C'est exactement la question que je me pose.

77.

Une partie de la flotte militaire se compose d'avions saisis par les douanes, une dizaine de jets privés de luxe pour la plupart confisqués à des trafiquants de drogue. Parmi eux, trois Gulf Stream G4 réaménagés servent au transport de hauts responsables de l'armée. Une demi-heure plus tôt, l'un de ces G4 avait quitté le tarmac de Thulé, luttant contre les violentes rafales de vent qui balayaient le Groenland ; il se dirigeait maintenant vers Washington, survolant le Canada plongé dans la nuit. À bord, Rachel Sexton, Michael Tolland et Corky Marlinson disposaient pour eux seuls d'une cabine de huit places. Avec leurs casquettes *USS Charlotte* et leurs combinaisons bleues, on aurait dit des sportifs un peu débraillés.

Malgré le vrombissement des moteurs Grumman, Marlinson dormait à l'arrière de l'appareil. Tolland, assis à l'avant, épuisé, contemplait la mer par un hublot. Rachel, assise derrière lui, savait qu'elle ne pourrait pas trouver le sommeil bien qu'on lui ait administré un sédatif. L'énigme de la météorite la tracassait, ainsi que la récente conversation avec Pickering depuis la chambre sourde.

Avant de raccrocher, ce dernier avait donné à Rachel deux informations inquiétantes.

D'abord, Marjorie Tench prétendait posséder une vidéo sur laquelle était enregistrée la déclaration de Rachel devant l'équipe de la Maison Blanche. Tench menaçait de faire usage de cette vidéo comme preuve, au cas où la jeune femme essaierait de revenir sur son témoignage. Une nouvelle particulièrement déplaisante, parce que Rachel avait explicitement demandé à Zach Herney que ces commentaires restent confidentiels. Apparemment, le Président avait décidé de ne pas en tenir compte.

Deuxième nouvelle tout aussi alarmante : son père avait participé l'après-midi même à un débat sur CNN. Apparemment, Marjorie Tench lui avait donné la réplique, fait rarissime, et elle avait piégé le sénateur en le forçant à exprimer catégoriquement son opposition à la NASA. Plus précisément, Tench l'avait amené à proclamer son scepticisme sur la possibilité de découvrir un jour une preuve quelconque de l'existence d'extraterrestres.

« Manger son chapeau ? » C'était, selon Pickering, ce que son père avait promis si la NASA trouvait une preuve de vie extraterrestre. Rachel se demandait comment Tench était parvenue à lui faire prononcer cette phrase maintenant si fâcheuse pour lui. De toute évidence, la Maison Blanche avait soigneusement préparé et mis en scène ce moment, disposant intelligemment ses pions pour précipiter la débâcle du sénateur. Le Président et Marjorie Tench, sorte de duo de catcheurs politiques parfaitement au point, avaient manœuvré de concert en vue de la défaite finale. Pendant que le Président conservait sa dignité et se tenait, en apparence, à distance, Marjorie Tench s'était jetée dans l'arène et avait manœuvré, précipitant habilement sa proie dans le piège.

Rachel savait de la bouche même du Président qu'il avait demandé à la NASA de retarder l'annonce de la découverte, afin de donner aux scientifiques le temps de confirmer l'exactitude de leurs informations. Rachel comprenait maintenant qu'il avait tiré d'autres profits de ce délai. Il avait pu préparer le nœud coulant qui allait étrangler son adversaire.

Rachel n'éprouvait aucune sympathie pour son père, et pourtant elle venait de réaliser que, derrière la façade chaleureuse et avenante du président Zach Herney, se cachait un impitoyable requin. On ne devient pas l'homme le plus puissant du monde sans développer un instinct de tueur. Il fallait savoir si ce requin était un spectateur candide ou s'il tirait les ficelles.

Rachel se leva, étira ses jambes et fit quelques pas dans la travée centrale de l'avion. Elle ne parvenait pas à disposer rationnellement les pièces du puzzle. Pickering, avec la clarté logique qui était sa marque de fabrique, avait conclu que la météorite devait être fausse. Corky et Tolland, catégoriques comme le sont toujours les experts, soutenaient mordicus qu'elle était authentique. Rachel savait seulement qu'elle avait vu une roche fossilisée et calcinée qu'on avait extraite de la glace.

En passant à côté de Corky, elle jeta un coup d'œil à l'astrophysicien dont le visage était encore tuméfié –

mais il était moins gonflé et les points de suture avaient bon aspect. Il était endormi, ronflait, ses doigts boudinés refermés sur l'échantillon de la météorite comme sur un doudou d'enfant.

Rachel s'approcha et prit doucement l'échantillon des mains de Marlinson. Elle l'examina une nouvelle fois. Chasser toutes les certitudes, se dit-elle en se forçant à remettre en ordre ses pensées. Rétablir un enchaînement logique solide. C'était une vieille technique des agents du NRO. Réexaminer la solidité des preuves depuis le départ était une procédure qu'ils appelaient « repartir de zéro », une méthode que tous les analystes de données pratiquaient quand les pièces d'un puzzle ne s'ajustaient pas les unes aux autres.

Elle se remit à faire les cent pas en réfléchissant : cette roche fournit-elle la preuve d'une vie extraterrestre ?

La preuve, elle le savait, était une conclusion qui venait couronner une pyramide de faits, c'est-à-dire d'informations vérifiées, certaines, à partir desquelles on pouvait avancer des déductions plus précises.

Chasser tous les présupposés de départ. Recommencer de zéro.

Qu'est-ce qu'on a ?

Une roche.

Elle réfléchit quelques instants. Une roche. Une roche avec des créatures fossilisées. Revenant à l'avant de l'avion, elle s'assit à côté de Michael Tolland.

— Mike, voulez-vous jouer avec moi ?

Tolland, qui regardait par le hublot, se tourna vers elle. L'air absent, il était apparemment plongé dans ses pensées.

— Jouer ?

Elle lui tendit l'échantillon.

— Faisons comme si vous voyiez cette roche fossile pour la première fois. Je ne vous ai rien dit de sa provenance ou des circonstances de sa découverte. De quoi pensez-vous qu'il s'agit ?

Tolland poussa un soupir désabusé.

— C'est étrange que vous me demandiez ça, je venais d'avoir une drôle d'idée…

À des centaines de kilomètres de là, très bas audessus d'un océan désert, un avion à l'aspect futuriste fonçait vers sa destination. Dans la cabine de l'appareil, les trois hommes de la Force Delta étaient silencieux. Ils avaient déjà été exfiltrés précipitamment d'un site, mais jamais de cette façon.

Le contrôleur était furieux.

Un peu plus tôt, Delta 1 l'avait informé que des événements imprévus, sur le glacier Milne, avaient contraint son équipe à employer la force, se traduisant par le meurtre de quatre civils, dont Rachel Sexton et Michael Tolland.

Le contrôleur avait accusé le choc. Le meurtre, autorisé en dernier recours, n'avait visiblement jamais fait partie de son plan.

Plus tard, quand le contrôleur comprit que ces assassinats avaient échoué, il laissa éclater une franche colère.

— Votre équipe s'est plantée, fulmina-t-il, d'une voix que le crypteur, masquant mal sa fureur, rendait androgyne. Trois de vos quatre cibles sont encore en vie !

Impossible, avait pensé Delta 1.

— Mais nous les avons vus…, protesta-t-il.

— Ils ont réussi à contacter un sous-marin et sont maintenant en route pour Washington !

— Quoi ?

Le ton du contrôleur se fit plus menaçant.

— Écoutez-moi bien. Je vais vous donner de nouveaux ordres. Et cette fois, vous n'échouerez pas.

78.

En raccompagnant son visiteur jusqu'à l'ascenseur, le sénateur Sexton sentait poindre une lueur d'espoir. Le président de la SFF n'était pas venu le réprimander mais au contraire lui rendre un peu confiance et lui annoncer que la bataille n'était pas encore terminée.

Il y avait peut-être un défaut dans la cuirasse de la NASA.

La cassette vidéo de cette étrange conférence de presse avait convaincu Sexton que le vieil homme avait raison. Le chef du projet PODS, Chris Harper, avait menti. Mais pourquoi ? Et si la NASA n'avait pas réparé la panne du satellite, comment avait-elle pu découvrir la météorite ? se demanda-t-il.

En arrivant devant l'ascenseur, le vieil homme lui dit :

— Parfois, pour dénouer une situation complexe, il suffit de tirer sur un fil. Peut-être allons-nous trouver une façon de saper la victoire de la NASA de l'intérieur. D'insinuer le doute dans la tête des gens. Qui sait exactement où cela nous mènera ?

Il riva ses yeux fatigués sur ceux de Sexton.

— Je ne suis pas encore prêt à renoncer, à laisser tomber et à mourir, sénateur. Et vous non plus, j'ai l'impression.

— Bien sûr que non, rétorqua Sexton en essayant de donner à sa voix une fermeté qu'il n'était pas sûr d'éprouver. Nous avons déjà fait trop de chemin.

— Chris Harper a menti, ajouta l'homme en entrant dans l'ascenseur. Et nous devons savoir pourquoi.

— Je vais essayer d'obtenir une réponse aussi vite que possible, répliqua Sexton.

Il se trouve que j'ai la personne qu'il faut, se dit-il.

— Très bien. Votre avenir en dépend.

Sexton regagna son appartement le pas plus léger et les idées un peu plus claires : la NASA avait publié de fausses informations au sujet de PODS. La seule incertitude concernait maintenant la manière dont Sexton allait pouvoir le prouver.

Ses pensées s'étaient déjà tournées vers Gabrielle Ashe.

Gabrielle avait certainement suivi la conférence de presse. Où qu'elle se trouve, la jeune femme devait se sentir très démoralisée. Sexton, noircissant le tableau, l'imaginait debout sur le rebord d'une fenêtre, s'apprêtant à sauter dans le vide. Sa suggestion, faire de la NASA un des arguments majeurs de la campagne de Sexton, s'était révélée une des pires erreurs de la carrière du sénateur.

Elle a une dette envers moi, songea Sexton. Et elle le sait.

Gabrielle avait déjà prouvé qu'elle pouvait obtenir des informations confidentielles sur l'Agence spatiale. Elle a un contact, se dit Sexton. Depuis des semaines, elle soutirait des tuyaux à un employé de la NASA. Il pouvait certainement la renseigner sur le projet PODS. De plus, ce soir-là, Gabrielle devait être prête à tout pour rentrer dans ses bonnes grâces.

Une fois à la porte, le garde du corps de Sexton lui fit un signe de tête.

— Bonsoir, sénateur. J'espère que je n'ai pas eu tort de laisser entrer Mlle Ashe tout à l'heure ? Elle m'a dit qu'elle devait vous voir d'urgence.

Sexton resta interloqué.

— Comment ?

— Mlle Ashe, au début de la soirée… Elle avait une information importante à vous transmettre. C'est la raison pour laquelle je l'ai laissée passer.

Sexton sentit son corps se raidir. Il jeta un coup d'œil à la porte de l'appartement. Mais qu'est-ce que ce type est en train de me raconter ?

L'expression du garde du corps se fit inquiète.

— Sénateur, est-ce que ça va ? Vous vous rappelez, n'est-ce pas ? Gabrielle est arrivée ici pendant votre réunion. Elle vous a parlé, non ? Vous l'avez forcément vue… Elle est restée un moment…

Sexton scruta l'homme un long moment tandis que son pouls grimpait en flèche. Ce crétin a fait entrer Gabrielle dans mon appartement pendant ma réunion avec les patrons de l'aérospatiale ? Elle s'est attardée à l'intérieur, puis elle est partie sans un mot ? Sexton imaginait très bien ce que Gabrielle avait pu entendre.

Ravalant sa colère, il adressa un sourire forcé à son garde du corps.

— Oh oui ! Excusez-moi, je suis épuisé. J'ai un peu trop bu, aussi. J'ai vu Mlle Ashe tout à l'heure, effectivement. Vous avez très bien fait de la laisser entrer.

Le colosse fut soulagé.

— Vous a-t-elle dit, demanda Sexton, où elle comptait se rendre ensuite ?

Le garde secoua la tête.

— Elle était très pressée.

— Très bien. Merci.

Sexton entra dans son appartement fou de rage. Si Gabrielle était restée un certain temps à l'intérieur et qu'elle était partie sans le voir, c'est qu'elle avait entendu des choses qu'elle n'aurait pas dû entendre.

Et il a fallu que ça arrive ce soir ! se dit-il.

Le sénateur savait surtout qu'il ne pouvait pas se permettre de perdre la confiance de Gabrielle Ashe. Les femmes sont parfois rancunières et agissent de façon stupide quand elles ont été trompées. Il fallait la retrouver à tout prix. Ce soir, plus que jamais, il avait besoin de son soutien.

79.

Au quatrième étage du studio de télévision ABC, Gabrielle Ashe était encore assise dans le box vitré de Yolanda, fixant la moquette râpée, le regard perdu. Elle avait toujours été fière de la sûreté de son jugement, notamment sur les gens. Pour la première fois depuis des années, elle se sentait désemparée, ne sachant plus vers qui se tourner.

La sonnerie de son mobile la tira de sa rêverie. Elle décrocha à contrecœur.

— Gabrielle Ashe.

— Gabrielle, c'est moi.

Elle reconnut la voix du sénateur Sexton. Il semblait étonnamment calme après ce qu'il venait de vivre.

— Quelle foutue soirée, Gabrielle. Je voudrais simplement vous dire quelques mots. Je suis sûr que vous avez vu la conférence de presse du Président. Apparemment, on n'a vraiment pas joué les bonnes cartes. Ça m'a complètement retourné. Vous vous faites sans doute des tas de reproches. Vous avez tort. Après tout, qui aurait pu deviner ? Ce n'est pas votre faute, Gabrielle. Quoi qu'il en soit, écoutez-moi. Je pense qu'il y a un moyen de rebondir.

Gabrielle se leva brusquement, se demandant à quoi Sexton pouvait bien faire allusion. Elle ne s'attendait pas à une telle réaction.

— J'ai eu une réunion hier soir, fit Sexton, avec des représentants de différentes compagnies spatiales, et…

— Ah bon ? bredouilla Gabrielle, sidérée de l'entendre faire cet aveu. Je veux dire… Je n'en avais aucune idée, je n'étais pas au courant.

— Oui, rien d'essentiel. Je vous aurais bien demandé d'y participer aussi, mais ces types-là tiennent beaucoup à la confidentialité. Certains d'entre eux sponsorisent ma campagne. Ils ne tiennent pas à ce que ça s'ébruite.

— Mais… n'est-ce pas illégal ? demanda Gabrielle, totalement désarmée.

— Illégal, mon Dieu, non ! Toutes les donations sont inférieures au plafond des deux mille dollars. De petites sommes. Ces chèques ne pèsent pas très lourd, mais il faut bien que je les écoute. Appelons ça un investissement sur l'avenir. Je n'en parle pas parce que, franchement, les apparences ne plaident pas en ma faveur. Si la Maison Blanche l'apprenait, ils en feraient tout un plat. Quoi qu'il en soit, ce n'est pas le problème, Gabrielle. Je voulais vous dire que j'ai parlé au président de la SFF…

Pendant quelques secondes, alors que Sexton parlait toujours, Gabrielle n'entendait que le sang battre à ses tempes. Elle était rouge de honte. Sans la moindre sollicitation de sa part, le sénateur avait spontanément avoué la réunion de la veille. Et dire que Gabrielle avait envisagé de le trahir ! Heureusement, Yolanda l'avait stoppée à temps. J'ai failli me précipiter dans les bras de Marjorie Tench ! pensa-t-elle.

— … Et donc, j'ai dit au président de la SFF, poursuivit le sénateur, que vous pourriez peut-être nous obtenir un renseignement.

Gabrielle acquiesça aussitôt.

— Votre contact à la NASA qui vous a donné tous ces tuyaux depuis quelques semaines, je suppose que vous l'avez conservé ?

Marjorie Tench !

Gabrielle se crispa. Elle ne pouvait avouer au sénateur que cet informateur la manipulait depuis le départ.

— Hum… Je le pense, oui, mentit Gabrielle.

— Très bien, il y a une information dont j'ai besoin. Le plus vite possible.

Tout en l'écoutant, Gabrielle comprit à quel point elle avait sous-estimé Sedgewick Sexton ces derniers jours. Certes, l'homme avait un peu perdu de son aura depuis quelque temps. Mais ce soir, il l'avait regagnée à ses yeux. Le coup porté à sa campagne aurait dû être mortel, et voilà qu'il préparait déjà une contre-attaque. Et, bien que ce fût Gabrielle qui l'avait conduit à ce désastre, il ne la sanctionnait pas. Au contraire, il lui donnait une chance de se racheter.

Se racheter, c'est bien ce qu'elle comptait faire. À n'importe quel prix.

80.

William Pickering contemplait de son bureau la ligne pointillée des réverbères qui illuminaient l'autoroute de Leesburg.

Il pensait souvent à Diana quand il était debout à sa fenêtre, seul, face à ce monde dont il connaissait si bien les rouages.

Tout ce pouvoir… et je n'ai pas pu la sauver.

Diana Pickering était morte alors qu'elle servait comme élève officier à bord d'un navire d'escorte, dans un mouillage tranquille de la mer Rouge. Elle apprenait à piloter. Son bateau était ancré dans une calanque, par un bel après-midi, quand un petit sous-marin, chargé d'explosifs et conduit par deux kamikazes, avait traversé la baie et percuté la coque, tuant Diana et treize autres jeunes marins américains.

William Pickering avait été terrassé par le chagrin. En apprenant que cette attaque était le fait d'un petit noyau de terroristes connus que la CIA poursuivait en vain depuis des années, sa tristesse s'était transformée en colère. Il avait forcé la porte du directeur de la CIA et exigé des explications. Ces explications avaient été difficiles à avaler.

Apparemment, la CIA attendait depuis des mois le moment idéal pour coincer ces terroristes. Leur repaire se trouvait dans une montagne afghane inaccessible et, sans photos satellite haute résolution, il était impossible de planifier une attaque contre le groupe. Ces photos auraient dû être prises par le satellite NRO, un bijou d'un coût de 1,2 milliard de dollars, nom de code Vortex 2, celui qui avait explosé sur sa rampe le jour où la NASA avait tenté de le lancer dans l'espace. À cause de cet accident, la frappe de la CIA avait été retardée et Diana Pickering était morte.

La raison de Pickering lui soufflait que la NASA n'était pas directement responsable de ce malheur, mais son cœur ne parvenait pas à pardonner. L'enquête sur l'explosion de la fusée révéla que les ingénieurs de l'Agence, chargés du système d'injection de fioul, avaient utilisé des carburants de second ordre pour respecter les contraintes budgétaires.

— Pour des vols non habités par l'homme, avait expliqué Lawrence Ekstrom dans une conférence de presse, la NASA essaie de limiter ses coûts au maximum. Dans ce cas, les résultats nous ont donné tort. Et nous allons examiner le problème pour comprendre ce qui s'est passé.

« Nous ont donné tort… » Diana Pickering était morte.

En outre, parce que ce satellite espion était classé confidentiel, le public n'avait jamais appris que la NASA avait liquidé un projet du NRO de 1,2 milliard de dollars et, indirectement, provoqué la perte de quatorze jeunes marins américains.

— Monsieur ?

La voix de sa secrétaire fit sursauter Pickering.

— Marjorie Tench sur la une.

Pickering s'arracha à sa rêverie et regarda son téléphone. La diode clignotante sur la ligne un exprimait parfaitement l'impatience et la colère qui l'attendaient. Pickering fronça les sourcils et décrocha le combiné.

— Ici Pickering.

Marjorie Tench était folle de rage.

— Que vous a-t-elle dit ?

— Pardon ?

— Rachel Sexton vous a contacté, que vous a-t-elle dit ? Elle se trouvait sur un sous-marin ! J'attends une explication, monsieur Pickering.

Pickering comprit qu'il était hors de question de nier. Tench avait dû assurer ses arrières. Le directeur du NRO fut tout de même surpris qu'elle ait si vite appris la présence de Rachel sur le *Charlotte*. Mais, en grande professionnelle, elle avait su actionner les bons leviers.

— Mlle Sexton m'a contacté, c'est exact.

— Vous avez organisé une exfiltration et vous ne m'avez pas prévenue ?

— J'ai fait en sorte de la rapatrier.

Il restait encore deux heures avant que Rachel Sexton, Michael Tolland et Corky Marlinson atterrissent sur la base aérienne de Bollings, toute proche.

— Et vous avez choisi de ne pas m'informer ?

— C'est un cas de conscience. Rachel Sexton a émis des accusations très graves.

— En ce qui concerne l'authenticité de la météorite… et une prétendue tentative d'assassinat ?

— Entre autres choses.

— De toute évidence elle ment !

— Madame Tench, savez-vous que deux témoins directs corroborent son récit ?

Tench s'interrompit une seconde.

— Oui, c'est très embêtant. La Maison Blanche prend très au sérieux leurs allégations.

— La Maison Blanche ? Ou vous personnellement ?

Le ton de la Tench se fit coupant comme un rasoir.

— En ce qui vous concerne, monsieur le directeur, ce soir, il n'y a aucune différence.

Pickering ne se laissa pas bluffer. Il avait une longue habitude des hommes politiques qui essayaient de lui en imposer et des collaborateurs plus ou moins haut placés qui tentaient de manipuler les services secrets. Mais peu le faisaient avec autant de brio que Marjorie Tench.

— Le Président sait-il que vous me téléphonez ?

— Franchement, je suis choquée que vous osiez poser une telle question.

— Je ne vois aucune raison valable qui expliquerait le mensonge de ces trois personnes. Leur notoriété plaide d'ailleurs en leur faveur. Je dois donc en conclure que, soit ils disent la vérité, soit ils commettent une erreur de bonne foi.

— Une erreur ? Ces allégations d'agression ? Le rapport de l'Agence sur la météorite qui serait un tissu de contrevérités ? Je vous en prie ! Il s'agit évidemment d'une machination.

— Si c'est le cas, je suis incapable d'en saisir les mobiles.

Marjorie Tench soupira lourdement et baissa d'un ton.

— Monsieur le directeur, vous ne réalisez sans doute pas les forces qui sont à l'œuvre ici. Nous pourrons en reparler plus tard mais, pour le moment, j'ai besoin de savoir où sont Rachel Sexton et ses compagnons. Il faut que je comprenne ce qui s'est passé avant qu'ils ne fassent d'autres dégâts. Où sont-ils ?

— C'est une information que je préférerais ne pas avoir à communiquer. Je vous contacterai après leur arrivée.

— Certainement pas. Je veux être là pour les accueillir.

Vous et combien d'agents du *Secret Service* ? se demanda Pickering.

— Si je vous donne l'heure et le lieu d'arrivée, aurons-nous une chance de bavarder entre amis, ou avez-vous l'intention de venir avec vos sbires pour les emmener sous bonne garde ?

— Ces gens représentent une menace directe pour le Président. La Maison Blanche a tout à fait le droit de les arrêter et de les questionner.

Pickering savait qu'elle avait raison. Clause 18, section 3056 du Code des États-Unis. Il est précisé que les agents du *Secret Service* présidentiel peuvent porter des armes à feu, utiliser la force armée et même tuer. Ils peuvent aussi arrêter des suspects sans mandat, simplement parce que ces derniers sont soupçonnés d'avoir l'intention de commettre une trahison ou un acte d'agression contre le Président. Le service a carte blanche. Parmi ces détenus d'exception, on trouve aussi bien des rôdeurs qui traînent autour de la Maison Blanche que des collégiens qui envoient des e-mails menaçant de supprimer le Président, messages qui sont, en l'occurrence, des canulars.

Pickering était bien conscient que le *Secret Service* aurait pu justifier l'arrestation de Rachel Sexton et des autres, avec à la clé une détention d'une durée indéfinie dans un sous-sol de la Maison Blanche. C'était jouer une partie dangereuse, mais les enjeux étaient énormes. La question était de savoir ce qui arriverait si Pickering laissait Tench prendre le contrôle de la situation, ce dont il n'avait aucunement l'intention.

— Je ferai tout ce qui est nécessaire, déclara Tench, pour protéger le Président de fausses accusations. La simple évocation d'une supercherie de la NASA jetterait un doute trop grave sur la Maison Blanche. Rachel Sexton a abusé de la confiance du Président, et mon rôle est de tout mettre en œuvre pour l'empêcher de parvenir à ses fins.

— Et si je demande que Mlle Sexton soit autorisée à présenter son cas devant une commission d'enquête officielle ?

— Vous passeriez outre un ordre présidentiel direct et vous lui offririez un tremplin d'où elle pourrait orchestrer le chaos politique qu'elle prépare ! J'insiste encore une fois, directeur, où vont-ils atterrir et quand ?

Pickering poussa un long soupir. Qu'il révèle ou non à Marjorie Tench que l'avion allait se poser sur la base aérienne de Bollings, elle avait les moyens de le découvrir. Utiliserait-elle ces moyens ? Il sentit à la détermination de sa voix qu'elle était décidée à aller jusqu'au bout. Marjorie Tench avait peur.

— Marjorie, fit Pickering, de son ton volontairement neutre, quelqu'un me ment. De cela, je suis sûr. Soit c'est Rachel Sexton et ses deux compagnons, soit c'est vous. Et je crois que c'est vous.

Marjorie Tench explosa.

— Comment osez-vous !

— Votre ton scandalisé n'aura aucun effet sur moi, alors épargnez-le-nous. J'ai la preuve absolue que la NASA et la Maison Blanche ont annoncé de fausses nouvelles ce soir.

Tench fut soudain réduite au silence.

Pickering la laissa réfléchir un instant.

— Pourquoi n'êtes-vous pas intervenu ? répliqua enfin Marjorie Tench.

— Je n'interfère pas dans les questions politiques.

Tench marmonna quelque chose qui ressemblait beaucoup à « foutaises ».

— Essayez-vous de me dire, Marjorie, que la conférence du Président était le reflet de la vérité ?

Il y eut un long silence au bout de la ligne.

Pickering comprit qu'il la tenait.

— Écoutez, nous savons tous les deux qu'une bombe à retardement menace d'exploser. Mais il n'est pas trop tard. Il y a peut-être des compromis envisageables.

Tench se tut quelques secondes. Finalement, elle soupira.

— Nous devrions nous rencontrer.

J'ai visé juste, songea Pickering.

— J'ai quelque chose à vous montrer, continua Tench, qui, je crois, vous aidera à mieux apprécier la situation.

— Je vais venir à votre bureau.

— Non, il est tard, votre présence ici attirerait l'attention. Je préfère que tout cela reste entre nous.

Pickering lut entre les lignes : le Président ne sait rien.

— Vous êtes la bienvenue si vous voulez me rejoindre ici, dit-il.

Elle sembla méfiante.

— Rencontrons-nous dans un endroit discret, monsieur le directeur.

Pickering s'attendait à cette proposition.

— Le Mémorial Roosevelt, c'est le plus commode, proposa Tench. Il sera désert à cette heure de la nuit.

Pickering examina sa suggestion. Le Mémorial Roosevelt se trouvait à mi-distance des Mémoriaux Jefferson et Lincoln, dans un quartier très tranquille. Pickering accepta la proposition.

— Dans une heure, fit Tench. Et venez seul.

Aussitôt après avoir raccroché, Marjorie Tench téléphona à Ekstrom. Sa voix était tendue quand elle lui répéta les mauvaises nouvelles.

— Pickering pourrait nous poser problème.

81.

En appelant du bureau de Yolanda Cole les renseignements téléphoniques, Gabrielle Ashe sentit poindre un nouvel espoir.

Les hypothèses que Sexton venait de lui soumettre, si elles se confirmaient, éclateraient comme un coup de tonnerre. La NASA a menti à propos de PODS ? Gabrielle avait vu la conférence de presse en question et se rappelait l'avoir trouvée bizarre, puis elle l'avait oubliée ; le PODS n'était pas un problème si important quelques semaines plus tôt. Ce soir-là, en revanche, le satellite PODS était devenu le problème.

Sexton avait besoin de renseignements confidentiels, et rapidement. Il comptait pour cela sur le contact de Gabrielle. La jeune femme avait assuré au sénateur qu'elle ferait de son mieux. L'ennui, évidemment, c'était que son informateur n'était autre que Marjorie Tench, laquelle n'avait nullement l'intention d'aider Gabrielle. Il allait donc falloir qu'elle obtienne ses tuyaux d'une autre manière.

— Renseignements téléphoniques, fit la voix au bout du fil.

Gabrielle lui demanda ce qu'elle cherchait. L'opératrice lui donna trois numéros de téléphone à Washington correspondant à autant de Chris Harper. Gabrielle les essaya l'un après l'autre.

Le premier numéro était celui d'un cabinet d'avocats. Le second ne répondit pas. Le troisième était en train de sonner.

Une femme répondit à la première sonnerie.

— Résidence Harper.

— Madame Harper ? dit Gabrielle de son ton le plus poli. J'espère que je ne vous ai pas réveillée ?

— Sûrement pas ! Je ne vois pas qui peut bien dormir en ce moment !

Elle semblait tout excitée. Gabrielle entendait la télévision en arrière-plan. Il était question de la météorite.

— Vous appelez pour Chris, je suppose ?

Le cœur de Gabrielle battit plus vite.

— Oui, madame.

— Malheureusement, Chris n'est pas à la maison. Il a filé au bureau dès la fin de l'allocution présidentielle.

La femme étouffa un petit rire.

— Bien sûr, je ne crois pas qu'il s'agisse de boulot, mais ils vont fêter ça. L'annonce a été une sacrée surprise pour lui, vous savez. Pour tout le monde, d'ailleurs. Notre téléphone a sonné toute la soirée. Tous ses copains doivent être là-bas en ce moment.

— Au siège ? demanda Gabrielle.

— Exactement. Champagne et petits-fours à volonté…

— Merci. Je vais essayer de le retrouver là-bas.

Gabrielle raccrocha. Elle quitta d'un pas rapide le plateau de production et tomba sur Yolanda qui briefait un groupe d'experts spatiaux sur le point de pondre des commentaires enthousiastes sur la météorite. Elle sourit en voyant Gabrielle.

— On dirait que ça va mieux, fit-elle, tu as retrouvé le moral ?

— Je viens de parler au sénateur. Je m'étais trompée au sujet de sa réunion d'hier.

— Je t'ai dit que Tench t'avait manipulée. Comment le sénateur prend-il la nouvelle ?

— Mieux que prévu.

Yolanda eut l'air surprise.

— J'étais sûre qu'il s'était déjà jeté sous un autobus.

— Il pense qu'il pourrait y avoir des erreurs dans le rapport d'experts de la NASA.

Yolanda émit un toussotement sceptique.

— Est-ce qu'il a vu la même conférence de presse que moi ? Combien lui faudra-t-il de confirmations et de reconfirmations ?

— Je file au siège de l'Agence pour vérifier un truc.

Yolanda haussa ses sourcils délicatement soulignés au pinceau.

— L'assistante numéro un de Sexton au siège de la NASA ce soir ? Est-ce qu'il s'agit d'une « conversion miraculeuse » ?

Gabrielle expliqua à Yolanda les doutes de Sexton concernant Chris Harper, le chef du projet PODS, le mensonge éventuel à propos du logiciel défectueux.

Yolanda n'était pas prête à avaler cette version.

— Nous avons couvert cette conférence de presse, Gabrielle, et, je dois le reconnaître, Harper n'était pas au top ce soir-là. Mais la NASA a affirmé qu'il était malade comme un chien.

— Le sénateur Sexton est convaincu qu'il a menti. D'autres aussi en sont convaincus. Des gens puissants.

— Si son logiciel de détection d'anomalies n'était pas réparé, comment PODS aurait-il pu repérer la météorite ?

C'est exactement ce qu'aimerait savoir Sexton, songea Gabrielle.

— Je ne sais pas. Mais le sénateur veut des réponses.

Yolanda secoua la tête.

— Sexton t'envoie dans un nœud de vipères, c'est une mission suicide, ma chérie. N'y va pas. Tu ne lui dois rien à ce type.

— Mais j'ai complètement bousillé sa campagne.

— C'est la malchance qui a bousillé sa campagne.

— Si le sénateur a raison et que le chef du projet PODS ait vraiment menti…

— Ma chérie, si le chef du projet PODS a menti au monde entier, qu'est-ce qui te fait croire qu'il va te dire la vérité, à toi ?

Gabrielle s'était déjà posé la question et elle avait un plan.

— Si je tombe sur un scoop là-bas, je t'appelle.

Yolanda s'esclaffa, l'air sceptique.

— Si tu trouves un scoop là-bas, je me fais nonne.

82.

Oublie tout ce que tu sais sur cet échantillon de roche, se dit-il.

Michael Tolland s'était évertué à y voir un peu plus clair sur la météorite, sans succès. Maintenant, soumis aux questions déstabilisantes de Rachel, il se sentait encore plus mal à l'aise. Il examina le disque de pierre.

— Faites comme si quelqu'un venait de vous tendre cet objet sans le moindre commentaire sur sa provenance ou sa nature. Quelle constatation feriez-vous ?

La question de Rachel était tendancieuse et, pourtant, comme exercice d'éclaircissement, elle s'avérait efficace. En écartant les informations qu'on lui avait données à son arrivée dans la station arctique, Tolland dut reconnaître que son analyse des fossiles était biaisée par un présupposé, à savoir que la roche dans laquelle on avait trouvé les fossiles était une météorite.

Et si on ne me l'avait pas dit ? s'interrogea-t-il.

Incapable d'imaginer une autre explication, Tolland s'efforça pourtant d'écarter le postulat « ceci est une météorite », et les résultats se révélèrent assez troublants. Tolland et Rachel, rejoints par un Corky Marlinson encore choqué, échangeaient leurs idées sur la question.

— Mike, répéta Rachel d'une voix grave, vous affirmez que, si quelqu'un vous tendait cette roche fossile sans la moindre explication, vous concluriez qu'elle a été trouvée sur terre ?

— Bien sûr, répondit Tolland, quelle autre conclusion pourrais-je tirer ? Il serait bien plus extravagant de prétendre que vous avez la preuve d'une vie extraterrestre, que d'annoncer la découverte d'un fossile d'une espèce encore inconnue. Les chercheurs tombent sur des dizaines de nouvelles espèces tous les ans.

— Des poux de soixante centimètres de long ? demanda Corky qui semblait incrédule. Tu conclurais qu'un insecte de cette taille est d'origine terrestre ?

— Et pourquoi pas une espèce disparue ? rétorqua Tolland. Toutes les espèces ne sont pas nécessairement encore vivantes. C'est un fossile qui date de cent quatre-vingt-dix millions d'années. Environ l'âge de notre ère jurassique. Beaucoup de fossiles préhistoriques sont des créatures bien plus grandes que celles d'aujourd'hui, et c'est ce qui nous choque quand on déniche leurs restes fossilisés : reptiles aux ailes gigantesques, dinosaures, oiseaux…

— Je ne veux pas jouer au physicien, répliqua Corky, mais il y a tout de même un sérieux hic dans ton raisonnement. Les créatures préhistoriques que tu viens de nommer, dinosaures, reptiles, oiseaux, ont toutes des squelettes internes, ce qui leur donne la capacité d'atteindre de grandes tailles malgré la gravité terrestre. Alors que ce fossile… (Il prit l'échantillon et le tint à hauteur de ses yeux.) Ce petit bonhomme a un exosquelette. C'est un arthropode, un insecte. Tu as toi-même dit qu'un insecte de cette taille ne pouvait avoir vécu que dans un environnement à faible gravité. Sans quoi son squelette externe se serait effondré sous son propre poids.

— Exact, fit Tolland. Cet insecte se serait écroulé sous son poids s'il avait vécu sur terre.

Corky fronça les sourcils, visiblement contrarié.

— Eh bien, Mike, à moins qu'un homme des cavernes n'ait réussi à mettre au point un élevage de poux en apesanteur, je ne vois pas comment tu peux conclure qu'un insecte de soixante centimètres de long est né sur notre planète !

Tolland sourit intérieurement en songeant que Corky « loupait » le point essentiel.

— En fait, il y a une autre possibilité…

Il soutint le regard sceptique de son ami.

— Corky, tu as trop l'habitude de regarder vers le haut. Observe un peu le bas. Il y a un environnement à faible gravité, sur terre, et en abondance. Et il est là depuis les temps préhistoriques.

Corky le fixa, sidéré.

— Qu'est-ce que tu me chantes là ?

Rachel aussi avait l'air surprise.

Tolland désigna par le hublot la mer éclairée d'un rayon de lune qui miroitait sous l'avion.

— L'océan.

Rachel émit un sifflement admiratif.

— Évidemment…

— L'eau est un environnement à faible gravité, reprit Tolland. Sous l'eau, tout pèse moins lourd. L'océan soutient des structures fragiles qui ne pourraient jamais exister sur terre, les méduses, les calamars géants, les murènes…

Corky acquiesça du bout des lèvres.

— Très bien, mais l'océan préhistorique n'a jamais recelé d'insectes géants ?

— Bien sûr que si, et c'est d'ailleurs toujours le cas. Les gens en mangent tous les jours, ils constituent un plat recherché dans la plupart des pays du monde.

— Mike, enfin, qui avale des insectes marins géants ?

— Tous ceux qui dégustent des homards, des crabes et des langoustes !

Corky le regarda, médusé.

— Les crustacés sont pour l'essentiel des insectes marins géants, expliqua Tolland. Ils appartiennent à une sous-espèce du genre arthropode. Les poux, les crabes, les araignées, les insectes, les sauterelles, les scorpions, les homards, toutes ces espèces sont cousines. Toutes dotées d'appendices articulés et de squelettes externes.

Corky, gourmand de nature, semblait très contrarié d'entendre comparer les crustacés à des insectes.

— D'un strict point de vue de classification, ils sont proches des insectes, poursuivit Tolland. Certains crabes ressemblent à des trilobites géants. Et les pinces d'un homard évoquent celles d'un grand scorpion.

Corky, un peu verdâtre, affirma :

— Je ne goûterai plus jamais à un homard de ma vie.

Rachel paraissait fascinée.

— Donc les arthropodes terrestres restent petits parce que la gravité les empêche de grandir. Mais, dans l'eau, la légèreté de leur corps leur permet d'atteindre une très grande taille.

— Exact, fit Tolland. Un crabe royal de l'Alaska pourrait être confondu avec une araignée géante si nous ne disposions que de restes fossilisés incomplets.

L'excitation de Rachel se transformait peu à peu en inquiétude.

— Mike, écartons la question de l'apparente authenticité de la météorite, et répondez à ma question : pensez-vous que les fossiles que nous avons vus sur le glacier Milne puissent provenir de l'océan ? D'un océan terrestre ?

Tolland soutint la tension de son regard et comprit le véritable enjeu de la question.

— Si l'on s'en tient aux hypothèses, je dois vous répondre que oui. Parmi les fonds océaniques, on trouve évidemment des zones qui sont vieilles de cent quatre-vingt-dix millions d'années. L'âge de ces fossiles. Et, en théorie, les océans auraient parfaitement pu contenir des formes de vie semblables à celles-là.

— Oh, je vous en prie, rétorqua Corky. Je ne peux pas croire ce que j'entends. Écarter le présupposé de l'authenticité de la météorite ? Mais elle est irréfutable. Même si, sur terre, on trouve des fonds océaniques d'un âge équivalent à celui de la météorite, nous sommes sûrs, mais absolument sûrs que dans aucune mer du globe on ne trouve de roche à surface calcinée, à teneur en nickel anormale, et à chondres. Vous êtes à côté de la plaque !

Tolland savait que Corky avait raison et, pourtant, imaginer les fossiles en créatures marines lui avait permis de les regarder d'un autre œil, plus objectif. Ces échantillons lui semblaient maintenant plus familiers.

— Mike, reprit Rachel, pourquoi aucun des scientifiques de la NASA n'a-t-il envisagé l'hypothèse que ces fossiles puissent provenir de l'océan ? Même situé sur une autre planète ?

— Pour deux raisons. Les fossiles marins, ceux qui viennent des fonds océaniques, contiennent en général une multitude d'espèces mélangées. Tout ce qui a vécu dans les millions de mètres cubes d'eau au-dessus d'un fond marin finit par mourir et par s'enliser dans la vase. Ce qui signifie que ces fonds océaniques deviennent la tombe d'espèces de toutes les tailles. Des animaux qui ont connu des pressions, des températures, des profondeurs très variées s'y côtoient. Mais l'échantillon du glacier Milne est différent : on n'y voit qu'une seule espèce. Il évoque une trouvaille qu'on aurait pu faire dans un désert. Il faisait plutôt penser à la fossilisation de plusieurs individus d'une seule espèce, décimée, par exemple, par une tempête de sable.

Rachel acquiesça.

— Et la seconde raison pour laquelle vous préférez la terre à la mer ?

Tolland haussa les épaules.

— Mon instinct. Les scientifiques ont toujours cru que les créatures qui peuplaient l'espace devaient être des insectes. Et d'après ce que nous avons observé dans l'espace, on y trouve beaucoup plus de poussières et de roches que d'eau.

Rachel était encore réduite au silence.

— Pourtant…, ajouta Tolland.

Rachel l'avait poussé à remettre en question ses certitudes.

— … Il y a des zones très profondes de l'océan que les spécialistes appellent des zones mortes. Nous ne les connaissons pas vraiment, mais dans ces régions, les courants et la pénurie d'aliments sont tels que presque aucune espèce n'arrive à survivre. Seules quelques catégories de charognards prospèrent sur ces fonds marins. De ce point de vue, je suppose qu'une roche fossile recelant des spécimens d'une seule et même sorte ne serait pas tout à fait inenvisageable.

— Une seconde, grogna Corky. Vous vous rappelez la croûte de fusion ? La teneur en nickel si bizarre ? Les chondres ? À quoi rime tout ce que vous racontez ?

Tolland ne répondit pas.

— Ce problème de la teneur en nickel, fit Rachel en se tournant vers Corky… Expliquez-moi ça encore une fois. La teneur en nickel dans les roches terrestres est soit très haute soit très basse mais, dans les météorites, la teneur en nickel se situe dans une fourchette intermédiaire, c'est bien cela ?

Corky hocha la tête.

— Précisément.

— Et la teneur en nickel de cet échantillon correspond précisément à cette fourchette intermédiaire ?

— Elle en est très proche, oui.

Rachel eut l'air surprise.

— Attendez un peu. Très proche ? Qu'est-ce que vous voulez dire par là ?

Corky eut l'air exaspéré.

— Comme je vous l'ai déjà expliqué, les minéralogies des météorites sont différentes. Quand les scientifiques découvrent de nouvelles météorites ils révisent leurs calculs et réévaluent la teneur en nickel qu'ils jugent acceptable pour les météorites.

Rachel lui montra l'échantillon, stupéfaite.

— Donc, cette météorite vous a forcé à réévaluer ce que vous considériez jusque-là comme une teneur en nickel acceptable dans une météorite ? En fait, sa teneur en nickel ne correspond pas à la fourchette intermédiaire dont vous venez de parler ?

— Approximativement, si, rétorqua Corky.

— Mais pourquoi cette « approximation » n'a-t-elle jamais été évoquée ?

— Parce que c'est un faux problème. L'astrophysique est une science dynamique, ses définitions changent sans arrêt.

— Même quand il s'agit d'une analyse capitale ?

— Écoutez, fit Corky vexé, je peux vous assurer que la teneur en nickel de cet échantillon est beaucoup plus proche de celle d'autres météorites qu'elle ne l'est de n'importe quelle roche terrestre.

Rachel se tourna vers Tolland.

— Étiez-vous au courant de ce fait ?

Tolland acquiesça à contrecœur ; sur le moment, il n'y avait pas vu un problème essentiel.

— On m'a dit que cette météorite présentait une teneur en nickel légèrement différente de celle qu'on trouvait dans d'autres météorites mais les spécialistes de la NASA ne semblaient pas s'en soucier.

— Pour une bonne raison, intervint Corky. La preuve minéralogique ici ne réside pas dans le fait que la teneur en nickel est proche de celle d'une météorite mais plutôt dans le fait qu'elle est très loin de ressembler à celle d'une roche terrestre.

Rachel secoua la tête.

— Désolée, mais dans mon travail, c'est le genre d'erreur de raisonnement qui peut entraîner la mort d'êtres humains. On n'a pas droit à ce type d'erreur. Dire qu'une roche est dissemblable d'une roche terrestre ne prouve en rien que c'est une météorite. Cela prouve simplement qu'elle diffère de tout ce que nous connaissons, à ce jour, sur terre.

— Mais bon Dieu, où est la différence ?

— Il n'y en a pas, dit Rachel, à une condition : que vous connaissiez toutes les roches terrestres, sans exception.

Corky resta un moment silencieux.

— Très bien, répondit-il finalement, oublions la teneur en nickel si elle vous rend nerveuse. Il reste quand même la surface calcinée et les chondres.

— Certes, fit Rachel assez froidement. Mais ça ne fait plus que deux preuves sur trois.

83.

Le siège de la NASA est un gigantesque parallélépipède de verre situé 300 rue E, à Washington. Cet immeuble recèle des centaines de kilomètres de câbles et des milliers d'ordinateurs. Plus de mille employés civils y travaillent, supervisant le budget annuel de quinze milliards de dollars de l'Agence ainsi que les opérations quotidiennes des douze bases situées un peu partout sur le territoire américain.

Malgré l'heure tardive, Gabrielle ne fut pas surprise de découvrir le hall grouillant de toutes sortes de personnes. Des journalistes, tous médias confondus, s'y mêlaient aux employés de la NASA surexcités. La jeune femme entra d'un pas rapide. La grande salle ressemblait à un musée, avec ses répliques grandeur nature des plus célèbres satellites et capsules spatiales suspendues au-dessus des têtes. Les équipes de télévision se disputaient le moindre mètre carré, filmant les scientifiques radieux qui pénétraient les uns après les autres dans le bâtiment.

Gabrielle scruta cette foule, mais ne vit personne qui ressemblait de près ou de loin à Chris Harper.

La plupart des gens présents disposaient de laissez-passer ou de badges de la NASA pendus à leur cou. Gabrielle n'avait ni l'un, ni l'autre. Elle repéra une jeune femme de la NASA et se précipita vers elle.

— Salut ! Je cherche Chris Harper…

La femme jeta un coup d'œil étonné à Gabrielle, comme si elle l'avait déjà vue quelque part.

— Le professeur Harper est passé, il y a quelques instants. Je crois qu'il allait vers les étages. Mais est-ce que je vous connais ?

— Je ne pense pas, lâcha Gabrielle en s'éloignant. Comment fait-on pour monter ?

— Vous travaillez pour l'Agence ?

— Non.

— Alors vous ne pourrez pas y accéder.

— Ah ! Très bien. Est-ce qu'il y a un téléphone…

— Dites donc ! fit la femme, l'air furibond. Je sais qui vous êtes ! Je vous ai vue à la télé avec le sénateur Sexton. Je n'arrive pas à croire que vous ayez le culot…

Gabrielle s'était déjà éloignée. Se frayant un chemin dans la foule, elle disparut rapidement. Derrière, elle entendit la femme héler ses collègues pour leur annoncer la présence de Gabrielle.

Génial. Je viens de franchir le seuil et, deux secondes plus tard, j'ai déjà toute l'Agence à mes trousses, se dit-elle.

Gabrielle baissa la tête en se dirigeant vers l'extrémité du hall. Un grand tableau était fixé au mur. Elle le parcourut rapidement, cherchant le nom de Chris Harper. Rien. Le panneau n'affichait aucun nom. Il énumérait les différents services.

PODS…, pensa-t-elle, essayant de trouver quelque chose qui ait un rapport avec le sondeur de densité en orbite polaire.

Rien. Elle n'osait pas jeter un coup d'œil par-dessus son épaule, s'attendant plus ou moins à voir surgir un essaim d'employés de la NASA courroucés. Le plus prometteur sur cette liste se trouvait au quatrième étage :

Système d'Observation Terrestre (EOS).

Tournant le dos à la foule pour ne pas être aperçue ou reconnue, Gabrielle se fraya un chemin vers un recoin qui abritait une série d'ascenseurs et une fontaine. Il n'y avait pas de boutons d'appel, uniquement des fentes à carte. Les appareils étaient sécurisés par un système de carte-clef au nom du porteur. Seuls les employés identifiés pouvaient accéder aux étages.

Un groupe de jeunes hommes exubérants arriva en parlant à voix haute. Ils portaient des badges de la

NASA. Gabrielle se pencha au-dessus de la fontaine tout en regardant derrière elle. Un type au visage criblé de taches de rousseur inséra sa carte dans une fente et les portes de l'ascenseur s'ouvrirent. Il riait en hochant la tête.

— Les types du SETI doivent péter les plombs ! dit-il en montant dans l'ascenseur avec ses compagnons. Ça fait vingt ans qu'ils traquent aux quatre coins de la galaxie le moindre signe de vie extraterrestre, et voilà qu'on découvre que la preuve physique était enterrée sous la glace ici même, sur terre !

Les portes de la cabine se refermèrent et les hommes disparurent. Gabrielle se releva, ne sachant quoi faire. Elle regarda autour d'elle à la recherche d'un interphone. Rien. Elle se demanda si elle pouvait dérober une carte, mais quelque chose lui dit que c'était trop risqué. Quoi qu'elle fît, elle devait agir rapidement. Elle aperçut la femme à qui elle avait parlé à son arrivée qui traversait la foule accompagnée d'un responsable de la sécurité. Un homme svelte et chauve se dirigea en hâte vers les ascenseurs. Gabrielle se pencha à nouveau sur la fontaine. L'homme ne l'avait pas remarquée. Gabrielle le regarda insérer sa carte dans la fente. Des portes d'ascenseur coulissèrent et l'homme entra dans l'un d'eux.

Tans pis, songea Gabrielle en prenant sa décision, c'est maintenant ou jamais.

Au moment où la porte se refermait, Gabrielle courut, coinçant sa main dans l'interstice et l'empêchant de se refermer. Elle se glissa à l'intérieur, son visage mimant une grande excitation.

— Vous imaginez ça ? souffla-t-elle à l'homme chauve un peu surpris. Mon Dieu, mais c'est fou !

Il lui jeta un regard perplexe.

— Les types du SETI doivent être fous ! fit Gabrielle. Ils cherchent aux quatre coins de la galaxie depuis vingt ans le moindre signal de vie extraterrestre, et voici qu'on en retrouve la preuve physique, ici, sur terre…

L'homme eut l'air surpris.

— Euh… Oui, c'est très…

Il jeta un coup d'œil à son cou, apparemment troublé de ne pas y voir de badge.

— Je suis désolé, est-ce que vous…

— Quatrième étage s'il vous plaît. Je suis venue si vite que c'est à peine si j'ai eu le temps d'enfiler une culotte !

Elle éclata de rire en jetant un regard rapide à son badge : *James Theisen, Direction des finances.*

— Vous travaillez ici, mademoiselle ? demanda-t-il, très mal à l'aise.

Gabrielle mima une profonde déception.

— Jim ! Vous me vexez ! Rien de pire que de dire à une femme qu'on l'a oubliée !

L'homme blêmit une seconde, l'air encore plus gêné, et il passa la main sur son crâne chauve.

— Je suis désolé, toute cette excitation, vous savez… Je reconnais que votre visage ne m'est pas inconnu. Sur quel programme travaillez-vous, déjà ?

Merde. Gabrielle arbora un sourire confiant.

— EOS.

L'homme montra le bouton du quatrième étage allumé.

— Évidemment. Je veux dire : sur quel projet en particulier ?

Gabrielle sentit son pouls s'accélérer. Elle ne trouva qu'une réponse :

— PODS.

Son interlocuteur parut surpris.

— Vraiment ? Je croyais connaître tout le monde dans l'équipe de Harper.

Elle hocha la tête, embarrassée.

— Chris me cache, je suis la stupide programmeuse qui a raté l'index Voxel sur le logiciel détraqué.

Maintenant, c'était lui qui tombait des nues.

— C'était vous ?

Gabrielle fronça les sourcils.

— Je n'en ai pas dormi pendant des semaines…

— Mais c'est le professeur Harper qui en a assumé la responsabilité !

— Je sais. C'est tout à fait lui. En tout cas, il a fini par résoudre le problème. Quel choc ce soir, hein ? Cette météorite, je suis encore sous le coup !

L'ascenseur s'arrêta au quatrième. Gabrielle fit un petit bond dehors.

— C'était génial de vous rencontrer, Jim. Mes amitiés aux gars de la compta !

— Sans faute, bredouilla-t-il pendant que la porte se refermait. Ça m'a fait plaisir de vous revoir.

84.

Zach Herney, comme la plupart des présidents, ne dormait que quatre ou cinq heures par nuit. Mais ces dernières semaines, il avait multiplié les nuits blanches.

L'excitation des événements de la soirée commençant à se dissiper, Herney sentit l'engourdissement le gagner. Il était exténué.

Assis avec ses plus proches collaborateurs à boire du champagne dans le salon Roosevelt, il regardait la conférence de presse repasser en boucle, ainsi que des extraits du documentaire de Tolland et les comptes rendus des commentateurs. Sur l'écran, en ce moment, on pouvait voir une correspondante exubérante cramponnée à son micro, filmée devant la Maison Blanche.

— Au-delà de ses fascinantes répercussions pour l'espèce humaine, disait-elle, cette révélation de la NASA va avoir des conséquences politiques décisives ici, à Washington. La découverte de cette météorite fossile ne pouvait pas tomber mieux pour le Président engagé dans la campagne pour sa réélection.

Sa voix se fit plus grave.

— … Ni plus mal pour le sénateur Sexton.

Le commentaire s'interrompit pour faire place à la retransmission du débat de l'après-midi sur CNN – véritable humiliation pour le sénateur.

— Après trente-cinq ans, déclarait Sexton, je crois qu'il est assez évident qu'on n'a pas trouvé de preuve de vie extraterrestre !

— Et si vous aviez tort ? répliquait Marjorie Tench.

Sexton levait les yeux au ciel.

— Oh, pour l'amour du ciel, madame Tench ! Si j'ai tort, eh bien, je mangerai mon chapeau.

Tout le monde éclata de rire dans le salon Roosevelt. Les spectateurs ne semblaient pas remarquer la cruauté du traquenard tendu au sénateur. Son ton était si arrogant qu'on se disait qu'il méritait bien sa punition.

Le Président chercha des yeux sa collaboratrice. Il ne l'avait pas vue avant la conférence de presse, et elle n'était toujours pas là.

Bizarre, songea-t-il. C'est autant son triomphe que le mien.

La journaliste concluait en soulignant l'énorme bénéfice politique que la Maison Blanche allait retirer de l'événement et l'impact catastrophique qu'il aurait pour Sexton.

Quelle différence entre aujourd'hui et hier ! songea Herney. En politique, la donne peut changer radicalement d'une seconde à l'autre.

Il n'allait pas tarder à comprendre l'exactitude de cette réflexion.

85.

Pickering pourrait poser problème, avait lâché Marjorie Tench.

Ekstrom, trop préoccupé par cette nouvelle information, ne remarqua pas que la tempête, au-dehors, faisait rage. Les câbles d'acier, tendus à craquer, grinçaient sans arrêt et les membres de l'équipe tournaient en rond au lieu d'aller dormir. Les pensées d'Ekstrom étaient perdues dans une autre tempête, celle, bien plus redoutable, qui se préparait à Washington.

Ces dernières heures, les problèmes s'étaient multipliés. Ekstrom devait les résoudre. Tous. Mais un problème semblait plus menaçant que tous les autres réunis.

Pickering.

Ekstrom n'avait pas la moindre envie d'affronter William Pickering. Le directeur du NRO s'acharnait sur Ekstrom et la NASA depuis des années, essayant d'imposer des règles de secret draconiennes, d'influer en faveur des missions qu'il jugeait prioritaires, tonnant sans cesse contre les multiples échecs de l'Agence spatiale.

Mais l'aversion de Pickering pour l'Agence, Ekstrom le savait, dépassait de loin le lancement raté du satellite Sigint, les fuites de sécurité de la NASA, ou encore la bataille concernant le recrutement des chercheurs. Les griefs de Pickering contre la NASA reflétaient à la fois une désillusion et un ressentiment contre lesquels personne ne pouvait rien.

L'avion spatial X 33, censé remplacer la navette, avait pris cinq ans de retard, ce qui signifiait que des dizaines de satellites d'entretien et de lancements du NRO avaient été annulés ou retardés. Récemment, la colère de Pickering avait atteint des sommets quand il avait découvert que la NASA avait entièrement annulé le projet X 33 : le gâchis frôlait le milliard de dollars.

Ekstrom écarta le rideau et entra dans son box. Il s'assit à son bureau et prit sa tête entre ses mains. Il avait des décisions essentielles à prendre. La journée qui avait si bien commencé menaçait de se transformer en cauchemar. Il essaya de se mettre à la place de William Pickering : comment allait-il réagir aux événements de la veille ? Quelqu'un d'aussi intelligent que lui devrait comprendre l'importance de cette découverte de la NASA. Il devrait pardonner certaines décisions prises en désespoir de cause et entrevoir les dégâts irréversibles qu'entraîneraient des révélations inopportunes. Qu'allait faire Pickering de l'information qu'il détenait ? Ferait-il comme si de rien n'était, ou s'en servirait-il pour prendre une revanche attendue depuis longtemps ?

Ekstrom se renfrogna, devinant la réponse à ses questions.

Au-delà des désaccords stratégiques, William Pickering nourrissait contre la NASA une rancune trop ancienne et trop personnelle pour que l'administrateur pût compter sur son soutien.

86.

Rachel était silencieuse, les yeux perdus dans le vague. L'avion longeait la côte canadienne à l'aplomb du delta du Saint-Laurent. Tolland, assis à côté d'elle, discutait avec Corky. Malgré les multiples arguments plaidant en faveur de l'authenticité de la météorite, Corky avait reconnu que la teneur en nickel de la roche se situait en dehors des fourchettes de valeurs jusque-là admises. Aveu qui avait encore attisé les soupçons de Rachel. Pourquoi insérer une météorite sous la banquise d'un glacier polaire, sinon pour tromper l'opinion ?

Néanmoins, les preuves scientifiques semblaient confirmer l'authenticité de la roche fossile.

Rachel se détourna du hublot et jeta un coup d'œil sur l'échantillon qu'elle tenait toujours dans le creux de sa main. Les petits chondres scintillaient. Justement, Tolland et Corky parlaient de ces éclats métalliques depuis un bon moment, avec des expressions savantes que Rachel était incapable de saisir : « niveau d'olivine équilibré », « matrice de verre métastable », et « réhomogénéisation métamorphique ». Néanmoins, le sens général du propos était clair : Corky et Tolland étaient d'accord, les chondres étaient sans aucun doute d'origine extraterrestre. Ces éléments-là ne pouvaient avoir été contrefaits.

Rachel fit pivoter l'échantillon dans sa main, passant un doigt sur le fragment de surface calcinée. Cette calcination semblait récente, elle ne remontait certainement pas à trois siècles, bien que, comme Corky l'avait expliqué, la météorite fût restée hermétiquement confinée sous la glace, à l'abri de l'érosion atmosphérique. Cela paraissait logique. Rachel se rappelait notamment une momie dont les restes pris dans la glace avaient été découverts quatre mille ans plus tard. Sa peau était presque intacte.

En étudiant la croûte de fusion, une pensée lui vint à l'esprit : on avait omis une information évidente. Rachel se demanda si elle lui avait échappé, dans le torrent de détails dont on l'avait submergée, ou s'il n'en avait pas été question.

Elle se tourna brusquement vers Corky.

— Est-ce qu'on a pensé à dater la croûte de fusion ?

Corky jeta un coup d'œil vers elle, interloqué.

— Quoi ?

— Est-ce que quelqu'un a daté cette partie calcinée de la roche ? Est-on sûr que la brûlure de la roche remonte à la même époque que la chute de *Jungersol* ?

— Désolé, fit Corky, c'est impossible. L'oxydation altère tous les marqueurs isotopiques nécessaires. En outre, les radio-isotopes sont trop lents pour mesurer quoi que ce soit qui date de moins de cinq siècles…

Rachel réfléchit quelques instants, et finit par comprendre pourquoi la datation de la surface de la roche était irréalisable.

— Donc cette roche pourrait avoir été brûlée au Moyen Âge, ou le week-end dernier, n'est-ce pas ?

Tolland s'esclaffa.

— Personne n'a dit que la science avait réponse à tout.

Rachel laissa son esprit divaguer à voix haute.

— Une croûte de fusion est avant tout une sérieuse calcination. Techniquement parlant, la brûlure sur la roche aurait pu se produire à n'importe quel moment du dernier demi-siècle et de toutes sortes de manières différentes…

— Faux ! intervint Corky. Calcinée de toutes sortes de manières différentes ? Non. Elle n'a pu être calcinée que d'une seule façon, en traversant l'atmosphère.

— Il n'existe pas d'autre possibilité ? Pourquoi pas un four, par exemple ?

— Un four ? répéta Corky. Ces échantillons ont été examinés au microscope électronique. Même le four terrestre le plus propre laisserait des résidus de fioul sur la surface de la pierre. On en trouverait des traces, même s'il s'agissait de fioul fossile. Non, vraiment, c'est impossible. Et que faites-vous des stries laissées par la traversée de l'atmosphère ? Elles ne seraient pas apparues dans un four.

Rachel avait oublié ces stries si caractéristiques. La roche semblait effectivement avoir fait une longue chute à travers l'atmosphère terrestre.

— Et pourquoi pas un volcan ? risqua-t-elle. Une pierre qui aurait été violemment éjectée au cours d'une éruption ?

Corky secoua la tête.

— Cette calcination est beaucoup trop propre.

Rachel jeta un coup d'œil à Tolland.

L'océanographe acquiesça.

— Rachel, j'ai une certaine expérience des volcans, aussi bien au-dessus que sous la surface de l'eau. Corky a raison. Des morceaux de roche crachés par un volcan recèlent des dizaines de toxines, dioxyde de carbone, dioxyde de soufre, sulfure d'hydrogène, acide chlorhydrique : toutes ces molécules auraient été détectées par nos scanners. Cette croûte de fusion, que nous l'acceptions ou non, est le fruit d'une « calcination propre » résultant d'un intense frottement atmosphérique.

Rachel soupira et se tourna vers le hublot. Calcination propre, cette expression la frappait. Elle se retourna vers Tolland.

— Mais que voulez-vous dire par « calcination propre » ?

Il haussa les épaules.

— Simplement que, avec un microscope électronique, on n'a pas noté de résidus de carburant. On peut en déduire que la chaleur a été causée par l'énergie cinétique et les frottements plutôt que par des composés chimiques ou nucléaires.

— Mais si vous n'avez relevé aucune trace de carburant étranger, qu'avez-vous donc trouvé ? Quelle est la composition précise de la croûte de fusion ?

— Nous avons trouvé, répliqua Corky, exactement ce que nous nous attendions à trouver. Des molécules atmosphériques et rien d'autre : azote, oxygène et argon. Pas de pétrole, pas de soufre, pas d'acides volcaniques. Uniquement les particules que l'on trouve sur les météorites habituelles.

Rachel s'enfonça dans son siège et poursuivit sa méditation.

Corky se pencha et lui lança :

— S'il vous plaît, ne me dites pas que votre nouvelle théorie, c'est que la NASA a pris une roche fossile dans la navette spatiale et l'a laissée tomber en espérant que personne ne verrait la boule de feu, ni l'explosion, ni l'énorme cratère à l'atterrissage ?

Rachel n'avait pas eu cette pensée, mais l'idée de Corky la séduisit. Une hypothèse irréalisable peut-être, mais intéressante sûrement. Que des composants naturels atmosphériques. Une calcination propre. Des stries gravées par la chute dans l'atmosphère. Une lueur venait de s'allumer dans son esprit.

— Les teneurs des composants atmosphériques que vous avez découvertes, fit-elle, étaient-elles exactement les mêmes que celles qu'on trouve sur toutes les météorites dotées d'une croûte de fusion ?

Corky manifesta son étonnement :

— Pourquoi me posez-vous cette question ?

Rachel, voyant qu'il hésitait, poursuivit :

— Les proportions n'étaient pas les mêmes, n'est-ce pas ?

— Il y a une explication scientifique à ce phénomène.

Le cœur de Rachel se mit à battre. Elle demanda :

— Auriez-vous par hasard découvert une teneur inhabituellement élevée d'un des composants ?

Tolland et Corky échangèrent des regards intrigués.

— Oui, dit Corky, mais…

— Était-ce de l'hydrogène moléculaire ?

L'astrophysicien écarquilla les yeux :

— Comment avez-vous deviné ?

Tolland lui aussi parut déconcerté.

Rachel les regarda tour à tour.

— Pourquoi aucun de vous n'a-t-il mentionné ce fait ?

— Parce qu'il y a une explication scientifique parfaitement valable ! déclara Corky.

— Je suis tout ouïe, fit Rachel.

— La teneur en hydrogène moléculaire est inhabituellement élevée parce que la météorite est tombée près du pôle Nord, dans une zone où le champ magnétique terrestre entraîne une concentration anormalement élevée d'ions d'hydrogène.

Rachel fronça les sourcils.

— Malheureusement, j'ai une autre explication.

87.

Le quatrième étage du siège de la NASA était moins impressionnant que son hall : corridor neutre avec portes de bureaux également réparties le long de couloirs pour l'instant déserts. Des panneaux en laminé pointaient dans toutes les directions :

← LANDSAT 7
TERRA →
← ACRIMSAT
← JASON 1
AQUA →
PODS →

Gabrielle suivit l'indication PODS. Elle emprunta une autre série de couloirs et arriva devant deux lourdes portes en acier. On avait écrit au pinceau sur un panneau :

Polar Orbiting Density Scanner (PODS)
Responsable du projet : Chris Harper.

Les portes étaient verrouillées, doublement sécurisées avec une carte et un code à saisir sur un clavier. Gabrielle plaqua son oreille contre le métal froid. Durant quelques instants, elle crut entendre les échos d'une dispute. Mais elle n'en était pas sûre. Elle se demanda si elle ne devrait pas tout simplement frapper et attendre qu'on vienne lui ouvrir.

Mais, pour obtenir de Chris Harper les renseignements qu'elle désirait, il lui faudrait se montrer un peu plus maligne. Elle regarda autour d'elle. Elle aperçut un petit placard dans lequel elle fourragea quelques instants, cherchant dans la pénombre la clé ou la carte d'une femme de ménage. Il n'y avait rien. Seulement des balais et des serpillières.

Revenant sur ses pas, elle plaqua de nouveau son oreille contre la porte. Cette fois, elle était sûre d'avoir entendu des voix de plus en plus fortes. Et des bruits de pas. Quelqu'un à l'intérieur tourna la poignée et le battant métallique s'ouvrit à la volée. Gabrielle n'avait plus le temps de se cacher. En un bond de côté, elle se plaqua contre le mur tandis qu'un groupe de gens passait rapidement, échangeant des exclamations à voix haute. Ils semblaient furieux.

— Mais bon Dieu, c'est quoi le problème de Harper ? Je croyais qu'il serait au septième ciel !

— Un soir comme celui-là, fit un autre, il veut rester seul ? Mais il devrait faire la fête avec nous !

Tandis que le groupe s'éloignait, la lourde porte commença à se refermer, démasquant Gabrielle qui resta immobile pendant que les hommes s'éloignaient. La jeune femme attendit que la porte soit sur le point de claquer et elle se précipita sur la poignée. Elle resta immobile pendant que les hommes s'effaçaient au fond du couloir. Ils étaient de toute façon trop absorbés par leur conversation pour regarder en arrière.

Le cœur battant, Gabrielle pénétra dans la pièce plongée dans la pénombre. Elle referma silencieusement la porte. Le grand plateau lui rappelait son labo de physique à l'université : ordinateurs, îlots de travail, équipements électroniques. Tandis que ses yeux s'accoutumaient à l'obscurité, elle aperçut des schémas et des feuilles de calcul éparpillées. La zone tout entière était plongée dans le noir à l'exception d'un bureau, à l'extrémité du local, où un rai de lumière filtrait sous une porte. Gabrielle traversa silencieusement la grande pièce. À travers une vitre, elle aperçut un individu assis à un ordinateur. Elle reconnut l'homme de la conférence de presse de la NASA. Une plaque portait la mention *Chris Harper, chef de projet PODS.*

À ce moment-là, Gabrielle, pensant qu'elle était peut-être allée trop loin, prit peur. Elle se rappela la certitude de Sexton : Chris Harper avait menti. Je parierais ma campagne là-dessus, avait-il dit. Apparemment, d'autres en avaient tiré la même conclusion et attendaient que Gabrielle découvre la vérité. Ne fallait-il pas mettre l'Agence sur la sellette et essayer de regagner un peu de terrain après la catastrophe de ce soir ? Vu la façon dont Tench et la Maison Blanche avaient tenté de manipuler Gabrielle, celle-ci ne demandait plus qu'à aider de toutes ses forces les supporters de Sexton.

Elle leva la main pour frapper à la porte mais s'arrêta, se rappelant soudain l'avertissement de Yolanda.

« Si Chris Harper a menti au monde à propos de PODS, qu'est-ce qui te fait croire qu'il te dira la vérité, à toi ? »

La peur, se dit Gabrielle, qui avait tiré les leçons de son entretien avec Marjorie Tench. Elle avait un plan. Elle allait recourir à une tactique que le sénateur utilisait parfois pour extorquer des informations à ses adversaires. Gabrielle avait beaucoup appris dans l'ombre de Sexton, et la cuisine politicienne, ni séduisante, ni morale, n'avait plus de secrets pour elle. Les scrupules n'étaient plus de mise. Si elle persuadait Chris Harper de reconnaître qu'il avait menti, quelle qu'en fût la raison, Gabrielle donnerait une petite chance au sénateur de relancer sa campagne. De plus, Sexton était un homme qui, si on lui donnait une marge de manœuvre, même très étroite, était capable de surmonter presque tous les obstacles. Gabrielle allait utiliser une technique d'interrogatoire inventée par les Romains pour arracher des confessions à des criminels soupçonnés d'avoir menti. La méthode était simple : poser comme une certitude l'information qu'on voulait faire avouer. On brandissait ensuite une accusation beaucoup plus grave afin de donner à l'adversaire une possibilité de choisir le moindre des deux maux (dans ce cas, la vérité).

Ce stratagème supposait une grande assurance, sentiment que Gabrielle était loin d'éprouver. Prenant une profonde inspiration, la jeune femme repassa le scénario dans son esprit et frappa quelques coups secs à la porte du bureau de Harper.

— Je vous ai dit que j'étais occupé ! cria ce dernier avec cet accent anglais qui était familier à Gabrielle.

Elle frappa encore – plus fort, cette fois.

— Je vous répète que ça ne m'intéresse pas de descendre avec les autres !

Gabrielle cogna sur la porte avec le poing.

Chris Harper se leva d'un bond et ouvrit brusquement.

— Mais enfin, espèce de…

Il stoppa net, visiblement surpris de découvrir Gabrielle.

— Professeur Harper, dit-elle d'un ton grave.

— Comment êtes-vous montée ici ?

L'expression de Gabrielle était sévère.

— Savez-vous qui je suis ?

— Bien sûr. Votre patron tape sur mon projet depuis des mois. Comment êtes-vous entrée ?

— C'est le sénateur Sexton qui m'envoie.

Les yeux de Harper scrutèrent le laboratoire derrière Gabrielle.

— Où est votre accompagnateur de la NASA ?

— Cela ne vous regarde pas. Le sénateur a les relations qu'il faut pour m'introduire ici.

Harper semblait sceptique.

— Dans ce bâtiment ?

— Vous vous êtes montré malhonnête, professeur Harper. Et je crains que le sénateur ne demande à une commission sénatoriale d'enquêter sur vos mensonges.

Harper eut l'air contrarié.

— Qu'est-ce que vous me chantez là ?

— Les gens intelligents comme vous ne peuvent pas se payer le luxe de jouer les idiots, professeur Harper. Vous vous êtes placé dans une situation périlleuse, et Sexton m'a envoyée ici pour vous proposer une transaction. La campagne du sénateur a pris une grande claque ce soir. Il n'a plus rien à perdre, et il n'hésitera pas à vous entraîner dans sa chute si vous ne coopérez pas.

— Mais qu'est-ce que vous racontez ?

Gabrielle inspira profondément et débita sa tirade.

— Vous avez menti dans votre conférence de presse au sujet du logiciel de détection d'anomalies de PODS. Nous le savons. Beaucoup de gens le savent. Mais ce n'est pas le problème.

Sans attendre une réponse de Harper, Gabrielle continua tambour battant.

— Le sénateur pourrait dénoncer vos mensonges, mais ça ne l'intéresse pas. Ce qu'il voudrait, en revanche, c'est démasquer la NASA. Je crois que vous voyez de quoi je parle…

— Non, je…

— Voici sa proposition : motus et bouche cousue à propos des mensonges sur le logiciel si vous lui donnez le nom du haut responsable de la NASA avec qui vous avez détourné des fonds.

Les yeux de Chris Harper s'écarquillèrent de stupéfaction.

— Quoi ? Mais je n'ai pas détourné de fonds !

— Je vous suggère de bien mesurer vos propos, monsieur. Un comité sénatorial collecte des documents sur vos agissements depuis plusieurs mois. Comment avez-vous pu croire que vous vous en tireriez sans être repérés, tous les deux ? En falsifiant des documents officiels PODS et en virant des fonds de la NASA sur des comptes privés ? Le détournement peut vous envoyer en prison, professeur.

— Mais je n'ai jamais fait de telles choses !

— Vous êtes en train de me dire que vous n'avez pas menti à propos de PODS ?

— Non, je suis en train de vous dire que je n'ai jamais détourné d'argent !

— Vous reconnaissez donc que vous avez menti à propos de PODS.

Harper lui jeta un regard perçant, ne sachant plus à quel saint se vouer.

— Peu importent les mensonges, reprit Gabrielle en écartant ce problème d'un revers de main. Que vous ayez menti au cours d'une conférence de presse n'intéresse pas le sénateur Sexton. Nous avons l'habitude de ce genre de comportements. Vous avez trouvé une météorite, et, au fond, personne ne tient à savoir comment vous l'avez trouvée. La question pour lui est celle des malversations. Il veut faire tomber un haut responsable de la NASA. Donnez-lui simplement le nom de votre complice et il veillera à ce que l'enquête vous épargne complètement. Vous avez le choix : vous vous simplifiez la vie et vous nous donnez un nom, ou le sénateur va vous rendre la vie vraiment difficile et dénoncer le mensonge de la réparation du logiciel PODS.

— Vous bluffez. Il n'y a pas eu de détournement de fonds.

— Vous êtes un redoutable menteur, professeur. J'ai consulté le dossier. Votre nom figure sur tous les documents compromettants. On le retrouve à chaque page.

— Je jure que je ne suis absolument pas au courant de ces prétendus détournements !

Gabrielle poussa un soupir de déception.

— Mettez-vous à ma place, professeur Harper. Je ne peux tirer que deux conclusions. Soit vous me mentez, de la même façon que vous avez menti lors de votre conférence de presse. Soit vous dites la vérité et un haut responsable de l'Agence a monté une machination contre vous.

Cette dernière version fit réfléchir Harper.

Gabrielle regarda l'heure à sa montre.

— La proposition du sénateur est valable une heure. Vous pouvez vous tirer d'affaire en lui donnant le nom du haut responsable de la NASA avec lequel vous avez détourné l'argent des contribuables. Pour Sexton, vous ne comptez pas. Celui qu'il veut, c'est le gros poisson. Évidemment, l'individu en question dispose d'un grand pouvoir à l'Agence. Lui, ou elle, s'est arrangé pour que son identité n'apparaisse nulle part et pour que vous écopiez à sa place.

Harper secoua la tête.

— Vous mentez.

— Seriez-vous d'accord pour répéter cela devant un juge ?

— Bien sûr, je nierai tout.

— Sous serment ? lança Gabrielle, l'air scandalisé. Et vous nierez aussi au sujet de la réparation du logiciel PODS ?

Le cœur de Gabrielle battait la chamade tandis qu'elle fixait l'homme droit dans les yeux.

— Réfléchissez bien au choix que vous allez faire, professeur Harper, les prisons américaines peuvent être extrêmement désagréables.

Harper lui lança un regard furieux que la jeune femme soutint sans fléchir. Pendant quelques secondes, elle crut qu'il était sur le point de capituler mais, quand Harper lui répondit, sa voix avait un timbre métallique.

— Mademoiselle Ashe, déclara-t-il fulminant, vous n'avez pas la moindre preuve contre moi. Nous savons tous les deux qu'il n'y a pas eu de détournement de fonds à l'Agence. La seule menteuse dans cette pièce, c'est vous.

Gabrielle se raidit imperceptiblement. Le regard de son interlocuteur était dur et déterminé. Elle faillit prendre la fuite. Tu as essayé de faire chanter un expert de la NASA, songea-t-elle. Comment pouvais-tu croire que ça marcherait ? Elle se força à garder la tête haute.

— Tout ce que je sais, fit-elle en feignant une assurance totale, c'est que les documents à charge contre vous que j'ai pu consulter sont des preuves absolues, irréfutables, que vous et un autre responsable de la NASA détournez des fonds de l'Agence. Le sénateur m'a simplement demandé de venir ici ce soir vous proposer de laisser tomber votre partenaire plutôt que d'affronter l'enquête sénatoriale tout seul. Je vais expliquer au sénateur que vous préférez courir le risque de comparaître devant un tribunal. Vous direz à la Cour ce que vous m'avez dit, vous n'avez pas détourné de fonds et vous n'avez pas menti à propos du logiciel PODS.

Elle lui décocha un sourire carnassier.

— … Mais, après votre conférence de presse assez lamentable, je doute que vous couriez ce risque.

Gabrielle tourna les talons et quitta le bureau. Elle se demanda à cet instant-là si ce n'était pas plutôt elle qui allait finir sa nuit en prison.

Elle traversa le laboratoire plongé dans l'obscurité, d'un pas décidé, en souhaitant fiévreusement que Harper la rappelle. Silence. Elle sortit dans le couloir en espérant pouvoir monter dans l'ascenseur sans avoir à glisser une carte dans une fente, comme en bas. Son plan était en train d'échouer. Malgré un bluff brillant, Harper n'avait pas mordu à l'hameçon. Après tout, peut-être avait-il dit la vérité dans sa conférence de presse, songea Gabrielle.

Un violent bruit métallique résonna dans le hall : les portes du laboratoire venaient de s'ouvrir à nouveau.

— Mademoiselle Ashe, cria Harper. Je vous jure que je ne suis absolument pas au courant de ces détournements. Je suis un homme honnête !

Gabrielle sentit son cœur se pincer d'excitation. Elle se força à continuer à marcher comme si de rien n'était. Elle haussa légèrement les épaules et lança :

— Vous avez bien menti pendant votre conférence de presse…

Silence. Gabrielle avançait toujours.

— Attendez une seconde ! cria Harper.

Il la rejoignit au petit trot, le visage blême.

— Cette histoire de détournements, fit-il un ton en dessous, je pense savoir qui est le type qui m'a piégé.

Gabrielle stoppa net, se demandant si elle avait bien entendu. Elle se tourna lentement et aussi naturellement qu'elle le pouvait.

— Vous espérez me faire croire que quelqu'un vous a piégé ?

Harper soupira.

— Je jure que je ne suis au courant de rien. Et s'il y a des preuves contre moi…

— Il y en a des tonnes.

Harper soupira encore.

— Alors, ce dossier est une machination. Pour me discréditer en cas de besoin. Et il n'y a qu'une seule personne qui ait pu faire une chose pareille.

— Qui ça ?

Harper la regarda dans les yeux.

— Lawrence Ekstrom me hait.

Gabrielle était stupéfaite.

— L'administrateur de la NASA ?

Harper hocha la tête, écœuré.

— C'est lui qui m'a forcé à mentir lors de cette conférence de presse.

88.

Le système de propulsion à combustible méthane de l'avion Aurora ne fonctionnait qu'à la moitié de sa puissance, et pourtant la Force Delta fonçait à travers la nuit à trois fois la vitesse du son, soit plus de trois mille deux cents kilomètres-heure. La pulsation répétée des moteurs donnait au voyage un rythme hypnotique. Trente mètres plus bas, l'océan bouillonnait sauvagement, frappé de plein fouet par le sillage de l'Aurora, qui projetait dans le ciel deux longues gerbes parallèles de vingt mètres.

C'est la raison pour laquelle le Blackbird SR-71 a été retiré, songea Delta 1.

L'Aurora était l'un de ces avions censés rester secrets, mais qu'en réalité tout le monde connaissait. Même la chaîne Discovery lui avait consacré un reportage, montrant les tests effectués à Groom Lake, au Nevada. Pour expliquer ces fuites, on pouvait tout autant incriminer les détonations déclenchées au passage de la vitesse du son, qu'on entendait jusqu'à Los Angeles, que des témoins assez vernis pour distinguer l'avion depuis une plate-forme de forage pétrolier en mer du Nord. Sans oublier la gaffe de l'administration qui avait laissé figurer une description de l'Aurora sur un rapport public du budget du Pentagone. Tout cela avait d'ailleurs fort peu d'importance. La rumeur s'était propagée à la vitesse du son, elle aussi : l'armée américaine disposait d'un avion capable de voler à mach 6, il n'en était plus à la planche à dessins, mais déjà à transpercer le ciel. Construit par Lockheed, l'Aurora ressemblait à un ballon de football américain aplati, qui aurait mesuré trente-cinq mètres de long pour une envergure de vingt mètres. Les tuiles thermiques qui le recouvraient lui donnaient une patine cristalline qui rappelait la navette spatiale. Sa vitesse résultait d'un nouveau système de propulsion connu sous le nom de propulsion par détonation pulsée, laquelle utilisait un carburant d'hydrogène liquide vaporisé, propre, laissant sur son passage une traînée nuageuse qui le trahissait. Pour cette raison, il ne volait que la nuit.

Ce soir-là, la Force Delta suivait la trajectoire la plus longue pour rentrer à Washington, celle qui traversait l'océan, mais à une vitesse ultrarapide. Et, malgré le détour, ils allaient arriver avant leurs proies. Ils seraient sur la côte Est en moins d'une heure, avant Rachel et ses compagnons. Il avait été question de poursuivre et d'abattre l'avion, mais le contrôleur craignait à juste titre une capture radar de l'incident ou qu'on ne retrouve les restes calcinés de l'engin, ce qui n'aurait pas manqué de déclencher une enquête périlleuse. Ils avaient donc décidé de laisser atterrir l'avion comme prévu. Une fois qu'on aurait rejoint les cibles, la Force Delta interviendrait.

Alors que l'Aurora traversait une mer du Labrador absolument déserte, le téléphone crypté de Delta 1 bipa pour indiquer un appel entrant.

Il décrocha.

— La situation a changé, les informa la voix électronique. Vous avez une autre cible à atteindre avant que Rachel Sexton et les scientifiques atterrissent.

Une autre cible. Delta 1 comprit que la situation était en train de mal tourner. Le navire du contrôleur faisait eau de toutes parts et celui-ci devait colmater les fuites aussi vite que possible. Le bateau ne serait pas en train de couler, se rappela Delta 1, si nous avions atteint nos cibles sur le glacier Milne. Delta 1 savait très bien que c'était son propre gâchis qu'il devait réparer maintenant.

— Un quatrième personnage est entré en piste, fit le contrôleur.

— Qui ça ?

Le contrôleur marqua une pause et prononça un nom.

Les trois hommes échangèrent des regards sidérés, c'était un nom très familier.

Pas étonnant que le contrôleur ait semblé réticent ! se dit Delta 1. Pour une opération conçue au départ comme « zéro meurtre », le nombre de cadavres et le profil des cibles grimpaient rapidement. Il sentit ses muscles se tendre au moment où le contrôleur s'apprêtait à les informer du lieu de l'opération et de la façon dont ils allaient éliminer ce nouvel individu.

— Les enjeux sont de plus en plus importants, fit le contrôleur. Écoutez attentivement, je ne vous donnerai ces instructions qu'une seule fois.

89.

Pendant ce temps, au-dessus du Maine, un jet G4 volait vers Washington. À bord, Michael Tolland et Corky Marlinson écoutaient attentivement Rachel Sexton leur exposer sa théorie qui expliquerait la teneur inhabituelle en hydrogène de la croûte de fusion de la météorite.

— La NASA possède un complexe privé d'expérimentation appelé Plum Brook, commença Rachel, étonnée de s'entendre aborder ce sujet.

En effet, il s'agissait là d'informations top secret et c'était la première fois de sa carrière qu'elle en parlait à des personnes non habilitées. Mais, vu les circonstances, Tolland et Corky avaient le droit de savoir.

— Plum Brook sert essentiellement à tester les nouveaux systèmes de propulsion les plus pointus. Il y a deux ans, j'ai écrit un rapport sur un projet que la NASA testait dans ce complexe, qu'on appelle un moteur à « cycle expander ».

Corky lui jeta un regard soupçonneux.

— Les moteurs à « cycle expander » en sont toujours au stade de la table à dessin. Personne ne les a vraiment testés. On est encore à quelques décennies de l'expérimentation…

Rachel secoua la tête.

— Désolée, Corky ; la NASA a des prototypes – qu'ils expérimentent.

— Comment ? rétorqua Corky, l'air sceptique. Ces systèmes ECE carburent à un mélange oxygène-hydrogène liquide, lequel gèle dans l'espace, ce qui rend ce type de propulsion inenvisageable pour la NASA. Ils ont d'ailleurs dit qu'ils n'essaieraient pas de fabriquer un ECE avant d'avoir résolu le problème du carburant qui gèle.

— Eh bien, ils ont résolu le problème. Ils se sont débarrassés de l'oxygène et leur carburant combine hydrogène et neige fondue, c'est-à-dire une sorte de fuel cryogénique composé d'hydrogène semi-gelé. C'est un carburant très puissant qui garantit une combustion très propre. C'est également celui que la NASA utilisera le jour où elle enverra des missions sur Mars.

Corky eut l'air stupéfait.

— C'est impossible, je ne peux pas le croire.

— Il vaut mieux que ce soit vrai, fit Rachel, car j'ai écrit une lettre à ce sujet au Président. Mon patron était aux cent coups parce que la NASA tenait à annoncer publiquement l'invention de ce carburant d'hydrogène semi-gelé comme une grande réussite. Or Pickering voulait que la Maison Blanche contraigne la NASA à garder secrète cette information.

— Pourquoi ?

— Peu importe, fit Rachel, qui n'avait pas l'intention d'en dire trop. La vérité c'est que Pickering cherchait à lutter contre les rapides progrès de la technologie spatiale chinoise, qui préoccupent de plus en plus le Pentagone. Les Chinois étaient en train de mettre au point une plate-forme de lancement « à louer » qu'ils avaient l'intention de proposer au plus offrant, parmi lesquels, bien entendu, nombre d'ennemis de l'Amérique. Les implications pour la sécurité américaine auraient été catastrophiques. Heureusement, le NRO savait que la Chine n'arrivait pas à finaliser son projet et Pickering ne voyait aucune raison de les mettre sur la piste du carburant le plus prometteur de la NASA.

— Donc, reprit Tolland, l'air mal à l'aise, vous affirmez que la NASA dispose d'un système de propulsion à hydrogène pur, dont la combustion ne laisse aucun résidu ?

Rachel acquiesça.

— Je n'ai pas les chiffres, mais les températures de combustion de ces moteurs sont apparemment beaucoup plus élevées que celles de nos moteurs actuels. Il faut donc que la NASA trouve des matériaux extrêmement résistants pour ses moteurs. Une grosse roche placée sous un de ces moteurs à « soupe » d'hydrogène serait bombardée par des gaz d'échappement riches en hydrogène et brûlant à une température jamais vue. Ce qui donnerait, vous pouvez l'imaginer, une belle croûte de fusion.

— Voyons, Rachel ! s'exclama Corky. Si je comprends bien, le scénario de la fausse météorite est de retour ?

Tolland sembla soudain intrigué.

— En fait, c'est une excellente idée. Il suffirait de placer un rocher sous la rampe de lancement d'une navette spatiale au moment de la mise à feu…

— Aïe, aïe, aïe, marmonna Corky, me voilà coincé dans un avion avec des simples d'esprit.

— Corky, fit Tolland. Simple hypothèse : une roche placée sous les tuyères d'un moteur ECE présenterait une calcination comparable à une roche qui aurait traversé l'atmosphère, n'est-ce pas ? On aurait les mêmes stries directionnelles et la croûte de fusion aurait le même aspect, non ?

Corky grogna :

— Je suppose.

— Et le carburant d'hydrogène à combustion propre de Rachel ne laisserait aucune trace chimique. Sauf l'hydrogène lui-même. Des niveaux accrus d'hydrogène moléculaire dans la surface calcinée.

Corky leva les yeux au ciel.

— Attends ! Si l'un de ces moteurs ECE existe vraiment et utilise cette soupe d'hydrogène, je suppose que ce dont tu parles est possible, mais c'est drôlement tiré par les cheveux.

— Pourquoi ? demanda Tolland. Cette procédure semble assez simple.

Rachel acquiesça.

— On a juste besoin d'une roche fossile de cent quatre-vingt-dix millions d'années. On la brûle sous les tuyères d'un moteur à hydrogène semi-gelé, et on l'enterre sous la glace. On tient notre pseudo-météorite.

— Pour un touriste, peut-être, fit Corky, mais pas pour un expert ! Vous n'avez toujours pas expliqué la présence des chondres !

Rachel essaya de se rappeler l'explication de Corky sur la formation des chondres.

— Vous disiez que les chondres étaient causés par des réchauffements rapides suivis de refroidissement, n'est-ce pas ?

Corky soupira.

— Les chondres se forment quand une roche gelée jusqu'à l'os dans l'espace est soudainement chauffée à blanc et se met à fondre partiellement, à une température d'environ 1 550 degrés centigrades. Quand la roche se refroidit à nouveau très rapidement, ces poches liquides se solidifient en donnant ces chondres.

Tolland examina son ami.

— Ce processus ne peut pas arriver sur terre ?

— Impossible, répondit Corky. Notre planète ne présente pas d'écarts de température susceptibles de causer des chondres. Nous parlons ici d'une chaleur nucléaire et, à l'autre extrémité, du zéro absolu de l'espace. Ces extrêmes sont introuvables sur terre.

Rachel réfléchit quelques instants, puis lança :

— En tout cas pas dans des conditions naturelles !

Corky se tourna.

— Qu'est-ce que vous êtes en train d'insinuer ?

— Pourquoi ce réchauffement suivi d'un refroidissement rapide n'aurait-il pas pu être recréé artificiellement sur terre ? demanda Rachel. La roche aurait pu être calcinée par un moteur à propulsion ECE puis rapidement refroidie dans un congélateur cryogénique.

Corky lui jeta un regard sceptique.

— Des chondres fabriqués ?

— Et pourquoi pas ?

— Une hypothèse ridicule, répliqua Corky en jetant un coup d'œil à son échantillon de roche.

Il reprit, condescendant :

— Peut-être l'avez-vous oublié, mais ces chondres ont été datés. Ils sont âgés de cent quatre-vingt-dix millions d'années. Pour autant que je sache, mademoiselle Sexton, il y a cent quatre-vingt-dix millions d'années, personne n'était capable de fabriquer des moteurs à propulsion ECE, pas plus que des refroidisseurs cryogéniques.

Chondres ou pas, songea Tolland, les présomptions s'accumulent. Il était resté sans voix pendant quelques minutes, profondément troublé par les hypothèses de Rachel sur la croûte de fusion qui avaient ouvert toutes sortes de nouvelles pistes. Tolland s'était mis à réfléchir intensément. Si la croûte de fusion est explicable… qu'est-ce que cela entraîne ?

— Vous êtes silencieux, fit Rachel, à côté de lui.

Tolland lui jeta un coup d'œil. L'espace d'un instant, dans la lueur tamisée de la cabine, la tendresse du regard de Rachel lui rappela Celia. Chassant ses souvenirs, il poussa un soupir fatigué.

— Oh, je pensais simplement…

Elle sourit.

— Aux météorites ?

— Et quoi d'autre ?

— Vous passiez en revue les preuves, vous demandant si on pouvait aller plus loin ?

— Quelque chose comme ça.

— Alors ?

— Je n'avance pas beaucoup. Mais je suis en tout cas très troublé de constater à quel point l'échafaudage de preuves s'est effondré facilement après la découverte de ce puits d'insertion sous la banquise.

— Ce sont toujours des châteaux de cartes, répondit Rachel. Sapez l'hypothèse numéro un et tout le reste s'écroule. La localisation de la découverte de la météorite était notre hypothèse de départ.

Tolland acquiesça.

— Quand je suis arrivé sur le glacier Milne, l'administrateur de la NASA m'a dit que la météorite avait été découverte à l'intérieur d'une matrice de glace intacte de trois cents ans d'âge. Il a affirmé aussi que cette roche était plus dense que toutes celles qu'on avait découvertes auparavant dans le secteur, ce que j'ai pris comme la preuve logique que cette roche avait dû tomber de l'espace.

— Oui, comme nous tous.

— La teneur en nickel, d'autre part, ne semble ni confirmer ni infirmer l'origine extraterrestre de la roche.

— Elle est proche des valeurs relevées sur d'autres météorites, fit Corky, qui avait recommencé à écouter.

— Mais pas exactement semblable…

Corky opina à contrecœur.

— De plus, poursuivit Tolland, cette espèce d'insecte qu'on n'avait jamais vue jusque-là, quoique très bizarre, pourrait n'être en réalité qu'une très ancienne espèce de crustacé d'eau profonde.

Rachel approuva.

— Et en ce qui concerne la croûte de fusion…

— Ça m'ennuie de te contredire, fit Tolland en jetant un regard oblique à Corky, mais j'ai l'impression qu'il y a beaucoup plus de présomptions négatives que positives…

— La science n'est pas une question d'impressions, l'interrompit Corky, mais de preuves. Les chondres, dans cette roche, indiquent vraiment une météorite. Je suis d'accord avec vous sur le fait que tout ce que nous avons constaté est profondément perturbant mais on ne peut pas ignorer ces chondres. Les preuves d'une origine extraterrestre sont déterminantes alors que les objections ne sont que secondaires.

Rachel fronça les sourcils.

— Bien. Alors quelle conclusion doit-on tirer ?

— Aucune, trancha Corky. Les chondres prouvent que nous avons bien affaire à une météorite. La seule question est de savoir si elle a été enfouie sous la glace par la nature ou par nos petits amis de la NASA.

Tolland aurait bien voulu admettre la solide logique de son ami mais quelque chose continuait à clocher.

— Tu n'as pas l'air convaincu, Mike, dit Corky.

Tolland poussa un soupir désabusé.

— Je ne sais pas. Deux preuves sur trois, ce n'était pas mal, Corky, mais on en est à une sur trois maintenant. J'ai la nette impression qu'il y a quelque chose qu'on n'a pas encore pigé.

90.

Je me suis fait pincer, pensa Chris Harper, glacé jusqu'aux os, en train de s'imaginer le cadre avenant d'une cellule de prison américaine. Le sénateur Sexton sait que j'ai menti au sujet du logiciel PODS.

Alors qu'il ramenait Gabrielle Ashe dans son bureau et qu'il refermait la porte derrière eux, le chef du projet PODS sentait sa haine envers l'administrateur de la NASA croître de seconde en seconde. Ce soir-là, Harper avait appris de quels méfaits Ekstrom était capable. Non seulement, il avait contraint Harper à mentir, mais en outre, il avait apparemment monté un dossier contre lui pour disposer d'un moyen de pression supplémentaire au cas où l'ingénieur, pris de remords, aurait décidé d'avouer la vérité.

Des preuves de détournement, songea Harper. Très habile chantage. Après tout, qui ajouterait foi aux propos d'un escroc tentant de discréditer la plus grande découverte spatiale de l'histoire américaine ? Harper savait déjà très bien jusqu'où pouvait aller l'administrateur de la NASA pour sauver l'Agence, mais depuis l'annonce de la découverte de ces fossiles extraterrestres, les enjeux étaient décuplés.

Harper arpenta quelques instants son bureau, contemplant la large table sur laquelle trônait un modèle réduit du satellite PODS – une sorte de prisme cylindrique hérissé de multiples antennes et objectifs protégés par des écrans réfléchissants. Gabrielle s'assit, dans l'expectative, ses yeux noirs fixés sur Harper. La nausée qu'éprouva le professeur lui rappela le calvaire qu'il avait vécu lors de cette infâme conférence de presse. Sa prestation avait été lamentable et tout le monde l'avait interrogé sur son état. Il avait dû mentir, une fois de plus, et dire qu'il était malade, qu'il n'était pas dans son état normal. Ses collègues et la presse avaient rapidement oublié sa performance plus que médiocre.

Son mensonge lui revenait ce soir en pleine figure.

L'expression de Gabrielle Ashe se radoucit.

— Monsieur Harper, si l'administrateur de la NASA est votre ennemi, comme vous le dites, vous avez besoin d'un allié puissant. Le sénateur Sexton pourrait bien être votre seul ami. Commençons par le logiciel PODS. Dites-moi ce qui s'est passé.

Harper soupira, il savait qu'il était temps de dire la vérité.

J'aurais bien mieux fait de tout dire dès le premier jour, songea-t-il.

— Le lancement du PODS s'est bien passé, commença-t-il. Le satellite s'est placé sur une orbite polaire parfaite, exactement comme prévu.

Gabrielle Ashe adopta une expression ennuyée. Elle connaissait déjà tous ces détails.

— Continuez, monsieur Harper.

— Puis les ennuis ont commencé. Quand nous avons actionné le mécanisme de détection d'anomalies, le logiciel est tombé en panne.

Le débit de Harper se fit plus rapide.

— Le logiciel était censé analyser rapidement des milliers d'hectares de banquise et repérer les zones qui sortaient de la fourchette normale de densité. Au départ, le logiciel recherchait des poches de glace moins dense, comme indicateur de réchauffement global, mais s'il découvrait d'autres bizarreries en termes de densité, il était programmé pour nous les signaler aussi. Le logiciel devait sonder progressivement tout le cercle arctique, en plusieurs semaines, et identifier toute anomalie révélatrice d'un réchauffement global.

— Mais avec un logiciel qui ne fonctionnait pas, poursuivit Gabrielle, le PODS ne servait plus à rien. Les experts auraient dû examiner l'Arctique, image par image, centimètre carré par centimètre carré, à la recherche de zones suspectes.

Harper acquiesça, revivant le cauchemar de son erreur de programmation.

— Eh oui, ça aurait pris des décennies, la situation était épouvantable. À cause d'une erreur de programmation, PODS était inutile. Avec l'élection qui se rapprochait, et le sénateur Sexton qui multipliait les agressions contre la NASA, le tableau était plutôt sombre.

Il soupira.

— Votre erreur était catastrophique, et pour la NASA et pour le Président.

— Ça ne pouvait arriver à un pire moment. L'administrateur était blême de rage. Je lui ai promis de résoudre le problème au cours de la prochaine mission de la navette ; il suffisait de remplacer la puce qui contrôlait le système logiciel PODS. Mais je n'avais aucune garantie que ça marcherait. Il me renvoya chez moi en congé maladie, mais en me faisant bien comprendre que j'étais viré. Ça remonte à un mois.

— Et pourtant on vous a vu à la télévision, deux semaines plus tard, annonçant que vous aviez trouvé le moyen de réparer.

Harper s'affaissa sur son fauteuil.

— Une terrible erreur. Ce jour-là, j'ai reçu un appel désespéré d'Ekstrom. Il m'a expliqué qu'un événement venait de survenir et que ce serait peut-être l'occasion pour moi de me racheter. Je suis monté dans son bureau sur-le-champ et nous avons discuté. Il m'a demandé de tenir une conférence de presse et de raconter que j'avais trouvé une solution pour réparer PODS – l'Agence recevrait donc des informations dans quelques semaines. Il m'a dit qu'il m'expliquerait son idée un peu plus tard.

— Et vous avez accepté.

— Non, j'ai refusé ! Mais une heure après, l'administrateur était de retour dans mon bureau avec le conseiller numéro un de la Maison Blanche !

Gabrielle eut l'air complètement sidérée.

— Quoi ? Marjorie Tench ?

Une créature hideuse, songea Harper, qui acquiesça de nouveau.

— Ils m'ont fait asseoir et m'ont assuré que mon erreur avait placé la NASA et le Président dans une situation catastrophique. Mme Tench m'a exposé les plans du sénateur Sexton pour privatiser la NASA. Elle m'a dit que je devais au Président comme à l'Agence de réparer ma bévue. Puis, elle m'a indiqué comment procéder.

Gabrielle se pencha en avant.

— Continuez.

— Marjorie Tench m'a expliqué que la Maison Blanche, par pur hasard, avait été informée de l'existence d'une énorme météorite enterrée dans le glacier Milne. Une météorite de cette taille constituait une opportunité formidable pour la NASA.

Gabrielle eut l'air stupéfaite.

— Attendez, alors vous êtes en train de me dire que quelqu'un connaissait l'existence de la météorite avant que PODS ne la découvre ?

— Oui. PODS n'a rien à voir avec cette découverte. L'administrateur savait pour la météorite. Il m'a simplement transmis ses coordonnées et m'a dit de refaire passer PODS à la verticale du glacier Milne et d'en conclure qu'il avait trouvé la météorite.

— Vous vous payez ma tête.

— Ce fut ma réaction quand ils m'ont demandé de participer à cette escroquerie. Ils ont refusé de me dire comment ils avaient découvert la présence de cette météorite, mais Mme Tench m'a répété à plusieurs reprises que ça n'avait pas d'importance et que c'était l'occasion idéale pour me rattraper. Si j'affirmais que le satellite avait localisé la météorite, alors la NASA tiendrait la réussite dont elle avait tellement besoin, et le Président aurait de sérieuses chances de remporter les élections.

Gabrielle était figée de stupeur.

— Et, bien sûr, vous ne pouviez pas prétendre que PODS avait détecté une météorite avant d'avoir annoncé que le logiciel défectueux avait été réparé et qu'il fonctionnait normalement ?

Harper acquiesça.

— D'où le mensonge lors de la conférence de presse. On m'y a contraint. Tench et l'administrateur ont été implacables. Ils m'ont rappelé que j'étais à l'origine d'une catastrophe qui pouvait avoir des conséquences terribles, notamment pour le Président, lui qui avait soutenu mon projet. La NASA avait passé des années à le mettre au point, et j'avais tout fichu par terre avec cette faute idiote de programmation.

— Donc, vous avez accepté de les aider.

— Mais je n'avais pas le choix ! Ma carrière était finie si je refusais. Et si je n'avais pas commis cette erreur de programmation, PODS aurait découvert la météorite de lui-même. Donc à l'époque, ça m'a paru un petit mensonge sans conséquence. Je me justifiais en me racontant que le logiciel serait réparé quelques mois plus tard quand la navette spatiale repartirait dans l'espace. En somme, je prenais simplement un peu d'avance en annonçant la réparation.

Gabrielle émit un sifflement, épatée.

— Bref, un petit mensonge pour exploiter une occasion inespérée…

Harper était écœuré à la simple évocation de ces événements.

— Finalement… je l'ai fait. J'ai suivi les instructions de l'administrateur, j'ai tenu cette conférence de presse, j'ai annoncé que j'avais réparé le logiciel de détection, j'ai attendu quelques jours, et puis j'ai fait passer PODS au-dessus des coordonnées de la météorite que Ekstrom m'avait fournies. Après quoi, suivant la procédure hiérarchique normale, j'ai appelé le directeur d'EOS et je lui ai annoncé que PODS venait de découvrir une anomalie de densité sur la plate-forme glaciaire Milne. Je lui ai dit que cette anomalie semblait assez dense pour être une météorite. Tout excitée, l'Agence a envoyé une petite équipe sur le glacier pour effectuer des forages. C'est alors que l'opération est devenue ultrasecrète.

— Donc, jusqu'à ce soir, vous ne pensiez pas que la météorite contenait des fossiles ?

— Mais personne ne le savait. Nous étions tous sous le choc. Maintenant, je passe pour un héros parce que j'ai découvert la preuve de l'existence d'une forme de vie extraterrestre, et je suis obligé de me taire.

Gabrielle resta silencieuse un long moment, observant Harper.

— Mais si PODS n'a pas localisé la météorite, comment l'administrateur a-t-il su qu'elle se trouvait là ?

— Quelqu'un d'autre l'a découverte avant lui.

— Quelqu'un d'autre ? Qui ?

Harper soupira.

— Un géologue canadien nommé Charles Brophy. Il effectuait des recherches sur Ellesmere Island. Apparemment, il faisait des sondages géologiques sur le glacier Milne quand il est tombé sur cette énorme météorite dans la glace. Il a transmis cette bonne nouvelle par radio, et la NASA a manifestement intercepté l'information.

Gabrielle le regarda encore plus attentivement.

— Mais ce scientifique canadien n'est-il pas furieux que la NASA se soit approprié sa découverte ?
— Non, fit Harper avec un frisson. Figurez-vous qu'il est mort. Ça tombe bien, n'est-ce pas ?

91.

Michael Tolland ferma les yeux et se laissa bercer par le ronron des réacteurs du G4. Il décida de remettre à plus tard ses cogitations sur l'énigme de la météorite. Les chondres, selon Corky, étaient autant de preuves formelles ; la roche découverte sur le glacier Milne ne pouvait être qu'une météorite. Rachel avait espéré fournir une réponse définitive à William Pickering dès l'atterrissage, mais ces fichus chondres résistaient à toutes ses tentatives d'explication. Si suspectes que soient les preuves, cette conclusion semblait pourtant s'imposer.

Ainsi soit-il.

Rachel était secouée par les aventures qu'elle venait de vivre. Tolland trouvait d'ailleurs sa résistance physique étonnante. La jeune femme concentrait son attention sur deux problèmes : comment prouver l'authenticité de la météorite, et qui avait bien pu essayer de les assassiner.

Pendant le voyage, Rachel avait été assise à côté de Tolland. Et il avait pris du plaisir à discuter avec elle, malgré les épreuves qu'ils venaient de vivre. Quand elle s'était absentée quelques instants aux toilettes, Tolland avait été surpris de découvrir qu'elle lui manquait. Il se demanda depuis combien de temps la présence d'une femme lui avait manqué – d'une autre femme que Celia.

— Monsieur Tolland ?

Il leva les yeux.

La tête du pilote venait d'apparaître dans la cabine.

— Vous m'avez demandé de vous informer quand nous pourrions communiquer avec votre bateau ? Je peux vous obtenir la connexion maintenant, si vous voulez.

— Merci.

Tolland remonta la travée centrale. Une fois dans le cockpit, il appela l'équipage du *Goya*. Il voulait leur annoncer qu'il ne serait pas de retour avant un jour ou deux. Bien sûr, sans leur donner de détails sur les derniers jours.

Après quelques sonneries, Tolland eut la surprise d'entendre le répondeur du *Goya* se déclencher. Le message enregistré n'était pas le message habituel, très professionnel – c'était le petit plaisantin de l'équipage qui s'adressait à la cantonade :

— Oyez, oyez, braves gens, bienvenue sur le *Goya*. Nous sommes désolés de ne pouvoir vous répondre mais nous avons tous été kidnappés par un pou géant venu de l'espace ! Non, en fait, nous avons pris notre soirée pour célébrer la formidable découverte de Mike. Bon Dieu, bon Dieu, qu'est-ce qu'on est fiers ! Vous pouvez laisser votre nom et votre numéro de téléphone et peut-être qu'on vous rappellera demain quand on aura dessoûlé. Ciao !

Tolland s'esclaffa ; son équipe lui manquait. Évidemment, ils avaient vu la conférence de presse. Il était content qu'ils se soient accordé leur soirée. Après tout, il les avait abandonnés assez brutalement quand le Président l'avait appelé, et il n'y avait aucune raison pour qu'ils restent indéfiniment à l'attendre. Bien que le message affirmât que tout le monde avait déserté le *Goya*, Tolland supposait qu'un membre de l'équipage était resté pour surveiller son bateau, ancré au-dessus de violents courants.

Tolland composa le code qui lui permettait d'entendre les messages que ses coéquipiers avaient pu lui laisser. La ligne bipa une fois. Un seul message. C'était encore le comique de service.

— Salut Mike, quelle formidable émission ! Si tu écoutes ce message, tu es probablement pendu à un téléphone depuis une super fête à la Maison Blanche et tu te demandes où on est passés. Désolé d'avoir abandonné le bateau, mon vieux, mais on ne pouvait vraiment pas fêter ton triomphe sans lever un peu le coude. Ne t'en fais pas, on a super bien ancré le *Goya* et on a laissé la lumière allumée. On espère secrètement d'ailleurs qu'il va se volatiliser pour que NBC t'en achète un neuf ! Mais non, je plaisante, mon vieux, ne t'en fais pas, Xavia a accepté de rester à bord pour garder ton trésor. Elle affirme qu'elle préfère être seule pour faire la fête que de sortir avec une bande de zigotos complètement bourrés. Tu peux croire une chose pareille, toi ?

Tolland rit, soulagé d'entendre que quelqu'un était à bord. Xavia, une collaboratrice responsable, avait la réputation de ne pas mâcher ses mots et d'être d'une franchise un tantinet caustique.

— Quoi qu'il en soit, Mike, continuait le message, on a passé une soirée géniale. On peut être fier de nos scientifiques, hein ? Tout le monde parle de cette formidable résurrection de la NASA. Moi j'en ai rien à cirer de la NASA ! C'est surtout pour nous que tout ça est génial ! La cote de ton émission va grimper en flèche, tu es une star, mon vieux. Une vraie star ! Félicitations, vraiment un boulot génial !

Michael Tolland entendit des murmures et la voix reprit :

— Oh, oui, et en parlant de Xavia, pour que tu n'aies pas trop la grosse tête, je vais te la passer, elle a un message urgent pour toi.

Xavia, d'un ton cassant, prit le relais.

— Mike, c'est Xavia. Tu es un dieu, mais si, je t'assure. Et comme je t'admire infiniment, j'ai accepté de veiller sur ton épave antédiluvienne. Franchement, je serai soulagée le jour où je ne cohabiterai plus avec ces truands que tu appelles des scientifiques. Et figure-toi qu'en plus de veiller sur le bateau, l'équipage m'a demandé, ça rentre dans mes attributions de rabat-joie patentée, de faire tout ce qui est en mon pouvoir pour t'empêcher d'avoir la grosse tête. Rude tâche, après ce qui vient d'arriver, je le comprends bien. En tout cas, je voulais être la première à te dire que tu as fait une boulette dans ton documentaire. Oui, tu m'as bien entendue, Michael. C'est rare mais ça peut arriver. Michael Tolland s'est planté. Et ne t'en fais pas, il n'y a que trois personnes sur terre qui s'en sont rendu compte, et ce sont tous des géologues de marine très coincés qui n'ont aucun sens de l'humour. Un peu comme moi. Mais tu sais ce qu'on dit de nous autres géologues, on ne peut pas s'empêcher de chercher les failles !

Elle éclata de rire.

— Rassure-toi, ce n'est pas grand-chose, une insignifiante histoire de pétrologie des météorites. Je te le signale uniquement pour gâcher ta soirée ! Comme il se pourrait que tu reçoives un ou deux coups de fil à ce sujet, j'ai pensé qu'il valait mieux que je te mette au courant avant, pour que tu n'aies pas trop l'air de l'imbécile que nous savons tous que tu es en réalité.

Elle rit encore.

— Voilà. En tout cas, n'étant pas du genre fêtarde, je suis restée à bord. Et ne t'avise pas de m'appeler, j'ai branché le répondeur parce que ces fichus journalistes n'arrêtaient pas d'appeler. Tu es une vraie star ce soir, malgré ta grosse bourde. Je t'en dirai plus quand tu reviendras. Ciao !

Michael Tolland fronça les sourcils : une erreur dans mon documentaire ?

Rachel Sexton, debout dans les toilettes du jet, se regardait dans le miroir. Elle se trouvait très pâle, et plus marquée qu'elle ne l'imaginait. La peur panique qu'elle avait éprouvée ce soir-là l'avait beaucoup affectée. Elle se demanda combien de temps il lui faudrait pour arrêter de trembler, et pour pouvoir affronter de nouveau la mer. Ôtant sa casquette *USS Charlotte*, elle laissa tomber ses cheveux sur ses épaules. C'est mieux, se dit-elle, se sentant un peu plus elle-même.

Rachel lut dans son regard une profonde fatigue. Mais elle y distingua aussi de la résolution. Elle tenait cela de sa mère. « Ne laisse personne décider à ta place de ce que tu peux ou ne peux pas faire. » Rachel aurait voulu savoir si sa mère avait vu, de là-haut, ce qui s'était passé ce soir.

Quelqu'un a essayé de me tuer, maman. Quelqu'un a essayé de tous nous tuer…

Comme elle le faisait maintenant depuis plusieurs heures, Rachel passa en revue une liste de personnes.

Lawrence Ekstrom… Marjorie Tench… Zach Herney. Tous avaient des mobiles. Et, ce qui était bien plus effrayant, tous en avaient les moyens. Le Président n'est pas impliqué, se dit Rachel, en se cramponnant à l'espoir que celui qu'elle respectait tellement – plus que son propre père – n'avait rien à voir avec cette terrifiante aventure.

Nous ne savons toujours rien. Ni l'identité des coupables, ni la raison de ces meurtres, songea-t-elle.

Rachel aurait voulu trouver les réponses aux questions de William Pickering, mais elles n'avaient fait qu'en soulever d'autres.

Quand Rachel regagna son siège, Tolland n'était pas à sa place. Corky, lui, somnolait à côté. En regardant autour d'elle, elle vit Mike sortir du cockpit tandis que le pilote raccrochait un radiotéléphone. Tolland écarquillait les yeux d'inquiétude.

— Que se passe-t-il ? demanda Rachel.

La voix de Tolland était grave ; il lui fit part du message qu'il venait de recevoir.

Une erreur dans sa présentation ? Rachel considéra que Tolland devait exagérer un peu.

— Ce n'est sans doute qu'une broutille. Elle n'a pas précisé en quoi consistait cette erreur ?

— Quelque chose qui a un rapport avec la formation des météorites.

— La structure des roches ?

— Oui, elle disait que seuls quelques géologues le remarqueraient. Apparemment l'erreur que j'ai faite concernerait la composition de la météorite elle-même.

Rachel inspira brièvement en réalisant de quoi il pouvait s'agir.

— Les chondres ?

— Je ne sais pas. Mais la coïncidence est troublante.

Rachel acquiesça. Les chondres étaient une des preuves retenues par la NASA pour étayer l'authenticité de sa découverte.

Corky s'approcha d'eux, se frottant les yeux.

— Que se passe-t-il ?

Tolland le mit au courant.

Corky grogna quelque chose en secouant la tête.

— Le problème ne concerne pas les chondres, Mike. C'est impossible. Toutes les informations que tu as eues venaient de la NASA. Et de moi. Il n'y a pas l'ombre d'une erreur.

— Quelle autre erreur géologique aurais-je pu faire ?

— Qu'est-ce que j'en sais, moi ? D'ailleurs, qu'est-ce que les géologues marins savent des chondres ?

— Je n'en ai aucune idée, tout ce que je peux te dire c'est que Xavia est très compétente.

— Vu les circonstances, enchaîna Rachel, je crois que nous devrions lui parler avant de discuter avec Pickering.

Tolland haussa les épaules.

— Je l'ai appelée quatre fois et je n'ai eu que le répondeur. Si elle est dans l'hydrolab, elle ne peut de toute façon rien entendre. Elle n'aura pas mes messages avant demain au plus tôt.

Tolland s'interrompit, jeta un coup d'œil à sa montre.

— À moins que…

— À moins que quoi ?

Tolland la regarda attentivement.

— Est-il vraiment essentiel d'avoir Xavia avant de s'entretenir avec votre patron ?

— Si elle a quelque chose à nous apprendre sur les chondres, alors, c'est évidemment décisif, Mike, fit Rachel. Pour le moment, toutes nos informations sont contradictoires. Pickering est habitué aux réponses claires. Quand nous le retrouverons, je voudrais lui présenter des éléments solides sur lesquels il s'appuiera pour prendre une décision.

— Alors, il faut que nous fassions une escale.

Rachel le regarda, interloquée.

— Sur votre bateau ?

— Il est ancré au large du New Jersey. C'est le chemin de Washington, ou presque. Nous pourrions essayer de découvrir ce que sait Xavia. Corky a toujours l'échantillon de la météorite, et si Xavia veut effectuer quelques tests géologiques, le bateau dispose d'un laboratoire très bien équipé. Ça ne nous prendrait pas plus d'une heure pour obtenir des réponses définitives.

Rachel sentit son anxiété bondir. La pensée d'avoir à retrouver encore une fois l'océan la perturbait. Des réponses définitives, se répéta-t-elle, tentée par cette possibilité. En tout cas, il nous faut apporter des explications à Pickering.

92.

Delta 1 était content de retrouver la terre ferme.

L'Aurora, bien qu'il n'ait volé qu'à la moitié de sa vitesse de pointe et fait des détours, avait achevé son voyage en moins de deux heures, ce qui allait permettre à la Force Delta de préparer dans de bonnes conditions les nouveaux meurtres ordonnés par le contrôleur.

Sur la piste militaire secrète proche de Washington où l'unité de la Force Delta venait d'atterrir, un hélicoptère Kiowa Warrior OH-58D les attendait. Les commandos embarquèrent aussitôt.

Une fois de plus, le contrôleur nous a trouvé ce qu'il y a de mieux, songea Delta 1. Le Kiowa Warrior, conçu à l'origine comme hélicoptère de reconnaissance léger, avait été « agrandi et amélioré » pour fournir le prototype de la nouvelle génération d'hélicoptères de combat. Le Kiowa était équipé d'un système d'imagerie thermique infrarouge qui lui permettait, grâce à son détecteur laser, de guider sur des cibles nocturnes des missiles de précision tels les Stinger air-air ou encore les Hell Fire AGM-1148.

Le processeur numérique ultrarapide permettait de détecter et de traiter jusqu'à six cibles en même temps. Rares étaient ceux qui avaient vu un Kiowa de près et qui avaient survécu pour raconter leur histoire.

Delta 1 retrouva un sentiment de puissance familier en s'installant aux commandes et en bouclant son harnais. Il avait été formé sur cet appareil et l'avait utilisé à trois reprises pour des opérations clandestines. Bien sûr, jamais auparavant il n'avait eu à faire feu sur un haut responsable du gouvernement américain. Le Kiowa, il devait le reconnaître, était l'appareil le plus adapté à ce type de boulot. Son moteur Allison Rolls-Royce et ses pales semi-rigides étaient si discrets que les cibles au sol n'entendaient l'hélicoptère que lorsque celui-ci était déjà arrivé au-dessus de leur tête.

Et comme cet appareil, capable de voler dans l'obscurité, était recouvert d'une peinture noire uniforme sans numéros réfléchissants, il était quasiment invisible, à moins que la cible ne dispose elle-même d'un radar.

Les obsédés du complot et paranoïaques de tout poil clamaient que l'invasion d'hélicoptères silencieux et quasi invisibles était la preuve de l'installation du nouvel ordre mondial décidé sous l'égide des Nations unies. D'autres affirmaient qu'il s'agissait d'engins de surveillance extraterrestres. D'autres encore, apercevant un soir les Kiowa en formation serrée, avaient cru distinguer un avion beaucoup plus grand, une sorte de soucoupe volante qui semblait capable d'un vol vertical.

Simple illusion d'optique, mais les militaires avaient été ravis de la diversion.

Durant une récente mission clandestine, Delta 1 avait piloté un Kiowa équipé des gadgets technologiques les plus récents, et notamment d'une arme holographique surnommée par dérision S/M. Loin de tout sadomasochisme, il fallait lire « Smoke & Mirror » (fumée et miroir). Grâce à la technologie S/M, le Kiowa pouvait projeter des hologrammes d'avions américains au-dessus d'une installation antiaérienne ennemie. Les batteries antiaériennes de ses adversaires paniqués criblaient le ciel de balles et de missiles sans parvenir à en déloger ces effrayants fantômes.

Quand l'ennemi au sol se trouvait à court de munitions, l'armée envoyait les vrais bombardiers.

Tandis que Delta 1 et ses hommes embarquaient dans l'hélicoptère, celui-ci se remémora les paroles de son contrôleur. Vous avez une autre cible. Doux euphémisme, si l'on considérait l'identité de la cible en question. Delta 1 se rappela aussitôt que ce n'était pas à lui de remettre en question cette opération. Son équipe avait reçu des ordres, et elle allait les exécuter exactement comme on le lui avait appris, si choquante que cette action puisse paraître.

J'espère seulement que le contrôleur est sûr de son coup, se dit-il.

Tandis que le Kiowa s'élevait dans la nuit, Delta 1 le dirigeait vers le sud. Il avait déjà visité à deux reprises le Mémorial Roosevelt mais, ce soir-là, il allait l'admirer pour la première fois depuis le ciel.

93.

— Cette météorite a été découverte par un géologue canadien ? demanda Gabrielle Ashe, sidérée, au jeune programmeur Chris Harper. Et ce Canadien est mort ?

Harper acquiesça, l'air défait.

— Depuis combien de temps êtes-vous au courant ? questionna la jeune femme.

— Deux semaines. Après que l'administrateur et Marjorie Tench m'ont forcé à mentir devant la presse. Ils savaient que je ne pouvais plus revenir sur ma parole. Ils m'ont dit la vérité.

Ce n'est pas PODS qui a découvert la météorite ! s'exclama-t-elle intérieurement.

Gabrielle n'avait pas la moindre idée de ce qui allait résulter de cette information, mais elle était clairement scandaleuse. Mauvaise nouvelle pour Tench, géniale pour le sénateur.

— Comme je vous l'ai dit, reprit Harper avec une mine grave, c'est l'interception d'une transmission radio qui a alerté les autorités. Connaissez-vous un programme intitulé INSPIRE ?

Gabrielle en avait vaguement entendu parler.

— En résumé, fit Harper, il s'agit d'une série de récepteurs radio à très basse fréquence situés près du pôle Nord qui écoute les bruits en provenance de la terre – émissions d'ondes plasma, pulsations à large bande des éclairs d'orage, etc.

— Je vois.

— Il y a quelques semaines, un récepteur radio d'INSPIRE a capté une transmission d'Ellesmere Island. Un géologue canadien appelait au secours sur une fréquence exceptionnellement basse.

Harper s'interrompit.

En fait, la fréquence était si basse que seuls les récepteurs VLF de la NASA pouvaient l'avoir entendue. Nous avons supposé que le Canadien émettait en très longues ondes.

— Vous pouvez préciser ?

— Il émettait sur la plus basse fréquence possible pour obtenir une distance maximale sur sa transmission. Vous savez, il se trouvait au milieu de nulle part ; une transmission en fréquence standard n'aurait probablement pas porté assez loin pour être captée.

— Et que disait-il dans son message ?

— La transmission fut brève. Le Canadien disait qu'il était parti faire des sondages sur la banquise du glacier Milne, qu'il avait détecté une anomalie ultradense sous la glace, qu'il pensait qu'il s'agissait d'une météorite géante, et que, pendant qu'il prenait des mesures, il avait été bloqué par une tempête. Il donnait ses coordonnées, demandait de l'aide, et la transmission s'arrêtait là. Le poste d'écoute de la NASA à Thulé a envoyé un avion de sauvetage. Ils l'ont cherché pendant des heures et l'ont finalement découvert à des kilomètres de sa base, mort au fond d'une crevasse avec son traîneau et ses chiens. Apparemment, il avait essayé de prendre la tempête de vitesse, il était parti à l'aveuglette, il avait quitté sa piste et il était tombé dans une crevasse.

Gabrielle réfléchit à cette histoire, intriguée.

— Donc, tout d'un coup, la NASA a appris l'existence d'une météorite dont personne n'avait jamais entendu parler ?

— Exactement. Et paradoxalement, si mon logiciel avait fonctionné correctement, le satellite PODS aurait repéré cette même météorite, une semaine avant le Canadien !

La coïncidence laissa Gabrielle songeuse.

— Une météorite enfouie pendant trois cents ans sous la glace a failli être découverte deux fois la même semaine ?

— Je sais, ça peut sembler bizarre mais l'histoire de la science regorge de coïncidences troublantes du même type. Pénurie pendant des siècles et, tout d'un coup, bombance. Quoi qu'il en soit, l'administrateur a décidé que nous aurions dû la découvrir, enfin si j'avais fait mon travail correctement. Il m'a dit que comme le Canadien était mort, si j'utilisais PODS au-dessus des coordonnées qu'il avait transmises dans son SOS, tout le monde n'y verrait que du feu. Et il ne nous restait qu'à prétendre que la découverte de la météorite revenait à PODS pour recouvrer le prestige et la crédibilité que notre échec avait ébranlés.

— Ce que vous avez fait.

— Je n'avais pas le choix. La mission avait échoué par ma faute.

Il fit une pause.

— Ce soir, lors de la conférence du Président, quand j'ai entendu que la météorite recelait des fossiles...

— Vous avez été stupéfié.

— Soufflé, vous pouvez le dire !

— D'après vous, Ekstrom savait-il que la météorite contenait des fossiles avant de vous demander de prétendre que PODS l'avait découverte ?

— Mais comment l'aurait-il su ? Cette météorite était enterrée depuis des siècles au moment où la première équipe de la NASA s'est rendue sur place. Je suppose que les experts de l'Agence n'avaient pas la moindre idée de l'importance de leur découverte avant d'effectuer des sondages et de passer les échantillons aux rayons X. Ils m'ont demandé de mentir en croyant rattraper le coup avec une grosse météorite. Et, une fois là-bas, ils ont compris que c'était la trouvaille du siècle.

La respiration de Gabrielle était rendue sifflante par l'excitation.

— Monsieur Harper, seriez-vous prêt à témoigner que la NASA et la Maison Blanche vous ont forcé à mentir à propos du logiciel PODS ?

— Je ne sais pas.

Harper semblait effrayé.

— Quand je pense aux dégâts pour l'Agence et pour la météorite...

— Monsieur Harper, vous et moi savons que cette météorite reste une merveilleuse découverte, quelle que soit la façon dont elle s'est produite. Le problème, en l'occurrence, c'est que vous avez menti au peuple américain. Nos concitoyens ont le droit de savoir que le PODS n'est pas le logiciel miracle que la NASA nous a présenté.

— Je ne sais pas. Je méprise Ekstrom, mais mes collègues... Ce sont de très braves gens.

— Et ils méritent de savoir qu'ils ont été trompés.

— Et ce dossier de malversations contre moi ?

— Vous pouvez le rayer de votre esprit, fit Gabrielle, qui avait presque oublié son bluff. Je dirai au sénateur que vous n'êtes pas au courant et que vous n'avez rien à voir avec ça. C'est simplement un coup monté. Un coup monté par Ekstrom pour s'assurer de votre silence.

— Le sénateur peut-il me protéger ?

— Absolument. Vous n'avez rien fait de mal. Vous vous êtes contenté de suivre les ordres. De plus, avec l'information que vous venez de me donner sur ce géologue canadien, je suis certaine que le sénateur n'aura même pas besoin de poser la question des malversations. Les mensonges de la NASA concernant PODS et la météorite suffiront amplement. Une fois que le sénateur aura rendu publique l'information sur le Canadien, Ekstrom y regardera à deux fois avant d'essayer de vous discréditer.

Harper, le visage grave, pesait soigneusement le pour et le contre. Gabrielle le laissa réfléchir quelques instants. Elle venait de comprendre qu'il y avait une autre coïncidence troublante dans cette histoire. Elle n'avait pas l'intention d'en parler, mais elle comprit que Harper avait encore besoin d'un petit coup de pouce.

— Avez-vous des chiens, professeur Harper ?

Il lui jeta un coup d'œil surpris.

— Pardon ?

— Je pensais juste à quelque chose d'étrange. Vous m'avez dit que, peu après que ce Canadien eut envoyé son message radio sur les coordonnées de la météorite, ses chiens de traîneau l'avaient entraîné dans une crevasse ?

— Il y avait une tempête. Il s'était complètement égaré.

Gabrielle haussa les épaules, adoptant une mine visiblement sceptique.

— Oui, je comprends…

Harper perçut son incrédulité.

— Qu'insinuez-vous, mademoiselle Ashe ?

— Je ne sais pas. Je trouve qu'il y a beaucoup d'étranges coïncidences autour de cette découverte. Un géologue canadien transmet les coordonnées d'une météorite sur une fréquence que seule la NASA peut entendre ? Et, peu après, ses chiens de traîneau se précipitent du haut d'une falaise ?

Elle ménagea un silence plein de sous-entendus.

— Vous comprenez évidemment que la mort de ce géologue est tombée à pic, c'est le cas de le dire, pour la NASA…

Harper blêmit.

— Vous pensez que l'administrateur aurait commis des meurtres pour s'attribuer la découverte de cette météorite ?

Avec de tels enjeux politiques, de tels enjeux de fric..., songea Gabrielle.

— Écoutez, monsieur Harper, il faut que je parle au sénateur et je vous rappellerai un peu plus tard. Comment puis-je sortir d'ici ?

Gabrielle Ashe laissa un Chris Harper livide dans son box et descendit l'escalier de secours pour rejoindre une impasse déserte derrière l'immeuble de la NASA. Elle héla un taxi qui déposait quelques employés venus participer à la grande fête.

— Résidence Westbrooke Place, ordonna-t-elle au chauffeur.

Elle allait faire du sénateur Sexton un homme heureux.

94.

Debout près de l'entrée du cockpit, Rachel tirait un câble radio dans la cabine afin de pouvoir parler sans être entendue par le pilote. Elle se demandait si elle avait bien fait d'utiliser un tel moyen de communication. Rachel et William Pickering ne devaient pas se reparler avant leur arrivée à Bollings, la base aérienne militaire des environs de Washington où allait se poser le jet. Mais Rachel disposait d'une nouvelle information à transmettre sur-le-champ à Pickering. Elle lui avait donc téléphoné sur le portable sécurisé qui ne le quittait jamais.

Quand William Pickering décrocha, son ton fut d'emblée celui d'un professionnel de la sécurité.

— Parlez avec prudence s'il vous plaît, je ne peux pas garantir cette connexion.

Rachel comprit. Le portable de Pickering, comme la plupart des téléphones mobiles du NRO, était équipé d'un indicateur qui détectait les appels entrants non sécurisés. Cette conversation allait devoir rester vague. Ni noms, ni lieux, ni dates.

— Ma voix est mon identité, commença Rachel, en utilisant la phrase protocolaire dans ce type de procédures.

Elle s'attendait à être assez mal reçue par le directeur pour avoir pris le risque de l'appeler, mais la réaction de Pickering fut au contraire positive.

— Oui, j'étais moi-même sur le point de prendre contact avec vous. Nous devons vous rediriger. Je crains que vous ne soyez « attendue » à l'atterrissage.

Rachel éprouva subitement de l'appréhension. On nous surveille. Elle sentit le danger dans le ton de Pickering. Rediriger. Il serait peut-être heureux d'apprendre que sa demande allait dans le même sens, quoique ce fût pour des mobiles tout à fait différents.

— Le problème de l'authenticité, poursuivit Rachel. Nous en avons discuté. Il se pourrait que nous soyons en mesure de la confirmer ou de l'infirmer catégoriquement.

— Excellent. Il y a eu des développements et, dans ce cas, j'aurais un terrain solide sur lequel avancer.

— Mais cette preuve implique une rapide escale. L'un de nous a accès à un laboratoire…

— Pas de noms de lieux s'il vous plaît, pour votre propre sécurité.

Rachel n'avait aucune intention de dévoiler ses plans sur cette ligne.

— Pouvez-vous nous obtenir l'autorisation d'atterrir à GAS-AC ?

Pickering resta silencieux quelques instants. Rachel comprit qu'il essayait de localiser l'aéroport auquel correspondait cette abréviation. GAS-AC était un nom de code du NRO pour désigner l'aéroport des gardes-côtes d'Atlantic City. Rachel espéra que le directeur comprendrait de quoi il s'agissait.

— Oui, dit-il finalement, je peux arranger ça. Est-ce votre destination finale ?

— Non. Nous aurons besoin d'un relais par hélicoptère.

— Un appareil vous attendra.

— Merci.

— Je vous recommande une extrême prudence jusqu'à ce que nous en sachions plus. Ne parlez à personne. Vos soupçons ont suscité les plus vives inquiétudes chez de très hauts responsables.

Tench, songea Rachel, qui aurait tellement souhaité pouvoir établir un contact direct avec le Président.

— Je suis actuellement dans ma voiture, je vais rencontrer la femme en question. Elle a suggéré une rencontre discrète sur un site neutre. Ce sera sûrement très instructif.

Pickering va rencontrer Tench ? Quelles que soient les révélations qu'elle était sur le point de lui faire, elles devaient être particulièrement importantes pour qu'elle refuse de lui parler au téléphone, se dit Rachel.

Pickering reprit :

— Ne discutez de vos coordonnées finales avec personne. Et plus de contact radio, est-ce clair ?

— Oui, monsieur. Nous serons à GAS-AC dans une heure.

— Quand vous aurez atteint votre destination ultime, vous pourrez m'appeler au moyen de canaux plus sécurisés.

Il resta silencieux un instant.

— Permettez-moi d'insister, le secret est la condition *sine qua non* de votre sécurité. Vous vous êtes fait de puissants ennemis ce soir. Prenez les mesures de précaution les plus draconiennes.

La communication fut coupée.

Rachel se sentait tendue en raccrochant ; elle se tourna vers Tolland et Corky.

— Changement de destination ? demanda Corky, impatient d'obtenir une réponse.

Rachel acquiesça, à contrecœur.

— Le *Goya*.

Corky soupira, jetant un regard navré à l'échantillon de la météorite dans sa main.

— Je n'arrive toujours pas à imaginer que la NASA ait pu… Il s'interrompit, pris d'une inquiétude croissante.

Nous le saurons bien assez tôt, songea Rachel.

Elle rentra dans le cockpit et rendit la radio au pilote. Jetant un coup d'œil vers le moutonnement de nuages qui les entourait, elle eut le pressentiment que ses compagnons et elle n'allaient pas beaucoup aimer ce qu'ils allaient trouver sur le bateau de Tolland.

95.

William Pickering se sentait inhabituellement seul au volant de sa berline noire sur l'autoroute de Leesburg. Il était presque 2 heures du matin et il était seul sur la route. Ça faisait des années que cela ne lui était pas arrivé.

La voix rauque de Marjorie Tench continuait de résonner dans sa tête.

« Rencontrons-nous au Mémorial Roosevelt. »

Pickering essaya de se rappeler sa dernière entrevue avec Marjorie Tench – jamais une expérience agréable –, deux mois auparavant, à la Maison Blanche. Tench était assise en face de Pickering à une longue table, autour de laquelle avaient pris place tous les membres du Conseil national de sécurité, les chefs d'état-major, le directeur de la CIA, le président Herney, et l'administrateur de la NASA.

— Messieurs…, avait commencé le directeur de la CIA en regardant Marjorie Tench droit dans les yeux. Une fois encore, je suis devant vous pour insister sur le fait que cette administration doit résoudre les problèmes de sécurité persistants de la NASA.

Cette déclaration n'avait étonné personne dans la pièce. Les difficultés de la NASA étaient devenues un sujet lancinant pour tous les responsables du renseignement et de la sécurité nationale. Deux jours plus tôt, plus de trois cents photos à haute résolution d'un des satellites de la NASA avaient été dérobées par des pirates sur une base de données de l'Agence spatiale. Les clichés, qui révélaient l'existence d'un complexe militaire américain ultrasecret en Afrique du Nord, étaient réapparus sur le marché noir, où ils avaient été achetés par des services secrets ennemis au Moyen-Orient.

— Malgré ses excellentes intentions, poursuivit le directeur de la CIA d'une voix lasse, la NASA continue de représenter une menace pour la sécurité nationale. En résumé, notre Agence spatiale n'est pas équipée pour protéger les technologies qu'elle développe.

— Je sais, répondit le Président, qu'il y a eu des indiscrétions. Des fuites préjudiciables. Et cela m'inquiète beaucoup.

Il fit un signe à Lawrence Ekstrom, qui était assis de l'autre côté de la table, le visage grave.

— Nous cherchons des moyens de renforcer la sécurité de la NASA, répliqua ce dernier.

— Avec tout le respect que je vous dois, rétorqua le directeur de la CIA, quels que soient les changements que la NASA met en œuvre, ils resteront inefficaces aussi longtemps que l'Agence restera en dehors de la communauté américaine du renseignement.

Cette affirmation jeta un froid. Tout le monde devinait où il voulait en venir.

— Comme vous le savez, reprit le directeur de la CIA d'un ton plus sec encore, l'armée, la CIA, le NSA, le NRO, bref toutes les institutions gouvernementales qui traitent des données secrètes ou sensibles, ont des règles très strictes sur les informations qu'elles glanent et les technologies qu'elles développent. Encore une fois je vous demande à tous pourquoi la NASA, qui développe actuellement les technologies les plus pointues dans l'aérospatiale, l'imagerie, la propulsion, la reconnaissance et les télécoms, autant de technologies ultrasensibles, échapperait-elle à cette règle du secret ?

Le Président poussa un profond soupir. La proposition était claire. On le poussait à restructurer la NASA pour l'intégrer à la communauté militaire au sens large. Bien que des réorganisations semblables soient déjà survenues avec d'autres agences dans le passé, Herney refusait de placer la NASA sous les auspices du Pentagone, de la CIA et du NRO, ou de quelque autre hiérarchie du même type. Le Conseil national de sécurité commençait à se diviser sur cette question et plusieurs de ses membres étaient de l'avis du directeur de la CIA.

Lawrence Ekstrom n'avait jamais l'air très heureux lors de ces réunions – et ce jour-là ne faisait pas exception. Il jeta un regard furieux au directeur de la CIA.

— Monsieur, au risque de me répéter, les technologies que la NASA développe servent des fins scientifiques avant d'être militaires. Si votre service veut utiliser l'un de nos télescopes spatiaux pour observer la Chine, c'est votre problème.

Le directeur de la CIA ressemblait à une cocotte-minute sous pression.

Pickering lui adressa un clin d'œil apaisant et se lança dans l'arène :

— Larry, fit-il en prenant soin de parler d'un ton neutre. Chaque année, la NASA quémande au Congrès les subsides dont elle a besoin. L'échec de certaines de vos missions est lié aux contraintes budgétaires auxquelles vous avez à faire face. Si nous incorporions la NASA dans la communauté du renseignement, elle n'aurait plus besoin de mendier ses subventions au Congrès. Vous pourriez puiser dans les fonds secrets à des niveaux nettement plus élevés. Tout le monde serait gagnant. La NASA aurait l'argent dont elle a besoin pour gérer ses projets convenablement, et la communauté du renseignement serait beaucoup plus tranquille si vos technologies étaient mieux protégées.

Ekstrom secoua la tête.

— Par principe, je ne suis pas d'accord pour intégrer la NASA dans votre système. La NASA, c'est la science de l'espace ; nous n'avons rien à voir avec la sécurité nationale.

Le directeur de la CIA se leva d'un bond, du jamais vu dans ces réunions, en tout cas quand le Président était assis. Personne ne s'interposa. Il jeta un regard furibond à Ekstrom.

— Comment pouvez-vous affirmer que la science n'a rien à voir avec la sécurité nationale ? Larry, ce sont des synonymes, pour l'amour de Dieu ! Notre sécurité repose sur l'avancée technologique et scientifique de ce pays et, que nous le voulions ou non, la NASA joue un rôle de plus en plus grand dans le développement de ces technologies. Malheureusement, votre Agence est une vraie passoire et elle a prouvé à de nombreuses reprises que sa sécurité était son point faible !

Un lourd silence suivit cette diatribe.

Il en fallait plus pour intimider Ekstrom qui se leva et planta son regard dans celui de son agresseur.

— Alors, vous suggérez d'enfermer à double tour nos vingt mille scientifiques dans des laboratoires militaires et de les faire travailler pour vous ? Pensez-vous vraiment que les derniers télescopes spatiaux auraient pu être mis au point sans le désir de voir plus loin dans l'espace ? Si la NASA fait d'extraordinaires progrès, c'est pour une seule raison, parce que nos hommes veulent comprendre le cosmos. Ce sont des rêveurs qui ont grandi le regard fixé sur les étoiles en se demandant ce qu'il pouvait bien y avoir là-haut. C'est la passion et la curiosité qui sont les moteurs de l'innovation, sûrement pas la promesse d'une suprématie militaire !

Pickering se racla la gorge et parla d'un ton volontairement lénifiant, afin de calmer les esprits qui commençaient à s'échauffer.

— Larry, je suis certain que la CIA n'a pas l'ambition de recruter des scientifiques de la NASA pour construire des satellites militaires. Dans le cas de figure que j'exposais, la définition du rôle de la NASA ne changerait pas. L'Agence conserverait son mode de fonctionnement actuel, mais en disposant d'un budget plus important et d'une sécurité elle aussi accrue.

Pickering se tourna vers le Président.

— La sécurité a un coût élevé. Chacun, autour de cette table, comprend que les fuites de la NASA résultent des restrictions qui pèsent sur son budget. La NASA rogne sur tout et notamment sur les mesures de sécurité. Elle est contrainte de s'associer à d'autres pays pour supporter les frais de ses missions. Je propose que la NASA demeure cette magnifique institution scientifique et non militaire qu'elle est aujourd'hui, mais avec plus de moyens et en toute discrétion.

Plusieurs membres du Conseil de sécurité acquiescèrent silencieusement. Le président Herney se leva lentement, regardant Pickering droit dans les yeux, visiblement agacé par la façon dont celui-ci avait pris la main.

— Bill, laissez-moi vous poser une question : la NASA espère envoyer un engin sur Mars au cours de la prochaine décennie. Quel sentiment la communauté du renseignement éprouve-t-elle à l'idée de dépenser une très grande part des fonds des services secrets pour financer une mission sur Mars, laquelle n'aura aucun bénéfice immédiat pour la sécurité nationale ?

— La NASA obtiendra les fonds qui lui seront nécessaires.

— Foutaises, répliqua calmement Herney.

Tout le monde le regarda avec surprise. Le Président Herney jurait très rarement.

— S'il y a une chose que j'ai apprise en tant que Président, continua-t-il, c'est que ceux qui ont l'argent ont le pouvoir. Je ne confierai pas à des généraux, qui ne partagent pas les objectifs au nom desquels cette Agence a été fondée, les cordons de la bourse de la NASA. Et je crois que, s'il revenait aux militaires de décider quelles missions sont valables et lesquelles ne le sont pas, l'aspect proprement scientifique du travail de l'Agence y perdrait beaucoup.

Herney balaya la pièce du regard. Puis, avec une lenteur calculée, il revint vers William Pickering.

— Bill, soupira Herney, le déplaisir que vous montrez face aux associations ponctuelles de la NASA avec des agences spatiales étrangères illustre une regrettable étroitesse de vue. Au moins, il existe une collaboration constructive avec les Chinois et les Russes. La paix sur cette planète ne sera pas le fruit de la suprématie militaire. Elle sera forgée par des gens qui parviendront à travailler ensemble en dépit des différences séparant leurs gouvernements. Je vais vous dire ce que je pense : les projets conjoints de la NASA sont plus utiles à la sécurité nationale que n'importe quel satellite espion à deux ou trois milliards de dollars. Et ils sont beaucoup plus porteurs d'espoir pour notre avenir.

Pickering sentit une bouffée de colère monter en lui.

Comment un homme politique ose-t-il me parler sur ce ton ! L'idéalisme de Herney était à sa place dans un conseil d'administration, mais dans le monde réel, des gens mouraient à cause de telles idées.

— Bill, interrompit Marjorie Tench, comme si elle sentait que Pickering était sur le point d'exploser, nous savons qu'il s'agit pour vous d'un problème personnel.

Pickering n'entendit que de la condescendance dans ce ton.

— Mais rappelez-vous, poursuivit-elle, que la Maison Blanche s'efforce de contenir une meute d'investisseurs privés qui n'attendent que l'occasion de se précipiter pour investir leurs capitaux dans l'espace. Si vous voulez mon avis, avec toutes ses erreurs, la NASA reste tout de même un fidèle partenaire de la communauté du renseignement. Et ce que vous pouvez faire de mieux, c'est de vous féliciter qu'elle existe.

Une bande rugueuse sur le bas-côté de la route rappela brusquement Pickering à la réalité. Il approchait de sa sortie. En prenant la bretelle de l'autoroute, il passa à côté d'un daim blessé qui gisait sur le bord de la chaussée. Il hésita quelques instants… mais il continua sa route.

Il avait un rendez-vous qu'il n'entendait pas manquer.

96.

Le Mémorial Roosevelt est l'un des plus grands des États-Unis. Doté d'un parc, de fontaines, de statues, de tonnelles et d'un bassin, le monument est divisé en quatre galeries extérieures correspondant aux quatre mandats du président Roosevelt. À un kilomètre et demi du Mémorial, un hélicoptère Kiowa Warrior volant à haute altitude fonçait vers son but. À Washington, des dizaines de journalistes et de hauts responsables se déplaçant fréquemment en hélicoptère, le Kiowa et ses occupants avaient toutes les chances de passer complètement inaperçus. Delta 1 savait que, s'il demeurait en dehors de ce qu'on appelle le « dôme », c'est-à-dire une bulle d'espace protégé autour de la Maison Blanche, personne ne ferait attention à lui. Il n'allait d'ailleurs pas rester longtemps.

Le Kiowa se trouvait à sept cents mètres d'altitude quand il arriva en vue du Mémorial Roosevelt plongé dans l'obscurité. Delta 1 vérifia sa position et ralentit. Il jeta un coup d'œil à sa gauche, où Delta 2 actionnait le système de vision nocturne. Sur la vidéo, une image verdâtre représentait la route d'accès au Mémorial. La zone était déserte. Il ne leur restait plus qu'à attendre.

On ne leur avait pas demandé un assassinat discret. Certaines personnes ne peuvent être tuées silencieusement. Indépendamment de la procédure, il allait de toute façon y avoir des répercussions. Une enquête. Des recherches de toutes sortes. Dans ce genre de cas, la meilleure couverture consiste encore à faire un maximum de bruit. Une explosion franche, du feu et de la fumée, ces trois ingrédients sont habituellement la marque des terroristes qui veulent faire parler d'eux, telle serait la première pensée des spécialistes en apprenant la nouvelle – surtout s'agissant d'un haut responsable de l'administration.

Delta 1 scruta l'image vidéo du Mémorial planté d'arbres. Le parking et la route d'accès étaient toujours vides. Bientôt, songea-t-il. Le site du rendez-vous, situé en zone urbaine, était heureusement désert à cette heure. Delta 1 détourna ses yeux de l'écran et se concentra sur son équipement.

Le missile Hellfire était l'arme idéale pour une mission comme celle-ci. Le Hellfire, un missile antiblindage guidé par laser, permettait de « tirer et partir » en toute confiance. Le projectile atterrissait exactement à l'endroit que lui désignait le laser – que le rayon soit guidé depuis le sol, depuis un autre appareil ou depuis l'appareil procédant au tir. Ce soir-là le missile allait être guidé avec le désignateur laser monté sur le mât externe. Le Hellfire était une munition très répandue parmi les vendeurs d'armes du marché noir, son usage ferait donc immédiatement penser à un groupe terroriste. Le Hellfire pouvant être tiré indifféremment du ciel ou du sol, on ne soupçonnerait sans doute pas la présence d'un hélicoptère.

— Une berline arrive, fit Delta 2.

Delta 1 observa l'écran. Une luxueuse berline noire sans signes distinctifs approchait sur la route d'accès. Exactement à l'heure prévue. Un modèle typique des hauts fonctionnaires. Le chauffeur mit ses phares en veilleuse en pénétrant dans le Mémorial. La voiture fit plusieurs fois le tour du parking et s'arrêta près d'un bosquet. Delta 1 regarda l'écran, tandis que son partenaire dirigeait la caméra télescopique sur la vitre, côté conducteur. Au bout de quelques instants, on vit se dessiner à l'écran le visage de celui-ci.

Delta 1 prit une courte inspiration.

— Cible confirmée, lâcha son compagnon.

Delta 1 regarda sur l'écran de vision nocturne la croix menaçante se superposer à la cible, et il se sentit dans la peau d'un sniper visant un chef d'État.

Cible confirmée.

Delta 2 se tourna vers la gauche et actionna le désignateur laser. Il visa et, sept cents mètres plus bas, une petite tache de lumière apparut sur le toit de la berline, invisible pour son occupant.

— Cible pointée, dit-il.

Delta 1 inspira profondément et tira. Un sifflement strident se fit entendre sous le fuselage, suivi d'un sillage blanc remarquablement fin qui fonçait vers la terre. Une seconde plus tard, la limousine explosait dans une aveuglante éruption de flammes et de débris métalliques pulvérisés. Les commandos virent les pneus en flammes rouler vers le bosquet.

— Mission accomplie, fit Delta 1, accélérant déjà pour quitter la zone.

— Appelle le contrôleur.

À moins de trois kilomètres de là, le président Zach Herney s'apprêtait à se mettre au lit. Il n'entendit pas l'explosion, les vitres blindées de sa chambre, d'une épaisseur de trois centimètres et demi, offrant une isolation acoustique presque totale.

97.

La piste des gardes-côtes d'Atlantic City est située dans une section spéciale de l'aéroport international. Leur zone d'intervention littorale s'étend d'Asbury Park jusqu'au cap May.

Rachel Sexton fut réveillée en sursaut par le crissement des pneus de l'avion sur le tarmac de la piste, isolée entre deux énormes hangars. Encore hébétée, elle regarda sa montre. 2 h 13 du matin. Elle avait l'impression d'avoir dormi pendant des jours. Une couverture de bord avait été soigneusement enveloppée autour d'elle. En se tournant sur sa gauche, elle vit Michael Tolland qui venait de se réveiller et qui lui souriait, la mine lasse.

Corky remonta la travée en titubant et fronça les sourcils en les découvrant.

— Vous êtes encore là, vous ? À mon réveil, j'espérais que la soirée d'hier n'était qu'un cauchemar.

Rachel comprit exactement ce qu'il ressentait.

Et dire qu'il va falloir qu'on retourne sur l'eau…

L'avion stoppa. Rachel et les autres descendirent sur une piste déserte. Le ciel était couvert, mais l'air de la côte était lourd et chaud. Comparé à Ellesmere Island, le New Jersey semblait presque tropical.

— Par ici ! héla une voix.

Tous trois se tournèrent et aperçurent un hélicoptère Dolphin HH-65 écarlate, l'appareil que les gardes-côtes utilisent en général. Un pilote en combinaison leur faisait de grands gestes, sa silhouette se détachait devant la bande blanche fluorescente apposée sur la queue de l'appareil.

Tolland adressa à Rachel un hochement de tête impressionné.

— Quand votre patron claque des doigts, l'intendance a l'air de suivre !

Vous n'avez même pas idée à quel point, se dit Rachel.

Corky se voûta légèrement.

— On repart déjà ? Et quand est-ce qu'on dîne ?

Le pilote leur souhaita la bienvenue et les aida à grimper dans l'appareil. Sans demander leurs noms, il se contenta de multiplier les plaisanteries tout en égrenant les consignes de sécurité. Pickering avait visiblement fait comprendre aux gardes-côtes que ce vol n'était pas une mission officielle. Néanmoins, malgré la discrétion de son patron, Rachel réalisa que leurs identités n'allaient pas rester secrètes très longtemps. Le pilote reconnut immédiatement Michael Tolland – sans le dire, mais ses yeux écarquillés étaient assez éloquents.

Rachel, assise à côté de Tolland, boucla son harnais de sécurité. Elle sentit une nervosité familière la gagner. Le moteur Aerospatiale de l'hélicoptère se mit à rugir et le Dolphin vibra jusqu'au moment où le rugissement atteignit un niveau sonore suffisant et le pilote considéra qu'il pouvait décoller.

Quelques instants après, il se tournait vers eux et leur lançait :

— On m'a dit que vous m'indiqueriez notre destination une fois que nous serions en l'air.

Tolland donna au pilote les coordonnées d'un site au large de la côte, à près de quarante-cinq kilomètres au sud-est de leur position du moment.

Son bateau se trouve à environ dix-huit kilomètres de la côte, songea Rachel, en appréhendant le moment de l'amerrissage.

Le pilote saisit les coordonnées dans son système de navigation. Puis il lança ses moteurs à pleine puissance. L'hélicoptère piqua en avant et se dirigea vers le sud-est.

Rachel essayait de faire abstraction de l'océan noirâtre qui s'étendait tout autour d'eux. Malgré son angoisse croissante, elle tenta de se réconforter en se disant qu'elle était accompagnée par un marin expérimenté. Dans l'étroite cabine, elle sentait les hanches et les épaules de Tolland pressées contre les siennes.

Aucun d'eux ne fit la moindre tentative pour changer de position.

— Je sais que je ne devrais pas dire cela, leur lança le pilote brusquement comme s'il n'en pouvait plus d'excitation, mais vous êtes Michael Tolland et je ne peux pas ne pas vous en parler ! Eh ben on a regardé la télé toute la soirée ! La météorite ! C'est complètement dingue ! Vous devez être sous le choc !

Tolland acquiesça patiemment.

— Oui, je suis resté sans voix.

— Le documentaire était fantastique ! Vous savez, on n'arrêtait pas de le passer en boucle. Aucun des pilotes de service ne voulait faire cette course parce que tout le monde était scotché à la télé, et c'est moi qui ai tiré la courte paille. Vous imaginez ça ? La courte paille ! Et je suis là, avec vous ! Si les copains savaient qui je transporte…

— Nous apprécions votre intérêt, l'interrompit Rachel, mais il faut absolument que notre présence reste un secret pour vos collègues. Personne ne doit savoir que nous sommes ici.

— Absolument, madame, mes ordres sont très clairs.

Le pilote hésita, puis son visage se fendit d'un large sourire.

— Est-ce que par hasard, nous ne nous dirigerions pas vers le *Goya* ?

Tolland acquiesça à contrecœur.

— Oui, en effet.

— Nom de Dieu ! s'exclama le pilote. Excusez-moi mais je l'ai vu dans votre émission, ce catamaran, n'est-ce pas ? Il a un sacré look ! Je n'en ai jamais vu un de ce genre-là. Je n'imaginais pas que le vôtre serait le premier !

Rachel cessa d'écouter le pilote, sentant un malaise croissant monter en elle.

Tolland se tourna vers elle.

— Ça va, Rachel ? Vous auriez pu rester à terre, je vous l'ai dit.

J'aurais dû, songea Rachel, sachant que par orgueil elle ne l'aurait jamais fait.

— Non merci, je me sens très bien.

Tolland sourit.

— Je vais garder un œil sur vous.

— Merci.

Rachel était surprise de voir à quel point la chaleur de la voix de Michael la rassurait.

— Vous avez vu le *Goya* à la télévision, ce soir ?

Elle acquiesça.

— C'est un... euh... un bateau à l'allure intéressante.

Tolland s'esclaffa.

— Oui. Le prototype était très en avance en son temps, mais ce design n'a jamais vraiment séduit.

— Et on ne comprend pas pourquoi, plaisanta Rachel, qui se rappelait très bien l'aspect étrange du bateau.

— NBC fait pression sur moi pour que nous tournions sur un nouveau bateau, plus flashy, plus sexy. Dans une saison ou deux, je crois que je serai obligé de me séparer de lui.

Tolland sembla mélancolique à cette idée.

— Vous n'aimeriez pas avoir un joli bateau tout neuf ?

— Je ne sais pas… J'ai beaucoup de souvenirs à bord du *Goya*.

Rachel sourit doucement.

— Ma mère disait souvent que, tôt ou tard, il faut dire adieu au passé.

Les yeux de Tolland soutinrent son regard un long moment.

— Oui, Rachel, je sais.

98.

— Ça coince ! fit le chauffeur de taxi en regardant vers Gabrielle par-dessus son épaule. On dirait qu'il y a eu un accident là-bas. On ne va pas pouvoir passer, en tout cas pas pendant un moment.

Gabrielle jeta un coup d'œil par la vitre et vit les gyrophares des ambulances et des véhicules de police clignoter dans la nuit. À quelques dizaines de mètres, sur un rond-point, des policiers stoppaient les voitures et leur faisaient faire demi-tour.

— Ça doit être un sacré accident, constata le chauffeur, les yeux rivés à son rétroviseur.

Et il a fallu que ce soit maintenant ! Gabrielle devait parler d'urgence à son patron de ce qu'elle venait d'apprendre sur PODS et le géologue canadien. Elle se demanda si les mensonges de la NASA constituaient un scandale assez énorme pour ressusciter Sexton. Peut-être pas pour la plupart des politiciens, pensa-t-elle, mais s'agissant de Sedgewick Sexton, un homme qui avait construit sa campagne sur l'exploitation des échecs des autres, tout était possible.

Gabrielle n'avait pas toujours apprécié cette aptitude du sénateur à tirer sur l'ambulance, mais elle était bien forcée de s'incliner devant son efficacité. Le talent d'acteur du sénateur, sa rare maîtrise de l'insinuation et de l'indignation parviendraient sans doute à transformer cette faute des responsables de la NASA en prétendue question de « moralité publique » qui jetterait le discrédit sur l'Agence et ternirait l'image du Président.

Au-dehors, les flammes qui cernaient le Mémorial Roosevelt semblaient grimper encore. Quelques arbres avaient pris feu et les pompiers s'activaient pour éteindre l'incendie. Le chauffeur de taxi pressa le bouton de la radio et commença à surfer sur les différentes stations.

Gabrielle ferma les yeux en soupirant et sentit une vague de fatigue la submerger. Quand elle était arrivée à Washington, elle avait rêvé de travailler dans la politique, d'y faire toute sa carrière, peut-être d'être recrutée un jour par la Maison Blanche. Mais en ce moment, tout au contraire, elle avait l'impression d'en avoir fait assez pour toute une vie. D'abord il y avait eu ce tête-à-tête écœurant avec Marjorie Tench, ensuite ces photos sordides, et maintenant tous ces mensonges de la NASA…

Sur une station, un journaliste annonçait quelque chose à propos d'une voiture qui avait explosé et d'un possible acte terroriste.

Il faut que je me tire de cette ville, songea Gabrielle pour la première fois depuis qu'elle était arrivée dans la capitale.

99.

Le contrôleur se sentait rarement fatigué, mais ce jour-là avait été particulièrement long et accablant. Rien ne s'était passé comme prévu : la découverte tragique du puits d'insertion sous la banquise, les difficultés à maintenir cette information secrète et maintenant la liste des victimes qui ne cessait de s'allonger.

Personne n'était censé mourir – sauf le Canadien.

Il trouvait paradoxal que la partie techniquement la plus difficile de ce plan soit devenue finalement la moins problématique. Cette insertion, réalisée plusieurs mois auparavant, s'était effectuée sans ennui. Il ne restait ensuite qu'à attendre le lancement du satellite. Le PODS devait balayer tout le cercle arctique et, tôt ou tard, son logiciel de détection d'anomalies allait finir par localiser la météorite et donner à la NASA l'opportunité d'une découverte majeure.

Mais ce satané logiciel n'avait pas daigné fonctionner.

Quand le contrôleur avait appris cette panne et su qu'elle ne pouvait être réparée avant l'élection, il avait compris que son plan tout entier était menacé.

Sans le PODS, la météorite resterait inconnue. Le contrôleur avait alors dû improviser et trouver une façon d'alerter subrepticement quelqu'un à la NASA de l'existence de la météorite. Il avait orchestré cette « urgence radio » lancée par un géologue canadien qui se trouvait à proximité du puits d'insertion. Pour des raisons évidentes, l'homme devait être supprimé aussitôt et sa mort sembler accidentelle. Le meurtre du géologue innocent et de ses quatre chiens n'avait été que le premier d'une série qui s'allongeait sans cesse.

Wailee Ming, Norah Mangor.

Et maintenant cet assassinat spectaculaire au Mémorial Roosevelt.

Bientôt, il allait falloir ajouter à cette liste Rachel Sexton, Michael Tolland et le professeur Marlinson.

Il n'y a pas d'autre moyen, songea le contrôleur en luttant contre un remords croissant. Les enjeux sont beaucoup trop importants.

100.

L'hélicoptère Dolphin des gardes-côtes était encore à trois kilomètres du *Goya* et volait à mille mètres d'altitude quand Tolland cria au pilote :

— Vous avez la vision nocturne, le NightSight, sur votre coupe-chou ?

Le pilote acquiesça.

— Forcément, puisqu'on a des missions de sauvetage.

Tolland s'y attendait. Le NightSight était un système d'imagerie thermique mis au point par Raytheon pour le vol en mer, capable de localiser les survivants d'un naufrage dans l'obscurité. Le rayonnement thermique émis par la tête d'un nageur apparaissait sous forme de tache rouge dans un océan noir.

— Allumez-le, fit Tolland.

Le pilote sembla déconcerté.

— Pourquoi ? Vous cherchez quelqu'un ?

— Non, mais je voudrais montrer quelque chose à mes amis.

— Mais on ne va rien voir à cette hauteur, aucun rayonnement thermique ne montera jusqu'ici, sauf une flaque de pétrole qui brûlerait à la surface de l'eau…

— Allumez-le, insista Tolland.

Le pilote lui jeta un regard perplexe, procéda à quelques réglages sur son tableau de bord et ajusta l'objectif thermique sous l'hélicoptère sur une zone de surveillance de cinq kilomètres de diamètre au-dessus de l'océan. Un écran LCD s'alluma sur son tableau de bord. L'image se précisa.

— Nom de Dieu !

L'hélicoptère fit une brève embardée au moment où le pilote sursauta d'étonnement devant l'image qui venait d'apparaître à l'écran.

Rachel et Corky se penchèrent et regardèrent avec la même surprise. Le fond noir de l'océan était illuminé par une énorme spirale tourbillonnante et rouge, qui palpitait.

Rachel se tourna vers Tolland, tout excitée.

— On dirait un cyclone.

— C'en est un, approuva Michael. Un cyclone de courants chauds. À environ un kilomètre sous l'eau.

Le pilote laissa échapper un petit rire admiratif.

— Ça, c'en est un gros. On en voit de temps en temps par ici, mais je n'avais pas entendu parler de celui-là.

— Il est apparu la semaine dernière, répondit Tolland. Je pense que d'ici à quelques jours, il s'épuisera.

— Mais qu'est-ce qui le provoque? demanda Rachel, surprise de découvrir cet énorme tourbillon en plein milieu de l'océan.

— Un dôme de magma, repartit le pilote.

Rachel se tourna vers l'océanologue en fronçant les sourcils.

— Un volcan?

— Non, fit Tolland. Le long de la côte Est des États-Unis, on ne trouve aucun volcan en activité, mais de temps à autre, des poches de magma se déversent au fond de l'océan, formant une zone chaude. Cela entraîne un réchauffement de l'eau au fond mais en surface elle reste toujours froide, d'où ces courants géants en spirale. Ils se déchaînent pendant deux semaines environ avant de se dissiper.

Le pilote regarda la spirale scintiller sur son écran LCD.

— Celui-ci est encore très dynamique, apparemment.

Il s'interrompit et vérifia les coordonnées du bateau de Tolland avant de jeter un coup d'œil surpris par-dessus son épaule.

— Monsieur Tolland, on dirait que vous êtes stationné tout près du centre du cyclone…

Michael acquiesça.

— Les courants sont un peu plus lents près de l'œil du cyclone. Environ dix-huit nœuds. Ce n'est guère plus dangereux que de jeter l'ancre dans une rivière au courant un peu fort. Il y a eu une sacrée tension sur la chaîne, cette semaine.

— Ça alors ! fit le pilote. Un courant de dix-huit nœuds ? Y a intérêt à ne pas passer par-dessus bord ! commenta-t-il avec un rire nerveux.

Rachel, quant à elle, ne riait pas.

— Mike, vous ne m'aviez pas parlé de ce cyclone, de ce dôme de magma, de ces courants chauds qui tournoient…

Il posa une main rassurante sur son genou.

— Ne vous inquiétez pas, vous êtes en complète sécurité, faites-moi confiance.

Rachel fronça les sourcils.

— Le documentaire que vous étiez en train de réaliser concernait ce dôme de magma ?

— Non, il était question de tornades sous-marines et de *Sphyrna mokarran*.

— C'est vrai, vous nous en aviez parlé.

Tolland eut un petit sourire faussement timide.

— Les *Sphyrna mokarran* adorent l'eau tiède et, en ce moment même, tous les spécimens de l'espèce à cent cinquante kilomètres à la ronde font route vers cette zone d'eau chaude d'un kilomètre de diamètre.

— Charmant, fit Rachel avec un hochement de tête un peu perplexe. Et, si je puis me permettre, qu'est-ce que c'est que ces *Sphyrna mokarran* ?

— Les poissons les plus hideux du monde.

— Des flétans ?

Tolland éclata de rire.

— Non, ce sont de grands requins-marteaux.

Rachel se raidit instantanément.

— Il y a des requins-marteaux autour de votre bateau ?

Tolland fit un petit clin d'œil.

— Allons, Rachel, ils ne sont pas dangereux…

— Vous ne me diriez pas ça s'ils ne l'étaient vraiment pas.

Il s'esclaffa.

— En effet, je l'avoue, vous avez raison.

Il se tourna vers le pilote et lui lança :

— Dites donc, quand est-ce que vous avez sauvé pour la dernière fois un nageur attaqué par un requin-marteau ?

Le pilote haussa les épaules.

— Oh là là, ça fait des lustres qu'on ne nous a pas fait intervenir pour un sauvetage de ce genre.

Tolland se tourna vers Rachel.

— Vous voyez bien, des lustres, n'ayez aucune inquiétude.

— Le mois dernier, reprit le pilote, on a bien eu le cas d'une agression sur un crétin de plongeur qui essayait de faire copain-copain avec ces bestioles.

— Attendez un peu, fit Rachel… Vous disiez que vous n'aviez sauvé personne depuis des lustres !

— Ouaip, répliqua le pilote, c'est clair, en général on arrive trop tard. Ces salopards vous bouffent un nageur en moins d'une minute.

101.

Les contours encore incertains du *Goya* se dessinaient à l'horizon. À un demi-mille, Tolland aperçut les points lumineux. Xavia, sa coéquipière, avait sagement laissé les lumières allumées. En les voyant, Tolland se sentit un peu comme un voyageur exténué qui touche enfin le port.

— Vous ne m'aviez pas dit qu'il n'y avait qu'une personne ? fit Rachel, surprise de voir le bateau illuminé.

— Vous ne laissez pas une lumière allumée quand vous êtes seule chez vous ?

— Oui, une lumière, mais pas toute la maison !

Tolland sourit. Malgré les tentatives de Rachel pour donner le change, il était évident qu'elle était très angoissée à l'idée de remonter sur un bateau. Il aurait voulu poser un bras sur son épaule et la réconforter, mais il savait qu'il ne pouvait rien faire pour elle.

— On éclaire le bateau par mesure de sécurité.

Corky s'esclaffa.

— Vous avez peur des pirates, Mike ?

— Non, non, le pire danger, sur cette côte, ce sont les idiots qui ne savent pas lire leur radar de bord. La meilleure protection contre un éperonnage, c'est de faire en sorte que tout le monde vous voie.

Corky jeta un coup d'œil oblique au bateau.

— Pour qu'on vous voie ? Mais on dirait un bateau de croisière un soir de nouvel an ! Enfin, comme c'est la chaîne qui paie la facture d'électricité…

L'hélicoptère des gardes-côtes ralentit et tourna quelques instants au-dessus de l'immense bateau illuminé. Le pilote commença à manœuvrer pour se poser sur la grosse pastille peinte sur le pont avant. En examinant l'eau, Tolland aperçut nettement les courants violents qui tournoyaient autour de la coque. Ancré par la proue, le *Goya* était dirigé contre le courant et tirait sur son chaînage d'ancre comme un fauve indomptable.

— Il est vraiment magnifique ! fit le pilote en riant.

Tolland perçut le sarcasme dans ce commentaire. Le *Goya* était affreux, surtout de l'arrière, aux dires d'un journaliste télé. Il n'y avait eu que dix-sept exemplaires de ce type, et le catamaran *Goya* était tout sauf séduisant.

Le bateau était constitué d'une massive plate-forme horizontale flottant à dix mètres au-dessus de l'océan, reposant sur quatre énormes poutrelles fixées à des pontons. De loin, le bateau ressemblait à une sorte de plate-forme de forage un peu basse. De plus près, on aurait dit une barge-pont montée sur échasses. Les quartiers de l'équipage, les laboratoires de recherche et la passerelle de navigation étaient abrités par une série de structures superposées, ce qui donnait l'étrange impression d'une sorte de table à café flottante soutenant un échafaudage de boîtes empilées les unes sur les autres.

Malgré son apparence fort peu aérodynamique, la conception du *Goya* réduisait au minimum l'aire de flottaison, d'où une stabilité accrue de l'ensemble. La plate-forme suspendue facilitait la réalisation télé et les travaux de laboratoire, limitant également les nausées des scientifiques qui n'avaient pas le pied marin. NBC avait beau faire pression sur Tolland pour qu'il choisisse un bateau plus photogénique, il avait toujours refusé. Certes, il n'aurait pas eu de mal à dénicher quelque chose de plus séduisant et sans doute d'encore plus stable, mais le *Goya* était son seul foyer depuis presque dix ans, le bateau sur lequel il avait peu à peu repris goût à la vie après la mort de Celia. Certaines nuits, il entendait encore sa voix quand le vent soufflait sur le pont. Quand son fantôme aurait disparu, Tolland changerait de bateau. Mais ce moment n'était pas encore venu.

Lorsque l'hélicoptère se posa finalement sur le pont avant du *Goya*, Rachel Sexton ne se sentit qu'à demi soulagée. La bonne nouvelle, c'est qu'elle n'était plus en train de voler au-dessus de l'océan. La mauvaise, c'est qu'elle se trouvait maintenant sur l'océan. Elle grimpa sur le pont, luttant contre le tremblement qui gagnait ses jambes. La jeune femme regarda autour d'elle. Le pont était étonnamment étroit, surtout avec l'hélicoptère au centre. Les yeux levés vers la superstructure, Rachel scruta l'étrange et maladroit empilement qui constituait l'espace de vie du *Goya*.

Tolland s'approcha.

— Je sais, dit-il en parlant fort pour couvrir le bruit des tourbillons d'eau, il a l'air plus grand à la télé.

Rachel hocha la tête.

— Et plus stable aussi.

— C'est l'un des bateaux les plus sûrs que je connaisse. Je vous le jure.

Tolland posa une main sur son épaule et la guida vers la cabine.

La chaleur de sa main était plus réconfortante que n'importe quelle parole. Néanmoins, en regardant vers l'arrière, Rachel vit le sillage creusé de tourbillons écumants qui se déversaient sur ses flancs, comme si le bateau avançait à pleine vitesse. Nous sommes ancrés au-dessus d'une tornade sous-marine, songea-t-elle.

Dans la partie avant, Rachel aperçut un petit sous-marin submersible à une place, un Triton, suspendu à un treuil géant. Le Triton, qui devait son nom au fils du dieu grec de la mer, ne ressemblait en rien à son prédécesseur, le sous-marin Alvin à coque en acier. Le Triton était doté d'un dôme en acrylique qui lui donnait l'aspect d'un bocal géant plus que d'un submersible. Rachel n'aurait pu imaginer perspective plus terrifiante que de se trouver plongée à des dizaines de mètres sous la surface de l'eau, avec une bulle d'acrylique transparente pour toute protection. Selon Tolland, le seul véritable défaut du Triton était la lenteur de sa mise à l'eau : on était doucement treuillé à travers une trappe du pont du *Goya*, suspendu comme un pendule à dix mètres au-dessus de la mer.

— Xavia se trouve probablement dans l'hydrolab, fit Tolland en avançant sur le pont. Par ici.

Rachel et Corky le suivirent. Le pilote de l'hélicoptère resta dans son appareil avec la stricte consigne de ne pas utiliser la radio.

— Jetez un coup d'œil là-dessus, suggéra Tolland, en posant une main sur le bastingage.

À contrecœur, Rachel s'approcha. Elle surplombait la mer de très haut, mais sentait pourtant les émanations de chaleur qui montaient jusqu'à elle.

— L'eau est à peu près à la même température qu'un bain chaud, précisa Tolland, couvrant le bruit des tourbillons.

Il tendit la main vers un boîtier électrique caché sous le bastingage.

— Regardez un peu ça.

Il tourna un bouton.

Soudain, un large périmètre s'illumina sous le bateau, comme une piscine qu'on aurait éclairée depuis le fond. Rachel et Corky en eurent le souffle coupé.

L'océan grouillait de dizaines d'ombres noires. À quelques mètres sous la surface illuminée, une meute de formes minces et sombres nageait à contre-courant, en formation parallèle. On reconnaissait très bien le contour de leur crâne en marteau. Ils ondulaient au même rythme, meute d'autant plus menaçante qu'elle restait indécise.

— Mon cher Mike, bafouilla Corky révulsé, ça me fait vraiment plaisir de voir ce spectacle !

Rachel était figée de peur. Elle aurait voulu reculer pour ne plus les voir, mais impossible de bouger. Elle était absolument pétrifiée par cette vision inouïe.

— Ils sont incroyables, n'est-ce pas ? fit Tolland.

Il avait reposé sa main sur son épaule.

— Ils peuvent faire du surplace dans une zone chaude pendant des semaines. Ces requins-marteaux ont les meilleurs nez de l'océan. Des lobes olfactifs spécialement équipés pour flairer à distance. Ils repèrent une microscopique trace de sang dans l'eau à un kilomètre et demi !

Corky eut l'air sceptique.

— Des lobes olfactifs spécialement équipés pour flairer à distance ?

— Vous ne me croyez pas ?

Tolland se mit à fouiller dans un placard en aluminium qui se trouvait juste à côté d'eux.

Quelques instants plus tard, il en sortit un minuscule poisson mort.

— Parfait.

Il prit un couteau et entailla son appât en plusieurs endroits.

— Mike, pour l'amour du ciel, fit Corky, mais c'est dégoûtant !

Tolland jeta le poisson sanguinolent par-dessus bord. À l'instant même où il toucha la surface, six ou sept requins se ruèrent sur lui, des rangées de dents argentées qui se disputèrent fébrilement le fretin. En un instant, il avait disparu.

Terrifiée, Rachel se tourna et regarda Tolland, qui avait déjà saisi un autre poisson, de la même espèce et de la même taille.

— Cette fois, pas de sang.

Il le jeta à l'eau. Le poisson heurta la surface mais rien ne se produisit. Les requins-marteaux ne semblèrent même pas le remarquer. Il fut emporté par le courant, dans l'indifférence générale.

— Ils attaquent seulement sur un signal olfactif, expliqua Tolland en leur faisant signe de le suivre. Vous pourriez nager dans cette eau en totale sécurité, à condition de n'avoir aucune blessure ouverte.

Corky lui montra les points de suture sur sa pommette.

Tolland fronça les sourcils.

— C'est vrai. À ta place j'éviterais les baignades.

102.

Le taxi de Gabrielle Ashe était toujours coincé dans la circulation non loin du Mémorial Roosevelt. Elle observait au loin les véhicules d'urgence ; on aurait dit qu'une brume surréaliste venait de s'abattre sur la ville.

À la radio, un journaliste émettait l'hypothèse que dans l'explosion de la voiture, un haut responsable gouvernemental avait peut-être été tué.

Sortant son téléphone cellulaire, elle appela le sénateur. Il devait se demander ce qui l'avait tant retardée.

La ligne était occupée. Gabrielle regarda le compteur et fronça les sourcils. Les voitures autour d'eux commençaient à faire demi-tour et à emprunter des ruelles adjacentes pour contourner le site de l'accident.

Le chauffeur se tourna.

— Vous voulez attendre ? C'est votre fric après tout.

Gabrielle aperçut d'autres véhicules officiels qui arrivaient.

— Non, on n'a qu'à contourner.

Le chauffeur approuva en grognant et commença à manœuvrer autour du rond-point en escaladant le trottoir.

Gabrielle appela à nouveau Sexton. Toujours occupé.

Quelques minutes plus tard, après avoir effectué un grand détour, le taxi remontait la rue C. Gabrielle aperçut l'immeuble sénatorial. Au départ, elle avait l'intention de se rendre directement à son appartement, mais comme elle passait devant son bureau…

— Arrêtez, lança-t-elle au chauffeur. Juste ici, merci.

Le taxi stoppa.

Gabrielle paya et ajouta dix dollars au montant inscrit au compteur.

— Pouvez-vous attendre dix minutes ?

Le chauffeur regarda le billet de dix dollars, puis sa montre.

— OK pour dix minutes, mais pas une de plus.

Gabrielle se dépêcha. Je serai sortie dans cinq, se dit-elle.

À cette heure, les couloirs de marbre déserts de l'immeuble sénatorial paraissaient presque sépulcraux. Les muscles de Gabrielle étaient contractés tandis qu'elle avançait d'un pas rapide entre les austères statues qui bordaient le salon d'accueil du troisième étage. Leurs yeux de pierre semblaient la surveiller comme des sentinelles silencieuses.

Arrivée devant la porte de la suite du sénateur Sexton, Gabrielle glissa sa carte dans le lecteur.

Le bureau de la secrétaire était à peine éclairé. Gabrielle remonta le couloir jusqu'à son propre bureau. Elle entra, alluma et se dirigea droit vers ses classeurs.

Elle avait un dossier entièrement consacré au financement du système d'observation de la terre EOS par la NASA, dossier dans lequel on trouvait une multitude d'informations sur PODS. Sexton allait certainement vouloir les consulter dès qu'elle lui aurait rapporté son entretien avec Harper.

La NASA a menti au sujet de PODS, se dit-elle.

Alors que Gabrielle compulsait ses dossiers, son téléphone cellulaire sonna.

— Sénateur ? demanda-t-elle.

— Non, Gabrielle, c'est Yolanda.

La voix de son amie était inhabituellement tendue.

— Tu es toujours à la NASA ?

— Non, je suis au bureau.

— Tu as trouvé quelque chose là-bas ?

Tu n'imagines même pas ! songea-t-elle. Il n'était pas question de dire quoi que ce soit à Yolanda avant d'avoir parlé à Sexton. Le sénateur aurait une idée très précise de l'usage qu'il ferait de cette information.

— Je t'expliquerai tout après avoir parlé à Sexton. Je vais directement chez lui maintenant.

Yolanda ménagea un silence.

— Gabrielle, tu sais, ce que tu me racontais tout à l'heure sur le financement de la campagne de Sexton et la SFF ?

— Mais je t'ai dit que j'avais tort et...

— Je viens de mettre la main sur deux de nos reporters. Ils travaillent sur un sujet qui ressemble beaucoup à ce que tu m'as raconté.

Gabrielle resta bouche bée.

— Qu'est-ce que ça veut dire ?

— Je ne sais pas trop, mais ces journalistes sont de bons professionnels et ils paraissent convaincus que Sexton touche des pots-de-vin de la Space Frontier Foundation. J'ai pensé que je devais t'appeler. Tout à l'heure, je trouvais cette idée complètement débile, imaginer que Marjorie Tench ait pu te rencarder, mais mes copains semblaient très sûrs de leur coup... Je ne sais pas, peut-être que tu devrais leur parler avant de rencontrer le sénateur.

— S'ils sont si convaincus, pourquoi n'ont-ils pas éventé l'affaire ?

Gabrielle trouva son ton plus véhément qu'elle ne l'aurait voulu.

— Ils n'ont pas de preuve absolue. Le sénateur est apparemment très malin pour brouiller les pistes.

— Ils ne trouveront rien, Yolanda. Sexton a reconnu accepter des dons de la SFF, mais ils sont tous en dessous de la limite légale.

— Je sais bien que c'est ce qu'il t'a soutenu, Gabrielle, et franchement j'ignore ce qui est vrai ou faux en l'occurrence. Mais je suis obligée de t'appeler parce que je t'avais dit de ne pas croire Marjorie Tench, et je découvre maintenant qu'elle n'est pas la seule à penser que le sénateur pourrait être compromis. C'est tout.

— Qui sont ces journalistes ?

Gabrielle sentait monter la colère.

— Pas de noms. Tu peux les rencontrer si tu veux, j'arrangerai ça. Ce sont des pros. Ils connaissent parfaitement le financement des campagnes électorales… (Yolanda hésita.) En fait, ces types croient que Sexton a désespérément besoin d'argent. Il serait en faillite, apparemment.

Dans le silence de son bureau, Gabrielle entendait les accusations et la voix éraillée de Marjorie Tench.

« Après la mort de Katherine, le sénateur a dilapidé l'essentiel de son héritage en investissements calamiteux… il a surtout mis le paquet pour obtenir une victoire certaine aux primaires de son parti.

» … Il y a six mois, votre candidat était en faillite. »

— Mes copains seraient sûrement très heureux de te parler, reprit Yolanda.

Tu m'étonnes, songea Gabrielle.

— Je te rappellerai.

— Tu as l'air excédée, Gab…

— Je n'ai rien contre toi, Yolanda. Jamais. Merci.

Gabrielle raccrocha.

Somnolent sur un fauteuil devant l'appartement du sénateur, le cerbère fut réveillé en sursaut par la sonnerie de son portable. Il bondit sur sa chaise, se frotta les yeux et sortit son téléphone de la poche de son blazer.

— Oui ?

— Owen, c'est Gabrielle.

Il avait reconnu sa voix.

— Oui, hello !

— Il faut que je parle au sénateur. Pouvez-vous frapper à sa porte s'il vous plaît ? Son téléphone est occupé.

— Mais c'est qu'il est tard…

— Il est réveillé, j'en suis sûre.

Gabrielle semblait anxieuse.

— C'est une urgence !

— Encore une urgence ?

— C'est la même. Il faut que je l'aie au téléphone, Owen. Il y a quelque chose dont je dois vraiment lui parler.

Le garde du corps soupira et se leva.

— Très bien, très bien, je vais frapper.

Il s'étira.

— Mais je le fais uniquement parce qu'il était content que je vous aie laissé entrer tout à l'heure.

À contrecœur, il leva son poing pour frapper à la porte.

— Qu'est-ce que vous venez de dire ? demanda Gabrielle.

Le bras du garde resta suspendu en l'air.

— J'ai dit que le sénateur était content que je vous aie laissé entrer tout à l'heure. Vous aviez raison. Ce n'était pas du tout un problème.

— Vous en avez parlé avec le sénateur ?

Gabrielle avait l'air stupéfaite.

— Oui, et pourquoi ?

— Non, je me demandais juste…

— En fait, c'était assez bizarre. Le sénateur a eu besoin de quelques secondes pour se rappeler qu'il vous avait vue. Je crois que lui et ses copains avaient pas mal picolé…

— Quand est-ce que vous en avez parlé tous les deux, Owen ?

— Juste après votre départ. Quelque chose qui cloche ?

Un silence.

— Non… Non, rien. Écoutez, maintenant que j'y pense, je préfère ne pas le déranger pour l'instant. Je vais continuer à appeler son fixe et, si je n'ai vraiment pas de chance, je vous rappellerai et vous n'aurez qu'à frapper…

Le garde leva les yeux au ciel et retourna s'asseoir.

— Comme vous voudrez, mademoiselle Ashe.

— Merci, Owen. Désolée de vous avoir dérangé.

— Pas de problème.

Le garde raccrocha, s'affala sur sa chaise et se rendormit.

Seule dans son bureau, Gabrielle resta immobile quelques secondes avant de décrocher.

Sexton apprend que je suis entrée dans son appartement… et il ne m'en parle pas ? songea-t-elle.

Le comportement inattendu du sénateur brillait soudain d'une lueur moins plaisante.

Gabrielle se souvint de l'appel du sénateur qui l'avait sidérée en avouant spontanément qu'il entretenait des relations étroites avec des P-DG de l'aérospatiale et qu'il acceptait leurs donations. Son honnêteté lui avait fait honte. Cette confession, après l'échange avec Owen, devenait beaucoup moins noble.

Des montants dérisoires, avait assuré Sexton. C'est parfaitement légal.

Soudain, tous les doutes que Gabrielle nourrissait depuis longtemps sur le sénateur Sexton resurgirent simultanément.

Dehors, le taxi klaxonnait.

103.

Le pont du *Goya* était un cube de Plexiglas situé deux niveaux au-dessus du niveau principal. De là, Rachel avait une vue panoramique sur la mer plongée dans l'obscurité, mais ce panorama vertigineux l'angoissait tant qu'elle ne regarda qu'une seule fois avant de reporter son attention vers les problèmes à résoudre.

Ayant envoyé Tolland et Corky chercher Xavia, Rachel se prépara à contacter Pickering. Elle avait promis au directeur qu'elle l'appellerait dès leur arrivée ; elle était impatiente d'apprendre ce qu'avait donné son entretien avec Marjorie Tench.

Le système de communication digitale du *Goya*, un Shincom 2100, était familier à Rachel. Elle savait que, si son appel restait bref, la communication devait être assez sûre.

Elle composa le numéro privé de Pickering et attendit, l'oreillette du Shincom collée contre son oreille.

Elle pensait qu'il allait décrocher à la première sonnerie, mais elles s'égrenèrent les unes après les autres, six, sept, huit…

Rachel laissa son regard dériver sur l'océan noirâtre, l'absence de réponse du directeur ne faisant qu'accroître son malaise.

Neuf sonneries. Dix sonneries. Mais décrochez donc !

Elle fit les cent pas en attendant. Que se passait-il ? Pickering emportait toujours et partout son téléphone et il avait expressément demandé à Rachel de le rappeler.

Après quinze sonneries, elle raccrocha.

Avec une appréhension croissante, elle décrocha le combiné du Shincom et appela de nouveau.

Quatre, cinq sonneries.

Où est-il ?

Finalement, un clic lui signala que quelqu'un était en ligne.

Rachel éprouva un intense soulagement, mais il fut de courte durée. En fait, il n'y avait personne au bout du fil.

— Bonsoir, monsieur le directeur, fit-elle un peu inquiète.

Trois clics rapides.

— Allô ? fit Rachel.

Une tempête de parasites brouilla la communication, explosant dans son oreille. Elle éloigna le combiné. Le bruit cessa brusquement. Elle entendit ensuite une série de tonalités oscillant rapidement avec un intervalle d'une demi-seconde entre chaque bip. Soudain, elle comprit.

— Merde !

Pivotant brusquement sur elle-même, elle raccrocha, coupant la connexion. Pendant quelques instants, terrifiée, elle se demanda si elle avait raccroché à temps.

Au milieu du bateau, deux ponts plus bas, l'hydrolab du *Goya* était un immense espace de travail segmenté par de longs comptoirs et des îlots bourrés de matériel électronique, sondeurs de fonds marins, analyseurs de courant, éviers et matériels de chimie, conduits de fumée, il y avait même une glacière à spécimens dans laquelle on pouvait pénétrer, des PC, et une pile de classeurs pour les informations collectées, sans oublier tout l'électronique nécessaire au fonctionnement du labo.

Quand Tolland et Corky entrèrent, Xavia, la géologue du *Goya*, était installée en face d'une télévision à plein volume. Elle ne se retourna même pas.

— Vous n'aviez plus de fric pour vous acheter des bières ? lança-t-elle par-dessus son épaule, pensant visiblement s'adresser aux membres de l'équipage.

— Xavia, fit Tolland, c'est Mike.

La géologue regarda brusquement derrière elle, avalant le morceau du sandwich sous cellophane qu'elle tenait à la main.

— Mike ? bredouilla-t-elle, surprise de le voir.

Elle se leva, éteignit la télévision et s'approcha, continuant à mastiquer son sandwich.

— Je pensais que c'étaient les copains qui rentraient de leur tournée des bars. Que fais-tu ici ?

Xavia était une femme corpulente au visage buriné, avec une voix stridente et un air un peu revêche. Elle montra la télévision qui passait en boucle des extraits du documentaire de Tolland sur la météorite.

— Tu n'y es pas resté très longtemps sur ton glacier, hein ?

Les événements m'en ont empêché, songea Tolland.

— Xavia, je suis sûr que tu reconnais Corky Marlinson.

Xavia acquiesça.

— C'est un honneur, monsieur.

Corky jeta un coup d'œil humide sur le sandwich qu'elle tenait à la main.

— Il a l'air sacrément bon.

Xavia le gratifia d'un regard étonné.

— J'ai eu ton message, fit Tolland à Xavia. Tu disais que j'avais fait une erreur dans ma présentation. Je voudrais qu'on en parle.

La géologue émit un petit rire strident.

— C'est pour ça que tu es rentré ? Oh Mike, pour l'amour du ciel, je te l'ai dit, ce n'est rien. Je voulais juste te taquiner un peu. La NASA t'a visiblement donné des informations un peu périmées. Mais c'est sans conséquence. Sérieusement, il n'y a que trois ou quatre géologues spécialisés au monde qui auront remarqué ta bévue.

Tolland retint sa respiration.

— Cette bévue... est-ce qu'elle a un quelconque rapport avec les chondres ?

Le visage de Xavia blêmit subitement.

— Mon Dieu, est-ce que l'un de ces géologues t'aurait déjà appelé ?

Tolland accusa le coup. Les chondres. Il regarda Corky et se tourna à nouveau vers sa collaboratrice.

— Xavia, j'ai besoin de savoir tout ce que tu peux me dire sur ces chondres. Quelle erreur ai-je donc commise ?

Xavia le fixa quelques instants, sentant qu'il était on ne peut plus sérieux.

— Mike, ce n'est vraiment rien. J'ai lu un petit article dans un journal professionnel il y a quelque temps. Mais je ne comprends pas pourquoi ça t'inquiète tellement.

Tolland soupira.

— Si étrange que cela puisse paraître, moins tu en sauras ce soir, mieux ça vaudra. Tout ce que je te demande, c'est de me dire ce que tu sais sur les chondres. Et puis nous avons aussi besoin que tu examines un échantillon de roche pour nous.

Xavia eut l'air sidérée, vaguement perturbée d'être ainsi exclue de l'info.

— Très bien, je vais aller te chercher cet article, il est dans mon bureau.

Elle posa son sandwich et se dirigea vers la porte. Corky la héla :

— Est-ce que je peux le finir ?

La géologue stoppa net, incrédule.

— Vous voulez finir mon sandwich ?

— Eh bien, je pensais simplement que si vous…

— Mais allez vous en chercher un, bon sang.

Xavia sortit. Tolland s'esclaffa, montrant une glacière à Corky.

— Étagère du bas, Corky. Entre la *sambuca* et les sachets de calamars.

Dehors, sur le pont, Rachel descendait l'échelle abrupte et se dirigeait vers l'hélicoptère. Le pilote des gardes-côtes somnolait mais il se redressa quand Rachel toqua sur le cockpit.

— Vous avez déjà fini ? demanda-t-il. Ça a été rapide.

Rachel secoua la tête, nerveuse.

— Pouvez-vous allumer votre radar de surface et votre radar aérien en même temps ?

— Bien sûr, j'ai un périmètre de quinze kilomètres.

— Allumez-les, s'il vous plaît.

Stupéfait, le pilote tourna quelques boutons et l'écran radar s'alluma. Le rayon rotatif se mit à décrire des cercles paresseux.

— Vous voyez quelque chose ? demanda Rachel.

Le pilote attendit quelques instants que son aiguille lumineuse décrive plusieurs rotations complètes. Il fit certains contrôles et scruta l'écran. Il n'y avait rien.

— Il y a de petits bateaux en périphérie mais ils ne viennent absolument pas vers nous. Sinon rien sur la zone. Des kilomètres et des kilomètres de mer déserte dans toutes les directions.

Rachel Sexton soupira, bien qu'elle ne se sentît pas particulièrement soulagée.

— Faites-moi une faveur, si vous voyez quelque chose approcher, bateau, avion, n'importe quoi, informez-moi immédiatement.

— Bien sûr, mademoiselle. Est-ce que tout va bien ?

— Oui. Mais avisez-moi au plus vite.

Le pilote haussa les épaules.

— Je surveillerai le radar, mademoiselle. Si j'ai une petite tache qui s'approche, vous serez la première à le savoir.

Rachel sentait l'adrénaline monter tandis qu'elle retournait à l'hydrolab. Quand elle entra, Corky et

Tolland étaient debout devant un écran d'ordinateur et mastiquaient des sandwiches.

Corky s'adressa à elle la bouche pleine.

— Qu'est-ce que vous préférez ? Poisson poulet, poisson bolognaise, ou œuf salade au poisson ?

Rachel entendit à peine la question.

— Mike, combien de temps nous faut-il pour obtenir l'information et quitter ce bateau ?

104.

Tolland faisait les cent pas dans l'hydrolab, attendant avec Rachel et Corky le retour de Xavia. Les nouvelles sur les chondres étaient presque aussi contrariantes que la tentative de contact avec Pickering.

Pickering n'a pas répondu.

Et quelqu'un a essayé de découvrir les coordonnées du *Goya*.

— Pas de panique, fit Tolland à l'adresse de ses amis. Nous sommes en sécurité. Le pilote de l'hélico surveille le radar. Il nous donnera tous les avertissements nécessaires si un intrus survient.

Rachel, toujours nerveuse, acquiesça.

— Mike, mais qu'est-ce que c'est que ça ? demanda Corky, en pointant un écran d'ordinateur sur lequel palpitait une sorte d'image psychédélique cauchemardesque.

— Un profileur acoustique à effet Doppler, fit Tolland. Il représente en coupe transversale les courants et les strates de température de l'océan à l'aplomb du bateau.

Rachel le fixa.

— Nous sommes ancrés là-dessus ?

Tolland dut l'admettre, cette image semblait effrayante.

À la surface, l'eau apparaissait sous forme d'un tourbillon bleu-vert, mais, à mesure qu'on descendait, les couleurs tournaient lentement à un rouge orangé menaçant, qui indiquait la hausse de la température. À environ un kilomètre et demi, au niveau du fond proprement dit, un tourbillon rouge sang faisait rage.

Corky grommela :

— On dirait une tornade sous-marine.

— C'est le même principe. Les océans sont habituellement plus froids et plus denses près du fond mais ici la dynamique est inversée. Les eaux profondes sont plus chaudes et plus légères, ce qui fait qu'elles remontent vers la surface. Et simultanément, l'eau de la surface devient plus lourde si bien qu'elle s'enfonce pour remplir le vide. D'où un gigantesque effet de spirale, une sorte de mouvement de vidange qui entraîne un énorme tourbillon.

— Et cette grosse bosse sur le fond, c'est quoi ? demanda Corky en désignant un monticule en forme de bulle, directement sous la tornade.

— C'est un dôme magmatique, fit Tolland, c'est à cet endroit que la lave fait pression vers le haut et soulève le fond océanique.

Corky opina.

— Comme une énorme pustule ?
— C'est une façon de parler…
— Et si elle éclate ?
Tolland fronça les sourcils, se rappelant l'éruption sous-marine survenue au large de la dorsale de Juan de Fuca, où des milliers de tonnes de magma chauffées à mille deux cents degrés centigrades s'étaient déversées dans l'océan en quelques minutes, provoquant presque instantanément une tornade sous-marine d'une violence effroyable. Le tourbillon s'était propagé à une vitesse folle, décuplant la force des courants de surface.

Ce qui s'était produit ensuite, Tolland n'avait pas l'intention de le raconter à Corky et à Rachel pour le moment.

— Les dômes magmatiques, dans l'Atlantique en tout cas, n'éclatent pas, répondit-il. L'eau froide qui circule au-dessus du dôme refroidit et durcit en permanence la croûte océanique, bloquant toute éruption de magma sous une épaisse couche de roche. À la fin, la lave se refroidit elle aussi et la spirale disparaît. Ces dômes de magma et les tourbillons sous-marins qu'ils entraînent ne sont généralement pas dangereux.

Corky montra un magazine tout déchiré près de l'ordinateur :

— Donc, d'après toi, *Scientific American* raconte des bobards ?

Tolland vit la couverture et gémit. Quelqu'un l'avait apparemment retrouvé dans les archives du *Goya*. C'était le numéro de février 1999. La couverture montrait un super tanker perdant le contrôle et se mettant à tourbillonner dans un énorme entonnoir marin. Le gros titre : « Tornades marines, tueuses géantes des profondeurs ? »

Michael éclata de rire.

— C'est complètement délirant. Cet article parle de tornade marine dans des zones de forte activité sismique. Il reprend l'hypothèse célèbre du Triangle des Bermudes pour expliquer les disparitions de navires. Techniquement parlant, si un tremblement de terre survient sur un fond océanique, ce qui n'arrive jamais dans nos régions, le dôme peut effectivement se rompre et le tourbillon pourrait alors devenir assez grand pour… Enfin, vous voyez.

— Mais non, on ne voit rien du tout, fit Corky.

Tolland haussa les épaules.

— Pour remonter jusqu'à la surface.

— Super ! Eh ben ça me fait vraiment plaisir d'être ici.

Xavia entra, une liasse de papiers à la main.

— Alors vous admirez le tourbillon cyclonique ?

— Oui, fit Corky d'un ton sarcastique. Mike était justement en train de nous dire que si le dôme en dessous se fendait, on allait tous être entraînés par le tourbillon dans une grande vidange.

— Une vidange ? (Xavia eut un petit rire sec.) Ça ressemblerait plutôt à un effet de chasse d'eau dans la plus grande cuvette de W.-C. du monde !

Dehors, sur le pont du *Goya*, le pilote de l'hélicoptère examinait attentivement l'écran radar EMS. Spécialisé dans les opérations de sauvetage, il était habitué à lire la peur dans les yeux d'autrui. Quand elle lui avait demandé de surveiller son écran pour détecter d'éventuels intrus, Rachel Sexton avait cette lueur dans le regard.

Quel genre de visiteurs attend-elle ? se demandait-il.

En tout cas, le pilote, à quinze kilomètres dans toutes les directions, sur mer et dans les airs, ne voyait rien qui sortît de l'ordinaire. Un bateau de pêche à une douzaine de kilomètres. Un avion qui traversait parfois l'écran avant de disparaître vers une destination inconnue.

Le pilote soupira, laissant son regard errer sur les tourbillons qui entouraient le bateau. C'était une sensation assez incroyable, d'être immobile et de voir ces vagues tourbillonner comme si elles avançaient à pleine vitesse.

Les yeux rivés à son écran radar, il se remit à surveiller. Très attentivement.

105.

À bord du *Goya*, Tolland venait de présenter Xavia à Rachel. La géologue du bateau semblait de plus en plus impressionnée par le cercle de distingués experts qui l'entouraient dans l'hydrolab. En outre, l'impatience de Rachel, désireuse d'effectuer les tests et de quitter le bateau dès que possible, la mettait de plus en plus mal à l'aise.

— Prends ton temps, Xavia, lui avait conseillé Tolland. Nous avons besoin de tout savoir.

Xavia s'expliquait d'une voix tendue.

— Dans ton documentaire, Mike, tu as dit que ces petites inclusions métalliques dans la roche ne pouvaient se former que dans l'espace.

Tolland sentit l'appréhension le gagner.

— C'est ce que les types de la NASA m'ont tous dit.

— Mais, d'après ce papier, reprit-elle en brandissant une liasse, ce n'est pas tout à fait vrai.

Corky lui jeta un regard furieux.

— Bien sûr que c'est vrai !

Xavia se renfrogna et agita les notes sous le nez de Corky.

— L'an dernier, un jeune géologue nommé Lee Pollock, de l'université Drew, a fait des sondages avec un robot marin sur la croûte qui recouvre le fond de la fosse des Mariannes, dans le Pacifique. Il en a rapporté une roche friable recelant une caractéristique géologique qu'il n'avait jamais vue auparavant. Un détail très semblable en apparence aux chondres. Il a appelé cela des « inclusions traumatiques plagioclases ». Ce sont de minuscules bulles de métal qui ont apparemment été réhomogénéisées à cause de très hautes pressions survenues sur les fonds océaniques. Le professeur Pollock a été étonné de découvrir ces bulles métalliques dans une roche océanique, et il a formulé une théorie unique pour expliquer leur présence.

Corky grogna :

— Je suppose qu'il ne pouvait pas faire autrement.

Xavia l'ignora.

— Le professeur Pollock a affirmé que la roche s'était formée dans un environnement océanique extrêmement profond, là où une pression très haute a métamorphosé une roche préexistante, entraînant la fusion de certains métaux disparates.

Tolland réfléchit à ce qu'il venait d'entendre. La fosse des Mariannes se trouvait à une dizaine de kilomètres de profondeur. C'était l'une des régions de la planète encore vraiment inexplorées. Seule une poignée de robots s'étaient aventurés à cette profondeur, et la plupart avaient été détruits bien avant d'atteindre le fond. La pression de l'eau dans la fosse était énorme, une tonne au centimètre carré, alors qu'à la surface de l'océan, elle n'est que d'un kilo au centimètre carré. Les océanographes connaissent encore assez mal les forces géologiques à l'œuvre dans les sous-sols des fonds marins.

— Donc ce Pollock a décidé que la fosse des Mariannes pouvait produire des roches avec des chondres ?

— C'est une théorie très complexe, répliqua Xavia. En fait, ce travail n'a jamais été publié jusqu'à maintenant. Il se trouve simplement que j'ai découvert par hasard les notes personnelles de Pollock sur le Web le mois dernier en faisant des recherches sur les interactions eau-roche en prévision de notre émission sur le dôme magmatique et la tornade sous-marine. Sans quoi je n'en aurais jamais entendu parler.

— Cette théorie n'a jamais été publiée, rétorqua Corky, parce qu'elle est ridicule. La formation des chondres suppose un énorme dégagement de chaleur. Sans chaleur, pas de chondres. Je ne vois absolument pas comment la pression de l'eau pourrait modifier la structure cristalline d'une roche.

— La pression, reprit aussitôt Xavia, est le plus grand modificateur géologique de notre planète, figurez-vous. Vous vous souvenez des roches métamorphiques ? Rappelez-vous votre première année de géologie…

Corky fit une grimace méprisante.

Pour Tolland, Xavia avait marqué un point. Si la chaleur jouait bien un rôle dans la métamorphose des roches terrestres, la plupart des roches métamorphiques étaient formées par une extrême pression. Les roches enfouies sous la surface de la terre subissaient une telle pression qu'elles se conduisaient davantage comme de la lave en fusion que comme des roches solides : elles devenaient élastiques et subissaient des changements chimiques étonnants. Néanmoins, la théorie de ce Pollock lui semblait toujours bien fragile.

— Xavia, fit Tolland, je n'ai jamais entendu parler d'une pression hydraulique assez forte pour transformer chimiquement une roche. Vous, la géologue, qu'est-ce que vous en dites ?

— Eh bien, fit-elle en compulsant ses notes, la pression hydraulique n'est apparemment pas le seul facteur…

Xavia trouva le passage qu'elle cherchait et cita les notes de son confrère.

— « La croûte océanique dans la fosse des Mariannes, déjà soumise à une énorme pression hydrostatique, peut être en outre comprimée par des forces tectoniques liées à la subduction régionale des zones. »

Bien sûr, songea Tolland. La fosse des Mariannes, en plus d'avoir à subir la pression d'une masse d'eau de dix kilomètres d'épaisseur, était une zone de subduction, une ligne de compression où les plaques de l'océan Pacifique et de l'océan Indien entraient en collision. Ces pressions combinées pouvaient être énormes et, comme cette zone était très profonde et dangereuse à étudier, si des chondres s'étaient formés, les chances qu'un scientifique les découvre étaient très minces.

Xavia poursuivit sa lecture.

— « Ces pressions hydrostatiques et tectoniques combinées pourraient bien faire passer la croûte terrestre à un état élastique ou semi-liquide, ce qui permettrait à des éléments plus légers de s'y mêler sous forme de chondres, une structure que l'on ne pensait jusque-là concevable que dans l'espace. »

Corky leva les yeux au ciel.

— C'est im-pos-sible !

Tolland lui jeta un coup d'œil perçant.

— Tu as une autre explication pour les chondres que le professeur Pollock a identifiés sur ces échantillons ?

— Bien évidemment, fit Corky. Pollock a en fait trouvé une météorite ! Il y a sans arrêt des chutes de météorites dans l'océan. Pollock ne s'est pas rendu compte qu'il avait affaire à une météorite parce que la croûte de fusion devait être érodée depuis des années, raison pour laquelle il a pris son échantillon pour une roche terrestre.

Corky se tourna vers Xavia.

— Je suppose que votre Pollock n'a pas eu l'idée de mesurer la teneur en nickel de sa roche, n'est-ce pas ?

— Eh bien si, figurez-vous, rétorqua Xavia en compulsant à nouveau ses notes. Voici ce qu'il écrit : « J'ai été surpris de découvrir que la teneur en nickel de mon spécimen se trouvait dans une fourchette médiane, une valeur qu'on ne trouve pas en général sur les roches terrestres. »

Tolland et Rachel échangèrent des regards stupéfaits.

Xavia continua sa lecture :

— « Bien que la quantité de nickel ne soit pas tout à fait celle que l'on observe habituellement dans les météorites, elle en est étonnamment proche. »

Rachel eut l'air troublée.

— Proche, mais à quel point ? Existe-t-il la moindre possibilité qu'on puisse confondre cette roche océanique avec une météorite ?

Xavia secoua la tête.

— Je ne suis pas une spécialiste de pétrologie, mais d'après ce que j'ai compris, il existe de nombreuses différences chimiques entre la roche retrouvée par Pollock et les véritables météorites.

— En quoi consistent ces différences ? insista Tolland.

Xavia examina un graphique qui figurait parmi ses notes.

— Selon ce schéma, l'une de ces différences réside dans la structure chimique des chondres eux-mêmes. Les proportions de titane et de zirconium ne sont pas les mêmes. La proportion titane-zirconium dans les chondres de l'échantillon océanique montre une quasi-absence de zirconium. On n'en trouve que deux parties par million.

Corky, triomphant, aboya :

— Mais les météorites ont une teneur mille fois plus élevée !

— Exactement, répliqua Xavia, et c'est la raison pour laquelle Pollock pense que les chondres de son échantillon ne proviennent pas de l'espace.

Tolland se pencha et chuchota à Corky :

— La NASA a-t-elle mesuré la teneur titane-zirconium de la roche de l'échantillon Milne ?

— Bien sûr que non ! s'insurgea Corky. Une telle mesure n'aurait aucun sens. Cela équivaudrait, devant une voiture, à mesurer la teneur en caoutchouc des pneus avant de se prononcer sur la nature de l'objet en question !

Tolland poussa un soupir et se retourna vers Xavia.

— Si on te donne une roche avec des chondres, tu peux mettre au point un test pour déterminer si ces inclusions sont d'origine météorique ou si elles se rapprochent des valeurs que Pollock a trouvées sur son échantillon ?

Xavia haussa les épaules.

— Probablement, oui. La puissance du microscope électronique devrait être suffisante. Mais enfin vas-tu me dire à quoi rime tout ça ?

Tolland se tourna vers Corky.

— Donne-lui l'échantillon.

Corky sortit à contrecœur l'échantillon de météorite de sa poche et le tendit à Xavia. Xavia fronça les sourcils en prenant le petit disque de pierre. Elle examina la croûte de fusion, puis le fossile incrusté dans la roche.

— Mon Dieu, lâcha-t-elle, sa tête se relevant d'un mouvement sec. Ce n'est pas un morceau de… ?

— Eh si, fit Tolland, malheureusement.

106.

Seule dans son bureau, face à la fenêtre, Gabrielle Ashe ne savait quoi faire. Moins d'une heure auparavant, elle avait quitté la NASA, tout excitée à l'idée de relater au sénateur les aveux de Chris Harper à propos du PODS.

Maintenant, elle hésitait.

Selon Yolanda, deux journalistes indépendants d'ABC soupçonnaient Sexton d'avoir accepté des pots-de-vin de la SFF. Pour couronner le tout, Gabrielle venait d'apprendre que le sénateur savait qu'elle s'était introduite dans son appartement pendant sa réunion avec les P-DG de l'aérospatiale. Et pourtant, il n'en avait absolument pas fait mention…

Gabrielle soupira. Son taxi était parti depuis longtemps et, avant d'en appeler un autre, elle devait vérifier quelque chose.

Est-ce que je vais vraiment le faire ? se demanda-t-elle.

Elle fronça les sourcils, consciente qu'elle n'avait pas le choix. À qui se fier ? Elle ne savait plus.

Sortant de son bureau, elle emprunta un grand couloir à l'extrémité duquel elle aperçut les portes massives du bureau de Sexton, flanquées de deux drapeaux américains. Ces portes, comme celles de la plupart des bureaux des sénateurs, étaient blindées et sécurisées par des clés classiques, une clé électronique plus un système d'alarme.

Si elle pouvait pénétrer à l'intérieur, ne serait-ce que pour un bref instant, elle trouverait les réponses à toutes ses questions. En avançant vers l'entrée lourdement sécurisée, la jeune femme savait qu'il n'était pas question de pénétrer dans le bureau par la porte. Mais elle avait un autre plan. À trois mètres du bureau de Sexton, Gabrielle tourna brusquement à droite et entra dans les toilettes des dames. Les néons s'allumèrent automatiquement, projetant une lumière crue sur les faïences blanches. Gabrielle jeta un coup d'œil sur son reflet dans le miroir. Comme d'habitude, son expression lui parut molle, presque délicate. Elle se sentait toujours plus forte que l'impression qu'elle donnait.

Es-tu vraiment sûre de vouloir aller jusqu'au bout ? s'interrogea-t-elle.

Gabrielle savait que Sexton attendait avec impatience son arrivée pour un débriefing complet. Mais elle comprenait aussi que Sexton l'avait cyniquement manipulée. Gabrielle Ashe n'aimait pas être utilisée. Ce soir, le sénateur ne lui avait pas tout dit, loin de là. Mais que lui avait-il caché exactement ? Les réponses se trouvaient dans son bureau, juste de l'autre côté de la cloison des toilettes.

— Cinq minutes, fit Gabrielle à haute voix pour se galvaniser elle-même.

Elle passa sa main sur l'encadrement du placard à balais et fit tomber une clé sur le sol. Les femmes de ménage de l'immeuble, employées de l'État, s'évaporaient chaque fois qu'il y avait une grève, laissant les toilettes sans papier parfois pendant des semaines. Les employées de Sexton, lasses d'être toujours à court de fournitures, avaient pris les choses en main et s'étaient procuré une clé de rechange pour les « urgences ».

Ce soir, c'en est une, songea Gabrielle.

Elle ouvrit le placard. L'intérieur était bourré de balais, de serpillières et de dizaines de rouleaux de papier-toilette. Un mois plus tôt, à la recherche de serviettes en papier, Gabrielle avait fait une découverte peu ordinaire. Incapable d'atteindre l'étagère la plus haute, elle s'était servie de l'extrémité d'un balai pour faire tomber un rouleau. En le ramenant vers elle, elle avait heurté un carreau de céramique qui était tombé à terre. Quand elle était montée sur un escabeau pour le remettre en place, quelle n'avait pas été sa surprise en entendant la voix du sénateur Sexton !

D'après l'écho, elle avait compris que le sénateur parlait tout seul. Il devait se trouver dans sa salle de bains privée, laquelle n'était apparemment séparée de ces toilettes pour dames que par une cloison en fibre de verre sur laquelle étaient posés des carreaux de faïence.

Mais ce que Gabrielle était venue chercher aujourd'hui allait exiger un tout autre effort... Elle ôta ses chaussures, grimpa sur les étagères du placard, déplaça une plaque de fibres de verre du faux plafond et se hissa à la force des bras. Tant pis pour la sécurité nationale, songea-t-elle en se demandant combien de lois fédérales et régionales elle était sur le point d'enfreindre.

Rampant sur le faux plafond, elle arriva bientôt au-dessus des toilettes du sénateur Sexton, où elle redescendit après avoir de la même façon déplacé une plaque, posant son pied sur le lavabo de porcelaine avant de sauter à terre. Retenant sa respiration, elle poussa la porte du bureau de Sexton. Ses tapis orientaux étaient doux et tièdes sous ses pieds.

107.

À cinquante kilomètres de là, un Kiowa noir armé de missiles filait à toute allure au ras des forêts de pins du nord du Delaware.

Delta 1 vérifia les coordonnées enregistrées dans le système de navigation.

Bien que le système de transmission embarqué de Rachel et le mobile de Pickering fussent encryptés pour protéger le contenu de leurs communications, ce n'était pas le décryptage du contenu qui intéressait les hommes de la Force Delta. Ce qu'ils voulaient, c'était connaître sa position. Le GPS et la triangulation par ordinateur leur avaient permis d'établir les coordonnées de la transmission, une tâche beaucoup plus simple que de décrypter le contenu de l'appel.

Delta 1 s'était toujours amusé en pensant que la plupart des utilisateurs de portables ignoraient que, si un responsable le décidait, une table d'écoute gouvernementale pouvait, chaque fois qu'ils appelaient, détecter leur position n'importe où sur terre avec une marge d'erreur de trois mètres – un petit défaut que les industriels de la téléphonie mobile omettaient toujours de préciser. C'était un jeu d'enfant pour les commandos de retracer les coordonnées des appels entrants de Pickering, une fois obtenues les fréquences de réception de son mobile.

Volant maintenant en droite ligne sur la cible, Delta 1 entrait dans le périmètre des trente kilomètres.

— Parapluie déployé ? demanda-t-il en se tournant vers Delta 2 qui avait en charge le radar et les systèmes d'armes.

— Affirmatif. J'attends le périmètre des huit kilomètres.

Huit kilomètres, songea Delta 1. Il allait falloir entrer en profondeur à l'intérieur du périmètre radar de la cible pour arriver à portée de tir. Il n'avait aucun doute sur le fait qu'à bord du *Goya* on surveillait nerveusement l'écran radar. Comme la mission de la Force Delta était d'éliminer la cible sans lui laisser la moindre possibilité de lancer un SOS radio, Delta 1 devait arriver par surprise. À une vingtaine de kilomètres du *Goya*, alors que le Kiowa était encore hors de portée des radars, Delta 1 vira à trente-cinq degrés vers l'ouest. Il monta à trois mille pieds, altitude des petits aéronefs, et ajusta sa vitesse à cent dix nœuds.

Sur le pont du *Goya*, l'écran radar du garde-côte bipa au moment où un nouveau contact entrait dans le périmètre des quinze kilomètres. Le pilote s'assit et étudia l'écran. Ce contact semblait être un petit avion-cargo qui se dirigeait vers l'ouest, probablement vers Newark. Bien que la trajectoire actuelle de l'avion fût destinée à l'amener à environ six kilomètres du *Goya*, ce plan de vol était certainement le fait du hasard. Pourtant, vigilant de nature, le pilote regarda la tache clignoter à environ cent dix nœuds, sur la droite de son écran. À son point le plus rapproché, l'engin volait à environ six kilomètres à l'ouest. Comme il le prévoyait, l'avion continuait d'avancer et commençait à s'éloigner d'eux maintenant.

6,2 kilomètres, 6,4 kilomètres…

Le pilote soupira, et se relaxa.

C'est alors qu'il se produisit un événement très étrange.

— Parapluie déployé ! lança Delta 2 en relevant les deux pouces. Barrage, bruit modulé, leurres activés et verrouillés.

Delta 1 acquiesça et vira très sec vers la droite, s'alignant sur l'axe du *Goya*. Une manœuvre qui devait rester invisible pour le radar du bateau.

— Ils n'y verront que du feu ! jubila Delta 2.

Delta 1 approuva.

— C'est sûrement mieux que des ballots de foin entourés d'aluminium !

Le brouillage radar avait été inventé pendant la Seconde Guerre mondiale par un pilote de la Royal Air Force plein de bon sens qui avait eu l'idée de jeter des ballots de foin enveloppés d'aluminium lorsqu'il se trouvait en mission de bombardement. Les radars allemands avaient enregistré tellement de contacts réfléchissants que leurs batteries ne savaient plus où tirer. Depuis, les techniques s'étaient substantiellement améliorées.

Le système embarqué de « parapluie » et de brouillage radar du Kiowa était l'un des plus redoutables de l'armée américaine. En déployant ce parapluie de bruits de fond dans l'atmosphère sur un ensemble de coordonnées de surface données, le Kiowa pouvait rendre sa cible aveugle, sourde et muette. Tous les écrans radars à bord du *Goya* étaient brusquement devenus muets. Au moment où l'équipage voudrait appeler au secours, il découvrirait que la radio ne marchait plus. Sur un bateau, toutes les communications supposaient une transmission radio. Si le Kiowa s'approchait suffisamment, tous les systèmes de communication du *Goya* s'arrêteraient de fonctionner, les signaux émis seraient bloqués par les nuages invisibles de bruits thermiques déployés par l'assaillant comme une sorte de phare aveuglant.

Isolation totale, songea Delta 1. Ils n'ont aucune défense.

Leur cible avait réussi, par chance et par ruse, à s'échapper du glacier Milne, mais les Delta n'allaient pas se faire avoir une deuxième fois. En quittant le rivage, Rachel Sexton et Michael Tolland avaient fait le mauvais choix. Et ce serait la dernière décision de leur vie.

À la Maison Blanche, Zach Herney fut surpris d'être appelé à une heure aussi tardive.

— Maintenant ? Ekstrom veut me parler maintenant ?

Herney jeta un coup d'œil à sa montre qui indiquait 3 h 17 du matin.

— Oui, monsieur le Président, fit l'officier de communication, il prétend que c'est une urgence.

108.

Tandis que Corky et Xavia, penchés sur la microsonde électronique, mesuraient la teneur en zirconium des chondres, Rachel suivit Tolland vers une pièce contiguë au laboratoire. Il alluma un ordinateur. Apparemment, l'océanographe avait encore quelque chose à vérifier.

Tandis que l'ordinateur démarrait, Tolland se tourna vers Rachel, s'apprêtant à lui dire quelque chose, puis il se ravisa.

— Qu'y a-t-il ? demanda Rachel, surprise de se sentir à ce point attirée par l'océanologue, au milieu de cette aventure chaotique.

Elle aurait voulu suspendre d'un claquement de doigts toutes ces péripéties pour se réfugier dans ses bras – juste une minute.

— Je vous dois des excuses, fit Tolland, avec une expression de remords.

— Pourquoi ?

— Sur le pont. Les requins-marteaux. J'étais tout excité. Parfois, j'oublie à quel point l'océan peut être effrayant pour les autres.

Soudain, Rachel se retrouva adolescente, sur le pas de sa porte, raccompagnée par un nouveau petit ami.

— Merci. Mais ça n'a pas d'importance.

Elle avait l'impression que Tolland voulait l'embrasser. Il se détourna timidement.

— Je sais, vous voulez quitter le bateau…

— Il faut se remettre au travail. Pour l'instant, ajouta-t-elle en souriant.

— Allons-y, pour l'instant, répéta Tolland en tirant une chaise devant l'ordinateur.

Debout derrière lui, Rachel soupira, appréciant l'intimité du petit labo. Elle regarda Tolland compulser une série de dossiers.

— Que faisons-nous ?

— Je voudrais vérifier la base de données concernant les poux de grande taille vivant en milieu marin. Je cherche à voir si nous allons trouver des fossiles marins préhistoriques qui ressemblent à ce que nous avons vu dans la météorite de la NASA.

Il ouvrit une fenêtre sur laquelle était écrit en grosses lettres : PROJET DIVERSITAS. Compulsant les menus déroulant, Tolland expliqua :

— Diversitas est d'abord un index de données bio-océaniques continuellement mis à jour. Quand un biologiste marin découvre une nouvelle espèce ou un fossile au fond de l'eau, il peut avertir ses confrères et faire connaître sa découverte en envoyant ses infos et ses photos à ce fichier central. Vu la quantité d'informations nouvelles qui arrivent chaque semaine, c'est vraiment le seul moyen de permettre aux chercheurs de mettre à jour leurs connaissances.

Rachel regardait Tolland naviguer sur l'ordinateur.

— Vous allez chercher sur Internet, maintenant ?

— Non. Accéder à Internet n'est pas si facile en mer. En fait, nous stockons toutes ces données à bord sur une énorme quantité de disques optiques. Chaque fois que nous arrivons dans un port, nous nous connectons au projet Diversitas et nous le mettons à jour. Comme ça on peut accéder aux données en mer sans avoir besoin d'une connexion Internet, et les informations ne datent jamais de plus d'un mois ou deux.

Tolland sourit en commençant à taper les mots clés de sa recherche sur l'ordinateur.

— Vous avez probablement entendu parler d'un programme de partage de dossiers musicaux appelé Napster ?

Rachel acquiesça.

— Diversitas est un peu l'équivalent de Napster pour la biologie marine. Du coup, on l'a appelé Lobster[1].

Rachel éclata de rire. Dans cette situation d'extrême tension, l'humour pince-sans-rire de Michael Tolland aidait la jeune femme à surmonter son angoisse.

---

1. Homard. *(N.d.T.)*

Les occasions de rire ont été trop rares ces derniers temps, songea-t-elle.

— Notre banque de données est énorme, reprit Tolland, finissant de saisir ses mots clés sur le moteur de recherche. Plus de dix teraoctets de descriptions et de photos. Il y a ici des informations que personne n'a jamais vues et que personne ne verra jamais. Les espèces qui vivent dans l'océan sont tout simplement trop nombreuses.

Il cliqua sur le bouton « recherche ».

— Très bien. Voyons si quelqu'un a déjà vu un fossile océanique semblable à notre petit insecte spatial…

Après quelques secondes, quatre noms d'espèces fossiles s'inscrivirent sur l'écran. Tolland cliqua sur chaque nom, examina les photos. Aucune de ces espèces ne ressemblait même vaguement au fossile Milne.

Tolland fronça les sourcils.

— Essayons autre chose.

Il supprima le terme « fossile » et appuya sur « recherche ».

— Nous cherchons toutes les espèces vivantes. Peut-être allons-nous trouver un descendant encore vivant de ce pou qui aurait les mêmes caractéristiques que le fossile du glacier Milne…

L'écran afficha des centaines d'entrées. Tolland fronça les sourcils. Il réfléchit quelques instants, se caressant un menton qui commençait à se piqueter de poils.

— On va préciser…

Rachel le regarda choisir dans une liste d'expressions pour opter finalement en faveur de « fosses océaniques » et « marges destructrices ».

Très astucieux, se dit Rachel. Tolland limitait sa recherche aux espèces vivant dans un environnement où les roches auraient pu recéler des chondres.

Les résultats s'affichèrent. Cette fois, Tolland sourit.

— Génial. Il n'y a que trois résultats.

Rachel cligna les yeux pour lire le premier nom sur la liste. *Limulus poly*… quoi ?

Tolland cliqua sur le résultat. Une photo apparut. La créature ressemblait à un crabe des Moluques géant sans appendice.

— Ce n'est pas ça, fit Tolland en retournant à la page précédente.

Rachel scruta la seconde expression sur la liste. *Crevetta monstruosa.* Elle resta perplexe.

— Est-ce un vrai nom d'espèce ?

Tolland s'esclaffa.

— Non. C'est une nouvelle espèce qui n'a pas encore été classifiée. Le type qui l'a découverte a le sens de l'humour. Il suggère *Crevetta monstruosa* comme classification taxonomique officielle.

Tolland cliqua sur la photo et ils virent apparaître une créature hideuse dotée de fines moustaches et d'antennes rose fluo.

— Elle porte bien son nom, mais n'a rien à voir avec notre insecte spatial.

Il retourna à l'index.

— Et la dernière proposition est… il cliqua sur le troisième nom et la photo s'afficha.

— *Bathynomous giganteus*…, lut Tolland à voix haute tandis que le texte apparaissait. La photo s'afficha. Un gros plan en couleur.

Rachel fit un bond.

— Mon Dieu !

La créature qui la fixait la fit frissonner. Tolland inspira lentement.

— Eh ben dites donc ! J'ai l'impression d'avoir déjà vu ce petit bonhomme quelque part…

Rachel acquiesça, bouche bée. *Bathynomous giganteus.* La créature ressemblait à un pou aquatique géant très semblable à l'espèce fossile de la météorite.

— Il y a quelques différences infimes, reprit Tolland, en examinant divers diagrammes anatomiques et croquis. Mais elle est diablement proche. Surtout si l'on considère qu'entre-temps, il s'est passé cent quatre-vingt-dix millions d'années.

Très proche, songea Rachel, c'est clair, trop proche même.

Tolland lut la description sur l'écran :

— « *Bathynomous giganteus* est considéré comme une des plus vieilles espèces de l'océan, elle est rare et a été récemment classifiée. C'est un isopode charognard d'eau profonde qui ressemble à un gros cloporte. Il peut mesurer jusqu'à soixante centimètres de long. Cette espèce est dotée d'un exosquelette chitineux segmenté en tête, thorax et abdomen. Elle possède un double appendice, une paire d'antennes et des yeux complexes similaires à ceux des insectes terrestres. Ce crustacé fouilleur de boue n'a pas de prédateur connu et vit dans un environnement désert qu'on estimait jusque-là inhabitable. »

Tolland leva les yeux.

— Ce qui pourrait expliquer l'absence d'autres fossiles dans l'échantillon !

Rachel scruta la créature. Captivée, elle se demandait en même temps si elle comprenait vraiment ce que tout cela signifiait.

— Imaginez, poursuivit un Tolland en verve, qu'il y a cent quatre-vingt-dix millions d'années une « tribu » de *Bathynomous* ait été enfouie dans une couche de vase profonde sur le plancher océanique. À mesure que cette boue se transformait en roche, les insectes ont été fossilisés dans la pierre. Simultanément, le fond océanique, qui est en mouvement continuel, comme une sorte de tapis roulant, vers les failles tectoniques, a transporté le fossile dans une zone à haute pression où des chondres peuvent apparaître sur les roches !

Tolland parlait de plus en plus vite.

— Si une partie de cette croûte fossilisée et truffée de chondres s'est brisée pour finir sur la dorsale de la faille tectonique, ce qui arrive souvent, elle était on ne peut mieux placée pour être découverte !

— Mais si la NASA…, bredouilla Rachel. Je veux dire que, si tout cela est un mensonge, la NASA a bien dû se douter que tôt ou tard quelqu'un découvrirait que ce fossile ressemble à une créature marine, n'est-ce pas ? Après tout, nous l'avons bien découvert !

Tolland commença à reproduire les photos du *Bathynomous* sur une imprimante laser.

— Je ne sais pas. Même si quelqu'un soulignait les similitudes entre les fossiles et une espèce vivante de pou marin, leurs aspects ne sont pas strictement identiques. Ce serait presque une preuve supplémentaire de la validité des arguments de la NASA.

Rachel comprit soudain.

— La panspermie…

« La vie sur terre a été ensemencée depuis l'espace.

— Exactement. Ces similitudes entre organismes spatiaux et terrestres apporteraient de l'eau à son moulin. Ce pou marin renforcerait en fait la théorie de la NASA.

— Sauf si l'authenticité de la météorite était remise en question.

Tolland acquiesça.

— Dès lors, tout l'échafaudage s'effondre. Notre pou marin cesse d'être le meilleur ami de la NASA pour devenir son pire ennemi.

Rachel resta silencieuse tandis que les photos du *Bathynomous* sortaient de l'imprimante. Elle essaya de se dire qu'on pouvait très bien avoir affaire à une honnête erreur de la NASA, mais elle savait qu'il n'en était rien. Les gens qui font des erreurs honnêtes, en général, ne lancent pas de « contrat » sur leurs contradicteurs.

La voix nasillarde de Corky résonna brusquement dans le laboratoire.

— Impossible !

Tolland et Rachel se retournèrent.

— Il faut refaire cette mesure ! C'est complètement absurde !

Xavia entra dans la pièce, une feuille imprimée à la main, le visage défait.

— Mike, je ne sais pas comment te dire ça…

Elle parlait d'une voix hésitante.

— Les teneurs en titane et zirconium que nous avons découvertes dans cet échantillon…

Elle se racla la gorge.

— La NASA a fait une énorme erreur. Leur météorite est une roche océanique !

Tolland et Rachel se regardèrent sans rien dire. Ils savaient. Ils avaient deviné. Ils s'en doutaient depuis un moment. Tous les soupçons et les doutes accumulés avaient fini par réduire en pièces l'échafaudage de la NASA.

Tolland acquiesça, le regard triste.

— Oui, merci, Xavia.

— Mais je ne comprends pas, dit Xavia. La croûte de fusion... Le fait qu'on l'ait trouvée dans la glace...

— On t'expliquera en regagnant la terre, fit Tolland. Il faut partir tout de suite.

Rachel rassembla rapidement tous les papiers et les preuves qu'ils avaient collectés. La conclusion s'imposait, choquante. Le cliché GPR qui montrait le puits d'insertion dans le glacier Milne, les photos d'un pou marin vivant ressemblant au fossile de la NASA, l'article du professeur Pollock sur les chondres océaniques, et enfin l'examen à la microsonde électronique des teneurs en zirconium beaucoup trop basses de la météorite.

La conclusion était imparable, c'était une mystification.

Tolland regarda la liasse de papiers dans les mains de Rachel et esquissa un sourire mélancolique.

— Eh bien voilà, on peut dire que William Pickering tient sa preuve, maintenant !

Rachel acquiesça, se demandant à nouveau pourquoi son patron n'avait pas répondu à son appel.

Tolland souleva le combiné tout proche, et le lui tendit.

— Vous voulez peut-être essayer de le rappeler ?

— Non. Il faut qu'on y aille. J'essaierai de le contacter de l'hélico.

Rachel avait déjà décidé que, si elle ne pouvait contacter Pickering, elle demanderait au garde-côte de les transporter directement au NRO, à environ deux cent soixante kilomètres de là.

Tolland décrocha le téléphone et le plaqua contre son oreille. L'air surpris, il fronça les sourcils.

— Bizarre, il n'y a pas de tonalité…

— Comment ça, pas de tonalité ? s'enquit Rachel, le visage tendu.

— C'est bizarre, reprit Tolland, il n'y a jamais de panne avec les liaisons satellites en principe…

— Monsieur Tolland ?

Le pilote de l'hélicoptère surgit dans le labo, le visage blême.

— Qu'y a-t-il ? demanda Rachel. Un signal radar qui approche ?

— C'est le problème, répondit le pilote, je ne sais pas. Tous les radars et toutes les communications viennent de tomber en panne d'un seul coup.

Rachel fourra ses papiers dans sa chemise et cria :

— Tout le monde dans l'hélico, on quitte le bateau sur-le-champ !

109.

Le cœur de Gabrielle battait à tout rompre en traversant le bureau du sénateur Sexton, plongé dans l'obscurité. La pièce était aussi vaste qu'élégante, ornée de lambris, de tableaux de maître, de tapis persans, de confortables fauteuils de cuir, sans oublier le gigantesque bureau d'acajou. L'écran d'ordinateur de Sexton répandait une étrange lueur.

Gabrielle fonça vers son bureau.

Le sénateur était un adepte du tout-numérique, et il avait une fois pour toutes refusé l'empilement des classeurs et des dossiers, lui préférant la rationalisation et le gain de place que permettait l'ordinateur dans lequel il enregistrait d'infinies quantités d'informations, notes de synthèse numérisées, articles scannés, discours, réunions de travail avec ses collaborateurs... L'ordinateur de Sexton était son sanctuaire et il prenait grand soin de toujours verrouiller son bureau pour le protéger. Il refusait même de se connecter à Internet de peur que des pirates n'infiltrent son antre intime et sacré. Un an plus tôt, Gabrielle n'aurait jamais cru un homme politique assez stupide pour conserver des copies de documents susceptibles d'être utilisés contre lui, mais à Washington elle avait beaucoup appris. Gabrielle avait découvert à sa grande surprise que les hauts responsables qui acceptaient des dons illicites en gardaient très souvent les preuves, lettres, relevés de banque, reçus, fichiers, etc., tous déposés en lieu sûr. Cette tactique anti-chantage était appelée par euphémisme à Washington l'« assurance siamoise ». Elle protégeait les candidats des donateurs que leur générosité intéressée aurait conduits à exercer des pressions politiques abusives sur un candidat. Pour peu qu'un contributeur devienne trop exigeant, le candidat n'avait plus qu'à lui mettre sous le nez la preuve de ses donations illégales pour lui rappeler qu'il avait enfreint la loi. Cela garantissait une relative tranquillité aux deux parties : candidats et donateurs étaient indissociables, attachés ensemble pour toujours, comme des frères siamois.

Gabrielle se glissa derrière le bureau du sénateur et s'assit. Elle inspira profondément et examina l'ordinateur.

Si le sénateur accepte des pots-de-vin de la SFF, toutes les preuves sont là-dedans.

L'économiseur d'écran de Sexton était un diaporama de la Maison Blanche et de ses jardins, créé pour lui par l'un de ses collaborateurs qui excellait dans la visualisation et la « pensée positive ».

Tout autour de l'écran défilait une bande de téléscripteur sur laquelle on pouvait lire, indéfiniment répété : Président des États-Unis Sedgewick Sexton.

Gabrielle fit bouger la souris et une fenêtre de sécurité s'afficha.

SAISIR LE MOT DE PASSE.

Elle s'y attendait. Ça ne devait pas poser de problème.

La semaine précédente, Gabrielle était arrivée juste au moment où le sénateur était en train d'entrer son mot de passe. Elle l'avait vu taper trois touches en succession rapide.

— C'est ça votre mot de passe ? lui avait-elle lancé.

Sexton avait tourné la tête.

— Quoi ?

— Et moi qui croyais que la sécurité vous inquiétait ! lui avait jeté Gabrielle d'un ton enjoué. Votre mot de passe ne comporte que trois signes ? Je vous rappelle que les techniciens conseillent toujours d'en utiliser au moins six.

— Les techniciens sont des adolescents. Ils devraient essayer de se rappeler ces codes une fois passé la quarantaine. En plus, la porte est équipée d'une alarme. Personne ne peut entrer.

Gabrielle s'était approchée de lui en souriant.

— Et si quelqu'un se glissait ici pendant que vous êtes aux toilettes ?

— Et essayait toutes les combinaisons possibles ?

Il était parti d'un petit rire sceptique.

— Je prends mon temps aux toilettes, mais pas à ce point-là quand même.

— Un dîner chez Nico's si j'arrive à deviner votre mot de passe en dix secondes.

Sexton eut l'air intrigué et amusé.

— Vous ne pouvez pas vous payer Nico's, Gabrielle.

— Alors vous vous dégonflez ?

Sexton parut presque désolé pour elle en acceptant le défi.

— Dix secondes ?

Il annula son mot de passe et fit signe à Gabrielle de venir s'asseoir à côté de lui pour essayer.

— Vous savez que je ne commande que des *saltimbocca* chez Nico's, et ils ne sont pas donnés…

Elle haussa les épaules en s'asseyant.

— C'est votre argent, sénateur.

SAISIR LE MOT DE PASSE.

— Dix secondes, lui rappela Sexton.

Gabrielle faillit éclater de rire. Elle n'aurait besoin que de deux secondes. Du seuil du bureau, elle avait vu Sexton taper son mot de passe sur une même touche répétée très rapidement trois fois de l'index. Pas très malin. Elle avait aussi vu que sa main était placée tout à fait à gauche du clavier. Ce qui réduisait le choix à neuf lettres. L'équation était donc enfantine. Sexton avait toujours adoré la triple allitération de son titre et de son nom accolés : Sénateur Sedgewick Sexton.

Ne sous-estimez jamais l'ego d'un politicien.

Elle tapa SSS, et l'économiseur d'écran disparut.

Sexton, bouche bée, poussa un grognement incrédule. La scène avait eu lieu la semaine précédente. Gabrielle était certaine que Sexton n'avait pas pris le temps de réfléchir à un nouveau mot de passe.

Et pourquoi l'aurait-il fait ? Au fond, il a entièrement confiance en moi, se dit-elle.

Elle saisit donc le triple S.

MOT DE PASSE NON VALIDE – ACCÈS REFUSÉ.

Gabrielle n'en crut pas ses yeux.

Elle avait apparemment surestimé la confiance du sénateur.

110.

Les attaquants frappèrent sans prévenir. Volant à basse altitude, venant du sud-ouest, la silhouette menaçante d'un hélicoptère lourdement armé fondait sur le *Goya* comme une guêpe géante. Rachel n'avait aucun doute, ni sur l'identité des assaillants ni sur les raisons de cet assaut.

Perçant l'obscurité, le staccato parti du nez de l'hélicoptère projeta un torrent de balles sur le pont en fibre de verre du *Goya*, dessinant un pointillé en travers de la proue. Rachel chercha un abri, mais trop tard, et sentit la douleur fulgurante d'une balle qui s'enfonçait dans son bras. Elle tomba brutalement avant de rouler sur elle-même et de ramper tant bien que mal derrière le dôme transparent du Triton qui lui offrait une relative protection.

Un rugissement de rotor explosa au-dessus du bateau, puis le bruit se dissipa dans un sifflement étrange, l'appareil continuant sa course avant d'amorcer un large virage, préparant un second passage.

Étendue, tremblante sur le pont, Rachel soutenait son bras en tâchant de repérer Tolland et Corky. Apparemment, ils avaient réussi à s'abriter derrière une armoire d'acier et essayaient de se relever, scrutant le ciel, terrifiés. Le monde entier semblait soudain bouger au ralenti.

Accroupie derrière le dôme transparent du Triton, la jeune femme jeta un coup d'œil paniqué vers leur seul moyen de fuite, l'hélicoptère des gardes-côtes.

Xavia, qui était déjà en train de grimper dans la cabine de l'hélicoptère, adressait des signes frénétiques à ses compagnons pour qu'ils embarquent à leur tour. Rachel vit le pilote dans le cockpit s'activer aux commandes. Les pales commencèrent à tourner… mais trop lentement.

Plus vite ! Rachel se leva, prête à courir, se demandant si elle pourrait traverser le pont dans toute sa longueur avant que les attaquants opèrent leur second passage.

Elle entendit, derrière elle, Corky et Tolland tenter une course folle vers l'hélicoptère. Oui ! Maintenant !

Puis elle l'aperçut.

À cent mètres de là, dans le ciel, perçant la nuit noire, un trait de lumière rouge qui avait l'épaisseur d'un crayon cherchait le pont. Ayant rapidement trouvé son repère, le rayon s'arrêta sur le flanc de l'hélicoptère toujours immobile.

Cette image, il ne fallut à Rachel qu'un dixième de seconde pour l'enregistrer. Dans ce moment d'effroi, elle sentit toute l'action se transformer en un collage chaotique de formes et de bruits.

Tolland et Corky continuaient à courir vers elle, Xavia gesticulait frénétiquement dans l'hélicoptère, le laser rouge cherchait sa cible dans le ciel nocturne.

Trop tard.

Rachel fit volte-face vers Corky et Tolland. Elle leur barra le passage les bras en croix, essayant de les stopper. Ils la heurtèrent durement et chutèrent tous les trois sur le pont dans un entremêlement de bras et de jambes.

Au loin, un éclair de lumière blanche trouait le ciel.

Rachel regarda, incrédule et horrifiée, le sillage parfaitement rectiligne de gaz d'échappement accompagner la flèche du laser vers l'hélicoptère.

Quand le missile Hellfire percuta le fuselage, l'appareil explosa comme un jouet. L'onde de choc, de chaleur et le bruit de l'explosion se propagèrent sur le pont tandis que des éclats incandescents volaient dans tous les sens. Le squelette en feu de l'hélicoptère retomba sur sa queue pulvérisée, oscilla quelques instants avant de s'abîmer dans l'océan en un sifflement de vapeur.

Rachel ferma les yeux, cherchant à reprendre son souffle. Elle entendit les gargouillements et les crachotements de la carcasse en flammes tandis que celle-ci sombrait, emportée au loin par le courant. Dans ce chaos, elle perçut aussi les cris de Michael Tolland. Rachel sentit ses mains puissantes essayer de la faire s'accroupir. Mais elle ne pouvait pas bouger.

Le pilote et Xavia sont morts. Nous sommes les suivants sur la liste.

111.

La tempête sur le glacier Milne s'était apaisée et le dôme était redevenu silencieux. Pourtant Lawrence Ekstrom n'avait même pas essayé de dormir. Il avait passé des heures à faire les cent pas sous le dôme, à contempler le puits d'extraction, à passer la main sur les rainures de l'énorme roche calcinée.

Finalement, il avait pris une décision.

Assis devant le vidéophone du bureau des communications, il fixait les yeux fatigués du président des États-Unis. Zach Herney avait revêtu un peignoir et ne semblait pas du tout ravi d'être réveillé en pleine nuit. Et il le serait encore beaucoup moins en apprenant ce qu'Ekstrom avait à lui dire.

Quand il eut fini de parler, Herney arbora une expression de malaise et de perplexité, comme s'il se sentait trop endormi pour avoir bien compris ce qu'on lui rapportait.

— Attendez, fit Herney. La connexion doit être mauvaise. Vous essayez de m'expliquer que la NASA a obtenu les coordonnées de cette météorite en interceptant un appel radio d'urgence et qu'elle a ensuite prétendu que PODS avait découvert la météorite ?

Ekstrom resta silencieux. Seul dans le noir, il aurait voulu se réveiller de ce cauchemar.

Ce silence n'agréait visiblement pas au Président.

— Au nom du ciel, Larry, dites-moi que ce n'est pas vrai !

Ekstrom avait la bouche sèche.

— La météorite a été découverte, monsieur le Président. C'est tout ce qui importe.

— Encore une fois, dites-moi que ce n'est pas vrai !

L'écho du cri présidentiel résonna dans les oreilles d'Ekstrom. Il fallait que je le lui dise, songea Ekstrom. Les retombées seront positives… à terme.

— Monsieur le Président, l'échec du PODS était catastrophique pour le gouvernement. Quand nous avons intercepté cette transmission radio qui mentionnait la découverte d'une large météorite enterrée sous la glace, nous avons vu une possibilité de revenir dans la course.

Herney sembla stupéfait.

— En montant cette supercherie au sujet du PODS ?

— De toute façon, PODS aurait été réparé rapidement, mais pas assez vite pour l'élection. Les sondages étaient de plus en plus mauvais. Et Sexton ne cessait d'attaquer la NASA…

— Mais vous avez perdu la tête, Larry ? Vous m'avez menti !

— L'opportunité était trop tentante, monsieur. J'ai décidé de la saisir. Le géologue canadien qui avait découvert la météorite est mort dans une tempête de neige. Personne d'autre ne savait qu'elle se trouvait là. PODS était en orbite au-dessus de cette zone. La NASA avait besoin d'une victoire. Nous avions les coordonnées.

— Pourquoi me dites-vous ça maintenant ?

— Je pensais que vous deviez être au courant.

— Savez-vous ce que Sexton ferait de cette information s'il l'apprenait ?

Ekstrom préférait ne pas imaginer.

— Il dirait au monde que la NASA et la Maison Blanche ont menti au peuple américain, et il aurait raison !

— Vous n'avez pas menti, monsieur, c'est moi qui ai menti et j'en endosserai la responsabilité…

— Larry, vous ne comprenez pas ce que je vous dis. J'ai essayé de fonder toute ma présidence sur la vérité et la dignité en politique ! Est-ce que vous comprenez ? Ce soir, mon discours était digne et honnête. Maintenant, je découvre que j'ai menti au monde ?

— Ce n'est qu'un petit mensonge, monsieur.

— Il n'y a pas de petit mensonge, Larry, fit Herney bouillant de colère.

Ekstrom sentit les parois de la petite pièce où il se trouvait se rapprocher.

Il avait encore bien d'autres choses à avouer au Président, mais Ekstrom comprit qu'il lui faudrait attendre le lendemain matin.

— Je suis désolé de vous avoir réveillé, monsieur. Je pensais seulement qu'il fallait que vous sachiez.

De l'autre côté de la ville, Sedgewick Sexton avalait encore une lampée de cognac tout en déambulant dans son appartement avec une irritation croissante.

Mais où diable était donc passée Gabrielle ?

112.

Gabrielle Ashe était attablée dans le noir devant l'ordinateur du sénateur Sexton, complètement découragée.

MOT DE PASSE INVALIDE – ACCÈS REFUSÉ

Elle avait essayé plusieurs autres mots de passe plausibles mais aucun n'avait marché. Après avoir fouillé le bureau à la recherche de tiroirs ouverts ou d'indices quels qu'ils fussent, Gabrielle avait renoncé. Elle était sur le point de partir quand elle repéra quelque chose d'étrange qui scintillait sur le calendrier du bureau de Sexton. Quelqu'un avait souligné le jour de l'élection au surligneur, rouge, blanc et bleu.

Ce n'était certainement pas le sénateur. Gabrielle regarda de plus près. À la date de l'élection présidentielle, on pouvait lire un mot scintillant, et chargé de fioritures : POTUS !

C'était sans doute sa secrétaire qui avait trouvé le moyen de galvaniser son patron. L'acronyme POTUS est le nom de code donné au président des États-Unis (President Of The United States) par le *Secret Service*. Le jour de l'élection, si tout se passait bien, Sexton deviendrait le nouveau POTUS.

Gabrielle, qui s'apprêtait à partir, remit le calendrier à sa place et se leva. Elle s'arrêta soudain, jetant un coup d'œil sur l'écran de l'ordinateur.

SAISIR LE MOT DE PASSE.

Nouveau coup d'œil au calendrier.

POTUS.

Elle entrevit soudain une lueur d'espoir. POTUS était un parfait mot de passe pour Sexton. Simple, positif, égocentrique.

Retenant sa respiration, Gabrielle tapa rapidement les lettres P, O, T, U, S.

MOT DE PASSE INVALIDE – ACCÈS REFUSÉ

La jeune femme capitula. Elle se dirigea vers les toilettes pour sortir. La sonnerie de son portable la fit sursauter. S'arrêtant net, elle prit son téléphone et jeta un coup d'œil sur l'horloge à laquelle Sexton tenait tant. Presque 4 heures du matin. À cette heure, ce ne pouvait être que lui. Il se demandait évidemment où elle était passée. Je décroche ou je laisse sonner ? Si elle répondait, Gabrielle allait devoir mentir. Mais si elle ne répondait pas, Sexton deviendrait soupçonneux.

Elle prit l'appel.

— Allô ?

— Gabrielle ? Qu'est-ce qui vous retarde ?

Sexton semblait très impatient.

— Le Mémorial Roosevelt. Le taxi a été bloqué là-bas et maintenant on est…

— Mais je n'ai pas l'impression que vous m'appelez d'un taxi…

— Non, dit-elle, son cœur battant plus fort. Non, je ne vous appelle pas d'un taxi, j'ai décidé de m'arrêter à mon bureau, de prendre quelques documents de la NASA sur PODS. Je les cherche et j'ai du mal à les retrouver.

— Bien, dépêchez-vous, je voudrais convoquer une conférence de presse pour demain matin et nous devons revoir tout ça en détail.

— J'arrive très vite, fit-elle.

Il y eut un silence au bout de la ligne.

— Vous êtes dans votre bureau ?

Sexton semblait soudain troublé.

— Oui, j'ai besoin d'encore dix minutes et j'arrive chez vous.

Autre silence.

— Très bien, je vous vois tout à l'heure.

Gabrielle raccrocha, trop préoccupée pour remarquer le triple tic si reconnaissable et sonore de l'horloge que Sexton adorait et qui n'était qu'à un ou deux mètres d'elle.

113.

Michael Tolland comprit que Rachel était blessée lorsqu'il vit le sang sur son bras, en la tirant à couvert derrière le Triton. À l'expression de son visage, il sut qu'elle n'éprouvait aucune douleur. Après l'avoir réconfortée, il chercha Corky. L'astrophysicien rampait vers eux, les yeux écarquillés de terreur.

Nous devons trouver un abri, songea Tolland, qui ne réussissait toujours pas à réaliser l'horreur de ce qui venait de se produire.

D'instinct, ses yeux examinèrent les ponts en gradins au-dessus d'eux. Les marches menant au pont supérieur étaient toutes exposées aux tirs, et le pont lui-même était une boîte transparente, ils feraient des cibles trop faciles derrière ces parois. Grimper là-haut relevait du suicide, ce qui ne leur laissait qu'une seule issue.

Pendant un bref instant, Tolland regarda avec une lueur d'espoir le sous-marin Triton, se demandant s'il pouvait y embarquer ses compagnons. Ils auraient au moins été à l'abri des balles.

Absurde. Le Triton ne pouvait abriter qu'une personne et la mise à l'eau au moyen du treuil prenait une bonne dizaine de minutes, le temps d'atteindre l'océan, dix mètres plus bas. De plus, ses batteries et ses compresseurs n'étaient pas chargés, le Triton aurait été incapable de se déplacer dans l'eau.

— Attention, ils reviennent ! hurla Corky d'une voix stridente en pointant un index vers le ciel.

Tolland ne regarda même pas vers le ciel. Il désigna une cloison toute proche, à partir de laquelle une rampe d'aluminium descendait vers les ponts inférieurs. Corky n'avait besoin d'aucun encouragement. Courbé en avant, il se rua vers l'ouverture et disparut dans l'escalier. Tolland prit Rachel d'un bras ferme par la taille et le suivit. Tous deux disparurent vers le pont inférieur juste au moment où l'hélicoptère repassait au-dessus de leurs têtes, criblant le pont de balles.

Tolland aida Rachel à descendre jusqu'à la plate-forme suspendue, tout en bas. Quand ils arrivèrent, Tolland sentit le corps de Rachel se raidir subitement. Il se tourna, craignant qu'elle n'ait été touchée par une balle qui aurait ricoché.

Quand il vit son visage, il comprit qu'il s'agissait d'autre chose. Tolland suivit son regard vers l'eau et comprit aussitôt.

Rachel était pétrifiée, ses jambes refusaient d'avancer. Elle contemplait d'un air fixe l'univers improbable qui s'étendait sous elle.

Les coques multiples du *Goya*, au design si particulier, évoquaient celles d'un catamaran géant. Rachel et Tolland se trouvaient sur une coursive suspendue au-dessus du vide où, dix mètres plus bas, s'agitait une mer déchaînée. Le bruit qui se répercutait sur la face inférieure du pont était assourdissant. Ajoutant encore à la terreur de Rachel, les spots, restés allumés, éclairaient la mer d'une effrayante lueur verdâtre. Elle aperçut six ou sept silhouettes fantomatiques sous le bateau. D'énormes requins-marteaux nageaient sur place à contre-courant, leurs longs corps souples et forts ondulant inlassablement.

La voix de Tolland résonna dans son oreille.

— Rachel, tout va bien. Regardez devant vous, je suis là.

Sa main se posa sur le poing que Rachel gardait crispé sur la rampe, essayant doucement de lui faire lâcher prise. C'est à ce moment-là qu'elle vit la goutte de sang écarlate rouler, dégouliner sur son bras et tomber à travers le jour d'une des marches. Ses yeux suivirent la goutte. Elle comprit à quel instant le sang s'était mêlé à l'eau de mer car d'un seul coup, tous les requins-marteaux se précipitèrent à l'unisson, poussant de toute la force de leurs queues puissantes et se ruant les uns contre les autres dans une frénésie de mâchoires voraces.

Ils disposent de lobes olfactifs extraordinairement sensibles... ils peuvent sentir quelques gouttes de sang à un kilomètre et demi de distance.

— Regardez droit devant vous, répéta Tolland, d'une voix ferme et rassurante, je suis juste derrière.

Rachel sentit sur ses hanches les mains qui la poussaient en avant. S'efforçant de ne plus voir le vide au-dessous d'elle, la jeune femme descendit l'escalier. Elle entendait plus haut les rotors de l'hélicoptère. Corky était déjà loin devant, il avançait sur la petite coursive en titubant comme un ivrogne paniqué.

Tolland lui cria :

— Va jusqu'en bas, Corky, jusqu'en bas !

Rachel aperçut maintenant le terme de leur course. Au-dessus de leur tête, une série de rampes descendaient en zigzag. Au niveau de l'eau, un petit pont étroit courait sur toute la longueur du *Goya*, et attachés à ce pont principal se succédaient plusieurs petits ponts transversaux aménagés pour la plongée, comme le signalait un grand panneau :

Zone de plongée !

Manœuvrer avec précaution.

Rachel espéra que Michael n'avait pas l'intention de fuir à la nage. Son cœur battit plus vite quand elle vit Tolland s'arrêter le long d'une rangée de coffres à porte grillagée qui flanquaient la coursive. Il ouvrit les portes et en sortit des tenues de plongée, des tubas, des palmes, des gilets de sauvetage et des fusils sous-marins. Avant qu'elle ait pu protester, il plongea sa main dans le coffre et s'empara d'un pistolet lance-fusées.

— Allons-y.

Ils repartirent.

Devant eux, Corky avait atteint les rampes en zigzag et était déjà descendu à mi-hauteur.

— Je le vois ! cria-t-il, d'une voix presque joyeuse par-dessus le vacarme des remous.

Il voit quoi ? se demandait Rachel tandis que Corky courait le long de l'étroite coursive. Tout ce qu'elle voyait, elle, c'était un océan infesté de requins nageant à quelques mètres du *Goya*. Tolland la tira en avant et soudain Rachel aperçut ce qui réjouissait tant l'astrophysicien. Tout au bout de l'appontement inférieur était amarré un petit bateau à moteur. C'est vers lui que Corky courait.

Rachel écarquilla les yeux. Il compte prendre de vitesse un hélicoptère avec un hors-bord ? s'inquiéta-t-elle.

— Il est équipé d'une radio, fit Tolland, et si on peut s'éloigner assez du système de brouillage de l'hélicoptère…

Rachel n'entendit pas un mot de plus. Elle venait de voir quelque chose qui lui glaça le sang.

— Trop tard, dit-elle d'une voix rauque d'angoisse, en tendant un index tremblant.

On est fichus…, pensa-t-elle.

Tout au bout du bateau, comme un dragon scrutant l'intérieur d'une caverne, l'hélicoptère noir était descendu au ras de l'eau, juste en face d'eux. Pendant un instant, Tolland crut qu'il allait fondre sur eux à travers l'espace ouvert au centre du bateau. L'hélicoptère se mit à tourner sur lui-même, cherchant le meilleur angle de tir.

Tolland suivit la direction des canons de mitrailleuses.

Accroupi à côté du petit hors-bord, essayant frénétiquement de détacher ses amarres, Corky jeta un regard vers le haut juste au moment où les mitrailleuses sous l'hélicoptère se mettaient à vomir leur déluge de feu. Corky s'effondra comme s'il avait été touché. Il rampa sur le plat-bord et se jeta dans le bateau, se recroquevillant pour s'abriter des balles. Les mitrailleuses cessèrent. Tolland aperçut Corky qui se cachait au fond de l'embarcation. La partie inférieure de sa jambe droite était couverte de sang. Accroupi sous le tableau de bord, il tendit la main et fourragea parmi les boutons jusqu'à ce qu'il sente la clé au bout de ses doigts. Le moteur Mercury de deux cent cinquante chevaux se mit à rugir.

Un instant plus tard, un laser rouge surgit du nez de l'hélicoptère, ajustant le petit hors-bord.

Tolland réagit d'instinct, visant l'hélicoptère de la seule arme qu'il avait.

Le pistolet à fusée de détresse siffla quand il pressa la détente et un éclair aveuglant partit sur une trajectoire horizontale, directement vers l'hélicoptère. Mais c'était trop tard. Au moment où la fusée éclairante atteignit le pare-brise de l'hélicoptère, le lance-roquettes, sous l'appareil, émit son propre éclair. À l'instant où le missile partit, l'hélicoptère vira subitement et fit un bond vers le haut pour éviter la fusée éclairante.

— Attention ! hurla Tolland en plaquant Rachel au sol.

Le missile passa tout près du hors-bord, manquant Corky de peu, longea le *Goya* sur toute la longueur et percuta l'une des coques, dix mètres au-dessous de Rachel et Tolland.

L'explosion fut apocalyptique. Il y eut une éruption d'eau et de flammes, des morceaux de métal tordus volèrent dans tous les sens et percutèrent la coursive.

Le bateau s'inclina mais finit par trouver un nouvel équilibre, légèrement penché.

Tandis que les fumées se dissipaient, Tolland découvrit que l'une des quatre poutrelles du *Goya* avait été gravement endommagée.

Le ponton était soumis à de violents remous qui menaçaient de l'arracher. L'escalier en spirale menant au pont inférieur ne semblait plus suspendu qu'à un fil.

— On y va ! hurla Tolland en poussant Rachel vers l'escalier. Il faut absolument descendre !

Mais il était trop tard. Avec un crac final, l'escalier se sépara de la poutrelle endommagée et alla s'écraser dans la mer.

Au-dessus du bateau, Delta 1 avait repris le contrôle du Kiowa. Momentanément aveuglé par la fusée éclairante, il avait instinctivement tiré sur le levier, faisant faire un écart au missile qui avait manqué son objectif. Maintenant, le Kiowa était au-dessus de la poupe et il se préparait à choisir un angle de visée pour en finir définitivement avec ses cibles.

Éliminez tous les passagers. La consigne du contrôleur avait été parfaitement claire. Sur le siège arrière, Delta 2 poussa une exclamation, le doigt sur le hublot :

— Merde, regarde ! Le hors-bord !

Delta 1 se tourna et vit le petit bateau criblé de balles s'éloigner rapidement du *Goya* dans l'obscurité. Il fallait prendre une décision.

114.

Les mains sanguinolentes de Corky étaient crispées sur le volant du hors-bord Crestliner Phantom 2100 qui filait sur la mer. Il appuya à fond sur l'accélérateur. C'est alors qu'il sentit la douleur en vrille dans sa jambe. Il jeta un coup d'œil et, découvrant sa cuisse droite couverte de sang, il eut immédiatement envie de vomir. Prenant appui contre le volant, il se tourna et aperçut derrière lui le *Goya*. Il voulait tant que l'hélicoptère le suive… Tolland et Rachel étaient restés coincés sur la coursive, Corky n'avait pas eu la possibilité de les embarquer. Il avait été forcé de prendre une décision instantanée.

Diviser pour gagner.

Corky savait que, s'il pouvait attirer l'hélicoptère assez loin du *Goya*, Tolland et Rachel auraient peut-être une chance d'utiliser la radio. Malheureusement, en regardant par-dessus son épaule, Corky vit l'hélicoptère toujours suspendu à l'aplomb du bateau.

Allez, bande de salauds, suivez-moi donc !

Mais l'hélicoptère ne le suivit pas. Il choisit d'atterrir sur la poupe du *Goya*. Bien en ligne dans l'axe du bateau, il posa ses deux patins sur le pont.

Non ! Corky regarda cette scène horrifié, comprenant qu'en laissant Tolland et Rachel il les avait condamnés à une mort certaine. À lui, maintenant, d'utiliser la radio pour lancer un SOS. Corky explora le tableau de bord et trouva la radio qu'il tenta d'allumer, sans succès. Ni voyant lumineux, ni grésillements. Il tourna le bouton du volume au maximum. Toujours rien. Abandonnant le volant, il s'agenouilla pour regarder derrière le tableau de bord. Sa jambe le faisait atrocement souffrir. En examinant la radio, il n'en crut pas ses yeux. Le tableau de bord avait été à moitié arraché par les balles et l'électronique de la radio était pulvérisée. Les fils pendaient dans le vide.

— Quelle malchance !

Les genoux flageolants, Corky se redressa, se demandant ce qui pourrait bien lui arriver de pire. En se retournant vers le *Goya*, il eut la réponse à sa question. Deux commandos sautaient de l'hélico sur le pont. Puis le Kiowa reprenait de l'altitude, virait dans la direction de Corky et fonçait vers lui à toute allure.

Corky défaillit. Diviser pour gagner.

Apparemment, il n'était pas le seul à avoir eu cette brillante idée ce soir.

En approchant de l'escalier métallique qui menait aux ponts inférieurs, Delta 3 entendit une femme crier au-dessous de lui. Il se tourna et fit signe à Delta 2 qu'il allait descendre. Son partenaire acquiesça, restant en arrière pour couvrir le pont supérieur. Les deux hommes pouvaient rester en contact par transmetteur crypté. Le système de brouillage du Kiowa réservait une fréquence sur laquelle les commandos pouvaient communiquer.

Agrippant son fusil-mitrailleur, Delta 3 avança silencieusement vers l'escalier en zigzag. Avec la vigilance d'un tueur entraîné, il descendit pas à pas, le fusil pointé vers le bas. Mais la visibilité était réduite et Delta 3 dut s'accroupir pour tâcher de mieux voir. Il entendait les cris ; il continua à descendre. À mi-course, il aperçut le réseau de pontons et de coursives attachés sous le dernier pont du *Goya*. Les cris étaient plus forts maintenant.

Puis il la vit. Sur une coursive transversale, Rachel Sexton, accoudée au bastingage, appelait désespérément Michael Tolland, le regard rivé sur la mer.

Est-ce que Tolland a fait une chute ? se demanda-t-il. Peut-être à cause de l'explosion ?

Si c'était le cas, le boulot de Delta 3 allait être encore plus simple que prévu. Il ne lui restait que quelques marches à descendre pour trouver son angle de tir. Aussi simple que d'exploser une silhouette de carton dans un stand de tir.

Sa seule inquiétude concernait la position de Rachel, debout près d'un coffre à outils, où elle pouvait trouver une arme – pistolet de détresse ou fusil à requin, bien qu'aucun des deux ne pût rivaliser avec sa mitraillette. Confiant, certain d'avoir la situation bien en main, Delta 3 leva son arme et descendit une marche. Rachel Sexton était presque parfaitement dans l'axe de tir maintenant. Il leva sa mitraillette.

Encore une marche.

Tout d'un coup, il perçut un mouvement très rapide sous l'escalier. Le commando fut plus étonné qu'effrayé en apercevant, juste sous lui, Michael Tolland balancer de toutes ses forces une barre d'aluminium vers son pied.

Bien que Delta 3 se soit fait piéger, il faillit rire devant ce minable stratagème.

Puis il sentit le bout de la barre s'écraser sur son talon. Un éclair de douleur traversa son corps tandis que son pied droit partait en avant avec une force inouïe sous la violence de l'impact. Delta 3 chancela et s'écroula dans l'escalier. Sa mitraillette rebondit sur la rampe et passa par-dessus bord tandis qu'il s'effondrait sur la coursive. Paniqué, il se recroquevilla pour saisir son pied, et découvrit alors que celui-ci avait été arraché.

Tolland serrait toujours son fusil anti-requin. La tige d'aluminium d'un mètre cinquante de long était équipée d'une charge explosive, un obus de calibre douze, qui explosait sur une légère pression et servait aux plongeurs de parade en cas d'agression par des squales. Tolland avait rechargé son fusil, dont il pointait maintenant la tête explosive sur la gorge de son agresseur. L'homme allongé sur le dos, paralysé, le regardait avec une grimace de rage et de douleur.

Rachel remonta la coursive en courant. Leur plan prévoyait qu'elle s'empare de la mitraillette de l'homme, mais celle-ci était malheureusement passée par-dessus bord.

Le *cryp-talk* de l'homme se mit à grésiller sur sa ceinture. La voix qui en sortit était neutre et professionnelle.

— Delta 3 ? Répondez, j'ai entendu un coup de feu.

L'homme ne fit pas un geste pour répondre.

Le transmetteur grésilla de nouveau.

— Delta 3 ? Confirmez, avez-vous besoin de renfort ?

Presque aussitôt, une autre voix se fit entendre. Elle aussi était neutre mais moins nette à cause du bruit de fond de l'hélicoptère.

— C'est Delta 1, fit le pilote. Je suis à la poursuite du hors-bord. Delta 3, confirmez. Êtes-vous blessé ? Avez-vous besoin de renfort ?

Tolland pressa le fusil à requin contre la gorge de l'homme.

— Dites à l'hélicoptère de laisser tomber la poursuite. S'il tue mon ami, vous mourez.

Le soldat gémit de douleur en portant le *cryp-talk* à ses lèvres. Il regarda Tolland droit dans les yeux en pressant le bouton et articula :

— Ici Delta 3, je vais bien, détruisez le hors-bord.

115.

Gabrielle Ashe retourna dans la salle de bains privée de Sexton et s'apprêta à grimper pour sortir du bureau. L'appel téléphonique du sénateur lui avait laissé un arrière-goût désagréable. Il avait hésité quand elle lui avait dit qu'elle se trouvait dans son bureau à elle, comme s'il avait compris qu'elle mentait. En tout cas, elle n'était pas parvenue à pénétrer dans le disque dur de Sexton et elle ne savait plus très bien quoi faire.

Sexton m'attend ! se dit-elle.

En grimpant sur le lavabo et au moment de se hisser dans le faux plafond, elle entendit quelque chose cliqueter sur le carrelage. Elle regarda en bas, et découvrit avec irritation qu'elle avait fait tomber sans le vouloir une paire de boutons de manchettes de Sexton qui étaient restés posés sur le rebord du lavabo.

Tout remettre en place, se préoccupait-elle.

En redescendant, Gabrielle ramassa les boutons de manchettes et les reposa sur le lavabo. Alors qu'elle commençait à remonter vers le faux plafond, elle s'arrêta et jeta un deuxième coup d'œil aux boutons de manchettes. N'importe quel autre soir, Gabrielle les aurait ignorés, mais le monogramme attira son attention. Comme la plupart des accessoires et vêtements monogrammés de Sexton, celui-ci se composait de deux lettres entrecroisées, SS. Gabriel repensa au mot de passe initial de Sexton, SSS. Elle se rappela son calendrier, POTUS, et l'économiseur d'écran sur le thème de la Maison Blanche avec sa bande clignotant à l'infini.

Président Of The United States Sedgewick Sexton... Président des États-Unis Sedgewick Sexton... Président des...

Gabrielle resta immobile quelques instants, se demandant si la vanité de son patron pouvait aller jusque-là. Sachant qu'il ne lui faudrait qu'un instant pour le découvrir, elle retourna en vitesse dans le bureau de Sexton, s'assit devant son ordinateur et tapa le mot de passe de sept lettres : POTUSSS.

L'économiseur d'écran disparut instantanément.

Elle écarquilla les yeux, incrédule.

Ne jamais sous-estimer l'ego d'un homme politique !

116.

Corky Marlinson n'était plus à la barre du Crestliner Phantom qui continuait à filer dans la nuit. Il savait que le bateau allait continuer en ligne droite avec ou sans lui au volant. Le chemin de moindre résistance…

Corky était à l'arrière du bateau, essayant de soigner la blessure de sa jambe. Une balle était entrée par la face interne de son mollet, manquant de peu le tibia. Il n'y avait rien à l'arrière de son mollet, la balle était donc restée logée dans sa jambe. Il chercha quelque chose pour arrêter le sang. Des palmes, un tuba, et quelques gilets de sauvetage. Pas de trousse de premiers secours. Fébrilement, Corky ouvrit un petit coffre à outils et fouilla parmi les instruments, les chiffons, remarquant un rouleau de bande adhésive. Il examina sa jambe sanguinolente et se demanda quelle distance il lui restait à parcourir avant de se trouver hors de portée des requins.

Delta 1 volait à très basse altitude au-dessus de l'océan, scrutant les ténèbres à la recherche du petit hors-bord. Supposant que le fuyard avait dû foncer vers le rivage et s'éloigner au maximum du *Goya*, Delta 1 avait suivi la trajectoire initiale du Crestliner.

Normalement, pister un bateau nécessitait un radar ordinaire, mais comme le système de brouillage était activé et neutralisait tous les signaux à des kilomètres à la ronde, le radar était inutilisable. Désactiver le système de brouillage était impossible avant d'avoir la confirmation que tous les passagers du *Goya* étaient morts. Pas question qu'un seul SOS téléphonique soit émis depuis le *Goya* ce soir-là.

Le secret de la météorite doit mourir. Ici même et tout de suite.

Heureusement, Delta 1 avait d'autres cordes à son arc. À commencer par son scanner thermique. Même sur cette zone très inhabituelle d'océan aux eaux tièdes, repérer l'empreinte thermique d'un petit hors-bord était tout simple. La température de l'océan devait être d'une trentaine de degrés centigrades mais les émissions thermiques d'un moteur de hors-bord de deux cent cinquante chevaux restaient aisément repérables.

La jambe de Corky Marlinson et son pied engourdis n'enregistraient plus aucune sensation. Incapable de trouver une autre solution, il avait essuyé son mollet blessé avec un chiffon et y avait enroulé une bande de scotch adhésif argenté. Le saignement avait cessé mais ses vêtements et ses mains étaient toujours maculés de sang.

Assis au fond de son embarcation, Corky se demandait, perplexe, pourquoi l'hélicoptère ne l'avait pas encore retrouvé. Jetant un coup d'œil alentour, scrutant l'horizon derrière lui, il s'attendait à voir le *Goya* au loin et l'hélicoptère fonçant dans sa direction. Étrangement, il ne voyait rien. Les lumières du *Goya* avaient disparu. Il ne pouvait tout de même pas avoir parcouru une telle distance…

Corky crut soudain en ses chances. Peut-être avaient-ils perdu sa trace dans le noir. Peut-être allait-il arriver jusqu'au rivage.

C'est alors qu'il constata que le sillage de son hors-bord n'était pas rectiligne, il s'incurvait progressivement comme s'il suivait une trajectoire en arc plutôt qu'en ligne droite. Surpris, Corky tourna la tête. Le sillage de l'arc dessinait une courbe géante sur l'océan. Un instant plus tard, il le vit.

Le *Goya* se trouvait à bâbord, à moins de cinq cents mètres. Terrifié, Corky comprit son erreur. En l'absence d'un pilote pour redresser la barre, la proue du Crestliner s'était continuellement alignée sur le puissant courant circulaire du panache géant.

Je suis en train de tourner en rond ! se dit-il.

Il était revenu à son point de départ.

Sachant qu'il était toujours dans la zone infestée de requins, Corky se rappela les sinistres paroles de Tolland. « Grâce à leurs lobes olfactifs, les requins-marteaux sont capables de flairer une goutte de sang à un kilomètre et demi. »

Corky regarda sa jambe et ses mains couvertes de scotch argenté.

L'hélicoptère n'allait pas tarder à le retrouver.

Arrachant ses vêtements pleins de sang, il tituba jusqu'à la poupe. Sachant qu'aucun requin ne pouvait suivre le bateau, il se rinça de son mieux dans l'écume du sillage à l'arrière du hors-bord.

Une simple gouttelette de sang…

En se relevant, complètement nu, Corky savait qu'il ne lui restait plus qu'une chose à faire. Il avait appris autrefois que les animaux se servaient de leur urine pour marquer leur territoire, l'acide urique étant le fluide corporel qui dégageait l'odeur la plus forte.

Plus fort que le sang, espérait-il. Il aurait voulu avoir bu quelques bières de plus ce soir-là. Corky posa son pied sur le bord et essaya d'uriner sur son mollet couvert de scotch adhésif. Se pisser dessus alors qu'un hélicoptère vous traque n'a rien d'évident !

Finalement, Corky urina sur sa jambe, sans épargner un centimètre carré. Il se servit de ce qui restait dans sa vessie pour imprégner un chiffon qu'il se passa ensuite sur le corps.

Dans le ciel au-dessus de lui, un rayon laser perçait les ténèbres et le cherchait comme la lame scintillante d'une épée de Damoclès. L'hélicoptère surgit d'un angle inattendu, le pilote n'avait visiblement pas prévu le retour de Corky vers le *Goya*.

Il enfila rapidement un gilet de sauvetage. Sur le plancher du bateau, à un mètre cinquante de Corky, une tache d'un rouge brillant apparut.

Vite !

À bord du *Goya*, Michael Tolland ne vit pas le Crestliner Phantom 2100 voler en éclats dans un immense panache de flammes et de fumée.

Mais il entendit l'explosion.

117.

L'aile ouest était habituellement tranquille à cette heure, mais l'apparition inattendue du Président en peignoir de bain et pantoufles avait réveillé ses collaborateurs et les fonctionnaires de permanence qui somnolaient plus ou moins sur des canapés…

— Je n'arrive pas à mettre la main dessus, monsieur le Président, disait un jeune homme en le suivant dans le bureau Ovale.

Il avait regardé partout.

— Mme Tench ne répond ni sur son pager ni sur son portable.

Le Président semblait exaspéré.

— Avez-vous regardé dans le…

— Elle a quitté la Maison Blanche, monsieur, annonça un autre collaborateur qui arrivait au pas de charge. Elle a signé le registre il y a environ une heure. Nous pensons qu'elle s'est peut-être rendue au NRO. L'une des opératrices nous a dit que Tench et Pickering devaient se rencontrer ce soir.

— William Pickering ?

Le Président eut l'air stupéfait.

Tench et Pickering avaient des rapports on ne peut plus distants.

— L'avez-vous appelé ?

— Il ne répond pas, monsieur. Les standardistes du NRO ne parviennent pas à le joindre. Ils disent que le téléphone mobile de Pickering ne répond même plus. C'est comme s'il avait purement et simplement disparu de la surface de la terre.

Herney dévisagea ses deux collaborateurs pendant quelques instants avant de se diriger vers le bar et de se servir une rasade de bourbon. Au moment où il portait le verre à ses lèvres, un homme du *Secret Service* entra d'un pas rapide.

— Monsieur le Président ? Je ne voulais pas vous réveiller, mais je dois vous prévenir qu'un attentat a eu lieu ce soir au Mémorial Roosevelt.

Herney faillit en laisser tomber son verre.

— Quoi ? Mais quand ça ?

— Il y a une heure.

Le visage de l'agent était grave.

— Et le FBI vient juste d'identifier la victime...

118.

Le pied de Delta 3 était atrocement douloureux. Il se sentait flotter dans un état semi-comateux. Était-ce la mort ? Il essaya de bouger mais il était paralysé, à peine capable de respirer. Il ne voyait que des formes floues. Il se remémora les instants qui avaient précédé son évanouissement, se rappela l'explosion du Crestliner, la colère dans les yeux de Michael Tolland quand l'océanographe se tenait debout au-dessus de lui, pressant la charge explosive du fusil anti-requin contre sa gorge.

Tolland a sûrement eu ma peau..., se dit-il.

Pourtant la douleur dans le pied droit de Delta 3 lui indiquait qu'il était bien vivant. Lentement, ça lui revint. En entendant l'explosion du Crestliner, Tolland avait poussé un cri de rage angoissé, imaginant la mort de son ami. Puis, posant le regard sur Delta 3, Tolland s'était contracté comme s'il se préparait à tirer l'obus dans sa gorge. Mais il avait hésité – charité chrétienne sans doute. Fou de rage et de frustration, il avait alors laissé tomber le fusil et donné un coup de pied dans la jambe droite de Delta 3.

Delta 3 se souvenait d'une dernière chose : il avait vomi de douleur avant de sombrer. Maintenant, il revenait à lui, sans la moindre notion du temps. Ses bras étaient si étroitement attachés dans son dos que le nœud ne pouvait qu'être l'œuvre d'un marin. Ses jambes elles aussi étaient liées, pliées en arrière et attachées à ses poignets, ce qui l'empêchait de tenter le moindre geste. Il essaya de crier quelque chose mais aucun son ne sortit de sa bouche : il était bâillonné.

Peu à peu, Delta 3 sentit le vent frais et vit les lumières vives. Il réalisa qu'on l'avait hissé sur le pont principal du *Goya*. Il se tourna pour chercher de l'aide et découvrit une vision effrayante – son propre reflet déformé et convexe dans la bulle en Plexiglas du petit sous-marin. Celui-ci était suspendu juste au-dessus de lui, et Delta 3 comprit qu'il était allongé sur une trappe géante. Mais il y avait plus angoissant : où était passé Delta 2 ?

Delta 2 avait perdu de son assurance. Malgré le message de son partenaire déclarant qu'il allait très bien, la détonation qu'il avait entendue n'était pas celle d'une mitraillette. De toute évidence, Rachel Sexton avait fait feu avec une arme. Delta 2 s'était avancé jusqu'à la balustrade, pour essayer d'apercevoir son partenaire. Il n'avait vu qu'une traînée de sang.

Fusil-mitrailleur à la main, Delta 2 était descendu sur les ponts inférieurs, avait suivi la traînée de sang le long d'une coursive jusqu'à la poupe du bateau. La trace l'avait mené ensuite à une autre rampe qui remontait vers le pont principal, désert. Avec une inquiétude croissante, Delta 2 avait compris que le sang le ramenait à la poupe du bateau.

Mais qu'est-ce qui se passe, bon Dieu ? La traînée semblait décrire un cercle géant. Se déplaçant avec précaution, brandissant son arme, Delta 2 entra dans le laboratoire. La traînée se poursuivait vers la proue. Il continua à la suivre.

Puis il le vit.

Delta 3 gisait là, bâillonné et ligoté, installé sous le petit sous-marin. D'où il se tenait, Delta 2 pouvait voir que son partenaire avait perdu une bonne partie de son pied droit.

Se défiant d'un piège éventuel, Delta 2 leva son fusil-mitrailleur et avança lentement. Delta 3 se contorsionnait, essayait de parler. Paradoxalement, la façon dont il avait été ligoté, talons aux fesses, était probablement en train de lui sauver la vie. Son pied saignait modérément.

Tandis qu'il approchait du sous-marin, Delta 2 pouvait surveiller ce qui se passait derrière lui – la totalité du pont se réfléchissait dans la bulle du cockpit. Delta 2 arriva à la hauteur de son partenaire, qui se débattait, mais n'aperçut que trop tard l'avertissement dans son regard.

Un éclair argenté sortit de nulle part.

L'un des bras du Triton enserra brusquement la cuisse gauche de Delta 2. Il tenta de se libérer. En vain. Sentant l'un de ses os se briser, il hurla de douleur. Son regard se tourna alors vers le cockpit où il put apercevoir, tapi dans l'obscurité, Michael Tolland aux commandes du sous-marin.

Mauvaise idée, songea Delta 2, furieux. Il se saisit de son fusil-mitrailleur tout en essayant d'oublier sa douleur. Il braqua son arme en direction de la poitrine de Tolland, qui se trouvait de l'autre côté du dôme en Plexiglas, à un mètre à peine. Il appuya sur la détente et l'arme gronda. Fou de rage d'avoir été berné, Delta 2 tira jusqu'à épuisement de ses munitions. À bout de souffle, il lâcha son arme et contempla la bulle du submersible criblée d'impacts.

— Neutralisé ! siffla le soldat, luttant pour libérer sa jambe de la pince qui lui entaillait la peau.

Il attrapa son transmetteur crypté, mais une autre pince surgit brusquement devant lui et agrippa son bras droit.

Le *cryp-talk* tomba à terre.

Ce fut à ce moment-là que Delta 2 découvrit le fantôme dans la vitre qui lui faisait face : un visage blême, légèrement incliné, l'observait à travers un pan de Plexiglas intact. Stupéfait, Delta 2 regarda le centre de la bulle et comprit que les balles l'avaient à peine entamée.

Quelques instants plus tard, la porte supérieure du sous-marin s'ouvrit. Michael Tolland, tremblant mais indemne, descendit la passerelle, sauta sur le pont et examina la bulle.

— Mille huit cents kilos par centimètre carré… On dirait qu'il va te falloir une arme plus puissante, déclara Tolland.

À l'intérieur de l'hydrolab, Rachel savait que le temps était compté. Elle avait entendu des coups de feu sur le pont et priait pour que tout se soit passé comme Tolland l'avait prévu. Elle ne se souciait plus de savoir qui était derrière cette machination.

Ils ne l'emporteront pas au paradis, se dit-elle. Il faut que l'on connaisse la vérité.

Elle décida d'ajouter une brève note à la liasse de documents qu'elle avait sur elle – les images du *Bathynomous giganteus*, les photos et les articles concernant les chondres... La météorite était un faux, elle en avait maintenant les preuves.

Rachel inséra la pile de documents dans le fax. Ne connaissant que quelques numéros par cœur, son choix était très limité, mais elle avait déjà pris sa décision. Retenant sa respiration, elle composa soigneusement un numéro bien particulier.

Elle appuya sur « envoyer » en priant d'avoir fait le bon choix.

Le fax bipa.

ERREUR : PAS DE TONALITÉ.

Rachel s'y attendait. Les transmissions du *Goya* étaient toujours brouillées par le Kiowa. Elle attendit devant le fax en espérant qu'il allait fonctionner.

Au bout de cinq secondes, la machine bipa de nouveau. Elle recomposa le numéro.

Rachel surveilla l'appareil qui bipait de façon inquiétante.

ERREUR : PAS DE TONALITÉ...

COMPOSITION DU NUMÉRO...

ERREUR : PAS DE TONALITÉ...

COMPOSITION DU NUMÉRO...

Laissant le fax recomposer obstinément le numéro, Rachel se précipita hors du laboratoire au moment où l'hélicoptère revenait en bourdonnant au-dessus du *Goya*.

119.

À deux cent quarante kilomètres du *Goya*, Gabrielle Ashe contemplait, muette d'étonnement, l'écran d'ordinateur du sénateur Sexton. Ses soupçons s'étaient avérés exacts.

Mais elle n'aurait jamais imaginé à quel point.

Elle scrutait les dizaines de relevés de banque où figuraient les chèques des compagnies aérospatiales privées déposés sur des comptes numérotés aux îles Caïmans. Le plus petit chèque était de quinze mille dollars et plusieurs dépassaient cinq cent mille dollars.

Ce sont des broutilles, lui avait assuré Sexton. Aucune donation n'excède deux mille dollars.

Sexton n'avait pas cessé de mentir. Gabrielle était en train de découvrir un financement illicite de campagne électorale d'une ampleur inouïe. Le cœur serré par la trahison et la déception, elle ne pouvait que se répéter : il m'a menti !

Elle se sentit stupide, mortifiée, mais surtout elle entra dans une rage terrible.

Assise toute seule dans le noir, la jeune femme n'avait plus la moindre idée de ce qu'elle devait faire.

120.

Du Kiowa en train d'atterrir sur le pont arrière, Delta 1 découvrit un spectacle inattendu.

Michael Tolland était debout sur le pont à côté d'un petit sous-marin. Accroché aux bras du submersible comme dans les griffes d'un insecte géant, Delta 2 luttait vainement pour se libérer de ces deux énormes pinces.

Image tout aussi choquante, Rachel Sexton venait d'arriver sur le pont et surplombait un homme blessé au pied sanguinolent allongé sur une trappe sous le sous-marin. Cet homme ne pouvait être que Delta 3.

Rachel tenait un pistolet-mitrailleur pointé sur l'homme et lançait un regard de défi vers l'hélicoptère.

Delta 1, désorienté, était incapable de comprendre comment tout cela avait pu arriver. Les erreurs de leur unité sur le glacier Milne constituaient un dérapage rare mais explicable. Ce qui venait de se produire en revanche était incompréhensible.

L'humiliation de Delta 1 aurait déjà été insupportable en temps normal. Mais, ce soir-là, sa honte était encore accrue par la présence très inhabituelle d'un individu dans l'hélicoptère : le contrôleur.

Après l'attentat de la Force Delta au Mémorial Roosevelt, le contrôleur avait ordonné à Delta 1 de se poser dans un jardin public à proximité de la Maison Blanche. Suivant cet ordre, Delta 1 avait atterri sur une pelouse. Au même moment, le contrôleur, garé à proximité, sortait de l'obscurité et embarquait sur le Kiowa. Ils avaient redécollé quelques secondes plus tard.

Bien que l'implication directe d'un contrôleur dans une mission fût rare, Delta 1 pouvait difficilement s'y opposer. Excédé par la façon dont la Force Delta avait accompli sa tâche sur le glacier Milne et craignant des soupçons et des enquêtes de hauts responsables, le contrôleur avait informé Delta 1 qu'il superviserait en personne la phase finale de l'opération.

Et maintenant, il était le témoin d'un échec comme jamais jusqu'à présent Delta 1 n'en avait connu.

Il fallait en finir tout de suite.

Le contrôleur jeta un coup d'œil sur le pont du *Goya* et se demanda comment un tel gâchis avait pu avoir lieu. Rien ne s'était passé comme prévu. Les soupçons sur la météorite, l'échec des meurtres sur le glacier, la nécessité de tuer un haut responsable au Mémorial Roosevelt…

— Contrôleur, bredouilla Delta 1, accablé par le spectacle qu'il contemplait, je ne comprends pas…

Moi non plus, songea le contrôleur. Leurs cibles avaient été grossièrement sous-estimées.

Le contrôleur regarda Rachel Sexton qui fixait le pare-brise opaque de l'hélicoptère et tenait un *cryp-talk* près de sa bouche. Quand sa voix résonna dans le haut-parleur du Kiowa, le contrôleur s'attendait à ce qu'elle demande que l'hélicoptère s'en aille ou qu'il cesse de brouiller les transmissions afin que Tolland puisse envoyer un SOS. Mais les mots que Rachel Sexton articula étaient beaucoup plus inquiétants.

— Vous arrivez trop tard, fit-elle. Nous ne sommes plus les seuls à savoir.

Ses paroles résonnèrent pendant quelques instants. Bien que cette affirmation semblât peu crédible, la possibilité qu'elle fût vraie forçait le contrôleur à réfléchir. Le succès du projet exigeait d'éliminer tous ceux qui connaissaient la vérité et, si sanguinaire que soit cet impératif, le contrôleur devait être certain qu'après les passagers du *Goya*, il en aurait fini.

Quelqu'un d'autre est au courant…, songea-t-il.

Rachel Sexton avait la réputation de ne jamais divulguer d'informations confidentielles. Le contrôleur trouva difficile d'admettre qu'elle ait décidé de les partager.

La voix de la jeune femme retentit de nouveau dans le transmetteur.

— Repartez, et nous épargnerons vos hommes. Approchez et ils mourront. De toute façon, la vérité éclatera. Réduisez vos pertes, abandonnez tout de suite.

— Vous bluffez, fit le contrôleur en sachant que sa voix était transformée en voix de synthèse androgyne. Vous n'en avez parlé à personne.

— Êtes-vous prêt à prendre ce risque ? rétorqua Rachel. Comme je n'ai pas réussi à joindre William Pickering, j'ai décidé d'envoyer le dossier ailleurs.

Le contrôleur fronça les sourcils. C'était plausible.

— Il ne gobe pas mon histoire, dit Rachel en jetant un coup d'œil à Tolland.

Le soldat près du sous-marin eut un rictus de douleur.

— Votre arme est vide et la mitrailleuse de l'hélico va vous envoyer au diable. Vous allez mourir tous les deux, votre seul espoir est de nous libérer.

Tu peux toujours courir, songea Rachel, essayant d'imaginer leurs réactions. Elle regarda l'homme ligoté étendu à ses pieds. Il semblait délirer maintenant à cause de tout le sang qu'il avait perdu. Elle s'accroupit près de lui et le regarda dans les yeux.

— Je vais vous tendre le *cryp-talk*. Vous allez convaincre l'hélicoptère de repartir. C'est clair ?

L'homme acquiesça.

Rachel lui retira son bâillon. Le commando lui cracha un jet de salive sanguinolente à la figure.

— Salope ! hurla-t-il, pris d'une quinte de toux. Je vais te regarder crever. Ils vont te saigner comme une truie et je profiterai de chaque seconde du spectacle.

Rachel essuya son visage tandis que les mains de Tolland la tiraient en arrière et lui prenaient son fusil-mitrailleur. Elle sentit dans son léger tremblement que quelque chose en lui venait de se briser. Tolland marcha vers un panneau de commande à quelques mètres, posa sa main sur un levier et riva ses yeux à ceux de l'homme étendu sur le pont.

— Riposte numéro deux, lança-t-il. Et sur mon bateau, c'est tout ce que vous aurez.

Implacable, Tolland abaissa le levier. Une énorme trappe s'ouvrit sous le Triton, et le blessé disparut en hurlant dix mètres plus bas. Les requins se jetèrent sur lui au moment où il touchait l'eau.

Fou de colère, le contrôleur secoua la tête, regardant les restes du cadavre de Delta 3 dériver le long du bateau, rapidement emportés par le courant. L'eau éclairée était rougeâtre. Plusieurs requins se disputaient quelque chose qui ressemblait à un bras.

Le contrôleur regarda de nouveau vers le pont. Delta 2 était toujours accroché aux pinces du Triton, mais le sous-marin était maintenant suspendu au-dessus d'un trou béant. Sa jambe se balançait au-dessus du vide. Tolland n'avait qu'un geste à faire, et Delta 2 serait la proie des squales.

— Attendez, aboya le contrôleur dans le *cryp-talk*, il faut qu'on parle !

Rachel, debout sur le pont, fixait toujours le Kiowa. Et de là où il se trouvait, le contrôleur pouvait parfaitement lire la résolution dans les yeux de la jeune femme. Rachel porta le transmetteur crypté à sa bouche.

— Vous croyez toujours que nous bluffons, fit-elle. Appelez le standard du NRO. Demandez à parler à Jim Samilian. Il est de garde cette nuit. Je lui ai dit tout ce que je savais sur la météorite. Il vous le confirmera.

Elle livre un nom ? Ce détail le fit tiquer. Rachel Sexton était loin d'être idiote et, si c'était du bluff, le contrôleur serait fixé très vite. Même s'il ne connaissait personne de ce nom au NRO – l'organisation était énorme –, Rachel pouvait très bien dire la vérité. Avant d'ordonner le meurtre final, il devait en avoir le cœur net.

— Voulez-vous que je désactive le système de brouillage afin que vous puissiez appeler? proposa Delta 1.

Le contrôleur jeta un nouveau coup d'œil sur Rachel et Tolland, qu'il distinguait très bien maintenant. Si l'un des deux faisait un geste pour parler dans un mobile ou un émetteur radio, Delta 1 pourrait toujours réactiver l'appareil et couper leur transmission. Le risque était donc minimal.

— Coupez le système, fit le contrôleur en sortant un cellulaire. Je vais vérifier la déclaration de Rachel. Puis nous trouverons un moyen de ramener Delta 2 et d'en finir avec tout ça.

À Fairfax, l'opératrice du standard du NRO s'impatientait.

— Comme je viens de vous le dire, je ne vois aucun Jim Samilian à la division des plans et des analyses !

Son interlocuteur insistait.

— Avez-vous essayé les différentes orthographes possibles ? Et d'autres services ?

L'opératrice avait déjà vérifié mais elle chercha encore. Après quelques secondes, elle répéta :

— Il n'y a pas de Jim Samilian dans aucun service, quelle que soit l'orthographe.

Son interlocuteur eut l'air étrangement content d'entendre cela.

— Vous êtes donc certaine que le NRO n'emploie aucun Jim Samil…

L'opératrice entendit un brusque vacarme à l'autre bout de la ligne. Quelqu'un criait. Son interlocuteur émit un juron et raccrocha aussitôt.

À bord du Kiowa, Delta 1 hurlait de colère en essayant de réactiver le système de brouillage. Il avait compris trop tard : sur son panneau de contrôle, un voyant s'était allumé, prouvant qu'un signal Satcom était transmis depuis le *Goya*. Mais comment ? Personne n'avait quitté le pont ! Avant que Delta 1 ait pu agir, la connexion s'était achevée d'elle-même.

À l'intérieur de l'hydrolab, le fax bipait de satisfaction.

121.

Tuer ou être tuée. Rachel avait découvert une part d'elle-même dont elle n'avait jamais soupçonné l'existence. Le passage en mode survie, le courage instinctif qui puise son énergie dans la peur.

— Que venez-vous de faxer ? demanda la voix sur le *cryp-talk*.

Rachel fut soulagée de savoir que le fax avait bien été transmis.

— Partez d'ici, ordonna-t-elle en plaquant le *cryp-talk* contre sa bouche et en regardant d'un air furieux l'hélicoptère suspendu à côté du bateau. C'est fini. Votre secret est découvert.

Rachel détailla les informations qu'elle venait d'expédier – une demi-douzaine de pages, d'images et de textes. Les preuves irréfutables que la météorite était un faux.

— Une nouvelle tentative d'assassinat ne ferait qu'aggraver votre cas.

Il y eut un silence lourd de menaces.

— À qui avez-vous envoyé ce fax ?

Rachel n'avait pas l'intention de répondre à cette question. Elle et Tolland devaient gagner un maximum de temps. Ils s'étaient placés dans l'axe du Triton près de la trappe de mise à l'eau, ce qui rendait impossible aux commandos de l'hélicoptère de tirer sans atteindre le soldat.

— William Pickering, reprit la voix, à qui, bizarrement, cette hypothèse sembla rendre un peu d'espoir. Vous l'avez faxé à Pickering.

Erreur, songea Rachel. C'est évidemment à lui qu'elle avait d'abord pensé, mais elle avait été forcée de choisir quelqu'un d'autre parce qu'elle craignait que ses agresseurs n'aient déjà éliminé son patron. Un geste audacieux qui illustrerait de manière assez effrayante la résolution de ces hommes. Acte désespéré. Rachel avait donc envoyé les informations au seul numéro de fax qu'elle connaissait par cœur.

Celui du bureau de son père.

Le numéro de fax de Sexton était resté gravé dans la mémoire de Rachel après la mort de sa mère, quand le sénateur avait choisi de régler toutes les questions de succession par cet intermédiaire. La jeune femme n'aurait jamais imaginé qu'elle se tournerait vers son père pour l'appeler au secours mais, ce soir-là, cet homme possédait deux atouts essentiels : d'excellents mobiles politiques pour diffuser le dossier météorite sans hésitation, et largement assez de culot pour joindre la Maison Blanche et, si nécessaire, la faire chanter pour qu'elle rappelle sa bande de tueurs.

Bien que son père ne fût certainement pas dans son bureau à cette heure-là, Rachel savait que son antre était à peu près aussi impénétrable qu'un coffre-fort. Même si ses agresseurs savaient où elle l'avait envoyé, le risque qu'ils parviennent à s'introduire dans l'immeuble très strictement gardé et forcent la porte d'un sénateur américain sans que personne s'en aperçoive était assez mince.

— Où que vous ayez envoyé ce fax, reprit la voix dans le transmetteur, vous avez mis en danger celui qui va le recevoir.

Rachel devait absolument trouver un argument d'intimidation, sans laisser voir la peur qu'elle éprouvait. Elle pointa le doigt sur le commando coincé dans les pinces du Triton. Un filet tombait de ses jambes, dix mètres plus bas, dans l'écume.

— La seule personne qui soit en danger ici c'est votre agent, lâcha-t-elle dans le *cryp-talk*. C'est fini, tirez-vous, l'information est partie, vous avez perdu, quittez la zone ou votre agent va mourir.

La voix dans l'appareil rétorqua sur-le-champ :

— Mademoiselle Sexton, vous ne comprenez pas l'importance…

— Comprendre ? explosa Rachel. Je comprends que vous avez tué des innocents, je comprends que vous avez menti sur la météorite, et je comprends que vous ne vous en tirerez pas comme ça ! Même si vous nous tuez tous, vous avez perdu la partie !

Il y eut un long silence. Finalement la voix répondit :

— Je descends discuter avec vous.

Rachel sentit ses muscles se contracter.

— Discuter avec moi ?

— Je ne suis pas armé, fit la voix, pas de geste irréfléchi. Vous et moi, nous devons parler en tête à tête.

Avant que Rachel ait eu le temps de réagir, l'hélicoptère se posait sur le pont du *Goya*. La porte s'ouvrit et une silhouette en descendit. Un homme en manteau noir, costume-cravate. L'espace d'un instant, Rachel eut l'impression que sa cervelle explosait.

William Pickering était en face d'elle.

Debout sur le pont du *Goya*, le directeur du NRO jetait sur Rachel Sexton un regard désolé. Il n'avait jamais imaginé en arriver là. Dans les yeux de son employée, il lisait : trahison, incompréhension, colère, fureur.

Tout cela est compréhensible, songea-t-il. Il y a tant de choses qu'elle ne saisit pas...

Pickering repensa à sa fille, Diana, se demandant quelle émotion elle avait ressentie avant de mourir. Diana et Rachel étaient victimes de la même guerre, une guerre que Pickering avait juré de gagner. Les pertes étaient parfois cruelles.

— Rachel, fit-il. Nous pouvons encore régler la situation. Il y a beaucoup de choses que je dois vous expliquer.

Rachel éprouva un tel dégoût qu'elle eut une violente nausée. Tolland avait empoigné la mitraillette et il la pointait sur Pickering. Lui aussi semblait stupéfait.

— N'avancez pas ! hurla-t-il.

Pickering s'arrêta, le regard rivé sur Rachel.

— Rachel, votre père est un homme corrompu qui accepte des pots-de-vin. Des donations d'entreprises spatiales privées. Il projette de démanteler la NASA et d'ouvrir l'espace au secteur privé. Il faut l'arrêter, c'est une question de sécurité nationale.

Rachel ne réagit pas.

Pickering soupira.

— La NASA, malgré tous ses défauts, doit rester une entité gouvernementale.

S'il y avait privatisation, les meilleurs esprits et les plus brillantes découvertes de la NASA passeraient dans le secteur privé. Cette formidable synergie intellectuelle et scientifique se dissoudrait. Les militaires se verraient privés d'informations essentielles et les compagnies spatiales privées cherchant à lever les capitaux commenceraient à vendre brevets et idées de la NASA au plus offrant !

La voix de Rachel tremblait.

— Vous avez fabriqué la météorite et vous avez tué des gens innocents… au nom de la sécurité nationale ?

— Ça n'était pas censé se passer comme ça, fit Pickering. Le plan consistait à sauver une importante agence gouvernementale, les meurtres nous ont été imposés par les circonstances.

La supercherie de la météorite avait été une réaction de désespoir, comme la plupart des propositions des services secrets. Trois ans plus tôt, Pickering avait tenté d'étendre le réseau d'hydrophones du NRO, en installant les nouveaux capteurs à des profondeurs où ils seraient hors d'atteinte des saboteurs ennemis. Il avait commandité un projet utilisant un matériau nouvellement développé par la NASA pour concevoir et construire en secret un sous-marin extrêmement résistant, capable d'emporter les êtres humains dans les zones océaniques les plus profondes, y compris le fond de la fosse des Mariannes.

Fabriqué au moyen d'une céramique révolutionnaire, ce sous-marin à deux places avait été conçu à partir de plans piratés sur l'ordinateur d'un ingénieur californien nommé Graham Hawkes. Ce génial concepteur avait toute sa vie poursuivi le rêve de construire un submersible capable de naviguer en eau ultra-profonde. Son projet s'appelait Deep Flight 2. Mais Hawkes n'avait jamais réussi à réunir les financements nécessaires pour élaborer un prototype. Pickering, au contraire, disposait d'un budget illimité.

Le patron du NRO avait utilisé son submersible ultra-secret pour envoyer une équipe clandestine fixer de nouveaux hydrophones sur les parois de la fosse des Mariannes, assez profondément pour qu'aucun ennemi ne puisse les saboter. En procédant aux forages, ses hommes avaient trouvé des structures géologiques qui ne ressemblaient à rien de connu jusqu'alors. Parmi ces découvertes, des chondres et des fossiles de plusieurs espèces inconnues. Bien sûr, vu le caractère strictement confidentiel de cette opération, aucune de ces informations ne pouvait filtrer dans la communauté scientifique.

Pickering et ses conseillers du NRO n'avaient décidé que tout récemment de mettre leurs connaissances de la fosse au service d'un projet de sauvetage de la NASA. Transformer une roche extraite de cette fosse en une météorite s'était révélé incroyablement simple. En utilisant un moteur ECE fonctionnant à l'hydrogène semi-liquide, l'équipe du NRO avait réussi à calciner la roche et à l'envelopper d'une croûte de fusion tout à fait convaincante. Puis, grâce à un petit sous-marin équipé de bras articulés, ils étaient descendus sous le glacier et avaient inséré sans trop de difficultés la roche calcinée dans la banquise. Une fois que l'eau de ce puits d'insertion avait à nouveau congelé, la roche pouvait très plausiblement sembler enfouie depuis trois cents ans.

Malheureusement, comme c'est souvent le cas lors d'opérations clandestines, l'accroc le plus insignifiant peut faire capoter le plan le plus parfait. La veille, il avait suffi d'un peu de plancton bioluminescent pour réduire le projet à néant...

Depuis le cockpit du Kiowa, Delta 1 regardait le drame se dérouler devant lui. Rachel et Tolland semblaient contrôler la situation, une naïve illusion qui fit sourire Delta 1. En effet, l'arme que Tolland agitait vers Pickering ne pouvait lui être d'aucun secours : d'où il était, Delta 1 voyait que le magasin était vide.

En regardant son compagnon se débattre dans les pinces du Triton, il comprit qu'il n'y avait pas de temps à perdre. Sur le pont, ils n'avaient d'yeux que pour Pickering et c'était le moment pour Delta 1 de tenter quelque chose. Laissant les pales tourner au ralenti, il bondit à terre et longea le fuselage, utilisant l'hélicoptère comme couverture, gagna inaperçu la passerelle tribord, sa mitraillette à la main, et se dirigea vers la proue. Pickering lui avait donné des ordres précis avant qu'ils atterrissent sur le pont, et Delta 1 n'avait pas l'intention de faillir à sa mission.

Dans quelques minutes, il le savait, tout serait terminé.

122.

Toujours vêtu de son peignoir, Zach Herney était assis à sa table de travail dans le bureau Ovale, le cœur

Il est inquiet ?

Herney commençait à être à bout de nerfs. Tandis qu'il passait dans la pièce à côté pour prendre l'appel d'Ekstrom, il se demanda quelle nouvelle tuile allait encore lui tomber dessus.

123.

À bord du *Goya*, Rachel se sentait prise de vertige. La mystification dont elle avait été victime et qui l'enveloppait comme un épais brouillard se dissipait. La réalité brute lui laissait un sentiment d'écœurement et d'impuissance. Elle regardait l'étranger en face d'elle et parvenait à peine à se concentrer sur ce qu'il disait.

— Nous avions besoin de reconstruire l'image de la NASA, argumentait Pickering. La popularité déclinante de l'Agence et les restrictions budgétaires étaient devenues dangereuses à beaucoup d'égards.

Pickering s'interrompit, ses yeux gris rivés sur ceux de Rachel.

— Rachel, la NASA avait besoin d'un triomphe. Il fallait bien que quelqu'un se charge de le provoquer.

La météorite était cette tentative désespérée.

Pickering et d'autres avaient essayé de sauver la NASA en faisant pression pour que l'agence spatiale soit intégrée dans la communauté des services secrets, où elle aurait pu bénéficier de subventions accrues et d'une meilleure sécurité. Mais la Maison Blanche avait toujours repoussé cette idée, jugée néfaste pour la recherche scientifique, qui restait la mission première de l'Agence.

Idéalisme à court terme, pensa-t-il. Considérant la popularité croissante de la rhétorique anti-NASA, Pickering et son groupe d'éminences grises militaires savaient que le temps était compté. Ils avaient décidé de frapper un grand coup dans l'imagination des contribuables et du Congrès. C'était le seul moyen de sauver l'image de l'Agence et de lui épargner un démantèlement et un dépeçage par des compagnies privées. Pour survivre, l'agence spatiale avait besoin de retrouver sa grandeur passée, et il lui fallait un événement qui rappelât à tous les jours glorieux des missions Apollo. Et si Zach Herney voulait vaincre le sénateur Sexton, il allait avoir besoin d'aide.

J'ai essayé de l'aider, se disait Pickering, en se souvenant des nombreux documents compromettants pour Sexton qu'il avait envoyés à Marjorie Tench.

Malheureusement, Herney avait refusé de les utiliser, ne laissant à Pickering d'autre choix que de prendre des mesures draconiennes.

— Rachel, fit Pickering, l'information que vous venez de faxer est dangereuse. Vous devez le comprendre. Si elle s'ébruite, la Maison Blanche et la NASA auront l'air d'être complices. Et le retour de manivelle sera désastreux. Herney et la NASA ne savent rien, Rachel. Ils sont innocents. Ils sont convaincus de l'authenticité de cette découverte.

Pickering n'avait pas essayé d'impliquer Herney ou Ekstrom dans son plan, parce que tous deux étaient trop idéalistes pour accepter une quelconque tromperie, même si c'était le seul moyen de sauver la présidence ou la NASA. Le seul délit de l'administrateur Ekstrom avait été de persuader le chef du projet PODS de mentir à propos du logiciel de détection d'anomalies, ce qu'Ekstrom avait regretté dès le moment où il avait compris que cette météorite allait être scrutée à la loupe par le monde entier.

Marjorie Tench, frustrée par l'insistance de Herney à mener une campagne électorale « propre », avait pris la décision avec Ekstrom de mentir sur PODS, en espérant qu'un petit succès de la NASA aiderait le Président à endiguer l'ascension de son adversaire.

Si Tench avait utilisé les photos et les informations sur Sexton, rien de tout ça ne serait arrivé !

Le meurtre de Marjorie Tench, quoique profondément regrettable, avait été inévitable dès le moment où Rachel l'avait appelée en l'informant qu'il y avait sans doute supercherie. Pickering savait que Tench chercherait sans relâche jusqu'à comprendre que les objections de Rachel étaient parfaitement fondées, et une telle enquête aurait été trop dangereuse pour lui. Paradoxalement, Marjorie Tench morte servirait mieux la cause de son Président. Sa fin violente pourrait susciter un vote de sympathie en faveur de la Maison Blanche, et projetterait un nouveau soupçon sur la campagne déjà mal en point de Sexton, après l'humiliation publique qu'elle lui avait fait subir sur CNN.

Le regard de Rachel sur son patron était plein de colère et de défi.

— Comprenez, reprit Pickering, que si la nouvelle de cette supercherie sur la météorite était rendue publique, vous détruiriez un Président innocent et une agence spatiale tout aussi innocente. Vous feriez entrer un homme très dangereux à la Maison Blanche. J'ai besoin de savoir à qui vous avez faxé ces informations.

Au moment où Pickering prononçait ces paroles, le visage de Rachel exprima l'effroi de quelqu'un qui vient de comprendre qu'il a commis une grave erreur.

Delta 1, qui venait de contourner la proue, était dans l'hydrolab d'où il avait vu Rachel sortir au moment où l'hélicoptère était arrivé à la hauteur du *Goya*. Un ordinateur du labo montrait une image déplaisante, un rendu polychrome du vortex de la tornade sous-marine qui sévissait apparemment dans les profondeurs, juste au-dessous du bateau.

Une autre raison de foutre le camp d'ici le plus vite possible, se dit-il en avançant vers sa cible.

Le fax se trouvait sur un comptoir au fond de la pièce. Sur le plateau de chargement était posée une liasse de papiers, exactement comme Pickering l'avait prévu. Delta 1 s'empara des documents. En haut, il y avait une note de Rachel. Seulement deux lignes. Il la lut.

Allons à l'essentiel, se dit-il.

En compulsant les pages, il fut à la fois stupéfait et découragé de voir à quel point Tolland et Rachel avaient décortiqué la supercherie de la météorite. La personne qui verrait ces photos et ces textes comprendrait sans aucun mal leur implication. Heureusement, Delta 1 n'allait pas avoir besoin d'appuyer sur la touche répétition pour découvrir à qui ces documents avaient été faxés. Le dernier numéro était encore affiché sur la petite fenêtre.

C'est un préfixe de Washington. Il recopia soigneusement le numéro et sortit du labo.

Les mains de Tolland, toujours crispées sur son arme, étaient moites au moment où il dirigea le canon vers la poitrine de Pickering. Le directeur du NRO faisait toujours pression sur Rachel pour qu'elle lui confie à qui elle avait envoyé ses informations. Tolland commençait à avoir l'impression déplaisante qu'il essayait simplement de gagner du temps.

— La Maison Blanche et la NASA sont innocentes, répéta Pickering. Collaborez avec moi. Ne laissez pas mes erreurs détruire le peu de crédibilité dont la NASA bénéficie encore. L'Agence sera considérée comme responsable si ces informations circulent. Vous et moi pouvons encore convenir d'un arrangement. Le pays a besoin de cette météorite. Dites-moi à qui vous avez transmis ces données.

— Vous avez donc l'intention de commettre un autre meurtre ? fit Rachel. Vous m'écœurez, monsieur le directeur !

Le courage de Rachel stupéfia Tolland. Elle méprisait son père, mais elle n'avait pas l'intention de mettre le sénateur en danger quoi qu'il arrive. Malheureusement, son plan se retournait contre elle. Même si le sénateur découvrait le fax et appelait le Président pour lui annoncer la supercherie et faire rappeler les commandos, personne à la Maison Blanche n'aurait la moindre idée de ce dont Sexton parlait, ni de l'endroit où ces commandos pouvaient se trouver.

— Je ne le répéterai qu'une fois, fit Pickering, posant un regard menaçant sur Rachel. Cette situation est trop complexe pour que vous puissiez la comprendre pleinement. Vous avez commis une énorme erreur en envoyant ces informations à des étrangers. Vous mettez votre pays en danger.

William Pickering essayait de gagner du temps, Tolland l'avait compris. Et la raison pour laquelle il agissait ainsi avançait calmement à tribord. Tolland sentit une violente décharge d'adrénaline quand il vit le commando arriver nonchalamment vers eux, portant une liasse de documents, fusil-mitrailleur au poing.

Tolland fut lui-même choqué par sa réaction. Empoignant son arme, il la pointa sur Delta 1 et appuya sur la détente.

Il y eut un maigre clic.

— J'ai trouvé le numéro de fax, fit le commando, en tendant à Pickering une feuille de papier. Et M. Tolland est à court de munitions.

124.

Sedgewick Sexton entra au pas de charge dans le hall de l'immeuble sénatorial. Il n'avait aucune idée de la façon dont Gabrielle avait pu pénétrer dans son bureau mais elle avait réussi, il le savait. Pendant leur conversation téléphonique, Sexton avait distinctement entendu le tic-tac de son horloge à l'arrière-plan. Une conclusion s'était imposée à lui : les propos que Gabrielle avait entendus lors de la réunion avec les P-DG de l'aérospatiale l'avaient ébranlée, et elle avait décidé de trouver des preuves, pour savoir à quoi s'en tenir.

Mais comment diable a-t-elle fait pour entrer ?

Sexton se félicita d'avoir changé le mot de passe de son ordinateur.

Arrivé devant la porte, il saisit son code pour désactiver l'alarme. Puis il fouilla dans son trousseau de clés, déverrouilla, ouvrit d'un grand geste les deux lourdes portes blindées et entra brusquement avec l'intention de prendre Gabrielle sur le fait.

Mais le bureau était vide et obscur, avec pour toute lueur celle de son économiseur d'écran. Il éclaira et promena un regard inquisiteur sur la pièce. Chaque chose semblait à sa place. Un silence de mort régnait, uniquement ponctué par le tic-tac de l'horloge.

Mais bon Dieu, où est-elle ?

Il perçut un bruissement dans la salle de bains, s'y précipita et alluma la lumière. La pièce était vide. Il regarda derrière le battant, rien.

Stupéfait, Sexton se regarda dans le miroir, se demandant s'il n'avait pas un peu trop bu ce soir. J'ai bien entendu quelque chose ! Désorienté et troublé, il quitta la pièce.

— Gabrielle ? cria-t-il.

Il se rendit dans le bureau de la jeune femme. Elle n'y était pas, tout était éteint. Le bruit d'une chasse d'eau résonna dans les toilettes pour dames. Il sortit en hâte dans le couloir. Il arriva devant la porte au moment où Gabrielle sortait en s'essuyant les mains. Elle sursauta en le voyant.

— Mon Dieu, vous m'avez fait peur ! dit-elle avec une mine sincèrement effrayée. Que faites-vous ici ?

— Vous m'aviez dit que vous étiez passée prendre des documents sur la NASA, répondit-il, en regardant ses mains vides. Où sont-ils ?

— Je ne les ai pas trouvés. J'ai cherché partout. Ça m'a pris un temps fou.

Il la regarda dans les yeux.

— Êtes-vous entrée dans mon bureau ?

Je dois la vie à ce fax, se dit Gabrielle. Quelques minutes auparavant, elle était assise devant l'ordinateur de Sexton, essayant d'imprimer ses relevés de banque. Mais ces fichiers étant protégés, il lui fallait trouver une astuce. Elle aurait sans doute encore été en train d'essayer, si le fax de Sexton ne s'était mis à crépiter, la rappelant brusquement à la réalité.

Gabrielle avait alors compris que le moment était venu de partir. Sans prendre le temps de lire le fax, elle avait refermé les dossiers, mis l'ordinateur en veille, vérifié que tout était à sa place et repris le chemin de la salle de bains. Elle était en train de regagner les toilettes adjacentes par le faux plafond quand elle avait entendu Sexton entrer.

Sous le regard scrutateur du sénateur, elle avait maintenant l'impression de passer au détecteur de mensonges. Si elle le dupait, il allait s'en apercevoir illico.

— Vous avez bu, sénateur, fit-elle en se détournant.

Comment a-t-il compris que j'étais dans son bureau ? s'interrogea-t-elle.

Sexton posa ses mains sur les épaules de Gabrielle et la força à le regarder.

— Étiez-vous dans mon bureau, Gabrielle ?

Gabrielle avait de plus en plus peur. Sexton avait visiblement bu. Il ne s'était jamais montré aussi brusque avec elle.

— Dans votre bureau ? demanda-t-elle avec un petit rire crispé. Mais comment ? Et pourquoi ?

— J'ai entendu sonner mon horloge quand je vous ai appelée.

Rachel pesta intérieurement. Son horloge ? C'était bien la dernière chose à laquelle elle aurait pensé.

— Enfin, sénateur, c'est une accusation totalement ridicule !

— Gabrielle, je passe toutes mes journées dans mon bureau, et je connais très bien le bruit qu'elle fait.

Il fallait que cet interrogatoire cesse sur-le-champ.

La meilleure des défenses, c'est l'attaque. En tout cas, c'est ce que Yolanda Cole disait toujours. Gabrielle fit un pas en avant et jeta un regard furibond à Sexton. Posant ses mains sur ses hanches, la jeune femme lui rétorqua avec toute la véhémence dont elle était capable :

— Parlons peu mais parlons bien, sénateur. Il est 4 heures du matin, vous avez bu toute la soirée, vous avez entendu un tic-tac dans le téléphone et c'est la raison pour laquelle vous êtes ici ?

Elle pointa un doigt indigné vers sa porte blindée dans le couloir.

— Si je comprends bien, vous m'accusez d'avoir désactivé un système d'alarme fédéral, d'avoir forcé deux serrures, d'être entrée par effraction dans votre bureau, et en plus d'être assez stupide pour répondre sur mon portable alors que je suis en train de commettre un crime d'une pareille gravité, de réactiver le système en sortant, pour ensuite aller aux toilettes avant de fuir les mains vides ? Est-ce bien de cela que vous m'accusez ?

Sexton la regardait, les yeux écarquillés.

— Il ne faut jamais boire seul, sénateur. Maintenant, voulez-vous que nous parlions de la NASA, oui ou non ?

Sexton retourna dans son bureau, l'esprit complètement embrouillé. Il se dirigea vers son bar et se servit un Pepsi. Il ne se sentait pas ivre du tout. Avait-il pu commettre pareille erreur ? À l'autre bout de la pièce, son horloge émettait un tic-tac moqueur. Sexton vida son Pepsi et s'en versa un autre ainsi qu'un pour la jeune femme.

— Un verre, Gabrielle ?

Mais elle ne l'avait pas suivi. Elle était toujours sur le seuil de la porte, affichant un air indigné.

— Oh ! Pour l'amour du ciel, Gabrielle, entrez donc ! Et dites-moi ce que vous avez découvert à la NASA.

— Je crois que j'en ai assez fait pour aujourd'hui, lâcha-t-elle, d'un ton distant. On en reparlera demain.

Sexton n'était pas d'humeur à renoncer. Il avait besoin de cette information sur-le-champ et il n'avait aucunement l'intention de la supplier. Il poussa un profond soupir.

Je dois regagner sa confiance, songea-t-il.

— J'ai déconné, Gabrielle. Je suis désolé. Quelle fichue journée ! Je ne sais même pas ce que je pensais…

La jeune femme ne bougea pas d'un pouce.

Sexton posa le soda de Gabrielle sur son bureau. Il lui indiqua son fauteuil de cuir.

— Asseyez-vous et buvez votre Pepsi. Je vais aller me coller la tête sous le robinet.

Il se dirigea vers sa petite salle de bains. Gabrielle ne fit pas un geste.

— Je crois que j'ai vu un fax dans l'appareil, lui lança Sexton par-dessus son épaule. Vous voulez y jeter un coup d'œil, s'il vous plaît ?

Sexton referma la porte, remplit le lavabo d'eau froide et s'en aspergea le visage, mais il ne se sentit pas l'esprit plus clair pour autant. Il n'avait jamais été si sûr de lui tout en commettant pareille erreur. Le sénateur était un homme qui se fiait à son instinct, et son instinct lui soufflait que Gabrielle Ashe avait pénétré dans son bureau.

Mais comment ? C'était impossible.

Il décida de se concentrer sur les problèmes à résoudre. La NASA. Il avait besoin de Gabrielle. Ce n'était pas le moment de se disputer avec elle. Il devait découvrir ce qu'elle avait appris.

En se séchant la figure, Sexton rejeta la tête en arrière et inspira profondément.

Du calme, se dit-il. Pas d'agressivité. Il ferma les yeux. Il se sentait mieux, maintenant.

Quand le sénateur sortit de la salle de bains, il fut soulagé de voir que Gabrielle avait obtempéré et qu'elle avait fini par entrer dans son bureau.

C'est bien, songea-t-il. On peut enfin passer aux choses sérieuses.

Gabrielle était devant le fax, compulsant les pages qui venaient d'arriver. Sexton fut déconcerté par son expression stupéfaite et inquiète quand elle se retourna.

— Que se passe-t-il, Gabrielle ?

Gabrielle chancela comme si elle était sur le point de s'évanouir.

— La météorite… et votre fille… Elle est en danger ! bredouilla-t-elle d'une voix tremblante tout en lui tendant la liasse de papiers.

Abasourdi, le sénateur prit les feuilles que Gabrielle lui donnait. Sur la première page, il y avait une note manuscrite. Sexton reconnut immédiatement l'écriture. Le style télégraphique du communiqué était saisissant de simplicité.

La météorite est un faux. Voici les preuves. NASA et Maison Blanche tentent de me tuer. Au secours ! RS.

Le sénateur se sentait rarement désorienté, mais en relisant les phrases de Rachel, il ne comprenait strictement rien.

La météorite est un faux ? La NASA et la Maison Blanche essaient de tuer Rachel ? Dans un brouillard de plus en plus épais, Sexton commença à regarder la demi-douzaine de pages. La première était une image numérisée portant en titre : *Radar pénétrant GPR.* Une sorte de photo du sous-sol d'un glacier. Sexton vit le puits d'extraction dont on avait parlé dans le documentaire télévisé. Son œil fut attiré par ce qui semblait être le contour flou d'un corps flottant au centre du puits. Il vit ensuite quelque chose d'encore plus étrange. Le dessin très clair d'un second puits directement au-dessous de l'endroit où la météorite avait été extraite, comme si la roche avait été insérée dans la banquise par en dessous.

Mais enfin, qu'est-ce que tout cela voulait dire ?

En passant à la page suivante, Sexton découvrit la photo d'une espèce marine vivante appelée *Bathy-*

nomous giganteus. Il l'examina, complètement interloqué.

C'était la bestiole soi-disant fossile de la météorite !

Sur l'autre document, il vit un graphique qui montrait la teneur en hydrogène moléculaire de la croûte de fusion de la météorite. Il y avait aussi une note manuscrite : « Brûlure d'hydrogène semi-liquide ? Moteur ECE ? »

Sexton n'en croyait pas ses yeux. Alors que la pièce commençait à vaciller autour de lui, il continua à tourner ces pages jusqu'à la dernière, sur laquelle on voyait une roche contenant de petites bulles métalliques qui ressemblaient exactement à celles de la météorite. Mais la description qui l'accompagnait précisait que la roche en question était un produit du volcanisme océanique. Une roche océanique ? se demanda Sexton. Mais la NASA assurait que les chondres ne se formaient que dans l'espace !

Sexton reposa l'ensemble sur son bureau et s'affala dans son fauteuil. Il ne lui avait fallu que quinze secondes pour comprendre le sens de tout ce qu'il venait de voir. Les implications de ces photos étaient limpides. Un gamin aurait tout de suite compris.

La météorite de la NASA était un faux !

Jamais de toute sa carrière, le sénateur n'avait vécu une telle succession de hauts et de bas. Il avait enchaîné coup sur coup espoir et désespoir. Quand il comprit ce que cette faute monumentale signifiait pour son avenir politique, sa stupeur lui apparut aussitôt secondaire.

Quand je rendrai publique cette information, la Maison Blanche sera à moi, se dit-il.

Tout à son euphorie, le sénateur Sedgewick Sexton avait momentanément oublié l'appel au secours de sa fille.

— Rachel est en danger ! s'exclama Gabrielle. Sa note dit que la NASA et la Maison Blanche sont en train d'essayer de…

Le téléphone-fax de Sexton se mit à sonner à nouveau. Gabrielle pivota, regarda l'appareil. Le sénateur aussi. Qu'est-ce que Rachel pouvait bien lui envoyer d'autre ? Des preuves ? Combien y en avait-il encore ?

Mais aucune page ne sortit du fax. L'appareil, qui n'avait détecté aucun signal, commuta l'appel sur le répondeur.

— Bonjour, commença le message enregistré de Sexton. Vous êtes au bureau du sénateur Sedgewick Sexton. Si vous essayez d'envoyer un fax, vous pouvez commencer la transmission dès maintenant. Sinon, laissez un message après le bip.

Avant que Sexton ait décroché, la machine se mit à biper.

— Sénateur Sexton ?

La voix de l'homme semblait d'une gravité inquiète.

— Ici William Pickering, le directeur du NRO. Vous n'êtes probablement pas dans votre bureau à cette heure tardive, mais, si c'est le cas, j'ai besoin de vous parler immédiatement.

Il s'interrompit comme s'il attendait que quelqu'un décroche.

Gabrielle tendit la main vers le combiné.

Sexton l'écarta violemment.

Gabrielle eut l'air stupéfaite.

— Mais c'est le directeur du…

— Sénateur, reprit Pickering, qui semblait presque soulagé que personne n'ait répondu. Je crains d'avoir d'assez mauvaises nouvelles pour vous. Votre fille Rachel court un très grand danger. J'ai envoyé une équipe pour essayer de l'aider. Je ne peux pas vous parler en détail de la situation au téléphone, mais on vient de m'informer qu'elle pourrait vous avoir faxé des informations relatives à la météorite de la NASA. Je n'ai pas vu ces documents et je ne sais pas non plus de quoi il s'agit, mais les gens qui menacent votre fille viennent de me prévenir que si vous ou quiconque divulguiez ces données, Rachel mourrait. Je suis désolé d'être si brutal, monsieur, mais mon devoir est d'être clair. La vie de votre fille est menacée. Si elle vous a vraiment faxé quelque chose, n'en parlez absolument à personne. Pas encore. La vie de votre fille en dépend. Restez où vous êtes, je serai là sous peu.

Nouveau silence.

— Avec un peu de chance, sénateur, tout cela sera réglé au moment où vous vous réveillerez et, si par hasard vous aviez ce message avant que j'arrive à votre bureau, restez où vous êtes et n'appelez personne. Je fais tout ce qui est en mon pouvoir pour sauver votre fille.

Pickering raccrocha.

Gabrielle tremblait de tous ses membres.

— Rachel est retenue en otage ?

Sexton sentit que sa collaboratrice éprouvait une sincère compassion pour sa fille. Sentiment que Sexton ne partageait pas. Il était plutôt dans l'état d'esprit d'un enfant à qui l'on vient de donner un jouet longtemps convoité et qui refuse de laisser qui que ce soit le lui reprendre.

Pickering veut que je me taise ?

Il réfléchit quelques instants, essayant de faire le point. Dans un recoin froid et calculateur de son cerveau, les rouages d'une vieille machine s'étaient remis en route. Son ordinateur politique interne testait tous les scénarios possibles et en soupesait les conséquences. Il examina de nouveau la liasse de documents et comprit le puissant impact de ces images. La météorite avait fait voler en éclats son rêve de présidence. Mais ce n'était qu'une supercherie et ceux qui avaient tenté de le détruire allaient payer. La météorite créée pour l'anéantir allait se retourner contre eux et le rendre plus puissant qu'il ne l'avait jamais rêvé. Sa fille y avait veillé.

Il n'y a qu'une seule décision à prendre pour un vrai chef, se dit-il.

Hypnotisé par la vision glorieuse de sa propre résurrection, Sexton quitta la pièce dans un état second. Il se rendit à la photocopieuse et l'alluma, s'apprêtant à dupliquer les documents que Rachel venait de lui faxer.

— Mais que faites-vous ? interrogea Gabrielle, stupéfaite.

— Ils ne tueront pas Rachel, déclara Sexton.

Même si l'histoire se terminait mal pour sa fille, Sexton savait qu'un tel assassinat le placerait en position de force pour l'élection. De toute façon, il allait gagner. Au prix d'un risque après tout acceptable.

— À qui destinez-vous ces photocopies ? s'enquit Gabrielle. William Pickering vous a demandé de n'en parler à personne !

Sexton se tourna vers Gabrielle et la regarda, étonné de découvrir à quel point il la trouvait tout à coup insignifiante. En cet instant, le sénateur Sexton était inaccessible. Son rêve était sur le point de se réaliser. Plus personne ne l'arrêterait. Il allait leur faire ravaler leurs accusations de corruption et leurs rumeurs obscènes.

— Rentrez chez vous, Gabrielle. Vous n'avez plus rien à faire ici.

125.

C'est fini, se dit Rachel.

Elle était assise sur le pont à côté de Tolland, le regard tourné vers le fusil-mitrailleur du commando. Malheureusement, Pickering savait que Rachel avait envoyé le fax au bureau de son père.

Rachel songea qu'il n'entendrait peut-être jamais le message téléphonique que Pickering venait de lui laisser. Le patron du NRO avait certainement les moyens de pénétrer dans le bureau de Sexton bien avant qui que ce soit. Et si Pickering pouvait entrer, emporter le fax et détruire le message téléphonique avant l'arrivée de Sexton, il n'aurait pas à l'assassiner. William Pickering était sans doute l'une des très rares personnes, à Washington, à avoir les moyens de s'infiltrer dans le bureau d'un sénateur américain sans rendre de comptes à quiconque. Rachel était toujours étonnée d'apprendre les violations de la loi commises par les services secrets au nom de « la sécurité nationale ».

Et si ses agents n'y parviennent pas, pensa Rachel, Pickering peut aussi envoyer un missile Hellfire à travers la fenêtre du bureau et faire tout sauter.

Mais quelque chose lui disait que ce ne serait pas nécessaire.

Assise contre Tolland, Rachel fut surprise de sentir sa main se glisser doucement dans la sienne. Les doigts de Tolland s'entremêlèrent si naturellement aux siens, que Rachel eut l'impression qu'ils se tenaient la main depuis toujours. Tout ce qu'elle voulait, à présent, c'était le serrer dans ses bras, à l'abri des effrayants tourbillons noirâtres qui rugissaient autour d'eux.

Jamais, comprit-elle. Ça n'arrivera jamais.

Michael Tolland, lui, se sentait dans la peau d'un condamné à mort à qui on a fait miroiter la grâce et qu'on traîne finalement au poteau. La vie se moque de moi.

Pendant des années, après la mort de Celia, Tolland avait enduré des nuits de cauchemar où il appelait la mort, des heures d'angoisse, de souffrance, de solitude dont il ne pensait pouvoir s'échapper que par le suicide. Et pourtant, il avait choisi la vie, se répétant qu'il s'en sortirait. Aujourd'hui, Tolland commençait à intégrer ce que ses amis lui répétaient depuis toujours. « Mike, personne ne te demande de t'en sortir seul. Tu rencontreras une autre femme. »

La main de Rachel dans la sienne lui rendait ce paradoxe encore plus difficile à admettre. Le destin était impitoyable. Pour la première fois depuis longtemps, il sentait la carapace qui le protégeait prête à se fendre. L'espace d'un instant, sur le pont du *Goya*, Tolland avait revu le fantôme de Celia. Sa voix était montée des eaux rugissantes… pour lui redire les derniers mots qu'elle avait prononcés autrefois.

— Tu vas survivre, lui avait-elle murmuré. Promets-moi que tu trouveras un autre amour.

— Je n'en voudrai jamais d'autre, lui avait répondu Tolland.

Le sourire de Celia était empli de sagesse.

— Il faudra bien que tu apprennes.

Et maintenant, sur le pont, Tolland le comprenait, il était en train d'apprendre. Une émotion profonde s'empara alors de lui. Il réalisa que c'était le bonheur.

Et avec lui s'imposa une énorme volonté de vivre.

Pickering se sentait étrangement détaché en avançant vers les deux prisonniers. Il s'arrêta devant Rachel, un peu surpris de ne pas trouver plus difficile ce qu'il s'apprêtait à faire.

— Il arrive, fit-il, que les circonstances vous placent face à des décisions impossibles.

Les yeux de Rachel ne cillèrent pas.

— C'est vous qui avez créé ces circonstances !

— Toute guerre suppose des morts, répliqua Pickering d'une voix plus ferme. Vous, tout particulièrement, devriez le comprendre, Rachel. *Iactura paucorum serva multos.*

Ses yeux perçants la dévisagèrent.

Le sacrifice de quelques-uns pour le salut du plus grand nombre.

Il comprit qu'elle reconnaissait l'adage, presque un cliché dans la communauté de la sécurité nationale.

Rachel lui jeta un regard dégoûté.

— Et nous sommes maintenant ceux qu'il faut sacrifier, n'est-ce pas ?

Pickering réfléchit. Il n'y avait pas d'autre solution. Il se tourna vers Delta 1.

— Libérez votre partenaire et finissez-en.

Delta 1 acquiesça.

Pickering regarda longuement Rachel avant d'aller s'accouder au bastingage, contemplant la mer. Il préférait ne pas assister à ce qui allait suivre.

Delta 1 avait l'impression de maîtriser la situation en empoignant son arme et en jetant un coup d'œil vers son acolyte, toujours suspendu aux bras du Triton.

Il ne restait plus qu'à fermer la trappe sous les pieds de Delta 2, le libérer de ses pinces, et éliminer Rachel Sexton et Michael Tolland. Mais le panneau de contrôle était complexe : une série de leviers et de boutons sans la moindre étiquette commandaient cette fameuse trappe, le moteur du treuil et de nombreux autres mécanismes inconnus de lui. Il n'avait pas l'intention d'appuyer sur le mauvais levier et de risquer la vie de Delta 2 en précipitant par erreur le Triton dans la mer.

Il fallait forcer Tolland à effectuer cette tâche à sa place. Et, pour ne pas commettre de bévue, Delta 1 allait prendre une garantie supplémentaire.

Dresser les adversaires l'un contre l'autre.

Le commando approcha le canon de son arme du front de Rachel. La jeune femme ferma les yeux et Delta 1 vit les poings de Tolland se serrer.

— Debout, mademoiselle Sexton, cria Delta 1.

Rachel se leva.

Enfonçant fermement la mitraillette entre ses omoplates, Delta 1 la fit avancer jusqu'à une échelle d'aluminium qui menait au sommet du Triton.

— Grimpez !

Rachel semblait ne pas comprendre.

— Faites ce que je vous dis, ordonna-t-il.

En montant sur l'échelle, Rachel eut le sentiment de basculer dans un cauchemar. Elle s'arrêta au sommet, hésitant à avancer.

— Montez en haut du sous-marin, fit-il en se tournant vers Tolland et en approchant son arme de sa tempe.

Face à Rachel, Delta 2, prisonnier des pinces, se tordait de douleur en la regardant, visiblement impatient d'être libéré. Rachel vit Tolland et la mitraillette qui le menaçait.

Elle n'avait guère le choix.

Avec le sentiment de marcher au bord d'un précipice, Rachel avança sur le moteur du Triton, une petite section plane avant le cockpit en forme de coupole. Le sous-marin était suspendu au-dessus de la trappe ouverte comme un énorme plomb au bout de son fil. Heureusement, l'engin de neuf tonnes oscilla à peine quand la jeune femme prit pied sur la coque. Elle se redressa.

— Allez, on continue, fit Delta 1 à Tolland. Fermez la trappe.

Tolland avança vers le panneau de contrôle suivi de Delta 1. Il marchait d'un pas lent, les yeux fixés sur Rachel, et semblait lui adresser un message. Il regardait alternativement la jeune femme et l'écoutille du sous-marin. Rachel jeta un coup d'œil à ses pieds. L'écoutille était ouverte. Elle aperçut le cockpit et son unique siège.

Il veut que j'entre là-dedans ?

Croyant s'être trompée, Rachel dévisagea Tolland. Il était presque au panneau de contrôle.

Tolland la regarda à nouveau. Fixement, cette fois.

Ses lèvres articulèrent distinctement : Sautez ! Tout de suite !

Delta 1 vit le mouvement de Rachel du coin de l'œil et d'instinct ouvrit le feu au moment où elle chutait par l'écoutille dans le cockpit, évitant de justesse le déluge de balles. L'averse de projectiles fit se refermer la lourde porte circulaire au-dessus de Rachel.

Tolland, dès qu'il avait senti le canon se détourner de son dos, avait agi. Il avait sauté sur la gauche en évitant la trappe, et roulé sur lui-même au moment où le commando tournait son fusil-mitrailleur vers lui et faisait feu. Les impacts ricochèrent autour de Tolland. Il rampa se mettre à l'abri derrière l'énorme tambour abritant le filin de l'ancre de poupe, un câble d'acier de plusieurs dizaines de mètres de long.

Tolland avait un plan et il devait faire vite. Au moment où Delta 1 se ruait sur lui, il agrippa des deux mains le verrou du cylindre et le tira vers le bas. Instantanément, la bobine se mit à déverser des mètres de câble et le *Goya* fut entraîné par le fort courant. Ce mouvement brusque les déséquilibra tous et ils se mirent à tituber. À mesure que le bateau prenait de la vitesse, le cylindre déroulait des mètres et des mètres de câble à toute allure.

Allez mon vieux ! se dit Tolland.

Le commando, ayant retrouvé son équilibre, s'approcha de Tolland. Celui-ci attendit le dernier moment pour se relever et remonter le levier vers le haut, verrouillant à nouveau le tambour de l'ancre. La chaîne se tendit avec un claquement sec, stoppant net le bateau et envoyant une onde de choc à travers tout le *Goya*. Sur le pont, tout se mit à voler. Le commando tomba à genoux à côté de Tolland. Pickering, lui, bascula à la renverse. Le Triton se mit à osciller dangereusement sur son câble.

Soudain un vacarme de métal monta des ponts inférieurs comme un tremblement de terre. La poutrelle déjà endommagée avait fini par céder. Le coin droit de la poupe du *Goya* commençait à s'effondrer sous son propre poids. Le bateau s'inclina comme une table massive qui aurait perdu l'un de ses pieds. Le métal tordu rebondissant sur les remous faisait un bruit assourdissant.

À l'intérieur du cockpit du Triton, Rachel, terrifiée, s'accrochait où elle pouvait dans le sous-marin qui oscillait dangereusement au-dessus du pont de plus en plus incliné. À travers la vitre de Plexiglas, elle aperçut les violents remous de l'océan au-dessous d'elle. En levant les yeux vers Tolland, elle vit une scène effroyable.

À un mètre, toujours prisonnier des griffes du Triton, secoué en tous sens comme une marionnette au bout d'un fil, le commando Delta 2 hurlait de douleur. William Pickering, tout en rampant, agrippa un taquet de mât. Près du levier qui verrouillait le câble de l'ancre, Tolland, lui aussi accroché à un montant, essayait de ne pas se laisser déporter sur le pont qui gîtait de plus en plus. Quand Rachel vit le commando armé de sa mitraillette parvenir à reprendre son équilibre, elle hurla de l'intérieur du sous-marin :

— Mike, attention !

Mais Delta 1 ignorait complètement Tolland. Horrifié, il voyait l'hélicoptère qui commençait à glisser sur ses patins. Rachel suivit son regard. C'est alors qu'elle comprit que le Kiowa allait percuter le Triton.

Rampant vers l'appareil, Delta 1 réussit à se hisser dans le cockpit. Pas question de laisser leur seul moyen de fuite tomber à l'eau. Il se mit aux commandes du Kiowa et pesa de toutes ses forces sur le manche. Dans un bruit assourdissant, les pales accéléraient au-dessus de sa tête, essayant de soulever l'engin lourdement armé. L'hélico continuait à glisser vers le Triton au-dessous duquel était suspendu Delta 2.

Le nez incliné, le Kiowa partit vers l'avant. Lorsqu'il commença à décoller, il fonça vers le Triton telle une tronçonneuse géante. Delta 1 tirait comme un forcené sur le manche. Il aurait bien voulu larguer la demi-tonne de missiles Hellfire qui l'alourdissaient. Les pales frôlèrent la tête de Delta 2 et le sommet du Triton, mais sa trajectoire était trop horizontale et l'hélico ne put éviter le câble du treuil du submersible.

Dans un formidable crissement de métal, les pales qui tournaient à pleine vitesse percutèrent l'énorme filin d'acier qui retenait le sous-marin. On aurait dit la bataille épique de deux créatures monstrueuses. Depuis le cockpit blindé de l'hélicoptère, Delta 1 vit les pales rebondir sur le câble et exploser dans une gerbe d'étincelles aveuglante.

Delta 1 sentit l'appareil retomber, ses patins heurtant rudement le pont. Il essaya de reprendre le contrôle de son engin mais le Kiowa ne répondait plus. L'hélico rebondit deux fois sur le pont incliné avant de glisser vers la rambarde.

Delta 1 crut un instant que le bastingage tiendrait le coup.

Puis il entendit un craquement. L'hélicoptère lourdement chargé bascula et plongea dans la mer.

À l'intérieur du Triton, Rachel Sexton était paralysée sur son siège. Le mini-sous-marin avait violemment tangué au moment où les pales de l'hélico avaient heurté le câble mais il ne s'était pas décroché. Rachel comprit que le câble devait avoir été sérieusement endommagé. Il fallait quitter le Triton au plus vite. Le commando toujours coincé dans les pinces la regardait, dégoulinant de sang et couvert de brûlures causées par les éclats de balles. Derrière lui, Rachel vit Pickering toujours cramponné à un taquet du pont qui s'inclinait de plus en plus.

Où était Michael ? Impossible de l'apercevoir. Mais cette angoisse-là fut rapidement remplacée par une nouvelle panique. Au-dessus de sa tête, le câble du Triton à moitié déchiqueté émit un sifflement terrifiant, puis il y eut un claquement violent et il céda.

À l'instant où le sous-marin commençait sa chute, le siège de Rachel se déroba et elle eut l'impression de flotter.

En une fraction de seconde, elle vit défiler les ponts inférieurs. Le commando, coincé dans les pinces, les yeux fixés sur Rachel, était livide de terreur.

La chute lui sembla interminable.

Lorsque le sous-marin atteignit la surface de l'eau, un choc violent plaqua Rachel contre son siège. Brutalement tassée sur elle-même, elle vit l'océan bouillonner en violents remous tout autour du cockpit. Rachel cherchait encore son souffle quand le sous-marin ralentit sa plongée pour finalement remonter rapidement vers la surface comme un bouchon de liège.

Les requins attaquèrent instantanément. Pétrifiée, Rachel regardait la scène qui se déroulait sous ses yeux.

Delta 2 sentit la tête oblongue du requin le heurter avec une force inimaginable. La mâchoire coupante comme un rasoir se referma sur son bras, les dents s'enfoncèrent jusqu'à l'os. Le requin secoua la tête et lui arracha le bras, il eut l'impression qu'on lui enfonçait un tisonnier chauffé à blanc dans le corps. D'autres requins arrivaient. Ils s'attaquèrent à ses jambes, à son torse, à son cou. Delta 2 n'avait plus assez d'air dans ses poumons pour hurler sa douleur. Les requins le déchiquetaient vivant, se partageant ses restes. Sa dernière vision fut celle d'une immense gueule pleine de dents qui se refermait sur son visage.

À l'intérieur du Triton, les coups des lourds museaux cartilagineux cessèrent peu après. Rachel ouvrit les yeux. Il n'y avait plus de commando sous le Triton, mais l'eau qui ruisselait contre le dôme était écarlate.

Contusionnée, Rachel se recroquevilla sur son siège, les genoux contre sa poitrine. Elle sentit le sous-marin dériver avec le courant, raclant sur toute sa longueur le pont inférieur du *Goya*.

Au-dehors, les remous se firent plus bruyants. Le dôme transparent s'enfonçait peu à peu.

Je coule !

Terrifiée, Rachel se mit à chercher au-dessus de sa tête le volant de l'écoutille. Si elle parvenait à grimper sur le toit du sous-marin, elle aurait encore le temps de sauter sur le pont inférieur du *Goya*. Il n'était qu'à un ou deux mètres.

Une flèche indiquait le sens de l'ouverture. Elle pesa de toutes ses forces. L'écoutille ne bougea pas. Elle essaya encore. Rien. L'écoutille était bloquée, coincée, tordue, rien à faire. Paniquée, elle pesa une dernière fois.

L'écoutille ne bougea pas.

Le Triton s'enfonçait, rebondissant une dernière fois contre le *Goya* avant de dériver sous la coque déchirée… et de se retrouver en pleine mer.

126.

— Ne faites pas ça ! supplia Gabrielle en s'adressant au sénateur qui finissait ses photocopies. Vous risquéz la vie de votre propre fille !

Sexton, faisant la sourde oreille, revint à son bureau avec dix jeux de photocopies. Chacun contenait la copie des pages que Rachel lui avait faxées, y compris sa note écrite affirmant que la météorite était un faux et accusant la NASA et la Maison Blanche d'avoir essayé de l'assassiner.

Difficile d'envoyer un dossier plus explosif aux journaux, songea Sexton en introduisant soigneusement chaque jeu dans de grandes enveloppes blanches portant son nom, son adresse de bureau et le sceau sénatorial. Il n'y aura aucun doute sur l'origine de cette incroyable information. Le scandale politique du siècle, et c'est moi qui l'aurai révélé !

Gabrielle continuait à plaider pour la sécurité de Rachel mais Sexton n'entendait plus rien. En rassemblant les enveloppes, il était comme dans une bulle, définitivement coupé de la réalité.

Chaque carrière politique comporte son moment décisif. Le mien est arrivé.

Le message téléphonique de William Pickering l'avait averti que, s'il rendait ces documents publics, la vie de Rachel serait en danger. Malheureusement pour elle, Sexton savait aussi que, s'il prouvait la supercherie de la NASA, ce simple acte de courage lui vaudrait d'entrer à la Maison Blanche de façon quasi imparable, du jamais vu dans l'histoire politique américaine.

La vie est faite de décisions difficiles, songea-t-il. Et les gagnants sont ceux qui les prennent.

Gabrielle Ashe avait déjà vu cette lueur dans les yeux de Sexton. L'ambition aveugle. Elle la craignait, et avec raison. Le sénateur s'apprêtait visiblement à risquer la vie de sa fille pour être le premier à annoncer la supercherie de la NASA.

— Mais vous ne comprenez pas que vous avez déjà gagné ? lui lança Gabrielle. Zach Herney et la NASA n'ont pas la moindre chance de survivre à ce scandale. Peu importe qui le rend public ! Peu importe quand ça arrivera ! Attendez au moins de savoir que Rachel est en sécurité, attendez d'avoir parlé à Pickering !

Sexton ne l'écoutait plus. Ouvrant le tiroir de son bureau, il en sortit une feuille d'aluminium sur laquelle étaient fixés des dizaines de sceaux de cire de la taille d'une pièce de cinq cents, gravés à ses initiales. Réservé aux invitations formelles, il pensait apparemment qu'un sceau de cire écarlate donnerait à ces enveloppes une touche supplémentaire de sensationnel. Comme un aristocrate de l'Ancien Régime, Sexton en colla un sur le rabat de chaque enveloppe.

Gabrielle bouillait d'indignation. Le cœur battant, elle songea aux images numérisées de ces chèques illicites, enregistrées dans son ordinateur. Si elle y faisait allusion, elle savait que ce serait peine perdue, il nierait.

— Ne faites pas cela, fit-elle, ou je rends publique notre liaison !

Sexton éclata de rire tout en continuant son travail.

— Vraiment ? Et vous pensez qu'on vous croira ? Une jeune collaboratrice ambitieuse et sans scrupules à qui je refuse un poste dans mon administration et qui veut se venger à tout prix ? Je nierai. J'ai nié notre liaison une fois et le monde m'a cru, il me suffira de recommencer.

— La Maison Blanche a des photos, déclara Gabrielle.

Sexton ne la regarda même pas.

— Ils n'en ont pas. Et même si c'était le cas, elles n'ont absolument aucun poids, personne n'y fera attention.

Il fixa le dernier sceau.

— En tant que sénateur, je suis à l'abri des poursuites. Cela s'appelle l'immunité parlementaire. Ces enveloppes me protégeront désormais de tout ce qu'on pourra me jeter à la figure.

Gabrielle savait qu'il avait raison. Elle se sentit cruellement impuissante en voyant Sexton admirer ses dix élégantes enveloppes scellées posées sur son bureau… on aurait dit des enveloppes royales. Et il y avait fort à parier que des rois avaient dû leur trône à des informations bien moins dramatiques.

Sexton ramassa les enveloppes et s'apprêta à partir. Gabrielle fit un pas pour lui bloquer le passage.

— Vous commettez une erreur, cette démarche peut attendre.

Le regard perçant de Sexton la figea sur place.

— C'est moi qui vous ai faite, Gabrielle, ne l'oubliez pas.

— Ce fax de Rachel vous donnera la présidence, vous avez une dette à son égard.

— Je lui ai beaucoup donné.

— Et s'il lui arrive quoi que ce soit ?

— Alors cela entraînera un vote de sympathie en ma faveur.

Gabrielle ne pouvait croire qu'une telle pensée lui ait traversé l'esprit, et plus encore qu'il ait osé l'exprimer. Complètement écœurée, elle se rua sur le téléphone.

— J'appelle la Maison…

Sexton fit demi-tour et la gifla brutalement.

Gabrielle chancela sous le choc, la lèvre éclatée, et fixa stupéfaite cet homme qu'elle avait autrefois vénéré.

Sexton lui jeta un long et cruel regard.

— Si vous avez l'intention de me jouer un sale tour, Gabrielle, je vous le ferai regretter pour le restant de vos jours.

Il était debout, immobile, raide, le paquet d'enveloppes coincé sous le bras. Une lueur mauvaise brûlait au fond de ses yeux.

Quand Gabrielle sortit du bâtiment sénatorial dans l'air frais de la nuit, sa lèvre saignait toujours. Elle héla un taxi et monta. Pour la première fois depuis son arrivée à Washington, Gabrielle Ashe éclata en sanglots.

127.

Le Triton est tombé !

Chancelant, Michael Tolland se releva sur le pont incliné, jetant un coup d'œil vers le tambour de l'ancre et le câble effiloché au bout duquel pendait jusque-là le Triton. Se précipitant vers la poupe, il scruta la mer. Au même moment, le Triton émergeait à bâbord, emporté par le courant.

Soulagé de constater que le sous-marin était intact, Tolland jeta un coup d'œil à l'écoutille, pris du désir fou d'en voir sortir Rachel indemne. Mais l'écoutille restait fermée. Tolland se demanda si son amie avait été assommée par la violence de la chute.

Même du pont, Tolland se rendit compte que le Triton flottait bien au-dessous de sa ligne de flottaison habituelle. Il était en train de couler. Tolland ne comprenait pas pourquoi mais c'était, pour le moment, secondaire.

Il faut que je fasse sortir Rachel tout de suite, se dit-il.

Tandis qu'il s'apprêtait à foncer vers le bastingage, une série de balles crépita au-dessus de lui, ricochant sur le lourd tambour de l'ancre. Il s'accroupit et aperçut Pickering sur le pont supérieur qui l'ajustait comme un sniper. Delta 1 s'était délesté de sa mitraillette en grimpant dans l'hélicoptère, et Pickering l'avait apparemment récupérée, avant de gagner une position en surplomb.

Coincé derrière le tambour de l'ancre, Tolland regarda vers le Triton qui sombrait. Allez, Rachel ! Sortez de là ! Il attendit que l'écoutille s'ouvre. En vain.

Tolland mesura la distance qui le séparait de la rambarde arrière. Six mètres à découvert. Un long trajet au bout d'une mire. Il prit une profonde inspiration et se décida. Arrachant sa chemise, il la lança vers sa droite et, tandis que Pickering la déchiquetait d'une rafale de mitraillette, Tolland se ruait à gauche vers la poupe. Dans un saut désespéré, il s'élança par-dessus le bastingage. Au sommet de son plongeon, il entendit les balles siffler autour de lui, sachant qu'une seule blessure ferait de lui un festin pour les requins au moment où il toucherait l'eau.

Rachel était comme un animal en cage. Elle avait essayé à plusieurs reprises de forcer l'écoutille sans succès. Elle entendait un réservoir se remplir d'eau quelque part derrière elle, et sentait le sous-marin s'alourdir. L'eau noirâtre montait peu à peu autour du dôme transparent, tel un rideau se fermant à l'envers.

À travers la vitre, Rachel regardait l'océan l'aspirer comme une tombe, un gouffre vertigineux qui menaçait de l'avaler d'un instant à l'autre. Elle saisit le volant de l'écoutille et pesa dessus une fois encore mais il ne bougea pas. Ses poumons étaient douloureux maintenant. L'odeur lourde et humide du dioxyde de carbone lui piquait les narines.

Une pensée, surtout, la hantait. Je vais mourir noyée.

Elle examina le tableau de bord du Triton à la recherche d'un bouton ou d'une manette qui pourrait l'aider mais tous les voyants étaient éteints. Pas de courant. Elle était enfermée dans une boîte d'acier en train de couler.

Les gargouillis des réservoirs s'accéléraient maintenant et l'océan ne cessait de monter ; à l'extérieur du sous-marin, le niveau de l'eau n'était plus qu'à un mètre du sommet du dôme. Au loin, à travers l'immense étendue plane, Rachel vit un liséré écarlate surligner l'horizon. L'aube se levait. Rachel songea avec angoisse que c'était la dernière fois qu'elle voyait la lumière. Fermant les yeux pour refuser une réalité qu'elle ne maîtrisait plus, la jeune femme revécut les images terrifiantes de son enfance.

Elle tombait à travers la couche de glace recouvrant la rivière. Elle partait à la dérive, n'arrivait plus à respirer. Impossible de remonter. Elle coulait.

Sa mère l'appelait.

— Rachel ! Rachel !

Des coups sur la coque du sous-marin firent sursauter Rachel et la tirèrent de son délire. Ses yeux s'ouvrirent d'un coup.

— Rachel !

La voix était étouffée. Un visage fantomatique apparut contre le dôme du sous-marin, tête en bas, tignasse brune ondulante. Elle le reconnut à peine.

— Michael !

Tolland remonta à la surface, soulagé d'avoir vu Rachel bouger à l'intérieur du sous-marin. Elle est vivante. Il redescendit d'une brasse puissante vers l'arrière du Triton et grimpa sur la plate-forme du moteur submergé. Les courants étaient chauds et lourds autour de lui tandis qu'il se plaquait de son mieux contre le sous-marin et empoignait le volant en espérant être hors d'atteinte de Pickering.

La coque du Triton était presque entièrement sous l'eau maintenant, et Tolland devait faire vite pour libérer Rachel. Car une fois l'écoutille sous l'eau, son ouverture entraînerait le déversement d'un torrent à l'intérieur du cockpit, Rachel serait prise au piège à l'intérieur et le naufrage du sous-marin s'accélérerait.

C'est maintenant ou jamais ! se dit Tolland en empoignant le volant de l'écoutille et en le tournant. Impossible. Il essaya de nouveau, de toutes ses forces. Mais il n'y avait rien à faire, le mécanisme était bloqué.

Il entendit Rachel, à l'intérieur, lui lancer d'une voix étouffée mais distinctement terrifiée :

— J'ai essayé ! Je ne suis pas arrivée à la tourner !

Des vaguelettes submergeaient maintenant l'écoutille.

— On va tourner ensemble, lui cria-t-il, pour vous c'est dans le sens des aiguilles d'une montre !

Il savait que la flèche indiquait clairement le sens de rotation.

— Maintenant !

Tolland s'arc-bouta contre les ballasts et pesa de toutes ses forces sur le mécanisme d'ouverture. Il entendit Rachel, de l'autre côté de la paroi, qui en faisait autant. Le volant tourna de trois centimètres et se bloqua.

C'est alors que Tolland découvrit le problème. L'écoutille était légèrement voilée, comme le couvercle d'un bocal aplati sur un point de sa circonférence. Elle était coincée. Les verrous étaient pliés. Il ne restait plus qu'un moyen de l'ouvrir : au chalumeau.

Alors que le sous-marin s'enfonçait, Tolland fut saisi de terreur : Rachel Sexton ne pourrait pas s'échapper du Triton.

Sept cents mètres plus bas, le fuselage déchiqueté du Kiowa chargé de missiles coulait, rapidement entraîné par la gravité et l'impressionnante force de succion de la tornade sous-marine. À l'intérieur du cockpit, le corps sans vie de Delta 1, défiguré par l'extraordinaire pression régnant à cette profondeur, n'était plus reconnaissable.

Et l'hélicoptère continuait sa descente vers le fond de l'océan où, sous une croûte de trois mètres d'épaisseur, le dôme de magma, immense réserve de lave en fusion, bouillonnait à mille degrés centigrades. Le volcan attendait son heure.

128.

Tolland, debout sur le moteur du Triton, cherchait désespérément un moyen de sauver Rachel.

Il se retourna vers le *Goya*, se demandant s'il y avait un moyen de relier le Triton à un treuil pour le maintenir à la surface. Mais c'était impossible. Il se trouvait maintenant à cinquante mètres du bateau et Pickering avait pris position sur le pont supérieur, comme un empereur romain assis à la meilleure place pour un spectacle de cirque.

Réfléchis ! se dit Tolland. Pourquoi le sous-marin coule-t-il ?

Le principe de base de la navigation sous-marine est on ne peut plus simple : les ballasts se remplissent d'air ou d'eau selon qu'on manœuvre le submersible pour monter ou descendre.

De toute évidence, les ballasts se remplissaient d'eau.

Mais ils ne devraient pas ! songea-t-il.

Tous les ballasts sont équipés de purges aussi bien dans la partie haute que sur leurs faces inférieures. Les clapets de purge inférieurs du Triton restaient toujours ouverts tandis que ceux situés sur le haut pouvaient être ouverts et refermés pour laisser l'air s'échapper et l'eau se déverser à l'intérieur.

Les clapets de purge du Triton étaient peut-être ouverts ? Tolland ne parvenait pas à comprendre pourquoi. Il pataugeait sur la plate-forme du moteur submergé, ses mains tâtant à l'aveuglette l'un des réservoirs de ballast. Les clapets étaient fermés, mais ses doigts sentirent les trous causés par les projectiles.

Merde ! jura-t-il. Le Triton avait été criblé de balles quand Rachel avait sauté dedans. Tolland plongea immédiatement et nagea sous le sous-marin, contrôlant soigneusement le ballast le plus important du Triton, le réservoir négatif. Les Britanniques appellent ce réservoir « l'aller simple pour le fond ». Les Allemands l'appellent « les chaussures de plomb ». D'une façon ou d'une autre, le sens est clair : le réservoir négatif, quand il est plein, entraîne le submersible au fond.

En palpant le flanc du réservoir, Tolland sentit des dizaines de trous sous ses doigts. Il sentit même l'eau se déverser à l'intérieur. Le Triton allait sombrer, et tous les efforts de Tolland n'y changeraient rien.

Le sous-marin était maintenant à un mètre sous l'eau. Tolland avança jusqu'à la proue, appuya son visage contre le dôme d'acrylique transparent et regarda à l'intérieur. Rachel donnait des coups sur la paroi et hurlait. Il se sentait impuissant devant la peur panique de la jeune femme. Il se revit dans un hôpital gris et triste, face à la femme qu'il aimait en train de mourir, et avec ce même sentiment d'impuissance. Il ne supporterait pas cette épreuve une deuxième fois. « Tu vas survivre », lui avait dit Celia. Mais Tolland ne voulait pas survivre seul… pas une seconde fois.

Ses poumons lui faisaient mal et pourtant il restait là, avec elle. Chaque fois que Rachel tapait sur la vitre, Tolland entendait des bulles d'air s'échapper et le sous-marin s'enfoncer un peu plus. Rachel criait quelque chose au sujet de l'eau qui se déversait à la base du dôme.

La vitre panoramique fuyait.

Une balle avait-elle percé le dôme ? Cela semblait peu probable. Alors que ses poumons allaient éclater, Tolland remonta. Tandis qu'il prenait appui sur l'énorme bulle d'acrylique, ses doigts rencontrèrent un morceau de caoutchouc arraché. Un joint circulaire qui avait apparemment cédé dans la chute. C'était pour ça que le cockpit fuyait.

À la surface, Tolland inspira profondément à trois reprises, essayant de clarifier ses pensées. L'eau qui se déversait dans le cockpit ne ferait qu'accélérer le naufrage du Triton. Le sous-marin se trouvait déjà à un mètre cinquante sous l'eau. Il entendait Rachel taper désespérément sur la bulle.

Tolland ne voyait plus qu'une chose à faire. Il allait plonger vers le moteur du Triton et chercher le cylindre de pressurisation. Il pourrait alors l'utiliser pour remplir d'air le ballast négatif. Même si le réservoir endommagé fuyait, il lui permettrait tout de même de se maintenir à la surface environ une minute avant que les réservoirs perforés ne se remplissent à nouveau d'eau.

Et ensuite ?

Tolland qui ne trouvait pas de meilleure solution s'apprêta à replonger. Inspirant le maximum d'air possible, il emplit ses poumons. Mais une étrange pensée le frappa.

Que se passerait-il s'il augmentait la pression à l'intérieur du sous-marin ? Le dôme panoramique avait un joint endommagé. En accroissant suffisamment la pression, peut-être Tolland parviendrait-il à arracher complètement le dôme panoramique ?

Il expira, réfléchissant à l'application pratique de son idée. C'était parfaitement logique après tout. Un sous-marin est construit pour résister à de fortes pressions externes mais pas internes.

Pour réduire au maximum le nombre de pièces détachées que le *Goya* devait emporter, toutes les valves de régulation du Triton étaient identiques. Tolland pouvait donc parfaitement dévisser la vanne de chargement du cylindre à haute pression pour la raccorder à un régulateur de ventilation d'urgence situé sur le flanc bâbord du sous-marin ! Pressuriser la cabine causerait une vive douleur à Rachel mais lui permettrait peut-être de sortir de sa prison.

Tolland inhala une fois encore et plongea.

Le sous-marin était à deux mètres sous l'eau maintenant et s'orienter devenait plus difficile à cause des courants et de l'obscurité.

Après avoir trouvé le réservoir pressurisé, Tolland raccorda rapidement l'embout du cylindre et s'apprêta à pomper de l'air dans le cockpit. Alors qu'il agrippait le robinet d'arrêt, une inscription à la peinture jaune sur le côté du réservoir lui rappela à quel point cette manœuvre était dangereuse : ATTENTION ! AIR COMPRIMÉ 250 KG/CM^2. Il fallait faire en sorte que la bulle panoramique du Triton se détache de sa base avant que la pression dans la cabine n'écrase les poumons de Rachel. Tolland n'aurait que quelques secondes pour agir.

Il prit sa décision. Cramponné à l'arrière du Triton, il tourna le robinet d'arrêt et ouvrit la valve. Le tuyau devint immédiatement rigide, et l'air se déversa dans le cockpit avec une puissance énorme.

À l'intérieur du Triton, Rachel sentit une violente douleur lui vriller le crâne. Elle ouvrit la bouche pour crier, mais l'air se fraya un passage dans ses poumons avec une telle force qu'elle crut que son thorax allait exploser. Elle avait l'impression qu'on lui enfonçait les yeux à l'intérieur de la tête. Un grondement assourdissant lui écrasait les tympans, elle était sur le point de s'évanouir.

Instinctivement elle ferma les yeux et appuya ses mains sur ses oreilles. La douleur était de plus en plus atroce.

Rachel entendit cogner à la vitre. Elle ouvrit les yeux assez longtemps pour distinguer la silhouette de Michael Tolland dans le noir. Son visage était appuyé contre la glace. Il voulait lui faire faire quelque chose.

Mais quoi ?

Elle le distinguait à peine. Sa vision était brouillée, ses globes oculaires déformés par la pression. Pourtant elle y voyait assez pour constater que le sous-marin s'était encore enfoncé et qu'on n'apercevait plus les lumières du *Goya*. Il n'y avait plus que de l'obscurité, partout.

Tolland, appuyé de tout son corps contre la bulle, ne cessait de frapper. Ses poumons privés d'air le brûlaient, et il devait remonter à la surface d'ici quelques secondes.

Poussez sur la vitre ! essayait-il de lui faire comprendre. Il entendait l'air pressurisé s'échapper et bouillonner en remontant. À un endroit, le joint avait été arraché. Les mains de Tolland cherchaient une prise, un interstice où passer ses doigts sous le Plexiglas.

Rien.

Il était à court d'oxygène maintenant, son champ de vision rétrécissait de plus en plus et il cogna sur la vitre une dernière fois. Il ne la voyait même plus. Il faisait trop sombre. Avec ce qu'il lui restait d'air dans les poumons il cria :

— Rachel… poussez sur la vitre !

Mais les mots qui sortaient de sa bouche n'étaient qu'un gargouillis incompréhensible.

129.

À l'intérieur du Triton, Rachel sentait sa tête comprimée dans une sorte d'instrument de torture médiéval. À demi levée, coincée entre la coque et le siège du cockpit, elle voyait la mort se rapprocher. Devant le sous-marin, l'océan était noir. Les coups sur la coque avaient cessé.

Tolland était parti, il l'avait abandonnée.

Le sifflement de l'air pressurisé au-dessus de sa tête lui rappelait le bruit assourdissant du vent sur le glacier Milne. Il y avait déjà trente centimètres d'eau à l'intérieur du sous-marin. Pensées et souvenirs commençaient à traverser son cerveau comme des flashes de lumière violette.

Le Triton se mit à donner de la bande et Rachel perdit l'équilibre. Elle bascula par-dessus le siège et tomba en heurtant la paroi du dôme. Une violente douleur lui vrilla l'épaule. Elle atterrit comme une masse contre la vitre et éprouva une sensation inattendue : ses tympans comprimés étaient soudain moins douloureux. La pression à l'intérieur du sous-marin décroissait, et Rachel entendit une bouffée d'air s'échapper du cockpit.

Elle comprit immédiatement ce qui venait d'arriver. Quand elle avait percuté le dôme, son poids avait repoussé la paroi, occasionnant une fuite d'air, ce qui avait réduit la pression intérieure. Il y avait sans doute du jeu entre la vitre d'acrylique et la coque ! Rachel comprit brusquement ce que Tolland avait essayé de faire en accroissant la pression à l'intérieur : faire sauter le dôme !

Le cylindre de pressurisation du Triton continuait de pomper. Encore allongée, Rachel sentit la pression remonter. Cette fois, elle en fut presque heureuse, même si un étau lui comprimait toujours le crâne et qu'elle fût au bord de la syncope. Se redressant, la jeune femme poussa de toutes ses forces contre le dôme pour le faire céder.

Il bougea à peine, et cette fois, il n'y eut pas de fuite d'air. Rachel se jeta à nouveau de tout son poids mais en vain. Son épaule la faisait de plus en plus souffrir. Elle l'examina, le sang avait séché. Elle s'apprêtait à faire une nouvelle tentative quand le sous-marin bascula. Le moteur avait embarqué trop d'eau et les ballasts ne suffisaient plus à le maintenir d'aplomb.

Rachel tomba sur le dos contre la cloison arrière du cockpit. À moitié submergée par l'eau, elle regarda vers le dôme qui fuyait, suspendu au-dessus d'elle comme une gigantesque fenêtre donnant sur la nuit… et la pression de ces milliers de tonnes d'eau accumulées qui l'entraînaient au fond.

Rachel voulut se lever, mais son corps était engourdi et lourd. Sa mémoire la renvoya une nouvelle fois à son début de noyade, autrefois, dans l'eau glacée d'une rivière.

— Lutte, Rachel ! criait sa mère, en cherchant fébrilement sous la glace à agripper la main de sa fille. Accroche-toi !

Rachel avait fermé les yeux. Ses patins lourds comme du plomb l'entraînaient vers le fond. Elle aperçut sa mère allongée les bras en croix pour répartir au maximum son propre poids sur la glace, essayant de l'attraper.

— Pousse sur les cuisses, Rachel ! Comme pour la brasse !

Rachel faisait de son mieux. Son corps remonta un peu vers le trou dans la glace. Une lueur d'espoir. Sa mère s'empara de son poignet.

— C'est ça ! Aide-moi ! Pousse avec les cuisses !

Sentant la ferme poigne de sa mère la tirer vers le haut, Rachel avait donné tout ce qui lui restait d'énergie pour pousser et sa mère avait réussi à la sortir de l'eau. Elle avait tiré sa petite fille trempée jusqu'à la rive avant de s'effondrer en larmes.

Rachel rouvrit les yeux sur le piège noirâtre de plus en plus humide et chaud qui la retenait prisonnière. Elle entendit sa mère chuchoter de sa tombe, d'une voix toujours aussi claire, même dans ce sous-marin en train de couler.

Pousse !

Rachel leva les yeux vers le dôme. Mobilisant ses dernières forces, elle s'allongea sur le siège du cockpit qui était maintenant presque horizontal. Étendue sur le dos, Rachel plia les genoux et projeta ses jambes vers le haut le plus fort possible. Avec un hurlement désespéré, elle donna un puissant coup de pied en plein centre de la coupole. Le choc lui meurtrit les tibias et la répercussion la laissa un instant sonnée. Brusquement, ses oreilles sifflèrent et elle sentit la pression décroître, en même temps que le cockpit se remplissait d'eau. L'attache du dôme d'acrylique sur le côté gauche avait cédé et l'énorme lentille s'était enfin entrebâillée.

Le torrent submergea le cockpit et écrasa Rachel contre le dossier. Dans un formidable rugissement, les tourbillons la soulevèrent de son siège et la projetèrent vers le haut. Rachel chercha désespérément à quoi se cramponner mais elle était emportée par une force invincible. Le sous-marin sombrait de plus en plus vite, à mesure que le cockpit se remplissait. Elle était maintenant clouée à la cloison. Dans un tourbillon d'écume et de bulles, elle se sentit enfin partir vers la gauche et remonter à la surface tandis que le rebord du dôme lui raclait la hanche.

Libre, je suis libre !

Tournant sur elle-même, elle s'efforçait de remonter à la surface, ses poumons réclamant désespérément de l'air. Rachel cherchait la lumière, mais en vain. L'océan était uniformément noir, sans pesanteur, sans haut ni bas.

Rachel faillit céder à la panique, ne sachant pas dans quel sens nager.

Au fond de l'océan, la pression gigantesque finissait d'écraser le Kiowa. Les cônes de cuivre et les charges explosives des quinze missiles antichars AGM-114 Hellfire résistèrent encore quelques secondes. À trente mètres du fond, la formidable succion de la tornade marine happa les restes de l'hélicoptère et les entraîna vers le bas en les projetant contre la croûte du dôme de magma chauffé à blanc. Comme une boîte d'allumettes qui s'enflammeraient à tour de rôle, les missiles Hellfire explosèrent, perçant un trou béant dans le dôme magmatique.

Michael Tolland, qui avait été contraint de remonter à la surface pour respirer avant de replonger fiévreusement, scrutait l'obscurité à la recherche de Rachel quand les missiles explosèrent. L'éclair blanc qui se propagea vers le haut lui renvoya une extraordinaire image qu'il ne devait jamais oublier, une scène saisissante tout en ombres chinoises.

Il aperçut la silhouette de Rachel, trois mètres audessous de lui, marionnette désarticulée. Plus bas, le Triton chutait, son dôme à moitié détaché. Les requins de la zone s'éparpillaient rapidement vers des eaux plus calmes, sentant le danger approcher.

Le bonheur de Tolland à la vue de Rachel enfin libérée fut aussitôt éclipsé quand il réalisa la catastrophe. Essayant de mémoriser sa position alors que l'obscurité retombait, Tolland plongea vers son amie.

À quelques centaines de mètres, tout au fond, la croûte du dôme de magma explosait et le volcan sousmarin entrait en éruption, vomissant dans la mer une lave chauffée à mille deux cents degrés. La lave en fusion vaporisait des dizaines de mètres cubes d'eau, produisant un énorme geyser de vapeur qui remontait furieusement vers la surface sur l'axe central de la tornade. Obéissant aux mêmes lois de la mécanique des fluides que les tornades, ce transfert vertical d'énergie fut contrebalancé par une spirale anticyclonique qui propulsa de l'énergie dans la direction opposée.

Dans la double spirale qui entourait cette colonne de gaz montante, les courants océaniques augmentèrent rapidement. La vapeur montante créa une énorme dépression qui aspira des millions de litres d'eau vers le bas, au contact du magma. Au moment où cette masse heurta le fond, elle se transforma à son tour en vapeur et fusionna avec la colonne de gaz montante, aspirant toujours plus d'eau dans son sillage. À mesure que cette folle spirale s'accélérait, la tornade se renforçait de seconde en seconde tout en remontant vers la surface.

Un trou noir océanique venait de naître.

La chaleur humide et obscure qui enveloppait Rachel lui donnait d'étranges sensations. Des pensées désordonnées se succédaient dans son esprit. Respirer. Elle lutta contre ce réflexe. L'éclair qu'elle avait aperçu ne pouvait venir que de la surface et pourtant il semblait si loin… Une illusion d'optique, sans doute. Remonte à la surface. Rachel se mit à nager en direction de la lumière. Une aura rouge irréelle remonta vers elle. La lumière du jour ? Elle nagea de plus en plus vigoureusement.

Soudain, une main saisit sa cheville. Rachel faillit pousser un cri, et exhaler ce qui lui restait d'air dans les poumons.

Elle la tirait dans la direction opposée. Puis, Rachel sentit une main familière serrer la sienne. C'était Michael qui l'entraînait dans l'autre sens.

Et si son esprit lui disait qu'il l'entraînait vers le bas, son cœur lui soufflait que Michael savait ce qu'il faisait.

Pousse, lui murmurait sa mère.

Rachel poussa aussi fort qu'elle pouvait.

130.

Au moment où Tolland et Rachel émergèrent, Michael comprit que c'était fini. Le dôme de magma était entré en éruption.

Dès que la tornade atteindrait la surface, elle entraînerait tout vers le fond. Étrangement, le monde terrestre lui semblait bien différent de celui qu'il avait quitté quelques instants plus tôt. La bourrasque cinglait et le bruit était assourdissant, comme si une tempête s'était déclarée pendant sa plongée.

Tolland manquait tellement d'air qu'il se sentait au bord du délire. Il essaya de soutenir Rachel mais le courant l'attirait vers le bas. La force invisible tirait plus fort que lui, menaçant de lui arracher Rachel. Soudain, sa main lui échappa et le corps de la jeune femme fut entraîné… mais vers le haut !

Sidéré, Tolland vit Rachel s'élever au-dessus des eaux.

Au-dessus de sa tête, l'hélicoptère Osprey des gardes-côtes hélitreuillait son amie à bord. Vingt minutes auparavant, le poste d'Atlantic City avait été informé d'une explosion survenue en mer. Ayant perdu toute trace du Dolphin en mission sur le secteur, l'officier de permanence avait redouté un accident. Les pilotes dépêchés sur place avaient saisi les dernières coordonnées connues de l'appareil dans leur système de navigation, espérant retrouver leur collègue.

À environ huit cents mètres du *Goya*, ils avaient vu des débris en flammes, sans doute d'un hors-bord, que le courant emportait. Tout près, un naufragé agitait frénétiquement les bras. Ils l'avaient hissé à bord. Il était entièrement nu à l'exception d'une de ses jambes, recouverte d'une bande adhésive.

Épuisé, Tolland regardait le dessous ventru de l'hélicoptère aux rotors vrombissants. Lorsque Rachel arriva au niveau de la trappe, plusieurs paires de mains l'empoignèrent pour la hisser à l'intérieur. Tandis qu'elle embarquait dans l'Osprey, Tolland repéra un visage familier, celui d'un homme recroquevillé et à moitié nu.

Corky ! Le cœur de Tolland bondit dans sa poitrine. Tu es vivant !

Le harnais retomba aussitôt et atterrit à trois mètres de lui. Tolland voulut nager mais la force de succion l'en éloignait. Le piège infernal se refermait, lui barrant toute issue. Il lutta pour se maintenir à la surface mais il était épuisé, le courant l'entraînait vers le bas…

« Tu vas survivre », lui souffla alors une voix de femme. Il rua furieusement pour rester au niveau mais le harnais était toujours hors d'atteinte. Le courant s'accentuait. Puis Tolland vit Rachel. La vision de la jeune femme lui rendit des forces.

Il lui fallut quatre puissantes poussées pour atteindre enfin le harnais. Il avait livré sa dernière bataille. Il glissa son bras et sa tête dans le harnais et s'évanouit.

L'océan se déroba sous lui.

Quand Tolland reprit ses esprits, il découvrit que la tornade venait d'atteindre la surface.

William Pickering, debout sur le pont du *Goya*, regardait, horrifié, l'apocalypse se déchaîner autour de lui. À l'arrière, un énorme vortex se creusait en entonnoir à la surface de l'eau. Le tourbillon de plusieurs dizaines de mètres de diamètre grossissait rapidement. Un gémissement guttural montait des profondeurs de l'océan.

Pickering vit fondre sur lui ce tourbillon qui évoquait la gueule béante d'un Moloch assoiffé de sang.

Brusquement, avec un sifflement explosif qui pulvérisa les hublots du *Goya*, un formidable panache de vapeur creva la surface de l'eau et fusa vers le ciel. Le geyser colossal vrombissait, projetant des tonnes d'eau à plusieurs dizaines de mètres de hauteur.

Le périmètre de la tornade s'élargissant toujours plus sembla sur le point d'avaler l'océan tout entier. La poupe du *Goya* gîtait de plus en plus. Pickering perdit l'équilibre et tomba à genoux. Comme un enfant devant Dieu, il fixa, subjugué, cet abîme qui allait l'engloutir. Ses dernières pensées furent pour sa fille Diana. Il pria pour qu'elle n'ait pas connu une terreur pareille au moment de mourir.

L'onde de choc du geyser frappa les flancs de l'Osprey. Tolland et Rachel se serrèrent l'un contre l'autre tandis que les pilotes, reprenant la maîtrise de leur appareil, viraient au-dessus du *Goya* happé vers le fond. Les rescapés aperçurent William Pickering, le Quaker, agenouillé dans son manteau noir, cramponné au bastingage sur le pont supérieur.

Quand la poupe bascula, le câble de l'ancre céda avec un claquement lugubre. La proue fièrement dressée en l'air, le *Goya* glissa sur le rebord de la dépression, aspiré vers l'intérieur des vortex. Ses lumières brillaient encore tandis qu'il disparaissait sous les eaux.

131.

L'air était frais à Washington ce matin-là, et le ciel dégagé. La brise faisait tourbillonner les feuilles mortes autour du Washington Monument. Le plus haut obélisque du monde se reflétait dans l'eau calme du bassin, indifférent à la horde de reporters excités qui se bousculaient tout autour.

À nous deux Washington, se dit le sénateur Sedgewick Sexton en descendant de sa limousine. Il traversa la pelouse d'un pas conquérant, jusqu'à l'espace presse installé au pied de la colonne. C'est là qu'il avait convoqué les dix plus grands médias du pays, en promettant de leur révéler le scandale de la décennie.

Rien n'attire les vautours comme l'odeur des cadavres, pensa-t-il.

Il serrait dans une main sa liasse d'enveloppes cachetées à la cire. Si l'information ouvrait la porte du pouvoir, celle qu'il apportait ce matin provoquerait un véritable séisme.

En approchant de l'estrade, son cœur bondit de joie. Deux grandes cloisons bleu nuit flanquaient le fond de la scène comme des rideaux de théâtre – un stratagème éprouvé, imaginé par Ronald Reagan pour se mettre en valeur devant n'importe quel arrière-plan.

Quand Sexton entra par le côté droit, les journalistes se précipitèrent sur les rangées de chaises pliantes alignées face à lui. Le soleil surgit à l'est, au-dessus de la coupole du Capitole, caressant de ses rayons roses et dorés la silhouette du sénateur comme une bénédiction céleste.

Une journée parfaite pour devenir l'homme le plus puissant du monde.

— Mesdames et messieurs, bonjour ! commença-t-il en déposant ses documents sur le lutrin placé devant lui. Je vais m'efforcer d'être aussi bref et intéressant que possible. Les informations que je vais vous confier sont très inquiétantes. Ces enveloppes renferment les preuves d'une supercherie élaborée au plus haut niveau de l'État. Et j'ai honte de vous avouer que le président des États-Unis m'a appelé il y a une demi-heure, pour me supplier – je dis bien me supplier – de ne pas vous les communiquer.

Le sénateur secoua la tête d'un air consterné.

— Mais je suis homme à croire en la vérité. Si pénible soit-elle.

Il marqua une pause pour brandir devant son public les alléchantes pièces à conviction. Les journalistes ne les quittaient pas des yeux, comme une meute de chiens salivant devant une friandise.

Le président Herney avait effectivement téléphoné à Sexton pour tout lui expliquer. Il s'était également entretenu avec Rachel, saine et sauve à bord de l'avion qui la ramenait à Washington. Chose incroyable, il semblait que la NASA comme la Maison Blanche n'avaient été que les témoins innocents de ce désastre – victimes d'un complot organisé par William Pickering.

Peu importe, pensait Sexton. Cela n'empêchera pas Herney de tomber.

Il aurait aimé être une petite souris pour voir la tête du Président quand il réaliserait que son adversaire allait tout dévoiler à la presse. Le sénateur avait en effet laissé croire à Zach Herney qu'il était d'accord pour le retrouver à la Maison Blanche, afin d'y réfléchir ensemble sur la meilleure façon d'expliquer toute l'affaire à la nation. Le Président était probablement assis devant un téléviseur, saisissant avec effroi qu'il ne pouvait plus rien faire pour stopper le destin en marche.

— Chers amis, reprit Sexton en regardant son auditoire, j'ai longuement pesé ma décision. J'ai tout d'abord songé à respecter le souhait du Président de ne pas publier ces informations, mais je me dois d'agir selon ma conscience.

Il soupira, baissant la tête comme un homme courbé sous le poids de l'Histoire.

— On ne triche pas avec la vérité. Je n'ai pas l'intention d'exercer quelque influence que ce soit sur votre interprétation des faits. Je me contenterai de vous les livrer tels qu'ils sont.

On entendit au loin le ronflement d'un hélicoptère et le sénateur se demanda un instant si ce n'était pas le Président qui arrivait affolé de la Maison Blanche, dans l'espoir d'interrompre la conférence de presse. Ce serait la cerise sur le gâteau, se réjouit Sexton. Sa culpabilité n'en serait que renforcée.

— Je n'éprouve aucun plaisir à vous livrer ces documents, continua Sexton, enchanté par la perfection de son timing. Mais il est de mon devoir de faire savoir aux Américains qu'on leur a menti.

Dans un grondement de tonnerre, l'hélicoptère se posa sur l'esplanade, à droite de l'estrade. Sexton tourna la tête et constata avec surprise qu'il ne s'agissait pas de l'appareil présidentiel, mais d'un gros Osprey à rotors basculants.

Sur le fuselage, on lisait les mots : GARDES-CÔTES-USA.

Médusé, Sexton vit une femme descendre par la porte de la cabine. Les cheveux en bataille, vêtue de la parka orange des gardes-côtes, on aurait dit qu'elle revenait d'un reportage de guerre. Il mit quelques instants à la reconnaître. Et resta bouche bée sous le choc.

Rachel ! Que venait-elle faire ici ?

Un murmure d'étonnement parcourut l'assemblée.

Affichant un large sourire de circonstance, le sénateur se tourna vers eux, un doigt levé en signe d'excuse.

— Si vous voulez bien patienter une minute ? Je suis tout à fait désolé. La famille d'abord..., soupira-t-il en souriant.

Sa remarque déclencha quelques rires.

En regardant sa fille avancer vers lui, Sexton pensa que ces retrouvailles familiales auraient été préférables en privé. En quête d'un minimum d'intimité, il jeta un regard furtif à la cloison sur sa droite.

Sans se départir de son sourire serein, il fit à Rachel un signe de la main, s'éloigna du micro et traversa la scène en biais pour la contraindre à passer derrière la cloison. C'est là qu'il la rejoignit, à l'abri des regards et des oreilles de la presse.

— Ma chérie ! s'exclama-t-il en ouvrant les deux bras vers elle. Quelle surprise !

Rachel avança vers lui et le gifla.

Rachel regardait son père avec une fureur mêlée de dégoût. Il avait à peine sourcillé sous la gifle pourtant violente. Avec une maîtrise qui faisait froid dans le dos, le sénateur abandonna son sourire factice et la fusilla d'un regard mauvais.

— Tu n'as rien à faire ici, murmura-t-il entre ses dents.

En lisant la colère dans ses yeux, Rachel ne ressentit aucune crainte – pour la première fois de sa vie.

— Je t'ai appelé à l'aide et tu m'as trahie ! J'ai failli me faire tuer !

— Tu es manifestement en pleine forme, répliqua-t-il avec une pointe de déception.

— Tu sais bien que la NASA n'est pour rien dans cette histoire ! Elle est irréprochable ! Le Président te l'a dit ! Qu'es-tu en train de manigancer ?

À bord de l'hélicoptère, Rachel avait passé son temps au téléphone – avec la Maison Blanche, avec son père et même avec une Gabrielle Ashe totalement affolée.

— Tu avais promis à Zach Herney d'aller le voir à la Maison Blanche ! reprit-elle.

— J'irai, rétorqua Sexton. Le soir des élections.

Que cet homme fût son père lui donnait la nausée.

— Ce que tu es en train de faire est de la folie furieuse.

— Ah bon ? coassa-t-il.

Il se retourna et montra d'un geste le lutrin chargé des documents à distribuer.

— Dans ces enveloppes, déclara-t-il, se trouvent les informations que tu m'as envoyées, Rachel. C'est à toi que Herney devra son départ de la Maison Blanche.

— Quand je te les ai faxées, j'avais besoin que tu m'aides ! Je croyais qu'Herney et la NASA étaient coupables !

— Si l'on en croit ces papiers, la culpabilité de la NASA est évidente.

— Mais c'est faux ! Il faut lui laisser la possibilité d'admettre ses erreurs. Cette élection, tu l'as déjà remportée. Zach Herney est cuit, tu le sais. Laisse-le sauver la face.

— Ce que tu peux être naïve, ma pauvre Rachel ! gémit Sexton. Il ne s'agit pas seulement de remporter l'élection. C'est l'exercice du pouvoir qui est en jeu. Il me faut une victoire décisive, une action d'éclat, une opposition anéantie, le contrôle de toutes les forces de l'État, pour mettre en œuvre mon programme.

— À quel prix ?

— Ne sois pas si moralisatrice. Je me contente de présenter des preuves. Les gens sont capables de juger par eux-mêmes des culpabilités éventuelles.

— Tu sais très bien comment cela sera interprété.

Sexton haussa les épaules.

— C'est peut-être la fin de la NASA...

Le sénateur sentait derrière la cloison que les journalistes commençaient à s'agiter et il n'avait nullement l'intention de passer la matinée à se faire sermonner par sa fille. Son heure de gloire l'attendait.

— Bon, ça suffit, maintenant. J'ai une conférence de presse à donner.

— Je te le demande, de fille à père. Ne fais pas cela. Réfléchis. On peut encore éviter le gâchis.

— Ce n'est pas mon avis.

L'amplificateur sur l'estrade fit entendre des sifflements parasites et Sexton se retourna brusquement. Une journaliste retardataire essayait d'attacher son micro à l'une des pinces en col de cygne.

Pourquoi ces imbéciles sont-ils incapables d'arriver à l'heure ? fulmina Sexton intérieurement.

Dans sa hâte, la jeune femme heurta le lutrin et les enveloppes se répandirent par terre.

Le sénateur se précipita vers les micros en maudissant sa fille de l'avoir dérangé. La journaliste était à quatre pattes, en train de rassembler les enveloppes éparses. Sans voir son visage, Sexton devina qu'elle travaillait pour l'un des grands réseaux : long manteau en cachemire, écharpe assortie, et béret en mohair auquel était fixé un badge de presse au logo d'ABC.

— Donnez-moi ces enveloppes, fit-il d'un ton brusque en tendant la main.

La jeune femme ramassa les dernières et les lui tendit sans le regarder.

— Désolée..., bredouilla-t-elle, visiblement gênée.

Toujours courbée en deux, elle détala pour rejoindre ses confrères.

Sexton les compta rapidement. Dix, parfait. Il était hors de question que quiconque le prive d'un coup de théâtre aussi retentissant. Il réajusta les micros et adressa un sourire amusé aux reporters assemblés devant lui.

— J'ai l'impression que je ferais mieux de vous les distribuer avant qu'il y ait des blessés…

Rires dans l'assistance impatiente.

Sexton sentait la présence de sa fille derrière la cloison.

— Ne fais pas cela, souffla-t-elle. Tu le regretteras.

Il fit semblant de ne pas entendre.

— Je te demande de me faire confiance, insista-t-elle à voix plus haute. Tu commets une grave erreur.

Le sénateur rassembla sa pile en lissant les coins cornés.

— Papa ! implora-t-elle, avec ardeur. C'est ta dernière chance de sauver ton honneur.

Il couvrit son micro d'une main, se retourna comme pour s'éclaircir la gorge, et regarda sa fille à la dérobée.

— Tu es tout le portrait de ta mère – idéaliste et étriquée. Les femmes ne comprennent rien au pouvoir.

Quand il fit face à l'auditoire de plus en plus avide, il avait déjà oublié sa fille. La tête haute, il parcourut le podium pour distribuer ses enveloppes dans les mains qui se tendaient. Il regarda les journalistes se répartir le butin, faire sauter les cachets de cire et déchirer à la hâte le papier toilé comme s'ils ouvraient des cadeaux de Noël.

Tous se figèrent en silence.

Sexton était en train de vivre un grand moment de sa carrière politique.

Cette météorite est une escroquerie. Et c'est moi qui l'ai révélée, jubilait-il.

Il avait prévu que les reporters mettraient un certain temps à comprendre la signification des documents : images GPR d'un puits creusé dans la glace, photos d'une espèce vivante presque identique aux fossiles de la NASA, roches terrestres dotées de chondres – ces pièces à conviction menaient toutes à la même conclusion scandaleuse.

— Monsieur le sénateur? balbutia un journaliste, apparemment abasourdi. Tous ces documents sont vrais ?

Sexton poussa un soupir accablé.

— J'en ai peur.

Des murmures déconcertés secouèrent l'assistance.

— Je laisse à chacun de vous le temps de les parcourir, avant de répondre à vos questions et de vous éclairer sur leur signification.

— Vous affirmez que ces images sont authentiques ? demanda un autre, totalement décontenancé. Elles n'ont pas été truquées ?

— Elles sont authentiques à cent pour cent, déclara Sexton d'une voix ferme. Je ne vous les aurais pas livrées si je n'en étais pas certain.

Les journalistes semblaient de plus en plus perplexes et Sexton eut même l'impression d'entendre un rire – une réaction inattendue. Il craignit d'avoir surestimé les capacités de synthèse de son auditoire.

— Euh… Monsieur le sénateur ? fit une voix bizarrement amusée. Vous vous portez officiellement garant de l'authenticité de ces documents ?

Sexton commençait à s'énerver.

— Chers amis, je ne le répéterai plus : les preuves que vous avez entre les mains sont d'une exactitude totale. Et si quelqu'un arrive à prouver le contraire, je mange mon chapeau !

Il attendit les rires, qui ne vinrent pas.

Un silence de mort. Des regards ébahis.

Le reporter qui venait de poser la question se dirigea vers lui, en réorganisant sa liasse de photocopies.

— Vous aviez raison, monsieur le sénateur. C'est parfaitement scandaleux, affirma-t-il en se grattant la tête. Ce que nous ne comprenons pas, c'est pourquoi vous décidez maintenant de rendre publique cette affaire, après l'avoir d'abord niée avec véhémence.

Sexton ne voyait pas du tout ce que cet homme voulait dire. Il jeta un coup d'œil sur les feuilles de papier que lui tendait le journaliste – et resta un instant hébété.

Incapable de prononcer un mot.

Les photos qu'il avait sous les yeux lui étaient totalement inconnues. Du noir et blanc. Deux personnes. Nues. Bras et jambes entrelacés. Il n'avait aucune idée de ce que cela pouvait représenter. Puis il comprit. Un boulet de canon lui transperça le ventre.

Il releva vers l'assemblée un visage épouvanté. Tout le monde riait. Une bonne moitié des journalistes étaient déjà en train de dicter leurs articles par téléphone.

Sexton sentit alors une tape sur son épaule.

Hagard, il fit volte-face.

Rachel était debout derrière lui.

— Nous avons essayé de t'arrêter. Nous t'avons laissé une chance.

Une femme était à côté de lui. Sexton la regarda en tremblant. C'était la journaliste au manteau de cachemire et au béret en mohair – celle qui avait fait tomber ses enveloppes. Il reconnut son visage et son sang se glaça dans ses veines.

Les yeux noirs de Gabrielle le transpercèrent tandis qu'elle ouvrait son manteau, pour découvrir une liasse d'enveloppes blanches serrée sous son bras.

132.

Le bureau Ovale était à peine éclairé par la lumière douce d'une lampe en cuivre posée sur le bureau présidentiel. Le menton relevé, Gabrielle Ashe était debout face à Zach Herney. Par la fenêtre derrière lui, elle voyait le crépuscule envahir peu à peu la pelouse ouest de la Maison Blanche.

— On m'a dit que vous alliez nous quitter, dit le Président, avec une pointe de déception dans la voix.

Elle fit oui de la tête. Il lui avait proposé de l'héberger le temps qu'il faudrait à la Maison Blanche, à l'abri des médias, mais elle avait refusé cette façon de se terrer lâchement pour surmonter son épreuve. Elle préférait partir le plus loin possible. Au moins pour un temps.

Herney la contemplait avec admiration.

— La décision que vous avez prise ce matin…

Il s'interrompit, comme s'il cherchait ses mots. Son regard était clair et direct – tellement différent de la profondeur énigmatique qui l'avait autrefois attirée chez Sedgewick Sexton. Elle lisait dans les yeux du Président une réelle bonté et une dignité qu'elle n'oublierait pas de sitôt.

— Je l'ai fait aussi pour moi, répondit-elle enfin.

Il acquiesça.

— Je ne vous en suis pas moins reconnaissant.

Il se leva et lui fit signe de le suivre dans le vestibule.

— À vrai dire, j'espérais vous garder ici assez longtemps pour pouvoir vous proposer un poste dans mon équipe budgétaire.

Elle lui lança un regard dubitatif.

— Pour « stopper les dépenses, parce qu'un sou est un sou » ?

— En quelque sorte, répliqua-t-il avec un petit rire.

— Vous devez être conscient, comme moi, qu'en ce moment je serais plus une casserole qu'autre chose…

Herney haussa les épaules.

— D'ici à quelques mois, tout sera calmé. De nombreux grands hommes – et femmes – ont traversé des épreuves similaires, et n'en ont pas moins repris leur chemin d'excellence. Certains étaient même présidents des États-Unis, ajouta-t-il avec un clin d'œil malicieux.

Gabrielle savait qu'il avait raison. Alors qu'elle n'avait démissionné de son poste que depuis quelques heures, elle avait déjà décliné deux offres – une de Yolanda Cole d'ABC, et l'autre de l'éditeur St Martin's Press, qui lui avait proposé une avance indécente sur la publication de son autobiographie. Non merci.

En suivant le Président le long du vestibule, elle pensait aux photos que toutes les chaînes de télévision étaient en train de diffuser en boucle.

Les dégâts auraient pu être plus graves pour le pays, se dit-elle. Bien plus graves.

Après une visite à ABC pour récupérer les photos et emprunter le badge de Yolanda Cole, Gabrielle s'était furtivement introduite dans le bureau de Sexton et y avait glissé les clichés dans des enveloppes identiques à celles du sénateur. Elle en avait profité pour imprimer des copies des chèques qu'il avait reçus. Après la confrontation devant le Washington Monument, elle les avait remises à son patron stupéfait, en lui imposant ses exigences. « Vous laissez le Président annoncer lui-même son erreur sur la météorite, ou je livre ces papiers à la presse. » Après un rapide coup d'œil aux documents de Gabrielle, le sénateur s'était engouffré dans sa limousine et avait disparu. Depuis, on était sans nouvelles de lui.

Le Président et Gabrielle approchaient maintenant de la salle de presse, d'où montaient les murmures des journalistes impatients. Pour la deuxième fois en vingt-quatre heures, le président des États-Unis allait faire une déclaration exceptionnelle.

— Qu'allez-vous leur dire ? demanda Gabrielle.

Le visage étonnamment calme, Herney laissa échapper un soupir.

— Il y a une chose que j'ai apprise et réapprise au fil des ans, répondit-il en lui posant la main sur l'épaule. Rien ne remplace la vérité.

Envahie par une fierté inattendue, Gabrielle regarda Zach Herney avancer vers la scène. Il allait avouer publiquement la plus grosse erreur de sa vie mais, curieusement, il n'avait jamais paru aussi digne et imposant.

133.

Rachel s'éveilla dans l'obscurité.

Le réveil lumineux indiquait 22 h 14. Elle n'était pas dans son lit. Elle resta immobile de longues minutes, cherchant à se repérer, et la mémoire lui revint peu à peu… le panache géant… le Washington Monument ce matin… l'invitation de Zach Herney à venir se reposer chez lui.

Je suis dans une chambre de la Maison Blanche. J'y ai passé toute la journée à dormir, réalisa-t-elle.

À la demande du Président, l'hélicoptère des gardes-côtes avait embarqué au Washington Monument les trois rescapés épuisés pour les transporter jusqu'à la résidence présidentielle, où ils avaient été examinés par des médecins avant de dévorer un petit déjeuner plantureux. On leur avait ensuite proposé d'aller dormir dans l'une des quatorze chambres de la maison.

Tous trois avaient accepté.

Rachel n'en revenait pas d'avoir dormi si longtemps. Elle alluma la télévision et découvrit avec stupéfaction que la conférence de presse du Président était terminée. Comme ses deux compagnons, elle avait proposé de paraître à son côté quand il annoncerait au monde la tromperie dont il avait été victime. C'est notre erreur à tous, avaient-ils insisté. Mais Herney avait tenu à endosser seul la responsabilité.

— Il semble malheureusement, commentait un analyste politique, que la NASA n'ait finalement découvert aucune trace de vie provenant de l'espace. C'est la deuxième fois en dix ans que l'agence spatiale affirme à tort avoir trouvé des traces de vie extraterrestre sur une météorite. Cette fois-ci pourtant, un certain nombre de scientifiques indépendants faisaient partie des dupes.

— On aurait pu penser, reprit un autre commentateur, qu'une escroquerie de cette envergure se révélerait dévastatrice pour la carrière politique du Président. Or, après l'épisode du Washington Monument de ce matin, force est de reconnaître que les chances de réélection de Zach Herney n'ont jamais été aussi grandes.

Le premier analyste hocha la tête :

— Pas de vie dans l'espace donc, mais pas non plus pour la campagne du sénateur Sexton. D'autant que des informations récentes font état de ses importantes difficultés financières…

Rachel détourna les yeux du poste. On frappait à la porte.

Michael, pensa-t-elle pleine d'espoir. Elle ne l'avait pas vu depuis le petit déjeuner. En arrivant à la Maison Blanche, son désir le plus cher était de s'endormir dans ses bras, et elle sentait bien qu'il y songeait aussi. Mais Corky s'était assis sur le lit destiné à Tolland pour leur raconter avec force détails comment son urine lui avait sauvé la vie. À bout de forces, Rachel et Michael avaient abandonné la partie et s'étaient réfugiés chacun dans leur chambre.

En se dirigeant vers la porte, elle se regarda dans le miroir et sourit à la vue de son accoutrement. Avant de se coucher, elle n'avait trouvé dans le tiroir de la commode qu'un vieux T-shirt de l'équipe de football de Penn State, qui lui descendait jusqu'aux genoux.

On toqua à nouveau.

Elle ouvrit et, à sa grande déception, se trouva nez à nez avec un agent du *Secret Service*. Une jolie femme, à l'allure sportive, en blazer bleu marine.

— Mademoiselle Sexton, l'occupant de la chambre de Lincoln a entendu votre poste de télévision. Il m'a demandé de vous dire que, puisque vous étiez réveillée…

La jeune femme haussa les sourcils, visiblement habituée aux invitations nocturnes d'une chambre à l'autre dans la maison.

— Merci, fit Rachel en rougissant.

Elle suivit sa messagère le long d'un couloir somptueusement meublé, jusqu'au seuil d'une simple porte en bois.

— La chambre de Lincoln, dit la femme. Je suis censée rester postée devant. Dormez bien, et gare aux fantômes.

Rachel hocha la tête. Les légendes de revenants dans cette chambre étaient aussi anciennes que la Maison Blanche elle-même. On racontait que le spectre du grand Abraham y était apparu à Winston Churchill, comme à de nombreux autres occupants, notamment Eleanor Roosevelt, Amy Carter, l'acteur Richard Dreyfuss – et des dizaines de valets et femmes de chambre. On rapportait aussi que le chien de Ronald Reagan restait des heures à aboyer devant la porte.

Ces pensées macabres rappelèrent à Rachel qu'elle allait pénétrer dans un sanctuaire. Elle se sentit soudain gênée, debout sur le seuil, jambes nues, en T-shirt, comme une jeune étudiante pénétrant en catimini dans la chambre d'un copain de palier.

— Est-ce bien orthodoxe ? demanda-t-elle à voix basse à son accompagnatrice. Il s'agit tout de même de la chambre de Lincoln !

La jeune femme lui répondit avec un clin d'œil :

— À cet étage, nous appliquons la politique du « ni vu ni connu ».

— Merci, sourit Rachel.

Elle posa la main sur la poignée, frémissant d'impatience.

— Rachel !

La voix nasillarde résonna dans le couloir comme une scie électrique.

Les deux femmes se retournèrent. Corky Marlinson arrivait en clopinant, appuyé sur deux béquilles. Sa jambe était emmaillotée dans un bandage impeccable.

— Moi non plus, je n'arrive pas à dormir ! s'écria-t-il.

Rachel baissa la tête, voyant s'envoler son rendez-vous galant.

Corky déshabilla du regard la jolie fonctionnaire.

— J'adore les femmes en uniforme.

Elle ouvrit son blazer, dévoilant une arme intimidante.

Corky recula.

— Message reçu.

Puis, se tournant vers Rachel :

— Michael aussi est réveillé ? Vous allez le voir ? demanda-t-il, visiblement pressé de se joindre à la fête.

Rachel émit un grognement :

— C'est-à-dire que…

L'agent du *Secret Service* intervint, tirant de sa poche une feuille de papier.

— Professeur Marlinson, selon les termes de cette note que m'a remise M. Tolland, j'ai reçu l'ordre de vous escorter jusqu'à la cuisine pour que le chef vous prépare tout ce qu'il vous plaira. Je dois aussi vous demander de m'expliquer en détail comment vous avez sauvé votre propre vie en…

Elle hésita un instant et fit une grimace avant de continuer sa lecture.

— … en vous arrosant d'urine.

Elle venait de prononcer la formule magique. Laissant tomber ses béquilles, Corky lui passa un bras autour des épaules et déclara :

— Allez, ma belle, à la cuisine !

En regardant s'éloigner bon gré mal gré la jeune femme soutenant son éclopé, Rachel savait que Corky était au septième ciel.

— C'est essentiel, l'urine ! l'entendit-elle préciser à sa compagne, parce qu'ils flairent absolument tout, avec leurs fichus lobes olfactifs.

La chambre de Lincoln était plongée dans la pénombre. Rachel fut étonnée de voir le lit vide et intact. Pas de Michael Tolland en vue. À la lueur d'une ancienne lampe à huile allumée sur une table de chevet, on devinait la tapisserie flamande… le célèbre lit en bois de rose sculpté… le portrait de Mary Todd, la femme de Lincoln… et même le bureau sur lequel le Président avait signé la Proclamation de l'émancipation des esclaves.

En refermant la porte, Rachel sentit un courant d'air moite balayer ses jambes nues. Où est Michael ? Des voilages d'organdi blanc ondulaient devant une fenêtre ouverte. Comme elle traversait la pièce pour aller la fermer, une plainte lugubre s'échappa du placard.

— Maaaarrrrrry…

Elle fit volte-face.

— Maaaarrrrrry ?… reprit la voix. C'est bien toi ?… Mary Todd Liiiiiiincoln ?

Rachel ferma brusquement la croisée. Son cœur battait à tout rompre, même si elle savait que c'était stupide.

— Mike ! Je sais que c'est vous.

— Nooooon…, fit la voix. Je ne suis pas Mike, je suis Abrrrrra…

— Vraiment ? s'écria-t-elle, les mains sur les hanches. Le grand Abraham Lincoln en personne ?

— Modérément grand, répondit la voix dans un rire étouffé.

Rachel se mit à pouffer elle aussi.

— Trrrrremble de peur !

— Je n'ai pas peur.

— Vous devriez… Chez l'espèce humaine, la peur et l'excitation sexuelle sont étroitement liées.

Rachel éclata de rire.

— C'est tout ce que vous avez trouvé pour me séduire ?

— Pardoooonez-moi… Il y a des aaaaaannées que je n'ai pas approché une femme.

— Ça s'entend ! répliqua-t-elle en ouvrant la porte du placard d'un coup sec.

Michael Tolland arborait un sourire maladroit et malicieux. Irrésistible, en pyjama de satin bleu. En y regardant à deux fois, Rachel remarqua l'emblème présidentiel brodé sur la poche de poitrine.

— On dort dans le pyjama du Président ?

Il haussa les épaules.

— Je l'ai trouvé dans un tiroir.

— Et pourquoi n'ai-je eu droit qu'à un T-shirt de foot ?

— Vous n'aviez qu'à choisir la chambre de Lincoln.

— Vous n'aviez qu'à me la proposer !

— On m'a dit que le matelas n'était pas fameux. Tout en crin de cheval d'époque.

En lui jetant un regard en coin, Michael désigna un paquet-cadeau posé sur une table en marbre.

— C'est pour vous, en guise de compensation.

— Pour moi ? fit-elle, touchée.

— J'ai demandé à un conseiller de la Maison Blanche d'aller le chercher. Ça vient d'arriver. Ne le secouez pas.

Elle ouvrit le lourd paquet avec précaution et en sortit un gros bocal de cristal où nageaient deux petits poissons hideux.

Déçue et déconcertée, Rachel se retourna.

— C'est une blague ?

— *Helostoma temmincki*, déclara Tolland avec fierté.

— Vous m'offrez… des poissons ?

— Des Gouramis embrasseurs. Ils viennent de Chine. Ils sont très rares, très romantiques.

— Un poisson n'a rien de romantique, Michael.

— Ceux-ci le sont. Ils peuvent s'embrasser pendant des heures.

— Et ce cadeau est censé m'exciter ?

— J'ai un peu perdu la main en la matière. Vous ne voulez pas me remettre à niveau ?

— Pour votre gouverne, Michael, les fleurs sont nettement plus efficaces que les poissons.

Tolland sortit un bouquet de lis blancs qu'il cachait derrière son dos.

— Je voulais des roses rouges mais j'ai failli me faire tirer dessus en m'introduisant dans la roseraie.

En attirant Rachel contre lui, en respirant le parfum de ses cheveux, Michael Tolland sentit que les années de silence et de solitude étaient derrière lui. Il l'embrassa longuement, pressant contre le sien le corps vibrant de la jeune femme. Les lis blancs tombèrent à leurs pieds et les défenses qu'il avait construites sans le savoir s'effondrèrent brusquement.

Rachel l'entraîna vers le lit, en lui murmurant à l'oreille :

— Dis-moi, ce n'est pas vrai que tu trouves les poissons romantiques ?

— Mais si, répliqua-t-il en l'embrassant encore. Si tu voyais le rituel d'accouplement des méduses… c'est incroyablement érotique.

Elle le fit basculer sur le matelas de crin, et glissa doucement son corps au-dessus du sien.

— Et les hippocampes…, enchaîna Michael fébrilement, retenant son souffle pendant qu'elle passait une main sur le satin de son pyjama. Les hippocampes exécutent… une danse d'amour d'une sensualité invraisemblable.

— Assez parlé de poissons, chuchota-t-elle en lui déboutonnant sa veste. Tu n'as rien à me dire sur les rites d'accouplement des primates évolués ?

— Désolé, ce n'est pas ma spécialité, soupira-t-il.

— Eh bien, cher naturaliste, je te conseille d'apprendre vite, conclut Rachel en ôtant son T-shirt.

Épilogue

L'avion de la NASA vira au-dessus de l'Atlantique.

À son bord, l'administrateur Lawrence Ekstrom jeta un dernier regard à l'énorme roche carbonisée qui gisait à l'arrière de l'appareil. Tu retournes à la mer, où on t'a trouvée, pensa-t-il.

Sur son ordre, le pilote actionna l'ouverture de la trappe pour lâcher la cargaison. Les deux hommes regardèrent plonger la pierre gigantesque, qui décrivit un arc de cercle dans le ciel ensoleillé, avant de disparaître dans les vagues en faisant jaillir une colonne d'embruns argentés.

La roche géante coula à pic.

À cent mètres sous la mer, il restait à peine assez de lumière pour qu'elle soit visible. À deux cents mètres de profondeur, elle continua de plonger dans l'obscurité totale.

Elle descendait à toute vitesse.

Vers les profondeurs de l'océan.

La chute dura presque douze minutes.

Enfin, comme une météorite heurtant la face sombre de la lune, le rocher s'arrêta dans la vaste plaine de vase du plancher océanique, soulevant autour de lui un nuage de limon. Un spécimen d'une des mille espèces vivantes inconnues s'approcha pour inspecter l'étrange nouveau venu.

Sans se laisser impressionner, la créature passa son chemin.

REMERCIEMENTS

Un grand merci à Jason Kaufman pour ses conseils si précieux et sa remarquable compétence éditoriale ; à Blythe Brown pour ses inlassables recherches et ses contributions créatives ; à mon bon ami Jake Elwell, chez Wieser & Wieser ; au National Security Archive ; au Bureau des relations publiques de la NASA ; à Stan Planton, qui continue d'être une source d'informations sur toutes choses ; à la National Security Agency ; au glaciologue Martin O. Jeffries ; et aux magnifiques esprits de Brett Trotter, Thomas D. Nadeau et Jim Barrington.

Merci aussi à Connie et Dick Brown, à l'US Intelligence Policy Documentation Project, à Suzanne O'Neill, Margie Wachtel, Morey Stettner, Owen King, Alison McKinnell, Mary et Stephen Gorman, au Pr Karl Singer, au Pr Michael I. Latz du Scripps Institute of Oceanography, à April de Micron Electronics, à Esther Sung, au Musée national de l'Air et de l'Espace, au Pr Gene Allmendinger, à l'incomparable Heide Lange de Sanford J. Greenburger Associates, ainsi qu'à John Pike, de la Fédération des scientifiques américains.